JN265348

高橋忠彦
高橋久子
古辞書研究会
編著

御伽草子 精進魚類物語

本文・校異篇

汲古書院

序

東京學藝大學教育學部人文社會科學系、日本語・日本文學研究講座に屬する高橋久子研究室では、十二年前から古辭書研究會を運營し、各種の古辭書と關係の深い文獻を研究對象としている。その成果として、年刊雜誌『日本語と辭書（一～九輯）』を刊行し、『御成敗式目　影印・索引・研究』、『眞名本伊勢物語―本文と索引―』を上梓してきた。後者の脱稿後、平成十一年に、古辭書研究會は、御伽草子の一種である精進魚類物語を調査對象として讀書會を續け、校異・索引作成の準備を始めた。室町時代短編物語の中に見られる、所謂名寄・物盡の類は、往來物や意味分類體辭書に通ずるものであるという見通しを持っているためである。この度、その研究成果をまとめて發表する機會を、汲古書院によって與えられ、上下二冊の『御伽草子精進魚類物語』として刊行するものである。

上卷は、影印篇、翻刻篇、校異篇の三部より成り、主として精確なテキストを提供することを目的とする。影印篇には、平出鏗二郎舊藏本をカラーで掲載する。東京大學總合圖書館藏寛永頃刊本の影印とあわせて、古本系を代表する善本を二種紹介することとした。また、流布本系を代表する二種の善本として、東京大學總合圖書館藏伊勢貞丈書入本と、群書類從本を影印掲載した。翻刻篇は、それら四種のテキストの翻字本文を提供するものである。校異篇は、古本系諸本校異と、流布本系諸本校異に分け、調査しうる全てのテキストの本文の異同を示したものである。なお、續く下巻には、研究篇と索引篇を充てる豫定である。

ところで、今回カラーで影印した平出鏗二郎舊藏本は、學界に初めて紹介される重要な古本系寫本である。これは、平成十二年六月に、神田の一誠堂書店で入手したものであるが、巻末の識語（瀧田英二氏のものか）により、平出鏗二郎氏の舊藏本であることが確認された。（なお、原本の本文は三十丁からなるが、修復の際の綴じ誤りによる錯簡がある。第四丁の後に第十三丁が混入し、第六丁の後に第十四丁が混入している。現在の丁付けは、錯簡に氣づかずに付けられた、誤ったものである。この度の影印に當たっては、本來の順序に正したことをお斷りしておく。）精進魚類物語の總合的な研究をまとめ、江湖に問うに當たり、平出本の紹介は、その中でも大きな意味を持つこととなろう。

平成十六年七月

高橋忠彦
高橋久子

御伽草子 精進魚類物語 本文・校異篇 目次

影印篇

平出鏗二郎舊藏本影印

影印篇（平出鏗二郎舊藏本表紙）

情進急類之物語

此文使讀人爽闊欝氣

滿腹々々笑自生使

讀人感快人情

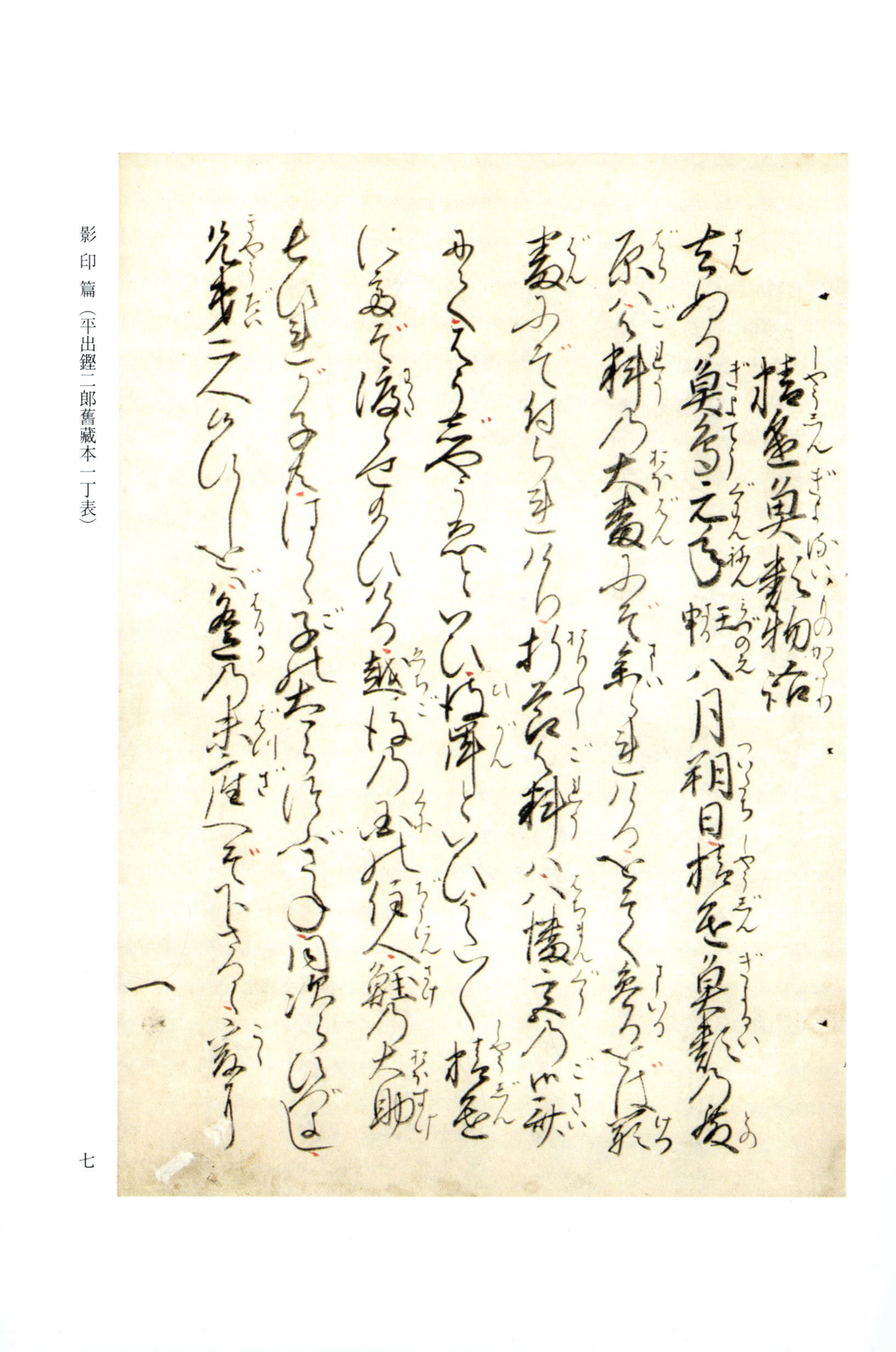

精進魚類物語

去ぬる魚鳥元年壬申八月朔日精進魚類の世

大豆の御料の大番にて[illegible]

[illegible]折節御料は[illegible]

[illegible]

[illegible]越後の国の住人鮭の大助

[illegible]

兄弟三人[illegible]

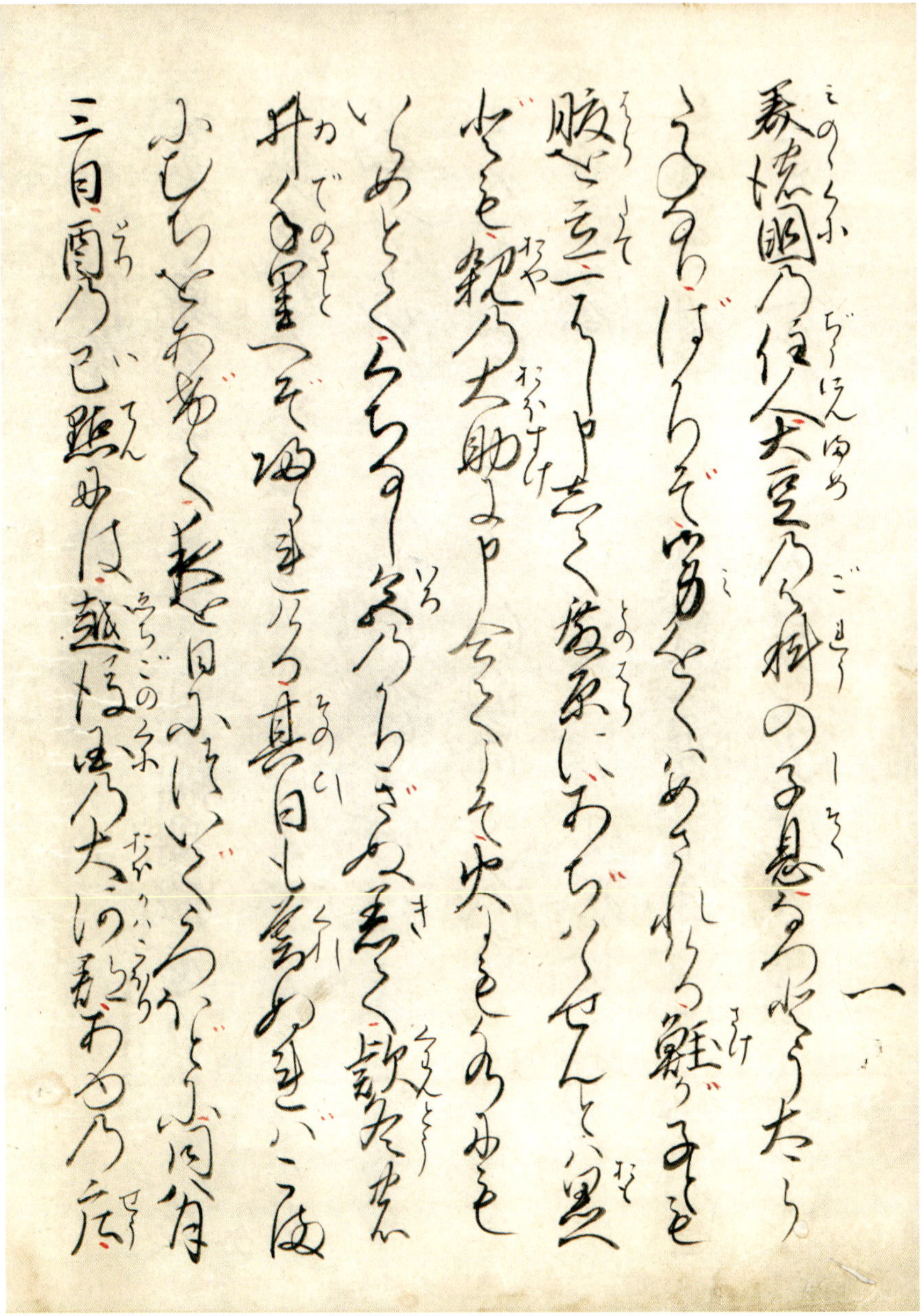

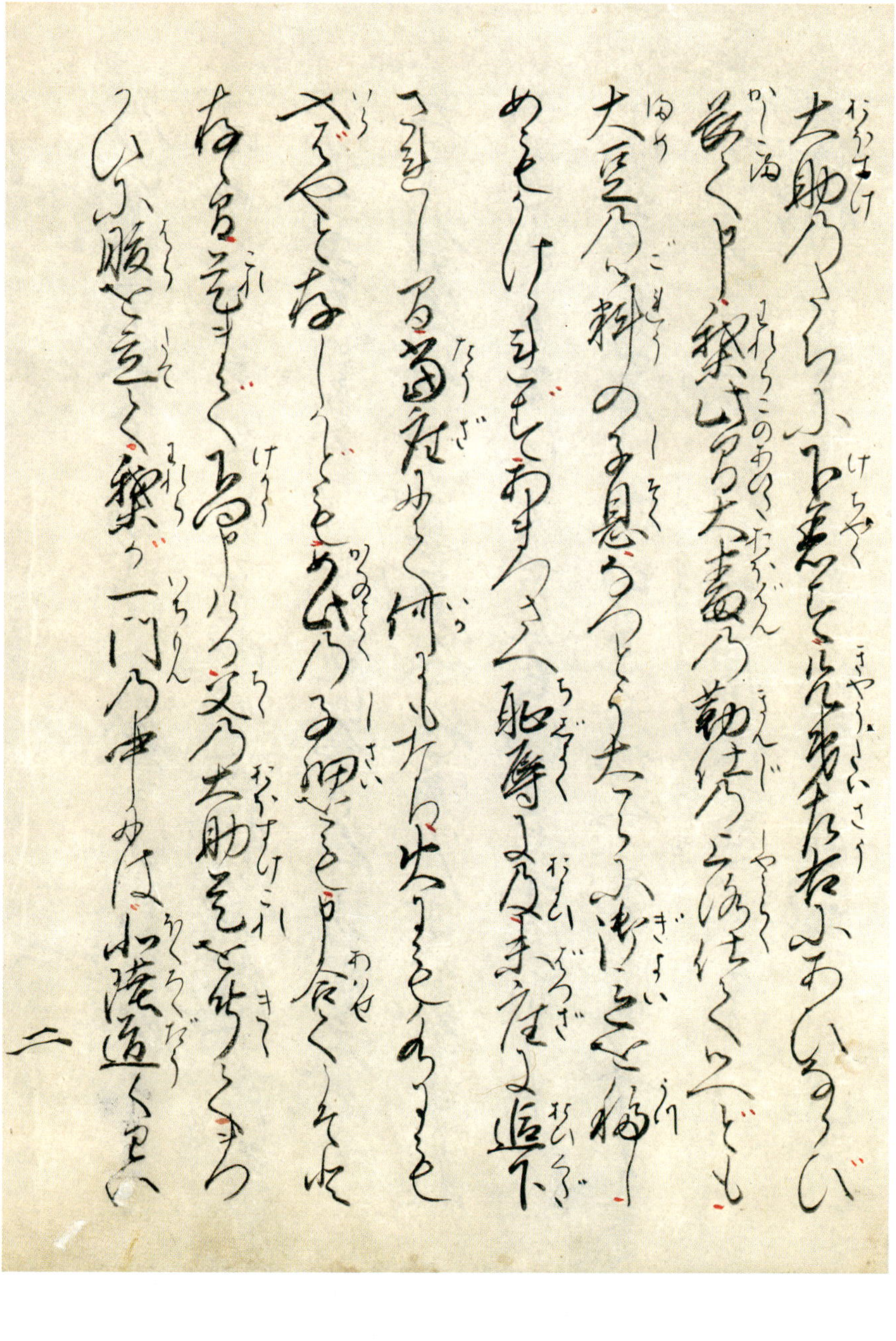

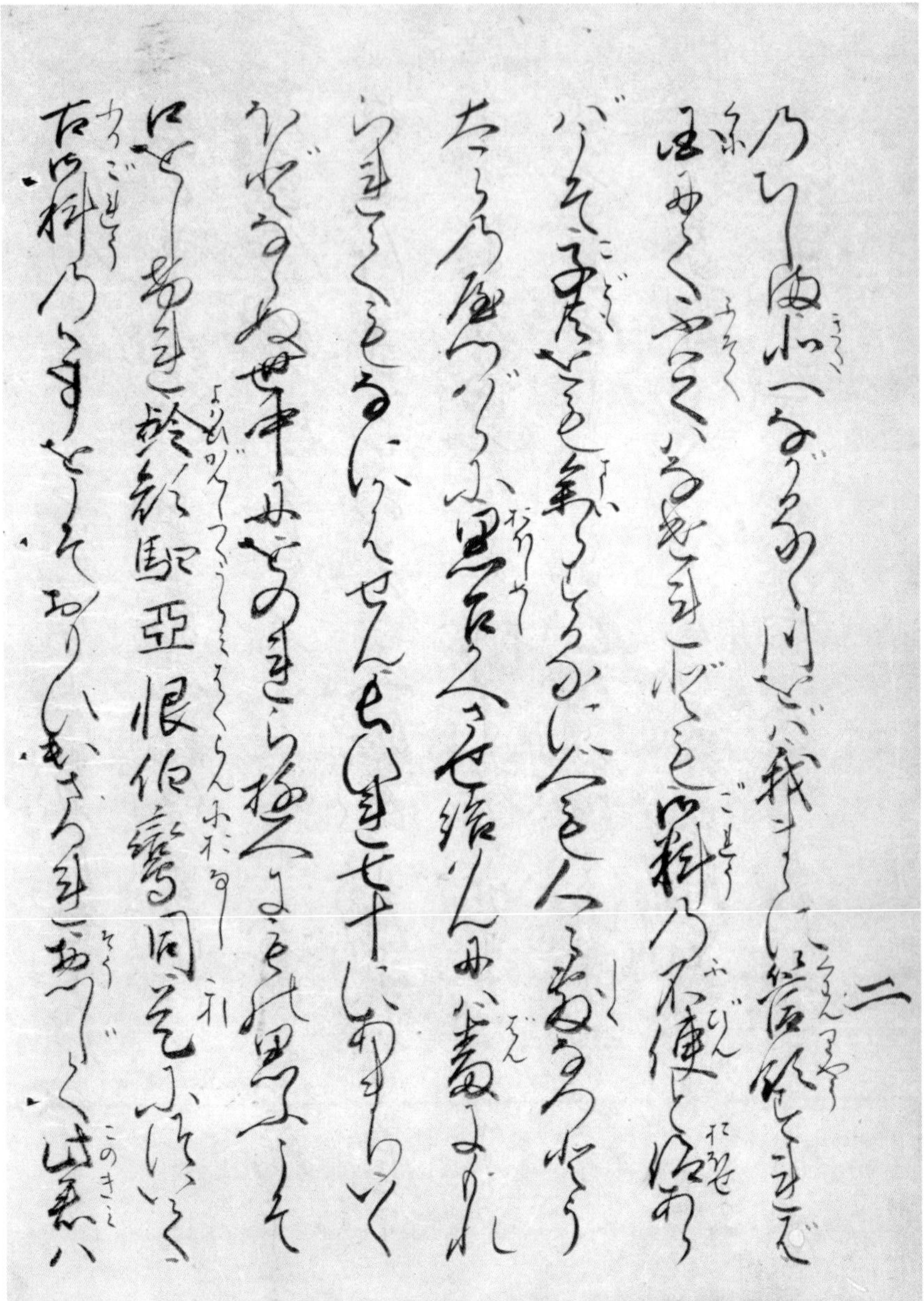

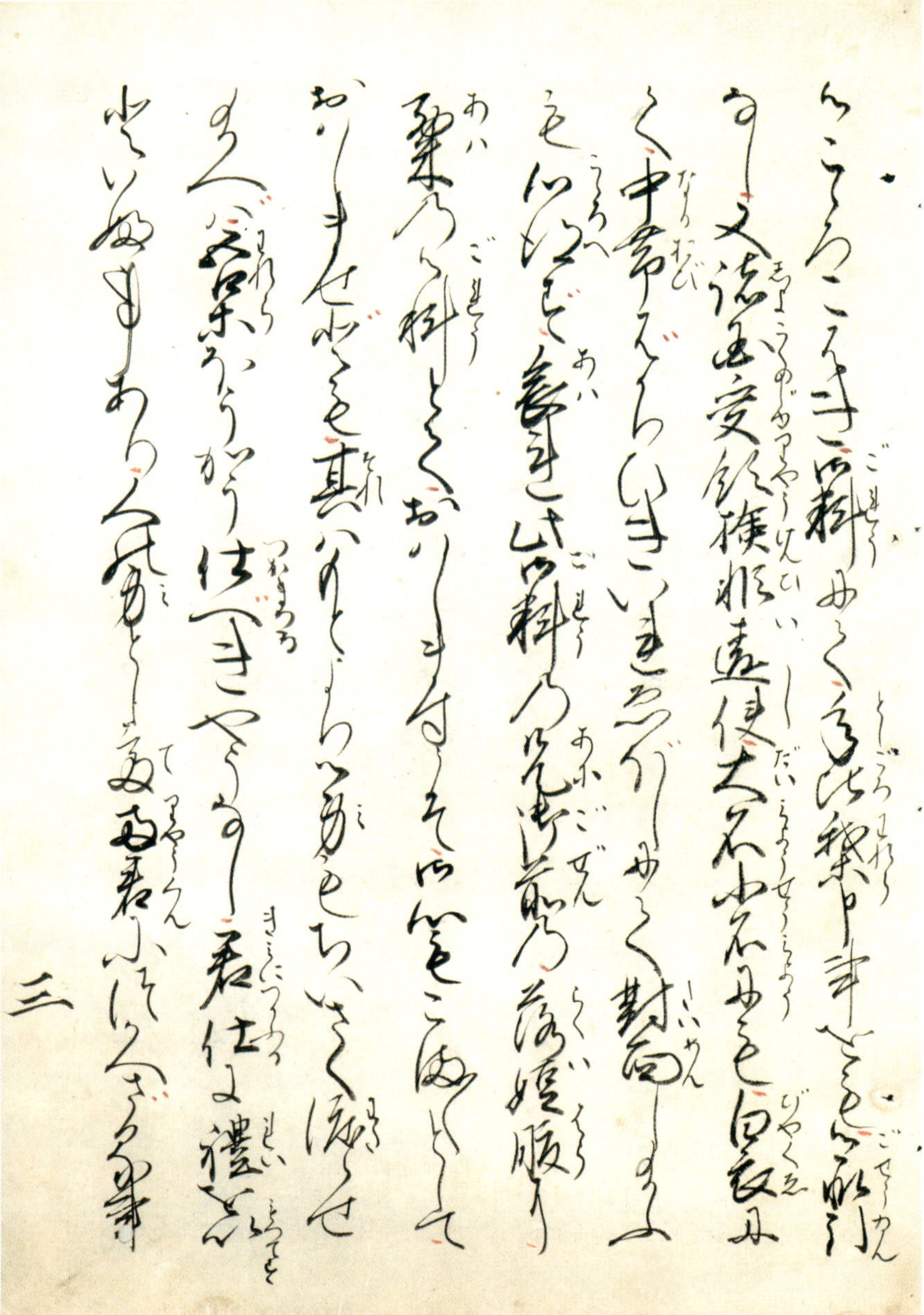

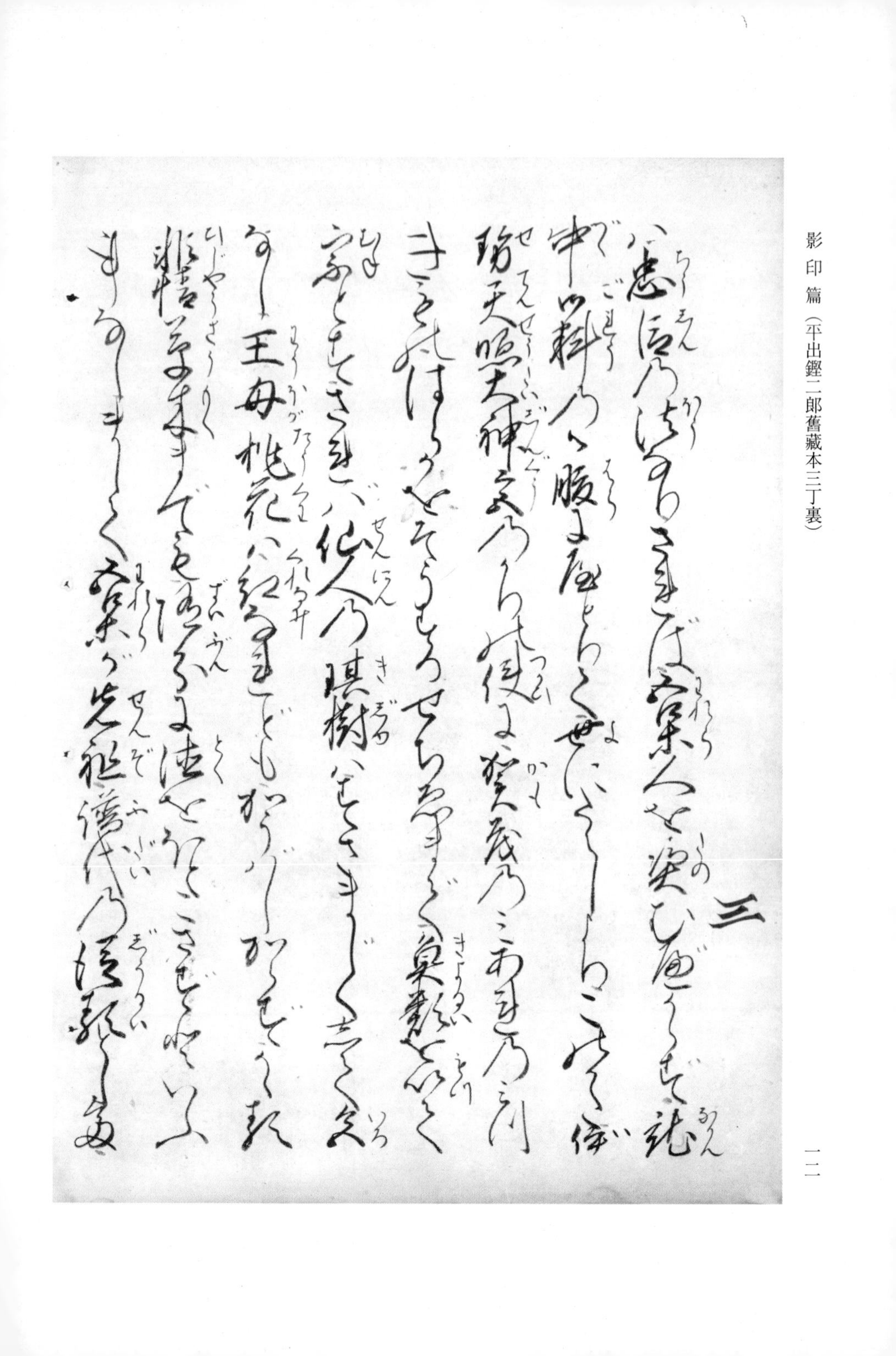

三

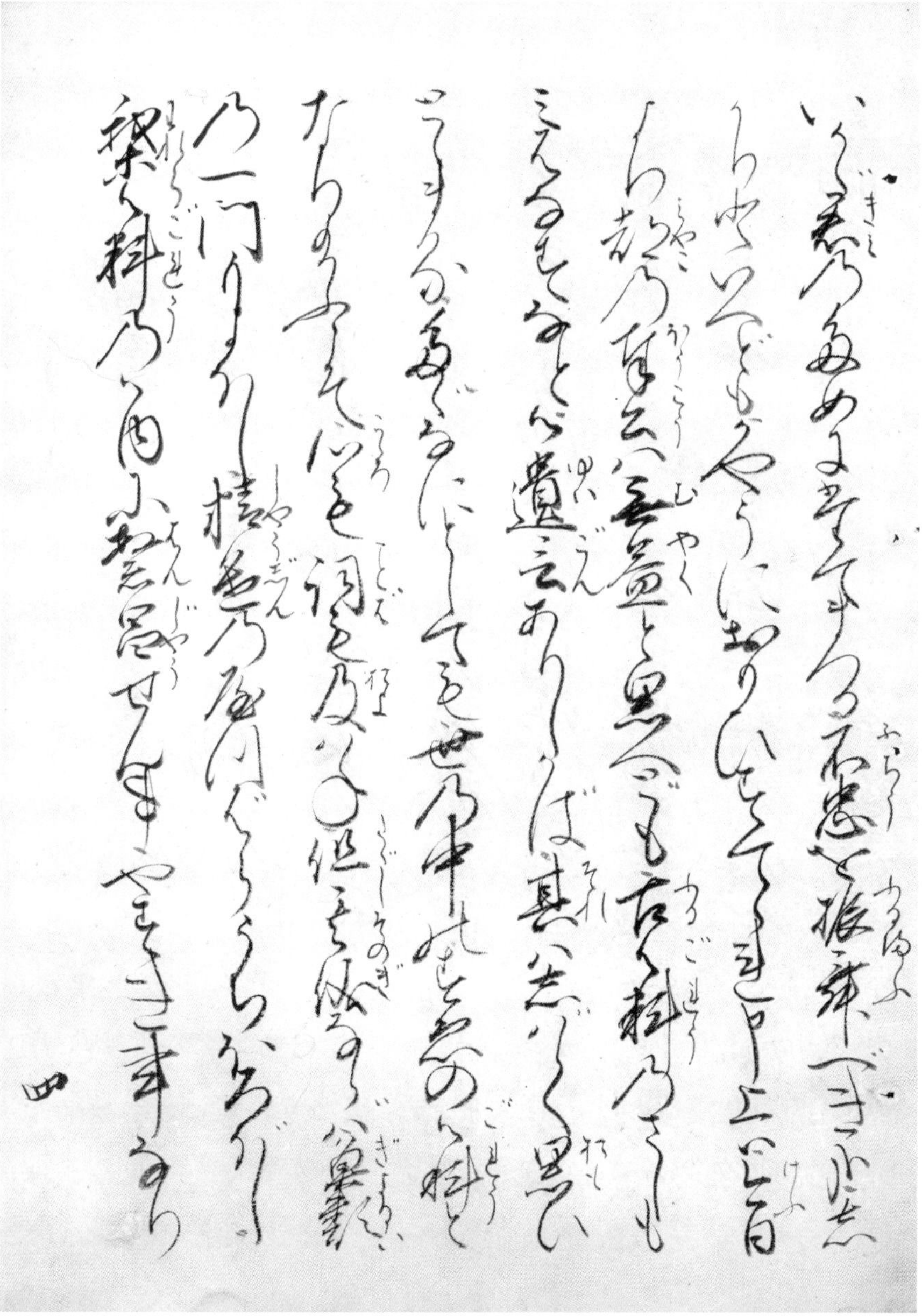

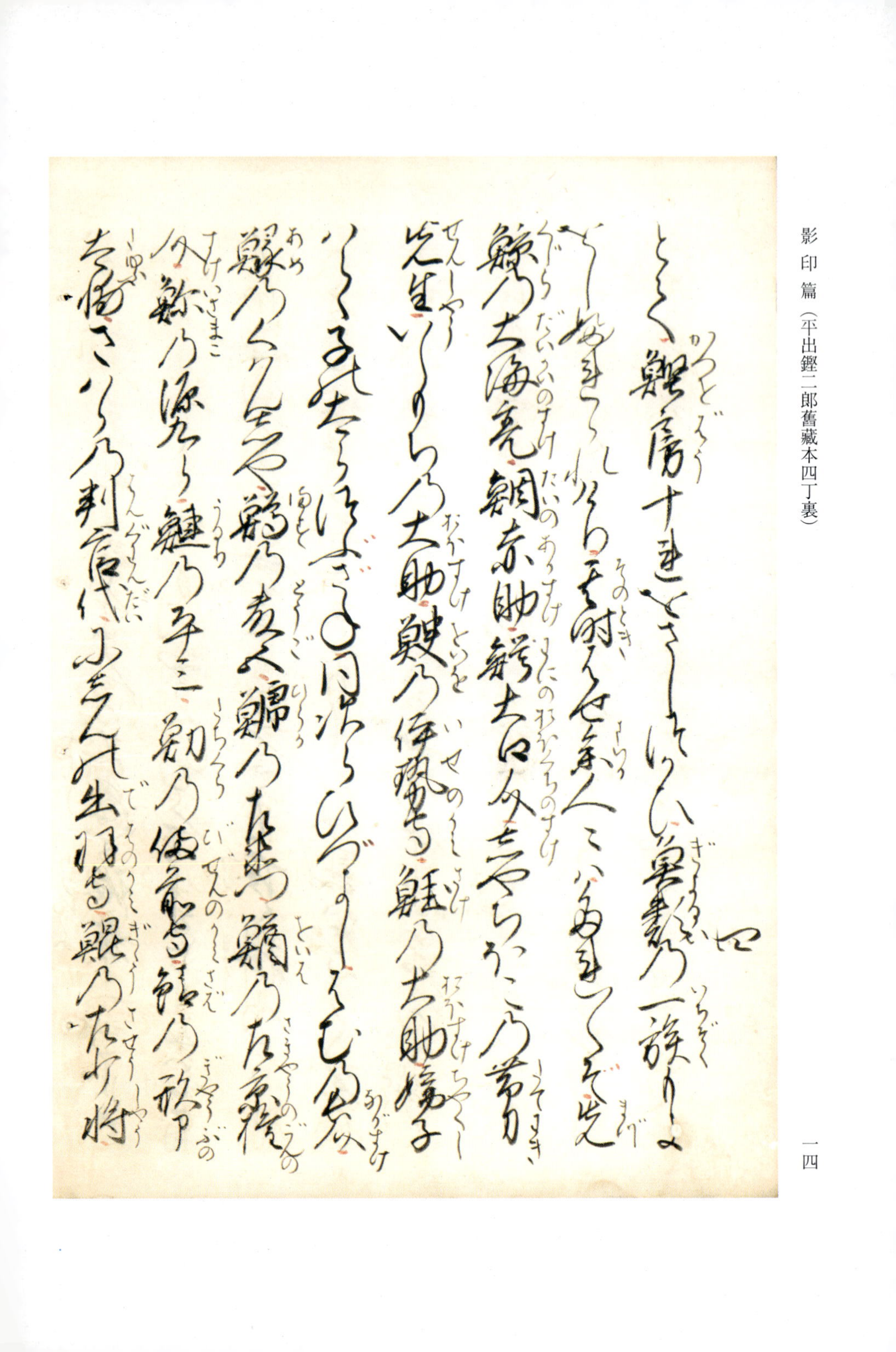

影印篇（平出鏗二郎舊藏本五丁表）

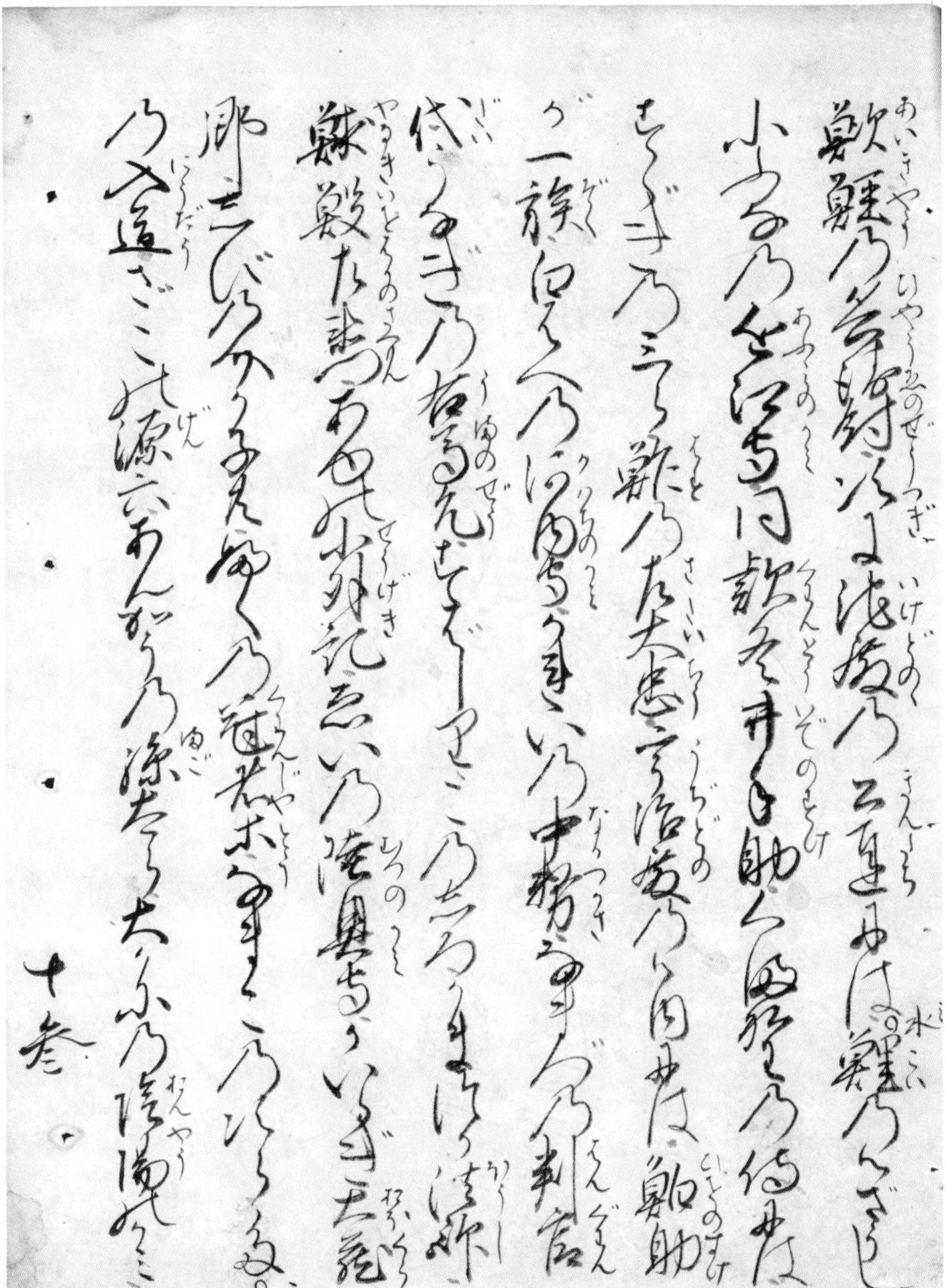

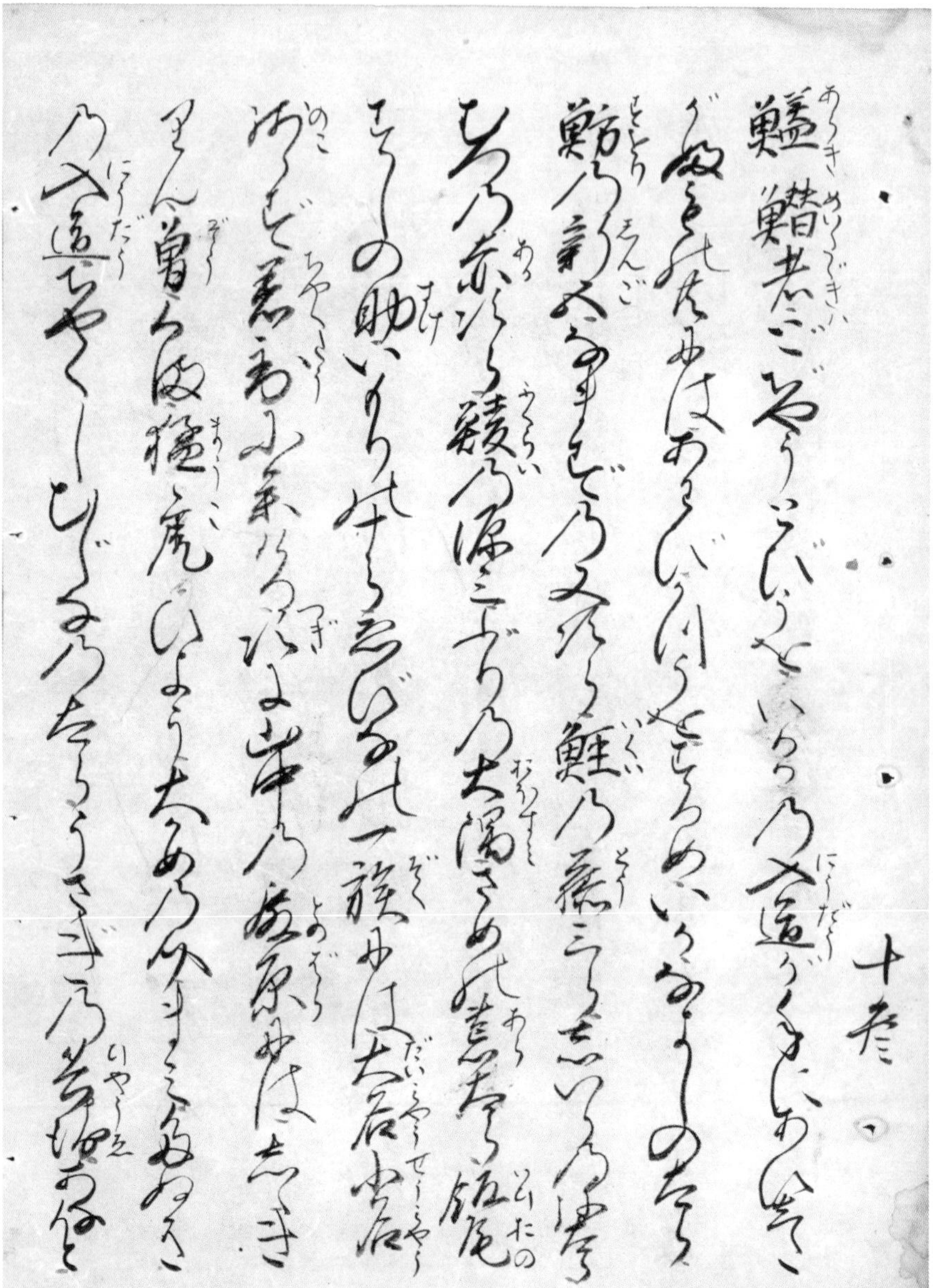

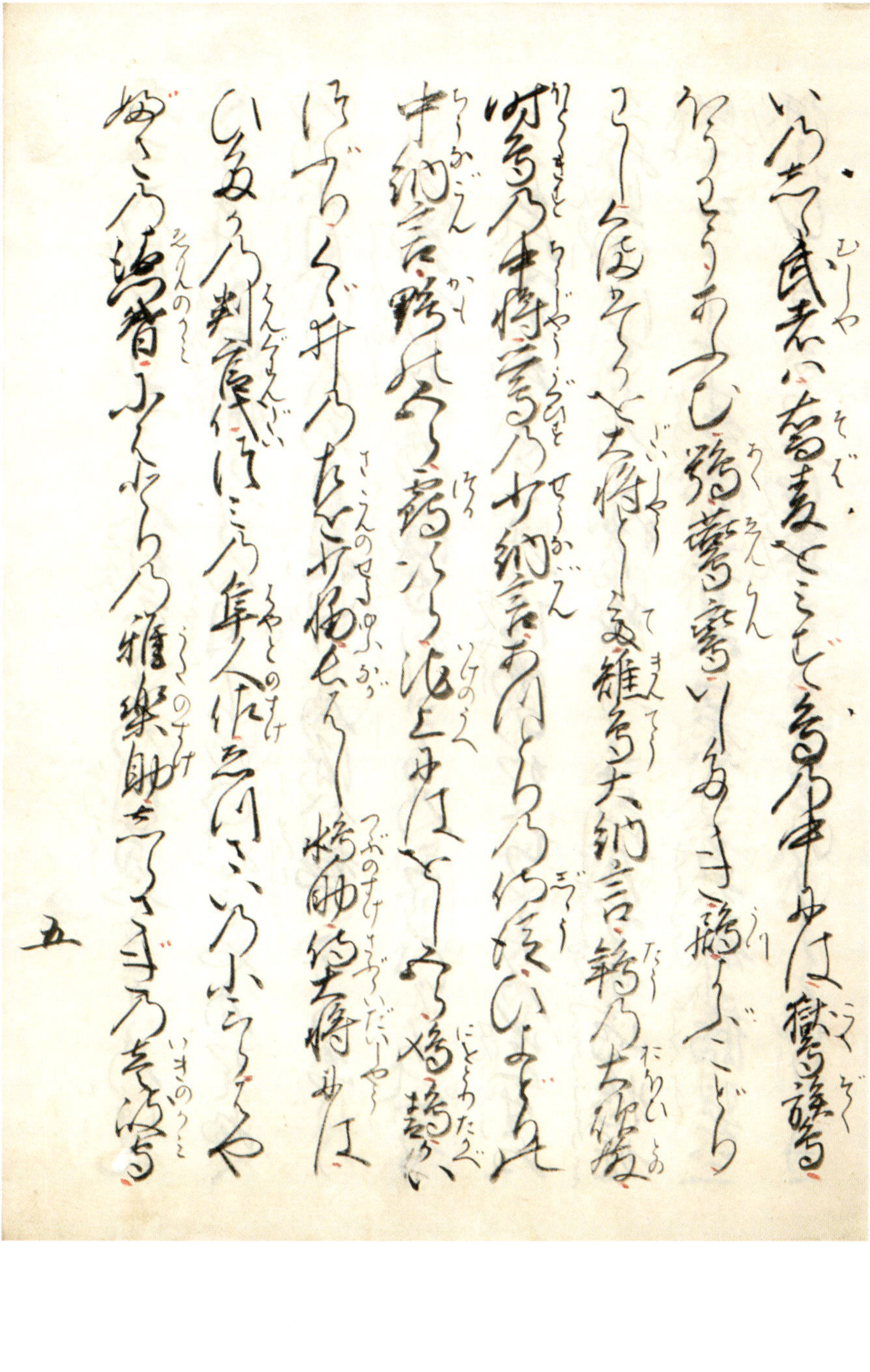

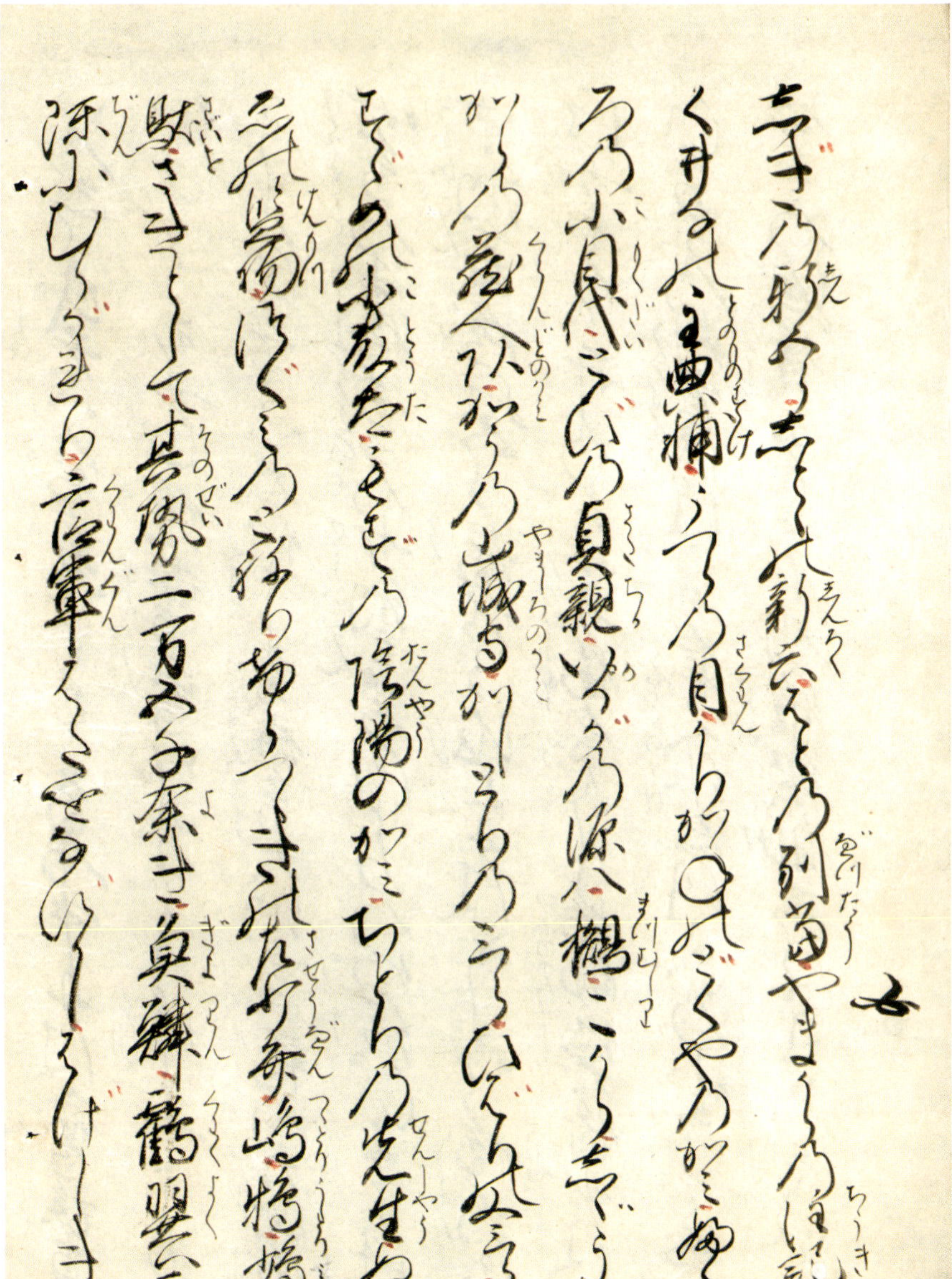

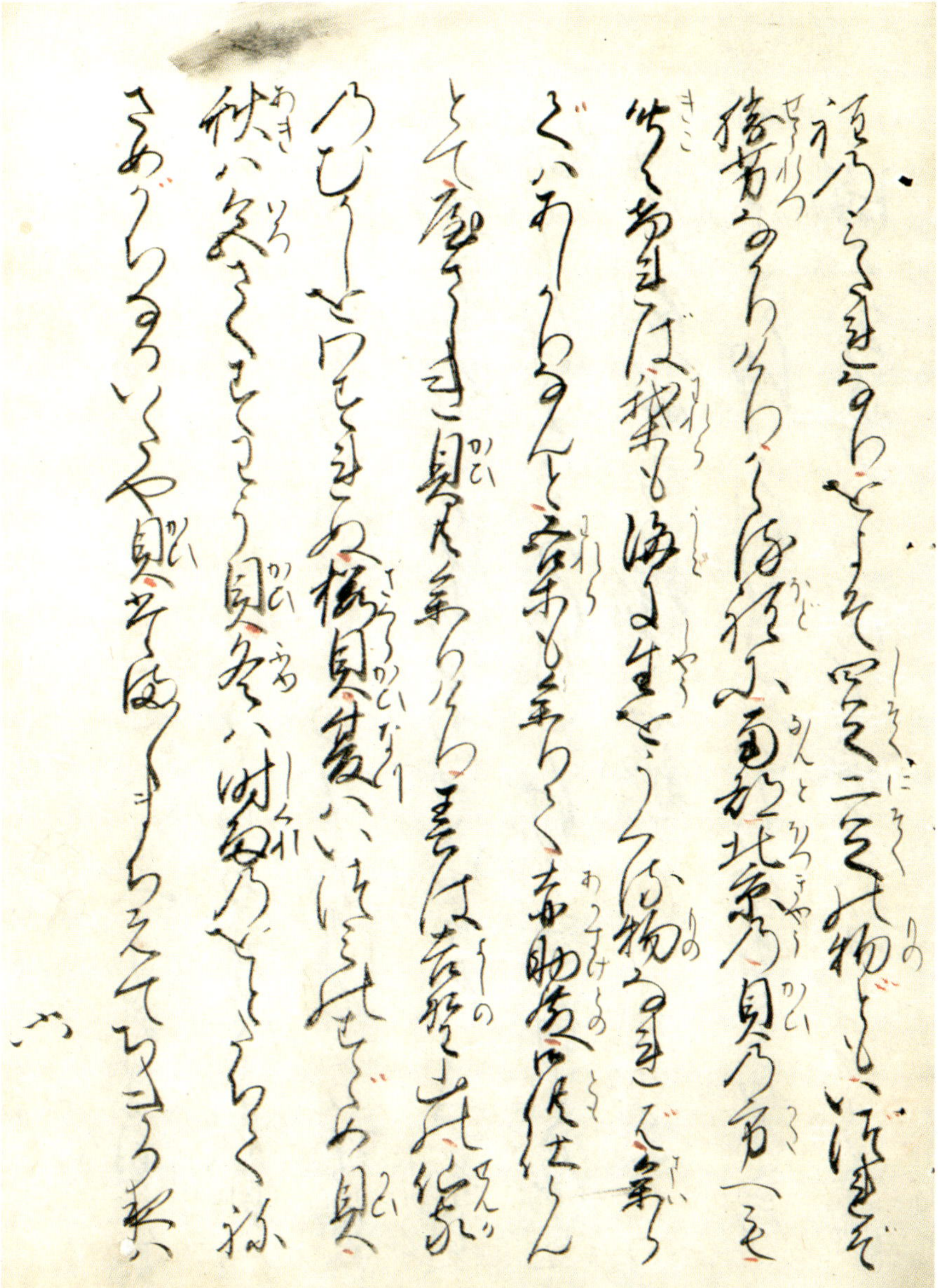

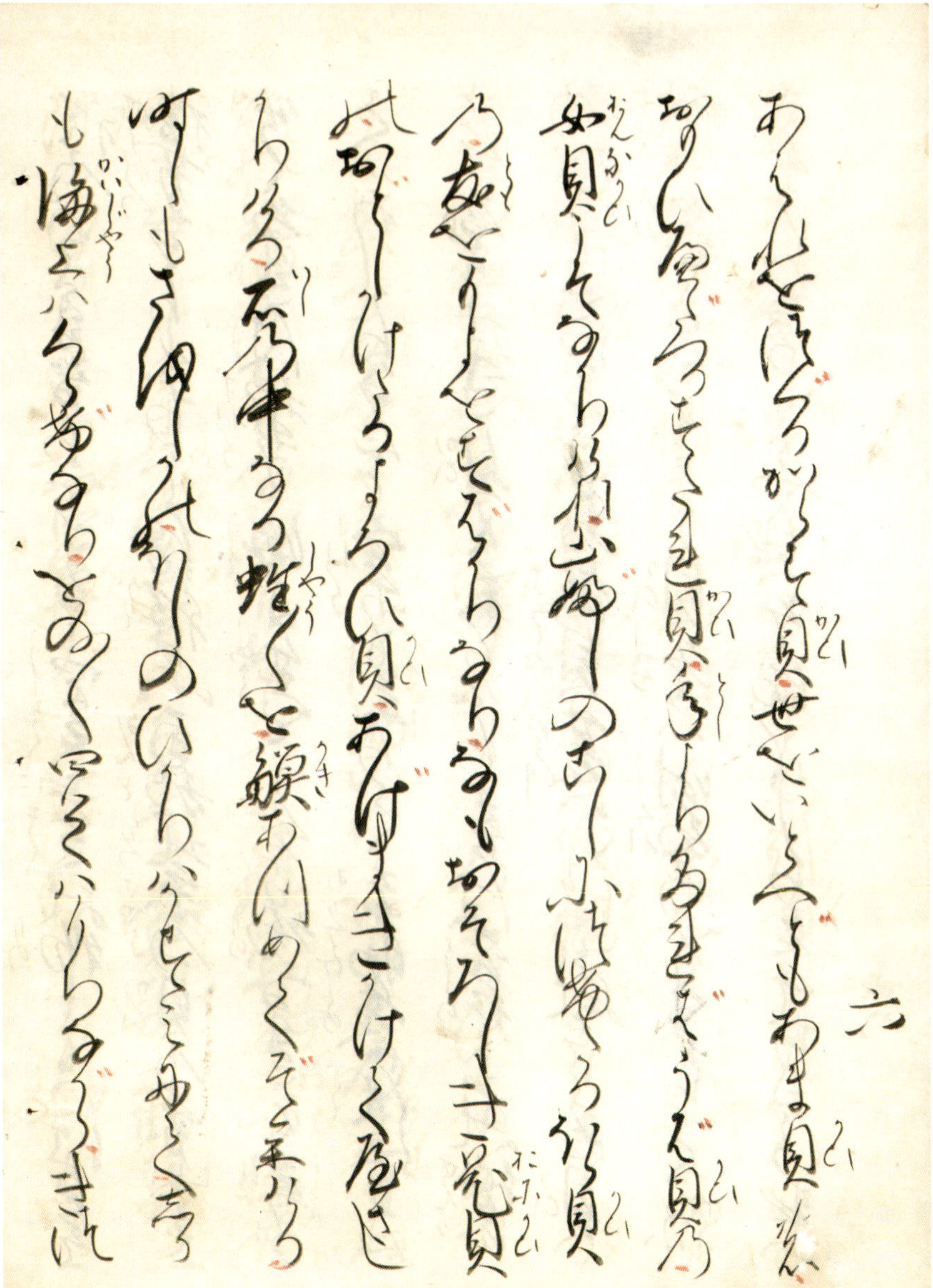

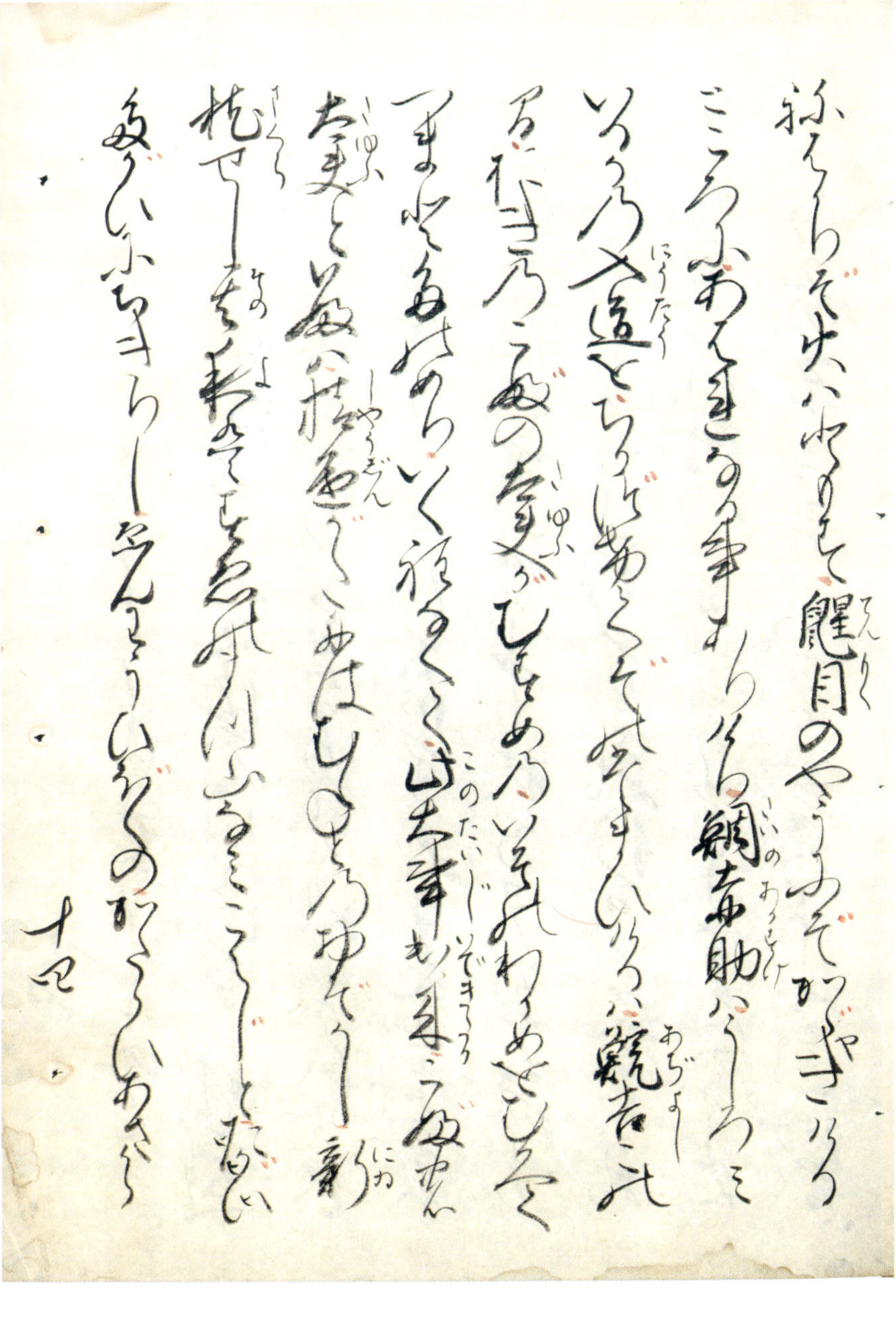

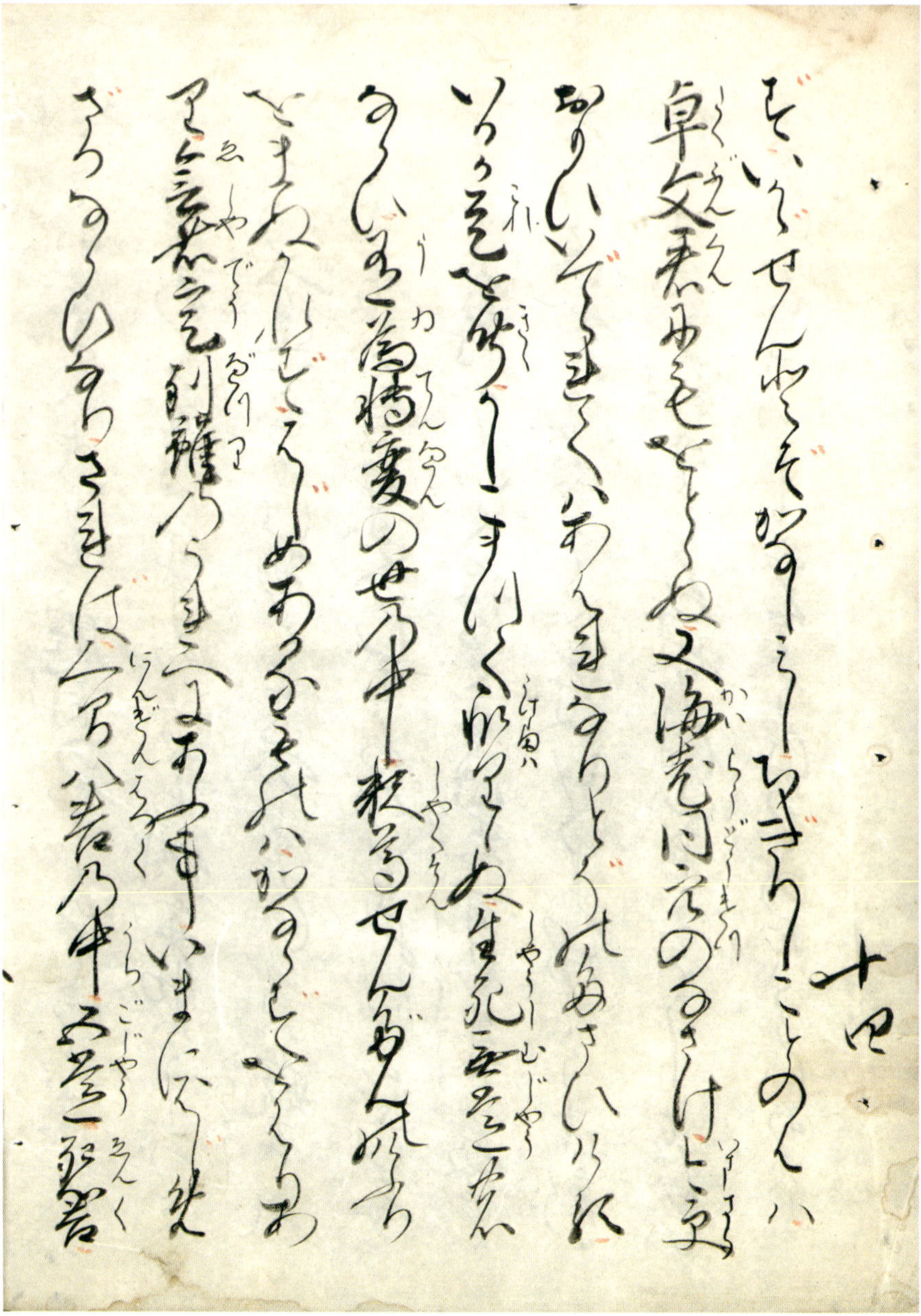

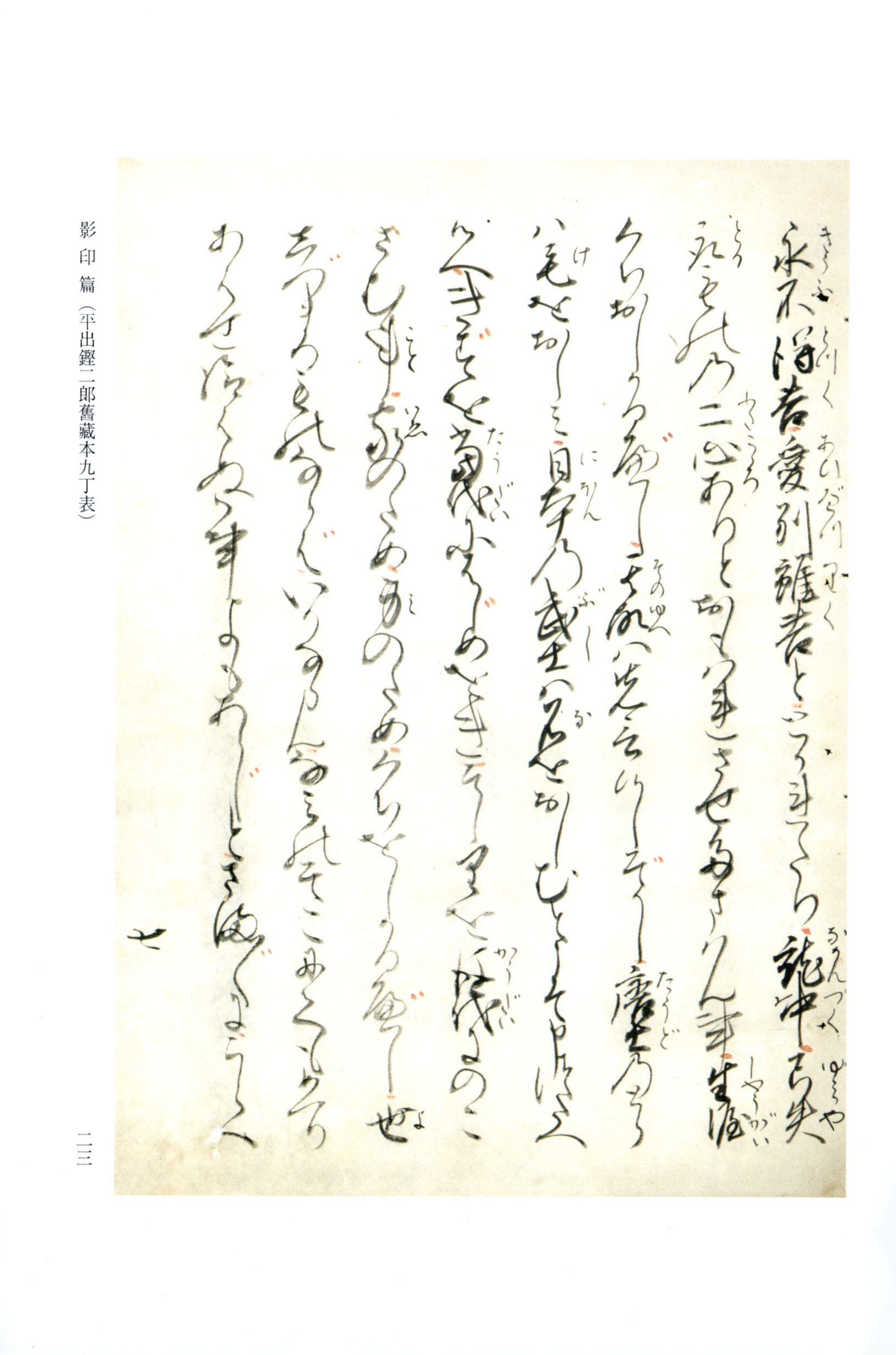

影印篇（平出鏗二郎舊藏本九丁表）

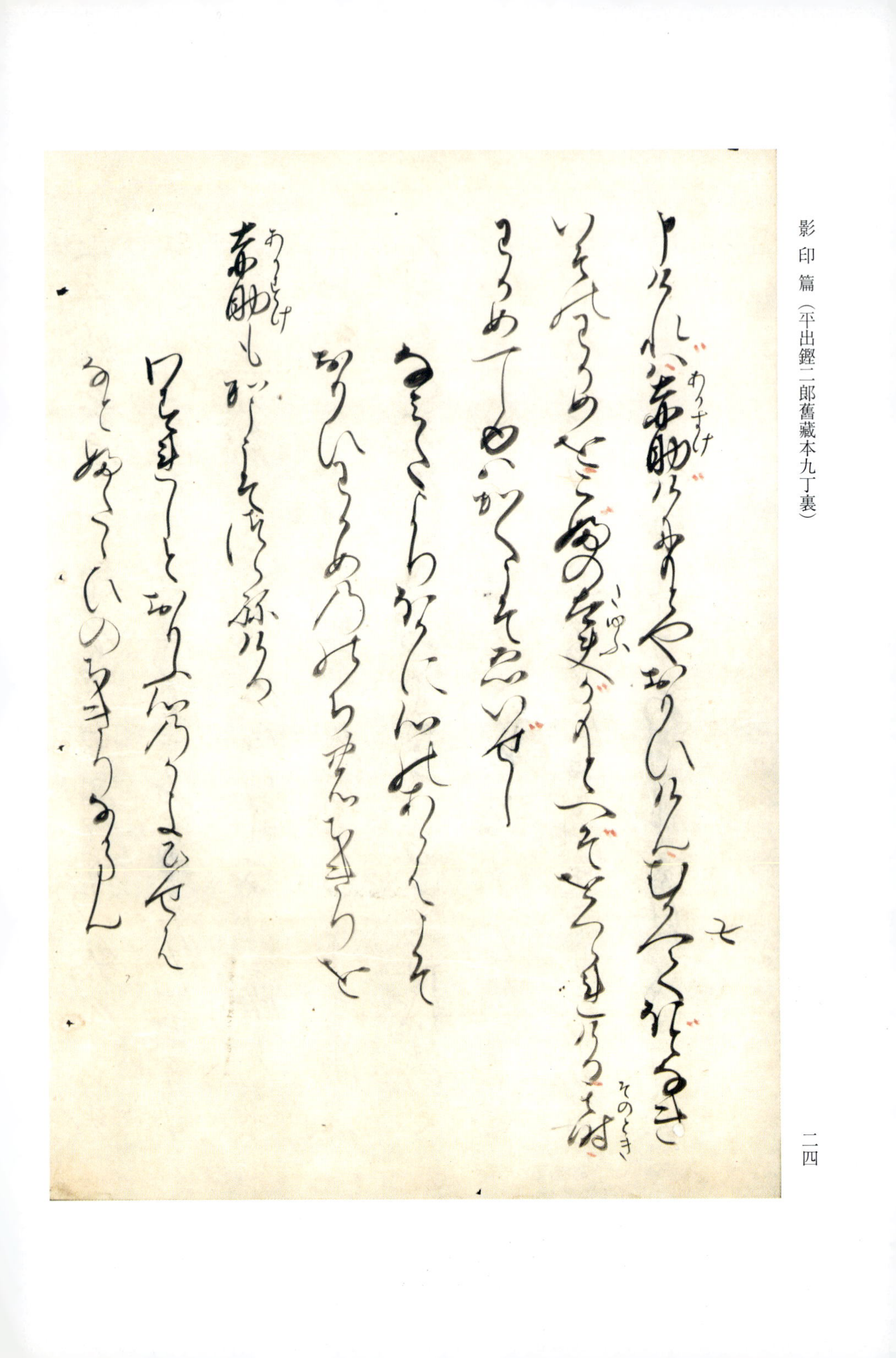

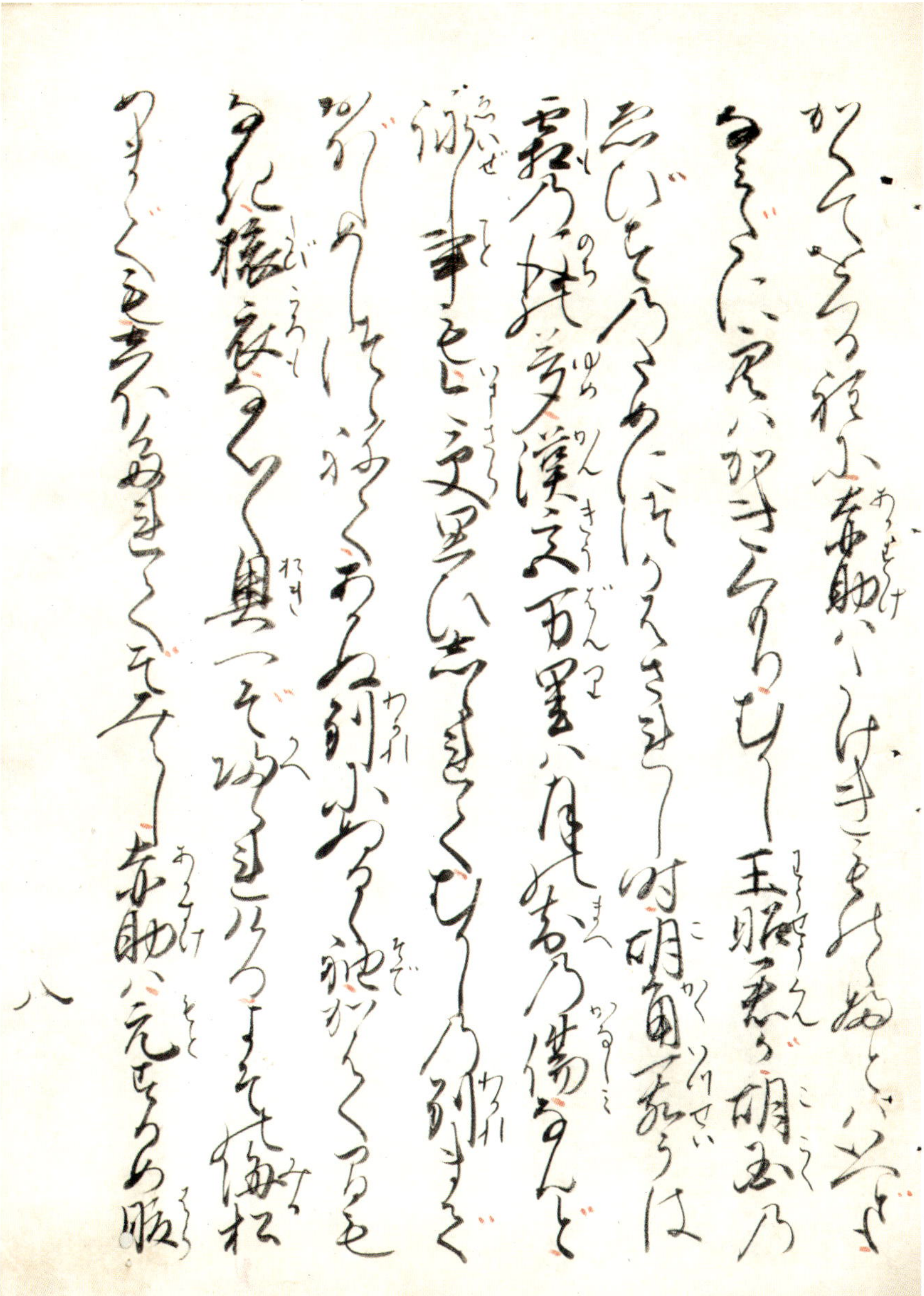

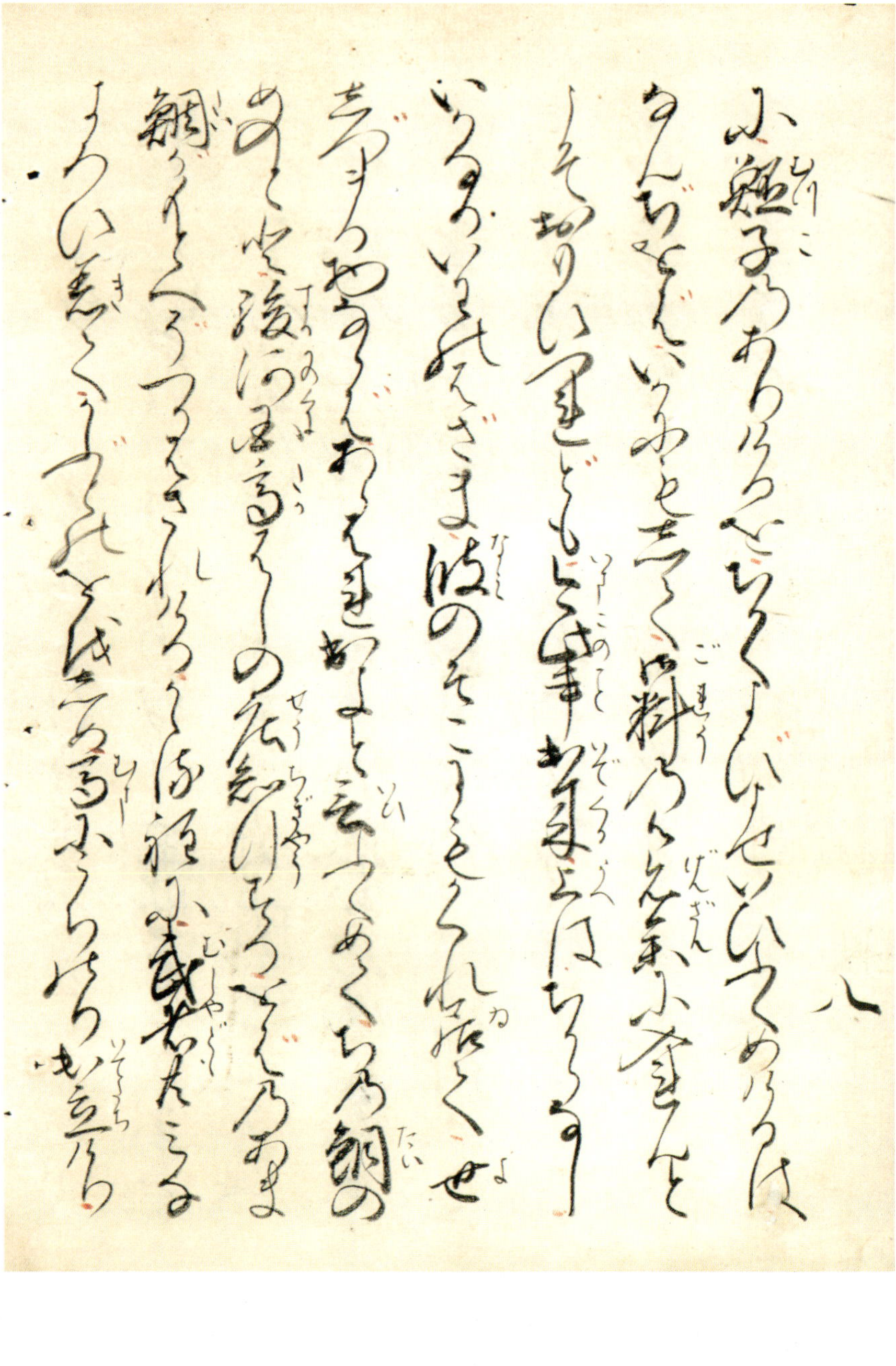

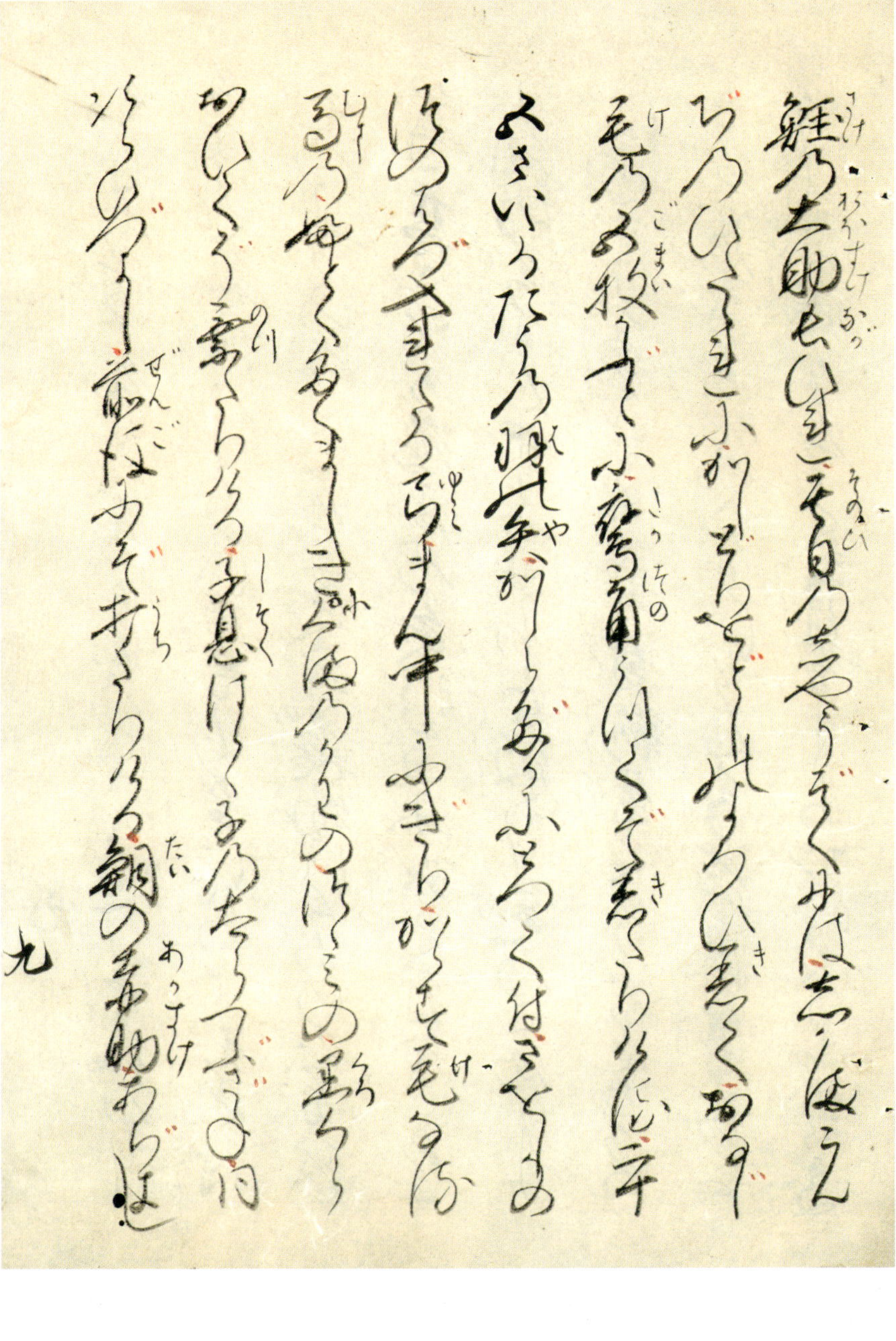

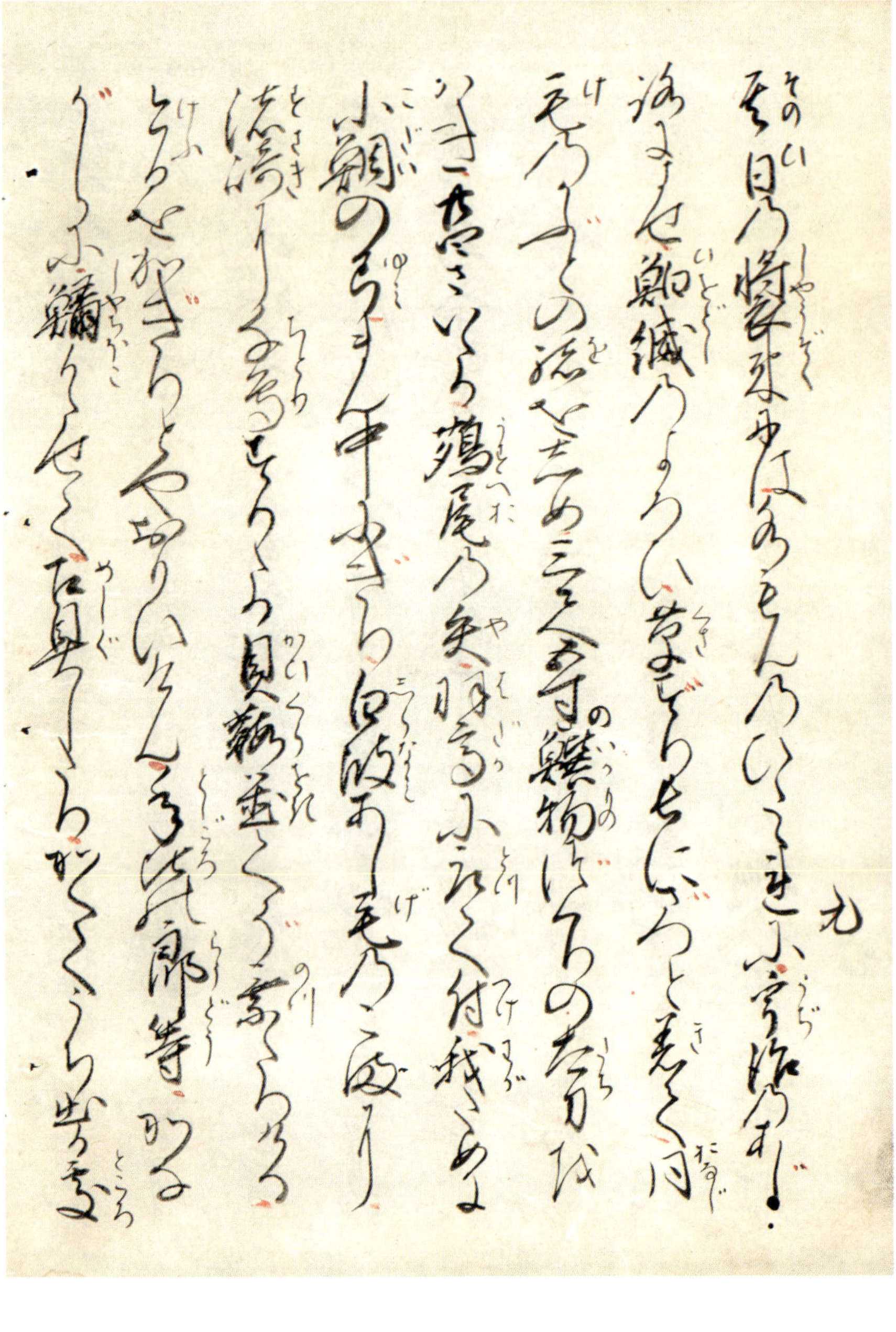

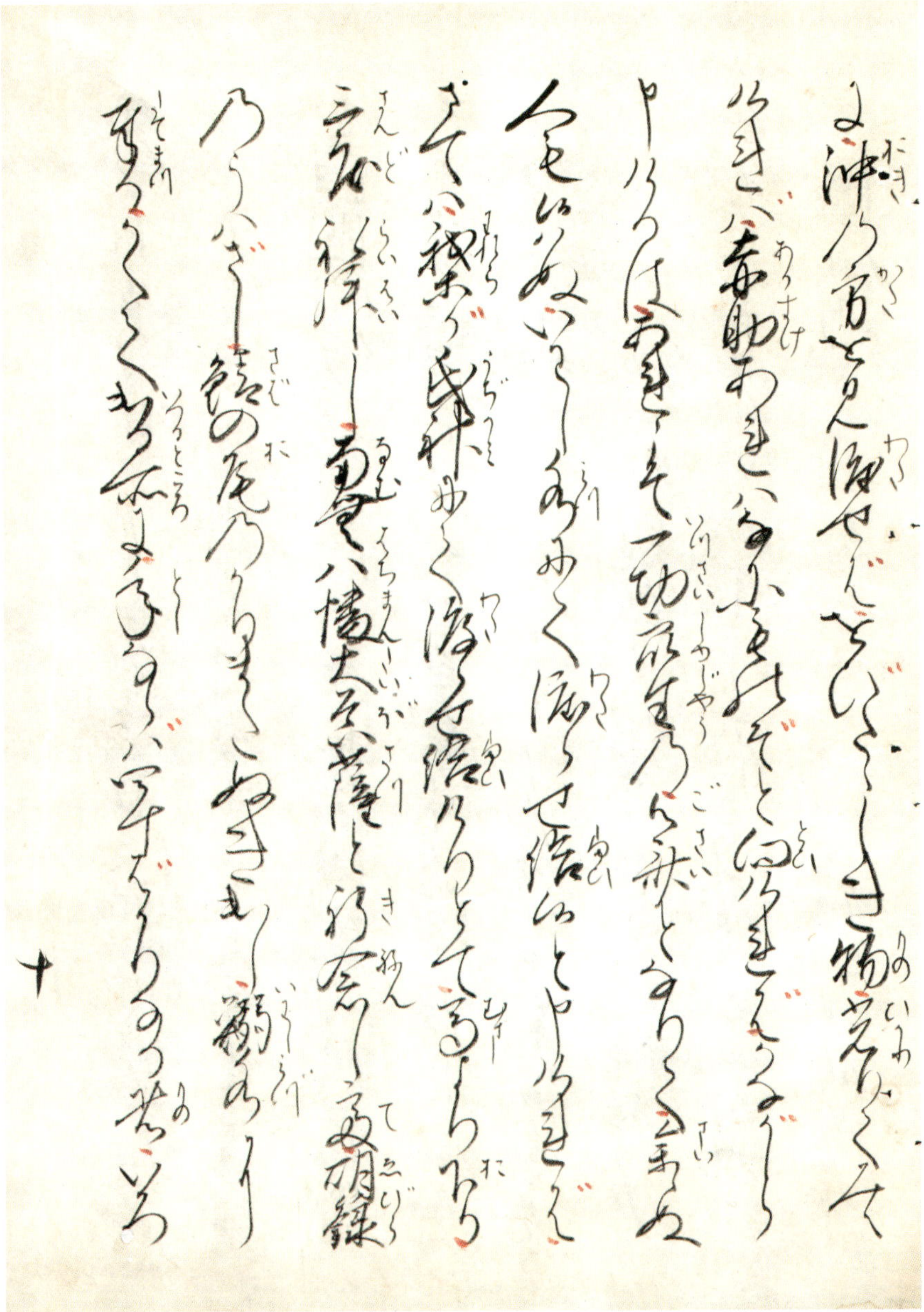

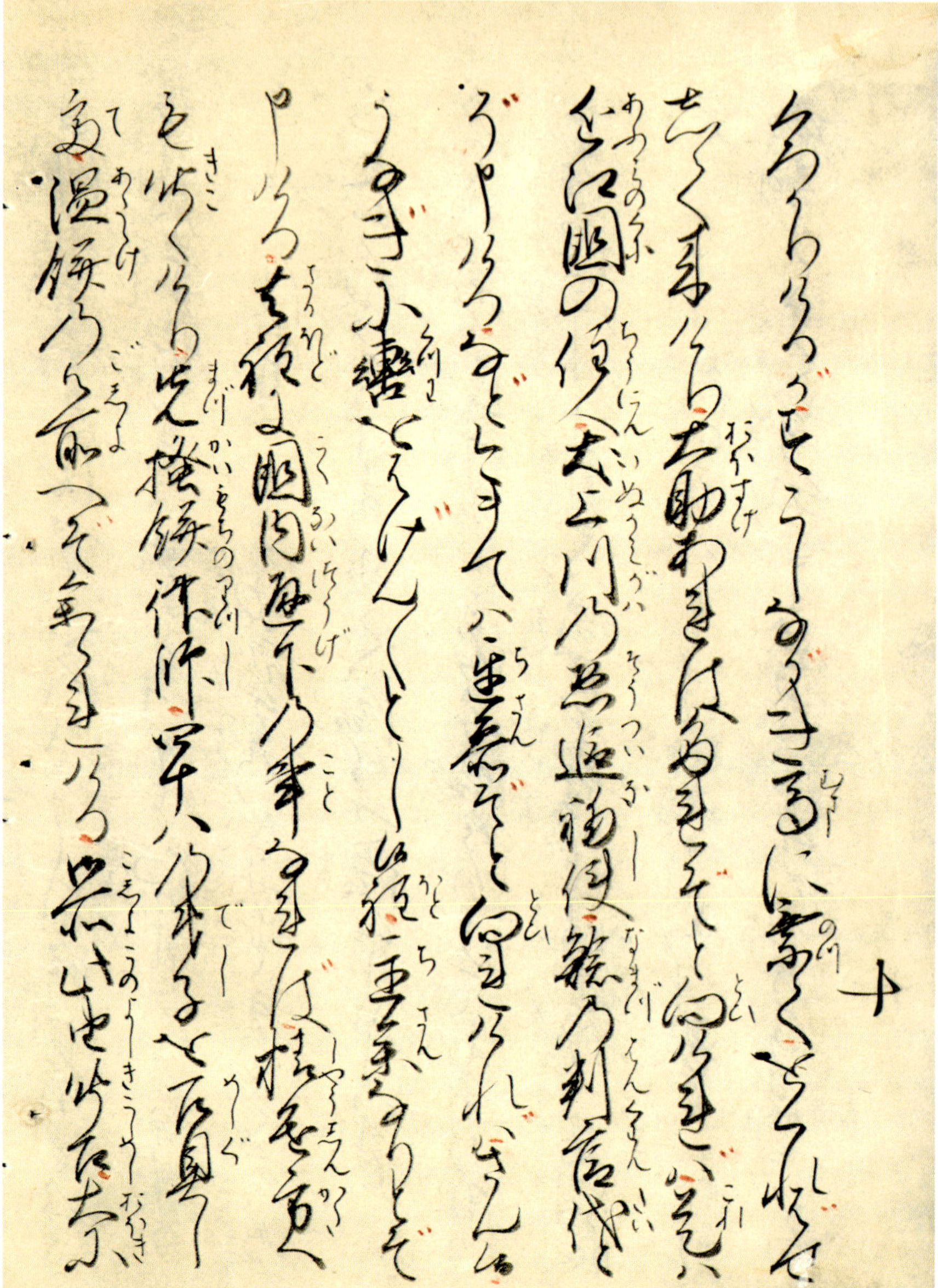

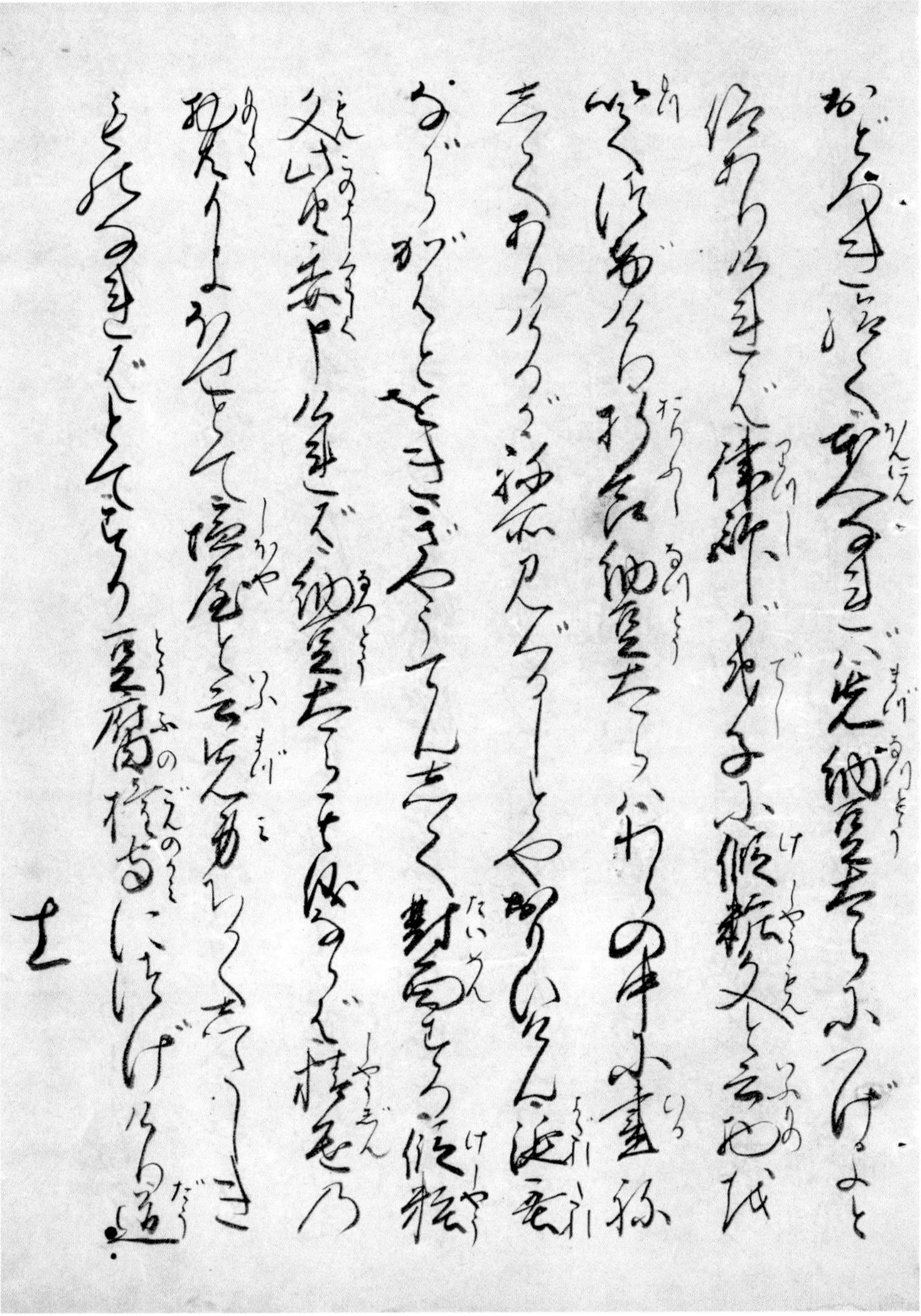

影印篇（平出鏗二郎舊藏本一三丁表）

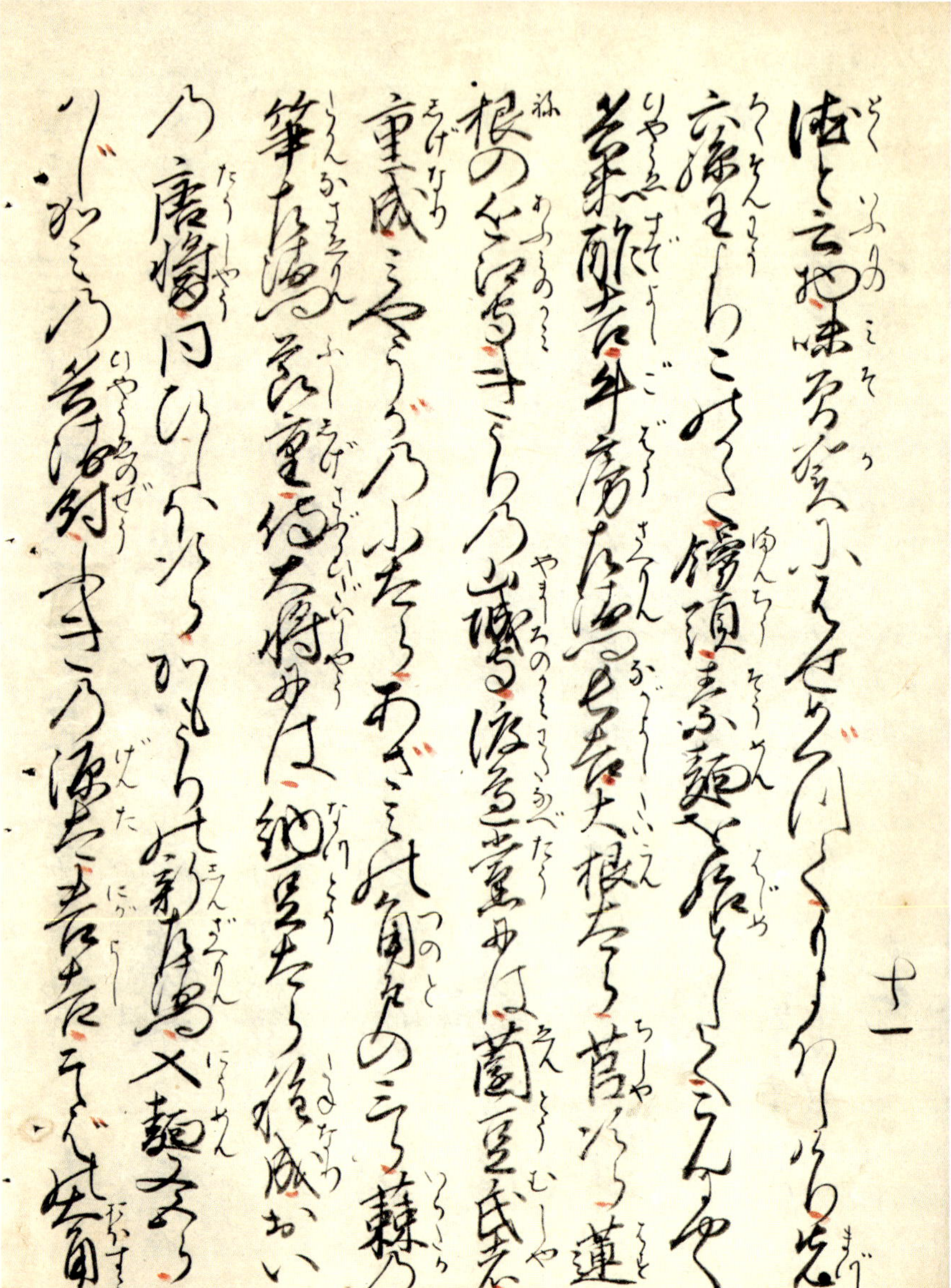
十一

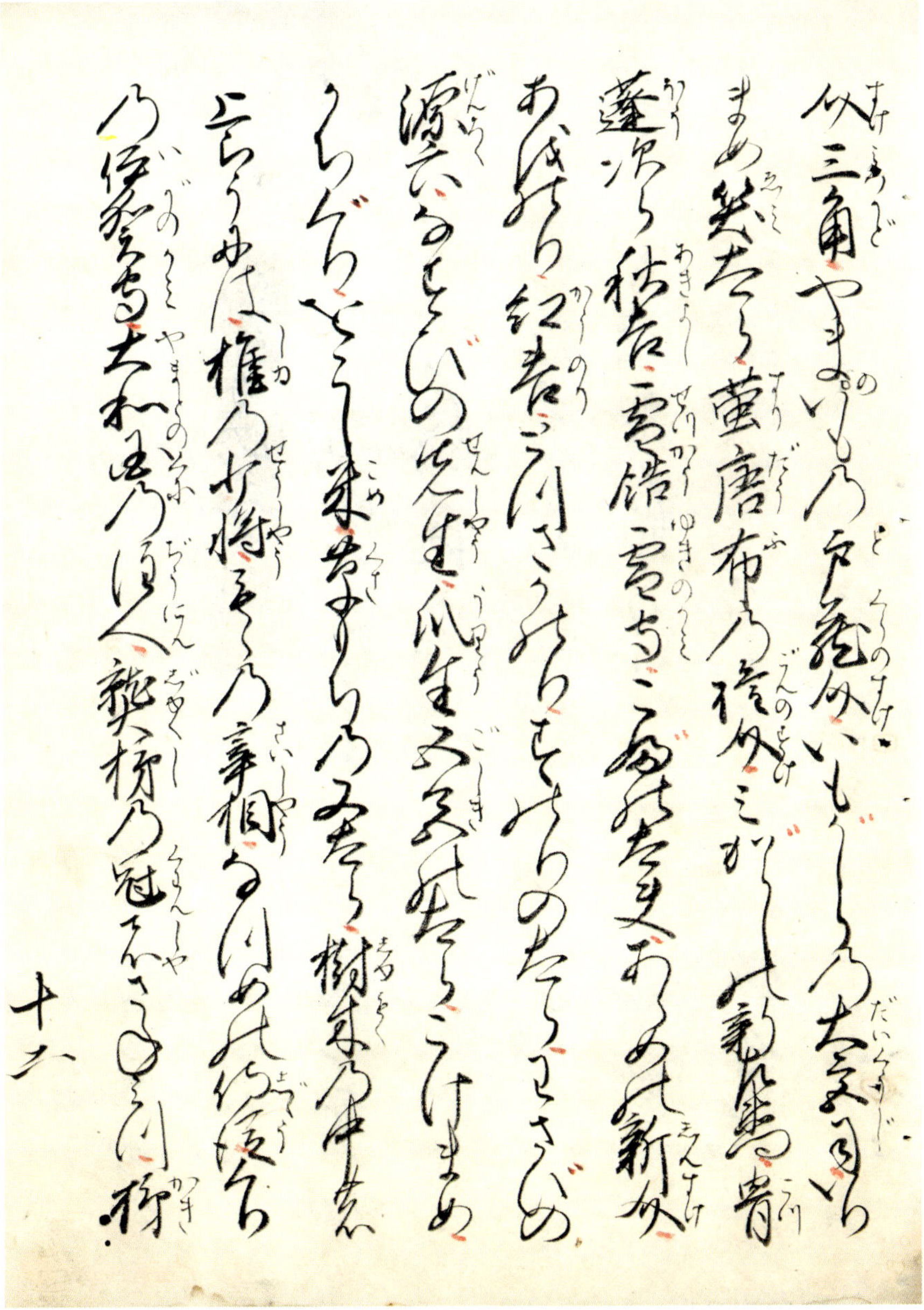

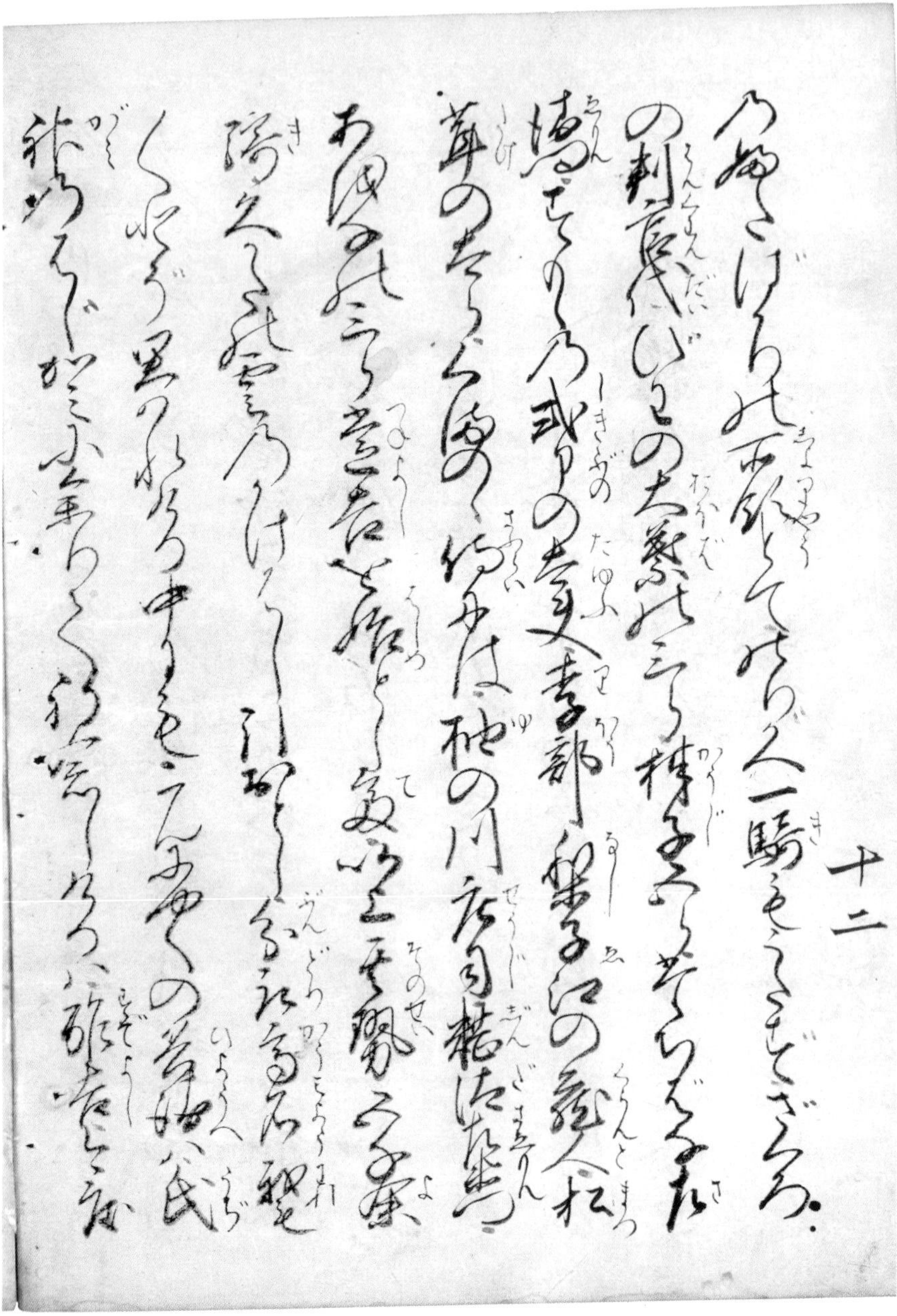

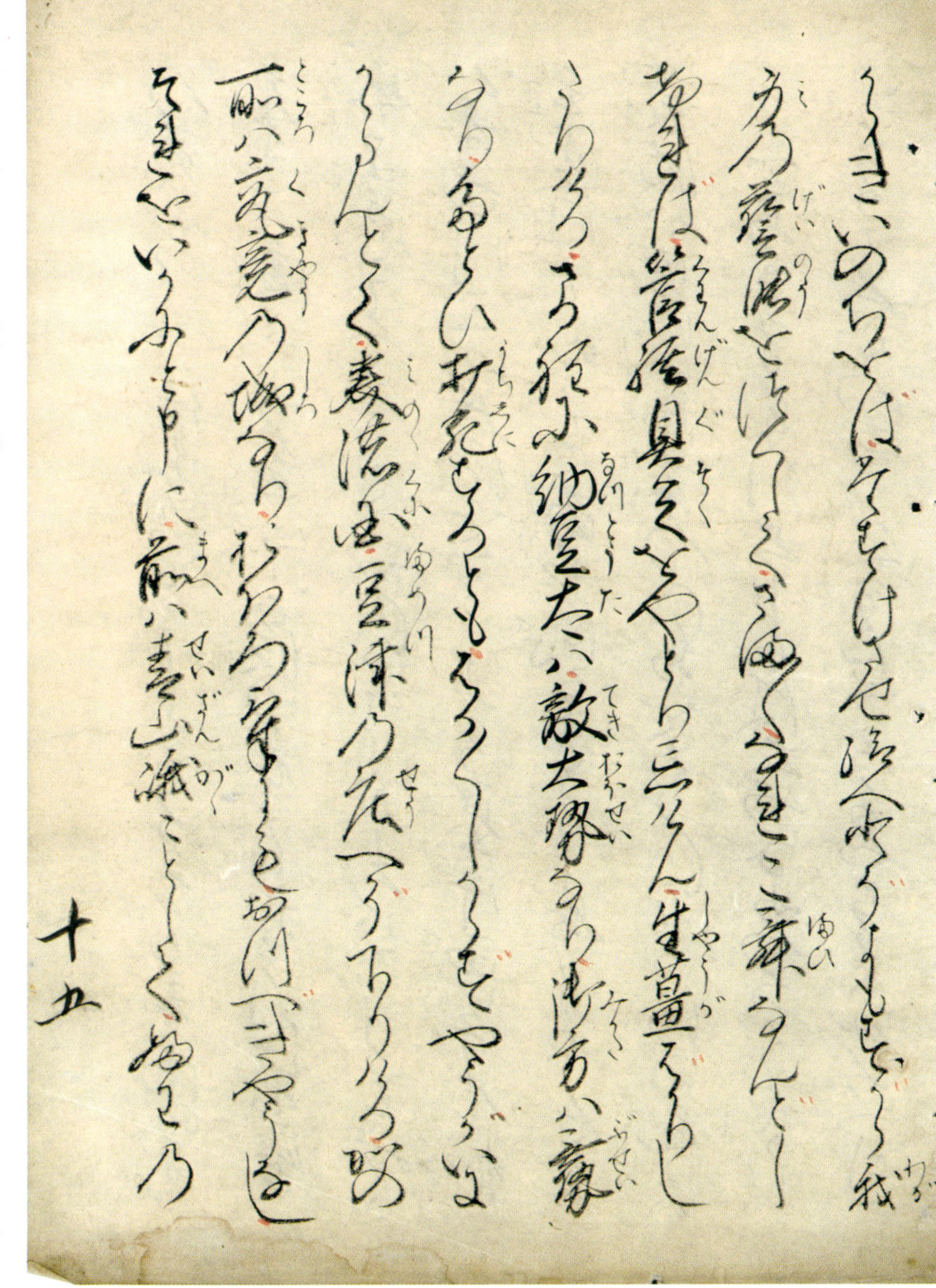

十五

の関(せき)にてま伊勢路(いせぢ)をさしてくだりけるに青陽(せいやう)の春(はる)
まきしハ鶯(あうぐ)ハこゝろ嫣然(えんぜん)山ハ霞(かすみ)の衣(ころも)をかさね紫塵(しぢん)
嫩(めうき)蕨(さわらび)こそやうしこふハいそてしろハおしうさ
くみせ川三乃大河(たいが)をなかしまてる東岸(とうがん)西岸(せいがん)の柳(やなぎ)
遅速(ちそく)同(おなじ)しからずも南北(なんかく)風(かぜ)をさそひ梅(うめ)よもぎ
蒼波(さうは)ハ白浪(はくらう)蒼苔(さうたい)ひげをあらひ河(かは)の面(おも)ハ
らんくさくり[illegible]川にをはたつゆふかゝる[illegible]
いろすゑやかの[illegible]にんさもゆへくみへ[illegible]

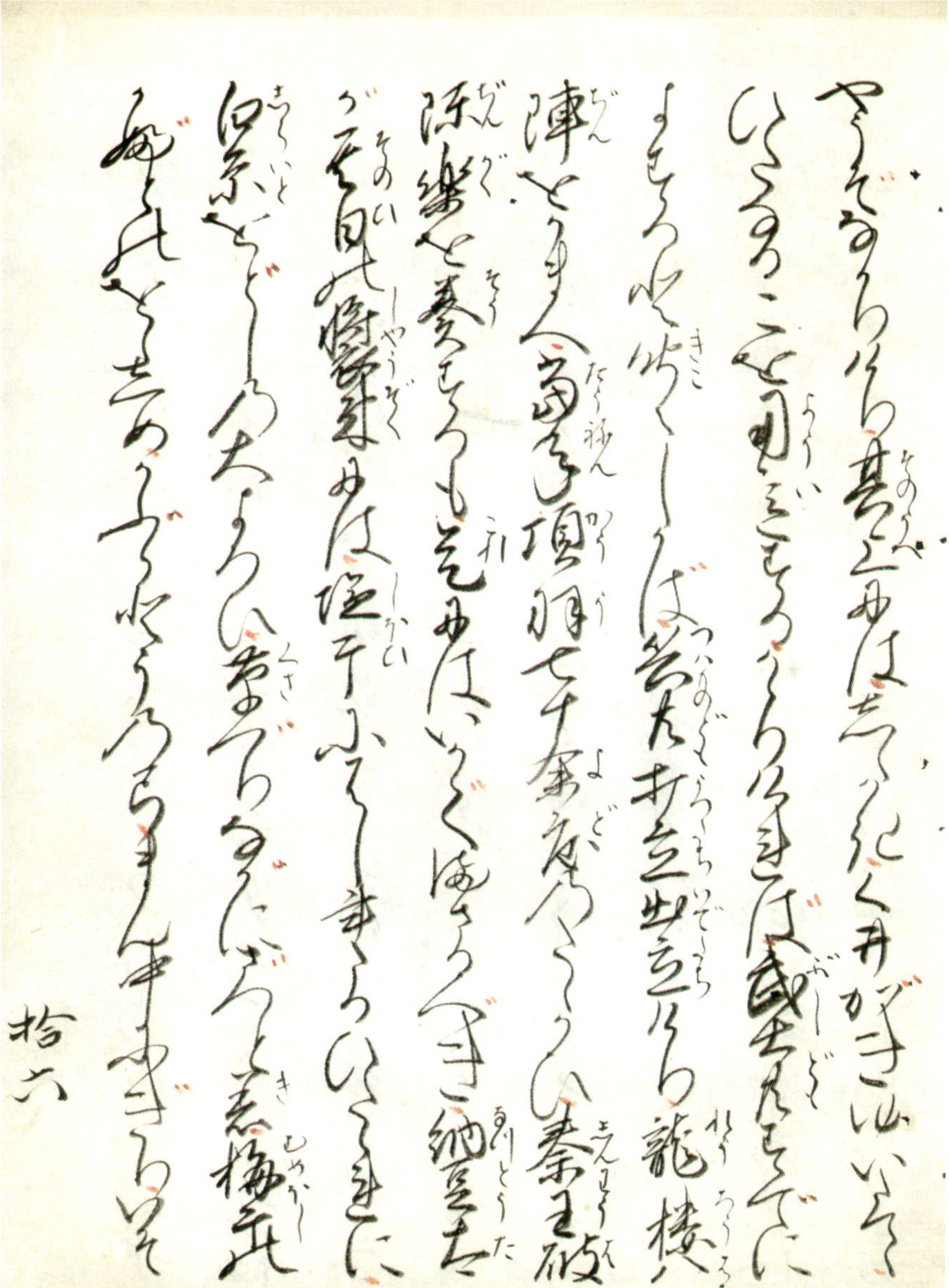

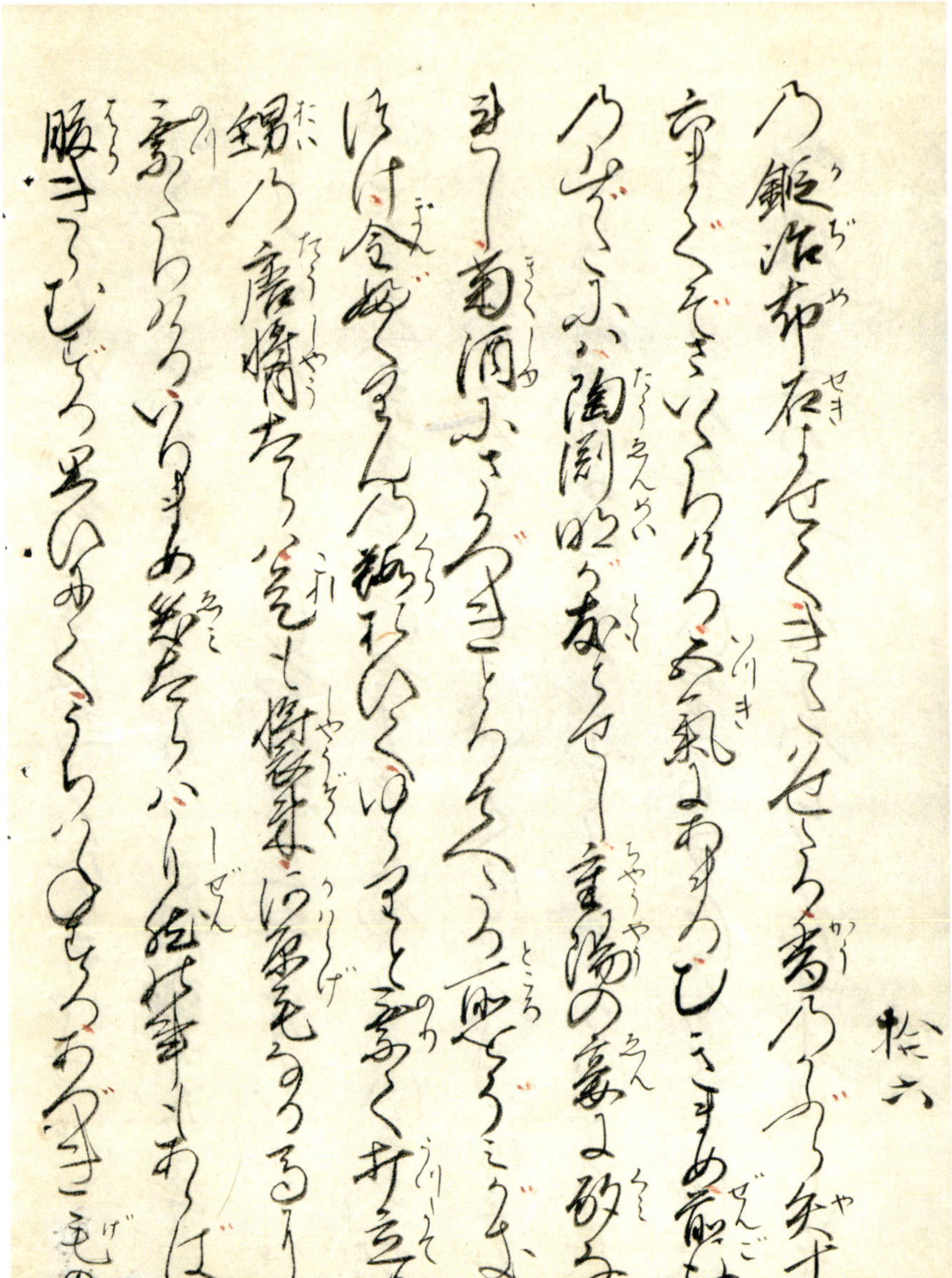

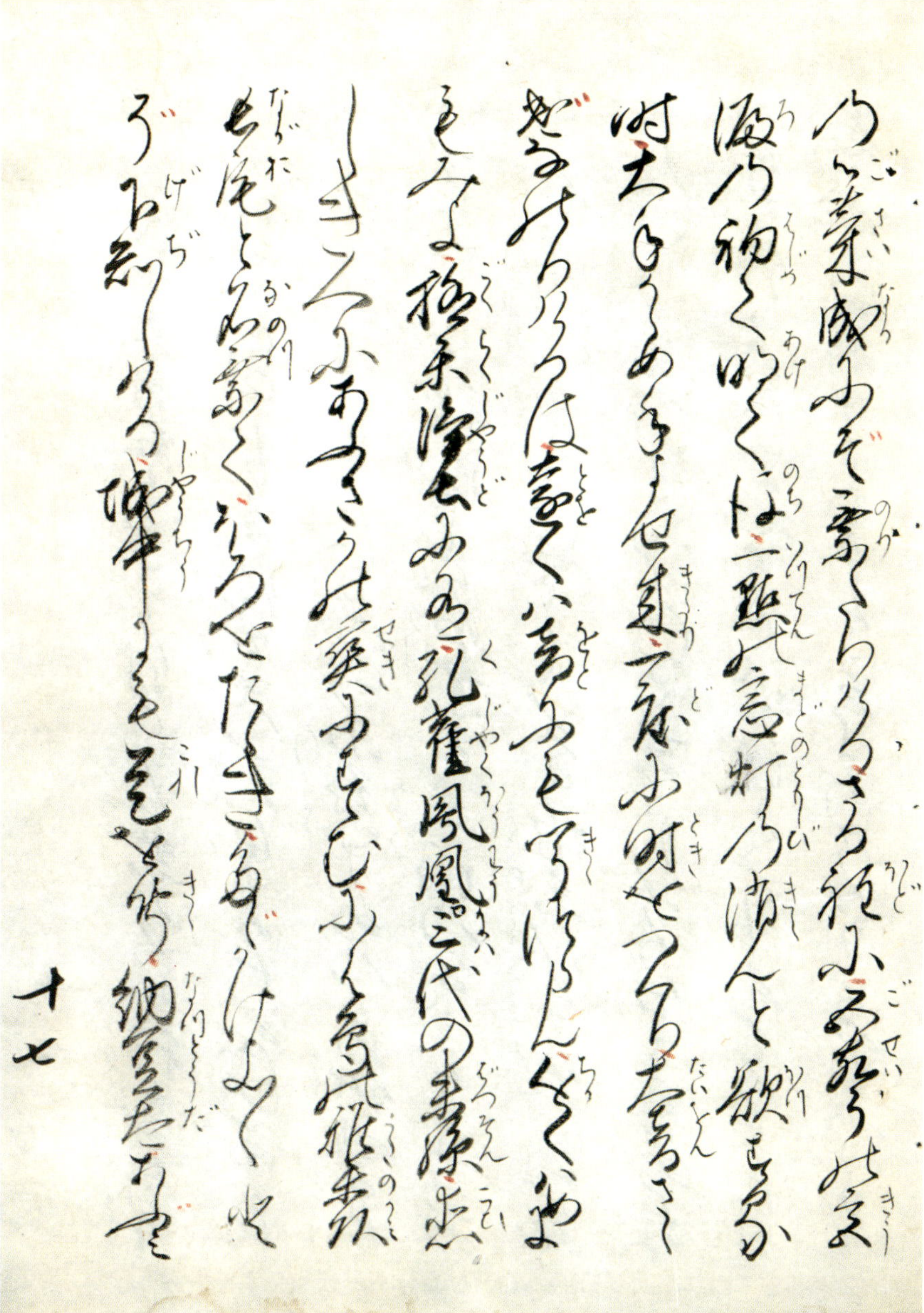

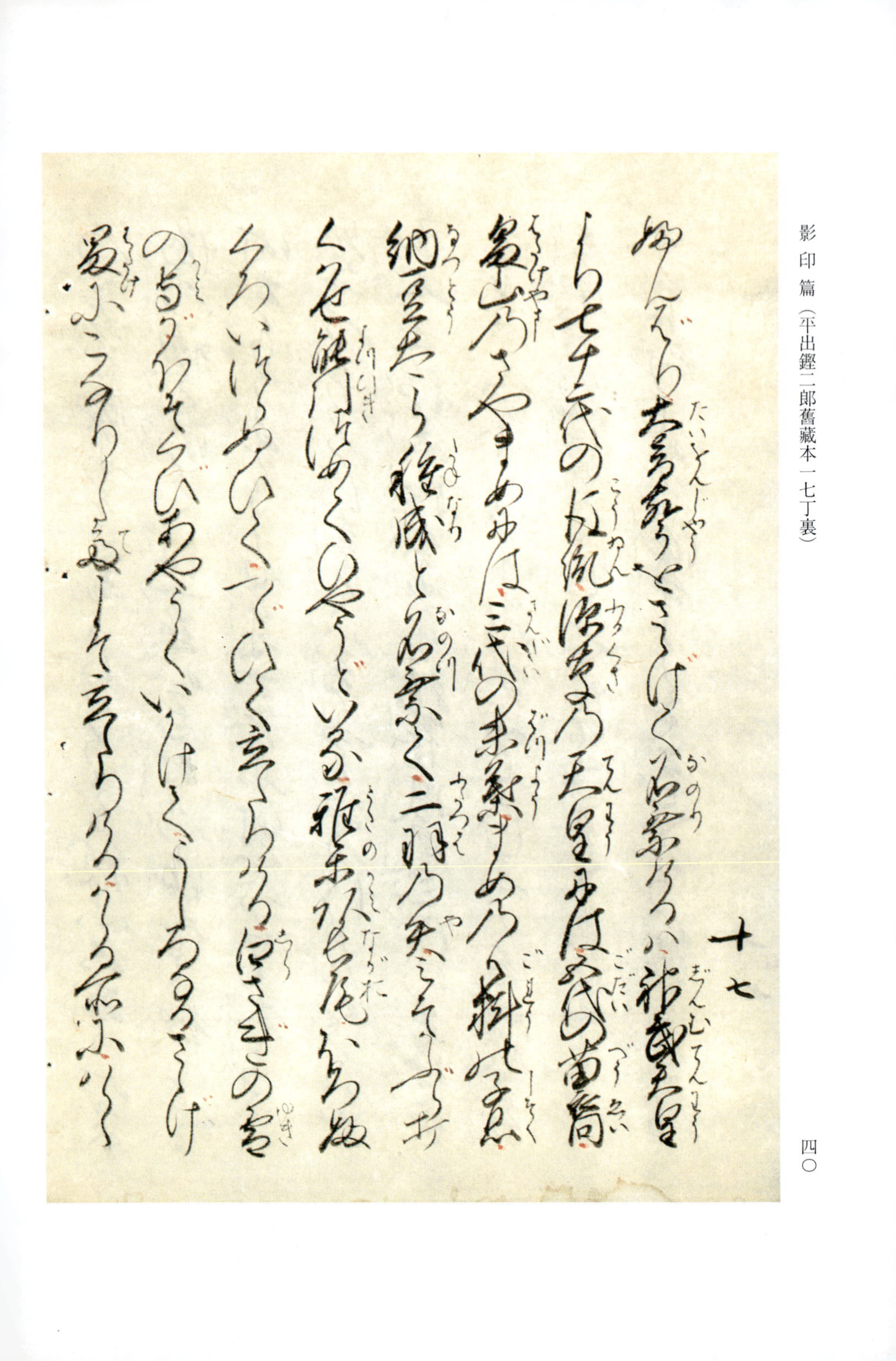

十七

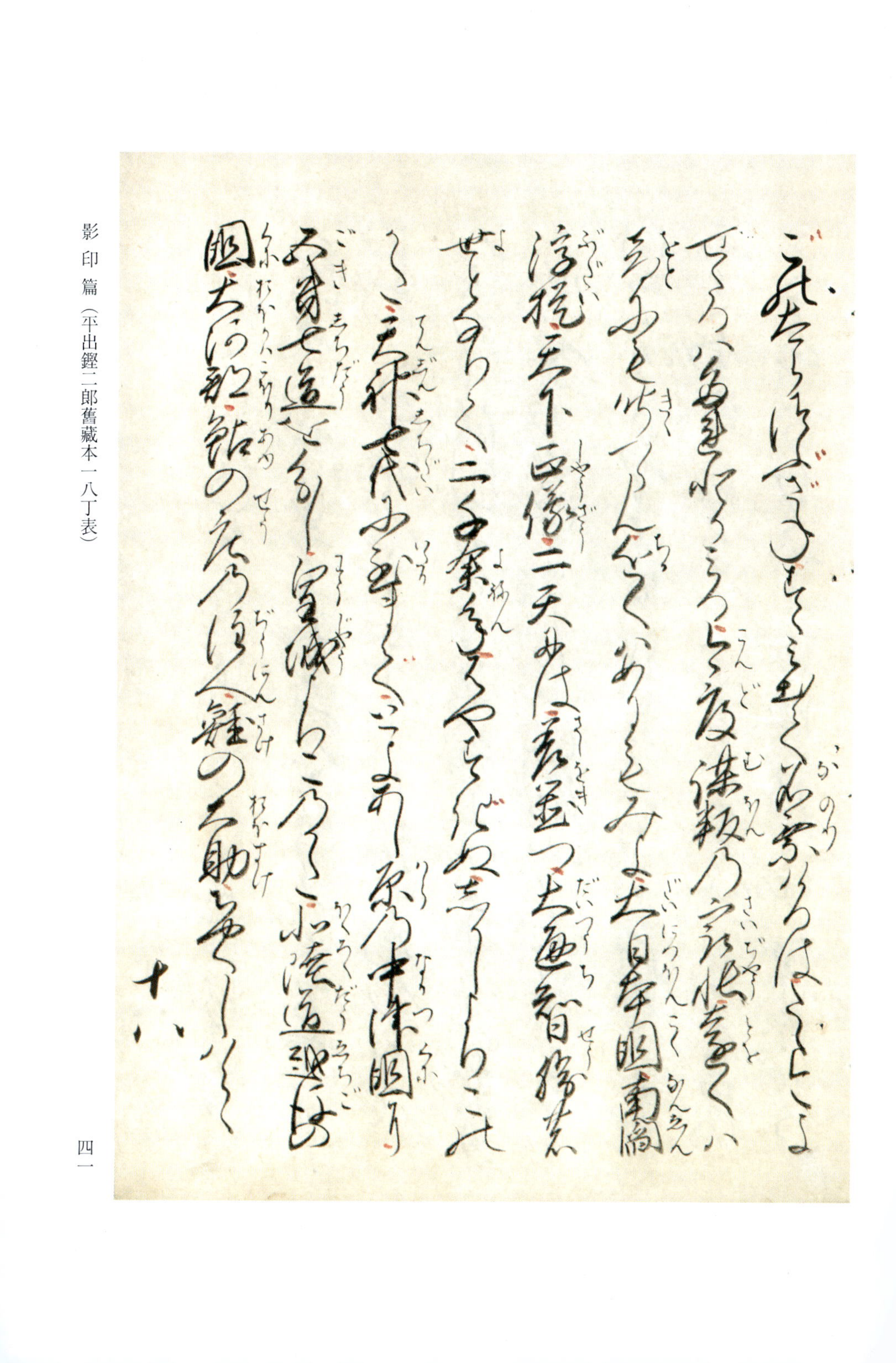

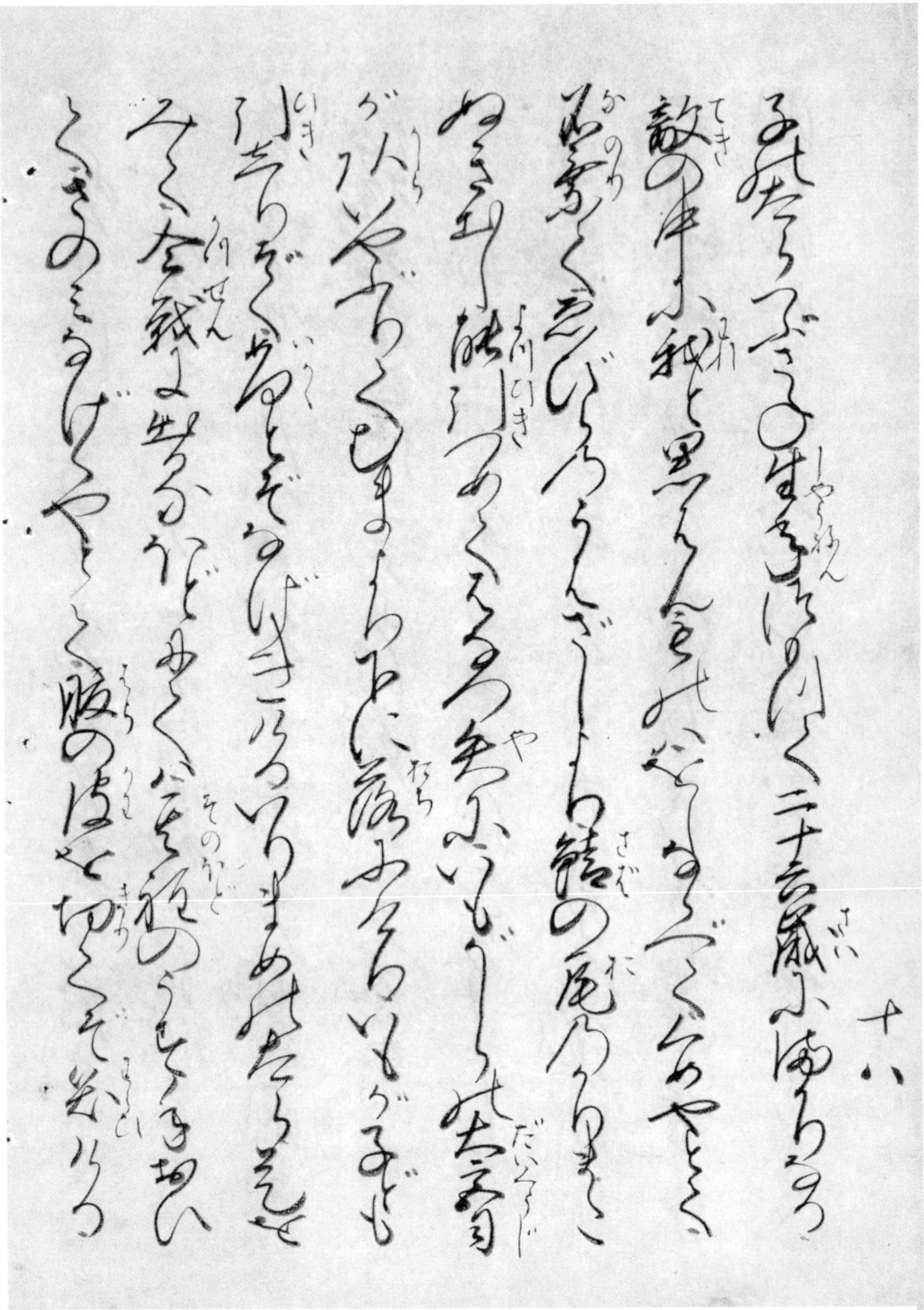

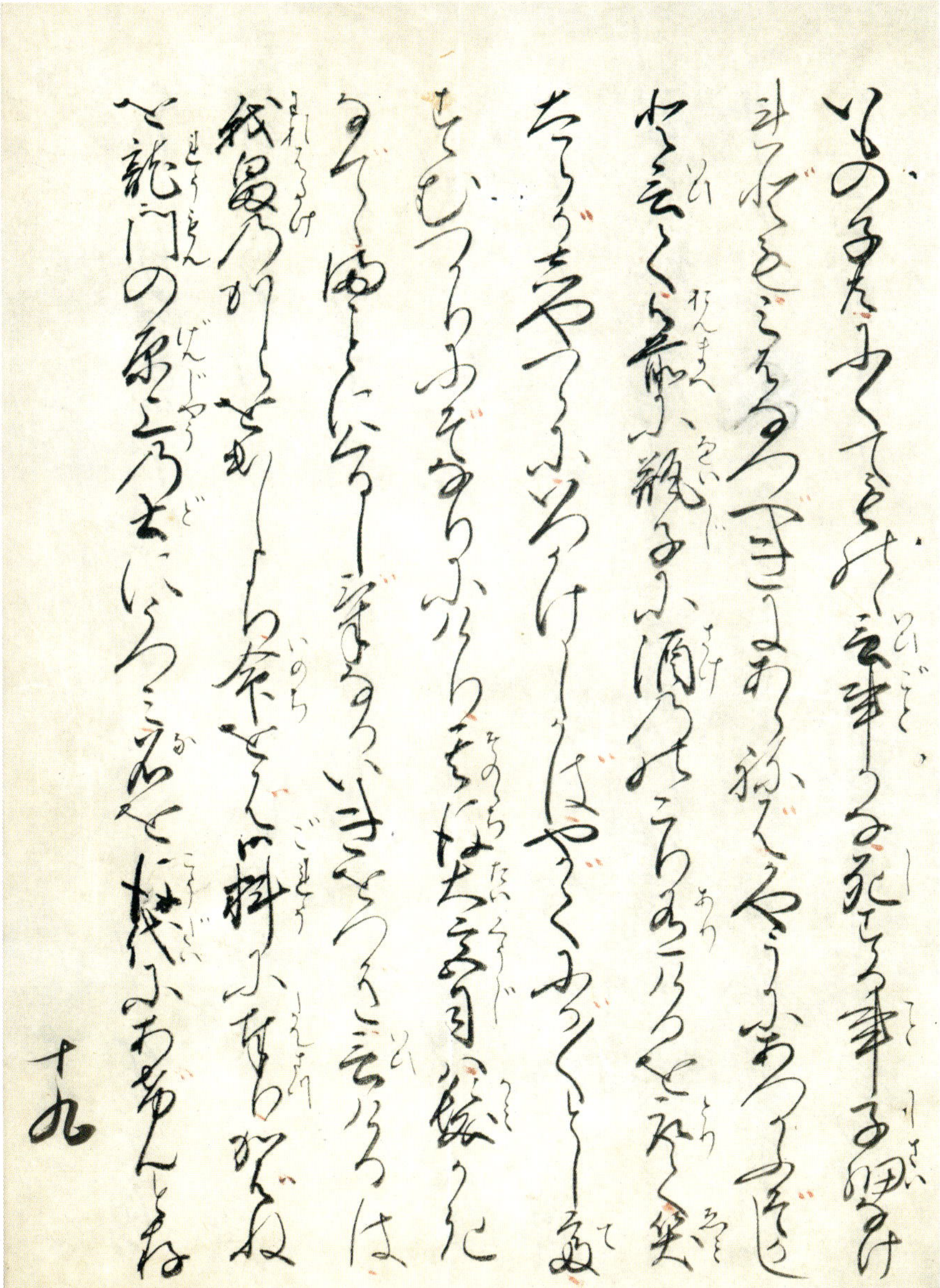
十九

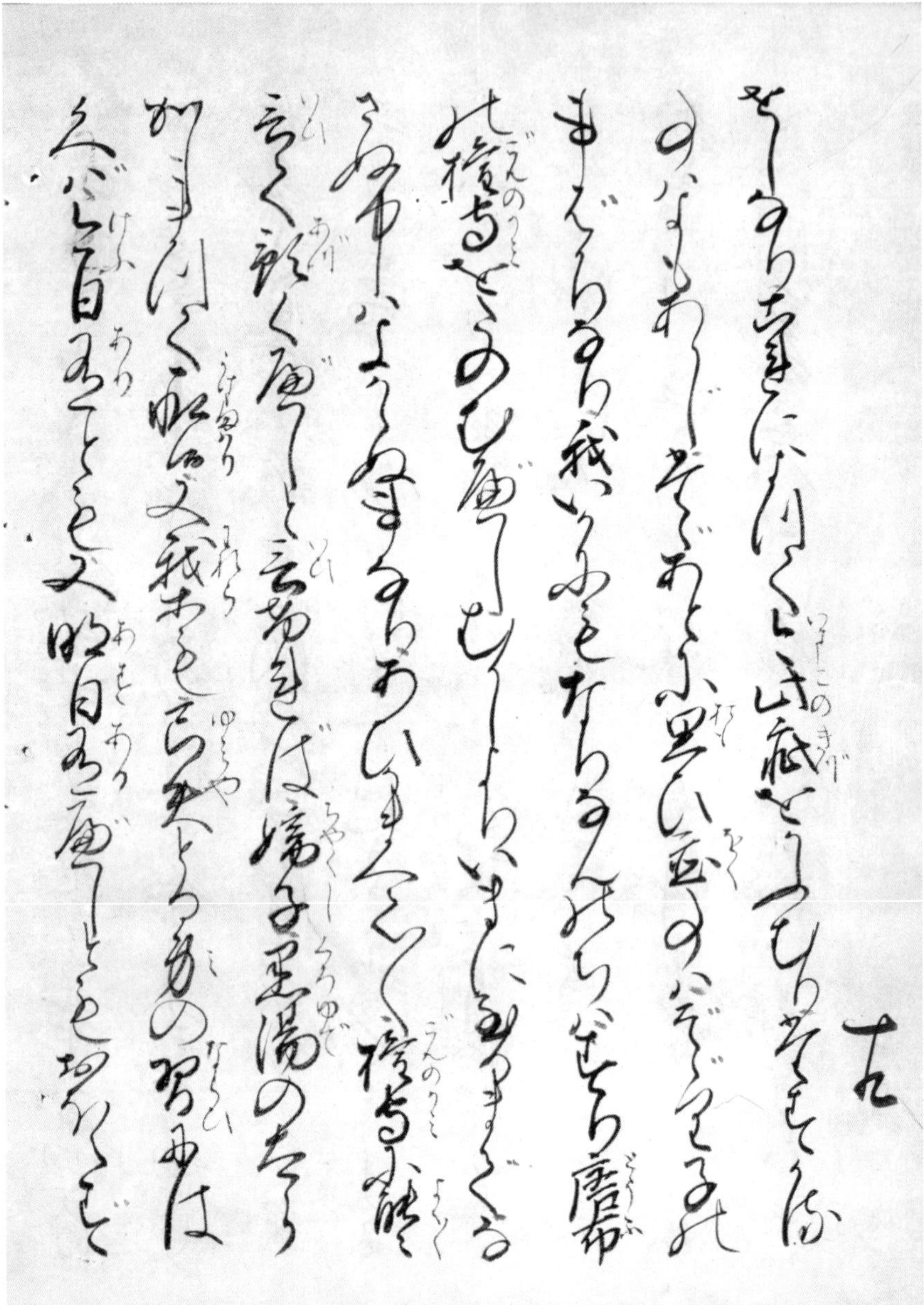

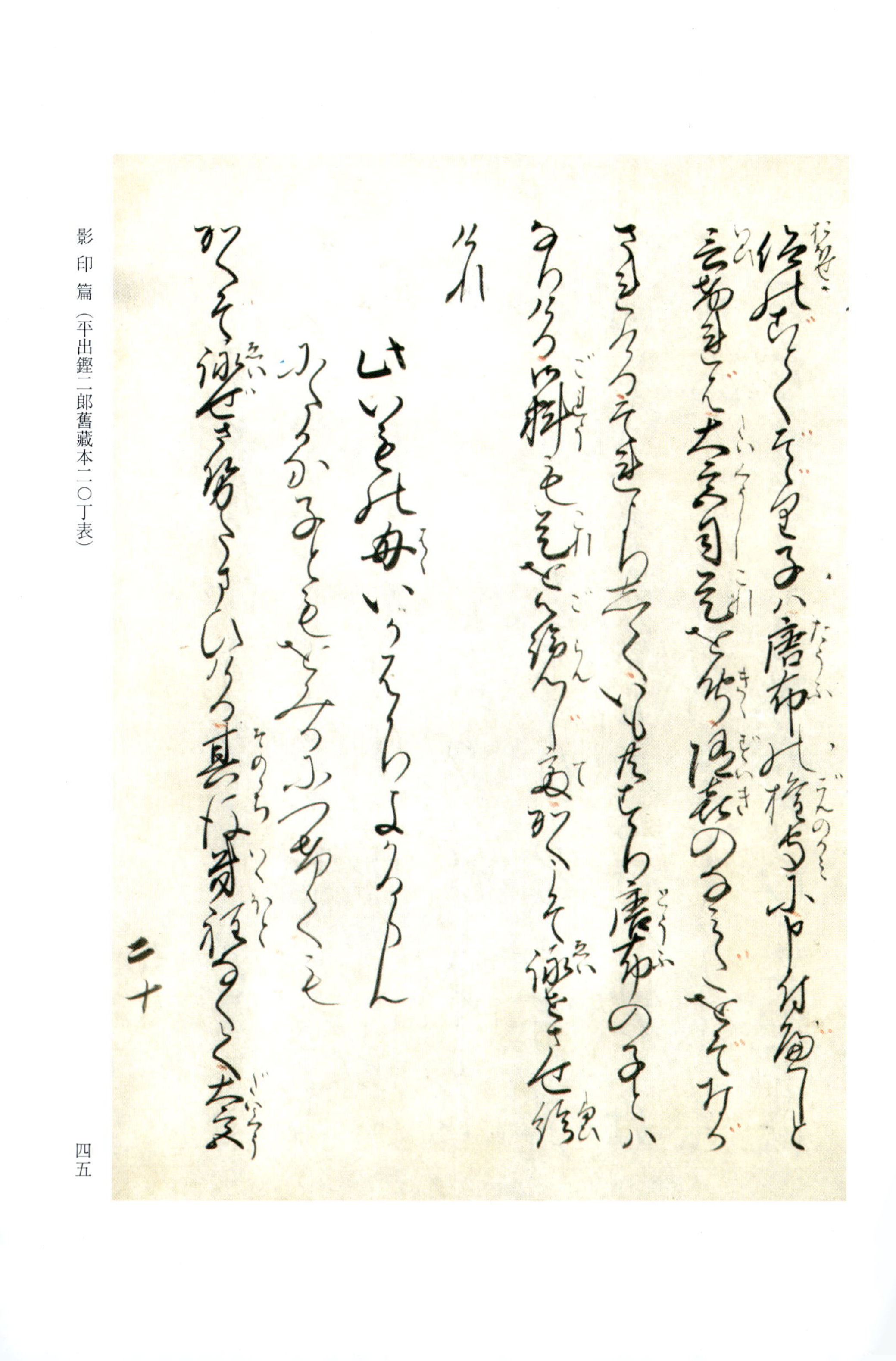

二十

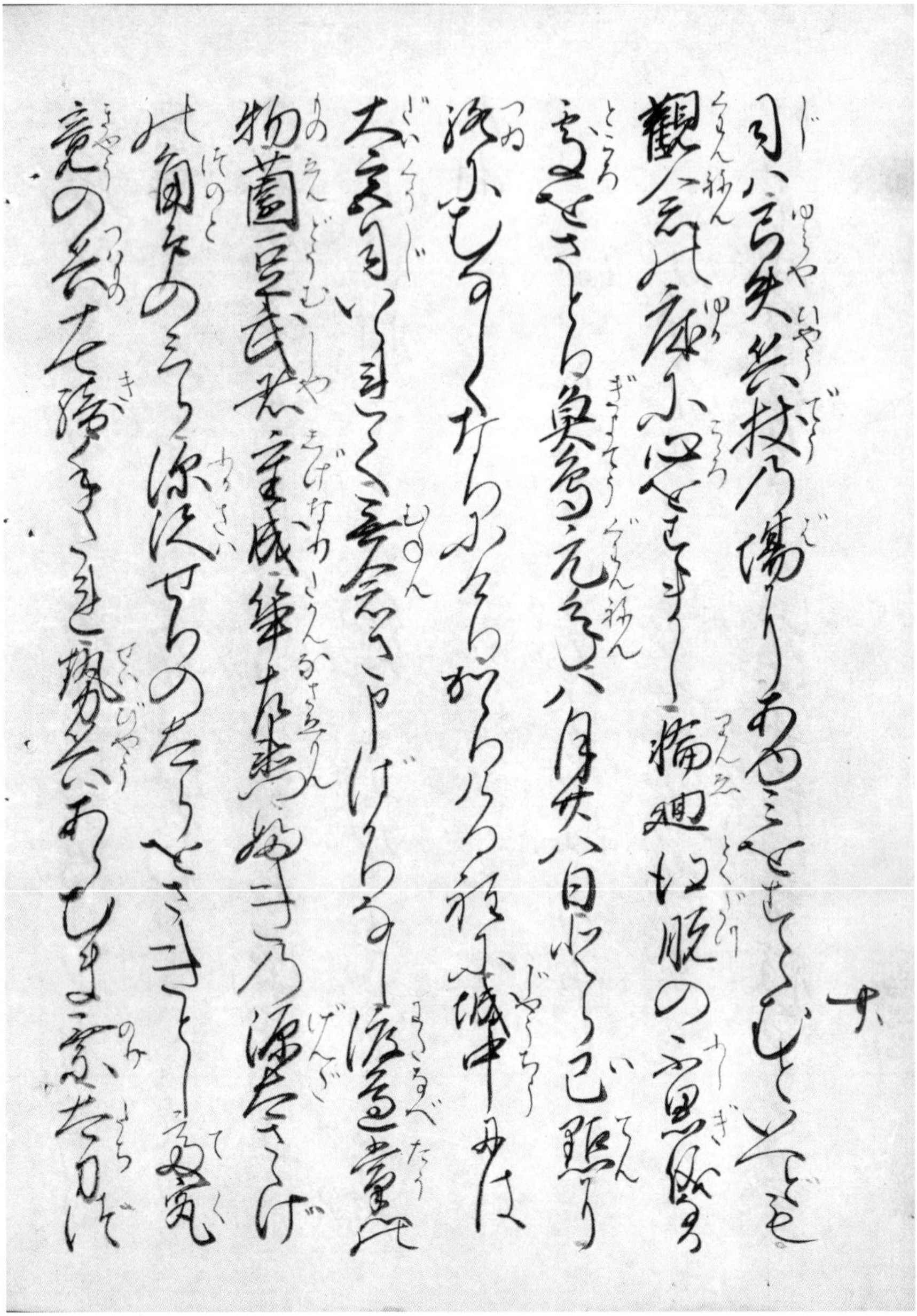

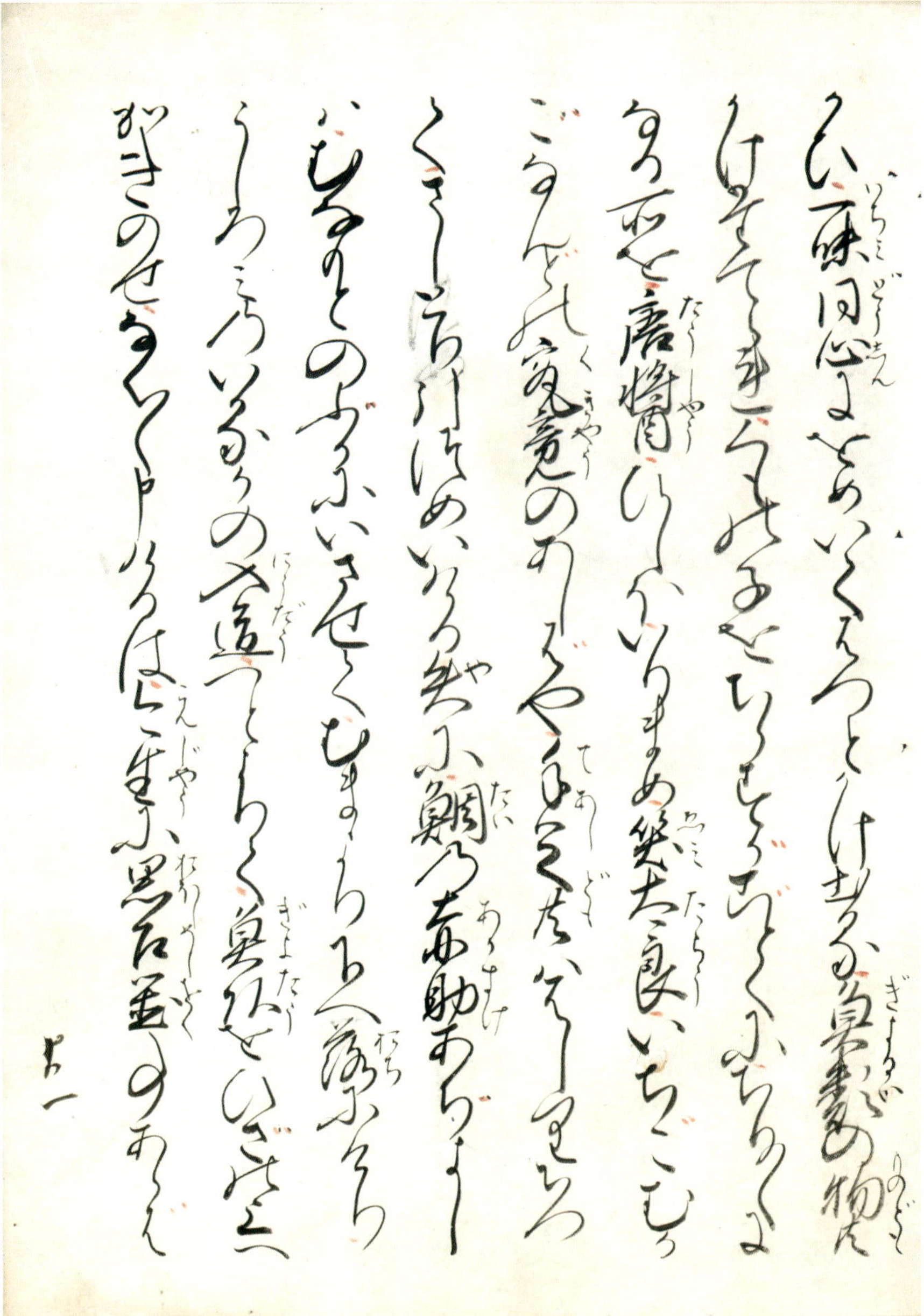

ひ一味同心よとおもひくゝりとけるか魚類の物とも
はそてまゐらせてひきもさぶらふくみたらくよ
すなはち唐醤ひしほのかめ納豆太郎いとこむら
ごうんとも究竟のものとやまと手足たかはゝとゝら
くさしけはめいろいろ小鯛の荒巻あらまし
かむすとのふなのいさせてもむまのうへ藤太ゝら
らしろこゝろいるゝの入道ひきゐて魚躰をひきゐて
かきのせうとくらはらこ小黒石並のあとく

廿一

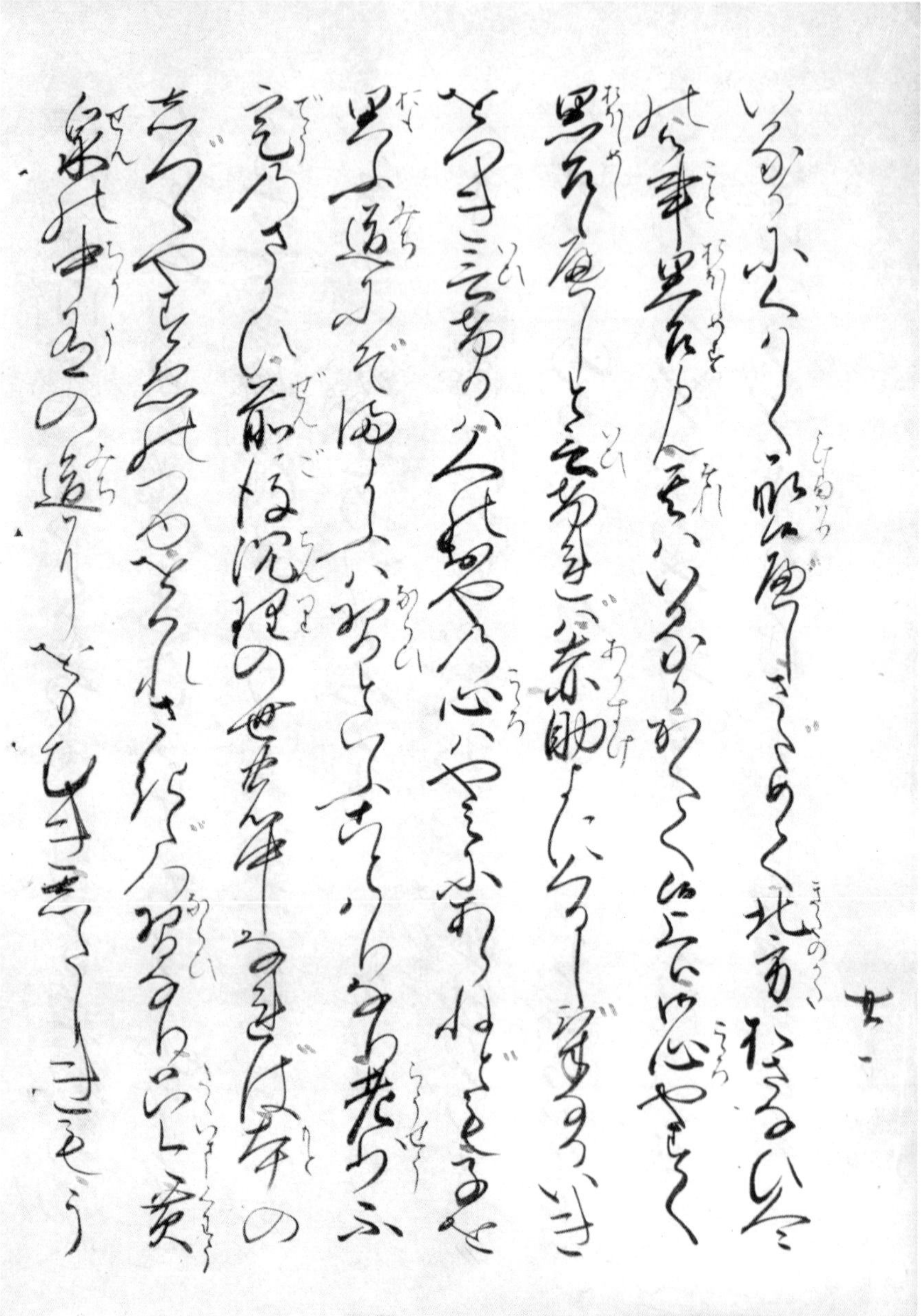

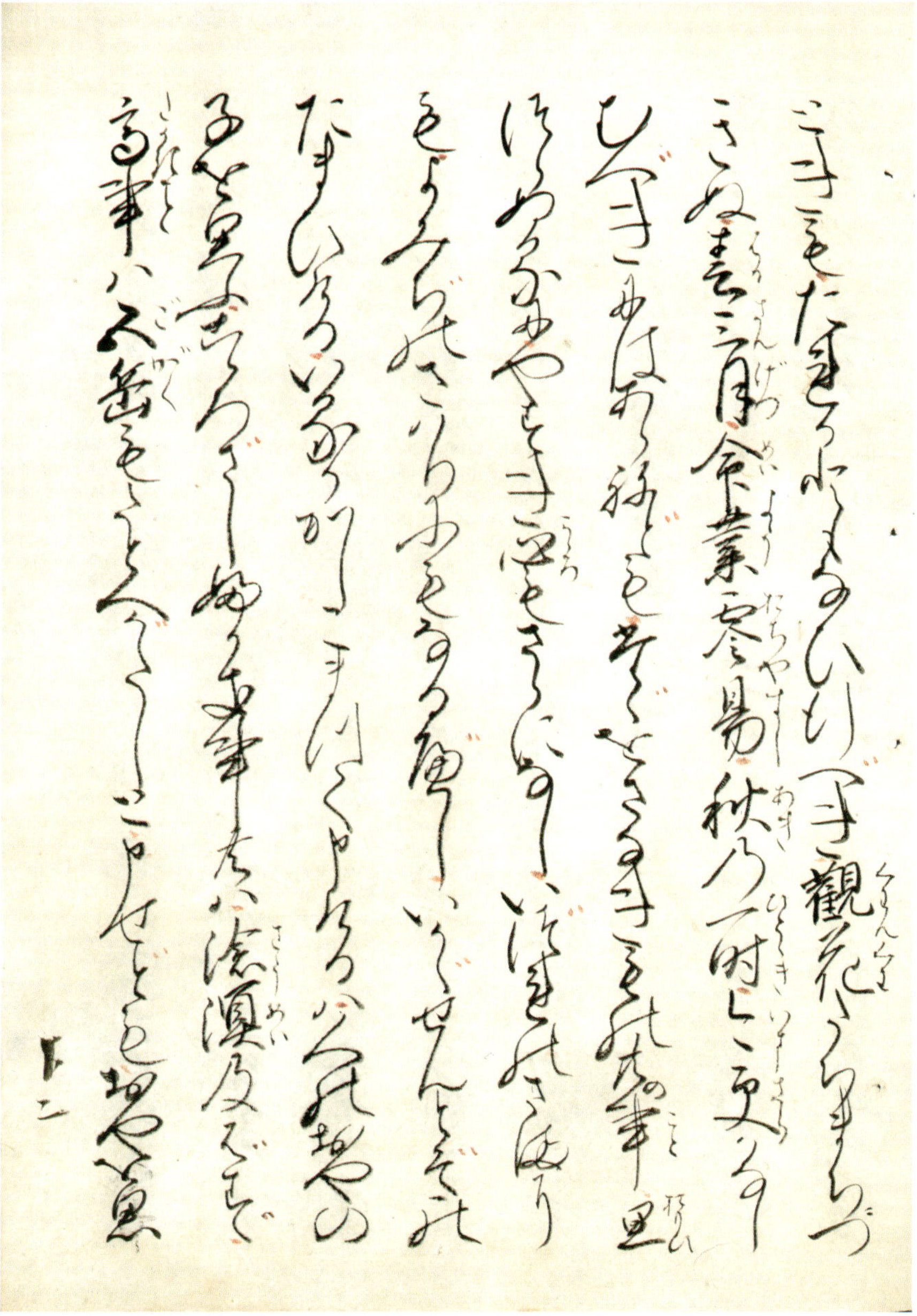

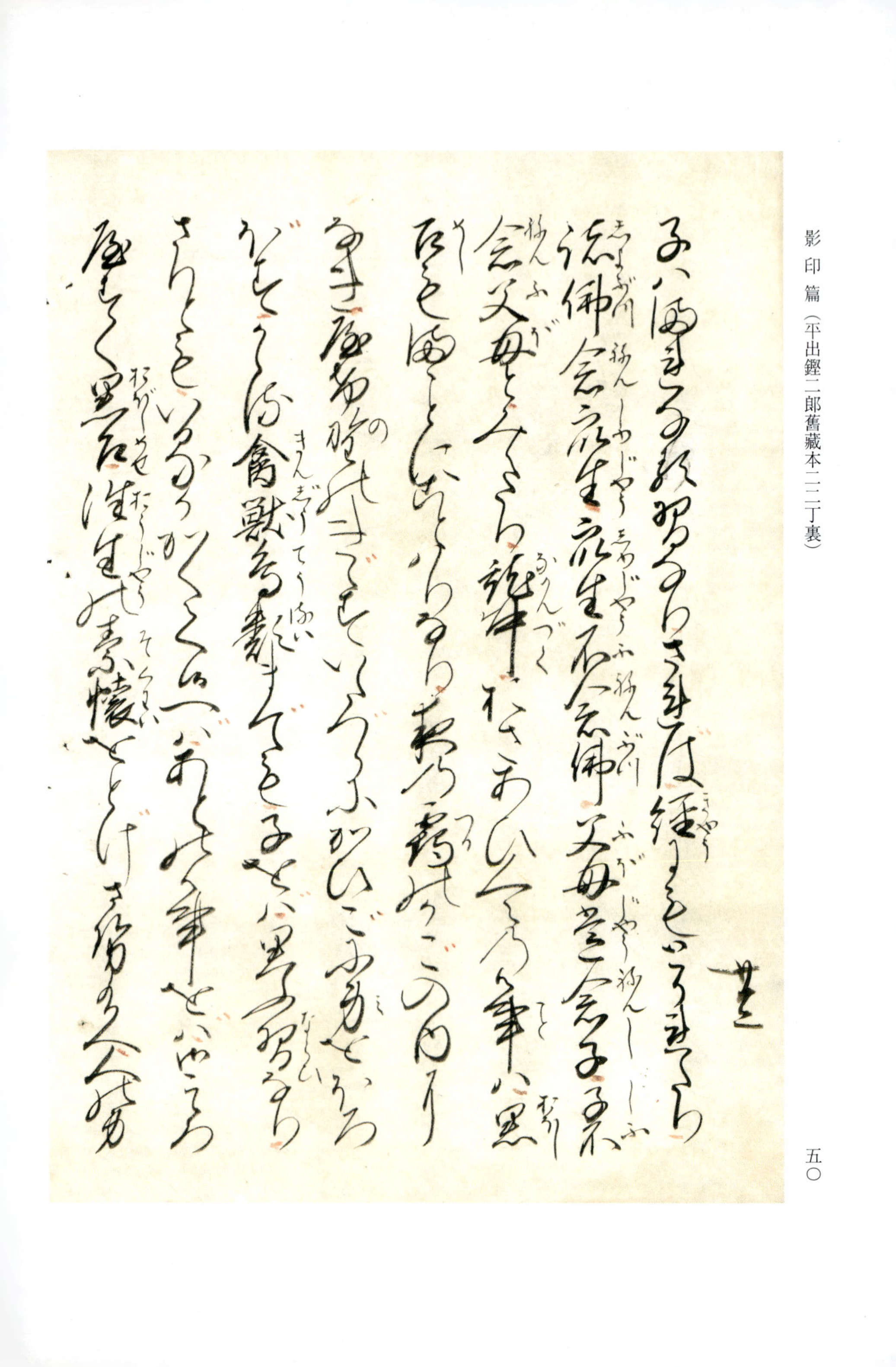

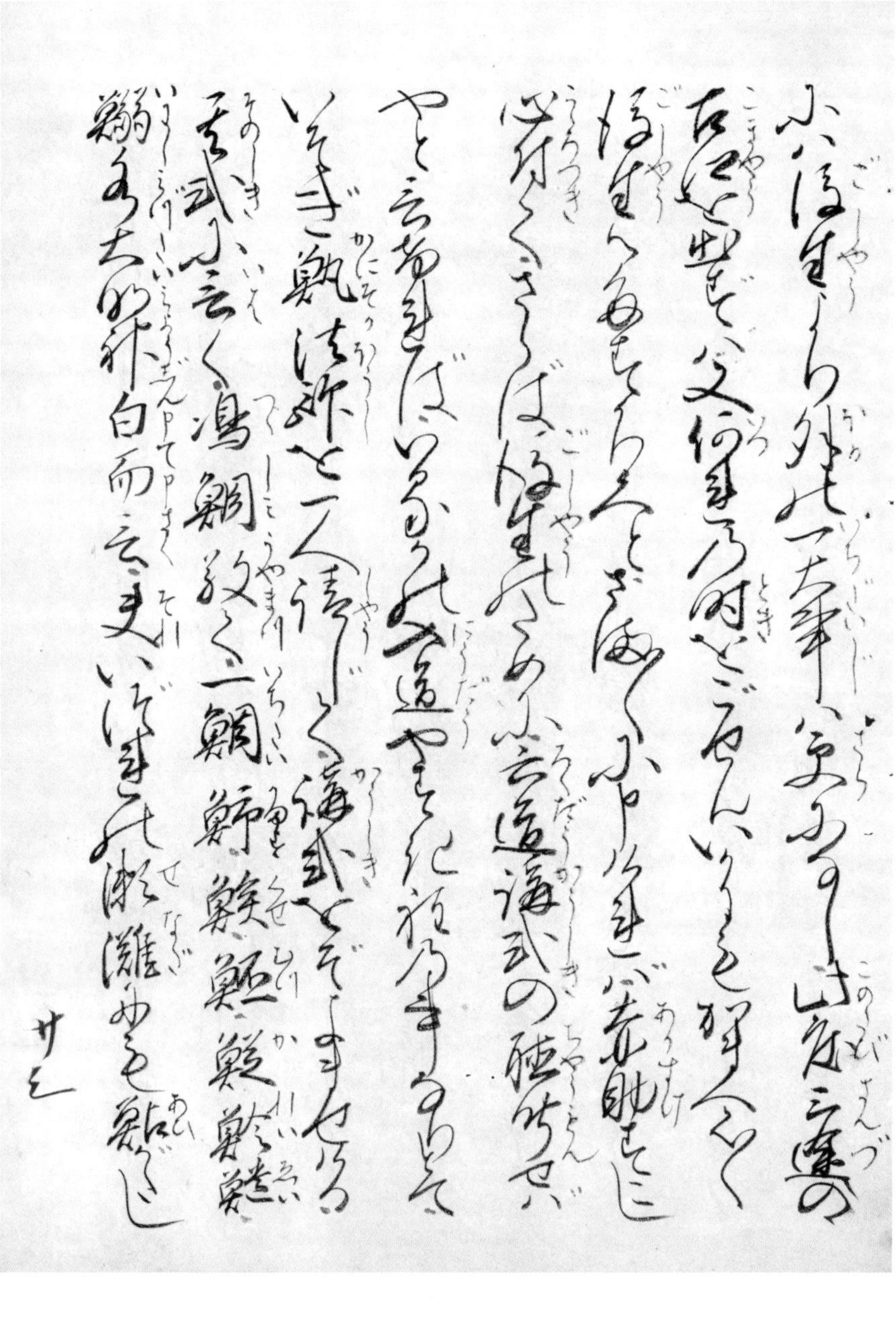

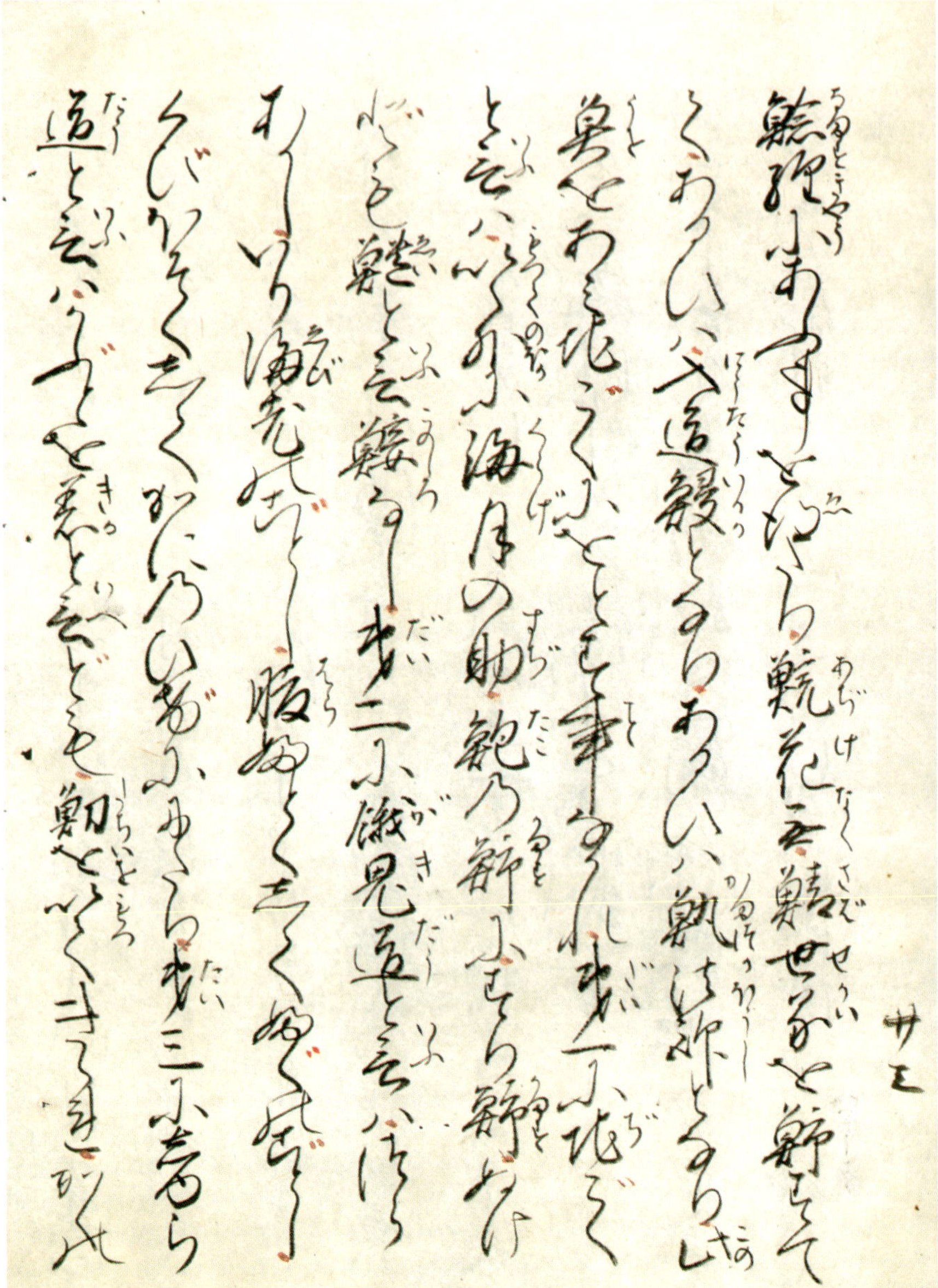

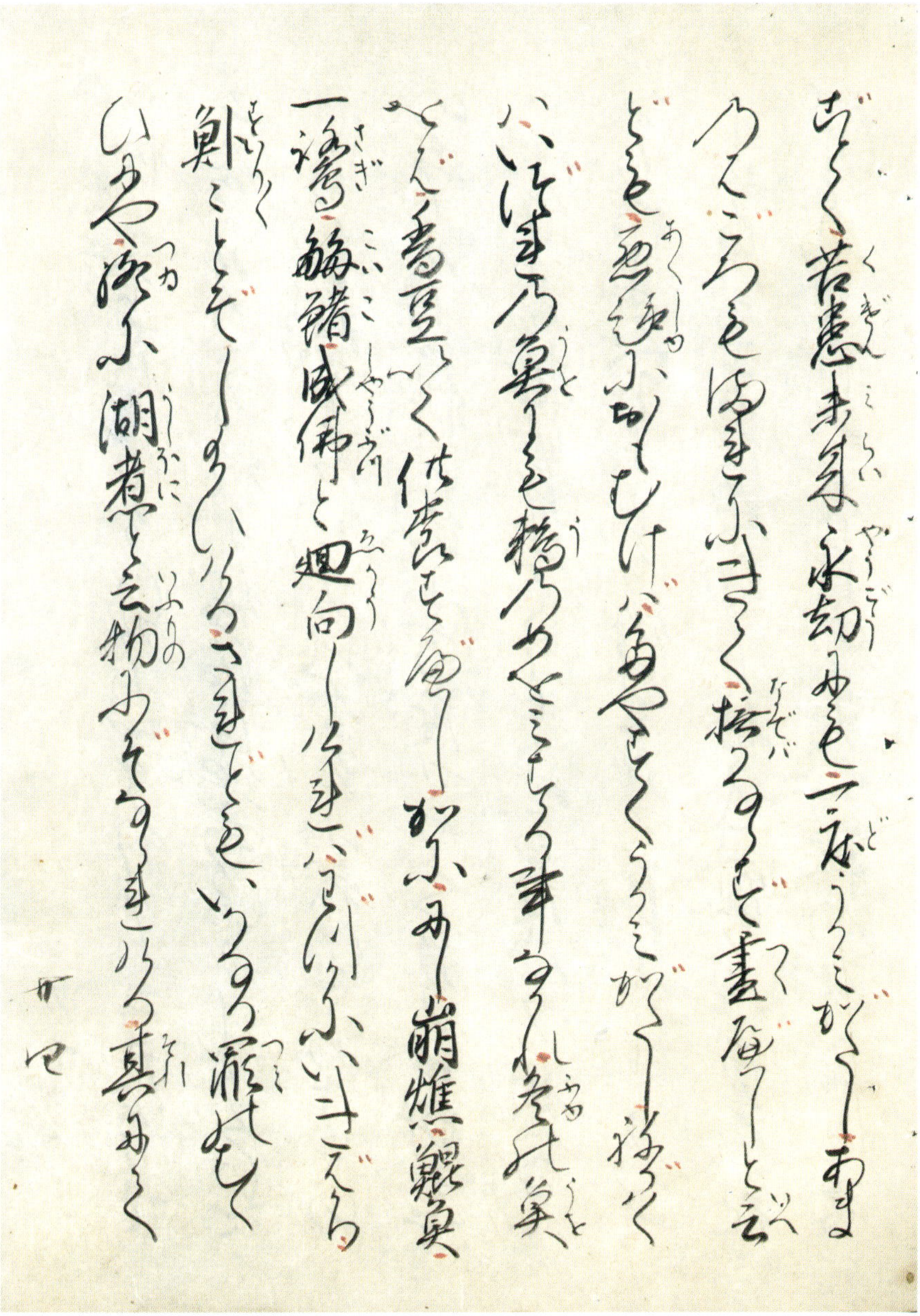

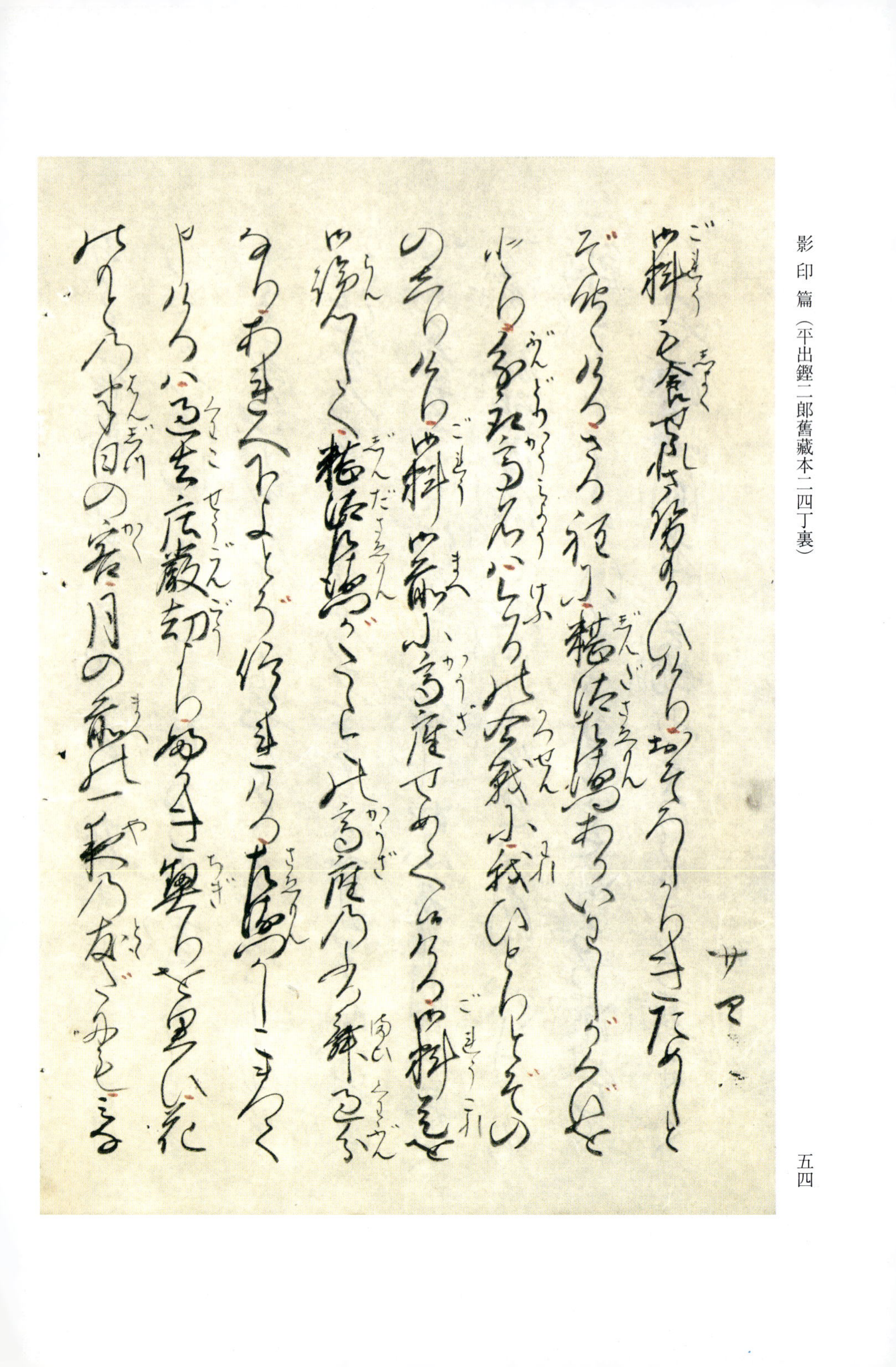

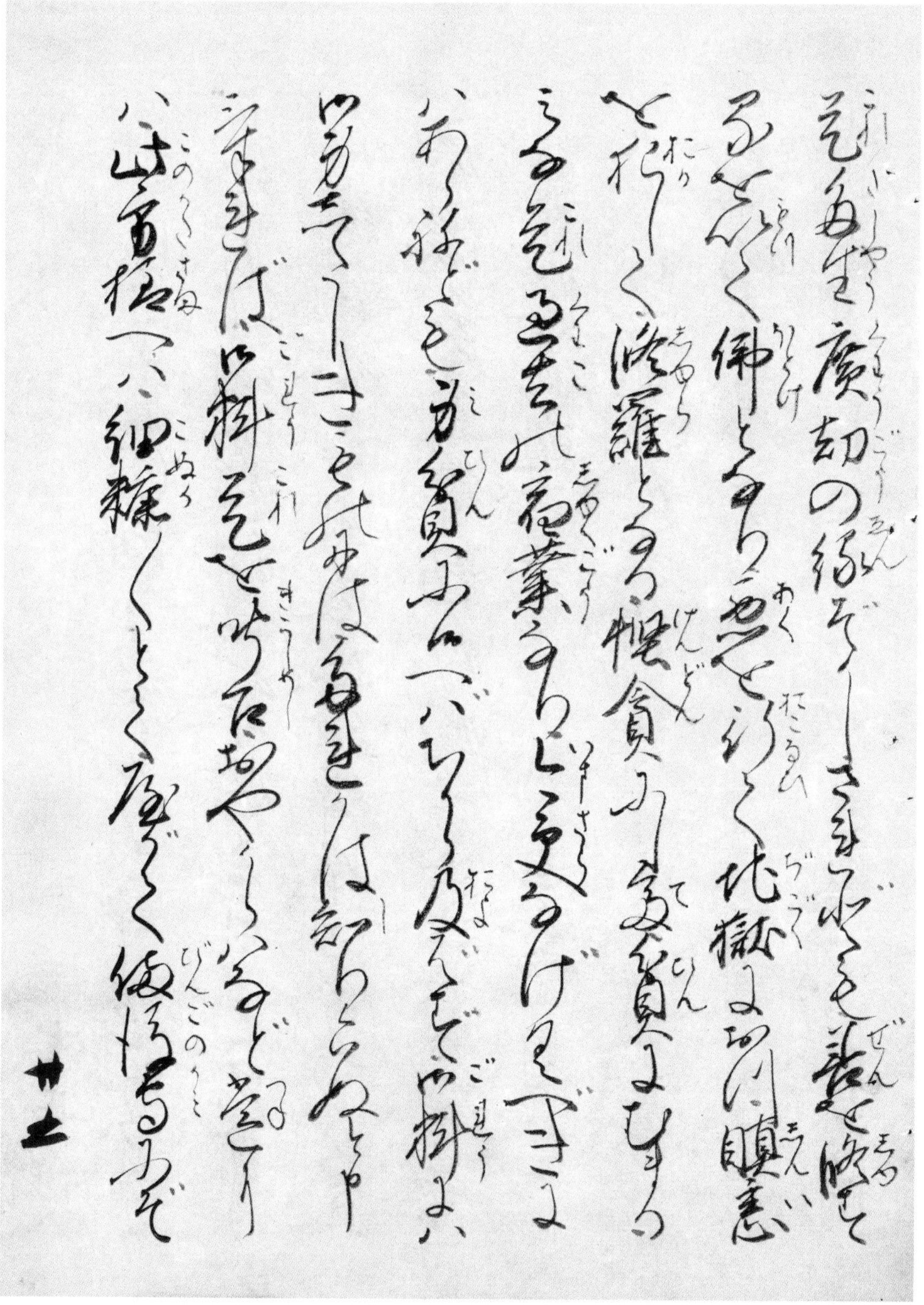

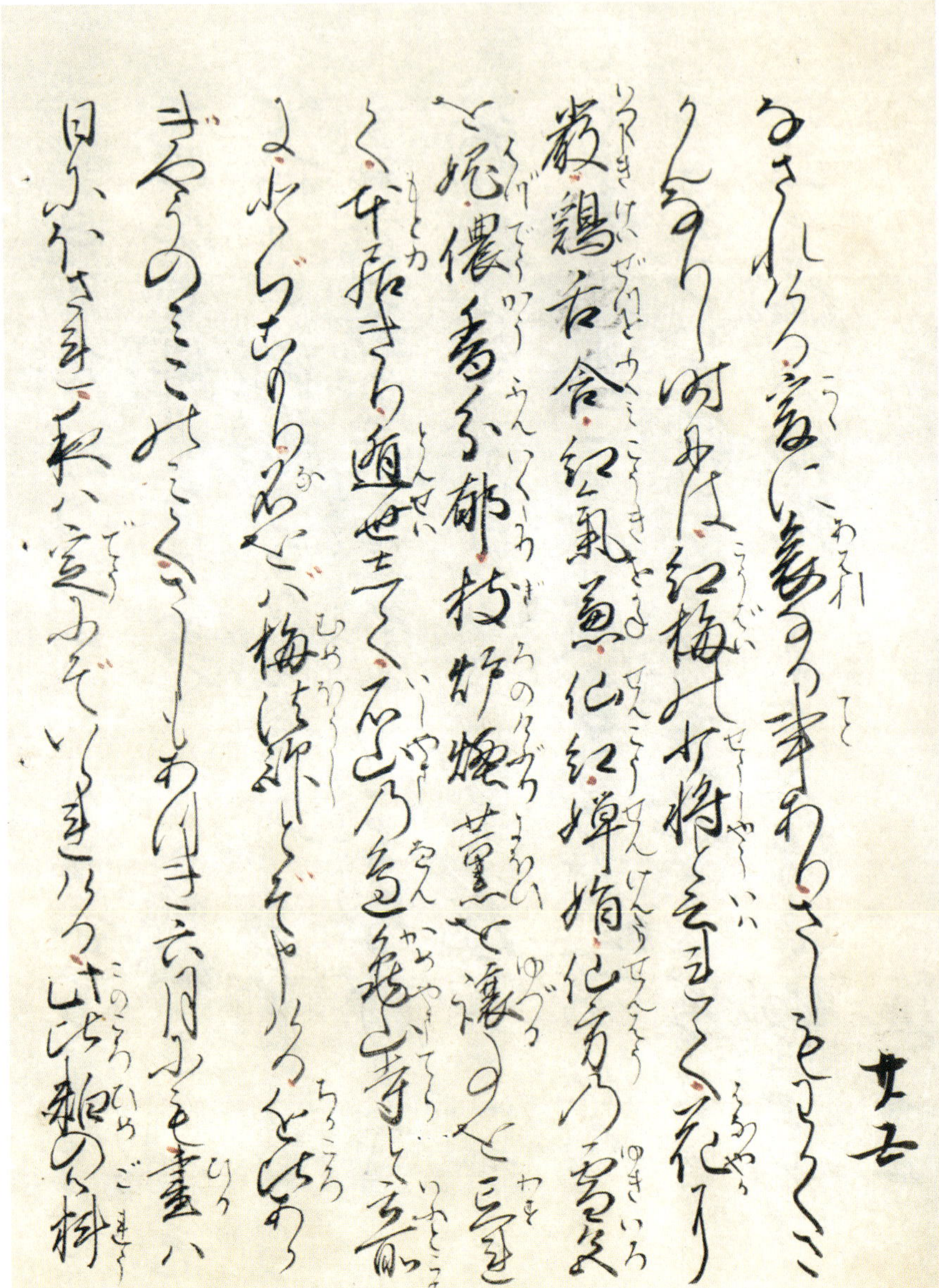

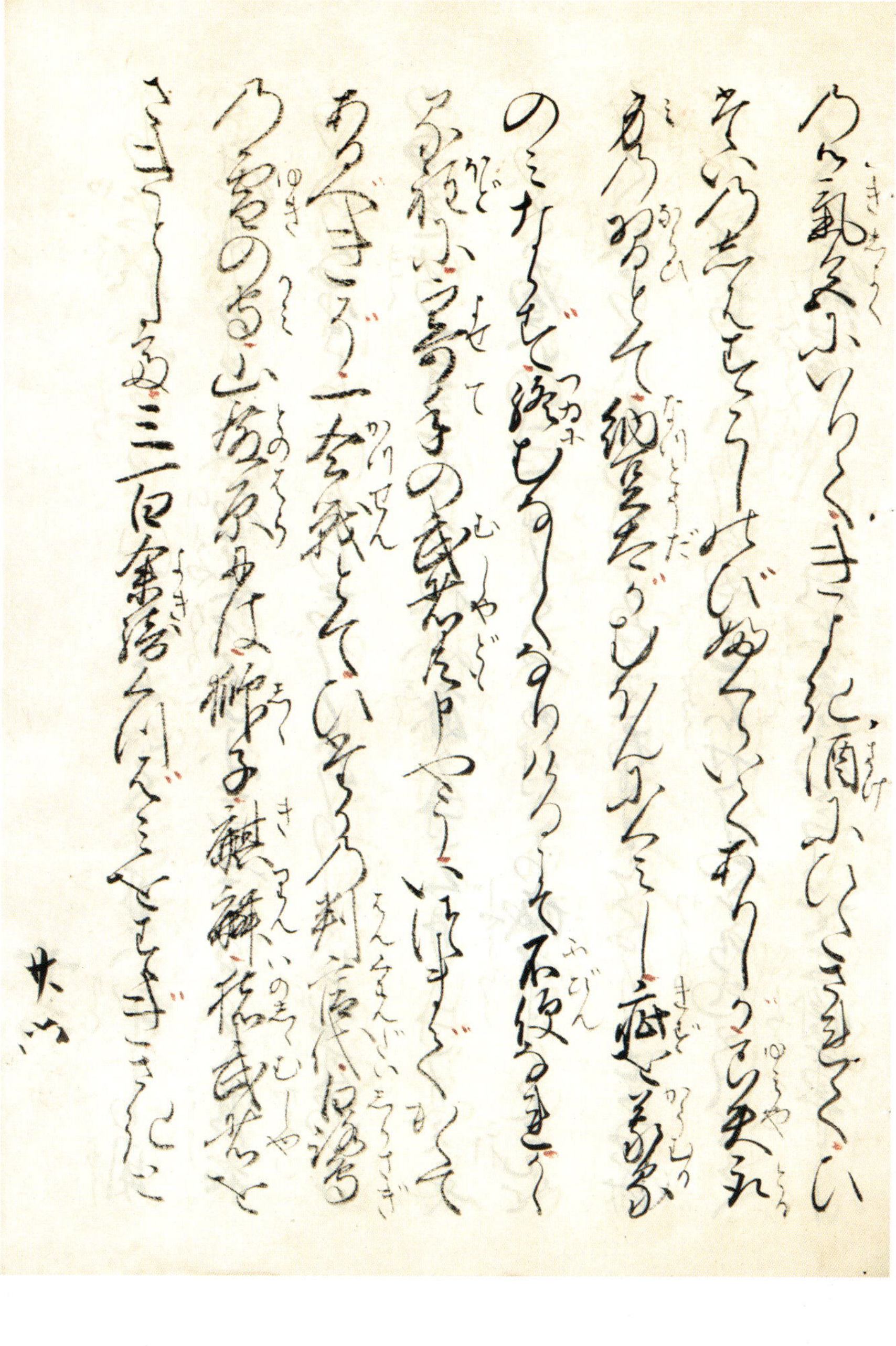

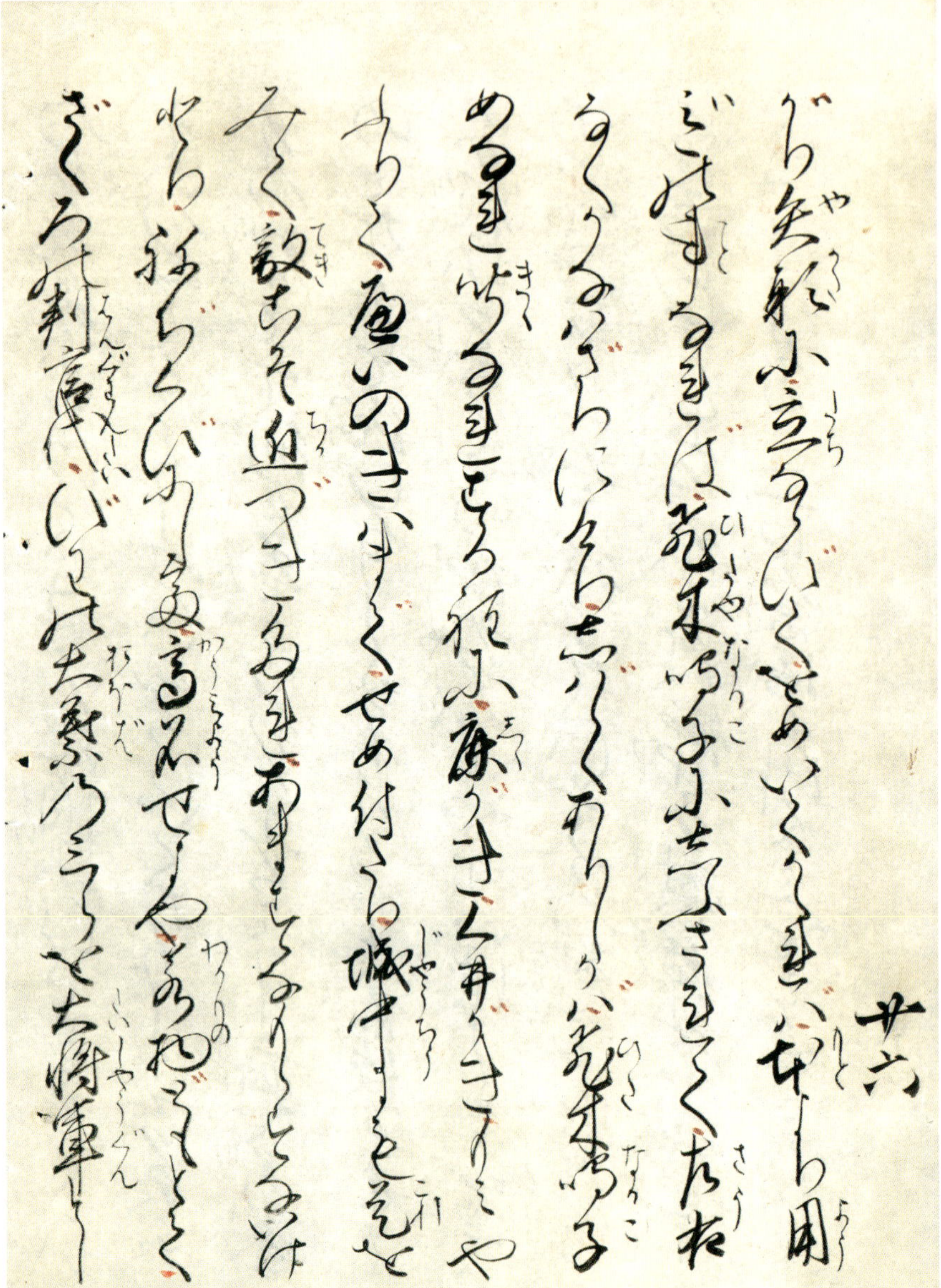

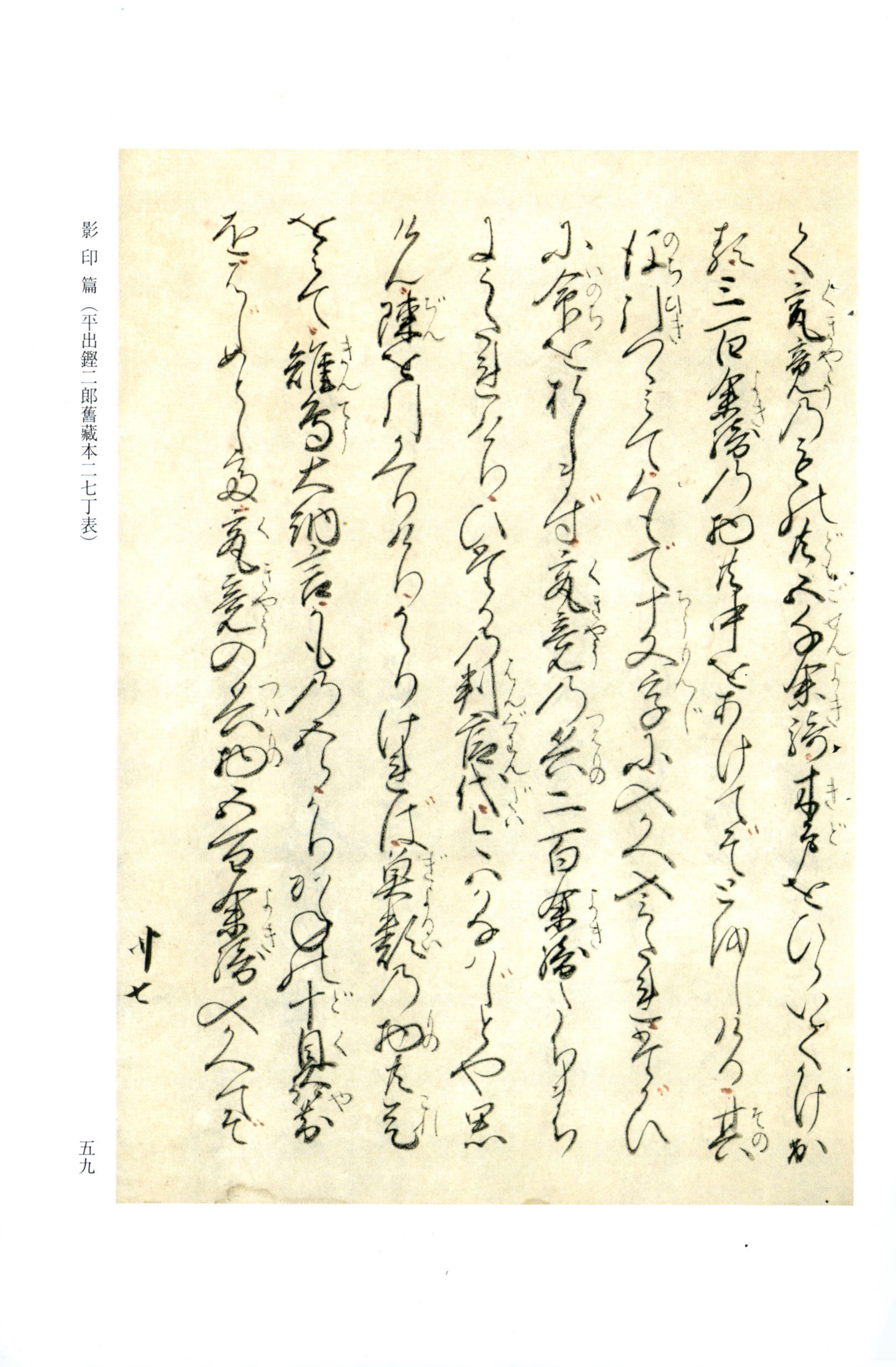

廿七

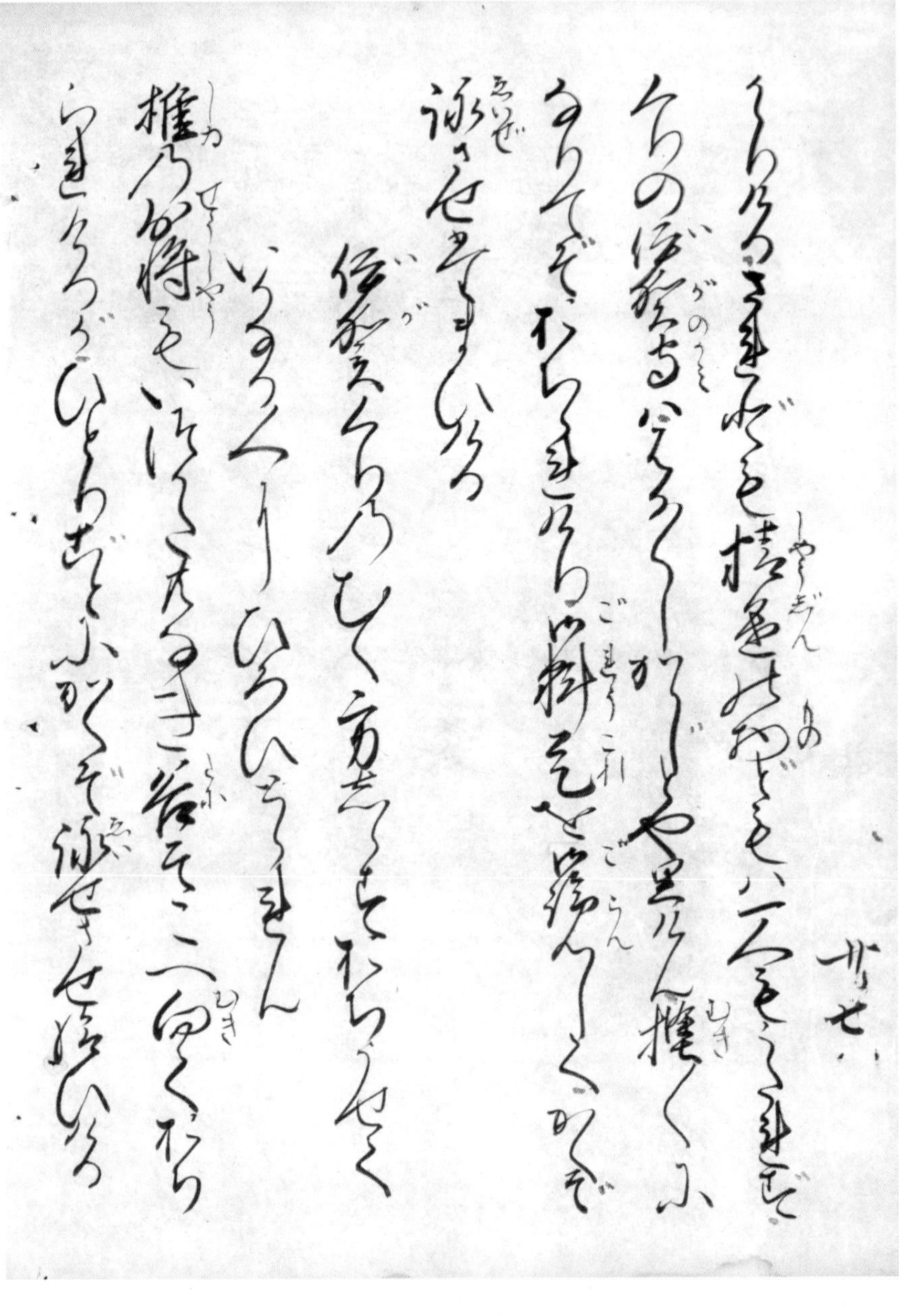

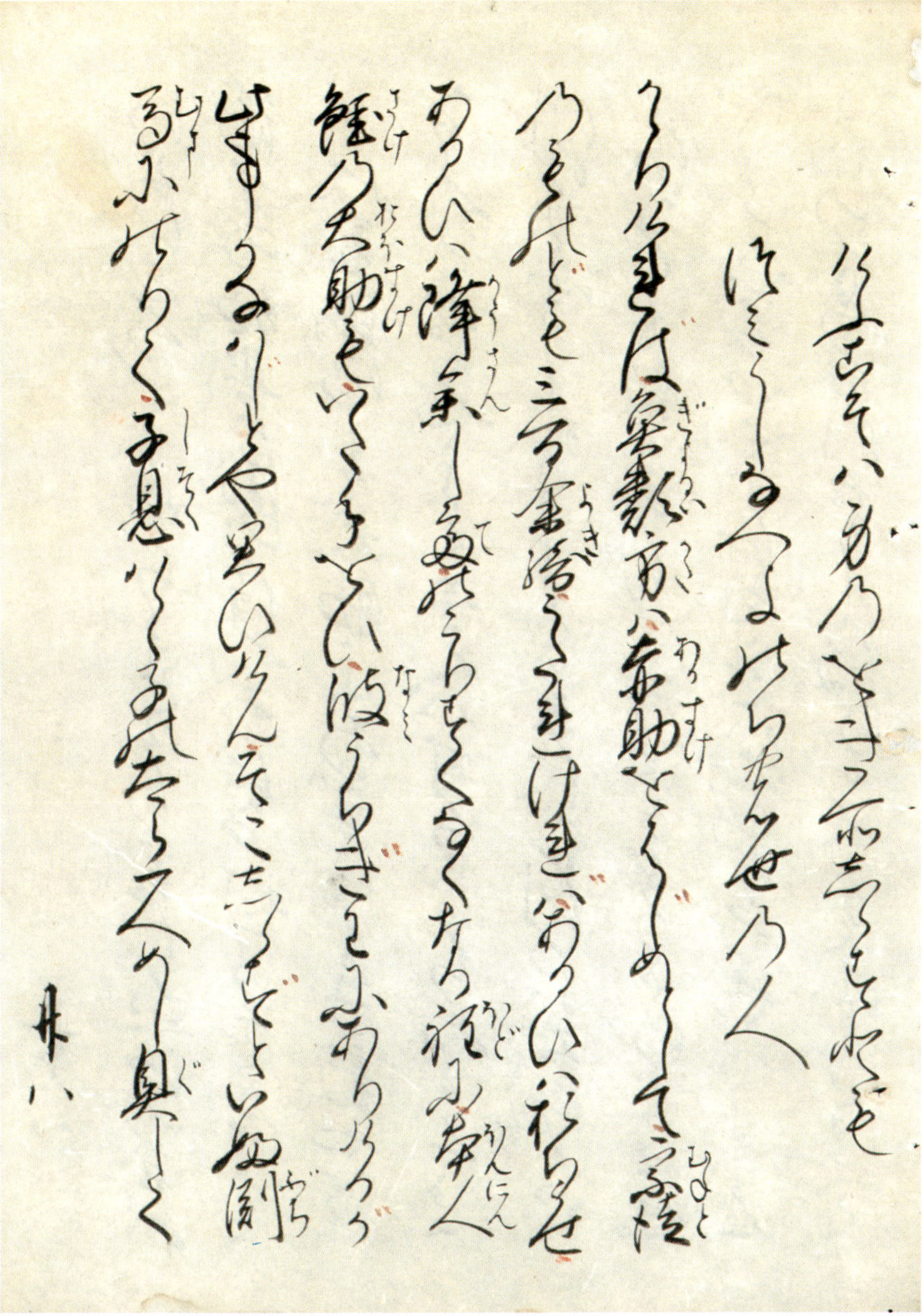

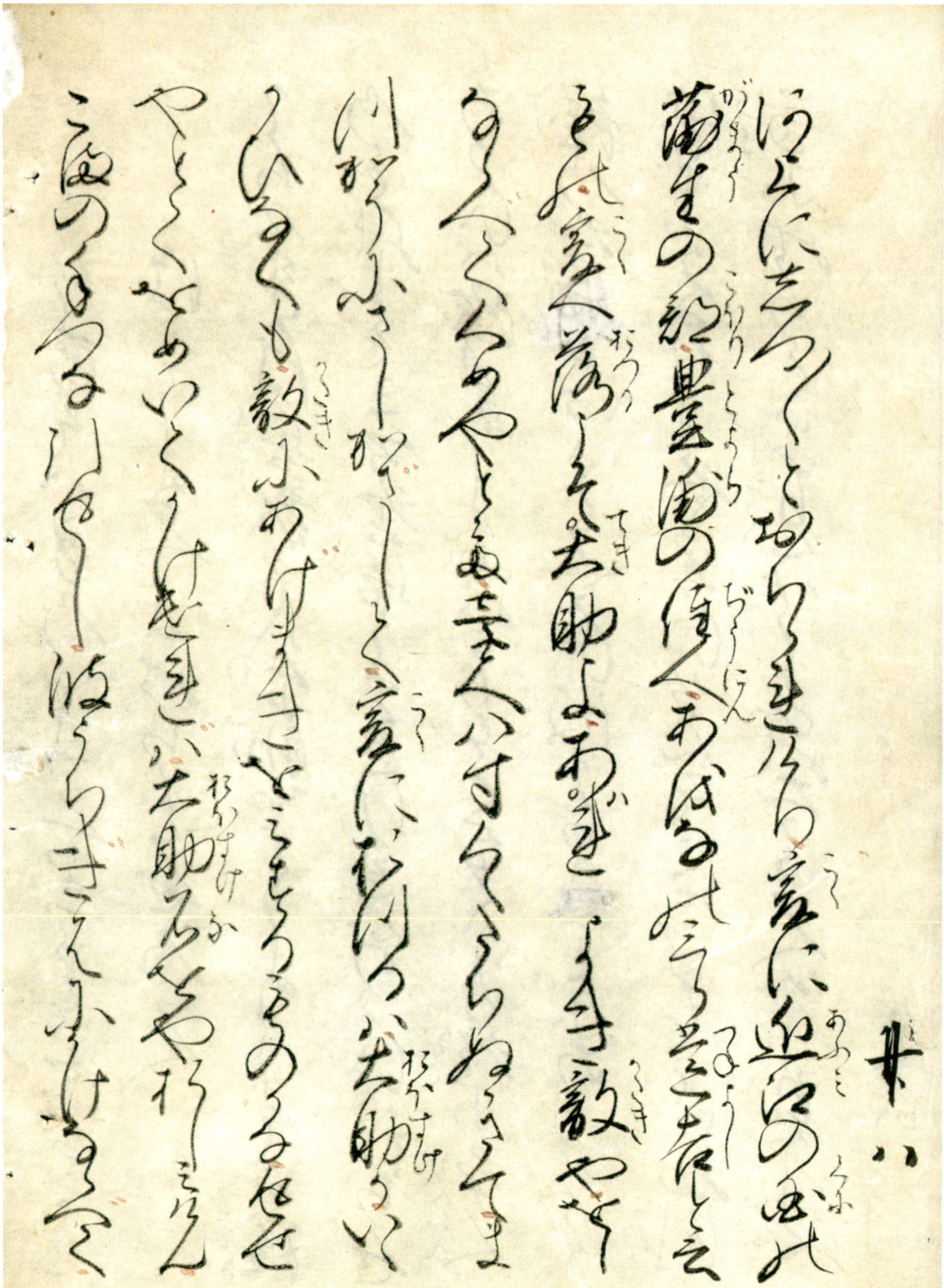

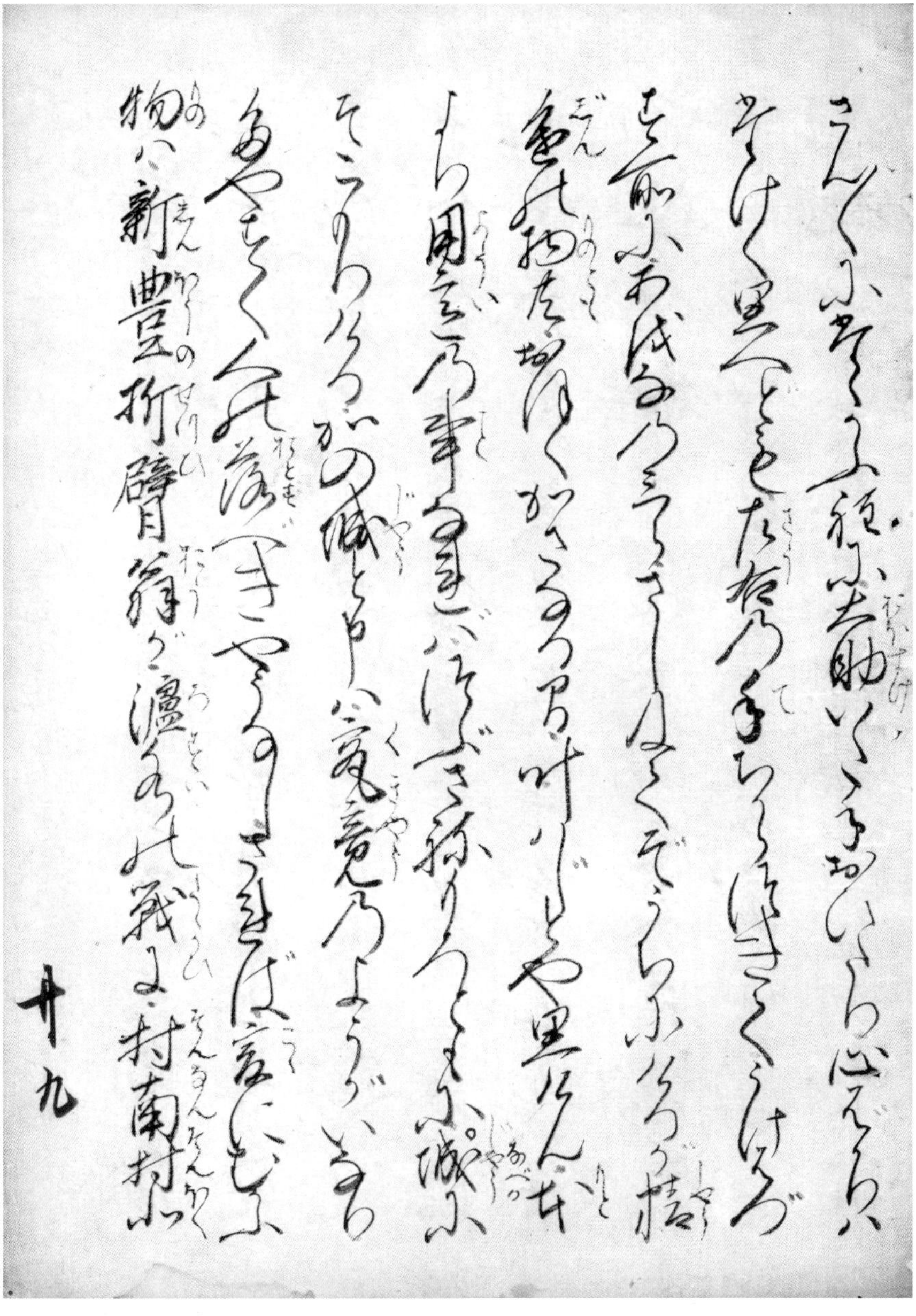

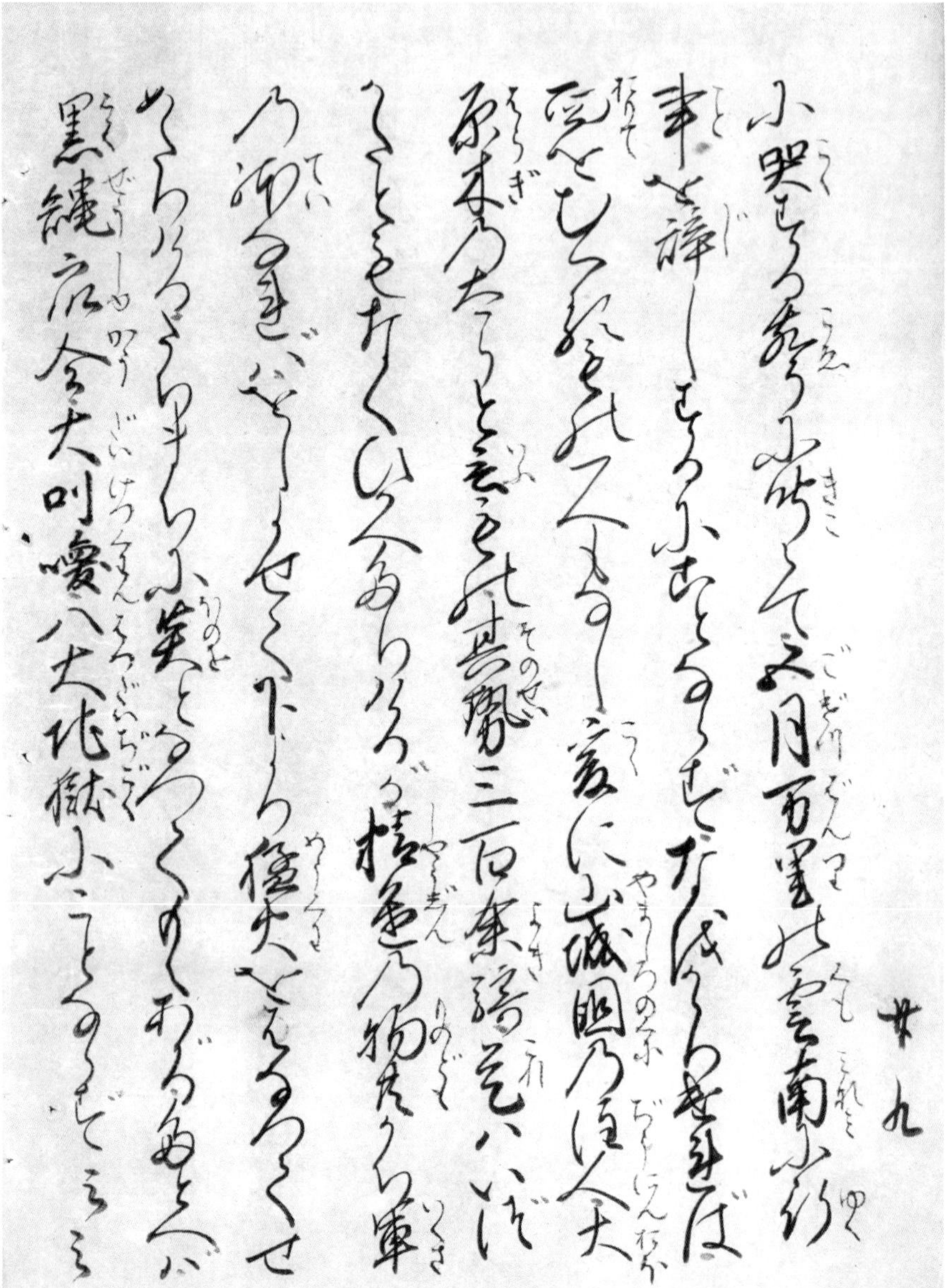
廿九

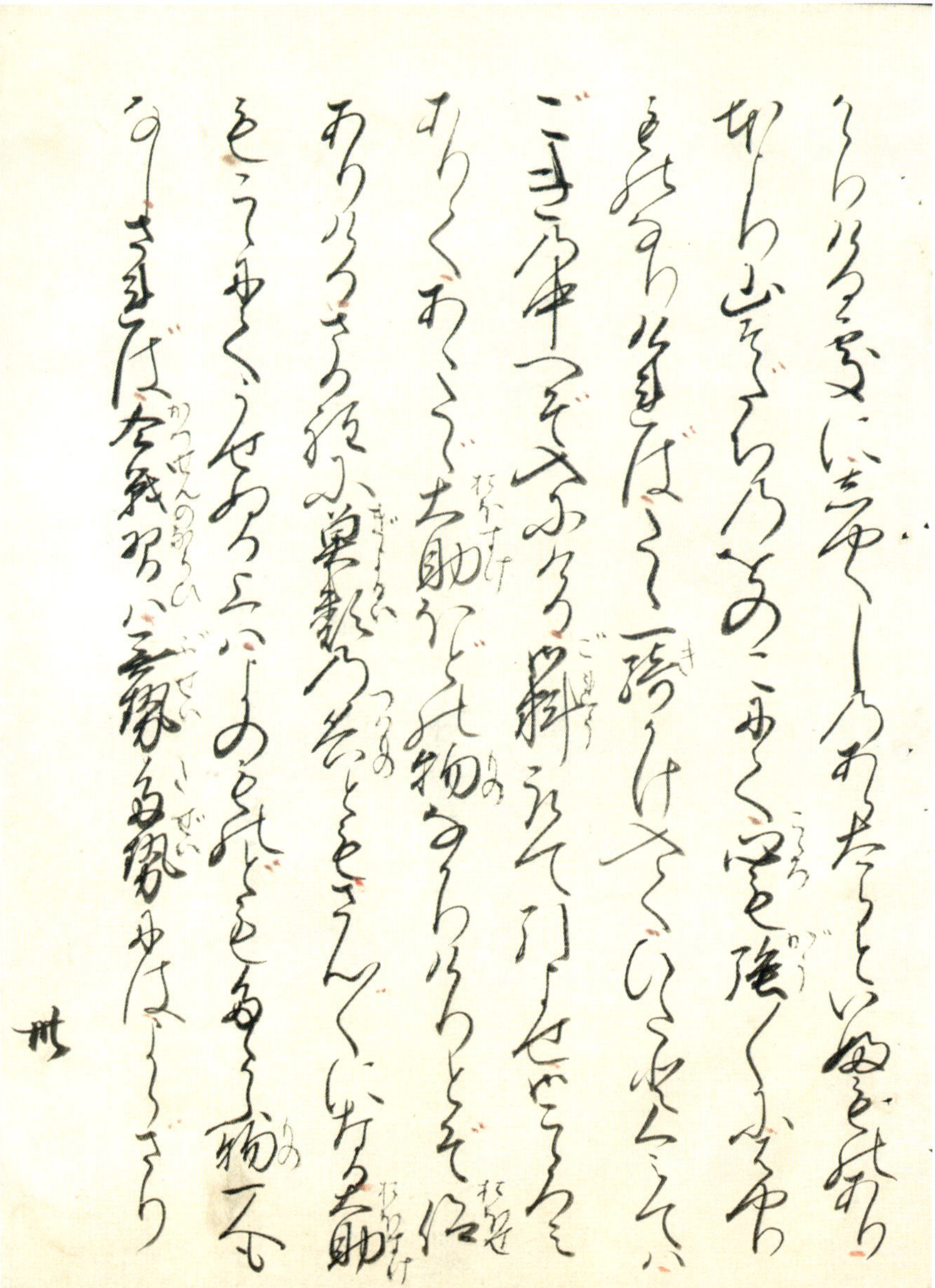

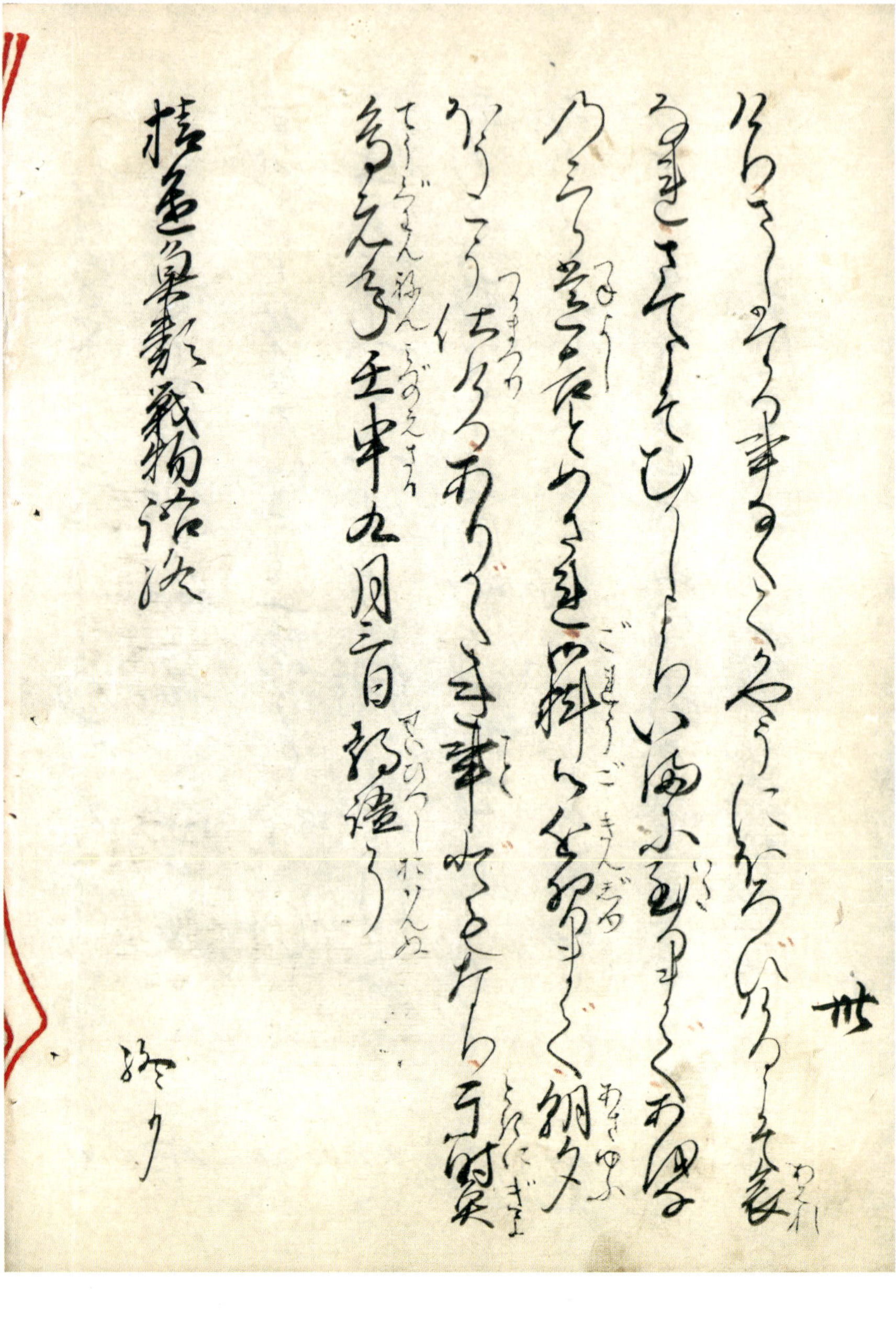

（平出鏗二郎舊藏本裏表紙）

東京大學總合圖書館藏寛永頃刊本影印

（東京大學總合圖書館藏寛永頃刊本表紙）

精進魚類物語

去ぬる鳥元年壬申八月朔日。精進魚類の殿原

ハ。御料之大番まで参られけり。遅参を糺明

番まで付られけり。折節御料ハ八幡宮の御斎に

て放生会といひ。彼岸といふ事に精進をぞ渡ら

せ給ひけり。越後の国の住人。鮭大助長鬚が子に。

鮞の太郎鮭實同次郎鱁吉兄弟二人候ひけるが。

遥の末座へぞ下されける。爰に美濃国の住人。大豆の

御料乃子息納豆太郎種成なりけるが。御前近くあ

りけるが。鮭子九腹立二箸申して殿原ハ味ハひて

うしとハ思へども。親大助に申合てあそぞ。也まじ

も入候んとて様ゝ一將衣着て款冬井手里へぞ赴し
御覧る其日も暮ぬれば駒に鞭撻和哉日につゐて
折程に同八月三日酉已點には越後國乃太海郡
館の庄大介乃館に下着す兄弟左右に相並び畏
て申哉に候乃太番の勤仕して上洛仕く候處ども。
六道の此料の子息納豆太郎に清意を移し同
も懸られ候に剃及能原本座に追下候し間當
座候く何事も成次第も承入ちやと存ちうやも。
出去乃子両共も申合てこそと存ゆ為是近下向
申ゝ候父大介是を聞て真赤に腹立て哉ゞ一門
乃中には北陸道悉千鳥に流渡川を此我僕

管領も穏かな國にて富貴なれども、郷料不
便と仰あしけれは、子共をも進けるに、人もし人
く數の納豆太郎乃奴原を思食、稽古させ給ひけるか
番に漏しも何にかはせんと歎く。七十に余り幾程
なし。世中よ、己等故に物思ひにかゝる口嘴け也
鯰亞に鯨馬に根同伯楽に就之、古郷料乃山里錢
たる被思召恵て、此君は我意強き御料、年
来我は申事をも我最引なし。又諸お受領様
遠使。大名小名をも白衣にて中々計成人
烏帽子にも對面し給はず、不快心。哀れ我料の兄
御前の姥腹にて、粟の我料とて、御座ましく

此人も細々として御座せども其は自元此方
も形さく後して世に好人を我が奉公を仕る世に採任に
君以禮云事あり人の身として不仕両君事
忠臣法也去我が人も悲可憑就中御料の此
腹小宿里て世に経しより以来伊勢天照太神宮
之假の使として装束の御意乃此恵懸の獨香を
養する節會南て菓類をもふし為の是れは縦人
乃甚樹は隠して無也王母桃花に紀あれども不
靉が非情草木南くも隨ふま徒を不離
云事なし南て我が先祖譜代の従類として
於何奉為君不忠を可振舞哉雖然が様が我思に

捨中上ハ今日より散れ奉公ハ無益と思へども。古ハ御料のさしを見放ぶとれ遺言なかりしかば。其ハ暫思留るが唯何としても世の中の末の所料と成たままなる心も詞も及ばず。但其儀なる程ハ尊就先一門催し、精を乃奴原が折ゝ亡し我等所料の淸水尚又の鮫鯊昌をん了中安ろうなのとて鰹房十連を指遣ひ。道ゝ勤し一旋被催鰯守理其ノ河馳参ん者ハ誰〻ぞ先鯨太海亀鯛赤助の鱒大尚介。鱐帯刀先生。鮪大介。鯁伊勢守。鮭大助。鰆子鰤太郎鮎實司頃郎鯑吉鮟長介鰯冠者鱒友五。鰯左衛門鰌左京権

三

介。鯰源九郎。鰱平三。鮒備前守。鯖刑部大輔。
鰶判官代。鰷出羽守。鯤左少将。鯵次郎。鮭兵衛尉次池之
公達。氷魚。鯉小曹司。小鮒近江守。同数多井手助。鰌
野侍。鮊三郎。鮍左大忠。学流殿小西ニ公。鮑助一族。向
鰛河内守。鰕鈴中務。鯰刻官代。鱣右馬允。鱇。鯥
鮠法師。鯨。鮫左衛門。鮎小分流。鱸陸奥守。鯎大蔵
郷。鮗介。子共。鮹冠者。小鯉。鰌次郎。鮎入道。鰾源
六。鮟鱇孫太郎。大蟹陰陽正。鱶。鰭。老鰺。鯱。鮑入
道。手相従者共ニは。鮑。鰹。鯣。鱶。鮚太郎。鯨新五。鮮
又次郎。鮭。蔘三郎。鱰弥太郎。鯇赤次郎。鰒源三。鰤
大隅。鮫荒太郎。飯尾。鰆介。鯛十郎。海老名一族ぬい。

不残小残不残、着到ニ参けり。次ニ山中ノ殿原ニは
麞、麒麟、麝、勇熊、猿、鹿、豹、大狼介、真見、狸入道、嫡子猓
太郎、菟兵衛、宍元、猪武者ハ、爲表を不見ん。鳥ノ中ニハ
鸑鷟、鳳凰、鸚鵡、鶻、鷺、鸞、鶯、鴿、鷹、鳴子鳥、鷲、鵰を
大将軍として、雉鳥太納言、鵯大炊殿、時鳥中将、鷺少
納言、鴛鴦侍従、鵯中納言、鴨甲五郎、鶴次郎、池上ノ鷺
五郎、鳰入道、鶺鴒、鶲左近ノ将監、鶫、大将、鶲判官
代、鷦鷯、隼人佐、鷹小三郎、隼衛門、鶏雅楽助、白鷺
壹岐守、鴫新五郎、鶉新六、鳩別當、雀注記、水鶏主典輔
鶯同、鴈音十具、箭亮、梟小肉代、鴾定親、鵤源八、鵜鷭
鵆蔵人頭、鴻山城守、鵯三郎、雲雀又三郎、雀小太、鵙

四

陰陽督鴒先生鵜鵡監物鵜舎人鴛鴦左少弁鴫鵯鴝
鷙先已上其勢二万五千余騎魚鱗鶴翼二陣群官
軍旗靡哭程乱也凡四足二足物何勝劣あるらん
是種又南部北京貝方闘へけれは我らも海ま生殘
物語の趣ハ参てこそ悪かりけんと吾等も参て無助勢
其供仕隆をとて優敷貝共参けるに春は吉野山の
仙家の貴長撫貝裏泉雀貝秋色機主黄貝冬時雨の
音立てゝ寝覚かちなの板屋貝適々待得て契結は
哀告烏貝世耿色とも尾貝の畠鴫簾貝年寄あれ
は姥貝乃女貝おろかり童貝山伏貝膝に付ての
虚貝乃皮を催も計也名も傷意敷鬼貝の戚懸

髙螠貝。總角懸て優り皇子のゐ石乃巾なる蛤
鰻集てゝ森けの。時よりも佐保應乃星の光は
竃にて。而も海上を游月也。谷は四足ハ指ゐら
狐計てハ灯ともし。鯉同格まくら眠らる處ハ家
あるありけ里。鯛赤介の後乃鰻入道を近付
てさう乃たましひのあの。鯵者ぼる魚に昆布大ゐ谷
娘乃礒和布を迎て妻と憑里の幾程なくて
はぶ大事出来て昆布大夫と云る精進者まぼ宗
徒の掲かし新枕をし甚袴津。来松山浪越
しと。ちぎり契し鴛鴦鮭鯛語ひ不識。如何せんとぞ
悲し。聯里し云葉ハ卓文君もさとしか

五

老同究之情今更思出之穆々き哀也とて仏は尚は
けの醍醐是を聞畏て承生死無常乃習
為猪要世の中ハ秋高速兇楠檀煙焔を揚て心
里の舎者定別離乃悲ハま遂る也。于今不始習になりけれ
分間八苦中。五常の怨苦永不得苦愛別離苦也
離為就中弓箭取輪二心なきと思ハれ
無事の生涯に惜かりへし放ち先至候
悲かりし唐土乃虎毛惜み日本武士
名惜ムかしより申伝へ。疵を両代ハ嫡置
謗を後代ハ残さぬる為家名門ハ惜かり
世静まるものなりは。何方ゆらん浪の起にても

里舎世話ハぬれ事よりおこりし也。抑く、
誘申うど。様は、赤助げにもとや思ひ立し。迎
て我往なりき。磯の和布我昆布乃太夫が許
へご被送けり。其時和布一首をかくあそ諷
歌し
なみさよ里がうんの乃あるはあそ
むすひ和布は乃ちのちきり里
赤助もかくありて返しけり
かもれし也　おもふ心のかよふせは
ふとく摘ひ乃ちきりなりなん
かくて送り籠りて。赤助ある夜こさ摘

六

雖やも。濃ふ色无かきしも。昔王昭君
胡國乃夷のために被遣時。胡角一声霜
後夢。漢宮萬里月前腸なんと詠せし
すりも。今更思ひ知れて。昔乃別悲く思合
連てあかぬ別はぬらす袂。乾一間もなき濡衣
泣く奥一て被渡けれハ。よその海松間悲くも。
塩垂て見へし。又赤助ハ元鯣腹に鬣子の
まけれハ。近寄含けれハ。海老ハ何にも退
て。郷料乃見参に入まんとおもひつゝ。
とも。今ハ度出来る者無力。何かの岩迫に
ひそも隠居たる世静なるは。頭を出よと言含

て。乳鯛乳母と。駿河國高橋庄知行せし。泊毋尼
鯛許へ行遣しけるか。雅々武者共皆鎧着て。
甲緒しめて。小打乗出立けり。鮭大助長敏。其日ノ
裝束ニハ。鰊間紺地直垂。鶉威鎧着。同毛ノ五枚甲ニ
鷹角打たる着たりけるか。五指ニ鴇
羽矢。首高取付。早鹿角搗入る弓真中
握。鳥毛なる馬。太逞能皮裘黒鞍置て乗
乗たりけり。子息鰤大郎鰹実。同次郎鰯吉
後まて打ける程ニて。鯛赤助鯱吉。其日の装束
ハ。水紋直垂ニ。鰯網代ニ寄。鮑縅鎧草摺
長ク。さりけし着て。同毛甲緒しめ。三尺五寸

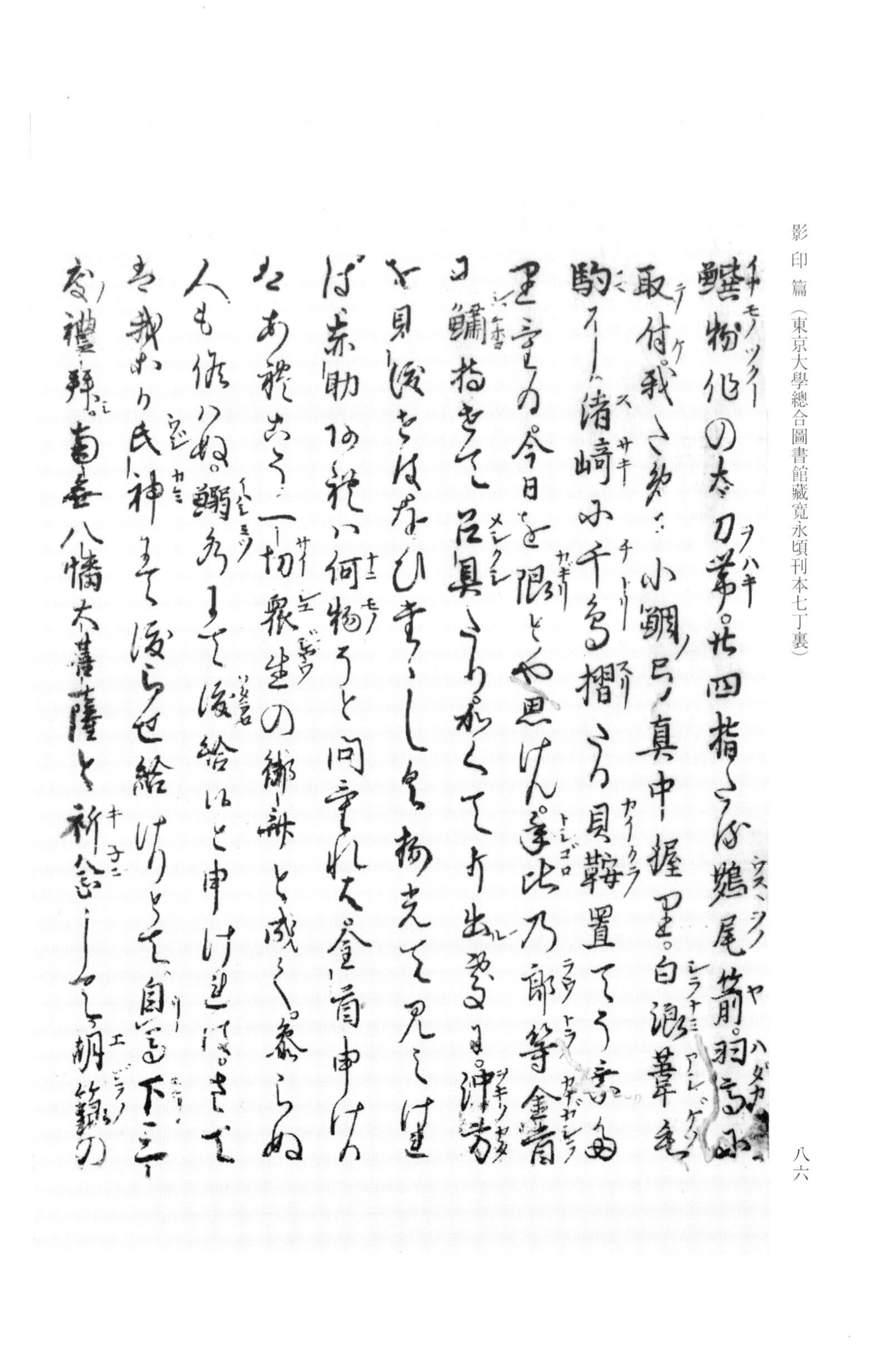

表ハ雑魚鯖尾狩俣抜出し鰯水にまかれて出
処ハ年なしは四十計なる者色黒かりけるか
少もきるに恐く後駈して走りけり大助ある
を誰そと問ければ是ハ近江國住人犬上川
乃惣追補使鯰の判官代とぞ申けるなと念の
てハ遅参ぞと問ければ此はんは鱣纏を遂げ
むくせしハ程遅参也とぞ申けるハ猿程國
内通下之事あれハ精進方へと聞へたりし搔餅
律師四十八弟子ハ具して温餅之郷より
被参けの郷より由聞食大に驚きてる人あれ
ハ先納豆太郎ニ告よと仰せけれハ律師かき

子ぞ。假粧文と云物を以告けり。折節納豆
太郎は叢中にて晝寢してけり。寢所見
苦とや思けん。涎垂なりしかとも起。御顛し
て對面まし。假粧文此由委く申されけれは。納豆
太郎其儀ならは精進の物共催とて塩屋と
云光明遍を親物なれはとて擂豆腐権守に
告けれは。道徳と云物。味噌賀斗驅廻て催けり
先六孫王より以来。饅頭索麺を始として蒟蒻
兵衛酢吉判官左衛門長吉。大根太郎。菖次郎
蓮根近江守。胡瓜山城守。渡邊黨。薗豆武者重成。
茗荷小太郎。蕨角戸三郎。蘇之助左衛門節重。

侍大將より綿直太郎種成。蜴唐將監同麹次郎

瓜新左衛門。入麪麦又五郎。土椒兵衛尉。蕗源太苦吉

烏麦大角介。三角暑預戸蔵介。芋頭大宮司。炒豆

笑太郎。蛍唐布権介。實芥子新左衛門。胥蓬澄郎

秋吉。雪餻雪守昆布太夫。荒布新介。青苔。紅苔鷄

冠苔。水苔太郎。龍骨草源六。茄子先生。瓜生五色太

郎。苔豆搗栗。與米草餅又太郎。樹木中上﨟より

椎少將。桃宰相。棗侍從。栗伊賀守大和国住人熟柿

之冠者實三。柿蓋計所領とする騎督驕不折柘榴判

官代。枇杷大蒙三郎。柑子五郎。橘左衛門。李式部太

夫李部梨子江藏介。松茸太郎。熊野侍より柚出

彦司。榿沐左衛門青葛三郎常吉。始としてこ。已上
其勢五千余騎。天方雲桟引落分取高名我もくと
呼はつて被思けの中にも萬蕗衛門氏神薑祭て
祈念しけるは。酢吉今度幸命をは助させ給へ
さそう通霄吾非藝能を盡して携く騏子を養ん
くしけるは管絃具足なりや取是けるは生薑計しては
是けれは祖の納言太歒大勢也御方ハ無勢也終打
死せんも無益くしかしは用害懸らんとて。美濃國立
津庄へそ下ける。彼所ハ究竟の城也。を留る覃
にも打落様なし其を何と申せは前ハ高山峨て
としくて不破関につゝき伊勢路を搆て遥か青

陽春未稍に入遥に遠山霞の衣裁重紫塵
嶽是彼小生出後足香須俣橋瀬河三大河流
其の東岸西岸柳遅速不同南北風冷寒
蒼波白浪舊苔鬚洗守の河面よりは乱橋逆
茂木引上下りは大綜小綱張れは何なの早
男白鷗なれども輙く可通様ぞふかりあれ其所
麻橘橋植結立花木鳴子用意まうのかまへけ也
は武士共已寄間へしのは兵共打立けり
里龍楼八陣搆へ南年項羽七十余度戦
破陣楽奏是何可勝納享太甚日将衣束りは遠干橋
書直垂白糸縅大鎧草摺長にんと着梅干甲緒しめ

鏑藤弓真中握礒鍛冶布石寄練より香鏑矢十
六波くず拾られけの五氣余捨豆の前後山形は
陶淵明父とせし重陽宴酌聞菊酒盃取添ふる
処をぞ磨付黄伏輪鞍置て、捨し里と乗て打
立の螺唐将酉太郎は是将東河原またの馬乗られ
三重の炒豆笑太郎は首飛支もあらは腹切ぬもの
思ふそ打ぼまつの小豆御菜成ぬつ乗せりけの
声程五聲ノ宮漏加明後の一點窓灯ノ欲消時の大事揺
手寄事の一度時作太音棒名乗けふ遠きも
音にと前けらんの近くも国にも見の極楽浄土まで
孔雀鳳凰三代末孫の戀人合仮開樓鶴雛樂鸞長尾

名乗つて布露和嘘かけよとて下知しけれは
陣中すゝみ出て納豆太郎鐙踏張大音声を揚
て名乗けるは神武天皇より七十二代の後胤
深草天皇には五代の苗裔畠山の三代の末
葉豆腐御料の子息納豆太郎糸重成とは名乗ける二
羽乃矢味噌鏑打くはせ能引てはなつてひやうと
射けれは雁の上頭毛尾布露袋射連ぬいて続て
立ける毛の白鷺の雪身細頸危く射懸て後に
なの大角豆畠に小鳴してありくを立ぬけの是かし
所より鮑太郎粒実進出て在家けの者嘘合寄
かつの者誰とも見会度謀叛最中遂なとは言へ

ゆるらん。近きは目にも見よ。大日本國南閻浮提
天下正像。二千年は差置つ。大通智勝世と成て二
千余年早るとぬ。自尓以来。天神七代に至るまで
豐葦原中津國。五畿七道分皇地より子方。小
陸道越後國大河郡。鮎鹿住人。鮭の大助嫡子。鰤太
郎鮭実。生年積二十六歳罷成る。歎の中より我と思ん
むものは。押並細鰭とても名乗て胡籙穀指よりも
鯖尾釋候技出し。能揃つめらく放矢よ芋頭
乃太宮司。以射破きて自ら下に落まかりけり。芋子だ
引退出何とぞ。歎けの鬼豆太郎是見合戦不
出稚まて芋種乃薄手負てさの外歎やとて

腹立を切てうち笑て此子悪物の云事哉。死する子
細なりけるにしも見放へきうしあらねはとかく扱かし
心に言。御前に瓶子あり酒乃ありけれはと取て笑。
太郎か為にや面にいらへけしかは。饒舌とかくしてたむ
ほとしあまり成にけり。其後太宮司か。髪攪捻て
良君けなのの気をつき言けのみし。我鳥頭とあし
よろしき人をは御料に奉。屍龍門原上土埋紐
後代に揚と存をしなかの徹く。今は飛鳥里。助事八
よろしあらはし嘘嘯思置事ならぬ王子の事計也。我
何ても成らむ後は摺唐布擁守可堪。自昔至于今
なさねかおかよかしる事也。我か構くて擁守被く

吾可顛ン云けるハ。嫡子黒湯太郎畏テ。又我も
弓箭取身ノ習ナれバ今日有ども又明日ある
しらも覚つかず。然ば其ノ里子は。唐布ノ權守ニ可申付と
と云けり。然ば。太宮司是を聞。深喜ノ涙を袖ニ流けり
偖自其して芋掛唐布の子とは成けり。御
耕も是を御覧して。かくあつ詠せさせ給ひけり
此芋乃母いかなかりよかれらむ
似ぬ子とも我みなふつけても
かくぞ詠せさせ玉ひけり。其後幾程なくて
太宮司ハ弓箭兵杖を捨テ。歩を雖進。觀念の
窓ニハ心を澄。輪廻得脱不思儀ノ処ヲ。煩悩ハ鳥ニ元

年八月廿八日寅已點に陣空成にかゝりけり程ま
城中よりは大宮司被射合念さき参に計渡色黨の
物薗豆武者重成等布あい路源太夫角豆角戸ノ
三郎深沢芹太郎を先として究竟の兵十七騎
足勢兵荒馬余太力佐り乙上味同心にてしめいくた
川と懸出闘具類物共被懸立蜘蛛子散り如しま
散々に成処越唐将曹趣妙豆笑太郎雲寝盃手零餘子
なんとの究竟の足早手足共走散指取引つゝ次
射けり矢よ鯛赤助鯇吉は胸本篠深射させて
自馬下へ落よりけり後見鰻は道つゝとゝりて。魚令
鯛勝土り鯵湌ゝ申けり悉今生よ思召置事

あらば鰻委可羨以定北方水人ミ沖変思召
読甚鰻かくては上さまれ以易思召はべらしとこそ言げ
流の赤肋よりに若げなる息つきこそげなる人の親のん
も闇母あらねども子思道まよ迷習といふ理也
老のみうき乃境。前縁泥理世中なれば本滴来
露の後の立習同也。唯今黄泉中有道ヲ趣歎
きも蹤雖侍可行観花忽盡。春三月命業易
零の秋之一時今更可歎はあらねども。唯水捕
無の事魚連安心更まなし何はの橋ぞしとよ
みなもの障まも可成ば如何せんとぞ言けの鰻畏申
共也ハ親子不思志深きに共ハ滄溟不及ことなり

平岳難喩申ともも。親思子を希ふの習也。去強子
も被説き置。諸佛念衆生。衆生不念佛。父母常
念子。子不念父母と見えたり。能々世の人これ御
存知の思召も徹理也。看鶴籠の内に鳴。焼野の雉子徒
ら伊丹雉を亡ぼしから食禽獣鳥類あらくも子思ふ
習也。されども鰻かくふる故へは。跡の後事をも
かれなお思召。往生素懐遂させ給へ。人の跡を
後生よりかの一大事を更なし。此度不出三途
坑に文期何時。何攝て後生御資はへと抔して
申け德八。無助かに付てさもしは後生の為をおに
六道諦式聴やすせは忘れ云けるなば。鰻の入道安

猶支也とて急鈍法師を一人請して講式を
ら読けるの時式にゐ鳥鳴鯛鯵向一鯛鯆鰺鯨鯷
鯵鱧鰯水大明神而鯉夫何瀬灘母も雑鱗鯰
孫遇支をはうり鯢華無鯖世界鯆奇て或
入名鰻と成或鈍法師と成是魚を網地獄に墮
落支第一地獄と云是ハ海月鮑鯆擂
鯆ぬけがらも鱧と云筈鰆才一餓鬼道と云者
面赤如熬海老腹太くして如鰒頸細して蟹
鬚に似り第三修羅道と云て甲着とこそ
動以被切如若悪未来永劫すしを一度難浮
天業衣希着捲必可盡と云とも趣悪趣輙難浮

顧何しの魚にも鵜目を見るの哀なか樣の色れ翼
ねば香豆ゐ可供養。解書辛螺崩樵。鯤魚。一鷺毎
鰭成佛と廻向せられけるば僅氣計動くとぞ
忘れひぞのさ樣ども何なりの罪乃謝りや。
ひ潮煮と云捕まずなられ云の。其まで御料を
被食させ給ひぬれの傷なかりさまさめしかと
持ぞゆくけの云ル種かに糂汰左衛門赤鰯の首取
の取る君少今向合戰まで我獨とぞ訇けの御料
御前り高座責けの御料是銭也誂へしたし
糂汰左衛門の唯今高座振舞も中せある見へ
下されう被給けの左衛門畏て申けの無も云

荘厳劫より深禪思花下半向客ぬ前の一乘の教を
たらへも皆是多生廣劫縁ぞうしられども修
善以て成佛の行悪堕地獄犯瞋恚成修羅慳
貪にして貪生皆過去宿業也今更可
驚にもあらねども貧は修行に不及力。
御料には此身親抱は誰かに知はいぬと申
宣れの御料是を同食親かっいなど常には
此方様へは細糠よく聽備後寺まゐらされ
けの襄ま哀なる事あり猶久盛なりし時は云
紅梅のお時と云れし花の巌倉鷄香魚の絲
気に紅嬋娟たる方雪媚色儂香分郁枝紫煙

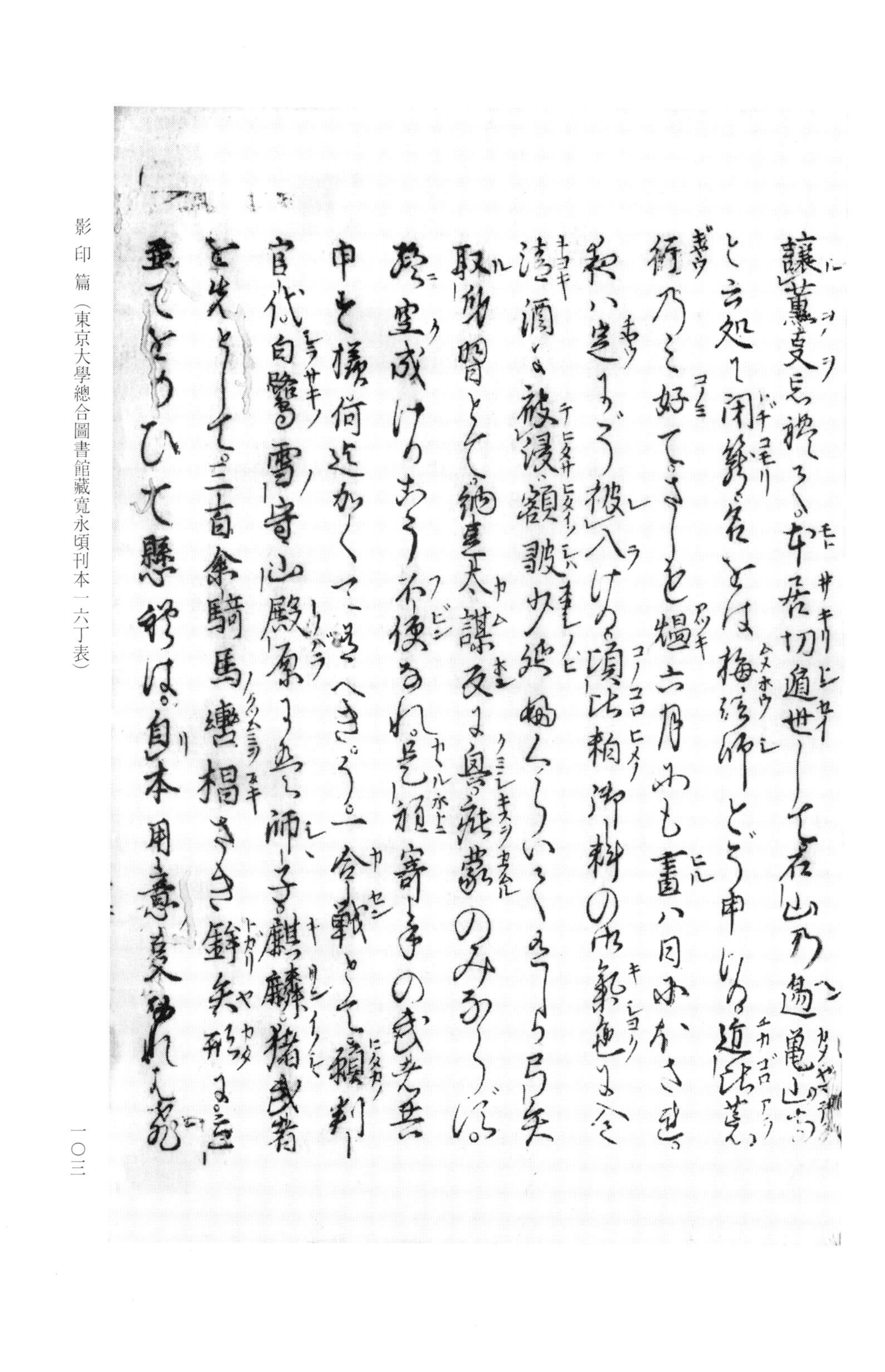

米嚼まするにあさまされてる左右なくかゝらてきこれにも
けり輪鞆てけれは飛礫鳴子月騒かしてみれとも輝
逆茂木鹿垣橋垣もみな破て屏際まて責付たりし
中より兵を見て敵あまり近付ぬと見えけるを
討もらすな生取擒しもとき若者もやあり擒
然るに杭桶判官代桃杷太夫三郎大將軍にて
しかも究竟の兵共五千余騎木戸を開て懸出
三百余騎の兵共中をとりこめて通しけるに後
引いて蜘手十文字に入替入乱て半余戦
不備究竟兵二百余騎忽に被打けり鷹判官
代なんとは叶はしとや思けん陣を引帰りけるに

けるは魚類乃拘共を見て。雉鳥大納言鴨五郎
鴈金十具箭を始として究竟無拘五百余騎入替
てう懸けれ。されども精進の拘共は一人も不打栗
伊賀守は甚く志うじとや思けん。擽くに成てぞ
落られけれ。郷料足を以遁してかゝるぞ詠まれ
たまひけるの

伊賀栗の擽方志られ落させて
何その人も拾ひとられぬ

樵の時も何者共なき谷底へ向て被落けり。鵯も
まかくぞ詠せさせ給ひけり
今日あるも御所のなさき所志しあれ

つゝきなんとのちかる世に人
かりけれは奥頼方ハ舎助を始として宗徒の
輩二百余騎或ハ討けれは或ハ落失或降
参しゝかは残りすくなに成ぬ本人舎の大助も
手負浪折際まてけれとも叶ましとや思ひけん
不動庵と云所ニ子息舎太郎丁人召具
しゐる河上にたゝくらをそ被落けり爰ニ近江国
蒲生郡豊浦住人青蔓三郎常書と云ものゝ宿
へ落たりける敵大助よあれハ希敵や押並て組
とて二大八守基立掻て真首掻かきしてそ宴り
是ハ大助か言甲斐なくも敵ヌ総甬に目もろ捕哉

返せ返せとくためいて懸けるに大助名をや惜みけむ弱乃手縄引返し浪打際に懸並て散々に戦程に大助痛手を負ければ心計は猛く思へども力も右の手力尽て請縄を置にけり蔓三郎指寄てぞ打れにけり精進の掲無毎日間叶ひしかや思けむ自本用意の事なれは甑実諸無くて城に籠りけり彼城と申は究竟の用害也城の人之可落様なければ寄手は向物は新豊折臂翁瀘水の戦村南村北哭声とて聞て五月万里雲南にて行事を辞しけるに不黒尚かてけ程は奈越向者一人もなかりしまして山城国住人大原木

太郎以下云物其勢三百余騎是へ何方ともなく
討かへ走り重なる精進ノ物共勝軍躰なれは
押寄て下よりも猛火放て責けれは忽ち
炎るいて焼上譬黒縄衆合大叫喚八大地獄
も不異とそ見えける處に椒子荒太郎と
云物あり自本山そだちの男子にて心も強く
ともなき物也けれは唯一騎かけ入てひしめきて
組ても御器ノ中へざつと入てけるの郷料取て引
寄試まて嗚呼やさしく大助なとの物あり
けれとも有ける物共鼻翹無共散々と
成大助も裏りて失ぬ其上は余物共諍物一人

もろしけれは合戦習ふ事執多勢をはよくさ
里けり。爲稽事なくて。亦極てさけれあろ
哀あれさてあろ自昔至于今。青墓三郎常
吉と被召。御料近習まて朝夕奉公仕為總。
雖有事共也。于時魚鳥元年　壬申九月三日　静
謡乎

精進魚類戦物語終

群書類従本影印

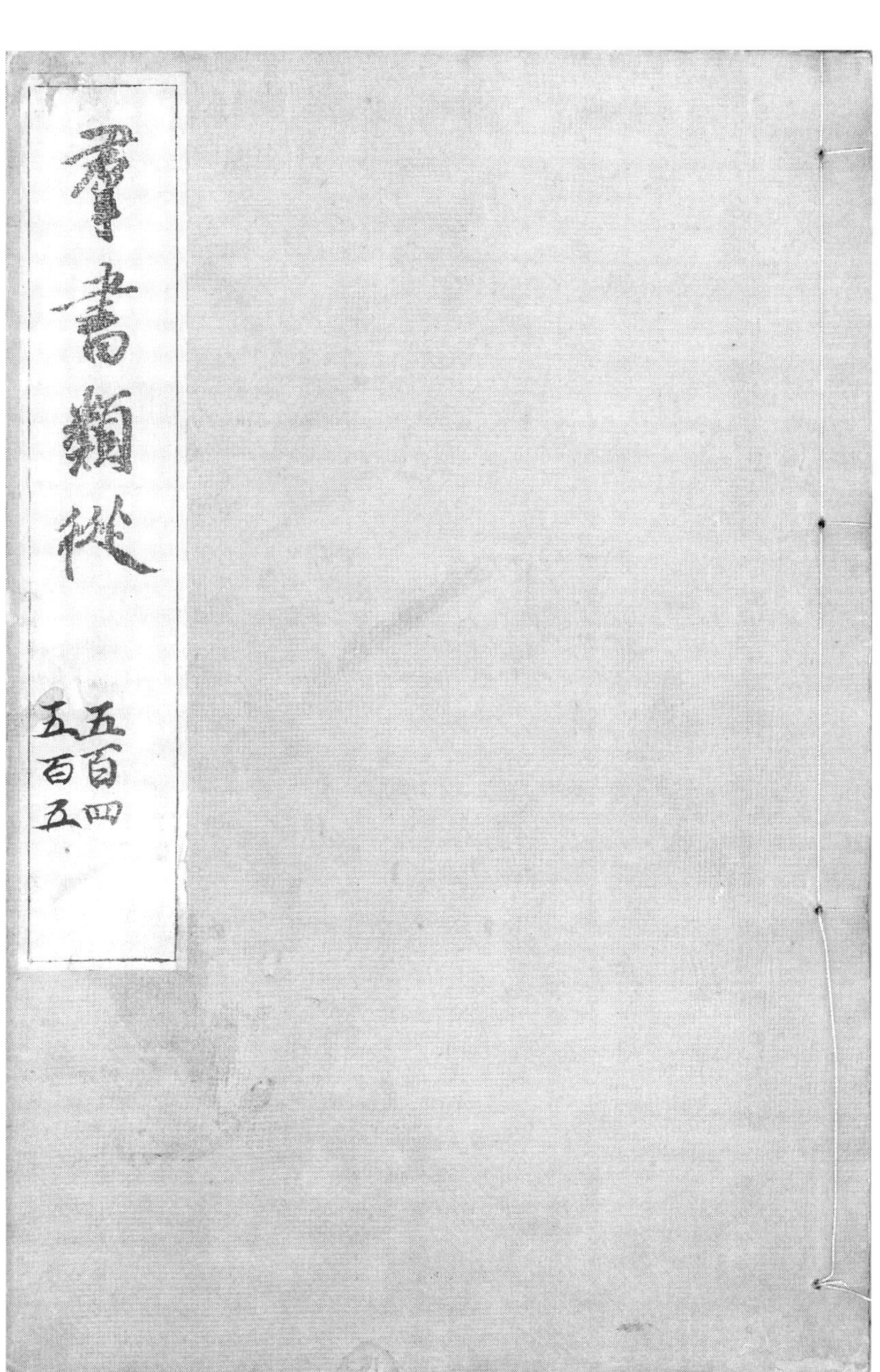
群書類従
五百四
五百五

精進魚類物語 一名魚鳥平家

祇園林乃鐘の声こそけハ諸行ら無常也沙羅雙
林寺乃蕨のけ盛者おつすひしぬへき理をあら
はせおこれる炭も久しからす只炭物を焼て灰
となる猛き猪も遂にはある走乃下の苔となる
酒遠異朝をとふらぬれハ獅子や象や豹や虎ま
てらハ菖人を取殺にも怨りらみ付ハ人を換
武付る獣を害もしくしもるさハ人乃為もの
ごらいふ文ちらく於胡をそこつぬかみ山の根黒の
大きなるへ乃牛北そらたまり 薫ては猪乃いふえ

春うちきゐらハみまかりぬる者とも申ハ給はく
越後国をあてたひらる門常陸国鹿嶋のかたへ行方とうく免れ
へ流され河ををも領知しける隣の大友能直の孫大和と
倍へりけるあるさ世に心を許しおはられぬ大隅守貞高
元亨四年八月一日精進急頼乃厳家ハ湯剃の大徳
乎世まつりはおは乃遊蔵ともに隅当にしてそ仕くれ候
速折り給へ出家をし八幡宮に法服礼ある放生会
こつひ彼岸とはひあるく出精進してそ渡らせ
給ひぬるにかくの小越後国の住人鯖の大友鯖寿丸
五まふ小駒乃太郎粒實同次郎卿吉こらまのえ守

二人ゆしとハ遠乃来雖へてトさ迷ひなからふ窮流
出往人大臣の御影猶参息納言卿参重りり
とさて御別迷くえぬさ迷ひ猶轍つゝ存腰をしむて
一つちしやこゐ薮尓にあらりてをひと思へらむ父大
夜半中入合てありくあもゑかも入らむなにとく
手越宿北鶴夜にて山吹乃井を猶里へ赴ゐ迷
ひらかに旅たる見めて迷ゐて弱き轍をそあまたく夜哉
日にはつてかあ其程小国八月二百里猶一てひりらハ
越後国大河郷鄙の居又大夜乃館まか着する
兄弟先容に衣並ひく眼さくやけるハ内せしば

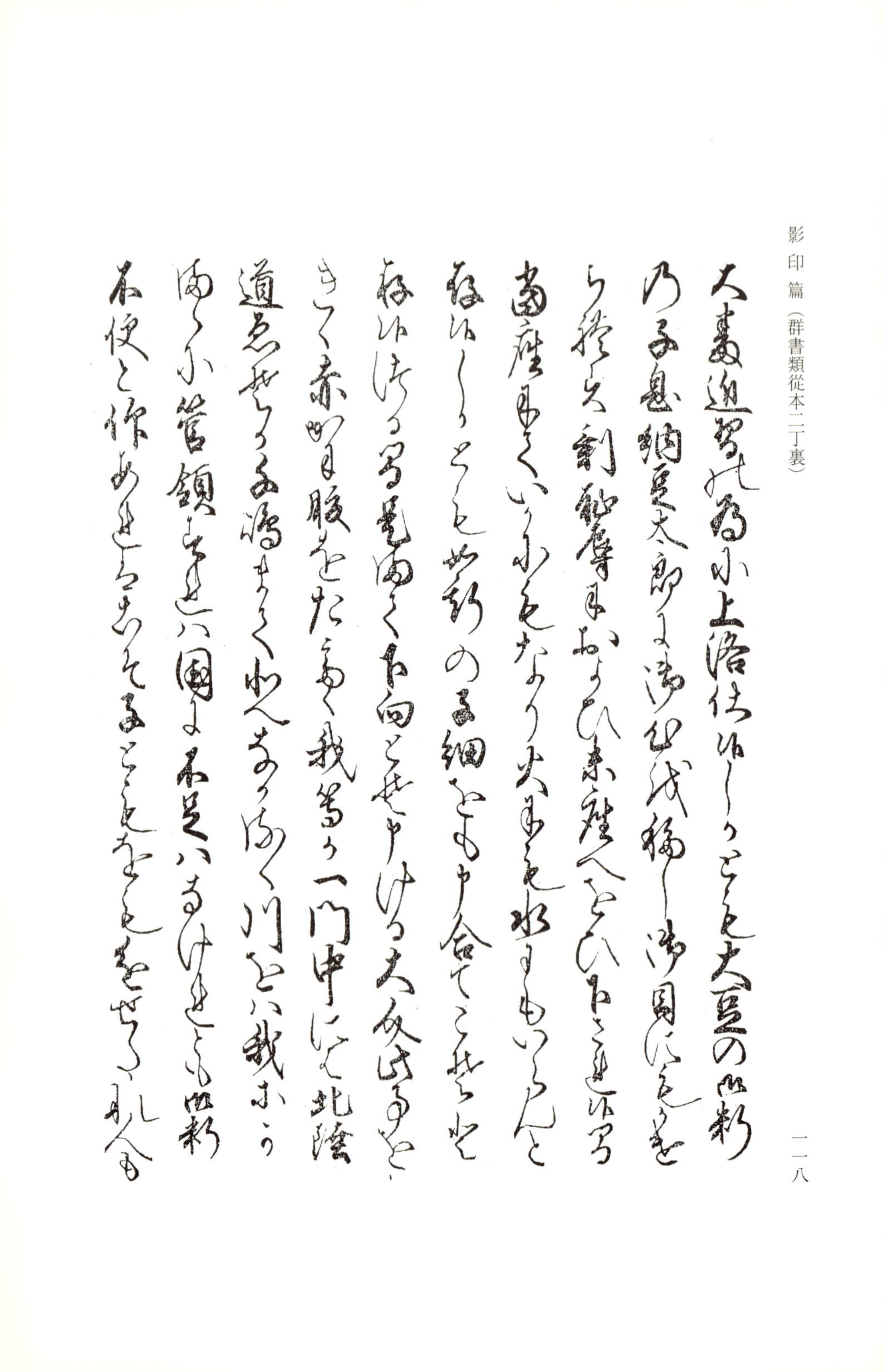

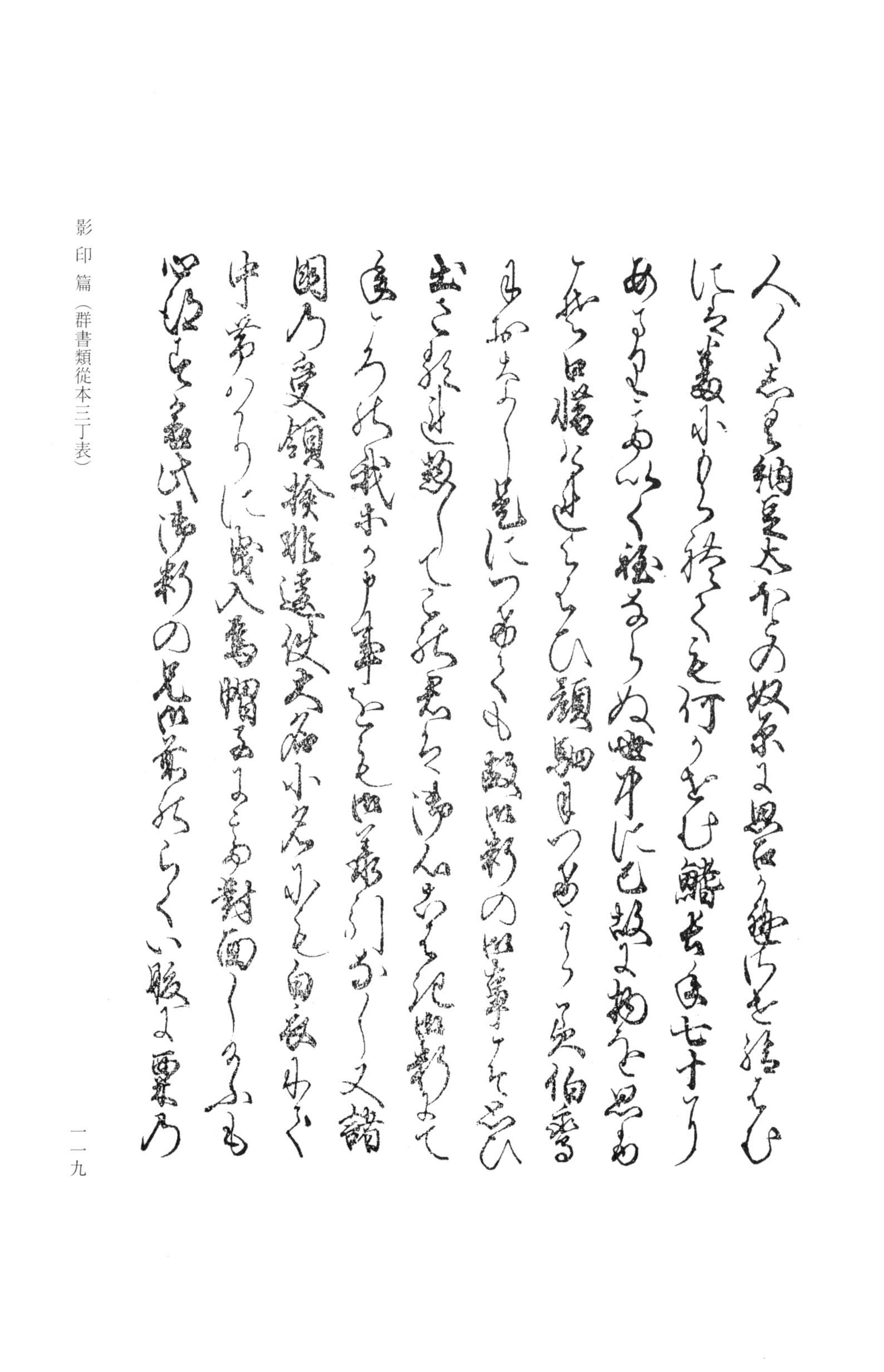

仏教とあいあらし傳をまつ仏心をあらハして
任せし心をも漢土ハわらかにうるはしまちひさく
まくらせ給へハわか経ちう妻左依へよやうよかし
又帝王の法ハ孝経よりも礼をかたくなさとふる
ある人の身として君につかへ親に孝ハ皆イ悉人の法
まつりことおこなふ我国ハ文人をたのむへきとよもあらそ
紀伊の仏教の文紙をあつめ文義にまかせて佛法開
しまひつくし経をまいらせ稲田姫ハ仏勝よりもう
世にあらはせたまひしより伊勢天照太神乃
かくのことく賀茂の仏祭みなくつる物勝をもて養す

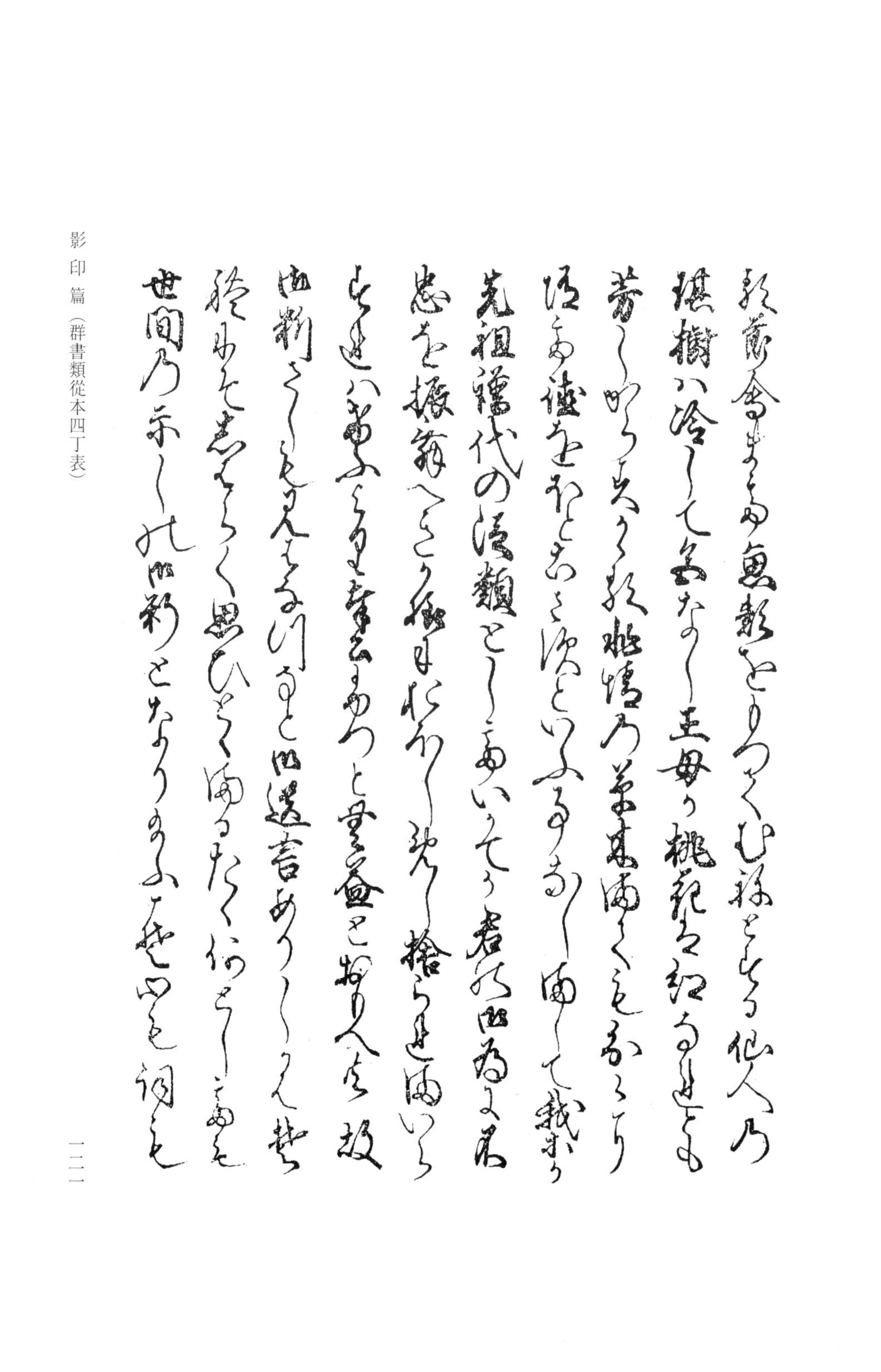

及ひ遠近に聞へしかは魚類の一門を催して精進の
奴原伐んかため評定して同送ら廻状其回文に鰐思召せ
むるかと安危変ありとて鰹房十連を指遣して
へ其触を遣しけるを聞て諸氏人々はせ集て先
鯨の荒太郎鯛の赤介鰐の大口権頭さらぬたに常
刀先生鯖持乃太介大魚伊勢鰕守鮭大介嫡子の鰤太郎
鯰實同しき次郎鰯吉鱧長次鯇冠者鱚藤五
郎むらたの左衛門かいさきの左京権亮いさゝこの源九
郎うなきの兵衛二郎太刀魚乃備後守鱒刑部太輔
鮭乃判官代螺出羽守こゝくの左少将なとこれ甚

射池殿乃君達ニハ八幡鯉の由曹司小鮒近江守同山
吹井の物熊野侍ニハ鰧ともいひし乃先ノ大夫宗清
殿の由目ニ乃ゝ鮑父ニ一族ニ白鮠河内守玉餘魚
中務鯰判官代鱧右馬允ともいはし鰯鮇法師柳
魚新兵衛鰻尉鱒陰奥守なとゝいひし乃大鰭ニ鯔次
郎なとゝ云水ニ鯥の冠者塩海鼠次郎鮎入道魚類
源六あしかの物源太郎大鰹陰陽頭なとゝいふこと
同蟶太長兵衛蛸入道乃手ニ君ともなけれハ
鮑蔵人鯛鼻小蜷鳥賊の太郎かつを乃源太郎丈
太ニ郎鰧蔵三郎鱶源三郎なと大隅守鯨冠者鮫

尾鄭文守富十郎海老名の一族此外山乃うら於
敵をらにして獅子麒麟桟根助海之丸入道か嫡子猪
太郎猪武者乃そしみえて兎をしれ宛基島の中将
鳳凰鸚鵡鶺鴒うつゝ如き呼子鳥鸑角鷹と大将
軍せしかあ金烏大納言鷲将監鶉大江射郭云
中将鸕女郎鴨中納言鴨女郎鶴次郎池上住鷺女
郎鴟鵂入道ありて鶴左近允まうしけれ家の侍
大将小又飛鶴判官鴨隼人佐鴬乃小三郎隼
太郎鷺鶏雅楽助白鷺壹岐守鶚の鵰新六
山鳥別当山鵲蓮花坊鶴主殿允鶉左衛門尉の乙

鷺の如来同代定観班鳩源八書山ところ四十栖鵠又
三郎雀小藤大鷺藻陽鵬くゐ小鳥鶏鶚をせうし
こゑ以上其於鶚二万五千余騎魚鶏鶴羽翼乃二陣に群
て宮軍籠をもあひて八あるきを種の乱せあり凡四足の
物にもいつれも勝劣すりをもあるべからす南都北
京比叡於てもへも説之以遠之哉きも海に生候り
きこゆ遠八両いらにあまあしめてあひいにや赤父母の
由緒にも似て説貝ともに両りは書八ニ音於く
仙家の昔をよし援ぬ擬貝に夜うく泉乃雀貝秋ハ
萩か花さし　類芳貝冬は鳴海の雪たゝあく旅人

明らなるか板や貝まよく崎ち塩く焼る衆たくはの
ち移をそふる鳥貝世代いつとくとも尾貝飛わりひ
主さらへつ舜藻うハゆへし老るあ迷ハうしらん乃女貝石を
せつしれ迷山飛此様に替る法螺貝の友とも従せ
りり足なり我の名もも閑も枝を絡しさハ鬼かハ乃
松らしいまてこるか鏡貝総角かあく世屋さらしかりけ
なる名我中なするせいくきをうるふ集て我まありきる棹
康乃墨我光はらさかめこあきつとも海とハからけ
なるりものく志そくハ指あかりる瓢いりきなりけえて
わりし雛乃目の屋うにけり赤をまきあかりし我に處てり

殊なる事なけれと鯛乃赤くして後見の鮗鯑の入道

と追付てうちまひらせハ味吉は沖の黒布なれ大夫

乃むしもの殿の若和布とむかへて妻とそなして歳

経なく一両年大事出来たり昆布大夫こいふものゝ精

進のうちに宗とある輩そうし新枕せしこそある歳

もをかる乃松山をまかくと波こそしと臣に語りしと

ありまハ皐文君なともをそろ須偕老同穴乃契り

飛鳥鶯 比目のうらみのあさかりすいかにおもひと思

乃まひらせ鱈鯑殿もある中ハ生死無常のき

らひ菊ある婁なる世間をそるハいまうて旗櫃乃娟氏

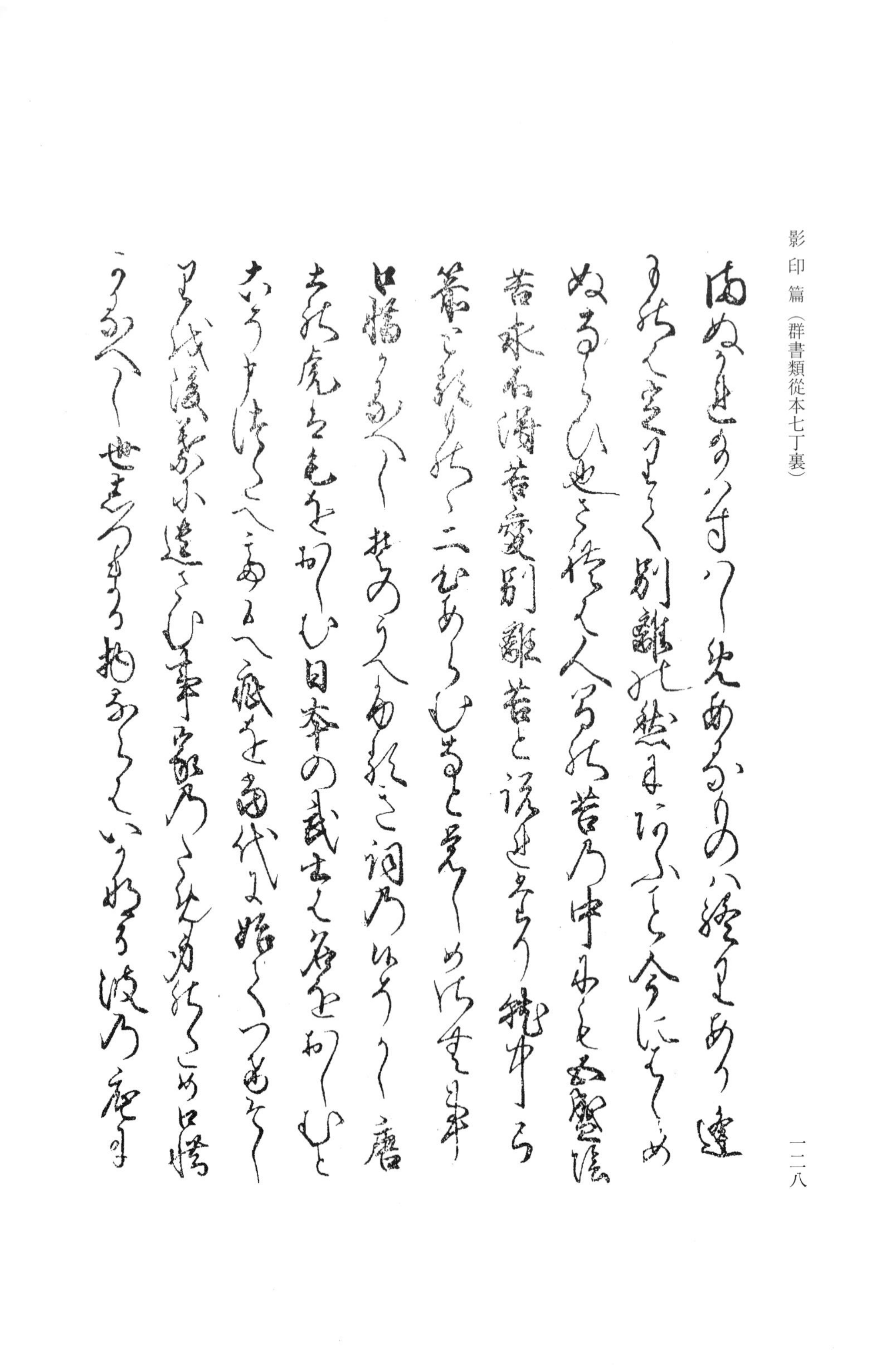

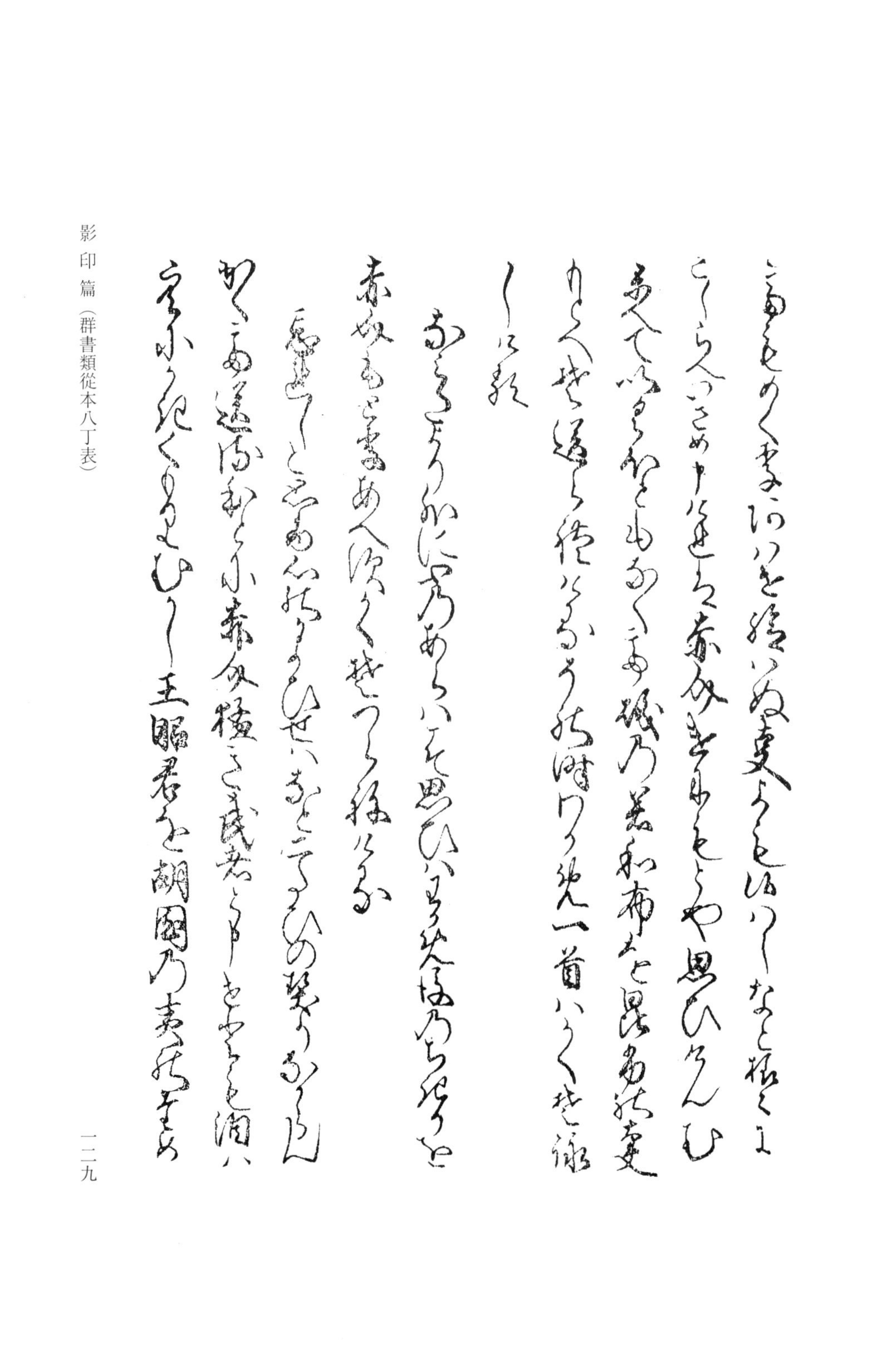

り流にも絶し時胡角一聲霜後夢漢宮萬里
月前腸と詠じけんも今こそ思しられ侍れ
むかしの人のなけくもことわりなりつるよはなけきあかし
ぬるに袖のみぬれてなか〳〵羅衣濕て愛へきに
さる道の程のかなしさはまさる物なるをたえて
またたに後文なとかはらするさまの服よそほひなる
ありけるけしき道すからひとかたく涙をもえいかにもなき
二毛漸しめ源氏家にけむしきまなうちとも今は
夫も紫々たのみにはなれにけり蟠浪の底もくもりぬる
世をいつはりのあはれに出よといひ合く文の韻の乱女こ

駿河の国高橋庄知行しける伯母乃尼鯛乃ゆかり人
赴き遣しけるか、あ陣ならひに武者を撰出て黒甲に緒しめ
黒め馬に紫かい黄さこしたる鮭大介鰭長其日の装束
身には志ゝまのからんの直垂に刺高ならして撰見え閉
尾乃あ殺甲よ龍頭付て其名聞ゆりける母甲掲くる
鶴の羽のはき装ひ高く小ごつ一のはきゐ小鷲鹿乃角をとて
入ける弓は甚弓にそ白鳥毛するはあめくたく揃へ
きゝ小鮭乃葦はくみは黒鞍置てかう赤きをう殺
五鬼鰯太郎程実同次郎郷苔かる後度出来扶歩
三きるの鯛赤衣味苔をはれ日の装束にほ水文に虫

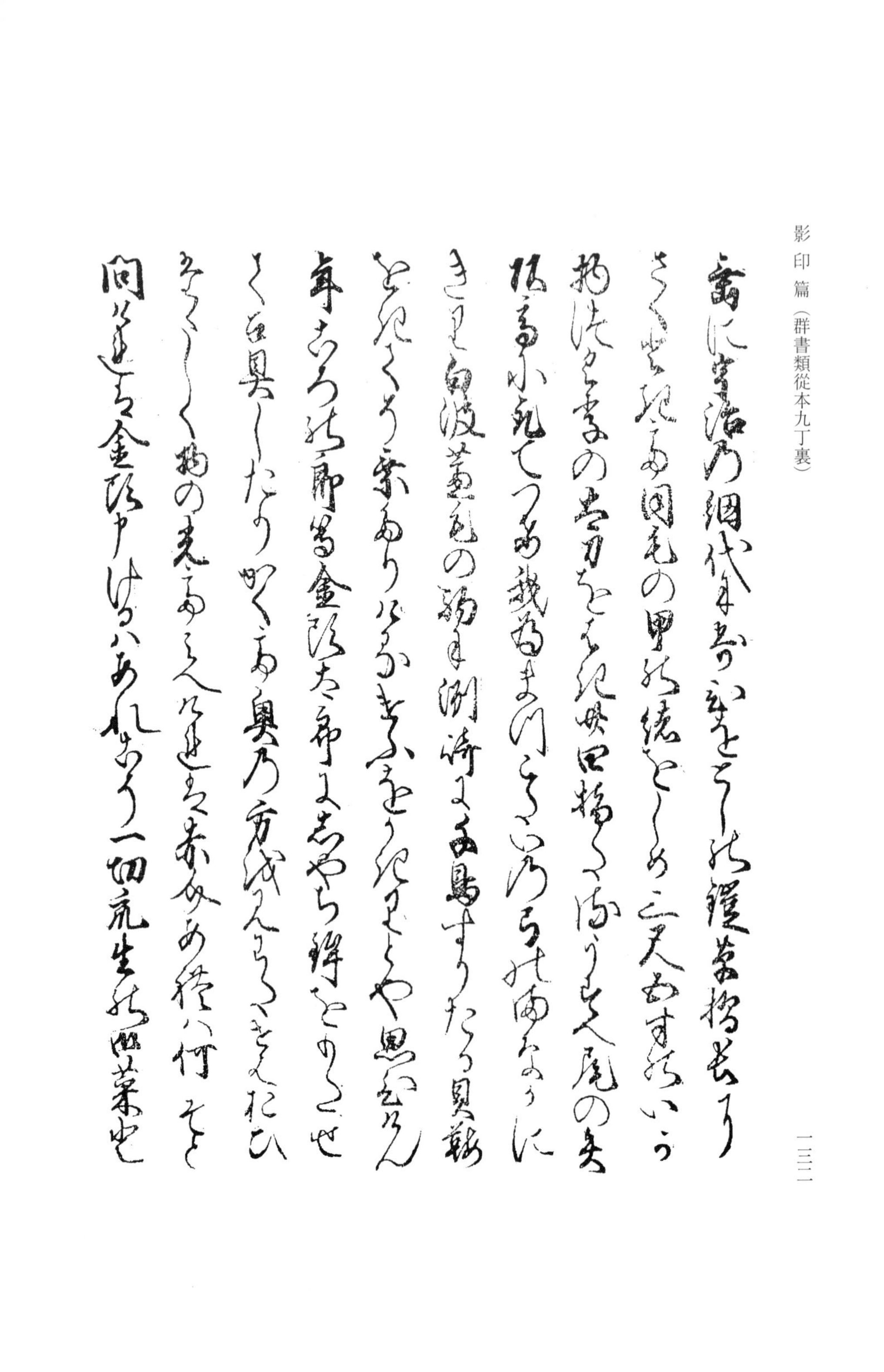

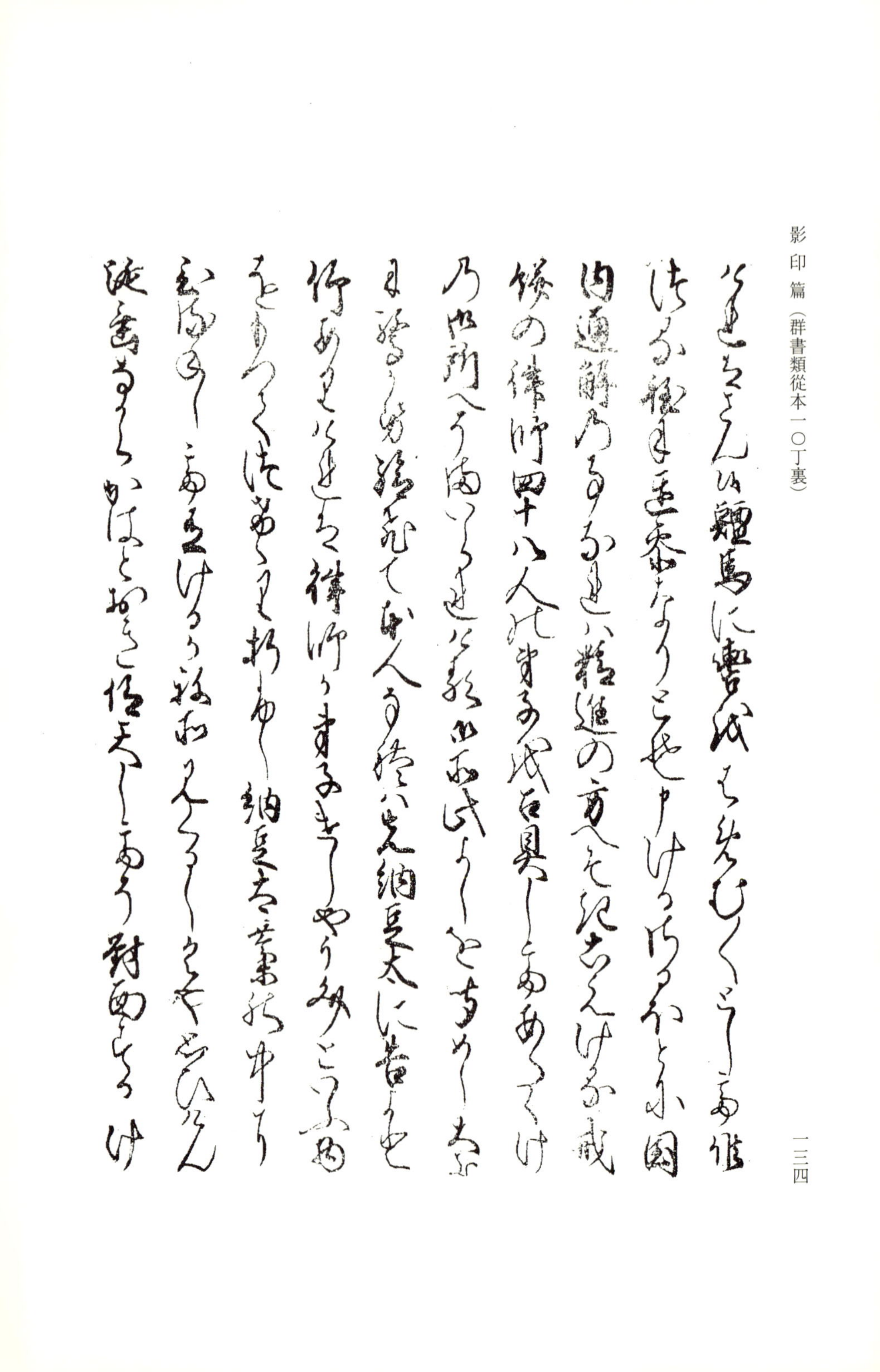

さやりみ此由奏しけれ共さて納豆太郎の後なりける八
精進乃物たち催せとて塩屋といふものゝ我かつくれ
男ちりくしきりかる昔は八らさ東蜀楼まるよ
つゆくまし道徳といふ物なれ共小はしめて御きを
尊覚六孫王よりこのかた冷むちらう素麺とくし
侍らし而荀蒻兵衛酸台弁房尤姫の蕪大根太
郎苣次郎蓮根進河葛大角山牛蒡渡辺の党には
蘭豆武者重成蕗冠者小太郎蘇角戸三郎いらくこ
筆冠者節重納豆太郎糸重東蜀乃唐黍太郎同
次郎味噌進荒新左衛門獨活右衛門蕗源太黄台

菊義大隅守葛着藤袴九郎芋頭大宮司蓮実大臣之咲
太郎こたうめの権介実葦新左衛門河骨次郎
秋茸昆布太夫若和布新介青海苔昆布蕪離尉
雲着太郎山葵源太荒布忠太郎松離若狭守樹中
の山藤木工権助将監蕾宰相桃侍従栗伊賀守大
和國住人熟柿羅着実光ハ柿の蓋をとりける所を頗さ
て家督一族を引さこもりけり栢楊梅判官代枇杷太栗
三郎青枝柑子の太郎橘左衛門李式部大輔梨次郎蕪
人楊梅太郎熊野侍ハ柚皮唐日糖太左衛門慈葛
の三郎常吉に始めとして以上千騎あまりの余騎の人々

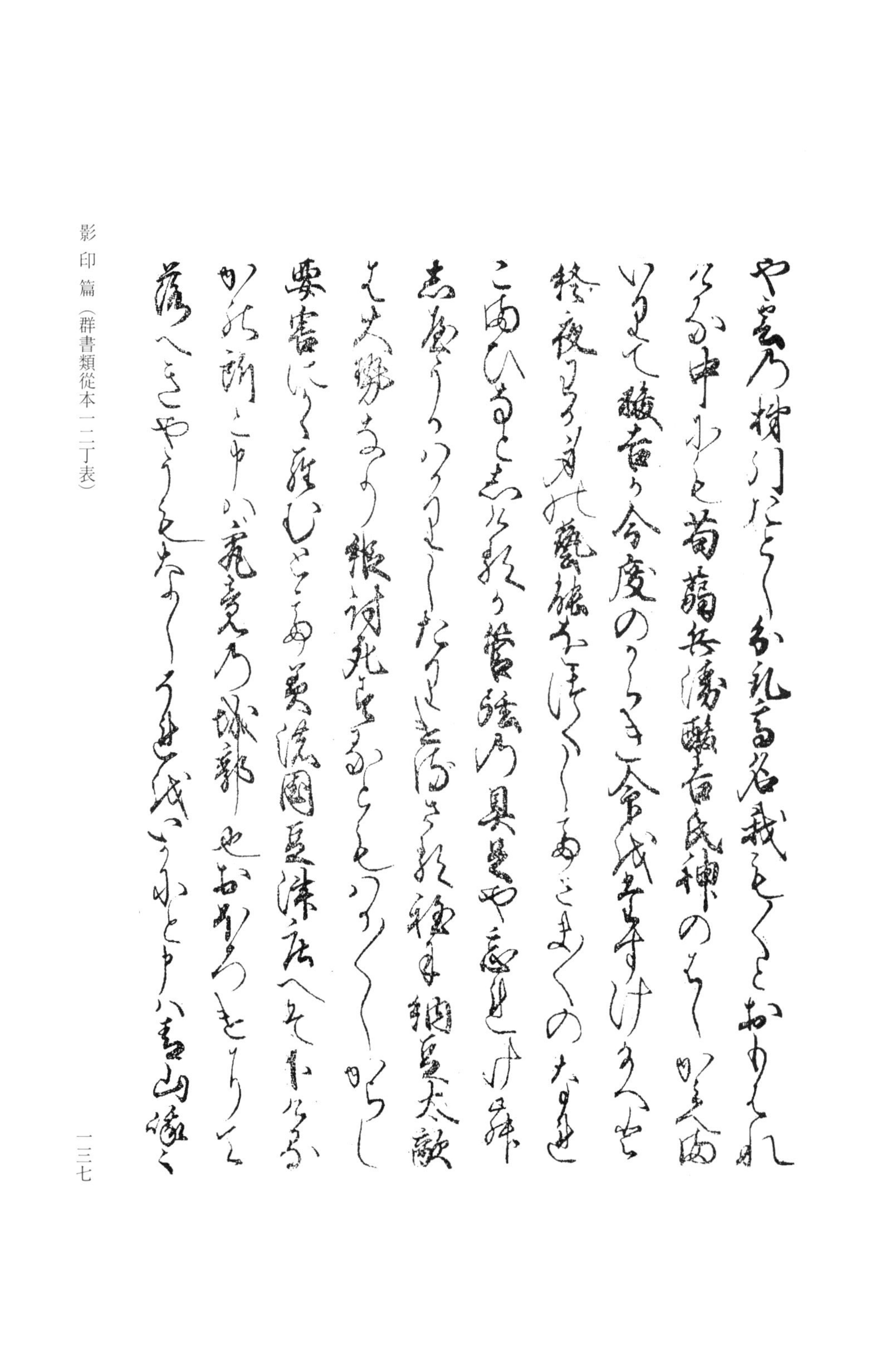

出して不破の関に泊りき伊勢路をさして遠也
春陽の暮を待ハゆうくある遠山に霞たれ夜
ならうちの吳興に望塵掛巖ふやむしこまおひ出る淩
みえあしつ測供ある瀬川に乃大河そあそひてる
東岸西岸柳遅速不同南枝北枝乃風涼しく吹
くれ白波は回蕩し浅瀬川にもおもてあへハ乱るる
逆もきし瀬の上下に人大綱小綱をもつてたて進ハ引
るるをやまとおもふあら競ふとしてあやすくさと海へ
こ度うとなりし我れら人おハ渡る時さくかき流をも
ゆひあらく郷こや暗多代閑とす海来つてはなハ

武者乃眠りをさましつゝめで長う閑ならむ数て
又韓信の八陣をもつて両人蕭何漢王の七十余度乃
戦に秦王破陣楽をなん奏しけるもしらぬらすの是なくて
勝負へにて納言是を秋田乃稲穀束にて塩干鶴の祀
をえて直衛に召されてはなやぎけり世の蘿草物菓にそへ
ときは稲干の田の時をしめかの葛の古き世の歯
ひさしき小舟を秋乃らめく我かも苦てこゝはつきゝる
た若我十六にして稲をまるうらあらさふかあれ
ひとゝせ菊花陵の山殿へ陶淵明り友とせし
重陽宴に菊酒にそへつゝ

たはふれみえつゝあまえけるを金谷[illegible]の翫
ともてゆらきこえてえんたり鸚鵡の[illegible]
あ孫を同意要来にくらの原色の馬小さりつゝりう
なる蘭英臣時来即自移れとあらく騒きこらむ
すはあらしみへあそにとあるとの[illegible]
なかにあるものつたうなさはむらふ五舞えあ漏月か
ひとりとかは一夜の窓灯消なんとする時も季瑕良
まあの末とつ一夜よ時をはく雲も音楊をか種うて
まるハ遠くハあかを関つらむ近くは見わたせ
りし一栢未像あにしあんるれ孔権鳳凰女ハ二代の

末孫なりし三人自逢坂よすむ鶏乃雛の助若尾と
名乗て弁法鳳と敵にあらそひをとらくと世にもいはれし
ける城の中にも龍代にて納言太といふとも人
ありし先立あらうく大篇めけく名をとらるは武
天皇よりこのかた七十二代の後清乱源草乃天皇に
至ては代の蘭蕭富山のさや雨絵よりは二代也末孫大臣
の御孫にて嫡子納言太郎乗重こそ名字く二羽矢の
味噌蓍をよりならべにはかよりつきて鳴やうと射
雉楽助若尾がおちゆく後姆を射ちらし次日
立寄ちる白鷺壹岐守が細頚あやうく射けて候ゆ

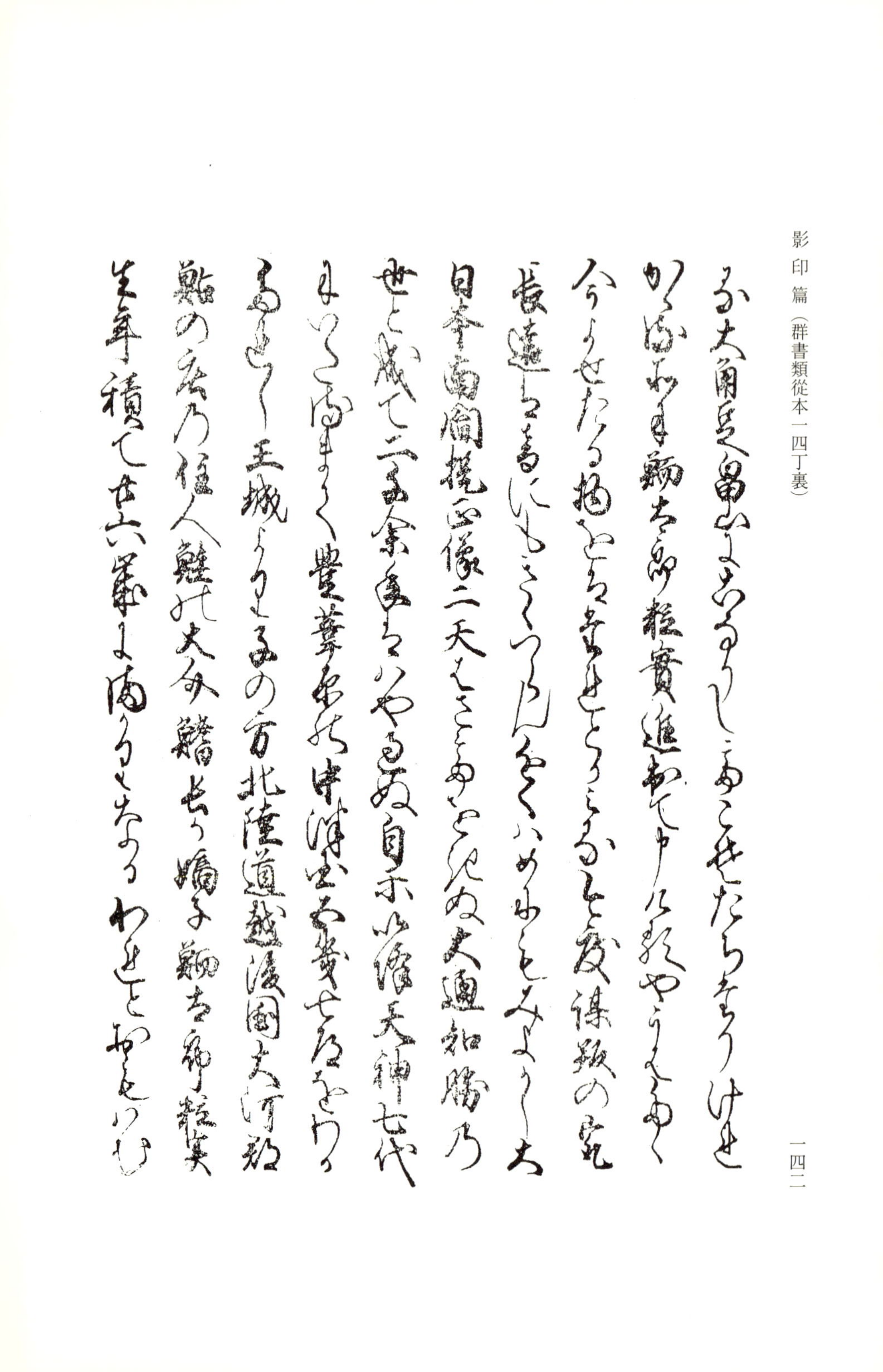

ゆかを押かへてとめやといひけるをむらかりけるし
よりき鰭乃尾の特俣ぬきて出し能引しためて放矢に
芋頭か大宮司かしら射られて落馬より下に落にけり
芋の子共なと引退けれハいかにせむとてにけゝるところに難
大根咲春宮是成ける合戦にハ素経てハ退迄も
乃藤もおもひけるに欲くりせける駿の皮をきゝ
てそ笑けり芋の子とも逃成さく多く花転ありけれハ
事ありか合戦に出て程もなき八死せんするをハ歎けるを
又親をとへなくにあらり孫とくりやうにあつかふそしといひ
て隠居ありか鑓に酒乃好まりけるをとりて喚太

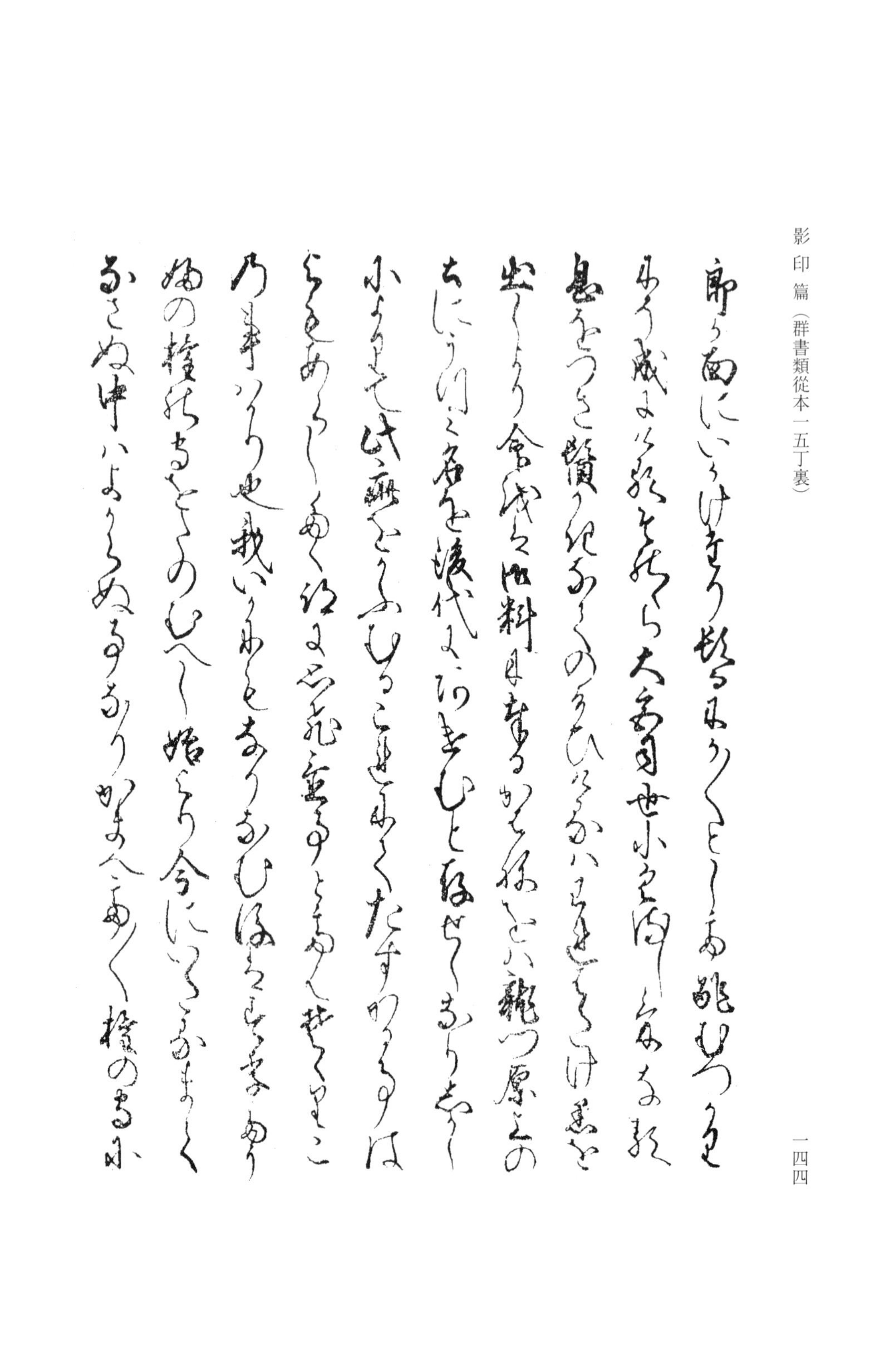

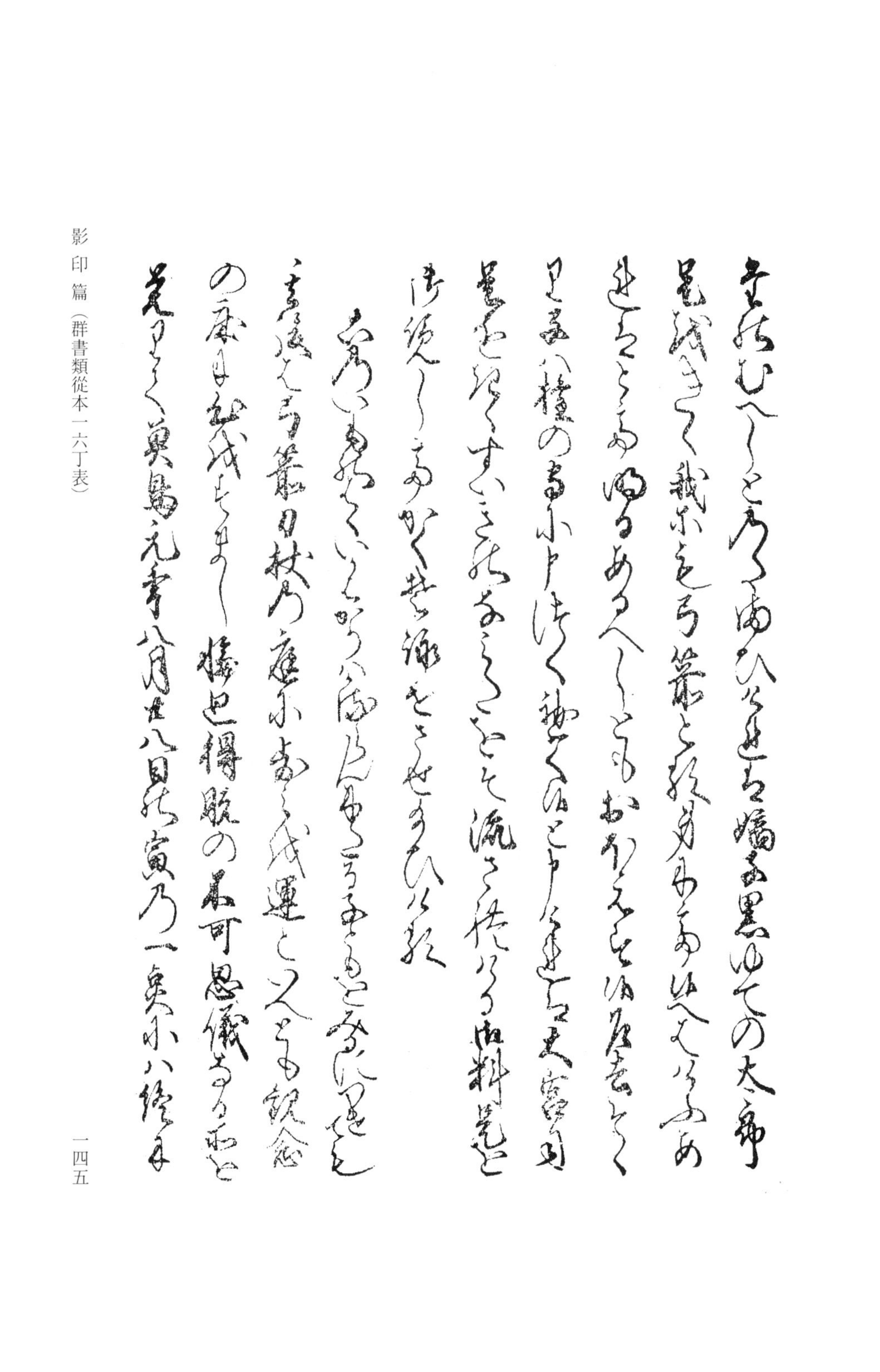

ゝくありに侍所職の中の人大宮司射ゝ給さ也
むね藤人ヘハ壱岐あし渡邉党の者右衛門尉武者
重成藤蘭戸三郎とうしめとして源次の野尾の
太郎ゝ儀盛等進ハしまんとの覚竟行ゝゝ後の鶴
兵藤馬ゝ薬の丈助因ゝよもつと樹ハ掛ゝて云ゝ流ゝ給
つゝ矢射けるなかに鯛の赤衣ハ乱逃しれを覧あり
ね射けるを二ゝ弓ゝてもへう落ますなる後見の鞭跡
乃入道ほとゝらう魚のとる勝まうとのをとく合掌よ
おゝしめし経ろはして鞭躰よく義経はへしさゝめ
ニゟ小弓あかさ人へくれけるゝ我てたなしめしあへ

らむと遊ひし蹤跡かくこそは山へ入にし人の面影もしのはれしとや
に於ても永く賢者の見なるへくおもひける人の親の
心のやみにまよふ事もあなかちにはかなき世のならひなれはなかなか
ひそといふ識よ理なり顔花忽盡春三月命葉易
零秋一時はさらにかけくへきよあらねともされ
昔らも乃夢思ひつらめくるに姿はこゝろ更になし
いさゝかはらみらん陰ともなりめくし思は黄泉中
有待の道に就きて親しきも疎なるも猶思はすかはしひ
てゆへに蹤跡しはしこゝろつくゆるかなは人の親の子
をおもふこゝろの深き事蒼海も不及高岳

さほど我らをそだてたまへども親をおもふ子ハまれなり
かならずしもありされハ經にもとかれたり諸佛念
衆生衆生不念佛父母常念子子不念父母とみえたり
少愛の人に於ておもひしめとも理也夜の鶴乃
焼野の中よりなに焼野に雉子乃子をわすれ
わすれかねたる禽獣畜類までも子をおもふならひ
なるをましてや人として鵜鶘のごとくにして少愛乃人々の法
事ハ佛法に於しめをもつて後生をねがひとかゝはへ
人々の後生をはかるに一大事乃ことなし今度
三途の故郷を出むとハ又いつの時をか期せむあひ構て

く後生を祈ひ給へと申けれは世る赤双ゝらい後生
の為に六道講の式を作閑せむとおもひたちぬ鶏鵡長
この鶏法師と二人結し六道講の式を讀をはりて我等
式に曰謹敬白す一代のまつりことはりのなかにも鶏水
の天満神はかりて音史何の世にもあひかたき鶏鵜
にあふ夏を得て妻室綴もたる鶏世界を離り捨てあ
或は入道いかなる事ある或は鶏法師となりて此奥
と綱地獄に落たる事かあるまし一に地獄道といふは
此中をもちをなりたもけよと鵺の身をもとめけり
鳥のといふにくるしみをまし昔ニ又餓鬼道といふは

ひろまりそめしかばしためしハ世池之人ひろかさ殺
生に携たる者ハ鸚鵡の首を取て取る名ハ我一人
ごとく三川にあ御料の漁をおほする所をして羅し
たうをひろか漁釣を止め絶して携る者ハ之る罪
乃振廻過分なり河海之人ハ後を知けれハ携る者ハ
切しおほりくも出向る悪天公荘厳劫をわ漁させち
き書く我知人ゐ花下乃半日暮月あ一夜泊みるこ
れ衆生曠劫の縁そうしさ後生菩提を願くハ佛と
なりぬ我ゆしにあハ地獄よ落ゆ与悪に赴して
修羅にあまり慳貪なしおも餓鬼に出るを道みるか

閑義名をえて梅法師と世にいひける和泉嘉行 武乃と
始てさくしゝ暑元六月のころ八日にかきたる定
あまた入にけるか須田新乃田舎たよ入よれ酒まひ
あさまさくかりけるものゝひくらひてましら
弓矢とるか身のあらそひとゝあ納言太の諌殺まくと
しる底をとらぬものゝさなから汲遊よむるしく底よ
世間あまたりてきらり義に若く事徒さるかゝ不武きこ
至武者をかけかやりハあまよあ承しくて敵
へさそへ合戦をくさ撃甚利安代白露書波あ山
乃円かたる殿原にしるて楠子きりまん精武者をとらせ

しかも三百余騎馬の轡をとりとりやうこよたゝかなよ
らへにおんひくをはせて組てやあることをあらはして
たもなまくいかでをいはせらくはせてはせて
ひくやあるこそ見あれちあるく結よあくかさく
南の紀伊かくして城のこゝ此かも世矢射つり城
中にも見をこかあるをはせよせんずるか敵あり迎
射られあふするが戦をる生れ行ら首にして
高名をせよとこかの桁稲判官代秀もの大將秀三郎
をたねとして究竟の物とも五十騎木戸をひらき
らそこかもを出るか三百余騎のものとも中をあけ

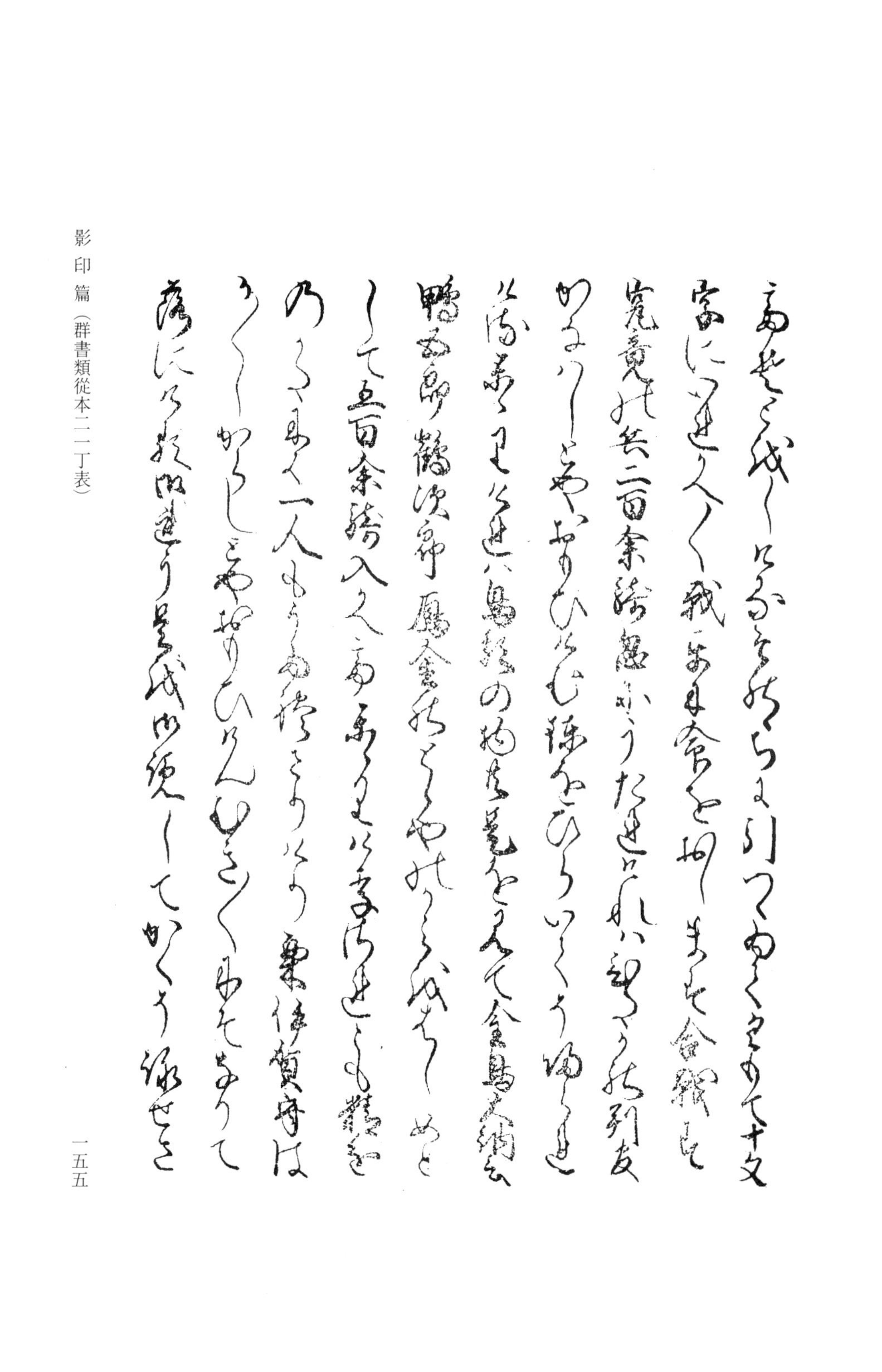

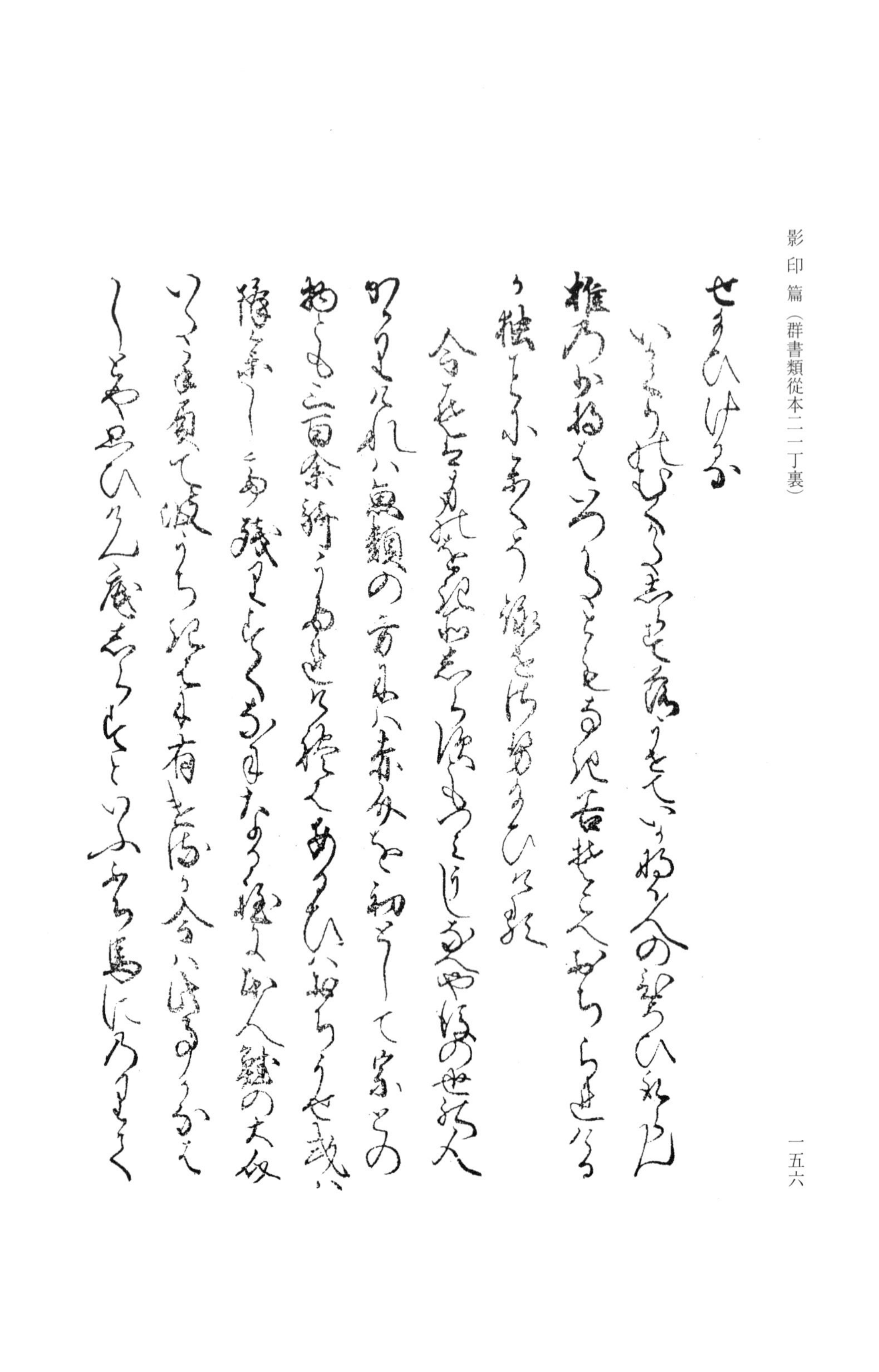

せめひけるか

[illegible]

[illegible]

[illegible]

[illegible]

[illegible]

[illegible]

[illegible]

[illegible]

[illegible]

鰐乃太郎一人ハ具しける河をわたりにのりくと
[illegible]落ら[illegible]けるに[illegible]小近江国蒲生郡豊浦乃住
人[illegible]三郎常吉と云ふ[illegible]家を[illegible]太夫
かせあそせ敵やさて[illegible]てく向ひとく二尺八
すんくくる太刀ぬきてとあせけりにぎり切けり[illegible]
さし落ちハ太夫ちしてく敵小ひとて[illegible]へく[illegible]とみ
と[illegible]りめぐかくをやくとて[illegible]てく[illegible]大[illegible]
戦や[illegible]とげ引[illegible]て[illegible]くに[illegible]
[illegible]八[illegible]くなくとうて[illegible]こうを
[illegible]胸[illegible]

後乃証に是代〻に至るまて切封をもて是を賜ふもの也[illegible]
ぞんじ候て精進潔斎して抽んでも八幡宮に[illegible]
つゝしみ思ひきりて関東の手を逃れ八幡の
城を築て立てらる故に彼城と申ハ究竟の要害也
[illegible]人数わからす入こもりを[illegible]
へいふ物にて新豊の折臂翁か瀘水乃戦に村南
村北に哭声哀しみを受て五月万里雲南に征すと
[illegible]臂を静なるに[illegible]
[illegible]家に山城国乃住人大和其去郎といふ物
二百余騎[illegible]

迷ひかけるかなしさあまりて無慙なる所に黒縄衆合
叫喚大きうくよひハ大地獄に異ならずと有様なり
有様の若大将か山伏とも此男かくれ
も甲にありて掴なりける衆とも一人をも入て哀
ともなひて浄髪の中へとりと押し込めて哀ぶくり
若の胸を汚つく鳴呼鳴呼なと死てもまた人の種の
ものハなかりけりと仰せける莫數人もなれとも
遺にあらんくまあるもの人をせめける人を金銀
掴まれて悩なるりなりしこと種ハ合戦のならひ
無縁多聞よハくらとて世にあそしてける事なく

しるすものやうに候しともからうつくしきもあ[illegible]
あまた遍くこそおもひしかりしをにつけ給はすなる事
夢於二郎衛吾[illegible]の[illegible]て
[illegible]奉[illegible]つゝ[illegible]
なり　于時貞應元年壬午九月三日終筆

東京大學總合圖書館藏伊勢貞丈書入本影印

（東京大學總合圖書館藏伊勢貞丈書入本表紙）

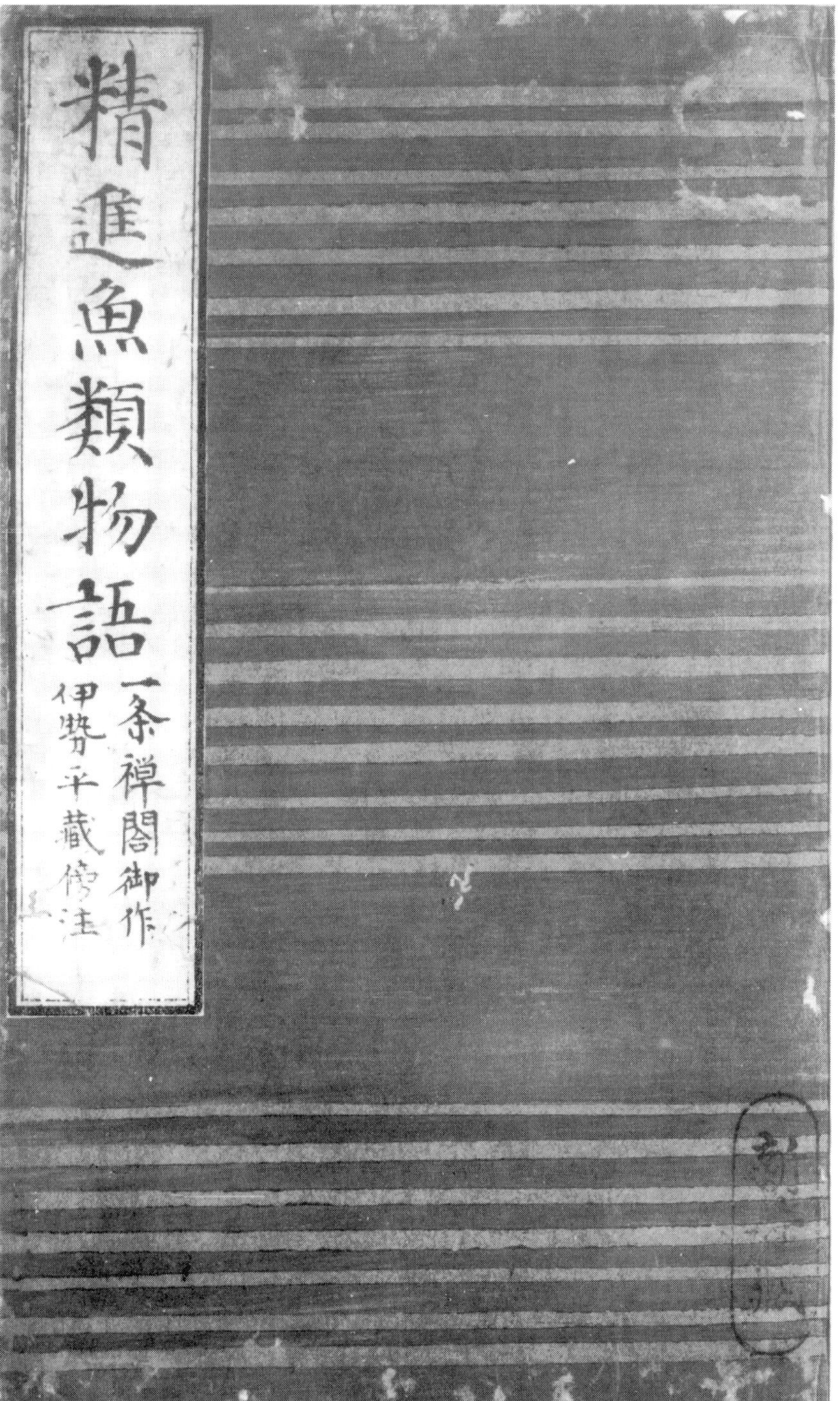

精進魚類物語

山科言継卿筆

祇薗林の鐘の聲聞ば諸行も無常之沙羅雙林
寺の藪まけ生死引吸ひしほ庭さ理をあらハ
す、おこれる鮭も久しからず蒸物を焼だ所々
なす糧き糟も遂よハかるものゝ下れ塵とある遠く
異胡をまろぬるよ獅子や象貘や虎までを
皆人至の故小も隨を汲ある時ハ人を獲しむる時ハ
獣を害セしうハ遂よハ人の為ふもとらりれ又近く
於ねを露る小山の粮里の犬ちらひの牛れそうさ
まり薬する駒のいざく聲まで〳〵ハこなどうし〳〵

あれとも又ハ越後国せなといふ川常
陸國鹿嶋なめかた（行方）凡少く流る河を鯉知志まる
鮭の大女鰭（ヒレ）長（ナガ）く背経を傳うけあるこそ化も同
もあまたれを（栖居）ある異鳥元年壬申八月一日精
進異親の厳原ハ御料（レウ）の大番ふてまいりたる遅
魚をハ國番ふこそ付たる禮たる打ぬし御料ハ八幡
宮の御祭礼まて放生會といひ彼岸といひたゝ
し御精進ふ付を渡したるあひたる世に越後国
の住人鮭の大女鰭長く子たよ鰡（ハラゴ）の太郎粒実（ツデすず）
同二郎卿吉（スケヨシ）とて兄弟二人はしもとハ遙の末庭

飯ノイヲ御料ト
云又国ノ領主ノ
イヲ御領ト云
盛衰記ニ
信濃ナル木曽ノ
御料ニ計カケテ
夕ニ一クチニ九郎
判官

へ遣下されけれハ美濃國住人大豆の御料の子息
納豆太郎糸重（イトシゲ）とて此身過くハかされたる鰈
の子若殿原を語らひ一味して中にて座原にあぢ（味）きなくせん
とせしかとも父大豆に申合てこそ此ためにも入らん
すとて干鰈（カラ）色の鎧衣着て山城の井手の里へぞ下
りける甚だ後も歩みければ駒に鞭をあてて我か田に
法して赤縄に同八月三日國の一てんに八越後國大
河原[illegible]の座父大豆の鎧小下着する兄弟左右に
相並ひて畏り申けれハ此所大番[illegible]の為に
上洛仕りしかとも大豆の御料の子息納豆太郎

又此儀を様し此目ニも々まて迄剥恥辱ニおよひ
末座へ却おとされ此肩歯座ニていろいろもなり出ニも
此ニもいつんと存けしかとも無弱の子細とも中合
てこそとなれつる間是まて下向とそ中々大儀也
事をきて筆々に腹をきて秩序々一門中ニハ小陸
石悪推が千騎まで少人流る川をハ秩序々まてに簇領ニて
其ハ当ニ不足ハなき迄れとも此料不便と紹あまハ〻そて子
其をも進也〻雑人も人〻あく綱至ちとの奴原ニ思
石々座にも好〻んニハ当ニとられても何々せん務也
年七十にあつまりていく程なき奴世中ニ已故ニ掛とそふ

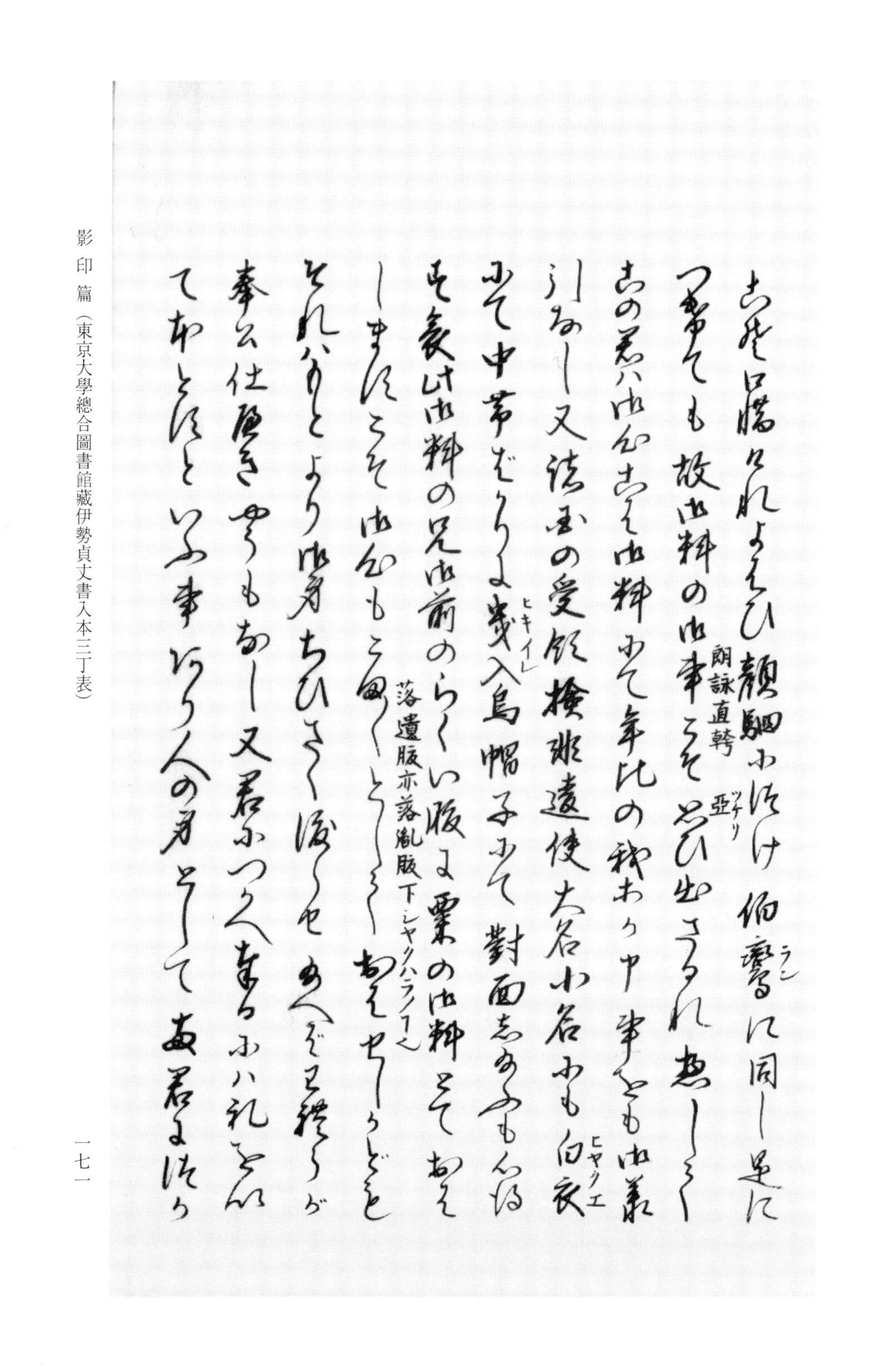

朗詠直幹

亜（ツチリ）

ラン

ヒヤクエ

ヒキイレ

落遺服亦落亂服下シヤクハラノコと

（さ躰ハ賢人の法之さ禮をまねる文人をたのむ（東
亦もあらは飲中仙料の先祖とた阮籍ハ天地
開闢し生あつく種おぶり稲田姫の内服よ申より
世に出させ給ひしより以来伊勢天照大神宮のかりの
流れ紫蘆の内祭のころ身物服束を養する乾令道
要數をとろくもねとする仙人の瑤樹ハ冷して名高
し王母か桃花ハ紅なれとも苦し示しれは所狀情
の草木までもかくれ随て徳をあらはさといふす
なしまして我おが先祖鐘代の恩報と志ていうてか
君の内裏に不忠を振舞へ東か根ふれむかし捨

られまいらすれどもふより事久しく無益と存候へど
も旅の料として見るに御遠言ありしからハそれよ
しろしく存じ見まする多く何としても世間の示しの
料と存り候ふこそ初も御も及ぶれ御儀なるハ
魚類の一門を催して精進の奴原をうちなやし
いまいらせ御料の御肉繁昌せん事いと安き事之とて
雉腐十連を持て国々の鰯もつるその附池魚ら
人々ニハ雉こそ先雉荒太郎鶉の赤丸鵠の大肉検丸
さてなとの箒刀先生石持の大丸大鬼伊勢守鮭大丸
鍋子鰤太郎粒実同じき次郎鯛吉鯱長丸鯱の
鰻奥

冠者鰯藤五もゝさの左衛門といかえの左京権亮いさる
この源九郎ら鮭の平三郎　太刀魚の備後守　鯖刑部
大浦鰆の判官代　螺出羽守　きゝの左少将かわこせん
無漏尉　池殿の為達には　鯉の曹司小鮒近江守
同山吹井手助鯰聖侍には　鯔志賀まての左大忠宗治
殿の山内には　鯆めら一族よ　白鮠河内守　王餘魚中務
鯰判官代　鱣右馬允もとゑの里　鯏鯀法師　柳魚の新
無漏鯰尉　鱏陸奥守ろゝ我の大麓に鯖めらの子共
小八鯸の冠者生海鼠の次郎　鮎の入道魚鯱源六はんかう
の孫太郎　大蟹の陰陽頭　あぶらきの同　載土長　鯰魚

鰒ハアハビノ別名伊勢ナトヨリ出

蛸入道かまねきくる若共にハ鮑烏賊魚小鯣魚
鯔の太郎ひをの源太梭魚又太郎鱵魚三郎鰒
源三ぶりの太郎鮫冠者飯尾ノ鱸奴守宮十郎海老
名の一族其外山のうちにも鰍あまりよりハ獅子麒麟犲狼
助までの入にが猫子貉太郎猪武者のそばにハ
兎無来穴基鳥の中よりハ鳳凰鸚鵡鶴鴿らつかひ
鳥呼子鳥鷲鳥角鷹を大将軍として金鳥大納言
鶩ノ侍従鵇大臣尉鶏公ノ中将鶯ノ中納言鶉ノ中納言
鴨ノ五郎鶴の太郎池上の鷺太郎鳰鷂らもつかひ鴆なた
進允長番のうちまでの宗奴侍大将小八飛鶺判官鶫隼ノ人

雀鷂

佐塞（エッサイ）の小三郎隼右衛門鶴雅楽助白鷺ノ壱岐
守鷲ノ新太郎鵄（ミサゴ）新六山雀判官山柄ノ注記（チウキ）水鶏（クヒナノ）宮敷ノ允
鶉九郎の雁（カリカネ子）の兵庫の頭梟（フクラウ）目代寺観（チヤウクハン）（筆取之寺方ニ多）斑鳩（イカルガノ）源八兵衛（都）
むしなり（松虫者）（小雀）四十柄鶴（ヒハリ）又三郎雀ノ小藤太鵙（モヅノ）陰陽ノ助法
つる（之者俗）小（コ）鳥鷹（サン）鷲（ザイ）を先として以上その勢二万五千余
鷸鳥鶼鸛鸜乃二陣に群（ムラガリ）て官軍旗をなびかし
そなへき種の乱なり凡四足の物共以下も術労
ありけりかゝるおそれ南都興業の見れりともきこへき
書八種類も海小生をとう事もまでいそまでハあし
かりなんいさや赤女皮の巾借給へんとて艶貝（ヤマヨキ）た

まいりまいり春は三吉野の仙家の昔を忘れぬ桜貝笈
八泉の雀貝秋は萩が花さし蓑芳貝冬は時雨の
声をそへ旅寝がちなる板屋貝さまし詠じて驚る
夢をあきれはせる鳶貝世をいとへども庄貝の色
されたる簾貝もし老されたる老貝女貝こそ世は
しまれ山路の藤に付たる法螺貝の友を催さく
その名を呼もおそろしきは鬼貝のおどしかけたる
鷹貝鍬形かけてそやさしかりける石の中なる海
せいしとりおりまいり名は樗蒲の星乃光は
かたりまても忘りも海上は海月なりわのし。四足は猫なる

按爾雅十九ヘン

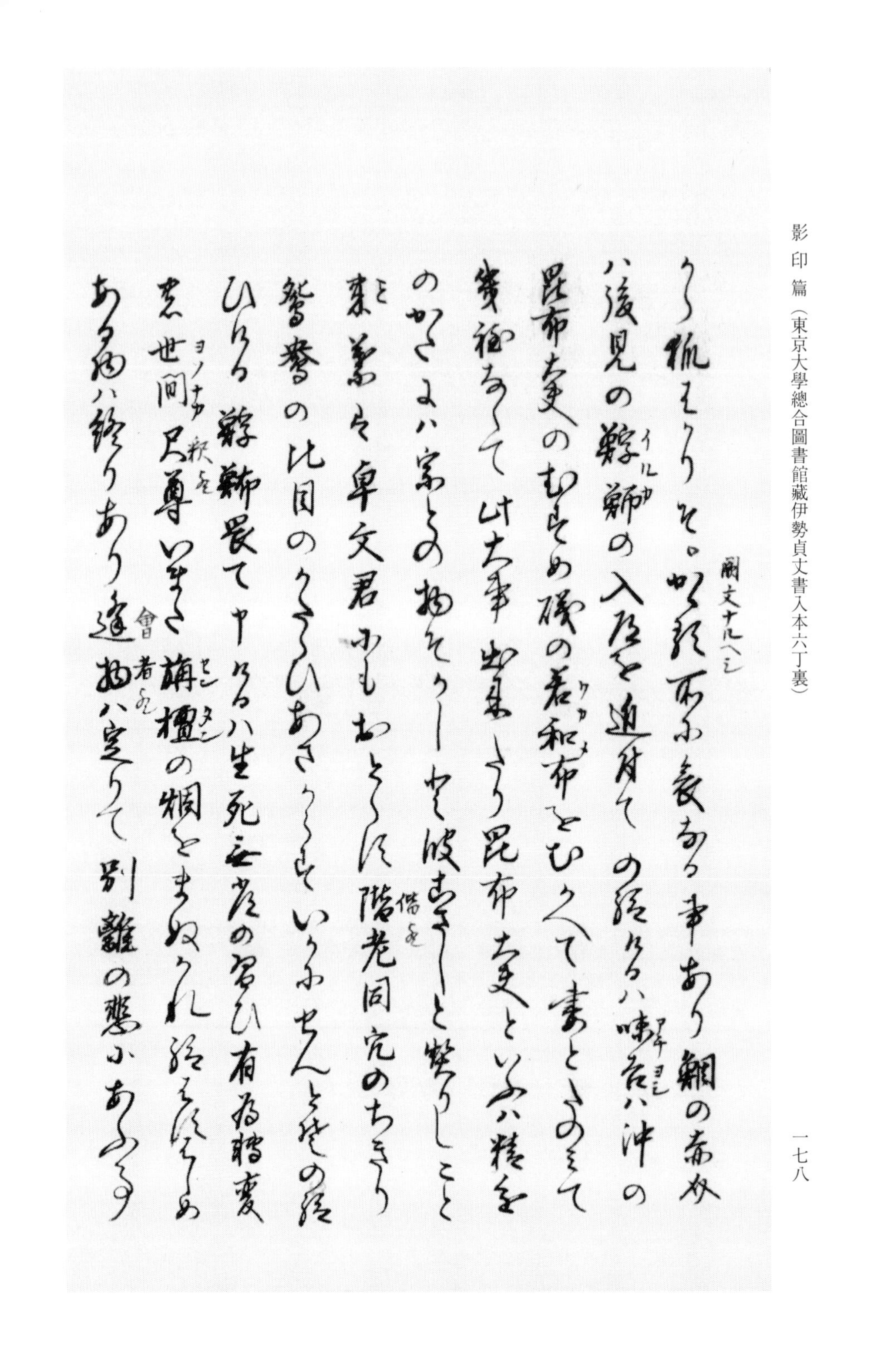

今にをしめ奴習之されハ人間八苦の中にも五盛(セイ)陰苦
求不得苦愛別離苦と説れたり就中にある者
の二ッあらんなと荒しめさん事口惜かるへしその
らん強き詞の作なりし唐土の虎ハ毛ををしミ
日本の武士ハ名を惜ミとこそ申伝へてけく
家を當代に継てつまつき名を後葉に遺さん
事歌のたね兄弟の為に勝りたるへし世志つまることのあり
をいふる波の底めてもめらあらむ語りん事よも
ほかし扨とさぬしよいさめ申されバ赤奴常にもとや
思ひけんもくていく程もなくて磯の若和布(ワカメ)を

昆布吏人を送りける時詠る一首ハかくそ詠
しける
胡よりおくらん衣のあつさハよそに思ひハいつものちれ契りを
赤衣もとりかへてそかくてそつゝ縁なる
いほれしと思ふ心のかよひせハなと二度の契りなからん
かくて送る種ふ赤衣檣（キ）武者（モノノフ）と申せた胡ハ虜にかハ
きゝける昔王昭君を胡国の夷に送りさためらるハされし
時胡角（コカク）一聲霜後夢漢宮万里月前腸（ハラワタ）なと詠　朗詠　江相公
せしもいまさら思ひ忘られて昔の人乃別まて
も思ひつゝぬるたバあかぬ夜ふかぬるゝ袖のかくまもなき

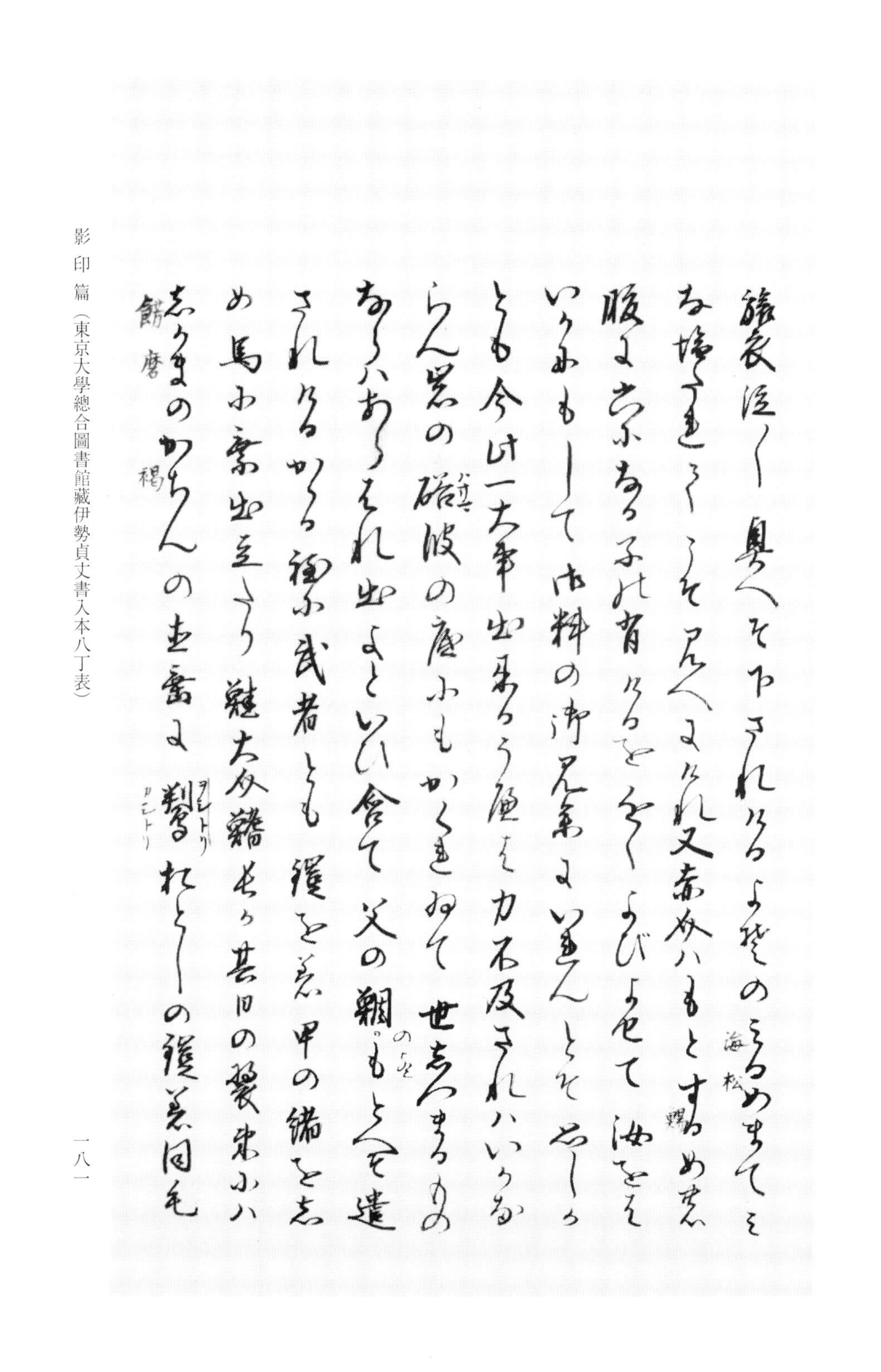

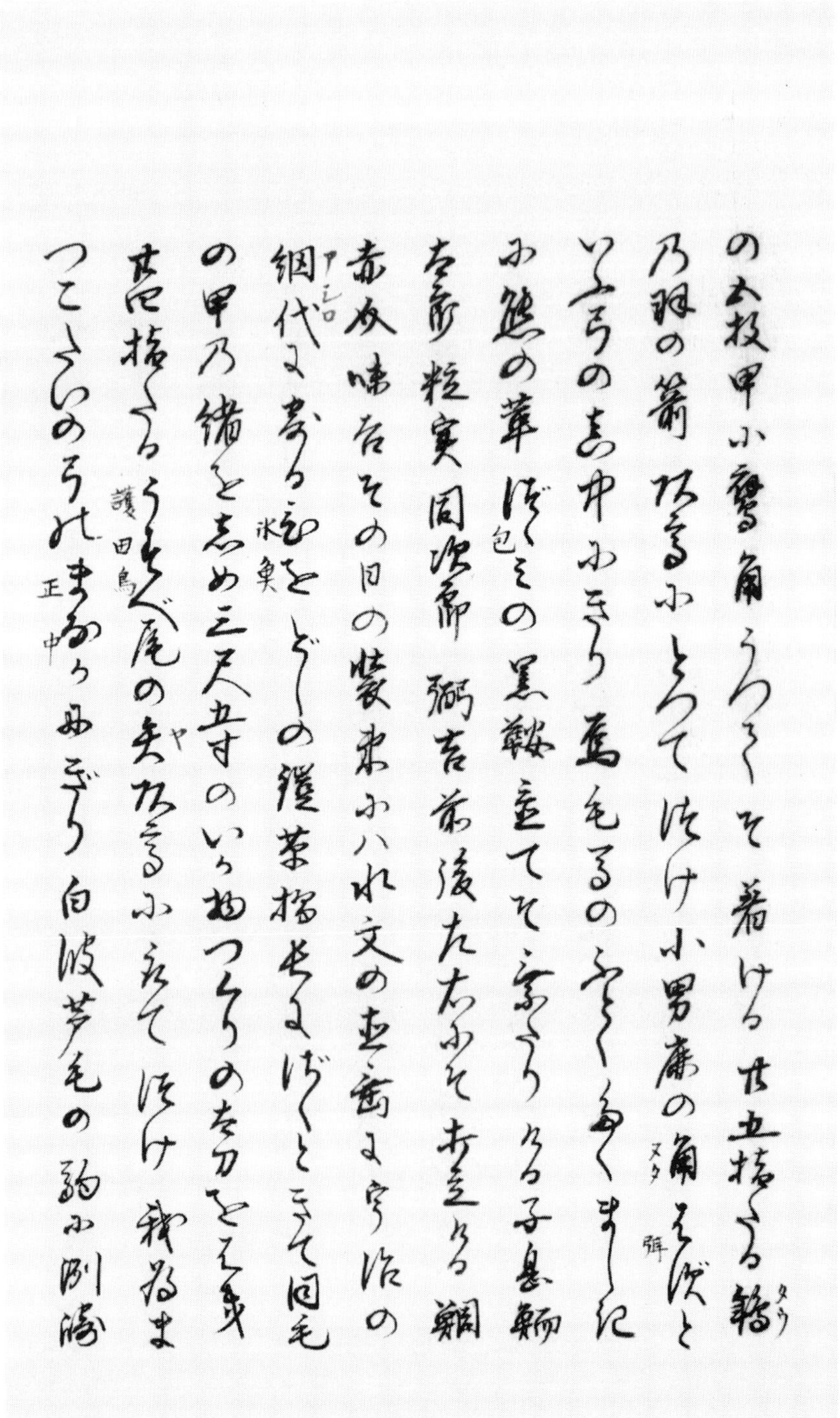

にかゝるすりに蛤貝鞍おきて乗なりけるもふと
かきりなや思ひまん年〻の節に金頭（方頭魚）太節にしや（鯆 俗）
ち緋をもたせて石具しかくて奥（ヲキ）の方を見
たさせハ紅鯛さゝし梅の光えくなれハ赤め瑞色は
何ぞと問ければ金頭中なるハあれこそ一切衆生の睦葉と
成てまつらぬ人もはなぬ鰯（イハシ）れにて源氏を猶〻と
中なれどされハ足れぬか氏神にて足さゝせ給なるやと
て馬より松り三度礼拝して南無八幡大菩薩と
祈念して慈ひ〻の上指より鯖（スバ）の尾れ将（カリ）殺（マタ）抜出し
鰯氷の松を撫りなるかくて出ける所〻年四十斗

ある物の色黒かりけるがすこし出身馬に寄りてれ
くれ池して赤襟り大夜あれハ為そといひけれ
まで鋼からひくろう弓杖にすぐり大音揚く名のりたり
是ハ近江国太上河乃荒進補使鈴判官代とて
やるる者と今主遥氣ぞとのゝしられをさんには鰻（ウナギ）る
に響をそめくとしつる程に遥氣ありとて
やまさる者とに国司通解（ツウゲ）の事ありけれど精進
方へぞきこえける戒（カイ）縁の律師四十八人の弟子を
召具して（温氣）あて世の出所へて患つをなる出所とせ
よしを聞めし大事に驚らせ給ひて本人なれハ

先納豆太郎告よと給ありけれハ律師か弟子也し（験）
證文（驗證 公驗 共云下シ文之出家ナトニ被下之ヱシヨハケゾウフミト云）といふ物をもつて法藏里おさめし納豆太
藁（ワラ）の中にこもりねしてありける程にさうらひしとや
おひきん涎（ヨタレ タレ）垂ありしかなとおもひ佛法してそ對面
すゝもしゆ文武あまく中なれハ納豆太其の儀な
らハ精進の物に從せんとて塩屋といふ物をもつて先
身ちかくおもしき物なれハすり豆腐に棰つけ
此事道徳（トウトクミソト云アリダルヲ味噌ナト云類之道徳ト云モノ始テ作ル故之）といふ物味噌（蜜）をかけたせめぐりて催してかんたん
孫王よりあのかた饅頭索麺をしめ呂して蒟蒻（コンニャク）
無漏破者（スキヨシ）牛房大根長者（ナカヨシ）大根太郎菩提所蓮ノ

近江なる大角(サヽケ)山城守渡邊党には蘭(エン)豆(トウ)武者重成若
荷小太郎薊(アサミ)角(ツノ)戸(トノ)三郎いさゝか筍(タケノコ)左衛門節重(フシシゲ)[illegible]豆
左衛門兼重[illegible]の唐醤左衛門同次郎味噌近江冬瓜(カモウリ)
新左衛門獨活(ウドノ)兵衛尉蕗(フキノ)源太若者蕎麦(蕎ばかゑ)ノ大隅守
薯蕷(ヤマノイモノ)次九郎芋頭ノ大宮司薫(イリ)大豆咲(エミ)左衛門こぶ
ら嫩の柿次実(ミ)芥(カラシノ)新左衛門河骨(カハホネノ)次郎秋吉昆布ノ太
夫荒和布ノ新次郎青海苔昆布若鶏冠(トサカ)雲苔(スノリノ)左衛門山
葵源太吉荒五色左衛門松離(ニツカラノ)青筱守樹中(ウヘキノ)の上臈
女房椎(シヒノ)少将棗ノ宰相桃侍従栗ノ伊勢守大和國
住人蘷柿冠者実光ハ柿の蔕(ヘタ)きくりの所依と

て斎藤一谿もさりけり　松桜判官代　枇杷大夫ノ
三郎兵の梅子五郎　橋本蔵人李武部大輔　栗ノ口
藤人松葉左近　熊猫侍従　枇杷ノ宿　糟左太
出つ荒蔓の三郎　岩吉を始として　以上五勢成
余騎　百姿屋雲の掛しれとして　名乗もくと
松ありれ　陣中にも　萄蘚　名塙　酸吉氏神の　ちとりえ
へ来りく　破吉ら今度乃うち義　命をとうにけあくと
鏡覆　家弟の藝　能をとしてさらくのあれこまひる
とありるが　義経の望やまれなん　志望うたくり
まくりける　きるちそれ　鍋夏を　数ハ左騎　あり　徘付

今俗ニナルコトイイト云初テ来ル者或参宮ノ者ナルコトイフスルト云フ思客ナトニアリけナルコトイイト云フ古キフニテ鳥子
名鑑ト云ハイヨリ起ル本ハ始テノ客ニハイテニセヒト之
義経記静吉野山ニ捨ラルル条ニ　シヅカモヲキ居テ余誦シテ居タリケルゲイニシタガヒテ思々ノナルコトイイ　スル中ニモ
オモシロカリシ事ハ近江ノ國ヨリ参ケルサルガク伊勢ノ国ヨリ参リタルシラビヤウシ一バン二ノテヅ入ニケル

死するともまろくしかうじ要害なからんとこく
英浪瀬ノ底ハ下るかの所とやハ寛竟の城郭
之れなりけれは落べき要害もなしそれをいふと
中ハ吉山嶮くとして不破の関につゝき伊勢路を
さして遥之春陽の春山緑をゆるしたる暮よ
霞の衣ゐちかさねは紫塵ノ嫩蕨（ワラヒ）こそやかてこれある
朗詠　野相公
後よハあじろの瀬股の瀬川三の大河と流るゝ東
岸西岸柳遅速不同南枝北枝の風治して寄
せ来る白波は田苔乃流に瀬々川の水そは乱ぐる道
めきをひき上下る舟は大綱小綱をさへされはいかなる

たゆりおのあし鵜なれども多やすしとぞる随きも
おしそのゝ人みハ獅子がきくねりきと思ひさせて引板や
鳴子を用意するがくれも武者芸験をよするや
少しうバ無らつさら出でより龍樸乃八陣をかまく
前漢王の七十余度の戦ふ秦王破陣楽を奏する
もいくそうちゆ猛ふ猛く 網夏右その目れ撰録来
まハ幅千橋がさうる事密ふ志よりそれしの大躍
葉指もればくさこきて梅子の甲れ備を志免がら岩
のゆ乃まん中にかぢめをとめし寄せてき
さりもうる書花を十六までこそ描うる立さ

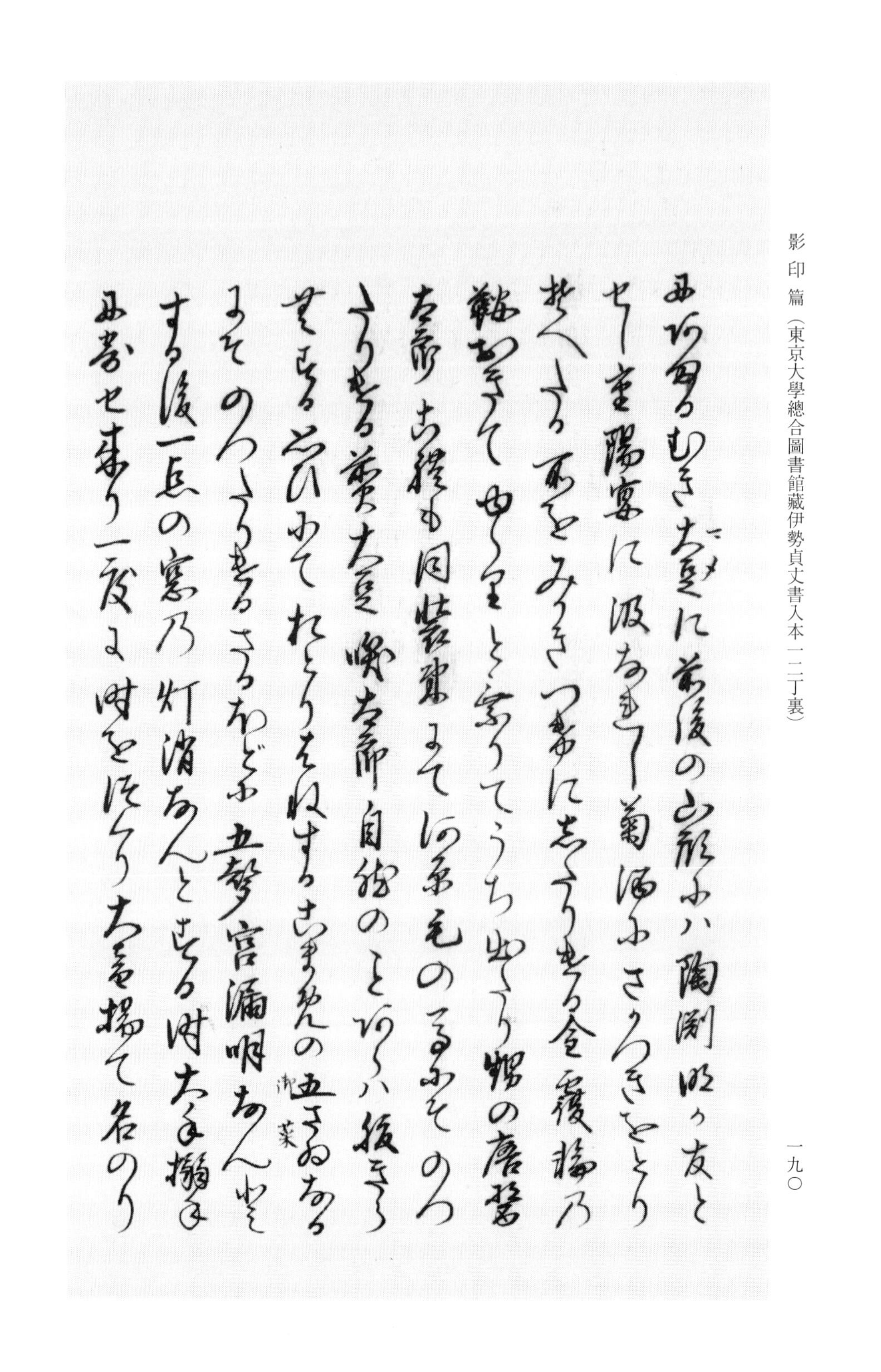

世に是を喫つゝん世に八月にも云よ
うし極楽浄土よあんなる孔雀鳳凰に是三代の末孫
遊しきんに逢坂よ匂ふ鶏の雉子楽の尾と名づく
てあろ鼓を敲（タヽキ）て出でゝけろしとて下知しける
城の中にも是を喫て鋼是をあふぞ始んぞり
流是あろつく左右にゐけて名のりけるは神武天皇
より去のこと七十二代の後胤源氏天皇に六代の苗裔
當山乃さやまめに八三代の末孫大臣（ドメ）の由料の端子鋼
是大郎鳥重と名乗て二羽矢の味噌蕪（カブラ）をとり
ちくさもよつひき流見て射ける雉子楽の也

尾の白ろ鳩ろ鳩を射とて沖ふ立る白鷺を
波書の細頸あやうく射ケる後ある大角豆畠
山にとおりしてこそ告ちうるかよ鶉
大前粗實進出きく中ろる事ハ多今よりする起
をハ出れとの居る今後謀叛の最長まてハ古今にも此
つらんろふそめふもみよろし大日本南閻浮提
二天ハさて扨き奴大通知偏の世とめて一千余年を
またやる奴自今沢澄天神七代よりますて君葦
原の中は国五畿七道をいろき禮し王城より子
の方小陸奥越後国大河郡鮎の庄の住人難の

大炊鶴長の嫡子鞆右衛門雅寛生年積て廿六才
成りけるか何事にやありけん是のハ押あてゝくらめや
といひし籠服のうちにごしより雉の尾羽根取出し
桃ノ作めて放つ矢に華鞭の大宮司かしら射ぬき
乗馬より下に落けり華か子たゝ走りてそさいう
成せんと見たる所をいる大炊鞆右衛門是を見て
合戦に出る程てハそれかくの覚悟をとひしさのミ歎く
ことゝて腹の皮をきりてぞ絶ける華か子たゝ是を
きてみつき摂元乃いひす二人合戦に出るかと見て
ハ死せん事をハ歎事とも見ん敵成実成何給ひて

夢にあらはれそうしといひし御前なる瓶（へイ）に酒の鴆

羽のありけるをとりて喚起られに沈（ヅミ）懸けられ給て

鴆むつかり鳥ノ名ナリ其羽ヲ浸テ酖ナトヲツクル其音ノフツ／＼トナル故ニムツカリト云之

あがしくしき酖むつかりなぞいふもの毒を投ず

ムツカルトハナクコトナリ之

密通せむとしける鳥をつま鶴鴆うきなでの

あひける盤に通ありければ名を出しより命をば料に

替るかばねをば龍門原上の土に埋むも名をば後代に

あらんとなげしありしによりて此歌をかゝむ

親あれみて無毛てかゝるのはよもあらじ無ご詠に

よひ来るとてハ（草ノ子ノ土ヨリ上ヘハエ出タルヲ云）そゞろくものなりぞがりて昔いひなし

なり給へん後をすりあへ娘の種の出るをまねむべし

始よりいまゝに至るまて あらぬ中にもよからぬ事あまた
多かりし 種まきのむくいとのたまひを
種ゝ 福子 畦（畦 俗湯手 一田ニアリ 畦ナトト云ルイ之）ゆての夫婦 見てとりて敵にも弓箭
かるまてに いへども ありふあれたとて 浮世あまへしかも
見えたとて 旅去ぞうき里子ハ種まき中に流く深くはと
中にれぞ夫婦見とて 随喜（ズイキ 芋ノクキヲズイキト云）の涙をぞ流されけ
るの料見をも御覧して やりて流さもかひける
其のいもれをいろ中たりけるん 身つから手ちをこるにつ
けても其後ハ弓箭刀杖の庭に出ることをいくさも
観念の床に臥をすなし 輪廻得脱の不可思議哉（識もと）

ある所を覚りて寛喜元年八月廿八日の寅の一点
に八幡宮(ムネ)く有りけるに此の中には大宮司対して
ろされも孫人中たりけるし後鳥羽院の若君薗臣
武者重成藤(アカミ)角戸三郎をまねしめて深澤の
荊尾の太郎(フクホシ)覆盒子(ブ)かへし靈子(ヲ)と寛喜の子
まれの精(アラ)荒馬豪の大力同心にだゝと極め
さしためひきつめ射たりけれ鋼の母(?)はたちまちの不(ヲ)
を競ぶとゝ射させてるよりまへて為にまゝ後宮
の(イルカ)鶏鵡乃入りてよりも奠覿を膝にうきのせて
今出に打てめし一座て子弘て鶏鵡に事取りべし

さためて此方幼(ヲサナ)き人その此方をそねはしめある
らんそれを憐愍して汝ハ此身易く見えしめせと申
其れを歎き嘆き哉なそくの給ひ然らハ人の親の心ハ
嘆に何かく孫とも子を思ふ故におハしまふなりひそと
いふ孫に理(コトハリ)なり顔花忽(チ)尽(テ)春三月命葉易零(チ)
秋一時(トキ)いまさるなきく歴きにあり孫とも幼(ヲサナキ)きの
少もれず思ひつゝぬるに安き心更になしいつ歯
よみぢの障ましもなりぬべし唯今黄泉中有
の旅に振さて親さも愚(ヲロカ)なるも多礼ら仕ひても
歴さ憐愍りしまつく中然らハ人の親の子を思ふ

高く須弥の深き事滄海も不及五岳（コガク）も跡と
となれハ之を親をはなれたる子ハまれなるなり之
孝経を経ずもとられずり諸佛念衆生衆生不念佛
父母常念子子不念父母とこそうけ恩愛の人く
の事故にめ思ひも理之教の觀を能れ中ふなき
懐胎の難（キズ）の後ハ身をある時ハ會獣る
親までも子をもたなハ習ひ之孝経とも孝帰ありて
にはさ必要の人にれ世すハ出家離故にめたば
後生を出ずり思ひ人の身ハ後生おるの一大事
さうになし今後三途の桜をはしまて又世ろの時

とく頓證せんあひ構（カマヘ）て〳〵後生を出離なさるへしと申せ
證ハ斎なさるハ後生のためにも浅猿の或ものを醍醐
せんといひけれハ鮮鯽急き鰊（カヒツカ）法師を一人請（シヤウ）じて
道修の式を修せられその式に曰謹（ツヽシミ）敬（ウヤマツ）て一代のかまと
をちくむつかしき鱣れの大明神にして言（ゴンサク）史
何の世にもあひかたき鯰（ナマズ）纏にいふ事を悟り
無慚（ナウアジキ）も此鯖（サバ）世界をふり捨て或ひハ入るいかなと
あり或ハ鰊（カヒツカ）法師とありて此業を網（アミ）地獄に落
するやあはれまつ一に地獄にいふ頃にかへ
まし さらけふ 娑婆の名をとするめけて忘れはらふ

其の甲もなし身二ツに餓鬼なといふ面の毒き
事いふ子びれこそ頭の細き手蟹の甲むに似る
さり腹のふとき事なれども身二ツに修羅なる
といふハ太刀魚(タチウヲ)を以て三禮さえ陣(ちうさ)を以てさ(コレヤ千ホコく)
は違め鮫 苦患(クゲン)未来永劫(エウゴウ)にもうかびかたし天の
服衣まれふきて極てハ必ぞ沈むべしといへども
一ツ善縁よれもむけハうかびぎさしかむみし(雁)(辛螺 蛤)
いふことぶり(入 奥ノ名)をとうろさい蠣海鼠(カキナマコ)成仏なと思ふ
其されを僅(ワツカ)よ息平をとうりくとぞさまふ(醋 膾)
されどもいふなる罪のむくひにやうし(牛 潮煮)鬼といふ西

みそなへ捨けるをこれにて出料をくはれさせおはしけり
れをとりしかりしためしと聞え侍る喰さるなれば精
進ならぬ物ハ赤雞の首をきりて食取る者ハ我一人との
みこそ出料の出家になる羅しても座しさりける
出料是を出家して精進なれ共心ハ修羅の振舞なるべし
之あさましくかれと仰られども精進なれ共如此はまりて中
ある八道云莊嚴（シャウゴン）劫（コウ）より深き契りを思ふて花の下の
半日ノ客月ノ前ノ一夜ノ友これ多生曠劫の縁ぞかし
されば善を修（シ）ては仏となり悪をなしては地獄
に落 嗔恚（シンイ）をおこしては修羅となり慳貪（ケンドン）にしては

貧に生るゝも徳ある過去の因果之と更歎へきよ
ハおろ縁とも身負に之ハ不及力此料の此身なさ
志さき梅とハ徳に志ろく此に中もれハ此料覚てさき
志しめし言にもとやれわしめしきん志さしくハ
あと此縁に此方さへ志ぬかくして掛て脩後世に
そあされ生る家れあされ[illegible]あり[illegible]さりしも
いつく盛に及しとれハ紅梅の少将といひ花やかなる
そろしく　雞舌を含て　紅氣をうつろす　紅
蟬娟仙方之雪愧色ヲ濃色芬郁　破嬌之煙譲
薫事を忘遠き本結こそ遁世志て石山の道悪

丁子ノ大ナルヲ雞舌ト云此丈ニハ梅香ヲタトヘテ云ヘルナリ

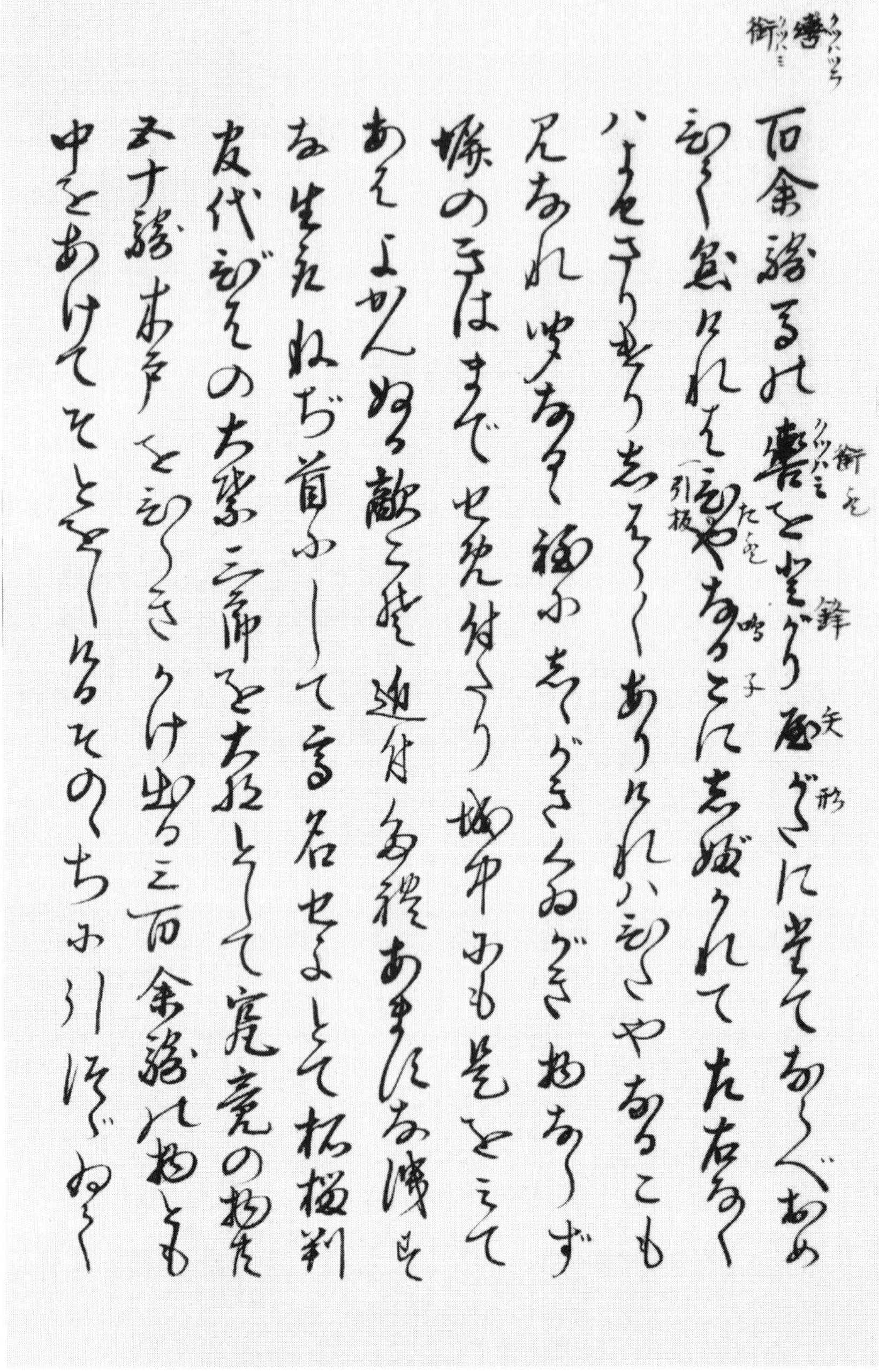

ありて十文字に道つくゝ鞠庭に命をおしまれ
合戦にて究竟乃兵二百金請息よろさ禮されハ記ざ
りの判官かたしとやおもひまへん陰を記して其論り
まいらるかゝられハ多数の拙者是をとりて合点大納
言鴨太郎蜷川殿唐金のと屋れりことをとめと
して五百金賭入りてかゝらせされとも精進の方
ぬてハ一人もうさ禮ざりける霊、俤なるしかう
しとやおもひまへんもきしみそありて旅にける料
是をは讒しておかしぞ謝せさせ給ひける
いつもられむくうさをしれ拵へらせて俤ある人の記るひ

豊浦（トウラ）の住人青蔓（アヲナ）の三郎常吉といふ相撲をとる
こそ大力なれあれを（アレヲ）ハ歓やれしあるべくもあらんやとも
二尺八寸の大刀をぬきてまつかうにさしかざし寝
る所ハ大力にいうて歓よいひかひあて鍋角（アテキ）をこする
ある人ちやくとおもひかゝりしかれと大力若をや楷
えらんと引ちらし散々に戦ひけれど痛手ハ負たり
但えらハ猛く思へどうでの力つき（尽）うけたづね而
をはし及て撃うちうちなる胸元（ムナモト）を後の記を
さしこく切付たり鯛太郎も痛手負てんあれバ
精進の物ともハ沈事かさある叶まじとやおもひけん

をとかり闘意のうすあれを錫の城をぞこしらへける
新豊｜漢書語を摘尋
彼城とやハ究竟の要害也やすく人のれとれ
屡きせうも聊しされをおくむかふ物ハ新豊
折臂翁々瀘水の戦ふ村南村北よ哭する声を
聞て五月万里雲南ふ征ことを辞することゝ
らんさ袂で面をむかふる物一人もなし爰ふ山城の
の住人太原木太郎といふ物三百余騎ふてをし
よせ下より猛火を放て責けれハおもひとゞちて
ありえあぐる聲ハ黒縄衆合叫喚大叫喚をも
八大地獄ふ異ならんかる所ふ枝子の荒太郎

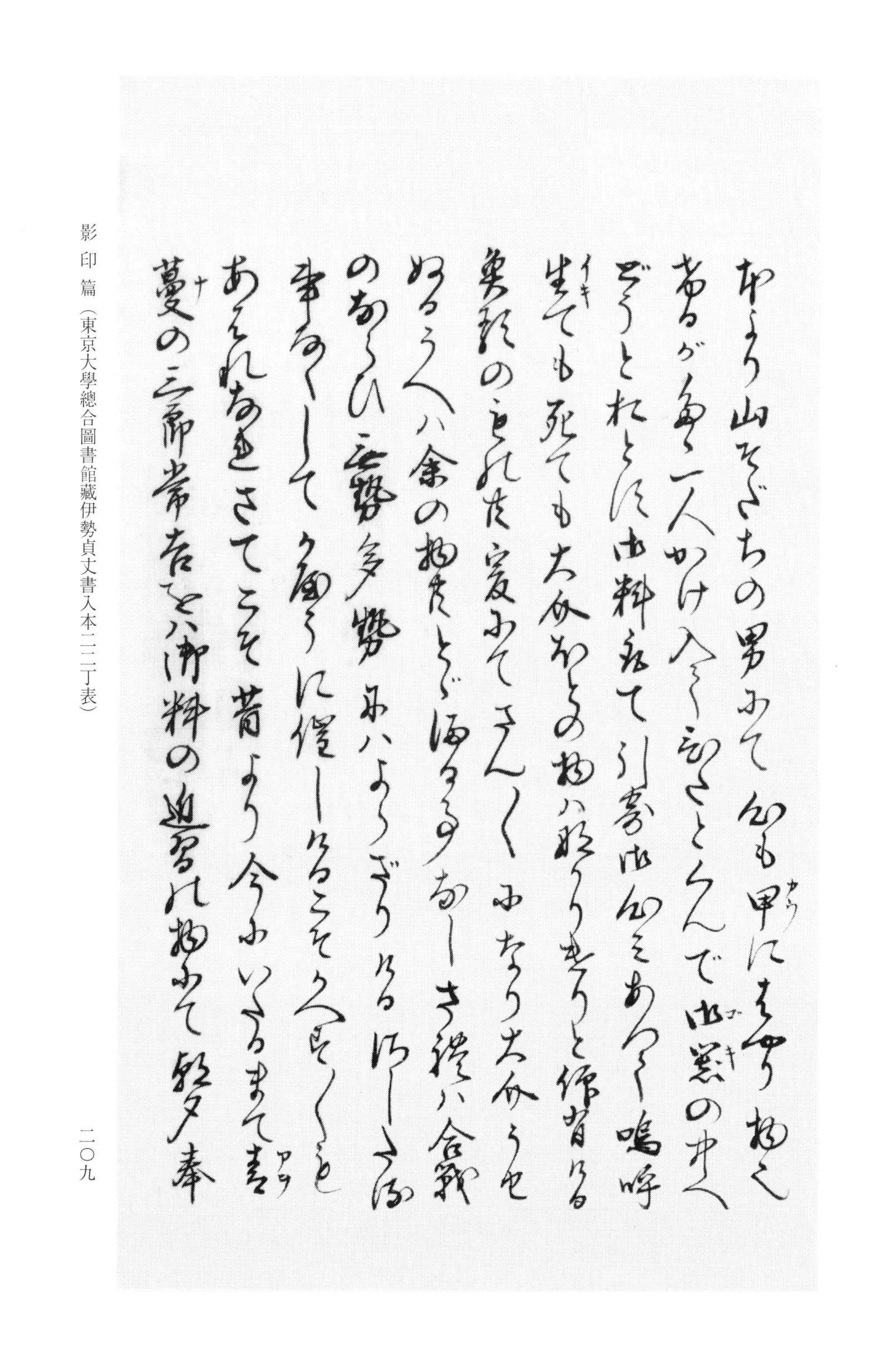

ふつうの書簡かりし事をいふ

右精を異類物語にあてて人道ハなのあるをひきた
ま呈なし おとりひをときはりをかくへしさむ人ち
このなり源こしや計物かたりハ一条の禅閣後成恩寺殿
の此作なりとていふ然るかの殿の御作に精進魚類物語と
いふものありかの文ないへし道が文山かしすの依じし
とゝろ寒を知て旅宿のさをいふかるこのなし志
たら者の姿なりなり名字ふを似ずふたん生家なり先

年精進魚類の合戦の附たれぬことこれをとてかんが
へまだ此物語ハかの物語よりも出しとハ
志るまじ多りまさに此物語よりハ魚鳥元年のたゝかひを記
さまじその絞場の文ハ平家物語のおもかげをうかゞひ
つまじハ一名御魚鳥平家ともいふなりこの物語ハ人の
かきまじとひなきたるかうらしぬ首出信経なれ村な
とハ皆わかものまうちたしつ集をとて書なるべし条
みつとくる志るさきなり

安永四年乙未端午　伊勢平蔵貞丈書

右伊勢物語藏本ヲ以書写畢

安永五丙申年卯月五日

翻刻篇

翻字本文凡例

一、行款は原本通りとした。

二、漢字の字體は、原則として、康熙字典體にあらためた。

三、平假名・片假名は、今日通行の字體にあらためた。

四、原本の誤字・脱字等はその儘とし、一切校訂は加えなかった。

五、寛永版原本に見える合符（音合符・訓合符）は省略した。

六、丁數・表裏を、例えば第一丁の表なら〈一丁オ〉のように示した。

七、每半葉での行數を①②③…で示した。

平出鏗二郎舊藏本翻字本文

〈一丁オ〉

① 精進魚類物語(しやうじんぎよるいものがたり)

②去(さん)ぬる魚鳥元年壬申(ぎよてうぐわんねんみづのえさる)八月朔日(ついたち)、精進魚類(しやうじんぎよるい)の殿(との)
③原(ばら)は、御料(ごれう)の大番(おほばん)にぞ參(まい)られける、をそく參(まいる)るをば闕(けつ)
④番(ばん)にぞ付られけり、折節御料(おりふしごれう)は、八幡宮(はちまんぐう)の御齊(ごさい)
⑤にて、はうじやうゑといひ、彼岸(ひがん)といひ、かた〳〵精進(しやうじん)
⑥にてぞ渡(わた)らせ給ひける、越後(ゑちご)の國(くに)の住人(ぢうにん)、鮭(さけ)の大助(おほすけ)
⑦長ひれが子共、はらゝ子(ご)の太郎つぶさね、同次郎ひづよし、
⑧兄弟(きやうだい)二人候ひしをば、遙(はるか)の末座(ばつざ)へぞ下さるゝ、爰(こゝ)に

〈一丁ウ〉

①美濃國(みのゝくに)の住人(ぢうにん)、大豆(まめ)の御料(ごれう)の子息(しそく)、なつとう太郎
②たねなり、ばかりぞ、御身(み)近くはめされける、鮭(さけ)が子とも
③腹(はら)を立(たて)、一はし申して殿原(とのはら)に、あぢはゝ、せんとは思(おも)へ
④ども、親(おや)の大助(おほすけ)に申合てこそ、火にも水にも
⑤いらめとて、くちなし色(いろ)のかりぎぬ著(き)て、款冬(くわんとう)の
⑥井手里(ゐでのさと)へぞ歸られける、其日(そのひ)も暮(くれ)ぬればこま
⑦にむちをあげて、夜を日についでうつほどに、同八月
⑧三日、酉(とり)の巳點(いてん)には、越後國(ゑちごのくに)の大河郡(おほかはこほり)、あゆの莊(せう)、

〈二丁オ〉

①大助(おほすけ)のたちに下著(げちやく)す、兄弟(きやうだい)左右(さう)にあひならび
② 畏(かしこま)て申、我等此間大番(われらこのあひだおほばん)の勤仕(きんじ)の上洛(しやうらく)仕て候へども、
③大豆(まめ)の御料(ごれう)の子息(しそく)、なつとう太郎に御意(ぎよい)を移(うつ)し、
④めもかけられず、あまつさへ恥辱(ちじよく)に及(およひ)、末座(ばつざ)に追下(おひくだ)
⑤されし間、當座(たうざ)にて何(いか)にもなり、火にも水にも
⑥入(いら)ばやと存しかども、如此(かくのごとく)の子細(しさい)をも、申合(あはせ)てこそと
⑦存候間、是(これ)まで下向(けかう)申ける、父(ちゝ)の大助是(おほすけこれ)を聞(きゝ)て、まつ
⑧かひに腹(はら)を立(たて)、我等(われら)が一門(いちもん)の中には、北陸道(ほくろくだう)くわい

〈二丁ウ〉

①のちしま、北(きた)へながるゝ川をば、我まゝに管領(くわんりやう)すれば、
②國(くに)にて不足(ふそく)はなけれども、御料(ごれう)の不便(ふびん)と仰(おほせ)あら
③ばこそ、子共(こども)をも參(まい)らするに、人も人々敷(しく)なつとう
④太郎のやつばらに、思召(おぼしめし)かへさせ給はんには、番(ばん)にもれ
⑤られてもなにかはせん、長ひれ七十にあまり、いく
⑥ほどならぬ世中に、をのれらゆへにもの思ふこそ
⑦口をしけれ、齡(よはひ)顏駟(がんし)亞(つく)恨(うらみ)伯鸞(はくらん)同(におなし)、是(これ)について、
⑧古御料(ふるごれう)の御事をこそおもひ出さるれ、總(そう)じて此君(このきみ)は

〈三丁オ〉

①御こゝろこはき、御料にて、年比我等申事をも、御承引
②なし、又諸國受領検非違使、大名小名にも、白衣に
③て、中帯ばかりひきいれゑぼしにて對面し給ふ
④も心得ず、哀れ此御料の兄御前の、落娖腹に、
⑤粟の御料とて、おはしますこそ、御心もこま〲として、
⑥おはしませども、其はもとより御身もちいさく渡らせ
⑦給へば、吾等ほうかう仕べきやうなし、君仕に禮を以
⑧といふ事あり、人の身として兩君につかへざる事

〈三丁ウ〉

①は、忠臣の法なり、されば、吾等人を憑むべからず、就
②レ中御料の御腹にやとりて、世にたえしより、このかた伊
③勢天照大神宮のかりの使に、賀茂のみあれのみつ
④きもの、はらかをそうするせちゑまで、魚類を以て
⑤宗とす、されば仙人の琪樹は、すさまじくして色
⑥なし、王母桃花は、紅なれども、かうばしからず、かゝる
⑦非情草木までも、隨分に徳をほとこさずといふ
⑧事なし、まして吾等が先祖、譜代の從類として、

〈四丁オ〉

①いかゞ君のためにたてまつる、不忠を振舞べき哉、し
②かりといへども、かやうにおもひすてられ申上は、今日
③より都の奉公は無益と思へども、古御料のさしも
④みはなすなと、御遺言ありしかば、其はしばらく思ひ
⑤とゝまる、たゞなにとしても、世の中のすゑの御料と
⑥なり給ふこそ、心も詞も及はね、但其儀ならば、魚類
⑦の一門もよほし、精進のやつばらうちほろぼし、
⑧我等御料の御内に繁昌せん事、やすき事なり

〈四丁ウ〉

①とて、鰹房十連をさしつかひ、魚類の一族もよ
②をしふれられけり、其時はせ參人々は、たれ〲ぞ、先
③鯨の大海亮、鯛赤助、鰐大口介、しやちほこの帯刀
④先生、いしもちの大助、鯁の伊勢守、鮭の大助、嫡子
⑤はらゝ子の太郎つぶざね、同次郎ひづよし、はむの長介、
⑥鯇のくはんしや、鱒の藤五、鯱の左衛門、鰌の左京權
⑦介、鮽の源九郎、鰱の平三、魛の備前守、鯖の形部
⑧太輔、さはらの判官代、にしんの出羽守、鯤の左少將、

〈五丁オ〉

①⿰魚欠⿰魚巠の兵衛尉、次に池殿の公達には、水鯉の御ざうし、

②小ふなの近江守、同款冬井手助、くま野の侍には、

③すゞきの三郎、鮓の左大忠、宇治殿の御内には、鮊助

④が一族、白はへの河内守、かれいの中務、なまづの判官

⑤代、うなぎの右馬允、すばしり、このしろ、かまつか法師、

⑥鯄 ⿰魚殳左衛門、あゆの小外記、ゑいの陸奥守、かいらぎ大藏

⑦卿、しびの介か子共、ふくの冠者等、なまこの次郎、たこ

⑧の入道、ざこの源六、あんかうの孫太郎、大かにの陰陽のかみ、

〈五丁ウ〉

①鰪 鰭者、どぢやうとびうを、いるかの入道が手にあひした

②がふもの共には、あわび、かつうを、するめ、いか、なよし

の太郎、

③魴の新五、なまずの又次郎、⿰魚巠の藤三郎、しいらの彌太郎、

④むつの赤次郎、鯪の源三、ぶりの大隅、さめの荒太郎、飯尾

⑤すしの助、いもりの十郎、ゑびなの一族には、大名小名

⑥殘らず著到に參ける、次に山中の殿原には、しゝゝき

⑦りん、象、くま、猛虎、ひよう、大かめの介、まみ、たぬき

⑧の入道、ちやくしむじなの太郎、うさぎの兵衛、あなもと、

〈六丁オ〉

①いのしゝ、武者は、喬麥をみず、鳥の中には、鸑鷟、

②ほうわう、あふむ、鶚、鵷鸞、いしたゝき、⿰禺鳥、よぶこどり、

③わし、くまたかを大將として、雉鳥大納言、鵃の大炊殿、

④時鳥の中將、鶯の少納言、あつとりの侍從、ひよどりの

⑤中納言、鴨の五郎、鶴次郎、池上にはをし五郎、鳰、鷎、かい

⑥つぶり、くゞゐの左近少輔、長はし鳩助、侍大將には、

⑦ひたかの判官代、つみの隼人佐、ゑつさいの小三郎、はや

⑧ぶさの衛門督、にはとりの雅樂助、しらさぎの壹岐守、

〈六丁ウ〉

①しぎの新五郎、しとゝの新六、はとの別當、やまからの注記、

②くゐなの主典輔、うつらの目、かりかねのどくやのかみ、

ふく

③ろの小目代、とびの貞親、いかるがの源八、⿰木鳥、こから、

しゞう

④からの藏人頭、かうの山城守、かしとりの三郎、ひばりの又

三郎、

⑤すゞめの小藤太(ことうた)、もずの陰陽(おんやう)のかみ、ちとりの先生(せんしやう)、ぬ
⑥ゑの監物(けんもつ)、つぐみのとねり、けらつゝきの左少辨(させうべん)、嶋(つゝとり)、
〔牛＋鳥〕(うしとり)、〔少＋鳥〕(みそ)
⑦䰰(さゝいを)、さきとして、其勢(そのぜい)二萬五千餘(よ)き、魚鱗(ぎよりん)、鶴翼(くわくよく)二
⑧陣(ぢん)にむらがれり、官軍(くわんぐん)はたをなびかし、はげしき

〈七丁オ〉

①程のみたれなり、をよそ四足(しそく)二足(にそく)の物(もの)ども、いづれぞ
②勝劣(せうれつ)なかりけり、かゝる程(ほど)に、南都(なんと)、北京(ほつきやう)の、貝(かひ)の方(かた)へも、
③聞(きこ)えければ、我等(われら)も海(うみ)に生(しやう)をうくる物(もの)なれば、參(まい)ら
④ではあしかりなんと、吾等(われら)も參りて、赤助殿(あかすけとの)、御供(とも)仕らん
⑤とて、やさしき貝(かひ)共參りけり、春は吉野(よしの)山の、仙家(せんか)
⑥のむかしをわすれぬ、櫻貝(さくらかひ)、夏(なつ)はいつみのすゞめ貝(かひ)、
⑦秋(あき)は色(いと)さくすわう貝(かひ)、冬(ふゆ)は時雨(しくれ)のをとたちてね
⑧さめがちなるいたや貝(かひ)、たま〱まちえてちきる夜は

〈七丁ウ〉

①あはれをつぐるからす貝(かひ)、世をいとへどもあま貝(かひ)の、
②おもひへだつるすたれ貝(かひ)、年(とし)よりたればうば貝(かひ)の、
③女貝(おんなかひ)こそなかりけれ、山ぶしのこしにつけたるほら貝(かひ)
④の、友(とも)をもよをすばかりなり、なもおそろしき鬼貝(おにかひ)
⑤の、おどしかけたるよろひ貝(かひ)、あげまきかけてやさし
⑥かりける、石(いし)の中なる〔虫＋生〕(しやう)〱を、〔魚＋毎〕(かき)あつめてぞ參ける、
⑦時しもさをしかの、ほしのひかりはかすみにて、しか
⑧も海上(かいじやう)はくらげなり、をの〱四足はもちながら、きつ

〈八丁オ〉

①ねはかりぞ火はともす、〔鼠＋是〕目(てんもく)のやうにぞかゞやきける
②ところに、あはれなる事ありけり、鯛赤助(たいのあかすけ)は、うしろみ
③いるかの入道(にうたう)を、ちかづけてぞのたまひけるは、鯇吉(あぢよし)この
④間、おきのこぶの太夫(たゆふ)がむすめの、いそのわかめをむかへて
⑤つまとたのめり、いく程なくて、此大事出來(このたいじいできたり)、こぶの
⑥太夫(たゆふ)といふは、精進(しやうじん)がたにはむねとの物ぞかし、新(にゐ)
⑦枕(まくら)せし其夜(そのよ)はすゑのまつ山なみこえじと、
⑧たがひにちきりし、ゑんわうひぼくの、かたらひあさから

〈八丁ウ〉

①ず、いかゞせんとぞかなしみし、ちぎりしことのはは、
②卓文君(たくぶんくん)にもをとらぬ、又海老同穴(かいらうどうけつ)のなさけ、今更(いまさら)
③おもひいでられてはあはれなりとぞのたまひける、

④いるか是を聞、かしこまつて承り候ぬ、生死無常の
⑤ならひ、有爲轉變の世の中、釋尊せんだんのけふり
⑥をまぬかれず、はじめあるものは、かならずをはりあ
⑦り、會者定別離のうれへにあふ事、いまにはじめ
⑧ざるならひなり、されば、人間八苦の中、五常、怨苦、

〈九丁オ〉

①永不得苦、愛別離苦と、とかれたり、就レ中、弓矢
②取ものの二心ありとおもはれさせたまはん事、生涯
③くちおしかるべし、其故は先言候しぞかし、唐土のとら
④は毛をおしみ、日本の武士は名をおしむとこそ申つたへ
⑤候へ、きずを當代にはじめをき、そしりを後代にのこ
⑥さむ事、家のため、身のため、くちをしかるべし、世
⑦しづまるものならば、いかならん、なみのそこにてもめくり
⑧あはせ給はぬ御事よもあらじと、さま〴〵に、こしらへ

〈九丁ウ〉

①申ければ、赤助げにもとやおもひけん、むかへてほどなき
②いそのわかめを、こぶの太夫がもとへぞをくられける、其時、
③わかめ一しゆはかくこそゑいぜし

④なみたよりほかに心のあらはこそ
⑤　おもひわかめののちのちきりを
⑥赤助もかうこそつらねける
⑦　わすれしとおもふ心のかよひせは
⑧　なとふたゝひのちきりなからん

〈一〇丁オ〉

①かくてをくる程に、赤助はたけきもの、ふとはいへども、
②なみだに空はかきくもり、むかし王昭君が、胡國の
③ゑびすのためにつかはされし時、胡角一聲は
④霜の後の夢、漢宮萬里は月の前の傷、なんど、
⑤詠し事も、今更思ひしられて、むかしの別まで
⑥おぼしめしつらねて、あかぬ別にぬるゝ袖、かはく間も
⑦なき、旅衣、なく〳〵奥へぞ歸られける、よその海松
⑧めまでも、しほたれてぞみえし、赤助は、元するめ腹

〈一〇丁ウ〉

①に、鮏子のありけるを、ちかくよびよせいひふくめけるは、
②なんぢをば、いかにもして、御料の御見參に入れんと
③こそおもひつれども、今此事出來、上は、ちからなし、

④いかなるいわのはざま、波のそこにもかくれ居て、世
⑤しづまる物ならば、あらはれ出よと言ふくめて、ちの鯛の
⑥めのとと、駿河國高はしの莊知行する、をばのあま
⑦鯛がもとへぞつかはされける、か丶る程に、武者共みな
⑧よろひ著て、かぶとのををしめ、馬にうちのり出立けり、

〈一一丁オ〉

①鮭の大助長ひれ、其日のしやうぞくには、しかまこん
②ぢのひた丶れに、かしどりをどしのよろひ著て、おなじ
③毛の五枚かぶとに、鷹角うつてぞ著たりける、二十
④五さいたるたうの羽の矢、かしらだかにとつて付、さをしかの
⑤つのはづ入れたる弓、まん中にぎり、からす毛なる
⑥馬の、ふとくたくましきにくまのかわの、つ丶みの、黒くら
⑦おひてぞ乗たりける、子息はら丶子の太郎つぶざね、同
⑧次郎ひづよし、前後にぞ打たりける、鯛の赤助、あぢよし

〈一一丁ウ〉

①其日の装束には、水もんのひた丶れに、宇治のあじ
②ろによせ、鮊緘のよろひ、草ずり長にざつと著て、同
③毛のかぶとの緒をしめ、三尺五寸の鰔物づくりの太刀を

④はき、廿四さいたる、鵐尾の矢、羽高に取て付、我ために
⑤小鯛の弓、まん中にぎり、白波あし毛のこまに、
⑥渚崎に千鳥すりたる貝鞍置てぞ乗たりける、
⑦今日をかぎりとやおもひけん、年比の郎等、かな
⑧がしらに、鯱もたせて、召具したり、かくてうち出る處

〈一二丁オ〉

①に、沖の方を見渡せば、をびた丶しき物、光りてみえ
②ければ、赤助あれはなにものぞと問ければ、かながしら
③申けるは、あれこそ一切衆生の、御齊となりて、參らぬ
④人も候はぬ、いわし水にて渡らせ給候と申ければ、
⑤さては、我等が氏神にて渡らせ給けりとて、馬より下り、
⑥三度禮拜し、南無八幡大菩薩と祈念して、胡簶
⑦のうはざし、鯖の尾のかりまたぬき出し、鰯水に
⑧奉る、かくて出る所に、年ならば四十ばかりなる者、いろ

〈一二丁ウ〉

①くろかりけるが、すこしながき馬に乗て、をくればせ
②して來けり、大助あれはたれぞと問ければ、是は
③近江國の住人、犬上川の總追補使、鯰の判官代と

④ぞ申ける、など今までは遅參ぞと問れければ、さん候、
⑤うなぎに轡をはげん〳〵とし候程、遅參なりとぞ
⑥申ける、去程に國内通下の事なれば、精進方へ
⑦も聞えけり、先掻餅律師、四十八の弟子を召具し
⑧て、溫餅の御所へぞ參られける、御所此由聞召、大に

〈一三丁オ〉

①おどろき給て、本人なれば、先納豆太郎につげよと
②仰ありければ、律師が弟子に、假粧文と云物を
③以てつげけり、折節納豆太郎は、わらの中に晝ね
④してありけるが、ね所見ぐるしとやおもひけん、涎垂
⑤ながらがはとをき、ぎやうてんして對面する、假粧
⑥文此由委申ければ、納豆太郎其儀ならば、精進の
⑦物共もよほせとて、鹽屋と云先身ちかくしたしき
⑧ものなればとて、すり豆腐權守につげけり、道

〈一三丁ウ〉

①徳と云物、味噌賀にはせめぐつて、もよほしけり、先
②六孫王よりこのかた、饅頭、素麪を始として、こんにやく
③兵衛酢吉、牛房左衛門長吉、大根太郎、苣次郎、蓮

---

④根の近江守、きうりの山城守、渡邊黨には、園豆武者、
⑤重成、みやうがの小太郎、あざみの角戶の三郎、蕀の
⑥筍左衛門節重、侍大將には、納豆太郎種成、おい
⑦の唐醬、同ひしほ次郎、かもうりの新左衛門、入麪又五郎、
⑧はじかみの兵衛尉、ふきの源太、苦吉、そばの大角

〈一四丁オ〉

①介三角、やまのいもの戶藏介、いもがしらの大宮司、いり
②まめ笑太郎、蛍唐布の權介、みがらしの新左衛門、骨
③蓬次郎秋吉、雪餻雪守、こぶの太夫、あらめの新介、
④あをのり、紅苔、とつさかのり、すのりの太郎、わさびの
⑤源六、なすびの先生、瓜生五色の太郎、こけまめ、
⑥かちぐり、をこし米、草もちの又太郎、樹木の中の
⑦上らうには、椎の少將、もゝの宰相、なつめの侍從、くり
⑧の伊賀守、大和國の住人、熟柿の冠者さねみつ、柿

〈一四丁ウ〉

①のふたばかりの所領とて、のりがへ一騎もうたず、ざくろ
②の判官代、びわの大葉の三郎、柑子五郎、たちばな左
③衛門、すもゝの式部の太夫、李部、梨子江の藏人、松

④茸の太郎、くまの、侍には、柚の川莊司、椹汰左衛門、
⑤あをなの三郎常吉を始として、以上其勢五千餘
⑥騎、久かたの雲のかけはし引おとし、分取高名我も
⑦〱とぞ思はれける、中にもこんにやくの兵衛は、氏
⑧神のはじかみに參りて祈念しけるは、酢吉、今度

〈一五丁オ〉

①からきいのちをば、たすけさせ給へとぞよもすがら我
②身の藝能をつくして、さま〱、なれこ舞なんどし
③ければ、管絃具足をやとり忘けん、生薑ばかりし
④たりける、さる程に納豆太は、敵大勢なり、御方は無勢
⑤なり、たとひ打死するとも、はか〱しからずやうがいに
⑥かゝらんとて、美濃國、豆津の莊へぞ下りける、かの
⑦所は究竟の城なり、おほろけにも、おつべきやうなし、
⑧それをいかにと申に、前は青山峨々として、ふわの

〈一五丁ウ〉

①の關につゞき、伊勢路をさしてはるかなり、靑陽の春
②來れば、遙々たる遠山に、霞の衣たちかさね、紫塵
③嬾早蕨、こゝやかしこにおひいでゝ、うしろは、あしか、

すのまた
④くゐぜ川三の大河をながしたる、東岸西岸の柳
⑤遲速同しからず、南北風すさまじふしてよせくる
⑥蒼波は、白浪舊苔のひげをあらひける、河の面には、
⑦らんぐゐさかも木引、上下には大づな、小つなはりたれば、
⑧いかなるはやおの、しらはへなんども、たやすく通るべき

〈一六丁オ〉

①やうぞなかりけり、其上には、しゝかき、くゐがきゆいたてゝ、
②ひたなるこを用意する、かゝりければ、武士共すでに
③よすると聞えしかば、兵共打立出立けり、龍樓八
④陣をかまへ、當年項羽七十餘度のたゝかひ、秦王破
⑤陣樂を奏するも、是にはいかでまさるべき、納豆太
⑥が其日の裝束には、鹽干にはし書たるひたゝれに、
⑦白絲をどしの大よろひ、草づりながにざつと著、梅干の
⑧かぶとのをゝしめ、かぶらとうの弓、まん中にぎり、いそ

〈一六丁ウ〉

①の鍜治布石よせて、きたはせたる、香のかぶら矢十
②六までぞさいたりける、五氣にあまる、むきまめ、前後

③の山がたには、陶淵明が友とせし、重陽の宴に酌な
④れし、菊酒にさかづきとりそへたる所をぞみがき
⑤つけ、金ぶくりんの鞍おひて、ゆらりと乘て打立り、
⑥甥の唐醬太郎は、是も裝束、河原毛なる馬に
⑦乘たりける、いりまめ笑太郎は、自然の事もあらば、
⑧腹きらむずる思ひにて、うちはねする、あづき毛の

〈一七丁オ〉

①の御菜成にぞ乘たりける、さる程に、五聲の宮
②漏の初て明て後、一點の窗燈の消んと欲する
③時、大手からめ手よせ來、一度に時をつくり、大音さゝ
④げなのりけるは、遠くは音にも聞つらん、近くはめに
⑤もみよ、極樂淨土に有、孔雀鳳凰には三代の末孫、戀
⑥しき人にあふさかの關にすむ、には鳥の雅樂頭
⑦長尾と名乘て、ほろをたゝき、たゞかけよ〱と
⑧ぞ下知しける、城中にも是を聞、納豆太、あぶみ

〈一七丁ウ〉

①ふんばり、大音聲をさゝげて名乘けるは、神武天皇
②より七十二代の後胤、深草の天皇には、五代の苗裔、

③畠山のさやまめには、三代の末葉、まめの御料の子息、
④納豆太郎種成と名乘て、二羽の矢、みそかぶら打
⑤くはせ、能引つめてひやうどいる、雅樂頭長尾ほろふ
⑥くろいつらぬひて、つゞひて立たりける、白さぎの雪
⑦の守が、ほそくびあやうくいかけて、うしろなるさゝげ
⑧畠にこなりしてこそ立たりける、かゝる所に、はらゝ

〈一八丁オ〉

①ごの太郎つぶざね、すゝみ出て名乘けるは、たゝ今よ
②せたるはたれとかみる、今度謀叛の最帳、遠くは
③音にも聞つらん、近くはめにもみよ、大日本國、南閻
④浮提、天下正像、一天には、差置つ、大通智勝の
⑤世となりて、二千餘年、はやすぎぬ、しかしよりこの
⑥かた、天神七代に至まで、とよあし原の中津國に、
⑦五幾七道を分し、皇城よりこのかた、北陸道越後の
⑧國、大河郡、鮎の莊の住人、鮭の大助、ちやくしはら、

〈一八丁ウ〉

①子の太郎つぶさね、生年つもつて二十六歳にまかりなる、
②敵の中に我と思はんものは、をしならべて、くめやとて、

③名乗て、ゑびらのうはざしより、鯖の尾のかりまた
④ぬき出し、能引つめてはなつ矢に、いもがしらの大宮司
⑤が頭いやぶりて、むまより下に落にけり、いもが子ども
⑥引しりぞく、如何とぞなげきける、いりまめの太郎、是を
⑦みて、合戰に出るほどにては、其程のうす手おひ
⑧て、さのみなげくやとて、腹の皮を切てぞ笑ける、

〈一九丁オ〉

①いもの子共、にくてもの、言事かな、死する事子細なけ
②れども、みはなつべきにあらねば、かやうにあつかふぞかし
③と言て、御前に瓶子に酒ののこり有けるを取て、笑
④太郎がしやつらに、いつかけしかば、やがてにが〳〵として、
⑤すむつかりにぞなりにけり、其後大宮司は、髮かき
⑥なで、まことにくるしげなるいきをつき、言けるは、
⑦我畠のかしらを出しより、命をば御料に奉り、かばね
⑧を龍門の原上の土にうつみ、名を後代にあげんと存

〈一九丁ウ〉

①せしなり、これによつて、今此疵をかふむり、たすかる
②事はよもあらじ、たゞあとに思ひ置事は、ぞゞり子の
③事ばかりなり、我いかにもなりなんのちは、すり唐布
④の權守をたのむべし、むかしよりいまに至るまで、な
⑤さぬ中はよからぬ事なり、あひかまへて〳〵、權守に能々
⑥言て預くべしと言ければ、嫡子、黒湯の太郎
⑦かしこまつて承候、又我等も、弓矢とる身の習には
⑧候へば、今日有とも、又明日有べしともおほえず、

〈二〇丁オ〉

①仰のごとくぞゞり子は、唐布の權守に、申付べしと
②言ければ、大宮司是を聞、隨喜のなみだをぞなが
③されける、それよりして、いも共すり唐布の子とは
④なりける、御料も是を御覽じて、かくこそ詠せさせ給
⑤けれ
⑥　此いもの母いかはかりよかるらん
⑦にたる子ともをみるにつけても
⑧かくぞ詠ぜさせたまひける、其後幾程なくて、大宮

〈二〇丁ウ〉

①司は、弓矢兵杖の場に、あゆみをすゝむといへども、
②觀念の牀に心をすまし、輪廻得脱の不思儀なる

③處をさとり、魚鳥元年、八月廿八日、とら巳點に、
④終にむなしくなりにけり、かゝりける程に、城中には
⑤大宮司いられて、無念さ申ばかりなし、渡邊黨の
⑥物、園豆武者重成、筍左衛門、ふきの源太、さゝげ
⑦の角戸の三郎、深澤せりの太郎をさきとして、究
⑧竟の兵十七騎、手たれ、勢兵、あらむま乘、太刀づ

〈二一丁オ〉

①かひ、一味同心にをめいてはつとかけ出る、魚類の物共
②かけたてられ、くもの子をちらすがごとくに、ちり〳〵に
③なる所を、唐醬、ひしほ、いりまめ、笑太郎、いちごむか
④ごなんどの究竟のあしばや、手足共ははしりちつ
⑤て、さしとり引つめいける矢に、鯛の赤助あぢよし
⑥は、むなもとのぶかにいさせて、むまより下へ落にけり、
⑦うしろみのいるかの入道、つとよりて、魚頭をひざの上へ
⑧かきのせ、なく〳〵申けるは、今生に思召置事あらば

〈二一丁ウ〉

①いるかにくはしく承候べし、さだめて、北方おさなひ人々
②の、御事思召らん、其はいるか、かくて候上は、御心やすく

③思召候へしと言ければ、赤助よにくるしげなるいき
④をつき言けるは、人のおやの心はやみにあらねども、子を
⑤思ふ道にぞまよふは習といふことはりなり、老少不
⑥定のさかひ、前後沈理の世の中なれば、本の
⑦しづくやすゑのつゆ、をくれさきだつ習なり、只今、黄
⑧泉の中有の道にをもむき、したしきも、う

〈二二丁オ〉

①ときも、たれかともなひ行べき、觀花たちまちにつ
②きぬ、春三月、命業零易、秋の一時、今更かなし
③むべきにはあらねども、たゞをさなきもの共の事、思
④つらぬるに、やすき心もさらになし、いづれのさまに
⑤も、よみぢのさはりにもなるべし、いかゞせんとぞの
⑥たまひける、いるかかしこまつて申けるは、人のおやの
⑦子を思ふ、こゝろざしふかき事共は、滄溟及ばず、
⑧高事は五岳もたとへがたしと、申せども、おやを思

〈二二丁ウ〉

①子はまれなる習なり、されば、經にもとかれたり、
②諸佛念衆生、衆生不念佛、父母常念子、子不

③念父母と、みえたり、就レ中、おさあひ人々の御事は、思
④召もまことにことはりなり、夜の鶴のかごの内に
⑤なき、やけ野のきゞすいたづらにかひごに身をほろ
⑥ぼす、か丶る禽獣鳥類までも、子をば、思ふ習なり、
⑦さりとも、いるかかくて候へば、あとの御事をば、御こ丶ろ
⑧やすく思召、往生の素懐をとげさせ給へ、人の身

〈二三丁オ〉

①には後生より外の一大事は更になし、此度三途の
②古郷を出ずは、又何れの時をごせんいかにもかまへて〳〵
③後生御たすかり候へと、さま〳〵に申ければ、赤助すこし
④心付て、さらば後生のために、六道講式の聴聞せば
⑤やと言ければ、いるかの入道やすき程の事なりとて、
⑥いそぎ[魚丸]法師を一人請じて、講式をぞよませける、
⑦其式に言く、鳰魶敬て、一鯛魳、鯸、鯥、鰕魿鱸、
⑧鰯水大明神白而言、夫いづれの瀬灘にも鮎がたし

〈二三丁ウ〉

①鯰經にあふ事を得たり、鯇花無、鯖世界を魳すて
②て、あるひは、入道鰻となり、あるひは[魚丸]法師となり、此

③魚をあみ地ごくにをとす事なかれ、第一に地ごく
④と言は、以外に海月の助、鮑の魳に、すり魳、ぬけ
⑤ども鱸と言鮫なし、第二に餓鬼道と言は、つら
⑥あかし、いり海老のごとし、腹ふとくしてふぐのごとし、
⑦くびほそくしてかにのひげににたり、第三にしゆら
⑧道と言は、かぶとを著と言ども、魛を以てきられ、かくの

〈二四丁オ〉

①ごとく、苦患未來永劫にも、一度うかみがたし、あま
②のはごろもまれにきて、撫かならず盡べしと云
③ども、悪趣におもむけば、たやすくうかみがたし、ねがはく
④は、いづれの魚にも鵜のめをみする事なかれ、冬の魚
⑤をば、香豆以て供養すべし、かに、にし、崩燋、鯤魚、
⑥一鷺、[魚毎]鮨、成佛と廻向しければ、わづかにいきばかり、
⑦[魚卜]々とぞし給ひける、されどもいかなる罪のむく
⑧ひにや、終に潮煮と云物にぞなられける、其にて

〈二四丁ウ〉

①御料も食せられさせ給ひけり、おそろしかりきためしと
②ぞ聞えける、さる程に、糂汰左衛門あかいわしがくびを

③とり、分取高名(ぶんどりかうみやう)は、今日(けふ)の合戰(かつせん)に、我(われ)ひとりとぞの
④のしりけり、御料御前(ごれうまへ)に高座(かうざ)せめて候ける、御料是(ごれうこれ)を
⑤御覽(らん)して、椹汰左衞門(じんださゑもん)がたゝ今の高座(かうざ)のふる舞過分(まひくわぶん)
⑥なり、あれへ下よとぞ仰られける、左衞門(さゑもん)かしこまつて
⑦申けるは、過去莊嚴劫(くわこせうごんごう)より、ふかき契(ちぎ)りを思ひ、花
⑧のもとの半日(はんじつ)の客(かく)、月の前(まへ)の一夜(や)の友(とも)だにも、みな

〈二五丁オ〉

①是多生廣劫(これたしやうくわうごう)の緣(えん)ぞかし、されども、善(ぜん)を修(しゆ)す
②るを以(もつ)て佛(ほとけ)となり、惡(あく)を行(おこなひ)て地獄(ぢごく)におつ、瞋恚(しんい)
③を犯(おか)して、修羅(しゆら)となる、慳貪(けんどん)にして(て)、貧(ひん)にむまる、
④みな是過去(これくわこ)の宿業(しゆくごう)なり、今更(いまさら)なげくべきに
⑤はあらねども、身貧(みひん)に候へばちから及(およ)ばず、御料(ごれう)には
⑥御身したしきものには、たれかは知(し)り候はぬと申
⑦ければ、御料是(ごれうこれ)を聞召(きこしめし)、おやからはなど常(つね)に
⑧は、此方樣(このかたさま)へは、細糠(こぬか)〳〵とて、やがて備後守(びんごのかみ)にぞ

〈二五丁ウ〉

①なされける、爰(こゝ)に哀(あはれ)なる事(こと)あり、さしもわかくさ
②かんなりし時には、紅梅(こうばい)の少將(せうしやう)と云(いは)れて、花(はなやか)に

③巖(いつくしき)、鶏舌(けいぜつをふくみ)含、紅氣(こうきをかね)兼、仙紅(せんこう)、嬋娟(せんけんたり)、仙方(せんはう)の雪色(ゆきいろ)
④を媿(はづ)、儂香分郁(でうかうふんいくたり)、枝爐煙(ぎろのけぶりにほひ)薫を讓(ゆづる)事を忘(わす)れ
⑤て、本居(もとゐ)きり、遁世(とんせい)して、石山(いしやま)の邊龜山寺(へんかめやまてら)と云所(いふところ)
⑥に、とぢこもり、名(な)をば梅法師(むめほうし)とぞ申ける、近比(ちかころ)あら
⑦ぎやうのみこのみて、さしもあつき六月にも、晝(ひる)は
⑧日にほされ、夜は定(でう)にぞいられける、此比粕(このころひめ)の御料(ごれう)

〈二六丁オ〉

①の御氣色(きしよく)にいりて、きよき酒(さけ)にひたされて、ひ
②たいのしはすこしのびふくらいてありしが、弓矢取(ゆみやとる)
③身(み)の習(ならひ)とて、納豆太(なつとうだ)がむほんにくみし、疵(きず)を蒙(かうむる)る
④のみならず、終(つゐに)むなしくなりけるこそ不便(ふびん)なれ、かゝ
⑤る程(ほど)に、寄手(よせて)の武者共(むしやども)申やう、いつまでかくて
⑥あるべきぞ、一合戰(かつせん)とて、ひたかの判官代(はんくわんだい)、白鷺(しらさぎ)
⑦の雪(ゆき)の守(かみ)、山殿原(とのはら)には、獅子(しゝ)、麒麟(きりん)、猪(いのしゝ)武者(むしや)を
⑧さきとして、三百餘騎(よき)くつばみをすぎさきと

〈二六丁ウ〉

①がり矢形(やかた)に、立(たち)ならびて、をめいてかゝれば、本(もと)より用(よう)
②意(い)の事(こと)なれば、飛木鳴子(ひたやなるこ)にしふされて、左右(さう)

③なくかなはざりにけり、しばらくありしかば、飛木鳴子
④めなれ聞なれする程に、鹿がき、くゐがき、もみや
⑤ふりて、へいのきはまで、せめ付たり、城中にも是を
⑥みて、敵こそ近づきたれ、あますなもらすないけ
⑦とり、ねぢくびにして、高名せよや、若物どもとて、
⑧ざくろの判官代、びわの大葉の三郎を大將軍とし

〈二七丁オ〉

①て、究竟のもの共五千餘騎、木戸をひらいてかけ出
②る、三百餘騎の物共中をあけてぞとをしける、其
③後引つゝみて、くもで十文字に、入かへ入みたれ、たがひ
④に命をおしまず、究竟の兵二百餘騎たちまち
⑤にうたれけり、ひたかの判官代、今はかなはじとや思
⑥けん、陣を引かへりけり、かゝりければ、魚類の物共是
⑦をみて、雉鳥大納言、かもの五郎、かりかねの十具箭
⑧を、はじめとして、究竟の兵物五百餘騎入かへてぞ

〈二七丁ウ〉

①かゝりける、されども、精進の物どもは一人もうたれず、
②くりの伊賀守は、はか〱しからじとや思けん、捻〱に

③なりてぞおちられけり、御料是を御覧して、かくぞ
④詠させたまひける
⑤　伊賀くりのむく方しらすおちうせて
⑥　いかなる人にひろひとられん
⑦椎の少將もいつかた共なき谷そこへ向ておち
⑧られけるが、ひとりごとにかくぞ詠せさせ給ひける

〈二八丁オ〉

①　けふこそは身のをき所しらすとも
②　つみうしなへよのちの世の人
③かゝりければ、魚類方は、赤助をはじめとして、宗徒
④のものども三百餘騎、うたれければ、あるひはおちうせ、
⑤あるひは降參して、のこりすくなくなる程に、本人
⑥鮭の大助も、いた手をひ、波うちぎわにありけるが
⑦此事かなはじとや思ひけん、そこしらずといふ淵
⑧馬にのりて、子息はらゝ子の太郎一人めし具して

〈二八丁ウ〉

①河上にしつ〱とおちられけり、爰に近江の國の
②蒲生の郡、豊浦の住人、あをなの三郎常吉と云

③もの、爰へ落こそてき大助よ、あはれよき敵や、をし
④ならべてくめやとて、壹尺八寸くゝたちぬきて、ま
⑤つかうにさしかざして、爰におつるは、大助か、いゝ
⑥かひなくも、敵にあげまきをみするものかな、返せ
⑦やとてをめいてかけければ、大助名をやおしみけん、
⑧こまの手つな引返し、波うちぎはにかけならべて、

〈二九丁オ〉

①さん〳〵にたゝかふ程に、大助いた手おひたり、心ばかりは
②たけく思へども、左右の手ちからつきてうけはづ
③す所に、あをなの三郎、さし及てぞうちにけるが、精
④進の物共、おほくかさなる閒、叶はじとや思けん、本
⑤より用意の事なれば、つぶさねもろともに、なべか城に
⑥そこもりける、かの城と申は、究竟のようがいなり、
⑦たやすく人の落べきやうなし、されば、爰にむかふ
⑧物は、新豊折臂翁が、瀘水の戰に、村南村北

〈二九丁ウ〉

①に哭する聲に聞えて、五月萬里の雲南に行
②事を辭するにことならず、なをかゝりければ、

③面をむくるもの一人もなし、爰に山城國の住人、大
④原木の太郎と言もの、其勢三百餘騎、是はいづ
⑤かたともなくひかへたりけるが、精進の物共かち軍
⑥の體なれば、をしよせて、下より猛火をはなつてせ
⑦めたりける、たちまちに炎となつてもえあがる、たとへば、
⑧黒繩衆合、大叫喚、八大地獄にことならず云云

〈三〇丁オ〉

①かゝりける處に、しやくしのあら太郎といふものあり、
②本より山そだちのをのこにて、心も強〳〵に、はやり
③ものなりければ、たゞ一騎かけ入て、ひたとくみては、
④ごきの中へぞ入にける、御料取て引よせ、御こゝろみ
⑤ありて、あゝたゞ大助ほどの物なかりけりとぞ仰
⑥ありける、さる程に魚類の兵とも、さん〴〵になる、大助
⑦もこゝにてうせぬる上は、よのものどもたゝかふ物一人も
⑧なし、されば、合戰習は、無勢多勢には、よらざり

〈三〇丁ウ〉

①けり、さしたる事なくて、かやうにほろびけるこそ哀
②なれ、さてこそむかしよりいまに至るまで、あをな

③の三郎常吉(つねよし)とめされ、御料御近習(ごれうごきんじゅ)まで、朝夕(あさゆふ)
④ほうこう仕(つかまつり)ける、ありがたき事(こと)どもなり、于(とき)レ時(に)魚(ぎよ)
⑤鳥元年(てうぐわんねん)壬申(みづのえさる)九月三日静謐(せいひつし)了(おはんぬ)
⑥
⑦精進魚類戰物語終

東京大學總合圖書館藏寛永頃刊本翻字本文

〈一丁オ〉

① 精進魚類物語
② 去ぬる魚鳥元年壬申八月朔日、精進魚類の殿原
③ は、御料之大番にぞ參られける、遲く參をは闕
④ 番にぞ付られけり、折節御料は、八幡宮の御齊に
⑤ て、放生會といひ、彼岸といひ、旁々精進にてぞ渡ら
⑥ せ給ひける、越後の國の住人、鮭大助長鮫が子ども、
⑦ 鮞の太郎[魚+立]實、同次郎鰟吉、兄弟二人候ひしをは、
⑧ 遙の末座へぞ下さるゝ、爰に美濃國の住人、大豆の
⑨ 御料の子息、納豆太郎種成ばかりそ、御身近くは
⑩ 被レ召ける、鮭子共腹立、一箸申して殿原に、味はゝ
⑪ せむとは思へども、親大助に申合てこそ、火にも水に

〈一丁ウ〉

① も入めとて、檪色狩衣著て、款冬井手里へぞ被レ
② 歸ける、其日も暮ぬれは、駒に鞭捧、夜を日についで
③ 打程に、同八月三日酉巳點には、越後國の大河郡、
④ 鮎の莊大介の館に下著、兄弟左右に相並び、畏
⑤ て申、我等此間大番の勤仕の上洛仕て候へども、
⑥ 大豆の御料の子息、納豆太郎に御意を移し、目
⑦ も懸られず、剰及二恥辱一末座に被二追下一候し間、當
⑧ 座にて何にも成、火にも水にも入はやと存しかとも、
⑨ 如レ此の子細をも、申合てこそと存候間、是迄下向
⑩ 申ける、父大介是を聞て、眞赤に腹立て、我等か一門
⑪ の中には、北陸道提千島、北へ流るゝ川をは、我儘に

〈二丁オ〉

① 管領すれは、國にて不足はなけれども、御料之不
② 便と仰あらはこそ、子共をも進するに、人も人
③ 々敷、納豆太郎の奴原に、思食替させ給はんには、
④ 番被レ漏ても何にかはせん、長鮫七十に餘り、幾程
⑤ ならぬ世中に、己等故に物思ふこそ口惜けれ、
⑥ 齢亞二顏駟一、恨同二伯鸞一、就レ之、古御料之御事を
⑦ こそ、被二思出一、總して、此君は御意強き御料、年
⑧ 來我等申事をも、御承引なし、又諸國受領、檢
⑨ 非違使、大名小名にも、白衣にて、中帶計曳入、
⑩ 烏帽子にて、對面し給も、不レ得レ心、哀此御料の兄
⑪ 御前の落姫腹に、粟の御料とて、御座こそ、

〈二丁ウ〉

①御心も細々として、御座せども、其は自レ元、御身
②も少さく渡らせ給へは、我等奉公可レ仕無レ様、仕
③レ君以レ禮云事あり、人の身として、不レ仕二兩君一事は、
④忠臣法也、去我等人を非レ可レ憑、就レ中御料之御
⑤腹に宿りて、世絶しより、以來、伊勢天照太神宮
⑥之假の使に、賀茂の御荒の御土器物、腹香を
⑦奏する節會まて、魚類を以て、爲レ宗、去れは仙人
⑧の琪樹は、冷して、無レ色、王母桃花は、紅なれとも不
⑨馥、か丶る非情草木までも、隨分に德を不レ施
⑩云事なし、まして我等か先祖、譜代の從類として
⑪如何奉レ爲レ君、不忠を可二振舞一哉、雖レ然か様に被二思

〈三丁オ〉

①捨一申上は、今日より都の奉公は無益と思へとも、古
②御料の、さしも見放なと御遺言ありしかは、其は
③暫思留る、唯何としても、世中末の御料と成た
④まふこそ、心も詞も及はね、但其儀ならは、魚類
⑤の一門催し、精進の奴原打亡し、我等
⑥御料の御内に、繁昌せん事安事なりと
⑦て鰹房十連を指遣ひ、魚類之一族被二催觸一
⑧けり、其時馳參人々は誰々ぞ、先鯨 大海亮、鯛
⑨赤助、鰐 大内介、鱐 帶刀先生、鮖 大介、鯁 伊
⑩勢守、鮭 大助、嫡子 鰤 太郎鮎實、同次郎鮷吉、
⑪鱧 長介緣 冠者、鱒 藤五、鯱 左衞門、鯔 左京權

〈三丁ウ〉

①介、鮽 源九郎、鰱 平三、魛 備前守、鯖 形部大輔
②鱲 判官代、鯡 出羽守、鯤 左少將、鮍鯨 兵衞尉、次池
殿
③公達、水鯉 御曹司、小鮒 近江守、同款冬井手助、熊
④野侍、鱸 三郎、鮓 左大忠、宇治殿 御内は、鮊 助一族、白
⑤鰸 河内守、鰕鮐 中務、鯰 判官代、鱣 右馬允、鰶、鯜、
⑥鮇 法師、鯄、魰 左衞門、鮎 小外記、鱧 陸奥守、鰄
大藏
⑦卿、魶 介子共、鰏 冠者等、鯉鮹次郎、鮎入道、鰾 源
⑧六、鮟鱇 孫太郎、大鱶 陰陽正、鰪、鰭 は、鯲、鮏、
鮑入

⑨道、手相從者共には、鮑、鰹、鯣、鱝、鮚太郎、魴新
五、鮮
⑩又次郎、鯉藤三郎、鱰彌太郎、鮖赤次郎、鯥源三、鰤
⑪大隅、鮫荒太郎、飯尾鮨介、魶十郎、海老名一族には、
〈四丁オ〉
①大名小名不レ殘、著到に參けり、次に山中の殿原には、
②鹿、麒麟、勇、熊、猛、虎、豹、大狼介、眞見、狸入道、
嫡子猯
③太郎、兔兵衞、穴元、猪武者喬麥を不レ見、鳥中には
④鷲鷹、鳳凰、鸚鵡、鶚、鳶、鸞、䳭、鶻、喚子鳥、鷲、鵰を
⑤大將軍として、雉鳥大納言、鴇大炊殿、時鳥中將、鶯小
⑥納言、鴑侍從、鴜中納言、鴨五郎、鶴次郎、池上には、
鴛
⑦五郎、鳰、鶮、鴘、鵁左近少輔、長箸鵃助、侍大將、
鶲判官
⑧代、鶍隼人佐、鵟小三郎、隼衞門督、鶏雅樂助、白
鷺
⑨壹岐守、鴫新五郎、鵐新六、鳩別當、崔注記、水鶏主
典輔、
⑩鶉目、鴈音十具箭亮、梟小目代、鵄定親、鵤源八、
鵂、鵲、
⑪鵃藏人頭、鴻山城守、鶇三郎、雲雀又三郎、雀小
藤太、鷙
〈四丁ウ〉
①陰陽督、鵆先生、鵺監物、鶇舍人、鴷左少辨、嶋、
鴇、鵃
②駄先、巳上其勢二萬五千餘騎、魚鱗鶴翼二陣群、官
③軍旗靡、烈程亂也、凡四足二足物、何勝劣なかり
けり、
④是程に、南都北京貝方聞へければ、我等も海に生受
⑤物なれば、參では惡かりなんと、吾等も參て赤助殿、
⑥御供仕らむとて、優敷貝共參けり、春は吉野山の
⑦仙家、昔忘櫻貝、夏泉雀貝、秋色撥主黃貝、冬時雨の
⑧音立て、寢覺かちなる板屋貝、適〱待得て契夜は、
⑨哀告烏貝、世厭へとも尼貝の、思隔簾貝、年寄たれ
⑩ば婆貝の、女貝こそなかりけれ、山伏の腰に付たる

⑪虚貝の、友を催す計也、名も傷意敷鬼貝の、威懸た
〈五丁オ〉
①る鎧貝、總角懸て優かりける、石中なる蛙々、
②䱷集てそ參ける、時しも佐保鹿の、星の光は
③霞にて、而も海上は海月也、各四足は持なから、
④狐計ぞ火は燈す、鸇目様にそ明ける處に、哀
⑤なる事ありけり、鯛赤介は、後見鰇入道を、近付
⑥てそのたまひけるは、鮀吉此閒奥の昆布大夫か
⑦娘の、礒和布を迎て妻と憑り、幾程なくて
⑧此大事出來る、昆布大夫と云は、精進方には宗
⑨徒の物ぞかし新枕せし其夜半、末松山浪越
⑩しと、互に契し鴛鴦魮鮊語ひ不淺、如何せんとぞ
⑪悲し、契りし言葉は卓文君にもをとらぬ、又海
〈五丁ウ〉
①老同穴之情、今更思出れては哀也とぞのたまひ
②ける、鰇是を聞畏て承り候ぬ、生死無常の習有
③爲轉變世の中、釋尊未免梅檀煙、始有物は必終あ
④り、會者定別離の愁に逢事、于今不始習なり、去

⑤人間八苦中、五常、怨苦、永不、得苦、愛別、離苦と
⑥説たり、就中弓箭取物二心有と思はれさせたま
⑦はむ事、生涯口惜かるへし、其故は先言候し
⑧ぞかし、唐土の虎は毛を惜み、日本武士は
⑨名を惜むとこそ申傳候へ、疵を當代に始置、
⑩謗を後代に殘さむ事、爲家爲身口惜かるべし、
⑪世靜まる物ならは、何ならん浪の底にても、廻
〈六丁オ〉
①り會せ給はぬ御事よもあらしと、様〱に
②誘申けれは、赤助げにもとや思ひけむ、迎
③て幾程なき、礒の和布を昆布の大夫か許
④へぞ被送ける、其時和布一首はかくこそ詠
⑤せし
⑥　なみたより外に心のあらはこそ
⑦　おもひ和布ののちのちきりを
⑧赤助もかうこそ連ける
⑨　わすれしとおもふ心のかよわせは
⑩　なとふた、ひのちきりなからん

⑪かくて送る程に、赤助は武き物夫とは

〈六丁ウ〉

①雖とも、涙に空はかきくもり、昔王昭君か、
②胡國の夷のために被レ遣時、胡角一聲霜
③後夢、漢宮萬里月前傷なんと、詠せし
④事も、今更思ひ知れて、昔の別まて、思食
⑤連て、あかぬ別にぬる、袖、乾間もなき旅衣、
⑥泣々奥へそ被レ歸ける、よその海松目までも、
⑦鹽垂てぞ見へし、又赤助は、元鰑腹に、鮏子の
⑧有けるを、近呼寄言含けるは、汝をは何にもし
⑨て、御料の御見參に入れんとこそ思ひつれ
⑩とも、今此事出來上者無レ力、何なる岩迥浪底
⑪にも隱居て、世靜物ならは、顯れ出よと言含

〈七丁オ〉

①て乳鯛乳母と、駿河國高橋莊知行する、伯母尼
②鯛許へぞ被レ遣ける、か丶る程に、武者共皆鎧著て、
③甲緒しめ馬に打乘出立けり、鮭大助長鮫、其日
④装束には、鹿間紺地直垂、鶆威鎧著、同毛五牧甲、
⑤鷹角打てぞ著たりける、廿五指たる鵃
⑥羽矢、首高取付、早鹿角樋入たる弓眞中
⑦握、烏毛なる馬、太逞熊皮裏黒鞍置てそ
⑧乘たりける、子息鰣太郎鯆實、同次郎鯑吉前
⑨後にそ打たりける、鯛赤助鯇吉、其日装束
⑩には、水紋直垂に、宇治網代に寄、鮊縅鎧草摺
⑪長にさつと著て、同毛甲緒をしめ、三尺五寸

〈七丁ウ〉

①鰈物作の太刀帶、廿四指たる鵊尾箭、羽高に
②取付、我ために小鯛弓眞中握り、白浪葦毛
③駒に、渚崎に千鳥摺たる貝鞍置てそ乘た
④りける、今日を限とや思けん、年比の郎等金首
⑤に鱐持せて召具たり、かくて打出處に、沖方
⑥を見渡せは、をひた丶しく物光て見えけれ
⑦ば、赤助あれは何物ぞと問ければ、金首申ける
⑧は、あれこそ一切衆生の御齊と成て、參らぬ
⑨人も候はぬ、鰯水にて渡給候と申ければ、さて
⑩は我等か氏神にて渡らせ給けりとて、自レ馬下三

⑪度禮拝、南無八幡大菩薩と祈念して、胡簶の
〈八丁オ〉
①表指鯖 尾狩俣抜出し、鰯水に奉る、かくて出
②處に、年ならは四十計なる者、色黒かりけるか、
③少長き馬に乗て、後馳して來けり、大助あれ
④は誰ぞと問けれは、是は近江國 住人、犬上川
⑤の總追補使、鯰の判官代とぞ申ける、なと今ま
⑥ては遅參ぞと問れけれは、さん候 鱣 轡をはげ
⑦む〳〵とし候程、遅參也とぞ申ける、去程 國
⑧内通下事なれは、精進方へも聞へけり、先掻餅
⑨律師、四十八弟子を召具して、溫餅之御所へそ
⑩被レ參ける、御所此由聞食、大に驚 給て、本人なれ
⑪は先、納豆太郎に告よと仰有けれは、律師か弟
〈八丁ウ〉
①子に、假粧文と云物を以告けり、折節納豆
②太郎は、藁 中に晝寢して有けるか、寢所見
③苦とや思けん、涎垂なからかはと起、仰顚し
④て對面する、假粧文此由委く申けれは、納豆

⑤太郎其儀ならは、精進の物共催 とて、鹽屋と
⑥云、先身近く 親 物なればとて、摺豆腐權守に
⑦告けり、道德と云物、味曾賀に馳廻て催 けり、
⑧先六孫王より以來、饅頭索麪を始として、蒟蒻
⑨兵衞酢吉、牛房左衞門長吉、大根太郎、苣 次郎、
⑩蓮根近江守、胡瓜山城守、渡邊薫 園豆武者重成、
⑪茗荷小太郎、薊 角戶三郎、蕀 之筍 左衞門節重、
〈九丁オ〉
①侍 大將には、納豆太郎種成、甥唐醬、同麴 次郎、冬
②瓜 新左衞門、入麪 又五郎、土櫖 兵衞尉、蕗 源太苦吉、
③喬麥大角 介三角、暑預 戶藏介、芋頭 大宮司、炒豆
④笑太郎、螢唐布權介、實芥子新左衞門、骨蓬次郎
⑤秋吉、雪餻雪守、昆布大夫、荒布新介、青苔、紅苔、雞
⑥冠苔、水苔 太郎、龍骨草源六、茄子先生、瓜生五色 太
⑦郎、苔豆、擣栗、興米、草餅 又太郎、樹木 中上臈には、
⑧椎 少將、桃宰相、棗 侍從、栗 伊賀守、大和 國 住人、
熟柿
⑨之冠者實三、柿 蓋計 所領とて、騎替一騎不レ打、柘榴判

⑩官代、枇杷大葉三郎、柑子五郎、橘左衛門、李式部大
⑪夫李部、梨子江藏人、松茸太郎、熊野侍には、柚皮

〈九丁ウ〉

①莊司、椹汰左衛門、靑蔓三郎常吉、始として、已上
②其勢五千餘騎、久方雲棧引落、分取高名我も〳〵
③とぞ被レ思ける、中にも苟蒻兵衛、氏神薑參て
④祈念しけるは、酢吉今度辛命をは助させ給へ
⑤とぞ、通宵吾身藝能を盡して、樣々馴子舞なん
⑥としけれは、管絃具足をや取忘けん、生薑計した
⑦りける、去程に、納豆太、敵大勢也御方は無勢也、縱打
⑧死する共、墓々しからず、用害懸らんとて、美濃國、豆
⑨津莊へぞ下ける、彼所は究竟の城也、をほろけ
⑩にも可レ落樣なし、其を何と申すに、前は靑山峨々
⑪として、不破關につゝき伊勢路を指て遙也、靑

〈一〇丁オ〉

①陽春來れは、遙々遠山、霞の衣裁重、紫塵嬾早
②蕨、是彼に生出、後足香、須俣、椿瀨河、三大河流し
③たる、東岸西岸柳遲速不レ同、南北風冷して、寄
④蒼波、白浪舊苔鬚洗ける、河面には、亂椿逆
⑤茂木引、上下には、大紐小綱張たれは、何なる早
⑥男白鰛なんとも、輒く可レ通樣ぞなかりけり、其上、
⑦鹿檣、椿垣結立、飛木鳴子用意する、かゝりけれ
⑧は、武士共已寄聞へしかは、兵共打立出立け
⑨り、龍樓八陣構へ、當年項羽七十餘度戰、秦王
⑩破陣樂奏、是何可レ勝、納豆太其日裝束には、鹽干橋
⑪書直垂、白絲縅大鎧、草摺長さつと著、梅干甲緒
しめ、

〈一〇丁ウ〉

①鏑藤弓眞中握、礒鍛治布石寄練たる香鏑矢十
②六までぞ指たりける、五氣餘塗豆、前後山形には、
③陶淵明友とせし、重陽宴酌馴、菊酒盃取添たる
④處をぞ磨付、黃伏輪鞍置てゆらりと乘て打
⑤立、甥唐醬太郎、是裝束、河原毛なる馬乘たり
⑥ける、炒豆笑太郎、自然事もあらは、腹切むずる
⑦思にて打はねする、小豆御菜成にぞ乘たりける、
⑧去程五聲宮漏初明後、一點窗燈欲レ消時、大手搦

⑨手寄來、一度時作、大音捧名乘けるは、遠くは
⑩音にも聞つらん、近くは目にも見、極樂淨土有、
⑪孔雀鳳凰三代末孫、戀人合坂關棲、鷄雅樂頭長尾

〈一一丁オ〉

①名乘て、布露扣唯かけよ〱とぞ下知しける、
②城中にも是を聞、納豆太鐙踏張大音聲を捧
③て名乘けるは、神武天皇より七十二代後胤
④深草天皇には五代苗裔、畠山鞘豆には三代末
⑤葉、豆御料之子息、納豆太郎種成と名乘て、二
⑥羽の矢味曾鏑打くわせ、能引つめてひやうと
⑦射る、雅樂頭長尾布露袋射連ぬいて、續て
⑧立たりける白鷺雪守、細頸、危く射懸て、後
⑨なる大角豆畠に小鳴してこそ立たりける、是
⑩所に、鯆太郎鉦實、進出て名乘けるは、唯今寄
⑪たるは誰とか見、今度謀叛最帳、遠くは音に

〈一一丁ウ〉

①聞つらん、近くは目にも見、大日本國南閻浮提、
②天下正像、二天には差置つ、大通智勝世と成て、二
③千餘年早過ぬ、自レ爾以來、天神七代に至まで
④豊葦原中津國、五畿七道分皇城より子方、北
⑤陸道越後國大河郡、鮎莊住人、鮭大助嫡子、鯆太
⑥郎鉦實、生年積二十六歳罷成、敵の中に我と思は
⑦む物は、押竝組やとて、名乘て胡籙表指より
⑧鯖尾狩俣拔出し、能挽つめて放矢に、芋頭
⑨の大宮司、頭射破れて自レ馬下に落にけり、芋子共
⑩引退、如何とぞ歎ける、炒豆太郎是見、合戰に
⑪出程にては、其程の薄手負てさのみ歎やとて

〈一二丁オ〉

①腹皮を切てそ笑ける、芋子惡物の言事哉、死事子
②細なけれども、見放へきにあらねは、か樣扱かし
③と言、御前に瓶子に酒の殘有けるを取て、笑
④太郎しや面にいつかけしかは、軈苦々としてすむ
⑤つかりにぞ成にけり、其後太宮司は、髮攪撫て
⑥良苦げなる氣をつぎ言けるは、我畠頭を出し
⑦より、命をは御料に奉、屍龍門原上土埋、名を
⑧後代に揚と存せしなり、依レ之今此疵蒙り、助事は

⑨よもあらじ、唯跡思置事は、そゞり子の事計也、我
⑩何にも成なむ後は、摺唐布権守可憑、自昔至于今
⑪なさぬ中はよからぬ事也、相構々々権守能々

〈一二丁ウ〉

①言可預言ければ、嫡子黒湯太郎畏承候、又我等も
②弓箭取身習には候得は今日有とも又明日有べ
③しとも覺へず、如仰そゞり子は、唐布権守可申付
④と云ければ、大宮司是を聞随喜涙をそ被流け
⑤る、自其して芋共摺唐布の子とは成けり、御
⑥料も是を御覽して、かくこそ詠せさせ給けり
⑦　此芋の母いかはかりよかるらむ
⑧　似たる子ともをみるにつけても
⑨かくぞ詠せさせたまひける、其後幾程なくて
⑩大宮司は、弓箭兵杖場に歩を雖進、観念の
⑪牀に心を澄、輪廻得脱不思儀なる處悟、魚鳥元

〈一三丁オ〉

①年八月廿八日寅巳點、終空成にけり、かゝりける程に、
②城中には大宮司被射無念さ無申計、渡邊黨の
③物、園豆武者重成、筍左衛門、蕗源太、大角豆角戸
④三郎、深澤芹太郎を先として、究竟の兵十七騎、手
⑤足勢兵荒馬乗太刀つかひ、一味同心にをめいては
⑥つと懸出る、魚類物共被懸立、蜘子散か如くに、
⑦散々處を、唐醤、麴、炒豆笑太郎、覆盆子、零餘子
⑧なんとの、究竟の足早手足共走散、指取引つめ
⑨射ける矢に、鯛赤助鮓吉は、胸本篠深射させて
⑩自馬下へ落にけり、後見鯷入道づとよりて、魚
⑪頭膝上かき載、泣々申けるは、今生に思召置事

〈一三丁ウ〉

①あらば、鯷委可承候、定北方少人々御事思召
②覽、其鯷かくて候上は、御心安思召候べしと言けれ
③ば、赤助よに苦げなる息つき云けるは、人の親の心
④は闇にあらねども、子思道にぞ迷習といふ理也、
⑤老少不定の境、前後沈理世中なれは、本滴末の
⑥露、後前立習也、唯今黄泉中有道に趣、親
⑦きも疎誰伴可行、観花忽盡、春三月命業易
⑧零、秋之一時今更可歎にはあらねども、唯少物

⑨共の事、思連安心更になし、何れの様にもよ
⑩みぢの障にも可成、如何せんとぞ言ける、鯇畏申
⑪けるは、人親子を思志深事共は、滄溟不及、高事は
〈一四丁オ〉
①五岳難喩申せとも、親思子は希なる習也、去經に
②も被説たり、諸佛念衆生、衆生不念佛、父母常
③念子、子不念父母と見えたり、就中少人々の御
④事は思召も誠理也、夜鶴籠内鳴、焼野の雉子徒
⑤に伊に身を亡す、かゝる禽獣鳥類までも子思
⑥習也、さりとも鯇かくて候へは、跡の御事をは
⑦御心安思召、往生素懐遂させ給へ、人の身には
⑧後生より外の一大事は更なし、此度不出三途
⑨古郷、又期何時、何構々後生御資候へと様々に
⑩申ければ、赤助少心付て、さらば後生ために、
⑪六道講式聴聞せはやと云ければ、鯇入道安
〈一四丁ウ〉
①程事也とて、急魷法師を一人請して、講式を
②そ讀ける、其式に云く、鳰鮒敬、白一鯛、魳、鯸、魾、鰕

③魿、鱝、鰯水大明神、而言、夫何瀬灘にも難鮎、鯰
④經遇事を得たり、鯇華無鯖世界魳奇て、或
⑤入道鯇と成、或魷法師と成、此魚を網地獄に莫
⑥落事、第一地獄と云は以外に海月助、鮑魳摺
⑦魳、ぬけども鱝と云無鯜、第二餓鬼道と云は、
⑧面赤如焦海老、腹太くして如鰏、頸細して蟹の
⑨鬚に似り、第三修羅道と云は、甲著と云とも、
⑩魛以被切如此苦患未來永劫にも一度難浮、
⑪天葉衣希著、撫必可盡と云とも、赴悪趣輒難浮、
〈一五丁オ〉
①願何れの魚にも鵜目を見する事なかれ、冬の魚
②をは香豆以可供養、蟹、辛螺、崩燋、鯤魚、一鷺鯑
③鰭成佛と廻向しければ、僅氣計魣々とぞ
④し給ひける、されども何なる罪の謝にや、
⑤終潮煮と云物にぞなられける、其にて御料も
⑥被食させ給ひけり、傷意かりきためしと
⑦ぞ聞えける、去程に椹汰左衛門、赤鰯か首取
⑧分取高名は、今日合戰に我獨とぞ訇けり、御料

⑨御前に高座責候ける、御料是を御覧して、
⑩椹太左衛門か、唯今高座振舞過分也、あれへ
⑪下よとそ被レ仰ける、左衛門畏て申けるは、過去

〈一五丁ウ〉

①荘厳劫より深契思、花下半日客、月前一夜友
②たにも、皆是多生曠劫縁ぞかし、されとも修
③レ善以て成レ佛、行レ悪堕二地獄一、犯二瞋恚一成二修羅一、慳
④貪にして貧に生、皆是過去宿業也、今更可
⑤レ歎にはあらねども、身貧に候得は不レ及レ力、
⑥御料には御身親物には誰かは知候はぬと申
⑦けれは、御料是を聞食、親からはなど常には、
⑧此方様へは細糠〳〵とて、軈備後守にぞなされ
⑨ける、爰に哀なる事あり、指若盛なりし時には、
⑩紅梅の少將と言れて、花に厳含二鶏舌一、兼二紅
⑪氣一、仙紅嬋娟仙方雪媿レ色、儂香分郁、枝爐煙

〈一六丁オ〉

①譲レ薫事忘れて、本居切遁世して、石山の邊龜山寺
②と云處に閉籠、名をは梅法師とぞ申ける、近比荒
③行のみ好て、さしも熅六月にも晝は日にほされ、
④夜は定にぞ被レ入ける、頃比粕御料の御氣色に入て
⑤清酒に被レ浸、額皺少延ふくらいて有しか弓矢
⑥取身習とて、納豆太謀反に興、疵蒙のみならず、
⑦終空成けるこそ不便なれ、是程寄手の武者共
⑧申す様、何迄かくて有へき、そ、一合戰とて、顱判
⑨官代、白鷺雪守、山殿原には師子、麒麟、猪武者
⑩を先として、三百餘騎馬轡相さき鉾矢形に、立
⑪竝てをめひて懸れは、自レ本用意事なれは、飛

〈一六丁ウ〉

①木鳴子にしふされて、左右なくかなはさりに
②けり、暫有しかは、飛木鳴子目馴聞馴する程に、
③鹿垣椿垣もみ破て、屏際まて責付たり、城
④中にも是を見て、敵こそ近付たれ、あます
⑤なもらすな生取擣首して、高名せよや若物
⑥どもとて、柘榴判官代、枇杷大葉三郎大將軍と
⑦して、究竟物共、五千餘騎、木戸を開て懸出る、
⑧三百餘騎の物共中を明てぞ通しける、其後

⑨引裏(ヒツヽミ)て、蜘手(クモデ)十文字に入替(イレカヘ)入亂(リミダレ)て、互(タガヒニ)命を
⑩不(ス)レ惜(マ)、究竟兵(ノ)二百餘騎 忽(タチマチ)に被レ打けり、鶍(ヒタカノ)判官
⑪代、今は叶はしとや思けん、陣(ヂン)を引歸(ヒキカヘリ)けり、かゝり

〈一七丁オ〉

①けれは、魚類の物共是を見て、雉鳥(キンテウ)大納言、鴨(カモノ)五郎、
②鴈金(カリカネノ)十具箭(ドクヤ)を始として、究竟(クツキヤウノ)兵物五百餘騎入替
③てぞ懸ける、されども精進の物共は、一人も不(ス)レ打(レ)、栗(クリノ)
④伊賀守(ノ)は、基々(ハカ〳〵)しからじとや思けん、捴々(ムキ〳〵)に成てぞ
⑤落られけり、御料是を御覽して、かくぞ詠させ
⑥たまひける
⑦　伊賀栗(イガクリ)の捴(ムク)方しらす落うせて
⑧　何なる人にひろひとられむ
⑨椎(シイノ)少將も、何方共なき谷底(タニソコ)へ向て被(レ)レ落(ラ)けるか、獨言(ヒトリゴト)
⑩にかく、そ詠せさせ給ひける
⑪　今日こそは身のをき所しらす共

〈一七丁ウ〉

①　つみ失なへよのちの世の人
②かゝりけれは、魚類方は赤助を始として、宗徒(ムネト)の
③物共三百餘騎被レ打ければ、或は落失(ヲチウセ)或降(ハカウ)
④參(サン)して、殘(ノコリスク)少なく成程(ナルホト)に、本人鮭の大助も、痛(イタ)
⑤手負浪打際(デヲヒナミウチギハニ)有けるが、此事叶はしとや思ひけん、
⑥不(ス)レ知(ラ)レ底(ソコ)と云淵馬(フチムマ)に乘て、子息鯆太郎一人召具
⑦して、河上にしづ〳〵と被レ落けり、爰に近江國(ノ)
⑧蒲生郡(カマフノコホリ)、豐浦(トヨウラノ)住人、靑蔓三郎常吉(アホナノツネヨシ)と云物、爰
⑨へ落こそ、敵大助よあれは吉敵(ヨキテキ)や、押竝(ヲシナラベ)て組(クメ)や
⑩とて、二尺八寸莖立拔(クヽタチヌキ)て、眞首(マツカウニサシ)指かさして、爰に
⑪落は大助か、言甲斐(イヽカヒ)なくも敵に總角(アゲマキ)を見する物哉

〈一八丁オ〉

①返せやとておめいて懸けれは、大助名をや惜(ヲシ)み
②けむ、駒(コマ)の手繩(タヅキ)引返(シ)、浪打際(ナミウチギハニ)懸竝て散々(サン〳〵)に戰(タヽカフ)
③程に、大助痛手負(イタデヲヒ)たり、心計は猛(タケク)思へども、左
④右手力盡(ノ)て請弛(ラツキウケハヅス)處に、靑蔓(アホナノ)三郎指及てぞ
⑤打にけるか、精進の物共多(オホク)重(カサナル)開(アイタ)、叶はしとや
⑥思けむ、自レ本用意の事なれは、魟實(ツブサネ)諸共に
⑦城にぞ籠(コモリ)ける、彼城と申は、究竟(クツキヤウノ)用害(ヨウガイ)也、輒(タヤスク)人
⑧之可(キ)レ落(ツ)無(シ)レ樣、されば爰に向(ムカフ)物は、新豐(シンホウノ)折臂(セツヒ)翁(ヲウカ)、

⑨瀘水戰、村南村北哭聲に聞て、五月萬里雲南
⑩に、行事辭しするに不レ異、尚かゝりけれは、面
⑪を向る物一人もなし、爰に山城國住人、大原木
〈一八丁ウ〉
①太郎と云物、其勢三百餘騎、是は何方ともなく
②ひかへたりけるか、精進物共勝軍體なれば、
③押寄て下より猛火放て責たりける、忽に
④炎なつて燃上、譬黒繩衆合、大叫喚八大地獄
⑤に不レ異云云、かゝりける處に、杓子荒太郎と
⑥云物あり、自レ本山そたちの男子にて、心も強々
⑦にはやり物也ければ、唯一騎かけ入てひたと
⑧組て、御器中へぞ入にける、御料取て引
⑨寄御試有て、嗚呼たゝ大助ほどの物なかり
⑩けりとぞ有レ仰ける、去程に魚類兵共散々に
⑪成、大助も爰にて失ぬる上は餘物共諍物一人
〈一九丁オ〉
①もなし、されば合戰習は、無勢多勢にはよらさ
②りけり、爲レ指事なくて、か様に亡けるこそ
③哀なれ、さてこそ自レ昔至二于今一、青蔓三郎常
④吉と被レ召、御料近習まで朝夕奉公仕けれ、
⑤難レ有事共也、于時魚鳥元年壬申九月三日靜
⑥謐畢
⑦精進魚類戰物語終

群書類從本翻字本文

〈一丁オ〉

①精進魚類物語 一名魚鳥平家
②祇園林の鐘の聲きけは諸行も無常也沙羅雙
③林寺の蕨の汁盛者ひつすひしぬへき理をあら
④はすおこれる炭も久しからす美物を焼は灰
⑤となる猛き猪も遂にはかるもの下の塵とな
⑥る遠異朝をたつぬるに獅子や象豹や虎こ
⑦れらは皆人主の政にも隨はす或時は人を損し
⑧或時は獸を害せしかはつゐには人の爲にも
⑨とらはる又ちかく本朝をたつぬるに山の狼里の
⑩犬ことひの牛のそらたけり荒たる駒のいはえ

〈一丁ウ〉

①聲これらはみなとり〳〵なるといへともまちかくは
②越後國せなみあら川常陸國鹿島なめかた（行方）凡北
③へ流る河を領知しける鮭の大介鰭長か有様を
④傳へうけ給るこそ心も詞もおよはれぬ去る魚鳥
⑤元年壬申八月一日精進魚類の殿原は御料の大番
⑥にそまいりける遲參をは闕番にこそ付られけ
⑦れ折ふし御料は八幡宮の御齋禮にて放生會
⑧といひ彼岸といひかた〳〵御精進にてそ渡らせ
⑨給ひけるこゝに越後國の住人鮭の大介鰭長か
⑩子共に鯔の太郎粒實同次郎弼吉とて兄弟

〈二丁オ〉

①二人候しをは遙の末座へそ下されけるこゝに美濃
②國住人大豆の御料の子息納豆太郎絲重はかり
③をそ御身近くはめされける鮭か子共腹を立て
④一ッはし申て殿原にあちはゝせむと思へとも父大
⑤介に申合てこそ火にも水にも入らむすとて
⑥干鮭色の狩衣著て山吹のゐての里へそ下られ
⑦ける其夜も明ぬれは駒に鞭をあけて夜を
⑧日について打程に同八月三日酉の一てむには
⑨越後國大河郡鮎ノ莊父大介の館に下著する
⑩兄弟左右に相竝ひて畏て申けるはわれら此間

〈二丁ウ〉

①大番近習の爲に上洛仕候しかとも大豆の御料
②の子息納豆太郎に御心を移し御目にもかけ

③られす剰恥辱におよひ末座へをひ下され候間
④當座にていかにもなり火にも水にもいらんと
⑤存候しかとも如斯の子細をも申合てこそと
⑥存候つる間是まて下向とそ申ける大介此事を
⑦きゝ赤かに腹をたてゝ我等か一門中には北陸
⑧道ゑそか千島まて北へなかるゝ川をは我等か
⑨まゝに管領すれは國に不足はなけれとも御料
⑩不便と仰あれはこそ子ともをも進せたれ人も
〈三丁オ〉
①人〳〵しく納豆太ほとの奴原に思召かへさせ給はむ
②には番にもられても何かせむ鰭長年七十に
③あまりていく程ならぬ世中に己故に物を思ふ
④こそ口惜けれよはひ顔駟につけうらみ伯鸞
⑤におなし是につけても故御料の御事こそ思ひ
⑥出さるれ總してこの君は御心こはき御料にて
⑦年ころの我等か申事をも御承引なし又諸
⑧國の受領檢非違使大名小名にも白衣にて
⑨中帶はかりに曳入烏帽子にて對面し給ふも

⑩心得す哀此御料の兄御前のらくい腹に粟の
〈三丁ウ〉
①御料とておはしますこそ御心もこま〳〵として
②おはせしかともそれはもとより御身ちひさく
③わたらせ給へはわれらか奉公仕へきやうもなし
④又君につかへ奉るには禮を以て本とすといふ事
⑤あり人の身として兩君につかへさるは忠（皆イ）人の法
⑥なりされは我等か又人をたのむへきにもあらす
⑦就中此御料の先祖をたつね承れは天地開闢
⑧し生あつて種くたり稲田姫の御腹にやとり
⑨世に出させ給ひしより以來伊勢天照太神宮の
⑩かりのつかひ賀茂の御祭のみつき物腹赤を奏す
〈四丁オ〉
①る節會まて魚類をもつてむねとする仙人の
②琪樹は冷して色なし王母か桃花は紅なれとも
③芳しからすかゝる非情の草木までも分々に
④隨て德をほとこさすといふ事なしまして我等か
⑤先祖譜代の從類としていかてか君の御爲に不

⑥忠を振舞へきか様におほしめし捨られまいら
⑦すれはけふより奉公ふつと無益とおもへ共故
⑧御料さしも見はなつなと御遺言ありしかはそ
⑨れにそしはらく思ひと丶まるた丶何としても
⑩世間の示しの御料となり給ふこそ心も詞も

〈四丁ウ〉

①及はれね其儀ならは魚類の一門を催して精進の
②奴原をうちほろほしわれら御料の御内に繁昌せ
③む事いと安き事なりとて鰹房十連を指遣て國々
④へそ觸られけるその時馳參人々には誰々そ先
⑤鯨荒太郎鯛の赤介鰐の大内權介さちほこの帶
⑥刀先生石持の大介大魚伊勢守鮭大介嫡子鰤太郎
⑦粒實同しき次郎弼吉鱧長介鯇冠者鱒藤五
⑧ひらたの左衛門をいかはの左京權亮いさなこの源九
⑨郎うるりの平三郎太刀魚の備後守鯖刑部大輔
⑩鰆の判官代螺出羽守ぎ丶の左少將もろこの兵衛

〈五丁オ〉

①尉池殿の君達には美鯉の御曹司小鮒近江守同山
②吹井手助熊野侍には鱸しらはすの左大忠宇治
③殿の御内には鮊介か一族に白鮠河内守王餘魚
④中務鯰判官代鱣右馬允すはしり鯯鮇法師柳
⑤魚新兵衛鯷尉鱏陸奥守かいらきの大藏卿鮪介
⑥か子ともには鯸の冠者生海鼠次郎鮎入道魚鮋
⑦源六あむかうの彌太郎大蟹陰陽頭あふらき
⑧目戴土長飛魚蛸入道か手に相したかふ者共には
⑨鮑烏賊魚小蛸魚鰡の太郎ひいをの源太鮃又
⑩太郎鰔藤三郎鰀源三ふりの大隅守鮫冠者飯

〈五丁ウ〉

①尾鮓介守宮十郎海老名の一族此外山のうちの
②殿はらには獅子麒麟豺狼助まみの入道か嫡子猪
③太郎猪武者のそはみす兔兵衛穴基鳥の中には
④鳳凰鸚鵡鶬鴿うつほ鳥呼子鳥鷲角鷹を大將
⑤軍として金鳥大納言鴛侍從鴾大江尉郭公
⑥中將鶯少將鴨中納言鴨五郎鶴次郎池上の鴛五
⑦郎鳰鷗かひつふり鵠左近允なかはしの宗介侍
⑧大將には飛鶬判官鵯隼人佐鶩の小三郎隼

⑨右衛門督鶏雅樂助白鷺壹岐守鶩新五鵐新六
⑩山鳥別當山柄注記水鶏主殿允鶉左衛門鴈のとゝ

〈六丁オ〉

①やの頭梟目代定観班鳩源八松むしりこから四十柄鶬又
②三郎雀小藤太鵙陰陽助つゝ鳥小鳥鶺鶚を先とし
③て以上その勢二萬五千餘騎魚鱗鶴翼の二陣に群
④て官軍旗をなひかしはけしき程の亂なり凡四足の
⑤物ともいつれも勝劣なかりけりかゝるほとに南都北
⑥京の貝のかたへもきこへけれは我等も海に生をう
⑦けたれはまいらてはあしかりなむいさや赤介殿の
⑧御供仕らむとて艶貝ともまいりけり春は三吉のゝ
⑨仙家の昔をわすれぬ櫻貝夏は泉の雀貝秋は
⑩萩か花さし蘇芳貝冬は時雨の音たてゝね覺

〈六丁ウ〉

①かちなる板や貝たま／＼まち得て契る夜はあ
②はれをそふる烏貝世をいとへとも尼貝のおもひ
③たえたる（へたつるイ）簾かいとし老たれはうはかいの女貝こそ
④せいしけれ山臥の腰に付たる法螺貝の友を促す
⑤はかりなりその名を聞もおそろしきは鬼かいの
⑥おとしかけたる鎧貝總角かけてそやさしかりけ
⑦る石の中なるせい／＼をかき集てそまいりける棹
⑧鹿の星の光はかすかにてしかも海上はくらけ
⑨なりをの／＼しそくは持なから狐はかりそ火はと
⑩ほす貂の目のやうにそ赤かりけるかゝる處に

〈七丁オ〉

①哀なる事ありけり鯛の赤介は後見の⿰魚乎鮄の入道
②を近付てのたまひけるは味吉は沖の昆布の大夫
③のむすめ礒の若和布をむかへて妻とたのみて幾
④程なくて此大事出來たり昆布大夫といふは精
⑤進のかたには宗との物そかし新枕せしその夜半
⑥はすゑの松山はる／＼と波こさしと互に契りしこと
⑦の葉は卓文君にもをとらす階老同穴の契り
⑧鴛鴦比目のかたらひあさからすいかにせむとそ
⑨の給ひける⿰魚乎鮄畏て申けるは生死無常のな
⑩らひ有爲轉變の世間釋尊いまた旃檀の煙を

〈七丁ウ〉

①まぬかれ給はすはしめあるものは終りあり逢
②ものは定りて別離の愁にあふこと今にはしめ
③ぬならひ也されは人間の苦の中にも五盛陰
④苦求不得苦愛別離苦と說れたり就中弓
⑤箭とるもの、二心あらむなと覺しめさむ事
⑥口惜かるへしそのうへふるき詞の候そかし唐
⑦土の虎は毛をおしむ日本の武士は名をおしむと
⑧こそ申つたへて候へ疵を當代に始てつけそし
⑨りを後葉に遺さむ事家のため身のため口惜
⑩かるへし世しつまる物ならはいかなる波の底に

〈八丁オ〉

①てもめくりあはせ給はぬ事よも候はしなと様々に
②こしらへいさめ申けれは赤介けにもとや思ひけんむ
③かへていくほともなくて礒の若和布を昆布の大夫
④もとへそ送られけるその時わかめ一首はかくそ詠
⑤しける
⑥　なみたより外に心のあらはこそ思ひはわかめ後のちきりを
⑦赤介もとりあへすかくそつらねける
⑧　忘れしと思ふ心のかよひせはなと二たひの契りなからん
⑨かくて送るほとに赤介猛き武者と申せとも泪は
⑩空にかきくもりむかし王昭君を胡國の夷のため

〈八丁ウ〉

①につかはされし時胡角一聲霜後夢漢宮萬里
②月前腸なと詠せしこと今さら思ひしられて
③むかしの人の別まてもおもひつらぬれはあかぬ別に
④ぬる、袖かはくまもなき旅衣泣〳〵奥へそ下
⑤されけるよそのみるめまてみな鹽たれてこそ
⑥見えにけれ又赤介はもとするめの腹に六になる
⑦子の有けるを近くよひよせて汝をはいかにもし
⑧て御料の御見參にいれんとそ思ひしかとも今此
⑨大事出來る上は力不及されはいかならん岩の硲波の底にもか
　くれゐて
⑩世しつまるものならはあらはれ出よといひ含て父の鯛の乳母
　こ

〈九丁オ〉

①駿河國高橋荘知行する伯母の尼鯛のもとへ

②そ遣されけるかゝる程に武者共鎧を著甲の緒を
③しめ馬に乗出立たり鮭大介鰭長か其日の装束
④にはしかまのかちんの直垂に判鳥おとしの鎧著同
⑤毛の五枚甲に鷹角うつてそ著たりける廿五指たる
⑥鴾の羽の箭頭高にとつてつけ小男鹿の角はす
⑦入たる弓の眞中にきり烏毛馬のふとくたくまし
⑧きに熊の革つゝみの黒鞍置てそ乗たりける
⑨子息鯆太郎粒實同次郎弼吉前後左右にそ打
⑩立ける鯛赤介味吉その日の装束には水文の直

〈九丁ウ〉

①垂に宇治の網代に寄ひをとしの鎧草摺長に
②さくときて同毛の甲の緒をしめ三尺五寸のいか
③物つくりの太刀をはき廿四指たるうすへ尾の矢
④頭高に取てつけ我爲まつこたいの弓のまなかに
⑤きり白波蘆毛の駒に洲崎に千鳥すりたる貝鞍
⑥をきてそ乗たりけるけふをかきりとや思ひけん
⑦年ころの郎等金頭太郎にしやち鉾をもたせ
⑧て召具したりかくて奥の方を見わたせはおひ
⑨たゝしく物の光てみへけれは赤介あれは何そと
⑩問けれは金頭申けるはあれこそ一切衆生の御菜と

〈一〇丁オ〉

①成てまいらぬ人も候はぬ鰯水にて渡らせ給ひ候
②へと申けれはさてはわれらか氏神にてわたらせ
③給けるやとて馬よりをり三度禮拝して南無八
④幡大菩薩と祈念してゑひらの上指より鯖の尾
⑤の狩俣抜出し鰯水にそ奉りけるかくて出ける
⑥所に年四十計なる物の色黒かりけるかすこし長き
⑦馬に乗てをくれ馳して來れり大介あれはたれ
⑧といひけれは手綱かひくり弓杖にすかり大音揚て
⑨名のりけり是は近江國住人犬上河の總追補使
⑩鯰判官代とそ申けるなと今まて遅參そとの給ひ

〈一〇丁ウ〉

①けれはさん候鱸馬に轡をはめむ〳〵として候
②つる程に遅參なりとそ申けるさるほとに國
③内通解の事なれは精進の方へそきこえける戒
④餅の律師四十八人の弟子を召具してあたゝけ

⑤の御所へそまいられける御所此よしを聞めし大き
⑥に驚かせ給ひて本人なれは先納豆太に告よと
⑦仰ありけれは律師か弟子けしやう文といふ物
⑧をもつてつけゝり折ふし納豆太藁の中に
⑨ひるねして有けるかね所見くるしとや思ひけん
⑩涎垂なからかはとおき仰天してそ對面するけ
〈一一丁オ〉
①しやう文此由委く申けれは納豆太その儀ならは
②精進の物共促せとて鹽屋といふものをもつて先
③身ちかくしたしきものなれはすり豆腐權守に
④つけゝり道徳といふ物みそかにはせめくりて催け
⑤り先六孫王よりこのかたまむちう素麪をはし
⑥めとして苟蒻兵衛酸吉牛房左衛門長吉大根太
⑦郎苣次郎蓮根近江守大角山城守渡邊黨には
⑧園豆武者重成茗荷小太郎莇角戸三郎いらたか
⑨筍左衛門節重納豆太郎絲重甥の唐醬太郎同
⑩次郎味噌近冬瓜新左衛門獨活兵衛尉蕗源太苦吉
〈一一丁ウ〉
①蕎麥大隅守薯蕷藤九郎芋頭太宮司煎大豆笑
②太郎こたうふの權介實莘新左衛門河骨次郎
③秋吉昆布大夫荒和布新介青海苔昆布苔雞冠
④雲苔太郎山葵源太瓜五色太郎松餻壹岐守樹中
⑤の上臈には椎少將棗宰相桃侍從栗伊賀守大
⑥和國住人熟柿冠者實光は柿の蓋はかりの所領と
⑦て乘替一騎もひかさりけり柘榴判官代枇杷大葉
⑧三郎弟の柑子五郎橘左衛門李式部大輔梨江藏
⑨人松茸太郎熊野侍には柚皮莊司糂太左衛門青蔓
⑩の三郎常吉を始として以上其勢五千餘騎久かた
〈一二丁オ〉
①や雲の梯引おとし分取高名我も／＼とおもはれ
②ける中にも苟蒻兵衛酸吉氏神のはしかみへま
③いりて酸吉か今度のからき命をたすけ給へと
④終夜わか身の藝能をつくしてさま／＼のなれ
⑤こまひなとしけるか管弦の具足や忘れけむ
⑥しやうかはかりしたりけるさる程に納豆太敵
⑦は大勢なり縱討死するともはか／＼しからし

⑧要害にかゝらむとて美濃國豆津莊へそ下ける
⑨かの所と申は究竟の城郭也おほろけにて
⑩落へきやうもなしそれをいかにと申は青山峨々
〈一二丁ウ〉
①として不破の關につゝき伊勢路をさして遙也
②青陽の春くれはゆう〳〵たる遠山に霞の衣
③たちかさね紫塵懶蕨こゝやかしこにおひ出る後
④にはあしか洲俣くゐ瀬川三の大河そなかれたる
⑤東岸西岸柳遲速不同南枝北枝の風冷しく寄
⑥くる白波は舊苔の洗鬢川のおもてには亂くゐ
⑦逆もきをひき上下には大綱小綱をはへたれはいか
⑧なるはやりおのしら鮠なともたやすくとをるへ
⑨きやうもなしそのうへには獅子かきくゐかきを
⑩ゆひたてゝひたや鳴子を用意するかゝりけれは
〈一三丁オ〉
①武者共既によすると聞えしかは兵うつたち出た
②り龍樓の八陣をかまへ當時漢王の七十餘度の
③戰に秦王破陣樂を奏するもいかてかこれには
④勝るへき納豆太その日の裝束には鹽干橋かき
⑤たる直垂にしらいとおとしの大鎧草摺長にさく
⑥ときて梅干の甲の緒をしめかふら藤の弓のま
⑦む中にきり礒のかちめをめし寄てきたはせたる
⑧青蕪を十六まてこそ指たりけれ五きにあまる
⑨むき大豆に前後の山形には陶淵明か友とせし
⑩重陽宴に汲なれし菊酒にさかつきをとりそへ
〈一三丁ウ〉
①たる所をみかきつけにしたりける金覆輪の鞍
②をきてゆらりと乘てうち出たり甥の唐醬太郎
③これも同裝束にて河原毛の馬にそのつたり
④ける煎大豆笑太郎自然のことあらは腹きらむ
⑤するおもひにておとりはねするこまめの五さゐ
⑥なるにそのつたりけるさるほとに五聲宮漏明な
⑦むとする後一點の窗燈消なんとする時大手搦手
⑧に寄來り一度に時をつくり大音揚て名のり
⑨けるは遠くは音にも聞つらむ近くは目にもみよ
⑩かし極樂淨土にあんなる孔雀鳳凰には三代の

〈一四丁オ〉
①末孫戀しき人に逢坂にすむ鷄の雅樂助長尾と
②名乘てほろ袋を敲てた丶かけろ〳〵とそ下知し
③ける城の中にも是をき丶て納豆太あふみふん
④はりつ立あかつて大音あけて名のりけるは神武
⑤天皇よりこのかた七十二代の後胤深草の天皇に
⑥五代の苗裔畠山のさやまめには三代の末孫大豆
⑦の御料の嫡子納豆太郎絲重と名乘て二羽矢の
⑧味噌蕪をうちくはせよつひきつめてひやうと射
⑨雅樂助長尾かほろふくろふと射とをし次に
⑩立たる白鷺壹岐守か細頭あやうく射かけて後な
〈一四丁ウ〉
①る大角豆畠山にこなりしてこそたちたりけれ
②か丶る所に鰤太郎粒實進出て申けるやうはた丶
③今よせたる物をはたれとかみる今度謀叛の最
④長遠は音にもき丶つらん近くはめにもみよかし大
⑤日本南閻提正像二天はさてをきぬ大通知勝の
⑥世と成て二千餘年ははや過ぬ自爾以降天神七代
⑦にいたるまて豊葦原の中津國五幾七道をわか
⑧たれし王城より子の方北陸道越後國大河郡
⑨鮎の莊の住人鮭の大介鰭長か嫡子鰤太郎粒實
⑩生年積て廿六歳にまかりなるわれとおもはむ
〈一五丁オ〉
①ものは押ならへてくめやといひてゑひらのうはさし
②より鯖の尾の狩俣ぬき出し能引つめて放矢に
③芋頭の大宮司かしら射わられ馬より下に落にけり
④芋か子共引しりそきいかにせむとそなけきける樵
⑤大豆笑太郎是をみて合戰に出る程てはそれほと
⑥の薄手おひてさのみ歎くかとて腹の皮をきつ
⑦てそ笑ける芋か子共これをき丶にくき物共のいひ
⑧事かな合戰に出る程にては死せん事をは歎かね共
⑨見放すへきにあらねはかやうにあつかふそかしといひ
⑩て御前なる瓶（子イ）に酒の殘りの有けるをとりて笑太
〈一五丁ウ〉
①郎か面にいかけたり頓而にか〳〵として酢むつかり
②にそ成にけるその丶ち大宮司世にくるしけなる

③息をつき鬚かきなでの給ひけるはわれはたけ黒を
④出しより命をは御料に奉るかはねをは龍門原上の
⑤土にうつみ名を後代にあけむと存せしなりしかし
⑥によりて此疵をかふむるこれにてたすかる事は
⑦よもあらした丶跡に思ひ置事とてはそ丶りこ
⑧の事はかり也我いかにもなりなむ後はすりたう
⑨ふの權の守をたのむへし始より今にいたるまて
⑩なさぬ中はよからぬ事なりかまへて〳〵權の守に
〈一六丁オ〉
①たのむへしとのたまひけれは嫡子黑ゆての太郎
②是をき丶我等も弓箭とる身にて候へはけふあ
③れはとて明日あるへしともおほえす候乍去そ丶
④り子は權の守に申つくへく候と申けれは大宮司
⑤是をき丶すいきのなみたをそ流されける御料是を
⑥御覧してかくそ詠せさせ給ひける
⑦　このいものは丶いかはかりはかるらんにたる子ともをみる
　　につけても
⑧其後は弓箭刀杖の庭に歩みを運といへとも観念
⑨の牀に心をすまし輪廻得脱の不可思儀なる所を
⑩覺りて魚鳥元年八月廿八日の寅の一點には終に
〈一六丁ウ〉
①空くなりにけり城の中には大宮司射ころされ
②むねん申はかりなし渡邊黨の者共園豆武者
③重成蕳角戶三郎をはしめとして深澤の芹尾の
④太郎覆盆子れいしなんとの究竟の手たれの精
⑤兵荒馬乘の大力同心にはつと掛出てさしつめひき
⑥つめ射けるほとに鯛の赤介はひれの所を箟ふか
⑦に射させて馬より下へそ落にける後見の鮃鮄
⑧の入道つとより魚頭を膝にかきのせて今生に
⑨おほしめし置事候は丶鮃鮄に委承候へしさため
⑩て北御方少き人〳〵の御事をそおほしめし給ふ
〈一七丁オ〉
①らむそれは鮃鮄かくて候へは御心易覺しめせと申
②けれは赤介鬚かきなで丶の給ひけるは人の親の
③心はやみにあらねとも子を思ふ道にはまよふなら
④ひそといふ誠に理なり顏花忽盡春三月命葉易

⑤零秋一時いまさらなけくへきにあらねとも少き
⑥者ともの事思ひつらぬるに安き心更になし
⑦いかさまよみちの障ともなりぬへし只今黄泉中
⑧有の道に趣きて親きも疎なるもたれか伴ひ
⑨て行へき鮃鯆かしこまつて申けるは人の親の子
⑩をおもふこゝろさしの深き事蒼海も不及五岳

〈一七丁ウ〉

①も跡をとめかたくは候へとも親を思ふ子はまれな
②るならひなりされは經にもとかれたり諸佛念
③衆生衆生不念佛父母常念子子不念父母とみえたり
④少愛の人々の事おほしめすも理也夜の鶴の
⑤籠の中になき焼野の雉子の徒に身をほろ
⑥ほすかゝる禽獣鳥類までも子をおもふはならひ
⑦なりされとも鮃鯆かくて候へは少愛の人々の御
⑧事は御心易おほしめせたゝ後生を御たすかり候へ
⑨人の身には後生ほとの一大事さらになし今度
⑩三途の故郷を出すは又いつの時をか期せむあひ構て

〈一八丁オ〉

①〳〵後生を御ねかひ候へと申けれは赤介さらは後生
②の爲に六道講の式を聴聞せむといひけれは鮃鯆急
③き鮇法師を一人請し六道講の式を讀せけりその
④式に曰謹敬て一代のかますはへむつかれゐゑゐ鰯水
⑤の大明神に申て言夫何の世々にもあひかたき鯰經
⑥にあふ事を得たり無端も此鯖世界をふり捨て
⑦或は入道いるかとなり或は鮇法師となりて此魚
⑧を網地獄に落す事なかれ第一に地獄道といふは
⑨以外にくらけなりたすけよと蛸の手をするめけ共
⑩ゑゐといふこのしろもなし第二に俄鬼道といふは

〈一八丁ウ〉

①面の赤き事いりゑひのことし頭の細き事蟹のひ
②けに似たり腹のふとき事ふくのことし第三に
③修羅道といふは太刀魚を以てきられさちほこを以
④てさゝれ如斯苦患未來永劫にもうかひかたし
⑤天の羽衣まれにきて撫ては必つきぬへしといへ
⑥とも一たひ悪趣におもむけはうかひかたしかむにし
⑦くついりきゝうをいつゑさい蠇海鼠成佛道とゑかう

⑧しけれは僅に息はかりをすいり〳〵とそしたまふ
⑨されともいかなる罪のむくひにやうしをにといふ物
⑩にそなられけるそれにて御料はくはれさせたま

〈一九丁オ〉

①ひけりおそろしかりしためしとそきこへけるさる
②程に糂太左衛門は赤鰯の首取て分取高名は我一人
③との、しつて御料の御前に高座してそ座し
④たりける御料是を御覧して糂太左衛門か高座
⑤の振廻過分なりあれへ下れと仰けれは糂太左衛門
⑥かしこまりて申けるは過去荘厳劫より深きち
⑦きりをおもへは花下の半日客月前一夜友みなこ
⑧れ多生廣劫の縁そかしされ共善を修ては佛と
⑨なり悪を行しては地獄に落瞋恚をおこして
⑩修羅となり慳貪にしては貧に生るこれみな

〈一九丁ウ〉

①過去の因果也今更歎へきにはあらねとも身貧に
②候へは不及力御料の御身したしき物とはたれか
③しらす候と申けれは御料是をきこしめしけに
④もとやおほしめしけむしたしくはなとつねに此
⑤方へこぬか〳〵とてやかて備後守にそなされける
⑥爰にあはれなる事ありけりさしもわかく盛に
⑦有しときは紅梅の少將といひ花やかにいつくし
⑧く鶏舌を含て紅氣をかねたり淺紅嬋娟仙方之
⑨雪婢色濃香芬郁岐爐之煙譲薫事をわすれて
⑩本結きり遁世して石山の邊龜山寺といふ所に

〈二〇丁オ〉

①閉藏名をは梅法師とそ申ける近比荒行をのみ
②好てさしも暑き六月にも晝は日にほされ夜は定
③にそ入にける其頃御料の御氣色に入よき酒にひ
④たされてほうのかはすこしのひふくらひて有しか
⑤弓矢とる身のならひとて納豆太か謀叛にくみ
⑥し疵をかうふるのみならす遂にむなしく成に
⑦けるこそ何より哀に覺えたれさるほとに寄た
⑧る武者共の申けるやうはいつまてかくてある
⑨へきそ一合戰とてひ鷹の判官代白鷺壹岐守山
⑩の内の殿原には獅子きりりん猪武者をさきと

〈二〇丁ウ〉
①して三百餘騎馬の轡をとりとかりやかたにたてな
②らへおめひて懸けれはひたやなるこにしふかれて
③左右なくはまけさりけりしはらくありけれは
④ひたやなるこも見なれ聞なるゝ程にしゝかきく
⑤ゐかき物ならす塀のきはまてせめ付たり城
⑥中にも是をみてあはれよかんなる敵こそ近
⑦付たれあますな洩すな生取ねち首にして
⑧高名せよとて柘榴判官代ひはの大葉の三郎
⑨を大将として究竟の物とも五十騎木戸をひ
⑩らきてかけ出る三百餘騎のものとも中をあけ
〈二一丁オ〉
①てそとをしけるそのゝち引つゝゐてくもて十文
②字にいれかへ〳〵戰互に命をおします合戰す
③究竟の兵二百餘騎忽にうたれけれはひたかの判官
④かなはしとやおもひけむ陣をひらいてそ歸られ
⑤けるかゝりけれは鳥類の物共是を見て金鳥大納言
⑥鴨五郎鶴次郎鴈金のとゝやのかみをはしめと
⑦して五百餘騎入かへてかゝりけりされとも精進
⑧のかたには一人もうたれさりけり栗伊賀守は
⑨か〳〵しからしとやおもひけんむき〳〵にそなりて
⑩落にける御れう是を御覧してかくそ詠せさ
〈二一丁ウ〉
①せ給ひける
②　いかくりのむくかたしらす落うせていかなる人のひろひ取
　らん
③椎の少將はいつかたともなき谷そこへおちられける
④か獨ことにかくそ詠せさせ給ひける
⑤　今こそは身のをき所しらすとももつみうしなへや後の世の人
⑥かゝりけれは魚類の方には赤介を初として宗との
⑦物とも三百餘騎うたれけれはあるひはおちうせ或は
⑧降參して殘りすくなになる程に本人鮭の大介
⑨いた手負て波うちきはに有けるか今は此事かなは
⑩しとや思ひけん底しらすといふふち馬にのりて
〈二二丁オ〉
①鰤の太郎一人めし具して河をのほりにのと〳〵と

②そ落られける爰に近江國蒲生郡豊浦の住
③人靑蔓の三郎常吉といふ物爰を落るこそ大介
④なれあはれ敵やをしならへてくまむとて二尺八
⑤寸のくゝ太刀をぬきてまつかうにさしかさし爰
⑥を落るは大介かいかゝ敵にいひかひなく總角をみ
⑦するものかなかへせや〳〵とてをめいてかゝりけれは大介名
⑧をや惜みけむ引返し散々に戰ほとに痛手は
⑨負たり心はかりは猛くおもへとうての力つきうけ
⑩はつす所をさし及てそうちたりける胸元を

〈二二丁ウ〉

①後のひれをさして切付たり鰤太郎も痛手負
②てんけれは精進の物ともは次第にかさなる閙かな
③はしとや思ひけむもとより用意の事なれは鍋の
④城をそこしらへける彼城と申は究竟の要害也
⑤たやすく人のおとすへきやうもなしされはこゝ
⑥へむかふ物は新豊の折臂翁か瀘水の戰に村南
⑦村北に哭する聲を聞て五月萬里雲南に征こと
⑧を辭するにことならすされは面をむくる物一人
⑨もなし爰に山城國の住人大原木太郎といふ物
⑩三百餘騎にてをしよせ下より猛火を放て責け

〈二三丁オ〉

①れはほむらとなりてもえあかる譬は黒繩衆合
②叫喚大けうくわむ八大地獄に異ならすかゝる所
③に杓子の荒太郎本より山そたちの男にて心
④も甲にはやり物なりけるかたゝ一人かけ入てひた
⑤とくむて御器の中へとうとおとす御料取て引
⑥寄御心みあつて嗚呼生ても死ても大介程の
⑦ものはなかりけりと仰有ける魚類のものとも
⑧爰にてさん〳〵になり大介うせぬるうへは餘の
⑨物共とゝまる事なしされは合戰のならひ
⑩無勢多勢にはよらさりけるさしたる事なく

〈二三丁ウ〉

①してかやうに促し亡ひけるこそかへす〳〵もあはれ
②なれさてこそむかしより今にいたるまて靑
③蔓の三郎常吉をは御料の近習の物にて
④朝夕奉公つかまつりける有かたかりし事とも

⑤なり于時魚鳥元年壬申九月三日静謐畢

東京大學總合圖書館藏伊勢貞丈書入本翻字本文

〈一丁オ〉

①精進魚類物語　山科言繼卿筆

②祇園林の鐘の聲聞ば諸行も無常也沙羅雙林

③寺の蕨の汁生死ひつすひ(必衰／引吸)しぬへき理(コトハリ)をあらは

④すおこれる炭も久しからず美物を燒ば灰と

⑤なる猛猪(キ)も遂にはかるもの下の塵となる遠く

⑥異朝をたつぬるに獅子や象豹や虎これらは

⑦皆人主の政にも隨はすある時は人を損しある時は

⑧獸を害せしかは遂には人の爲にもとらはれ又近く

⑨本朝を尋るに山の狼里の犬ことひ(特牛)の牛のそらた

⑩けり荒たる駒のいばへ聲これらはみなとり〳〵

〈一丁ウ〉

①なるといへともまちかくは越後國せなみあら川常

②陸國鹿島なめがた(行方)凡北へ流る河を領知しける

③鮭の大介鰭長(ヒレナガ)か有樣を傳うけ給るこそ心も詞

④もおよはれす(ね歟)去る魚鳥元年壬申八月一日精
⑤進魚類の殿原は御料(レウ)の大番にそまいりける遅
⑥參をは闕番にこそ付られける折ふし御料は八幡
⑦宮の御齊禮にて放生會といひ彼岸といひかた
⑧〱御精進にそ渡らせ給ひけるこゝに越後國
⑨の住人鮭の大介鰭長か子共に鮞(ハラヽゴ)の太郎粒實(ツブサネ)
⑩同二郎弼吉(スケヨシ)とて兄弟二人候しをは遙の末座

〈二丁オ〉

①へそ下されけるこゝに美濃國住人大豆の御料の子息
②納豆太郎絲重(イトシゲ)はかりをそ御身近くはめされける鮭
③か子共腹を立て一はし申て殿原にあぢ(味)はゝせん
④と思へとも父大介に申合てこそ火にも水にも入らん
⑤すとて干(カラ)鮭色の狩衣著て山吹のゐでの里へぞ下ら
⑥れける其夜も明ぬれは駒に鞭をあけて夜を日に
⑦ついて打程に同八月三日酉の一てんには越後國大

飯ノ事ヲ御料ト
云又國ノ領主ノ
事ヲ御領ト云
盛衰記ニ
信濃ナル木曾ノ
御料ニ汁カケテ
タヽ一クチニ九郎
判官

⑧河郡鮎の莊父大介の館に下著する兄弟左右に
⑨相竝ひて畏て申けるはわれら此閅大番近習の爲に
⑩上洛仕候しかとも大豆の御料の子息納豆太郎

〈二丁ウ〉

①に御心を移し御目にもかけられず剰恥辱におよひ
②末座へおひ下され候閅當座にていかにもなり火にも
③水にもいらんと存候しかとも如斯の子細をも申合
④てこそと存候つる閅是まて下向とそ申ける大介此
⑤事をきゝ赤(マツ)かに腹をたてゝ我等か一門中には北陸
⑥道ゑぞが千(チ)島まで北へ流る川をは我等かまゝに管領す
⑦れは國に不足はなけれとも御料不便と仰あれはこそ子
⑧共をも進(マイラ)せたれ人も人〱しく納豆太ほとの奴原に思
⑨召かへさせ給はんには番にもられても何かせん鰭長
⑩年七十にあまりていく程ならぬ世中に己故に物を思ふ

〈三丁オ〉

①こそ口惜けれよはひ顔駟（朗詠直幹）につけ（亞ツケリ）伯鸞（ラン）に同し是に
②つけても故御料の御事こそ思ひ出さるれ總して
③この君は御心こは御料にて年比の我等か申事をも御承
④引なし又諸國の受領檢非違使大名小名にも白衣（ヒヤクエ）
⑤にて中帶ばかりに曳入（ヒキイレ）烏帽子にて對面し給ふも心得
⑥す哀此御料の兄御前のらくい腹（落遺腹亦落胤腹下シヤクハラノ事也）に粟の御料とておは
⑦しますこそ御心もこま〳〵としておはせしかども
⑧それはもとより御身ちひさく渡らせ給へばわれらが
⑨奉公仕へきやうもなし又君につかへ奉るには禮を以
⑩て本とすといふ事あり人の身として兩君につか

〈三丁ウ〉

①へさるは賢人の法也されはわれらか又人をたのむへき
②にもあらす就中此御料の先祖をたつね承れは天地
③開闢し生あつて種くだり稲田姫の御腹にやとり

④世に出させ給ひしより以來伊勢天照太神宮のかりの
⑤つかひ賀茂の御祭のみつき物腹赤を奏する節會迄
⑥魚類をもつてむねとする仙人の琪樹は冷して色な
⑦し王母か桃花は紅なれとも芳しからすかゝる非情
⑧の草木までも分々に隨て德をほとこさすといふ事
⑨なしまして我等か先祖譜代の從類としていかてか
⑩君の御爲に不忠を振舞へきか樣におほしめし捨

〈四丁オ〉

①られまいらすればけふより奉公ふつと無益と思へど
②も故御料さしも見はつなと御遺言ありしかはそれに
③しはらく思ひとゝまるたゞ何としても世間の示し御
④料となり給ふこそ心も詞も及はれす（ね歟）其儀ならは
⑤魚類の一門を催して精進の奴原をうちほろほし
⑥われら御料の御内繁昌せん事いと安き事也とて
⑦鰹房（ボウ）十連を指て國々へそ觸られけるその時馳參る

⑧人々には誰々そ先鯨荒太郎鯛の赤介鰐の大内（チノ）　権介
⑨さてほこの帯刀先生石持（鯼）の大介大魚伊勢守鮭大介
⑩嫡子鰤太郎粒實同しき次郎弼吉鱧（ハムノ）　長介鯇（アメ）（鰧魚）の

〈四丁ウ〉

①冠者鱒藤五ひらた（鯿魚）の左衛門をいかは（石鮅魚）の左京権亮いさな（魦）
②この源九郎うるり（細魚）の平三郎太刀魚（鱭魚）の備後守鯖（サバノ）　刑部
③大輔鰆（サハラ）の判官代螺（ニシノ）　出羽守きゝ（⿰魚央⿰魚桑）の左少将もろこの
④兵衛尉池殿（イケトノ）の君達には美鯉（ゴイ）の御曹司小鮒近江守
⑤同山吹井手（デノ）助熊野（ノ）侍には鱸しらはすの左大忠宇治
⑥殿の御内には鮊（ヒヲ）介か一族に白鮠（シラハヘ）河内守王餘魚（カレイノ）中務
⑦鯰（ナマツノ）　判官代鰻（ウナキ）右馬允すはしり（蛇頭魚）　鯯（コノシロ）　鮇（カマツカ）　法師柳魚（ノ）新
⑧兵衛鮔（イシフシノ）　尉鱏（エイノ）　陸奥守かいらぎの大藏卿鮪（シビノ）　介か子共
⑨には鯸（フグ）の冠者生海鼠（ノ）次郎鮎（ノ）入道魚⿰魚魚（ザコノ）　源六あんかう（華臍魚　鮟鱇俗）
⑩の彌太郎大蟹（ノ）陰陽頭あぶらき（鮪俗）目　戴（イタヽキ）　土（ド）長（シヤウ）飛魚

〈五丁オ〉

鰒ハアハヒノ
別名伊勢
ナトヨリ出

①蛸(タコノ)入道か手に相したかふ者共には鮑烏賊(イカ)魚小蛸魚(スルメ)
②鰡(ナヨシ)の太郎ひいを(氷魚)の源太梭魚(カマスノ)(魣俗)又太郎鯎(ウグイ)藤三郎鰒(フクラキノ)
③源三ぶり(鰤俗)の大隅守鮫(サメノ)冠者飯尾鮓(ノスシ)介守宮(イモリ)十郎海老
④名の一族此外山のうちの殿はらには獅子騏驎犲狼
⑤助まみ(貒)の入道が嫡子狢(ムシナノ)太郎猪武者のそばみす
⑥兎(ウサキ)兵衛穴基(アナモト)鳥の中には鳳凰鸚鵡鵮鴿(ニハタヽキ)うつぼ
⑦鳥呼子鳥鷲角鷹(クマタカ)を大將軍として金鳥(キンテウ)大納言
⑧鴽(アツトリノ)侍從鴇(トキノ)大江尉郭公(ノ)中將鶯(ノ)中納言鶫(ノ)中納言
⑨鴨(ノ)五郎鶴(ツル)次郎池上の鴛五郎鳰(ニホトリタカベ)鷉(鵜鶘俗)かひつぶり鵠(クヾイ)左
⑩近允なかはし(長觜)の宗介侍大將には飛鶺判官鶫(ツクミハイトノ)隼人

〈五丁ウ〉

①佐鶱(雀鷂)(エッサイ)の小三郎隼右衛門督鶺雅樂助白鷺(ノ)壹岐
②守鷲(ノ)新五鵐(シトヽ)新六山鳥別當山柄(ノチウキ)注記(筆取也寺方ニ多)水鶏(クヒナノ)主殿允
③鶉左衛門鴈(カリカネ)のとゝやの頭梟(フクラウ)目代定觀班鳩(チヤウクハンイカルガノ)源八松
④むしこから(松蟲鳥)四十柄(小雀)鶴(ヒハリ)又三郎雀(ノ)小藤太鵙(モヅノ)陰陽(ノ)助つ(都)

⑤つ鳥（々鳥俗コ）小鳥鳫鷀（サンザイ）を先として以上その勢二萬五千餘
⑥騎魚鱗鶴翼の二陣に群（ムラカリ）て官軍旗をなひかし
⑦はけしき程の亂なり凡四足の物共いつれも勝劣
⑧なかりけりかゝるほとに南都北京の貝のかたへもきこへけ
⑨れは我等も海に生をうけたれはまいらではあし
⑩かりなんいさや赤介殿の御供仕らんとて艶（ヤサシキ）貝共

〈六丁オ〉

①まいりけり春は三吉野の仙家の昔を忘れぬ櫻貝夏
②は泉の雀貝秋は萩か花さし蘇芳貝冬は時雨の
③音たてゝね覺がちなる板屋貝たま〳〵待得て契る
④夜はあはれをさふる烏貝世をいとへとも尼貝の思ひ
⑤たえたる簾貝とし老たれはうば貝の女貝こそせは
⑥しけれ山臥の腰に付たる法螺（ホラ）貝の友を催はかり也
⑦その名を聞もおそろしきは鬼貝のおどしかけたる
⑧鎧貝總角（アゲマキ）かけてそやさしかりける石の中なる

⑨せい〳〵をかきあつめまいりける棹鹿の星の光は
⑩かすかにてしかも海上は海月(クラゲ)なりおの〳〵。(按闕文ナルヘシ)四足は持な

〈六丁ウ〉

①から狐はかりそ。(闕文ナルヘシ)かゝる所に哀なる事あり鯛の赤介
②は後見の鯆魳(イルカ)の入道を近付ての給けるは味吉(アチヨシ)は沖の
③昆布大夫のむすめ犠の若和布(ワカメ)をむかへて妻とたのみて
④幾程なくて此大事出來たり昆布大夫といふは精進
⑤のかたには宗との物そかしと波こさしと契りしこと
⑥來葉(こと)は卓文君にもおとらす階(偕歟)老同穴のちきり
⑦鴛鴦の比目のかたらひあさからすいかにせんとその給
⑧ひける鯆魳畏て申けるは生死無常の習ひ有爲轉變
⑨の世間(ヨノナカ)尺尊(釋歟)いまた旃檀(センタン)の煙をまぬかれ給はすはしめ
⑩ある物は終りあり逢物(會者歟)は定りて別離の悲にあふ事

〈七丁オ〉

①今にはしめぬ習也されは人間の苦の中にも五盛陰苦(セイイン)

②求(グ)不得(フドク)苦愛別離苦と說れたり就中弓箭とる者
③の二心(フタコヽロ)あらんなと覺しめさん事口惜かるへしその
④うへふるき詞の候そかし唐土の虎は毛をおしむ
⑤日本の武士は名を惜むとこそ申つたへて候へ
⑥疵を當代に始てつけそしりを後葉に遺さん
⑦事家のため身の爲口惜かるへし世しつまるものなら
⑧はいかなる波の底にてもめくりあはせ給はん事よも
⑨候はしなとさま〳〵にいさめ申ければ赤介けにもとや
⑩思ひけんむかへていく程もなくて礒の若和布(ワカメ)を

〈七丁ウ〉

①昆布大夫もとへそ送られける其時若め一首はかくそ詠
②しける
③〽泪よりほかに心のあらはこそ思ひはわかめのちの契りを
④赤介もとりあへすかくそつらねける
⑤〽わすれしと思ふ心のかよひせはなと二度の契りなからん

⑥かくて送る程に赤介猛武者（キモノヽフ）と申せ共泪は空にか
⑦きくもり昔王昭君を胡國の夷のためにつかはされし
⑧時胡角（コカク）一聲（ノ）霜後夢漢宮萬里月前（ノ）腸（ハラハタ）など詠（朗詠 江相公）
⑨せし事いまさら思ひしられて昔の人の別まて
⑩も思ひつらぬればあかぬ別にぬるゝ袖かはくまもなき

〈八丁オ〉

①旅衣泣〳〵奥へそ下されけるよそのみるめ（海松）まてみ
②な鹽たれてこそ見へにけれ又赤介はもとするめ（鯣）の
③腹に六になる子の有けるを近くよびよせて汝をは
④いかにもして御料の御見參にいれんとそ思しか
⑤とも今此一大事出來るうへは力不及されはいかな
⑥らん岩の硲（ハサマ）波の底にもかくれゐて世しつまるもの
⑦ならはあらはれ出よといひ含て父の鯛。（の歟）もとへそ遣
⑧されけるかゝる程に武者とも鎧を著甲の緒をし
⑨め馬に乗出立たり鮭大介鰭長か其日の装束には

⑩しかま（飾磨）のかちん（褐）の直垂に鸐（ヲシトリ）（カシトリ）おとしの鎧著同毛
〈八丁ウ〉
①の五枚甲に鷹角うつてそ著ける廿五指たる鴾（タウ）
②の羽の箭頭高にとつてつけ小男鹿の角（ヌタ）はず（弭）と
③いふ弓の眞中にきり烏毛馬のふとくたくましき
④に熊の革づゝみ（包）の黒鞍置てそ乗たりける子息鰤
⑤太郎粒實同次郎弼吉前後左右にそ打立ける鯛
⑥赤介味吉その日の装束には水文の直垂に宇治の
⑦網代（アシロ）に寄るひを（氷魚）どしの鎧草摺長にざくとききて同毛
⑧の甲の緒をしめ三尺五寸のいか物つくりの太刀をはき
⑨廿四指たるうすべ（護田鳥）尾の矢（ヤ）頭高に取てつけ我為ま
⑩つこたいの弓のまなか（正中）にぎり白波蘆毛の駒に洲崎
〈九丁オ〉
①に千鳥すりたる貝鞍おきてそ乗たりけるけふを
②かきりとや思ひけん年ころの郎等金頭（方頭魚）太郎にしや（鱅俗）

③ち鉾をもたせて召具したりかくて奥(ヲキ)の方を見
④はたせはおひたゝしく物の光みへけれは赤介あれは
⑤何ぞと問けれは金頭申けるはあれこそ一切衆生の御菜と
⑥成てまいらぬ人も候はぬ鰯(イハシ)水にて渡らせ給候へと
⑦申ければさてはわれらが氏神にてわたらせ給けるやと
⑧て馬よりおり三度禮拜して南無八幡大菩薩と
⑨祈念してゑびらの上指より鯖(サバ)の尾の狩股(カリマタ)拔出し
⑩鰯水にそ奉りけるかくて出ける所に年四十計

〈九丁ウ〉

①なる物の色黒かりけるがすこし長き馬に乗りてお
②くれ馳して來れり大介あれはたそといひけれ
③は手綱かひくり弓杖にすがり大音揚て名のりけり
④是は近江國犬上河の總追(捕歟)補使鯰判官代とそ
⑤申けるなと今迄遲參ぞとの給ひけれはさん候　鱣(ウナギ)馬
⑥に轡をはめん／＼として候つる程に遲參なりとそ

⑦申けるさるほとに國内通解(ツウゲ)の事なれば精進の
⑧方へそきこえける戒(カイ)餅の律師四十八人の弟子を
⑨召具してあたゝけ(温氣)の御所へそまいらせける御所此
⑩よしを聞めし大きに驚かせ給ひて本人なれは

〈一〇丁オ〉

①先納豆太に告よと仰ありけれは律師か弟子けし(験)
(證)験證公験共云下シ文也出家ナトニ被下也ヱンショハケゾウフミト云
②やう文といふ物をもつてつげゝり折ふし納豆太
③藁(ワラ)の中にひるねして有けるかね所見くるしとや
④思ひけん涎垂(ヨタレタレ)なからかはとおき仰天してそ對面
⑤するけしやう文此由委く申けれは納豆太その義な
⑥らは精進の物共促せとて鹽屋といふ物をもつて先
⑦身ちかくしたしき物なれはすり豆腐權守につけ
⑧けり道徳といふ物みそか(密)にはせめくりて催けり先六
トウトクミソト云アリダルマ味噌(味噌)ナト云類也道徳ト云モノ始テ作ル故也
⑨孫王よりこのかた饅頭索麪をはしめとして荀蒻(コンニヤク)
⑩兵衛酸吉(スキヨシ)牛房左衛門長吉(ナカヨシ)大根太郎菅次郎蓮ノ

〈一〇丁ウ〉

①近江守大角(サヽケ)山城守渡邊黨には園豆(エントウ)武者重成茗
②荷小太郎 莇角戸(アサミツノトノ)三郎いらたか 筍(タケコ)左衛門節重(フシシケ)納豆
③太郎絲重甥の唐醤太郎同次郎味噌近冬瓜(カモウリ)
④新左衛門獨活(ウドノ)兵衛尉蕗(フキノ) 源太苦吉喬(蕎歟)麥(ノ)大隅守
⑤薯蕷(ヤマノイモノ) 藤九郎芋頭(ノ)大宮司煎(イリ)大豆笑(ヱミ)太郎こだ
⑥うふの權介實辛(ミカラシノ) 新左衛門河骨(カハホネノ) 次郎秋吉昆布太(ノ)
⑦夫荒和布(ノ)新介青海苔昆布苔雞冠(トサカ)雲苔(スノリノ) 太郎山
⑧葵源太太瓜五色太郎松伲(マツカウノ) 壹岐守樹(ウヘキノ) 中の上臈
⑨には椎(シヒノ) 少將棗(ノ)宰相桃待從栗(ノ)伊賀守大和國
⑩住人熟柿冠者實光は柿の蓋(ヘタ)はかりの所領と

〈一一丁オ〉

①て乘替一騎もひかさりけり柘榴判官代(サクロノハウクハンダイ)枇杷(ノヲホ)大葉(ノ)
②三郎弟の柑(カン)子五郎橘左衛門李式部大輔梨(ノ)江
③藏人松茸太郎熊野侍には柚皮(ノ)莊司椹(ジンダ)太左

④衛門青蔓(アヲナ)の三郎常吉を始として以上其勢五千

⑤餘騎百敷や雲の梯(カケハシ)引おとし分取高名我も〳〵と

⑥おもはれける中にも苟蒻兵衛酸吉氏神のはじかみ(子薑)

⑦へ參て酸吉か今度のからき命をたすけ給へと

今俗ニナルコマイト云初テ來ル者或參宮ノ者ナルコマイヲスルト云事田舍ナトニアリ此ナレコマイト云事古キ事ニテ鳥子

⑧終夜我身の藝能を盡してさま〳〵のなれこまひな

名舞ト云マイヨリ起ル本ハ始テノ客ニマイテミセシト也

⑨としけるが管絃の具足や忘れけんしやうが(唱歌 生薑)はかり

義經記靜吉野山ニ捨ラル、條ニ　シヅカモヲキ居テ念誦シテ居タリケルゲイニシタガヒテ思々ノナレコマイスル中ニモ

⑩したりけるさるほとに納豆太敵は大勢なり縦討

オモシロカリシ事ハ近江ノ國ヨリ參ケルサルカク伊勢ノ國ヨリ參リタルシラビヤウシ一バンマフテゾ入ニケル

〈一一丁ウ〉

①死するともはか〳〵しからじ要害にかゝらんとて

②美濃豆津荘(ノ)へそ下けるかの所と申は究竟の城郭

③也おほろけにて落べきやうもなしそれをいかにと

④申は青山峨々として不破の關につゝき伊勢路を

⑤さして遙也青陽の春くれはゆう〳〵たる遠山に

⑥霞の衣たちかさね紫塵嫩蕨(ノワカキ)こゝやかしこにおひ出

朗詠 野相公

⑦る後にはあじか洲股くゐ瀬川三の大河そ流たる東
⑧岸西岸柳遅速不ㇾ同南枝北枝の風冷して寄
⑨せ來(ル)白波は舊苔の洗ㇾ鬚(ヲ)川のおもてには亂ぐゐ逆
⑩もきをひき上下には大綱小綱をはへたれはいかなる

〈一二丁オ〉

①はやりおのしら鮠(ハエ)なともたやすくとをるへきやうも
②なしそのうへには獅子かきくゐかきをゆひたてひたや（引板）
③鳴子を用意するかゝりけれは武者共既によすると
④聞しかば兵うつたち出たり龍樓の八陣をかまへ
⑤當時漢王の七十餘度の戰に秦王破陣樂を奏する
⑥もいかてかこれには勝るへき納豆太その日の裝束
⑦には幅千橋かきたる直垂にしらいと（女房ノ詞ニ納豆ヲしらいと、云）おとしの大鎧
⑧草摺長にざくときて梅干(ウメホシ)の甲の緒をしめかふら（蕪）藤
⑨の弓のまん中にぎり礒のかぢめ（鍛冶）（海艸ノ名）をめし寄せてき
⑩たはせたる青蕪(アヲカフラ)を十六までこそ指たりける五き

〈一二丁ウ〉

①にあまるむき大豆(マメ)に前後の山形には陶淵明か友と
②せし重陽宴に汲なれし菊酒にさかつきをとり
③そへたる所をみかきつけにしたりける金覆輪の
④鞍おきてゆらりと乗りてうち出たり甥の唐醤
⑤太郎これも同装束にて河原毛の馬にそのつ
⑥たりける煎大豆笑太郎自然のことあらは腹きら
⑦むする思ひにておとりはねするこまめの五さゐ(御菜)なる
⑧にそのつたりけるさるほどに五聲宮漏明なんと
⑨する後一點の窗の燈消なんとする時大手搦手
⑩に寄せ來り一度に時をつくり大音揚て名のり

〈一三丁オ〉

①けるは遠くては音にも聞つらんけふは目にもみよ
②かし極樂淨土にあんなる孔雀鳳凰には三代の末孫
③戀しき人に逢坂にすむ鶏の雅樂助長尾と名乘

④てほろ袋を敲(タヽキ)てたゞかけろ〳〵とそ下知しける
⑤城の中にも是を聞て納豆太あぶみふんばり
⑥つ立あかつて大音あけて名のりけるは神武天皇
⑦よりこのかた七十二代の後胤深草(ノ)天皇に五代の苗裔
⑧畠山のさやまめには三代の末孫大豆(マメ)の御料の嫡子納
⑨豆太郎絲重と名乗て二羽矢の味噌蕪(カブラ)をう
⑩ちくはせよつひきつめてひやうと射る雅樂助長

〈一三丁ウ〉

①尾かほろふくろふと射とをし次に立たる白鷺壹
②岐守か細頭(頸歟)あやうく射かけて後なる大角豆畠
③山にこなりしてこそたちたりけるかゝる所に鰤
④太郎粒實進出て申けるやうはたゝ今よせたる物
⑤をはたれとか見る今度謀叛の最長遠ては音にも聞
⑥つらんけふはめにもみよかし大日本南閻提(ナンエンタイ)正像(ソウ)
⑦二天はさておきぬ大通知勝の世と成て一千餘年は

⑧はや過ぬ自レ爾以降(シカシコノカタ)天神七代に至るまて豊葦
⑨原の中つ國五幾七道をわかたれし王城より子
⑩の方北陸道越後國大河ノ郡鮎の荘の住人鮭の

〈一四丁オ〉

①大介鰭長か嫡子鰤太郎粒實生年積て廿六才
②にまかりなるわれと思はんものは押ならへてくめや
③といひて箙のうはざしより鯖の尾狩股ぬき出し
④能引つめて放つ矢に芋頭の大宮司かしら射わら
⑤れ馬より下に落にけり芋か子共引しりそきいか
⑥にせんとそなけきける燋(イリ)大豆笑太郎是を見て
⑦合戰に出る程てはそれほとの薄手をひてさのみ歎く
⑧かとて腹の皮をきつてぞ笑ける芋が子共是を
⑨きゝにくき物共のいひ事かな合戰に出るほとにて
⑩は死せん事をは歎かねとも見放すへきにあらねは

〈一四丁ウ〉

①かやうにあつかふぞかしといひて御前なる瓶(ヘイ)に酒の殘
②りの有けるをとりて笑太郎か面(ツラ)にいかけ(沃懸)たり頓て
③にが/\として酢むつかりにぞ成にけり其後大
（酢むつかり料理ノ名ナリ大豆ヲ煎テ酢ナトヲカクルニ其音ノフツ/\トナル故スムツカリト云也
ムツカルトハナクコト也）
④宮司世にくるしけなる息をつき鬚かきなでの
⑤給ひけるはわれはたけ黑(クロ)を出しより命をは御料に
⑥奉るかはねをは龍門原上の土にうつみ名を後代に
⑦あけんと存ぜしなりしかしによりて此疵をかふむ
⑧るこれにてたすかる事はよもあらじたゞ跡に
⑨思ひ置事とてはぞゞりこ（芋ノ子ノ土ヨリ上ヘハエ出タルヲ云）の事ばかり也吾いかにも
⑩なりなん後はすりだうふの權の守を頼むべし

〈一五丁オ〉

①始よりいまに至るまでなさぬ中はよからぬ事なり
②かまへて/\權守にたのむべしとのたまひけ
③れは嫡子黑ゆて（畔俗　湯手　田ニアリ畔ナト云ルイ也）の太郎是をきゝ我等も弓箭
④とる身にて候へばけふあれはとて明日あるへしとも

⑤覺えす候乍去ぞゞり子は權守に申つくべく候と
⑥申ければ大宮司是をきゝ隨喜（ズイキ）（芋ノクキヲズイキト云）の泪をぞ流され
⑦ける御料是を御覽してかくぞ詠せさせ給ひける
⑧〽このいものはゝいか計はかるらんにたる子共をみるにつ
⑨けても其後は弓箭刀杖の庭に歩みを運といへとも
⑩觀念の牀に心をすまし輪廻得脫の不可思義（議歟）

〈一五丁ウ〉

①なる所を覺りて魚鳥元年八月廿八日の寅の一點
②には終に空（ムナシ）くなりにけり城の中には大宮司射こ
③ろされむねん申はかりなし渡邊黨の者共園豆
④武者重成莇（アサミ）角戶三郎をはしめとして深澤の
⑤芹尾の太郎覆盆子（フクホシシ）（イチゴ）（荔歟）（靈子）れいしなんとの究竟の手
⑥たれの精兵荒（アラ）馬乘の大力同心にばつと掛出て
⑦さしつめひきつめ射けるほとに鯛の赤介はひを（れ歟）の所
⑧を箆ぶかに射させて馬より下へそ落にける後見

⑨の鯑鯆(イルカ)の入道つとより魚頭を膝にかきのせて
⑩今生におほしめし置く事候は丶鯑鯆に委承候へし

〈一六丁オ〉

①さためて北御方少(ヲサナキ)人々の御事をそおほしめし給ふ
②らんそれは鯑鯆かくて候へは御心易覺しめせと申
③けれは赤介鬚かきなて丶の給ひけるは人の親の心は
④暗にあらねとも子を思ふ道にはまよふならひそと
⑤いふ誠に理(コトハリ)なり顔花(ン)忽盡(チテ)春三月命葉易零(ヲチ)
⑥秋一時(トキ)いまさらなけくへきにあらねとも少(ヲサナキ)もの
⑦ともの事思ひつらぬるに安き心更になしいかさま
⑧よみぢの障りともなりぬへし唯今黄泉中有
⑨の道に趣きて親きも疎(ヲロカ/ヲロソカ)なるもたれか伴ひて行
⑩へき鯑鯆かしこまつて申けるは人の親の子を思ふ

〈一六丁ウ〉

①こ丶ろさしの深き事倉海も不レ及五岳(コガク)も跡を

②とめかたくは候へ共親を思ふ子はまれなるならひ也
③されは經にもとかれたり諸佛念衆生衆生不念佛
④父母常念子子不念父母とみへたり少愛の人々
⑤の事おほしめすも理也夜の鶴の籠の中になき
⑥焼野の雉子(キヾス)の徒に身をほろほすかゝる禽獸鳥
⑦類までも子を思ふは習ひ也されとも鮃鯑かくて
⑧候得は少愛の人々の御事は御心易おほしめせたゞ
⑨後生を御たすかり候へ人の身には後生ほとの一大事
⑩さらになし今度三途の故郷を出すは又いつの時

〈一七丁オ〉

①をか期せんあひ構(カマヘ)て〳〵後生を御ねかひ候へと申け
②れは赤介さらは後生の爲に六道講の式を聽聞
③せんといひけれは鮃鯑急き鮇(カマツカ)法師を一人請(シヤウ)じ六
④道講の式を讀せけりその式に曰 謹(ツヽシミウヤマツ)敬て一代のかま
⑤すはへむつかれゐゑゐ鰯水の大明神に申て言(マウサク)夫(ソレ)

⑥何の世々にもあひかたき鯰(ナマズ)經にあふ事を得たり
⑦無(ナク)レ端(アジキ)も此鯖(サバ)世界をぶり捨て或は入道いるかと
⑧なり或は鮇(カマツカ)法師となりて此魚を網(アミ)地獄に落
⑨す事なかれ第一に地獄道といふは以外にくら
⑩げ也たすけよと蛸の手をするめげ共ゑゐといふ

〈一七丁ウ〉

①このしろもなし第二に餓鬼道といふは面の赤き
②事いりゑびのことし頭の細き事蟹のひげに似
③たり腹のふとき事ふぐのごとし第三に修羅道
④といふは太刀魚(タチウヲ)を以てきられさてほこ(ち歟)(シヤチホコ也)を以てさ
⑤され如斯苦患(クレン)(ゲン)未來永劫(エウゴウ)にもうかびかたし天の
⑥羽衣まれにきて撫ては必つきぬべしといへとも
⑦一たひ悪趣におもむけはうかびがたしがむ(雁)にし(辛螺)くづ(葛)
⑧いり(入)きゞう(魚ノ名)をいつゑさい蠣海鼠(カキナマコ)成佛道とゑかう
⑨しければ僅(ワツカ)に息計をす(醋)いり(煎)〳〵とぞしたまふ

⑩されどもいかなる罪のむくひにやうし（牛）鬼（潮煮）といふ物

〈一八丁オ〉

①にぞなられけるそれにて御料はくは（喰）れさせ給ひけり

②おそろしかりしためしとそきこへけるさるほとに糂（ジン）

③太（タ）左衛門は赤鰯の首取て分取高名は我一人との、

④しつて御料の御前に高座してそ座したりける

⑤御料是を御覧して糂太左衛門の高座の振廻過分

⑥也あれへ下（サガ）れと仰ければ糂太左衛門かしこまりて申

⑦けるは過去荘嚴劫（シヤウゴンコウ）より深き契りを思へは花下（ノ）の

⑧半日（ノ）客月（ノ）前（ノ）一夜（ノ）友みなこれ多生廣劫の縁そかし

⑨され共善を修（シ）ては佛となり惡を行しては地獄

⑩に落瞋（シン）意（イ）（恚歟）をおこしては修羅となり慳貪（ケンドン）にしては

〈一八丁ウ〉

①貧に生るこれみな過去の因果也今更歎へきに

②はあらねとも身貧に候へは不及力御料の御身した

③しき物とはたれかしらす候と申けれは御料是をき
④こしめしげにもとやおほしめしけんしたしくは
⑤などつねに此方(コナタ)さまへこぬか(不來/粉糠)〳〵とて頓て備後守に
⑥そなされける爰にあはれなる事ありけりさしも
⑦わかく盛に有しときは紅梅の少將といひ花やかに
⑧いつくしく鷄舌(ケイゼツ)を含て紅氣をかねたり淺紅
⑨嬋娟仙方之雪愧(ハヅ)レ色濃(ヲジヤウ)色芬郁岐爐(フンイクタカキロノ)之煙讓(ユヅル)
⑩薰(クンヲ)事を忘れて本結(モトユヒ)きり遁世して石山の邊龜(瓶歟)

丁子ノ大ナルヲ雞舌ト云此文ニハ梅香ヲタトヘテ云ヘルナリ

〈一九丁オ〉
①山(ヤマ)寺といふ所に閉藏(トヂカクレ)名をは梅(ウメ)法師とそ申ける近頃
②荒行(アラギヤウ)をのみ好てさしも暑き六月にも晝は日に
③ほされ夜は定(デウ)に入にける其比御料の御氣色(ゴキシヨク)に入よき
④酒にひたされてほうのかわ(頰皮/は歟)すこしふくらびて有
⑤しが弓矢とる身のならひとて納豆太が謀叛に
⑥くみし疵をかうふるのみならす遂にむなしく成

⑦にけるこそ何より哀に覺えたれさる程に寄たる
⑧武者共の申けるやうはいつまでかくてあるへきぞ
⑨一合戰とてひ鷹の判官代白鷺壹岐守山の内の
⑩殿原には獅子きりん猪武者をさきとして三

〈一九丁ウ〉

①百餘騎馬の轡（クツハミ）［銜歟］をとがりやがた［鋒矢形］にたてならべおめ
②ひて懸けれはひ。［た歟］や［引板］なるこ［鳴子］にしぶかれて左右なく
③はよせさりけりしはらくありけれはひたやなるこも
④見なれ聞なるゝ程にしゝがきくゐがき物ならず
⑤塀のきはまでせめ付たり城中にも是をみて
⑥あはよかんぬる敵こそ近付たれあますな洩す
⑦な生取ねぢ首にして高名せよとて栢榴判
⑧官代びはの大葉三郎を大將として究竟の物共
⑨五十騎木戸をひらきかけ出る三百餘騎の物とも
⑩中をあけてそとをしけるそのゝちに引つゞゐて

轡（クツハツラ）
銜（クツハミ）

〈二〇丁オ〉

①くもで十文字にいれかへ〳〵戰互に命をおしまず
②合戰す究竟の兵二百餘騎忽にうたれけれはひだ
③かの判官かなはじとや思ひけん陣をひらいてそ歸ら
④れけるかゝりけれは鳥類の物共是をみて金鳥大納
⑤言鴨五郎鶴次郎鴈金のとゝやのかみをはしめと
⑥して五百餘騎入かへてかゝりけりされとも精進の方
⑦にては一人もうたれざりける栗伊賀守はか〳〵しから
⑧しとや思ひけんむき〳〵にそなりて落にける御料
⑨是を御覧してかくぞ詠ぜさせ給ひける
⑩〽いかくりのむくかたしらすおちうせていかなる人のひろひ

〈二〇丁ウ〉

①とるらん椎の少將もいづかたともなき谷そこへ落ら
②れけるか獨りことにかくそ詠させ給ひける
③　今こそは身のをき所しらずともつみうしなへや後の世

④の人かゝりけれは魚類の方には赤介を初として宗
⑤との物とも三百餘騎うたれけれはあるひはおちうせ
⑥あるひは合戰して殘りずくなになる程に本人
⑦鮭の大介いた手負て波うちぎはに有けるが今は
⑧此事かなはじとや思ひけん底しらすといふぶち馬
⑨に乘て鯆の太郎一人めし具(グ)して河をのほりに
⑩のど〳〵(靜ナル事ヲ云ノドカナト云類也)とぞ落られける爰に近江國蒲生(カマヲ)郡

〈二一丁オ〉

①豊浦(トウラ)の住人青蔓(アヲナ)の三郎常吉といふ物爰を落る
②こそ大介なれあれは(アハレ歟)敵やおしならべてくまんとて
③二尺八寸のくゝ(莖立)太刀をぬきてまつかうにさしかさし爰
④を落るは大介かいかゝ敵にいひかひなく總角(アケマキ)をみする
⑤物かなかへせや〳〵とそかゝりけれは大介名をや惜
⑥みけん引返し散々に戰ほとに痛手は負たり
⑦心はかりは猛く思へ共うでの力つき(盡)うけはづす所

⑧をさし及てぞうちたりける胸元（ムナモト）を後のひれを
⑨さして切付たり鰤太郎も痛手負てんけれは
⑩精進の物ともは次第にかさなる叶はじとや思ひけん

〈二一丁ウ〉

①もとより用意の事なれは鍋（ナベ）の城をぞこしらへける
新豐――漢書語歟猶尋
②彼城と申は究竟の要害也たやすく人のおとす
③へきやうもなしされはこゝへむかふ物は新豐（シンホウ）
④折臂翁か瀘水の戰に村南村北に哭（コク）する聲を
⑤聞て五月萬里雲南に征（ユク）ことを辭するにことな
⑥らすされば面をむくる物一人もなし爰に山城國
⑦の住人大原木（ヲハラギノ）太郎といふ物三百餘騎にておし
⑧よせ下より猛（ミヤウ）火を放て責けれはほむらとなりて
⑨もえあがる聲は黒縄（コクジヤウ）衆合（シユガウ）呌喚（ケウクワン）〔叫歟〕大けうくわん〔は〕
⑩八大地獄に異ならすかゝる所に杓子の荒太郎

〈二二丁オ〉

①本より山そだちの男にて心も甲（カウ）にはやり物也
②けるがたゝ一人かけ入てひたとくんで御器（ゴキ）の中へ
③どうとおとす御料取て引寄御心みあつて鳴呼
④生（イキ）ても死ても大介ほとの物はなかりけりと仰有ける
⑤魚類のもの共爰にてさん／＼になり大介うせ
⑥ぬるうへは餘の物共とゞまる事なしされは合戦
⑦のならひ無勢多勢にはよらざりけるさしたる
⑧事なくしてかやうに催しけるこそかへす／＼も
⑨あはれなれさてこそ昔より今にいたるまて靑（アヲ）
⑩蔓（ナ）の三郎常吉をは御料の近習の物にて朝夕奉

〈二二丁ウ〉

①公つかまつりける有難かりし事ともなり
②右精進魚類物かたりをよみてみれはそのあちはひきは

③まりなしおとかひをときはらをかゝへてなくさむへき
④ものなりまことや此物かたりは一條の禪閤後成恩寺殿
⑤の御作なりとそいふなるかの殿の御作に鴉鷺物語と
⑥いふものありかの文にいはくかれが父山からすの何がし
⑦とて弓矢を取て衆鳥のかたをならぶるものなしし
⑧たゝか者の勢兵なり名字にも似ずふたん在京なり先

〈二三丁オ〉

①年精進魚類の合戰の時うたれぬ云々これをもてかんが
②うれば此物語はかの物語よりも先に書給ひしとは
③しられたりまた此物かたりは魚鳥元年のたゝかひを記
④されその發端の文は平家物語のおもかけをうつし給ひ
⑤つれは一名を魚鳥平家ともいふなりこの書ある人の
⑥もたりしをこひかりてうつしぬ首書傍注かな付な
⑦とは皆本書のまゝうつしつ朱をもて書くわへしは
⑧みつからかしわさなり

⑨　安永四年乙未端午　　　伊勢平藏貞丈書

〈二三丁ウ〉

①　右伊勢安齋翁藏書ヲ以書寫畢

②　安永五丙申年卯月五日

校異篇

古本系諸本校異凡例

一、この校異で使用した底本は、平出鏗二郎舊藏（現高橋藏）本である。
二、校合した各テキストの略號は、次の通りである。
寛…東京大學總合圖書館藏寛永頃刊本
松…島原松平文庫藏本
龍…阪本龍門文庫藏本
三、次の如き異同は、原則として示さなかった。
① 字體の相違（漢字の正體と異體・假名字母の違い等）
② 墨書と朱書、墨の濃淡の相違
③ 平假名と片假名の相違
四、字體が崩れていたり、外字作成が困難である場合は、正體で示した上で、（～扁に「～」の形）、或いは（左旁を「～」に作る）等の説明を加えた。
五、掲出の順序は、最初に底本（平出鏗二郎舊藏本）における所在（丁數・表裏・行數）、および本文を掲げ、次いで東京大學總合圖書館藏寛永頃刊本、島原松平文庫藏本、阪本龍門文庫藏本の順序で示した。
六、蟲損・破損により解讀不能の場合は、□で表示した。
七、該當箇所の本文が缺落している場合は、〈缺〉と示した。
八、行間等の餘白を利用して補入された字は、直下に（～字補入）としてその旨を示した。
九、見せ消ちして訂正されている場合は、訂正前の元の狀態を、（　）に括って説明した。

1オ2 去(さん)ぬる　松―去　龍―去ヌル
魚鳥元年(ぎよてうぐわんねん)　松・龍―魚鳥元年
壬申(みづのえさる)　寛・松・龍―壬申
八月朔日(ついたち)　寛―八月朔日　松・龍―八月一日
精進魚類(しやうじんぎよるい)の殿原(とのばら)は　寛―精進魚類の殿原(トノバラ)は　松―精進之殿原　龍―精進魚類ノ殿原
3 御料(これう)の　寛―御料之(ゴリヤウノ)　松―御料之　龍―御料の
大番(おほばん)にぞ　松―大番ニシテ　龍―大番ニソ
参(まい)られける　寛―参られける　松―被参ケル　龍―被(レ)参ケル
をそく参(まいる)るをば　寛―遅(ヲソ)く参(マイル)をは　松―遅ヲハ　龍―遅参(チサン)ヲハ
4 闕番(けつばん)にぞ　松―闕番ニシテソ　龍―闕番ニソ
付られけり　松―被付　龍―被(レ)付ケル
折節(おりふし)　寛―折節(ヲリフシ)　松・龍―折節
御料(これう)は　寛・龍―御料は　松―御料者
八幡宮(はちまんぐう)の　松・龍―八幡宮ノ
御齊(ごさい)にて　寛―御齊(トキ)にて　松―御齊ニテ　龍―御菜(ゴサイ)ニテ

5 はうじやうゑといひ　寛―放生會(ハウシヤウヱ)といひ　松―放生會ト云　龍―放生會(ハウシヤウヱ)ト云(イヽ)
彼岸(ひがん)といひ　松―被岸ト云　龍―彼岸(ヒカン)ト云(イヽ)
かた〳〵　寛―旁々(カタ〳〵)　松―旁之　龍―旁(カタ〳〵)
精進(しやうじん)にてぞ　寛―精進にてぞ　松・龍―精進ニテソ
6 渡(わた)らせ給ひける　寛―渡らせ給ひける　松―渡ラセ給ケル　龍―渡(ワタラ)セ給(タマ)ヒケル
越後(ゑちご)の國(くに)の住人(ぢうにん)　寛―越後(エチゴ)の國の住人　松―越後國住人　龍―爰ニ越後國ノ住人
鮭(さけ)の大助(おほすけ)長ひれが子共　寛―鮭(サケノ)大助長鮍(ナカヒレ)が子ども　松―鮭(サケヲヽ)大助長鮍(スケナカヒレ)カ子共　龍―鮭(サケノ)大助長鮍(スケナカヒレ)カ子
7 はらゝ子(ご)の太郎つぶさね　寛―鮞(ハラヽゴ)の太郎⿰魚立實(ツブサネ)　松―鮞(ハラヽコ)ノ太郎⿰魚立實(ツラサネ)　龍―鮞(ハラコノ)太郎⿰魚立實(ツフサネ)
同次郎ひづよし　寛―同次郎鮷吉(ヒヅヨシ)　松―同次郎鮷吉(ヒツヨシ)トテ　龍―同キ次郎鮷吉(ヒツヨシ)トテ
8 兄弟(きやうだい)二人　松―兄第二人　龍―兄弟二人
候ひしをば　寛―候ひしをは　松―候シヲハ　龍―候

シヲ
遙(はるか)の末座(ばつざ)へぞ　寛―遙(ハルカ)の末座(マツザ)へぞ　松―遙カノ末座
ヘソ　龍―遙ノ末座へ
下さるゝ　松―被下タル　龍―被(ラレ)レ下(サケ)ケル
爰(こゝ)に　寛・松―爰に
1ウ1 美濃國(みのゝくに)の住人(ぢうにん)　寛―美濃國(ミノヽクニ)の住人　松―美濃ノ國ノ住
人ニ　龍―美濃國ノ住人
大豆(まめ)の御料(ごれう)の子息(しそく)　寛―大豆(マメ)の御料の子息(シソク)　松―豆御
子息ニ　龍―豆(マメノ)御料(コレウ)ノ子息
なつとう太郎たねなりばかりぞ　寛―納豆(ナツトウ)太郎種成(タネナリ)ば
かりぞ　松―納豆太郎種成(タネナリ)計ヲソ　龍―納豆(ナツトウ)太郎絲重(イトシゲ)
計(ハカリ)ソ
2 御身(み)近くは　寛―御身近(チカ)くは　松―御身近キ者　龍―
御身近ク
めされける　寛・松―被レ召ける　龍―被(レ)レ召(メサ)ケレ
鮭(さけ)が子とも　寛―鮭子(カ)共　松・龍―鮭(サケ)ノ子共
3 腹(はら)を立(たて)　寛―腹立(ハラヲタテ)　松―腹ヲ立テ　龍―腹(ハラ)ヲ立テ
一はし申して　寛―一箸(ヒトハシ)申して　松―一箸申テ　龍―

一箸(ハシ)申テ
殿原(とのはら)に　寛・松・龍―殿原に
あぢはゝせんとは　寛―味(アヂ)はゝせむとは　松―味(チ)ハヽ
セント　龍―味(アヂハヽ)セントハ
思(おも)へども　寛―思へども　松―思トモ　龍―思ヘトモ
4 親(おや)の大助(おほすけ)に　寛―親(ヲヤノ)大助に　松―大助ニ　龍―父大
助ニ
申合てこそ　松―申合テコノ　龍―申合テコソ
火にも水にもいらめとて　寛―火にも水にも入(イラメ)めとて
松・龍―火ニモ水ニモ入メトテ
5 くちなし色(いろ)の　寛―梔色(クチナシイロノ)　松―梔(クチナシ)（左旁を「禾」
に作る）色(ロ)ノ　龍―梔(クチナシイロ)色ノ
かりぎぬ著(き)て　寛・龍―狩衣著(カリキヌキ)て　松―狩衣著(キ)
款冬(くわんとう)の　寛―款冬(クワントウノ)　松―款冬　龍―款冬(ヤマフキ)ノ
6 井手里(ゐでのさと)へぞ　寛―井手里(イデザト)へぞ　松・龍―井手ノ里へソ
歸られける　寛―被歸(レラ)ける　松―被レ歸(ヘ)ケル
其日(そのひ)も　松―其日モ　龍―其夜モ
暮(くれ)ぬれば　寛―暮(クレ)ぬれは　松・龍―明ヌレハ

7 こまに　寛・松・龍―駒(コマ)に
むちをあげて　寛―鞭捧(ムチヲアケテ)　松―鞭ヲ捧　龍―鞭(ムチ)ヲ捧(アケ)
テ
夜を日についで　寛―夜を日について　松―夜ヲ日ニ
次(イ)テ　龍―夜ヲ日ニ次テ
うつほどに　寛―打程(ウツホト)に　松―打程ニ　龍―打ホトニ
同八月三日　松―同八月三日(ノ)　龍―同八月三日ニ
8 酉(とり)の巳點(いてん)には　寛―酉巳點(ノイテン)には　松―酉巳點ニハ　龍―
酉一點ニ
越後國(ゑちごのくに)の　寛―越後國の　松―越後ノ國(ノ)　龍―越後國
大河郡(おほかはこほり)　寛・龍―大河郡(コホリ)　松―大川ノ郡
あゆの莊(せう)　寛―鮎(アユ)の莊(シヤウ)　松―鮎莊　龍―鮎(アエ)ノ莊ノ
2オ1 大助(おほすけ)のたちに　寛―大介の館(タチ)に　松―親大助(ヤヲ、スケ)ノ館(チ)ニ
龍―父大助ノ館ニ
下著(げちやく)す　寛―下著(ス)　松・龍―下著シ
兄弟(きやうだい)　寛・龍―兄弟　松―兄第
左右(さう)にあひならび　寛―左右に相竝(アヒナラ)び　松―左右ニ相(ヒ)
竝(ヒ)　龍―左右ニ相竝(アヒナラヒ)

2 畏(かしこま)て申　寛―畏(カシコマツ)て申　松―畏マツテ申ケルハ
龍―畏申ケルハ
我等(われら)　寛・松・龍―我等
此間(このあひた)　寛・松・龍―此閒
大番(おほばん)の勤仕(きんじ)の上洛(しやうらく)　寛―大番の勤仕(キンジ)の上洛　松―爲(ニ)
大番勤仕ノ上洛　龍―爲二大番一勤仕上洛
仕て候へども　松―仕テ候ヘトモ　龍―仕テ候ヘ共
3 大豆(まめ)の御料(ごれう)の子息(しそく)　寛―大豆(マメ)の御料の子息　松―豆御
料(ノ)子息　龍―豆ノ御料ノ子息
なつとう太郎に　寛―納豆(ナツトウ)太郎に　松・龍―納豆太郎
ニ
御意(ぎよい)を移(うつ)し　寛―御意(キヨイ)を移(ウツ)し　松―意ロヲウツシ　龍―
御意ヲウツシ
4 めもかけられず　寛―目も懸(カケ)られず　松―御目ニモ
不(レ)被(レ)懸ケ　龍―御目ニモカケラレス
あまつさへ　寛・龍―剰(アマツサヘ)　松―剰へ
恥辱(ちじよく)に及(およひ)　寛―及(ヒ)二恥辱(チジヨク)一　松―及二恥辱一　龍―及二
恥辱(チシヨク)一

末座(ばつざ)に　寛―末座に　松・龍―末座へ
追下(おひくだ)されし間　寛―被(レ)二追(ヲヒ)下(サ)一候し間　松―被(レシ)二追下間
龍―追下(ヲツクタ)サレ候間
5 當座(たうざ)にて　寛―當座(トウザ)にて　松・龍―當座ニテ
何(いか)にもなり　寛―何(イカ)にも成(ナリ)　松―何(イカ)ニモ成　龍―〈缺〉
火にも水にも入(いら)ばやと存しかども　寛―火にも水にも
入はやと存しかとも　松・龍―火ニモ水ニモ入ハヤト
存候シカトモ
6 如此(かくのごとく)の子細(しさい)をも　寛―如レ此の子細(シサイ)をも　松―如レ斯(クカク)
（右旁を「刂」に作る）ノ子細ヲモ　龍―如此子細ヲモ
申合(あはせ)てこそと存候間　寛・松・龍―申合てこそと存
候間
7 是(これ)まで　寛―是迄　松―是マテ　龍―コレマテ
下向(げかう)申ける　寛―下向申ける　松・龍―下向トソ申ケ
ル
父(ち、)の大助(おほすけ)　寛―父(ノ)大介　松・龍―大助
是(これ)を聞(きゝ)て　寛―是を聞て　松―是ヲ聞(キヽ)　龍―コレヲ聞
キ

まつかひに　寛―眞赤(マツカヒ)に　松―眞赤(マツカ)ニ　龍―眞赤(カ)ニ
8 腹(はら)を立(たて)て　寛―腹立て　松―腹ヲ立チ　龍―腹(ハラ)ヲ立(タテ)
我等(われら)が一門(いちもん)の中には　寛・松―我等か一門の中には
龍―我等一門中ニ
北陸道(ほくろくだう)　寛―北陸道(ホクロクタウ)　松―北陸道　龍―比陸道(ホクロクタウ)
くわいのちしま　寛―提(イマヘノ)千島(チシマ)　松―魏(エスノ)千島マテ
龍―魏(エカ)カ千島マテ
2ウ 1 北(きた)へ　寛・松・龍―北へ
ながるゝ川をば　寛―流(ナカ)るゝ川をは　松―流ル、川ヲ
ハ　龍―流ル、河(ヲハ)
我まゝに　寛―我儘(ワカマヽ)に　龍―我億(マヽ)ニ
管領(くわんりやう)すれば　寛―管領(クワンリヤウ)すれは　松―宦領スレハ
龍―管領スレハ
2 國(くに)にて　寛・松―國にて　龍―國テモ
不足(ふそく)はなけれども　松・龍―不足ハナケレトモ
御料(ごれう)の不便(ふびん)と　寛―御料之不便(フヒン)と　松―御料ノ不便(ヒン)
龍―御料ノ不便ト
仰(おほせ)あらばこそ　寛―仰(オホセ)あらはこそ　松―御在(ヲホセアラハ)コソ

龍―仰セアレハコソ

3 子共(こども)をも　寛―子共をも　松―子共　龍―子苦(トモ)ヲモ
參(まい)らするに　寛―進(マイラ)するに　松―進(マイラセスルニ)　龍―進スルニ
人も人々敷(しく)　松―人モ人々敷　龍―人モ人々シク
なつとう太郎の　寛―納豆(ナツトウ)太郎の　松―納豆太絲(イトノ)
龍―納豆太絲(ナツトウタイトノ)ノ

4 やつばらに　寛・松―奴原(ヤツハラ)に　龍―奴原(ヤツハラニ)
思召(おぼしめし)かへさせ給はんには　寛―思食替(オホシメシカヘ)させ給はんには　松―思食替給ハンニハ　龍―思食(ヲホシメ)シ替(カヘ)サセ給ンニハ
番(ばん)にもれられても　寛―番(ニ)被(レ)レ漏(モレ)ても　松―番ニ被レ盛(レテモ)
龍―番(ハン)ニ被(レ)レ盛(モラ)テモ

5 なにかはせん　寛―何(ナ)にかはせん　松―何ニ、カセン
龍―何カセン
長ひれ　寛・龍―長鮫(ナカヒレ)　松―長鮫(ヒレ)
七十にあまり　寛―七十に餘(アマ)り　松―歳七十餘リ　龍―年七十ニ餘(アマ)テ

いくほどならぬ世中に　寛―幾程(イクホト)ならぬ世中に　松―幾裡（左旁を「ネ」に作る）ナラヌ世中ニ　龍―幾程(イクホト)ナラヌ世ノ中ニ

6 をのれらゆへに　寛―己等故(ヲノレラユヘ)に　松―己等(レラ)カ故　龍―己等(ヲノレラ)故(ニ)
もの思ふこそ　寛・龍―物思ふこそ　松―物思コソ

7 口をしけれ　寛―口惜(クチヲシ)けれ　松―口情ケレ　龍―口惜(チヲシ)ケレ
齢顔駟亞(よはひがんしつく)　寛―齢亞(ヨハヒツク)二顔駟(カンシニ)一　松―齢亞(ツキ)二顔駟(カンシニ)一　龍―齢(ヨハイ)亞二顔駟(カンシニ)一
恨伯鸞同(うらみはくらんにおなし)　寛―恨同(ウラミシ)二伯鸞(ハクランニ)一　松―恨同(ミ)二伯鸞(ハクニ)一　龍―恨(ウラミ)同(シ)二伯鸞(ハクランニ)一
是(これ)について　寛―就(テ)レ之(レニ)　松―此故ニ　龍―是ニ付テモ

8 古御料(ふるごれう)の　寛―古(フル)御料之(ノ)　松―御料ノ　龍―故(コ)御料ノ
御事をこそ　松―御事コソ　龍―御事ノミコソ
おもひ出さるれ　寛―被(レ)二思出(サル)一　松―思出ラルレ　龍―思出サル

3オ1 總じて　寛・龍—總して　松—總シテ

此君は　寛—此君は　松・龍—此君ハ

御こゝろこはき　寛—御意強き　松—御意強　龍—御心強

御料にて　寛—御料　松—御料　龍—御料ニテ

年比　寛・松—年來　龍—年來

我等申事をも　寛—我等申事をも　松—我等カ申事ヲモ　龍—我等カ申ス事ヲモ

御承引なし　寛—御承引なし　松—御承引ナシ　龍—無二御承引一

2 又諸國受領　寛—又諸國受領　松—又諸國ノ受領　龍—又諸國ノ受領

檢非違使　寛—檢非違使　松—檢非違使　龍—檢非違使

大名小名にも　寛・松・龍—大名小名にも

白衣にて　寛—白衣にて　松—白衣マテ　龍—白衣ニテ

3 中帯ばかり　寛—中帯計　松—中カ帯計リニ　龍—中帯計ニ

ひきいれゑぼしにて　寛—曳入烏帽子にて　松—引入レ烏帽子ニテ　龍—曳入烏帽子ニテ

4 對面し給ふも　寛・龍—對面し給も　松—對面シ給ヒ

心得ず　寛—不レ得レ心　松—不レ得レ意　龍—心得ス

哀れ　寛・龍—哀　松—哀

此御料の兄御前の　寛—此御料の兄御前の　松—此御料ノ兄御前之　龍—此御料ノ兄御前ニ

落⿰女豆腹に　寛—落⿰女豆腹に　松—落⿰女豆腹ニ　龍—落姪（右旁下部を「虫」に作る）腹ニ

5 粟の御料とて　寛・龍—粟の御料とて　松—粟ノ御料トテ

おはしますこそ　寛—御座こそ　松—御座スコソ　龍—御座スコソ

御心も　松—御心　龍—御意モ

こま〳〵として　寛・龍—細々として　松—細々トシテ

6 おはしませども　寛—御座せども　松・龍—御座シカ

トモ
其はもとより　寛―其は自元　松―其レハ自本ト
龍―其ハ本ヨリ
御身もちいさく　寛―御身も少さく　松―御身小
龍―御身チイサク
渡らせ給へば　寛・松―渡らせ給へは　龍―腹セ給
へハ
7 吾等　寛・龍―我等　松―吾等
ほうかう仕べきやうなし　寛―奉公可仕無様
松―奉公可仕無様　龍―奉公可仕様ナシ
君に仕に　寛―仕君　松―君　龍―又君ニ仕ツル
禮を以といふ事あり　寛―以禮云事あり　松―以
禮ヲ云事アリ　龍―禮ヲ以テスト云フ事アリ
8 人の身として　寛・松・龍―人の身として
兩君につかへざる事は　寛―不仕兩君事は　松―
不仕ヘ兩君ニ事ハ　龍―兩君ニ不仕ヘコトハ
3ウ1 忠臣の法なり　寛―忠臣法也　松・龍―忠臣ノ法也
されば　寛―去　松・龍―サレハ

吾等　寛・龍―我等　松―〈缺〉
人を憑むべからず　寛―人を非可憑　松―可憑ニ
モアラス　龍―人ヲ憑ヘキニモアラス
就中　寛・龍―就中　松―就中
2 御料の御腹に　寛―御料之御腹に　松―御料之嚢祖ヲ
奉尋天地開闢ヨリ生民アテ種下リ日南地姫ノ御腹ニ
龍―此御料ノ嚢祖ヲヲ（ママ）尋奉ニ天地開闢ニ生民アテ種下
日南他姫ノ御腹ニ
やとりて　寛―宿りて　松―宿リ
世にたえしより　寛―世絶しより　松―世ニ出給ヨリ
龍―代ニ出給シヨリ
このかた　寛・龍―以來　松―以降
伊勢天照大神宮の　寛―伊勢天照太神宮之　松―伊
勢天照大神宮之　龍―伊勢天照太神宮ノ
3 かりの使に　寛―假の使に　松―假使　龍―狩ノ
使
賀茂のみあれの　寛―賀茂の御荒の　松―賀茂ノ御荒
ノ　龍―賀茂ノ御荒

みつきもの　寛―御土器物(ミツキモノ)　松―御土器物(ツキ)　龍―御調(ツキ)物(モノ)

4 はらかをそうする　寛―腹香(ハラカ)を奏(ソウ)する　松―腹香奏(ハラカウル)
龍―腹赤(ハラカ)ヲ奏(ソウ)ル

せちゑまで　寛―節會(セチヱ)まで　松―節會　龍―節會(セチエ)マテ

魚類(きよるい)を以(もつ)て　寛・龍―魚類(キヨルイ)を以て　松―魚類ヲ以テ

5 宗(むね)とす　寛・龍―爲(ス)レ宗(ムネ)　松―爲レ宗ト(ムネ)

されば　寛―去(サ)れは　松・龍―サレハ

仙人(せんにん)の琪樹(きじゆ)はすさまじくして　寛―仙人(センニン)の琪樹(キジエ)は冷(スサマシク)して　松―仙人琪樹冷　龍―仙人琪樹(センニンキシユ)ハ冷(スヽシウ)シテ

6 色(いろ)なし　寛・龍―無(ナシ)レ色(イロ)　松―无王色

王母桃花(わうぼがたうくわ)は　寛―王母桃花(トウクハ)は　松―王母カ桃花者　龍―玉母(キヨクモ)カ桃花(タウクハ)ハ

紅(くれなゐ)なれども　寛―紅なれとも　松―紅(ヒ)ナレトモ　龍―紅(クレナ)ヒナレトモ

かうばしからず　寛―不(ス)レ馥(カウハシカラ)　松―不レ香(シカラ)　龍―不(ス)レ香(カウハシカラ)

か丶る非情草木(ひじやうさうもく)までも　寛―か丶る非情草木(ヒジヤウサウモク)までも　松―カ丶ル非情草木マテ　龍―カ丶ル非情(ヒシヤウ)草木マテ

7 随分(ずいぶん)に　寛―随分(ズイフン)に　松―随分　龍―随分(スイフン)ニ

徳(とく)をほとこさずと　寛・龍―徳を不(スト)レ施(ホトコサ)　松―徳ヲ不施(サ)

いふ事なし　寛・松・龍―云事なし

8 まして　松―〈缺〉

吾等(われら)が　寛・松・龍―我等か

先祖譜代(せんぞふだい)の　松―先祖（右旁を「亘」に作る）ノ譜代之　龍―先祖譜代(フタイ)ノ

從類(じゆうるい)として　寛・龍―從類(シウルイ)として　松―從類トシテ

4オ1 いかゞ　寛―如何(カ)　松―〈缺〉　龍―爭(イカ)テカ

君(きみ)のためにたてまつる　寛―奉(ル)レ爲(ニ)レ君(ノ)　松―君ノ御爲　龍―君(キミ)ノ御爲(タメ)ニ

不忠(ふちう)を　寛・松―不忠を　龍―不忠(フチウ)

振舞(ふるまふ)べき哉　寛―可(ケン)二振舞一哉(ヤ)　松―振舞へキ　龍―フルマウヘキ

しかりといへども　寛―雖(トモ)レ然(ト)　松・龍―〈缺〉

2 かやうに　寛—か様に　松・龍—加様ニ
おもひすてられ申上は　寛—被レ思二捨（ヒステラ）一申上は　松—
思捨ラレ申ス上ヘハ　龍—思ヒステラレマイラスレハ
今日（けふ）より　寛・松・龍—今日より
3 都（みやこ）の奉公（ほうこう）は　寛—都の奉公は　松—奉公都（フツト）　龍—奉（ホウ）
公（コウ）
無益（むやく）と思へども　寛・龍—無益（ムヤク）と思へとも　松—无益（ムヤク）
ト思ヘトモ
古御料（ふるごれう）の　寛—古（フル）御料の　松—故御料ノ　龍—故（コ）御料
さしもみはなすなと　寛—さしも見放（ミハナス）なと　松—サ
シモ見放ナト　龍—サシモ見放（ミハナツ）ナト
4 御遺言（ゆいごん）ありしかば　寛—御遺言（ゴユイゲン）ありしかは　松—御遺
言アリシカハ　龍—サハカリ御遺言（ユイゴン）アリシカハ
其（それ）は　松—其　龍—ソレハ
しばらく思（おも）ひと丶まる　寛—暫（シハラク）思留（ヒト丶マ）る　松—暫思
ヒ留ル　龍—シハラク思ヒト丶マル
5 たゞなにとしても　寛—唯何（タヽナニ）としても　松—只何トシ
テモ　龍—只（タヽ）何トシテモ

世の中のすゑの　寛—世中末（ノノ）の　松—ヨノナカノスヱ
ノ　龍—世中（一字朱書補入）ノスヱノ
御料（ごれう）と　寛・松・龍—御料と
6 なり給ふこそ　寛—成たまふこそ　松—ナリ給コソ
龍—成給（リ）コソ
心（こゝろ）も詞（ことば）も及（およ）はね　寛—心も詞（コトハ）も及はね　松—心詞
モヲヨハネ　龍—心モ詞モ及（ヲヨハ）レネ
但其儀（たゞしそのぎ）ならば　寛—但（タヽシ）其儀ならは　松—但其儀ナラ
ハ　龍—其ノ儀ナラハ
魚類（ぎよるい）の一門　寛—魚類の一門　松—魚類ノ一門ヲ　龍—
魚類（キヨルイ）ノ一門
7 もよほし　寛—催（モヨホ）し　松—催　龍—モヨホシテ
精進（しやうじん）のやつばら　寛・龍—精進の奴原（ヤツハラ）　松—精進ノ
奴（ヤツ）原ヲ
うちほろぼし　寛—打亡（ウチホロホ）し　松—打亡シ　龍—打（ウチ）ホ
ロホシ
8 我等（われら）　松—吾等カ　龍—我等
御料（ごれう）の御内に　寛—御料の御内に　松—御料ノ御中チ

4ウ1 ニ　龍―御料ノ御中ニ
繁昌(はんじやう)せん事　寛・龍―繁昌(ハンシヤウ)せん事　松―繁（「糸」の下部を「心」に作る）昌セン事
やすき事なりとて　寛―安事(ヤスキ)なりとて　松―安事也トテ　龍―安事(ヤスキ)也
鰹房(かつをばう)十連を　寛―鰹房(カツヲハウ)十連(レン)を　松―鰹(カツヲ)房十連ヲ　龍―ヤカテ鰹房(カツヲハウ)十連(レン)ヲ
さしつかひ　寛―指遣(サシツカ)ひ　松―指遣シ　龍―サシツカハシ
魚類(ぎよるい)の一族(いちぞく)　寛―魚類之(ノ)一族(ソク)　松―魚類ノ一族　龍―魚類(キヨルイ)ノ一族(ソク)ヲ
もよをしふれられけり　寛―被(レ)二催(モヨホシフレ)觸一けり　松―被觸催ナリ　龍―モヨホサレケリ
2 其時(そのとき)　寛―其(ノ)時　松―其時　龍―其時(トキ)
はせ參(まいる)人々は　寛―馳參(ハセマイル)人々は　松―馳參人々ニハ　龍―馳參(ハセサンセ)ラル人々ニハ
たれ〳〵ぞ　寛―誰々(タレ〳〵)ぞ　松―誰々ソ　龍―誰々(タレ〳〵)ソ
先(まづ)　寛―先(ツ)　松・龍―先

---

3 鯨(くじら)の大海亮(だいかいのすけ)　寛―鯨(クヂラノ)大海亮(ノスケ)　松―鯨大海(ヲ、ウミ)ノ高(スケ)　龍―鯨(クシラ)ノ大海(ヲ、ウミ)ノ頭(カミ)
鯛赤助(たいのあかすけ)　松―鯛(タイ)ノ赤助　龍―鯛赤助(タイアカスケ)
鰐大口介(わにのおほくちのすけ)　寛―鰐(ウニノ)大内(ノ)介　松・龍―〈缺〉
しやちほこの帯刀先生(たてわきせんしやう)　寛―鱅(シヤチホコノタテワキセンジヤウ)帯刀先生　松―鱅(シヤチホコ)ノ帯刀(タテワキ)先生　龍―鱅(サチホコノタテワキ)帯脇先生
4 いしもちの大助(おほすけ)　寛―鮖(イシモチノ)大介　松―鮖(イシモチ)ノ大助　龍―鮖(イシモチ)ノ大介
鯁(をいを)（右旁を「吏」に作る）の伊勢守(いせのかみ)　寛―鯁(ヲイホノ)（右旁を「吏」に作る）伊勢守　松―〈缺〉　龍―鮇(ヲウノ)伊勢守
鮭(さけ)の大助(おほすけ)　寛・龍―鮭(サケノ)大助　松―〈缺〉
嫡子(ちやくし)　松―嫡子
5 はら、子の太郎つぶざね　寛―鮞(ハラ、コノ)太郎鮠實(ツフサネ)　松―鮞(ハラ、コ)ノ太郎鮠實(ツフ)　龍―鮞(ハラコ)太郎鮠實(ツフサネ)
同次郎ひづよし　寛・龍―同次郎鮷吉(ヒツヨシ)　松―同次郎鮷吉(ヨシ)
はむの長介(ながすけ)　寛―鱦(ハムノ)長介　松―鱭(ハモ)ノ長助(ナカスケ)　龍―鰜(ハムノナカ)長介(スケ)

6 鰺のくはんしや　寛―鰺冠者　松―鰺冠者　龍―
鯇冠者
鱒の藤五　寛・龍―鱒藤五　松―鱒ノ藤五
鯱の左衛門　寛―鯱左衛門　松―鱅ノ左衛門　龍―
〈缺〉
鰌の左京権介　寛―鰌左京権介　松―鰌（傍訓
は、もと「ヒラカ」。磨り消した上に書かれている）右京権
ノ助　龍―〈缺〉
7 鮽の源九郎　寛―鮽源九郎　松―鮽源九郎
龍―〈缺〉
鰱の平三　寛―鰱平三　龍―鰎平三
魛（右旁を「力」に作る）の備前守　寛―魛備前
守　松―魛（右旁を「力」に作る）ノ備前ノ守　龍―
魛（右旁を「力」に作る）備前守
鯖の形部太輔　寛―鯖形部大輔　松―鯖ノ刑部ノ
大夫　龍―鯖形部大夫
8 さはらの判官代　寛―鱵（右旁下部、「主」と「兆」を
左右に竝べた形に作る）判官代　松―鱵ノ判宦代　龍―

鱵（右旁上部を「面」に作る）判官代
にしんの出羽守　寛―鯡出羽守　松・龍―鯡出羽
守
鯤の左少將　寛―鯤左少將　松―鯤左小將　龍―
鯤左少將鰐大内助
5オ1 鮎（右旁を「次」に作る）鯨の兵衛尉　寛―鮎（右旁を
「次」に作る）鯨兵衛尉　松―鮎鯨兵衛ノ尉　龍―
〈缺〉
次に　寛―次ニ　松・龍―〈缺〉
池殿の公達には　寛―池殿公達ニハ　松―池殿ノ公達
龍―池殿奉公ニハ
水（一字補入）鯉の御ざうし　寛―水鯉御曹司　松―
水鯉ノ御曹司　龍―水鯉御曹子
2 小ふなの近江守　寛―小鮒近江守　松―小鮒ノ近江
守　龍―小鮒近江守
同款冬井手助　寛―同款冬井手助　松―同款冬井
手助　龍―同款冬井手助
くま野の侍には　寛―熊野侍ニハ　松―熊野ノ侍ニハ

龍―熊野(クマノ)侍(サフラヒ)ニハ

3 すゞきの三郎　寛・龍―鱸(スヽキノ)三郎　松―鱸(スヽキ)ノ三郎

鮓(はす)の左大忠(さたいちう)　寛―鮓(ハスノ)左大忠(チウ)　松―鮓(ハス)ノ左大忠(チウ)　龍―鮓(ハスノサタイ)左大忠

宇治殿(うぢどの)の御内には　寛―宇治殿(ウヂトノ)、御内ハ(ニ)　松―宇治殿ノ御中　龍―宇治殿御中(チノ)ニハ

鮊助(ひをのすけ)が一族(ぞく)　寛―鮊(ヒヲノ)助(カ)一族(ソク)　松―鮊(ヒヲノ)助カ一族　龍―鮊(ヒヲ)ノ助カ一族(ソク)ニ

4 白はへの河内守(かはちのかみ)　寛―白鰛(シラハヘノ)河内守(ノ)　松―白鰛(シラハヘノ)河内守　龍―白鰛(シラエ)（元「シラエノ」とあり、「ノ」を見せ消ちにする）ノ河内守

かれいの中務(なかつかさ)　寛―鰕魿(カレイノ)中務(ツカサ)（左旁を「束」に作る）　松―鰕魿(カケイ)ノ中務(ナカツカサ)　龍―鰕(カ)（右旁を「皮」に作る）魿(レイノ)中務(ナカツカサ)

なまづの判官代(はんぐわんだい)　寛―鯰(ナマツノ)判官代　松―鯰(ナマツノ)判宦代　龍―鯰(ナマツノ)判官代(クワンタイ)

5 うなぎの右馬允(うまのぜう)　寛―鱣(ウナキノ)右馬允(ノセウ)　松―鱣(ウナキ)ノ右馬ノ允(セウ)　龍―鰏(ウナキノ)右馬允(マノ)

すばしりこのしろ　寛―鰶鮾(スハシリコノシロ)　松―鰶(スハシリ)ノ鮾(コノシロ)　龍―鰶鮾(スハシリコノシリ)

かまつか法師(ほうし)　寛・松―魧(カマツカ)法師　龍―魧(カマツ)法師

6 鯄鮁左衛門(やなきいをはかのさへもん)　寛―鯄鮁(ヤナキイヲハカノ)左衛門　松―鯄鮁(ヤナキイヲハセノ)左衛門　龍―鯄鮁(ヤナキウホハン)ノ新(シン)左衛門

あゆの小外記(せうげき)　寛―鮎(アヒノ)小外記　松―鮎(アユ)ノ小外記　龍―鮎(イシフシノ)ノ小外記

ゐいの陸奥守(むつのかみ)　寛―鱝(エイノ)（右旁を「遺」に作る）陸奥守(ノ)　松―鯷(エイ)ノ陸奥ノ守　龍―鱝(ユイノ)陸奥守(ムツノ)

かいらぎ大蔵卿(おほくら)　寛―鰔(カイラギノ)大蔵卿(ノキヤウ)　松―鰔(カイラキ)大蔵ノ卿　龍―鰔(カイラキノ)大蔵卿

7 しびの介か子共　寛―魶(シヒノ)介(カ)子共　松―魶(シヒ)ノ助カ子共ニハ　龍―鮦(シヒ)ノ助(スケ)カ子共(トモ)ニハ

ふくの冠者等(くわんじやとう)　寛―鰏(フクノクワンシヤ)冠者等　松―鰏(フク)ノ冠者　龍―鰏(フク)ノ冠者(クハン)

なまこの次郎　寛―鯉鮹(ナマコノ)次郎　松―醒鰭(コ)ノ次郎　龍―鮭鮹(ナマコ)（右旁を「育」に作る）ノ次郎

たこ（一字補入）の入道(にうだう)　寛―鮎(ノ)入道　松―鮎(シヒ)ノ入道

龍―鮎(アユ)ノ入道
8 ざこの源(げん)六 寛・松―鰾(サコノ) 源六 龍―鰜(サコ)ノ源六
あんかうの孫(まご)太郎 寛―鮟鱇(アンカウノ) 孫太郎 松・龍―鮟鱇(アンカウ)
ノ彌太郎
大かにの陰陽(おんやう)のかみ 寛―大蟹(オホカニノ)(上部を「懈」に作る)
陰陽正(ヲンヤウノカミ) 松―大蠏ノ陰陽ノ頭 龍―大蟹(ヲホ)陰陽(ヲンヤウノカミ)頭
5ウ1 鰪(あらき)(右旁を「蓋」に作る) 鰭(めいたゞきは) 者 寛―鰪(アラキ)(右旁を「蓋」
に作る) 鰭(メイタヽキハ) 者 松―鰪(アワラキ)(右旁を「蓋」に作る) 鰭(メイタヽキ)
龍―鰪(アフラ)(右旁を「券」に作る) 鰭(イタヽキ)(右旁を「贊」に作る)
どぢやう 寛―鯲(トヂヤウ) 松・龍―鯲(トチヤウ)
とびうを 寛―鮡(トヒウヲ) 松―鮡(トヒイヲ) 龍―鮡(トヒイホ)
いるかの入道(にうだう)が手に 寛―鮑(タコノ) 入道手(カニ) 松―鮑(タコノ) 入道ノ
手ニ 龍―鯥(タコノ) 入道カ手ニ
あひしたがふ 寛―相従(ヒフ) 松―相 従(シタカフ) 龍―相 従(アヒシタカウ)
2 もの共には 寛―者共(ノトモ)には 松―者トモニハ 龍―物(モノ)
共(トモ)ニハ
あわびかつうをするめいかなよしの太郎 寛―鮑(アハヒ)
鰹 鰑鰈 鯌(カツウヲスルメイカナヨシノ) 太郎 松―蚫 鰹鰈鰑 鯌(アハヒカツヲイカスルメナヨシ) 者 龍―鰒(アハヒ)

鰹鰈(イカナヨシ)ノ太郎
3 魴(すをり) の新五(しんご) 寛―魴(スヲリノ) 新五 松―魴(スヲリ)ノ新藤五 龍―
〈缺〉
なまずの又次郎 寛―鮮(ナマスノ) 又次郎 松―鮮(ナマス)又次郎
龍―魣(カマス)ノ又次郎
鮏(いくい)の藤(とう)三郎 寛―鮏(イクイノ) 藤三郎 松―鮏(イクイノ) 勝三郎 龍―
〈缺〉
しいらの彌太郎 寛―鱰(シイラノ) 彌太郎 松―鱰(シイラ)ノ彌源太
龍―〈缺〉
4 むつの赤(あか)次郎 寛―魾(ムツノアカ) 赤次郎 松―魾(ムツアカ)赤次郎 龍―
鯽(ムツノ) 赤次郎
鯪(ふくらい) の源三 寛―鯪(フクライノ) 源三 松―鯪(フクヲキ) ノ源三郎 龍―
〈缺〉
ぶりの大隅(おほすみ) 寛―鰤(フリノオホスミ) 大隅 松―鰏(フク)ノ大隅 龍―鰤(フリノ)ノ
大隅(スミ)
さめの荒(あら)太郎 寛―鮫(サメノアラ) 荒太郎 松―鮫(サメ)ノ荒太郎 龍―
鮫荒(サメアラ)太郎
飯尾(いひおの)すしの助(すけ) 寛―飯尾鮨(イヒヲノスシノ) 介 松―飯尾(イヽノ)ノ鮨(スシ)ノ助

5 龍―飯尾鮨助

いもりの十郎　寛―魶十郎　松―魶ノ十郎　龍―

魶十郎

ゑびなの一族には　寛―海老名一族には　松―海老ノ

名ノ一族トモ　龍―海老名ノ一族

大名小名　寛―大名小名　松・龍―〈缺〉

6 殘らず著到に　寛―不レ殘著到に　松・龍―〈缺〉

參ける　松・龍―〈缺〉

次に山中の殿原には　寛―次に山中の殿原には　松―

此外山中ノ殿原ニハ　龍―此外山中ノ殿原

し丶　寛―鹿　松―鹿　龍―獅子

きりん　寛・松・龍―麒麟

7 象くま猛虎　寛―勇熊猛虎　松―勇熊猛虎　龍―猛

虎

ひよう　寛―豹　松・龍―〈缺〉

大かめの介　寛―大狼介　松―大狼助　龍―狼

まみたぬきの入道　寛―眞見狸入道　松―眞見猜

ノ入道　龍―眞猜入道

8 ちやくし　寛・龍―嫡子　松―嫡子ノ

むじなの太郎　寛―𤢖太郎　松―𤢖太郎　龍―𤢖

太郎

うさぎの兵衛あなもと　寛―兎兵衛穴元　松―兎

兵衛穴元　龍―兎兵衛穴元

6オ1 いのし丶武者は　寛―猪武者　松―猪武者　龍―

猪武者ノ

喬麦をみず　寛―喬麦を不レ見　松―喬不レ見　龍―喬

不レ見

鳥の中には　寛―鳥中には　龍―鳥中ニハ

鸑鷟　寛―鸑鷟　松―鸑鷟　龍―鸑族

2 ほうわうあふむ鶚鳶鸞　寛―鳳凰鸚鵡鶚鳶鸞　松―凮

凰鸚鵡鶚鳶　龍―鳳凰鸚鵡鵾鵬鵝鶚鳶鸞

いしたヽき鶍よぶこどり　寛―鴖鶍喚子鳥　松―

鴖鶍喚子鳥　龍―鴖鶍喚子鳥

3 わし　寛・松・龍―鷲

くまたかを大將として　寛・松―鵰を大將とし

て　龍―鵰ヲ大將軍トノ

雉鳥大納言　松―雉鳥ノ大納言　龍―雉鳥大納言
鴇の大炊殿　寛―鴇　大炊殿　松―鴇ノ大炊殿　龍―
鵇　焱　頭
4 時鳥の中將　寛―時鳥　中將　松―部公　中將　龍―
時鳥中將
鶯の少納言　寛―鶯　小納言　松―鶯　小納言
龍―鸎　小納言
あつとりの侍従　寛―䴵　侍従　松―䴵ノ侍従
龍―䴵　侍従
ひよどりの中納言　寛―鵯　中納言　松―鵯ノ中
納言　龍―鵯　中將
5 鴨の五郎　寛―鴨　五郎　松―鴨　五郎　龍―鴨五郎
鶴次郎　寛・龍―鶴次郎　松―鶴次郎
池上には　寛―池上には　松―池ノ上ノ　龍―池上
ノ
をし五郎　寛・松―鴛五郎　龍―鴛五郎
鳰　寛・龍―鳰　松―鳰
鸍　寛・松・龍―鸍

かいつぶり　寛・松・龍―鸊
6 くゞゐの左近　少輔　寛―鵠　左近少輔　松―鵠　左
近小輔　龍―鵠左近將監
長はし鳩　助　寛―長箸鳩　助　松―長箸鳩ノ助　龍―
長箸
侍大將には　寛―侍　大將　松・龍―侍大將ニハ
7 ひたかの判官代　寛―鷂　判官代　松―鷂　判宦代
龍―鷂　判官代
つみの隼人佐　寛―鷯　隼人佐　松―鷯　隼人ノ佑　龍―
鷯　集人佐
ゑつさいの小三郎　寛―鳶　小三郎　松―鳶　小三
郎　龍―鷂小三郎
はやぶさの衞門督　寛―隼　衞門督　松―隼ノ衞
門ノ督　龍―隼　右衞門守
8 にはとりの雅樂助　寛―鶏　雅樂助　松―鶏ノ雅
樂ノ助　龍―鶏　雅樂助
しらさぎの壹岐守　寛―白鷺　壹岐守　松―白鷺ノ壹
岐守　龍―白鷺　壹岐守

6ウ1　しぎの新五郎　寛―鳴　新五郎　松―鳴ノ新五　龍―
鴫新五郎
しとゝの新六　寛―鵐　新六　松―𪀚新六　龍―鵇
新六
はとの別當やまからの注記　寛―鳩　別當　崔　注記
松―鳩ノ別當山雀ノ注記　龍―鳹　別尙雀注記
2　くゐなの主典輔　寛―水鶏主典輔　松―水鶏ノ主典小
輔　龍―水鶏主殿允
うつらの目　寛―鶉　目　松―鶉目代　龍―鶉
志
かりかねのどくやのかみ　寛―鴈音　十具箭亮　松―
鴈音ノ十具箭ノ毫　龍―鴈音　十具箭頭
ふくろの小目代　寛―梟　小目代　松―梟　小目代
龍―梟　小目代
3　とびの貞親　寛―鵄（左旁を「氏」に作る）定親　松―
戈鳥ノ定觀　龍―鵄（左旁を「氏」に作る）定觀
いか（一字補入）るがの源八　寛―鵤　源八　松―斑
鳩ノ源八　龍―斑源八

鶍（「公」を「矢」に作る）こからしゞうからの藏人
頭　寛―鶍（「公」を「矢」に作る）鶖　鴉（左旁下部
を「夕」に作る）藏人頭　松―鷙　鶖　鵯　鴉（左旁下
部を「又」に作る）藏人頭　龍―　鶖　鵯鴉（左旁を「井」
に作る）藏人頭
4　かうの山城守　寛―鴻　山城守　松―鴻山城守　龍―
鴣　山城守
かしとりの三郎　寛―鵯　三郎　松―鵯　三郎　龍―
鵯　三郎
ひばりの又三郎　寛―雲雀又三郎　松―雲雀又三郎
龍―雲雀又三郎
5　すゞめの小藤太　寛・松―雀　小藤太　龍―雀　少藤
太
もずの陰陽のかみ　寛―鵙　陰陽督　松―鵙ノ陰陽頭
龍―鵙陰陽頭
ちとりの先生　寛―鴴（左旁を「片」の如く作る）先
生　松・龍―〈缺〉
ぬゑの監物　寛―鵺　監物　松・龍―〈缺〉

6 つぐみのとねり　寛—鶫《ツクミノ》舎人《トネリ》　松・龍—〈缺〉
けらつゝきの左少辨《させうべん》　寛—鴷《ケラツヽキノ》（上部を「処」の如く
作る）左少辨《ヘン》　松・龍—〈缺〉
嶋鴸鳩駄《つゝとりうしとりみそさゞいを》（右旁を「犬」に作る）　寛—嶋鴸鳩《ツヽトリウシトリセウ》
駄《サイヲ》　松—嶋鴸《ツヽトリヲシトリ》（左旁を「午」に作る）鳩駄《セウサヽイ》ヲ　龍—
鳴鴸《ツヽトリウシトリ》少鳥駄《サヽイヲ》（右旁を「犬」に作る）
7 さきとして　寛—先《キトシテ》　松・龍—先トシテ
其勢《そのぜい》二萬五千餘《よ》き　寛—巳上其勢《ノ》二萬五千餘騎　松—
巳上其勢二萬五千餘騎　龍—巳上其勢二萬五千餘騎《ヨキ》
（右旁を「音」に作る）
魚鱗《ぎよりん》　寛・松・龍—魚鱗《キヨリン》
鶴翼《くわくよく》　寛—鶴翼《クワクヨクノ》　松—鶴翼《クワクヨク》ノ　龍—羽翼《カクヨクノ》
二陣《ぢん》にむらがれり　寛—二陣群《ニムラカレリ》　松—二ツノ陣ニ
群《ムラカツテ》　龍—二陣群《チンムラカツテ》
8 官軍《くわんぐん》　寛・龍—官軍　松—宦軍
はたをなびかし　寛—旗靡《ハタヲナヒカシ》　松—旗《ハタ》ヲ靡《ナヒカシ》　龍—
旗靡《ハタヲナヒカ》シ
はげしき程のみたれなり　寛—烈《ハケシキ》（上部を「処」の如

く作る）程《ホトノ》亂也《レナリ》　松—烈《ハケシキ》程ノ亂ナリケリ　龍—列《ハケシキ》
程《ホト》ノ亂《ミタレ》ナリ
7オ1 をよそ四足二足《しそくにそく》の物《もの》ども　寛—凡《ソ》四足二足物《ノトモ》　松—
凡《ソ》四足二足ノ者共　龍—凡四足二足ノ物共
いづれぞ　寛—何《レコソ》　松—何《レ》コソ　龍—何《イツ》レコソ
勝劣《せうれつ》なかりけり　寛—勝劣《シヤウレツ》なかりけり　松—劣勝《ヲトリマサリ》
ハナカリケル　龍—勝劣《シヨウレツ》ハナカリケレ
2 かゝる程《ほど》に　寛—是程《カヽルホト》に　松—カヽル程ニ　龍—懸《カヽル》
程《ホト》ニ
南都北京《なんとほつきやう》の　寛—南都北京《ノ》　松—南都北京ノ　龍—
南都比京《ナントホツ》ノ
貝《かひ》の方《かた》へも　寛—貝方《ノヘモ》　松・龍—貝《カイ》ノ方ヘモ
3 聞《きこ》えければ　寛—聞へければ　松—聞ヘケレハ　龍—
キコヘケレハ
我等《われら》も海《うみ》に　寛—我等も海に　松—吾等モ海ニ　龍—
我等モ海《ウミ》ニ
生《しやう》をうくる物《もの》なれば　寛—生受《シヤウヲウクル》物なれば　松—生
ヲ受タル者ナレハ　龍—生ヲ受《ウケ》タル物ナレハ

參(まい)らでは　寛―參(マイラ)では　松―參テハ　龍―不(ス)レ參(マイラ)シテハ

4 あしかりなんと　寛―悪(アシ)かりなんと　松―悪(アシカリ)ナン　龍―アシカリナン

吾等(われら)も參りて　寛―吾等(ワレラ)も參て　松―吾等參シテ　龍―イサヤ參(マイリニ)テ

赤助殿(あかすけとの)　寛―赤助殿　松―赤助トノ　龍―赤助殿(アカスケ)ノ

御供(とも)仕らんとて　寛―御供仕らむとて　松―御共仕ラントテ　龍―御伴仕(トモツカマツ)ラントテ

5 やさしき貝(かひ)共　寛―優敷貝(ヤサシキカヒ)共　松―優(ヤサシキ)敷(カイ)貝共　龍―優敷蚌(ヤサシキカイ)（右旁を「羊」に作る）トモ

參りけり　寛―參けり　松―參リケル　龍―マイリケリ

6 春は吉野(よしの)山の仙家(せんか)の　寛―春は吉野山(ヨシノヤマ)の仙家(センカノ)　松―春ハ吉野ノ山家(サンカ)ノ　龍―春ハ吉野山(ヨシノ、)ノ仙家(センカ)ノ

むかしをわすれぬ　寛―昔忘(ヲヌ)　松―昔(ムカシ)ヲ忘レヌ　龍―昔(ムカシ)ヲワスレヌ

櫻貝(さくらかひ)　寛・龍―櫻貝　松―櫻貝(サクラ)

夏(なつ)はいつみのすゞめ貝(かひ)　寛―夏泉雀貝(ハノスヽメカヒ)　松―夏ハ泉(ミ)ノ雀(スヽメ)貝　龍―夏ハ泉(イツミ)ノ雀(スヽミ)貝

7 秋(あき)は色(いろ)さく　寛―秋色撥(ハイロサク)　松―秋ハ色(ロ)サク　龍―秋ハ色ツク

すわう貝(かひ)　寛―主黄貝(スワウカヒ)　松―主黄(ヌワウ)貝　龍―主黄貝(スワウカイ)

冬(ふゆ)は時雨(しくれ)の　寛―冬時雨(ハシグレ)の　松―冬ハ時雨(シクレ)ノ　龍―冬ハ時雨ノ

をとたちて　寛―音立(ヲトタテ)て　松―音立(ヲトタテ、)　龍―音立(タテ)テ

ねさめがちなる　寛・松―寝覚(ネサメ)かちなる　龍―ネサメカチナル

8 いたや貝(かひ)　寛―板屋貝(イタヤカヒ)　松―板屋(イタヤ)貝　龍―板屋貝(イタヤカタ)

たま〳〵まちえて　寛―適々待得(タマ〳〵マチエ)て　松―適々待得(タマ〳〵チヱテ)　龍―タマ〳〵待(マチ)エテ

ちきる夜は　寛―契夜(チギルヨ)は　松―契夜ノ

7ウ1 あはれをつぐる　寛―哀告(アハレヲツクル)　松―哀レヲ告ル　龍―哀(アハレ)ヲツクル

からす貝(かひ)　寛―烏貝(カラスカヒ)　松―烏貝(ス)　龍―カラス貝（一字補入）

世をいとへども　寛―世厭(ヲイト)へとも　松―世ヲ厭(イトヘ)トモ
龍―世ヲイトウトテ
あま貝(かひ)の　寛―尼貝(アマカヒ)の　松―尼貝　龍―尼蚌(アマカイ)（右旁を
「羊」に作る）ノ
2 おもひへだつる　寛―思隔(ヲモヒヘタツル)　松―思隔(ヒル)　龍―思へ
タル
すたれ貝(かひ)　寛―簾貝(スダレカヒ)　松―簾貝(レ)　龍―簾貝(スタレカイ)
年(とし)よりたれば　寛―年寄(トシヨリ)たれば　松―年ヨリタレハ
龍―年老(トシヲイ)タレハ
うば貝(かひ)の　寛―婆貝(ウバガヒ)の　松・龍―婆貝(ウハ)ノ
3 女貝(おんなかひ)こそなかりけれ　寛―女貝(ヲンナカヒ)こそなかりけれ　松―
女貝コソナカリケレ　龍―女蚌(ヲンナカイ)（右旁を「羊」に作る）
コソ副(ソウ)シケレ
山ぶしの　寛―山伏(ノ)の　松・龍―山臥ノ
こしにつけたるほら貝(かひ)の　寛―腰(コシ)に付たる虚貝(ホラカヒ)の　松―
腰に付タル虚貝　龍―コシニ付タル虚貝(ホラ)ノ
4 友(とも)をもよをすばかりなり　寛―友を催(モヨホ)す計(ハカリ)也　松―
友ヲ催ス計リ也　龍―共ヲモトホス計(ハカリ)也

なもおそろしき　寛―名も傷意敷(ヲソロシキ)　松―名モ傷意敷(ヲソロシ、)
龍―其名ヲ聞(キク)モ
鬼貝(おにかひ)の　寛―鬼貝(ヲニカヒ)の　松―鬼貝　龍―鬼蚌(ヲニカイ)（右旁を
「羊」に作る）ノ
5 おどしかけたるよろひ貝(かひ)　寛―威懸(ヲトシカケ)たる鎧貝(ヨロヒガヒ)　松―
威懸(ヲトシ)タル鎧貝(イ)　龍―ヲトシカケタルヨロイ貝
あげまきかけて　寛―總(アケ)（右旁を「慈」の上部を缺く形
に作る）角懸(マキカケ)て　松―縄角懸テソ　龍―上巻ノカケテ
やさしかりける　寛―優(ヤサシ)かりける　松―優(ヤサ)シカリケ
ル　龍―ヤサシカリケル
6 石(いし)の中なる　寛―石中(ノ)なる　松―石中(シカ)ナル　龍―石(イシノ)
中ナル
蛏(しやう)〱を　寛―蛏々(セイ〱ヲ)　松・龍―蛏々(セイ)ヲ
鮇(かき)あつめてぞ　寛―鮇集(カキアツメ)てそ　松―鮇集(カキ)メテ　龍―
鮇(カキ)アツメテソ
參ける　松―參ケリ　龍―參ルケル
7 時しもさをしかの　寛―時しも佐保鹿(サホシカ)（下部を「心」に
作る）の　松―時シモ早鹿(サヲシカ)ノ　龍―時シモサホシカノ

ほしのひかりは　寛・龍―星(ホシ)の光は　松―星ノ光リ
かすみにて　寛―霞(カスミ)にて　松・龍―カスカニテ
しかも　寛―而(シカ)も　松―然(カ)モ　龍―シカモ
8 海上(かいじやう)は　寛―海上は　松―海上　龍―海土ハ(カイシヤハ)
くらげなり　寛―海月也(クラゲナリ)　松―海月也(クラ)　龍―海月也(クラケ)
をの〱四足は　寛・松・龍―各(ヲノ〱)四足は
もちながら　寛―持(モチ)なから　松・龍―持ナカラ
きつねはかりぞ　寛―狐計(キツネハカリ)ぞ　松―狐計(リ)ソ　龍―
狐(キツネ)ハカリ
8オ1 火はともす　寛―火は燈(トモ)す
鼲目(てんもく)のやうにぞ　寛―鼲目様(テンモクノヤウ)にそ　松―鼲ノ目ノ様
ニ　龍―鼲目(テンメ)ノヤウニ
かゞや（一字補入）きけるところに　寛―明(カゝヤキ)ける處(トコロ)
に　松―明(アカ)カリケル處ニ　龍―アカ、リケル懸(カヽ)リケル
所ニ
2 あはれなる事ありけり　寛―哀(アハレ)なる事ありけり　松―
哀(レ)ナル事在(リ)　龍―哀(アハレ)ナル事アリ
鯛(たいのあかすけ)赤助は　寛―鯛(タイノ)赤介は　松―鯛赤助(アカ)ハ　龍―鯛(タイ)ノ

赤助(アカスケ)
うしろみ　寛―後見(ウシロミ)　松・龍―後見ノ
3 いるかの入道(にうたう)を　寛・龍―鯆(イルカノ)入道を　松―鯆(イルカ)ノ入
道ヲ
ちかづけてぞ　寛―近付(チカツケ)てぞ　松―近付　龍―近付(チカツケ)
のたまひけるは　龍―ノ玉(タマ)ヒケルハ
鯇吉(あぢよし)　松―鯇吉(アヂヨシ)　龍―鯇吉(アメヨシ)
この閒　寛―此閒　松・龍―〈缺〉
4 おきのこぶの太夫(たゆふ)が　寛―奥(ヲキ)の昆布大夫(コブノタユフ)か　松―奥(ヲキノ)
昆布(コフ)ノ太夫カ　龍―奥(ヲク)ノ昆布(フ)ノ大夫カ
むすめの　寛―娘(ムスメ)の　松―娘(ムスメ)　龍―ムスメ
いそのわかめを　寛―礒和布(イソノワカメ)を　松―礒ノ和布(ワカメ)ヲ
龍―礒和布(イソワカメ)ヲ
5 むかへて　寛―迎(ムカヘ)て　松―迎(ムカヘ)
つまとたのめり　寛―妻(ツマ)と憑(タノメ)り　松―妻トタノメリ
龍―妻(ツマ)ト憑(タノ)メリ
いく程なくて　寛―幾程(イクホト)なくて　松―幾程ナクテ　龍―
イク程ナクシテ

此大事出來　寛―此大事出來る　松―此ノ事出來タリ　龍―此大事出來ル
こぶの太夫といふは　寛―昆布大夫と云は　松―昆布太夫ト云ハ　龍―コブノ大夫ト云フハ
6 精進がたには　寛―精進方には　松―精進ノ方　龍―精進ノ方ニハ
むねとの物ぞかし　寛―宗徒の物ぞかし　松―宗徒ノ者ノソカシ　龍―宗トノ物ソカシ
新枕せし　寛―新枕せし　松―新枕セシ　龍―新枕セシ
7 其夜は　寛―其夜半　松―其ノ夜半ハ　龍―其夜ハ
すゑのまつ山　寛―末松山　松―末松山　龍―末ノ松山
なみこえじと　寛―波越しと　松―浪越シト　龍―波コサシト
8 たがひに（元「たがひたがひに」とあり、上三字を見せ消ち）ちきりし　寛―互に契し　松―互ニ契リシ　龍―タカヒニチキリシ

ゑんわうひぼくのかたらひあさからずいかゞせんとぞかなしみしちぎりしことのはは卓文君にもをとらぬ又海老同穴のなさけ今更おもひいでられてはあはれなりとぞのたまひける　寛―鴛鴦魮〓語ひ不レ淺如何せんとぞ悲し契りし言葉は卓文君にもをとらぬ又海老同穴之情今更思出れては哀也とぞのたまひける　松―言ノ葉ハ卓文君ニモヲトラス偕老同穴ノ契リ鴛鴦魮〓ノ語不レ淺如何ハセントノタマヒケル　龍―言ノ葉ハ卓文君ニモヲトラス皆老同穴ノチキリ鴛鴦魮魮〓ノカタラヒアサカラスイカ、セントソノ玉ヒケル
8ウ4 いるか　寛・龍―〓　松―〓
是を聞　寛―是を聞　松―是ヲキ、　龍―コレヲキ、
かしこまつて承り候ぬ　寛―畏て承り候ぬ　松―畏承リ候　龍―畏テウケタマハリ候ヌ
生死無常のならひ　寛―生死無常の習　松―生死無常ノ習ヒ　龍―先死無常ノ習
5 有爲轉變の世の中　寛―有爲轉變世の中　松―有爲轉變ノ世ノ中　龍―有爲轉反ノ世中

釋尊せんだんのけふりをまぬかれず　寛―釋尊未レ
免二梅檀煙一　松―釋尊未レ免　梅檀ノ煙リヲ　龍―
釋（一字補入）尊未レ免二梅檀之煙一
6 はじめあるものは　寛―始有物は　松―〈缺〉　龍―
有レ始者
かならずをはりあり　寛―必終あり　松―〈缺〉
龍―必有レ終
7 會者定別離のうれへにあふ事　寛―會者定別離の愁
に逢事　松―〈缺〉　龍―會者　定　別離　愁　逢事
いまにはじめざるならひなり　寛―于レ今不レ始習なり
松―始習アル也　龍―今ニハシメヌ習ヒ也
8 されば人間八苦の中　寛―去人間八苦中　松・龍―
サレハ人間ノ八苦ノ中ニモ
五常怨苦　寛―五常怨苦　松―五常怨苦　龍―五常
陰苦
9オ1 永不得苦　寛―永不得苦　松―求不得　龍―〈缺〉
愛別離苦ととかれたり　寛―愛別離苦と説たり　松―
愛別離苦ト説レタリ　龍―受別離苦ト、カレタリ

就レ中　寛・龍―就レ中　松―就中
弓矢取ものの　寛―弓箭取物　松―弓矢取物　龍―弓
箭トルモノ、
2 二心ありと　寛―二心有と　松―二心アリト　龍―
二心ロアリト
おもはれさせたまはん事　寛―思はれさせたまはむ事
松―思ハレサセ給ハシ事　龍―思ハレサセ玉ハン事
生涯　松・龍―〈缺〉
3 くちおしかるべし　寛―口惜かるへし　松―口惜カル
ヘシ　龍―口チヲシカルヘシ
其故は　寛―其故は　松・龍―其故
先言候しぞかし　寛―先言候しぞかし　松―先言々フ
カシ　龍―先言ノ候ソカシ
唐土のとらは毛をおしみ　寛―唐土の虎は毛を惜み
松―唐土ノ虎ハ毛ヲ惜　龍―唐土ノ庸ハ毛ヲ、シ
4 日本の武士は　寛―日本武士は　松―日本ノ武士ハ
龍―日本ノ武士ハ
名をおしむとこそ　寛―名を惜むとこそ　松―名惜ト

コソ　龍ー名ヲ、シムトコソ
申つたへ候へ　寛ー申傳(ツタヘ)候へ　松ー申傳へテ候へ
龍ー申シツタヘタレ
5 きずを當代(たうだい)に　寛ー疵(キズ)を當代に　松ー疵ヲ當代ニ　龍ー
疵(キス)ヲ當代(タウタイ)ニ（元「ニハ」とあり、「ハ」を見せ消ちにする）
はじめをき　寛ー始置(ハシメヲキ)　松ー始メテ置キ　龍ーハシメ
テ置(ヲ)キ
そしりを後代(かうだい)にのこさむ事(こと)　寛ー誹(ソシリ)を後代に殘さむ
事　松ー謗後代ニ殘サン事　龍ーソシリヲ後代(コウタイ)ニ殘サ
ン事
6 家(いゑ)のため身(み)のため　寛ー爲(タメ)レ家(ノ)爲(メ)レ身(ノ)　松ー爲我カ家ノ
爲身ノ　龍ー家(イエ)ノ爲身ノ爲
くちをしかるべし　寛ー口惜かるべし　松ー口惜カル(シ)
ベシ　龍ー口チヲシカルヘシ
世(よ)しづまるものならば　寛ー世靜(ヨシツ)まる物ならは　松ー
世靜ナハ　龍ー世シツマルモノナラハ
7 いかならん　寛・松ー何ならん　龍ー何(イカ)ナラン
なみのそこにても　寛・龍ー浪(ナミ)の底(ソコ)にても　松ー浪ノ

底ニテモ
めくりあはせ給はぬ御事　寛ー廻(メグ)り會(アハ)せ給はぬ御事
松ー廻會(リアハ)セ給ハヌ事　龍ーメリアハセ玉ハン事
8 よもあらじと　寛ーよもあらしと　松ーヨモアラシナ
ント　龍ーヨモアランナント
さま〴〵に　寛ー樣〳〵に　松ー樣々　龍ー樣々ニ
こしらへ申ければ　寛ー誘(コシラヘ)申けれは　松ー誘(コシラヘ)申シ
ケレハ　龍ーコシラヘ申ケレハ
9ウ 1 赤助(あかすけ)げにもとや　寛ー赤助げにもとや　松ー赤助ケニ
モトヤ　龍ー赤助(アカスケ)モケニモトヤ
おもひけん　寛ー思ひけむ　松・龍ー思ケン
むかへてほどなき　寛ー迎(ムカヘ)て幾程(イクホト)なき　松ー迎テ幾
程ナキ　龍ームカヘテイクホトナキ
2 いそのわかめを　寛ー礒(イソ)の和布(ワカメ)を　松ー礒ノ和布　龍ー
礒和布(イソワカメ)ヲ
こぶの太夫(たゆふ)がもとへぞ　寛ー昆布(コブ)の大夫か許(モト)へぞ　松ー
昆布太夫カ許(モト)ヘソ　龍ー昆布(コフ)ノ大夫(タユウ)カモトヘソ
をくられける　寛ー被レ送(ラ)ける　松ー被送　龍ー送ラ

レケル
其時(そのとき)　寛・松―其時　龍―其(ソノ)時
3 わかめ　寛・松―和布
一しゆはかくこそゑいぜし　寛―一首はかくこそ詠(エイ)せ
し　松―一首ハカクソ詠シケル　龍―一首(シュ)ハカクソ
詠(エイシ)ケル
4 なみたより　龍―泪ヨリ
ほかに心のあらはこそ　寛―外に心のあらはこそ
5 おもひわかめの　寛―おもひ和布の　龍―思ハワメ
のちのちきりを　松―後ノチキリヲ　龍―ノチノ契リ
ヲ
6 赤助(あかすけ)も　寛―赤助も　松・龍―赤助
かうこそつらねける　寛―かうこそ連(ツラネ)ける　松―カ
クソ連ケル　龍―カソソツラネケル
7 わすれしとおもふ心の　龍―ワスレシト思フ心ノ
かよひせは　寛―かよわせは　龍―カヨイセハ
8 なとふたゝひのちきりなからん　龍―ナト二鯛(タヒ)ノチキ
リナカラン

10オ1 かくてをくる程に　寛―かくて送(ヲク)る程(ホト)に　松―カクテ
送(ル)程ニ　龍―カクテヲクルホトニ
赤助(あかすけ)は　寛・松―赤助は　龍―赤助(アカスケ)
たけきもの丶ふとはいへども　寛―武(タケ)き物夫(モノヽフ)とは雖(イヘ)と
も　松―武物夫(タケキ)トイヘトモ　龍―タケキモノ丶フト
云ヘトモ
2 なみだに空はかきくもり　寛―涙(ナミダ)に空(ソラ)はかきくもり
松―渡ニ空(ソラ)早曇(リ)　龍―泪(ナミタ)ハソラニカキクモリ
むかし　寛・松―昔(シ)　龍―昔(ムカシ)
王昭君(わうせうくん)が　寛―王昭君(ワウシヤウクン)か　松―王照君(セウクン)　龍―王昭君(ワウシヨウクン)
ヲ
胡國(ここく)のゑびすのために　寛―胡國(ココク)の夷(エヒス)のために　松―
胡國之夷(エヒス)ノ爲(メニ)　龍―胡國(ココク)ノエヒスノタメニ
3 つかはされし時　寛―被(シ)遣(ツカハサレ)時　松―被レ遣(ハ)シ時
胡角一聲(こかくいつせい)は　寛―胡角(コカク)一聲(セイハ)　松―角一聲(セイ)ハ　龍―胡
角(カク)一聲ハ
4 霜(しも)の後(のち)の夢(ゆめ)　寛―霜後夢(ノノ)　松―霜ノ後ノ夢　龍―霜(シモ)ノ
後ノ夢(ユメ)

漢宮萬里(かんきうばんり)は　寛―漢宮萬里(ハ)　松―漢宮萬里ハ　龍―漢(カン)宮萬里(キウハンリ)ハ

月の前(まへ)の　寛―月前(ノノ)　松・龍―月ノ前ノ

傷(かなしみ)なんど　寛―傷(カナシミ)なんと　松―傷(イタミ)ナント　龍―傷(モノヲモイ)ナント

5 詠(あいぜ)し事(こと)も　寛―詠せし事も　松―詠セン事　龍―詠セン事モ

今更(いまさら)思ひしられて　寛―今更思ひ知れて　松―今更思ヒ知(レテ)　龍―今更(サラ)ニ思ヒシラレテ

むかしの別(わかれ)まで　寛―昔の別(ワカレ)まて　松―昔ノ別マテ　龍―昔ノ人ノ別レマテ

6 おぼしめしつらねて　寛―思食連(ツラネ)て　松―思食シ連(ツル)レハ　龍―オホシメシツラネ

あかぬ別(わかれ)に　寛―あかぬ別に　松―アカヌ別(ニ)　龍―アカヌ別ニ

ぬるゝ袖(そで)かはく間もなき　寛―ぬるゝ袖乾(カハクマ)間もなき　松―ヌルヽ袖乾(ク)間モナキ　龍―ヌルヽ袖カハクマモナキ

7 旅衣(たびごろも)　寛―旅衣(タビゴロモ)　松―旅衣　龍―旅衣(タヒゴロモ)

なく〳〵　寛―泣々(ナク〳〵)　松―泣々

奥(おき)へぞ歸(かへ)られける　寛―奥(ヲキ)へそ被(レ)歸(ラ)ける　松―奥へソ被(レ)歸ケル　龍―奥ヘソ歸ラレケル

よその海松(みる)めまでも　寛―よその海松(ミルメ)目までも　松―ヨソノ海松(ミルメ)マテモ　龍―海松(ミルメ)目マテ

8 しほたれてぞ　寛―鹽垂(シホタレ)てぞ　松―鹽垂(レ)テソ　龍―シホタレテソ

みえし　寛・松・龍―見へし

赤助(あかすけ)は　寛・松・龍―又赤助は

元(もと)するめ腹(はら)に　寛―元鯣腹(モトスルメバラ)に　松―元鯣腹(トスルメハラ)　龍―モト鯣(スルメ)ノ腹ニ

10ウ1 魾子(むつこ)のありけるを　寛―魾子(ムツコ)の有けるを　松―魾子(ムツコ)ノ在(リ)ケルヲ　龍―鱅子(ムツコ)ノアリケルヲ

ちかくよびよせ　寛―近呼寄(クヨヒヨセ)　松―近呼寄(クヒ)セ　龍―近(チカ)クヨヒヨセテ

いひふくめけるは　寛―言含(イヒフクメ)けるは　松―言含(イヽメ)ケルハ　龍―云ヒフクメケルハ

2 なんぢをば　寛―汝をは　松―汝ハ　龍―汝(ナンチ)ヲハ
いかにもして　寛―何にもして　松―何(イカニモ)シテ　龍―
イカニモ（一字補入）シテ
御料(これう)の御見參(げんざん)に入れんとこそ　寛・松・龍―御料の御
見參に入れんとこそ

3 おもひつれども　寛・松・龍―思ひつれとも
今此事(いまこのこと)　寛・松・龍―今此事
出來上(いでくるうへ)はちからなし　寛―出來上(ル)者無レ(シ)力(ラ)　松―出來(テル)
上(へ)ハ無レ力　龍―出來ル上ハ力ラナシ

4 いかなる　寛―何なる　松―イナラン　龍―何ナラン
いわのはざま　寛―岩迫(イハノハサマ)　松―岩ノ迫(ハサマ)　龍―岩ノ
ハサマ
波のそこにも　寛―浪底(ナミノソコ)にも　松―浪底(ソコ)ニモ　龍―
浪ノ底(ソコ)ニモ
かくれ居(ゐ)て　寛―隱居(カクレヰ)て　松―隱居(カクレ)テ　龍―隱居テ
世(よ)しづまる物ならば　寛・松―世靜(シツマル)物ならは　龍―
世シツマル物ナラハ

5 あらはれ出よと　寛―顯(アラハ)れ出よと　松―顯出(レテ)ヨト
龍―アラハレ出ヨト
言(いひ)ふくめて　寛―言含(イヒフクメ)て　松―言含(イヽ)テ　龍―云フク
メテ
ちの鯛(たい)のめのとと　寛―乳鯛(チノタイノメノト)乳母と　松―乳(チ)ノ鯛ヲ
乳母(メノト)トシテ　龍―乳鯛(チタイ)ノ乳母(メノ)

6 駿河國(するがのくに)　松―駿河國ニ
高(たか)はしの莊(せう)　寛―高橋(タカハシノシヤウ)莊　松―高橋ノ莊　龍―高橋(タカハシ)
莊
知行(ちぎやう)する　寛・松・龍―知行する
をばのあま鯛(たい)がもとへぞ　寛―伯母尼鯛(ヲハノアマタイカモト)許へぞ　松―
伯母(ヲハ)ノ尼(アマ)鯛ノ許(ト)ヘソ　龍―伯母尼鯛(ヲハノアマタイ)ノモトヘソ

7 つかはされける　寛―被レ遣(ハ)ける　松―被遣(ハ)ル　龍―
送ラレケル
かゝる程に武者共(むしやども)　寛―かゝる程に武者共　松―カ、
ル程ニ武者共ハ　龍―カ、ル程ニ武士トモ
みなよろひ著(き)て　寛―皆鎧著(ヨロイキ)て　松―皆鎧著(ナ)テ　龍―
ミナ鎧(ヨロイヲ)著

8 かぶとのををしめ　寛―甲緒(カフトノヲ、)しめ　松―甲(カフト)ノ緒シ

メ　龍—甲ノ緒ヲシメ
馬(むま)にうちのり　寛—馬に打乗(ノリ)　松—馬ニ打乗　龍—馬ニ
打乗リ
出立(いでたち)けり　寛・龍—出立けり　松—出立ケル
11オ1 鮭(さけ)の大助長(おほすけなが)ひれ　寛—鮭(サケノ)大助長鮫(ナガヒレ)　松—鮭大助長鮫
龍—鮭ノ大助長鮫(ヒレ)カ
其日(そのひ)のしやうぞくには　寛—其日(ノ)装束(ノシヤウゾク)には　松—其
日ノ装束ニハ　龍—ソノ日ノ装束ニハ
しかまこんぢのひたゝれに　寛—鹿開紺地直垂(シカマノコンヂノヒタヽレニ)　松—
鹿開(シカ)ノ紺地ノ直垂(レ)ニ　龍—鹿開ノコンチノヒタヽレニ
2 かしどりをどしのよろひ著(き)て　寛—鵫威鎧著(カシトリヲトシノヨロイキテ)
松—鴨(カモトリ)（左旁を「申」に作る）威(ヲトシ)ノ鎧著テ　龍—カシ
鳥ヲトシノヨロイキテ
おなじ毛(け)の五枚(ごまい)かぶとに　寛—同毛(シノ)五牧甲(ニ)　松—同毛
五枚甲ニ　龍—同毛ノ五枚甲ニ
3 鷹角(たかつの)うつてぞ　寛—鷹角(タカツノ)打てぞ　松—鷹角(タカツノ)打ソ　龍—
鷹角打テソ
著(き)たりける　松・龍—著タリケル

4 二十五さいたる　寛—廿五指たる　松—廿五指(シ)タル
龍—〈缺〉
たうの羽(は)の矢(や)　寛—鴾羽矢(タウノハノヤ)　松—鴾(タウ)ノ羽矢(ハヤ)　龍—鴾
ノ羽ノ矢
かしらだかに　寛—首高(カシラタカニ)　松—首(カシラ)高ニ　龍—カシ
ラ高ニ
とつて付　寛—取付(テケ)　松—取テ付　龍—取テツケ
さをしかのつのはづ　寛—早鹿角揣(サヲシカノツノハズ)　松—早鹿角ノ
揣(ハス)　龍—早鹿ノツノハス
5 入れたる弓(ゆみ)　寛—入たる弓(ユミ)　松—入タル弓ノ　龍—入
レタル弓ノ
まん中にぎり　寛—眞中握(マンナカニギリ)　松—眞中(マン)握(ニキリ)　龍—眞中
ニキリ
からす毛(け)なる馬(むま)の　寛—烏毛(カラスゲ)なる馬(ノ)　松—烏毛(カラスケ)ナル
馬ノ
6 ふとくたくましきに（一字補入）　寛—太逞(フトクタクマシキニ)　松—
大逞　龍—フトクタクマシキニ
くまのかわのつゝみの黒(くろ)くら　寛—熊皮裹黒鞍(クマノカハノツヽミノクロクラ)

松―熊裏黒鞍　龍―熊皮ツヽミノクラ
7 おひてぞ　寛―置てそ　松―ヲキテソ　龍―ヲイテソ
乗たりける　寛・松・龍―乗たりける
子息　寛・松・龍―子息
はらゝ子の太郎つぶざね　寛―鰚　太郎鮖實　松―
鰚ノ太郎鮖實　龍―鰚太郎鮖實
同次郎ひづよし　寛―同次郎鯑吉　松―同次郎鯑吉
龍―同次郎鯑吉
8 前後にぞ　寛―前後にそ　松―前後　龍―前後左右ニ
ソ
打たりける　寛・龍―打たりける　松―ウチタリケル
鯛の赤助あぢよし　寛―鯛赤助鮀吉　松―鯛赤助アシ
ヨシカ　龍―鯛　赤助鮀吉
11ウ1 其日の装束には　寛―其日装束には　松・龍―其日
ノ装束ニハ
水もんのひたゝれに　寛―水紋　直垂に　松―水ノ紋
ノ直垂ニ　龍―水ノ紋ノ直垂ニ
宇治のあじろによせ　寛―宇治網代に寄　松―宇治網
代ニ寄　龍―宇治ノ網代ニ寄ル
2 鮊緘のよろひ　寛―鮊緘　鎧　松―鮊緘鎧　龍―
鮊緘ノヨロイ
草ずり長にざつと著て　寛―草摺長にさつと著て　松―
草摺長サツト著　龍―草スリ長ニ著テ
同毛のかぶとの緒をしめ　寛―同毛甲緒をしめ　松―
同毛ノ甲ノ緒ヲシメ　龍―同毛ナル甲ノ緒ヲシメ
3 三尺五寸の（一字補入）　寛―三尺五寸　松―三尺
龍―三尺五寸ノ
鰄物づくりの太刀をはき　寛―鰄物作の太刀帯　松―
鰄物作ノ太刀ヲ帯　龍―イカ物ツクリノ太刀ハキ
4 廿四さいたる　寛―廿四指たる　松―廿四指たる　龍―
廿四サシタル
𪀚（左旁下部を「夕」に作る）尾の矢　寛―𪀚（左旁下部
を「夕」に作る）尾箭　松―𪀚（左旁下部を「又」に作る）尾ノ矢
尾ノ箭　龍―𪀚（左旁下部を「夕」に作る）
羽高に取て付　寛―羽高に取付　松―羽高ニ取テ付
龍―カシラ高ニ取テ付

5 我(わが)ために　**寛**―我ために　**松**―我　**龍**―我為ニ
小鯛(こだい)の弓(ゆみ)　**寛**―小鯛(ノ)弓　**松**―小鯛ノ弓　**龍**―小鯛(コタイ)ノ弓
まん中にぎり　**寛**―眞中握り　**松**―眞中握(リ)　**龍**―眞中(マナカ)
握(ニギリ)
白波(しらなみ)あし毛(げ)のこまに　**寛**―白浪葦毛駒(シラナミアシゲノコマ)に　**松**―白浪(シラ)ノ
葦(アシ)毛駒ニ　**龍**―白浪ノアシケノ駒(コマ)ニ
6 渚崎(すさき)に千鳥(ちとり)すりたる　**寛**―渚崎(スサキ)に千鳥摺(チトリスリ)たる　**松**―渚(ス)
崎ニ千鳥摺タル　**龍**―スサキニ千鳥スリタル
貝鞍置(かひくらをき)てぞ　**寛**―貝鞍(カイクラ)置てそ　**松**―鞍置テソ　**龍**―貝(カイ)
鞍置(クラヲキ)テソ
乗(のつ)たりける　**寛**―乗たりける　**松**―乗(リ)タリケル　**龍**―
乗(ノリ)タリケル
7 今日(けふ)をかぎりとや　**寛**―今日を限(カギリ)とや　**松・龍**―今
日ヲカキリトヤ
おもひけん　**寛・松**―思けん　**龍**―思ヒケン
年比(としごろ)の郎等(らうどう)　**寛**―年比(トシゴロ)の郎等(ラウトウ)　**松**―年比ノ良等　**龍**―
年比(トシコロ)ノ郎等(ラウトウニ)
かながしらに　**寛**―金首(カナガシラ)に　**松**―金首(カシラ)ニ　**龍**―金(カナ)
首(カシラ)ニ
鯱(しやちほこ)もたせて　**寛・松**―鯱(シヤチホコ)持せて　**龍**―サチホコ
モタセテ
8 召具(めしぐ)したり　**寛**―召具(メシクシ)たり　**松**―召具タリ　**龍**―メシ
クセタリ
かくてうち出る処(ところ)に　**寛**―かくて打出処(ル)に　**松**―カ
クテ打出処(ル)ニ　**龍**―カクテ打出テ
12オ 1 沖(おき)の方(かた)を見渡(わた)せば　**寛**―沖方(ヲキノカタ)を見渡せは　**松**―沖(ヲキ)ノ
方ヲ見渡セハ　**龍**―仲(ヲキ)ノ方ヲ見渡セハ
をびた丶しき物(もの)　**寛**―をひた丶しく物　**松・龍**―ヲヒ
タ丶シク物ノ
光(ひかり)りてみえければ　**寛**―光て見えければ　**松**―光テ
見ヘケレハ　**龍**―ヒカリテ見ヘケレハ
2 赤助(あかすけ)あれはなにものぞと　**寛**―赤助あれは何物(ナニモノ)ぞと
松・龍―赤助アレハ何ソト
問(とひ)ければ　**寛・松**―問ければ　**龍**―問ヒケレハ
かながしら　**寛**―金首　**松・龍**―金首(カナカシラ)
3 申けるは　**松**―甲ケルハ

あれこそ　龍―コソ

一切衆生(いっさいしゅじゃう)の御齊(ごさい)となりて　寛―一切衆生(サイシユジヤウ)の御齊と成て　松―一切衆生ノ御齊(サイ)ト成　龍―一切衆生ノ御菜ト成テ

參(まい)らぬ人も候はぬ　寛―參らぬ人も候はぬ　松―參(ヌ)人モ給ハヌ　龍―マイラヌ人モ候ハヌ

4 いわし水(みつ)にて　寛―鰯水(イハシミツ)にて　松―鰯水(イハシ)ニテ　龍―鯷水(イハシミソ)ニテ

渡(わた)らせ給(たまひ)候と申ければ　寛―渡(ワタラセ)給候と申ければ　松―渡ラセ給ト申ケレハ　龍―渡セ玉ヒ候ヘト申ケレハ

5 さては我等(われら)が氏神(うぢかみ)にて　寛―さては我等か氏神(ウジカミ)にて　松・龍―サテハ氏神ニテ

渡(わた)らせ給(たまひ)けりとて　寛―渡らせ給けりとて　松―渡給ケルヤトテ　龍―渡セ玉ヒケルヤトテ

馬(むま)より下(お)り　寛―自(リ)レ馬下(ヲリ)　松―馬ヨリ下(ヲリ)　龍―馬ヨリヲリ

6 三度(さんど)　寛―三度(ノ)　松―三度　龍―〈缺〉

禮拜(らいはい)し　寛―禮拜(シ)　松・龍―禮拜シ

南無八幡大菩薩(なむはちまんだいぼさつ)と　寛・松―南無八幡大菩薩と　龍―南无八幡大井ト

祈念(きねん)して　寛―祈念(キネン)して　松・龍―祈念シテ

胡簶(えびら)のうはざし　寛―胡簶(エビラノ)の表指(ウハザシ)　松―胡簶(コ)ノ表指(ウハ)ヨリ　龍―ヤナクイノウハサシヨリ

7 鯖(さば)の尾(お)のかりまた　寛―鯖尾狩俣(サハノヲノカリマタ)　松―鯖ノ尾ノ鴈(カリ)俣(マタ)　龍―鯖尾(サハヲ)ノカリマタ

ぬき出し　寛―拔(ヌキ)出し　松―出シテ　龍―ヌキタシ

鰯水(いわしみづ)に　寛―鰯水(イハシミツ)に　松―鰯水(イハシ)ニ　龍―イハシ水ニ

8 奉(たてまつ)る　寛・松―奉る　龍―タテマツル

かくて出(いづ)る所(ところ)に　寛―かくて出(ル)處に　松―〈缺〉　龍―カクテ出ケル程ニ

年(とし)ならば　寛・松―年ならは　龍―年

四十ばかりなる者(もの)　寛―四十計なる者　松―四十計(リ)ナル物　龍―四十ハカリナル物ノ

いろくろかりけるが　寛―色黒(イロクロ)かりけるか　松―色黒(クロ)

12ウ1 カリケルカ　龍ー色クロカリケルカ
すこしながき馬（むま）に乗（のつ）て　寛ー少長（スコシナガ）き馬に乗て　松ー
少（シ）ナカキ馬ニ乗テ　龍ースコシ長キ馬ニ乗テ
をくればせして來けり　寛ー後駈（ヲクレバセ）して來けり　松ー
後駈ニシテ來レリ　龍ーヲクレハセシテ來レリ
2 大助（おほすけ）　寛・松・龍ー大助
あれはたれぞと　寛ーあれは誰（タレ）ぞと　松ーアレハ誰ソ
ト　龍ーアレハタソト
問（とひ）ければ　寛・松ー問けれは　龍ー問ヒケレハ
是（これ）は　寛・松ー是は　龍ー手縄カイクリ弓杖（ユツエ）ニスカリ
大音（ヲン）アケテ申ケルコレハ
3 近江國（あふみのくに）の住人（ちうにん）　寛ー近江國　住人（アフミノクニノチウニン）　松ー近江國ノ住人
龍ー近江ノ國ノ住人
犬上川（いぬかみがは）の總追補使（そうついほし）　寛ー犬上川（イヌカミガハ）の總追補使（ソウツイフシ）　松ー犬上
河ノ總追（ソウツイ）補使　龍ー犬上河（イヌカミカハ）ノ總追捕使（ソウツイフシ）
鯰（なまづ）の判官代（はんくわんたい）とぞ申ける　寛ー鯰（ナマツ）の判官代とぞ申け
る　松ー鯰（ナマツ）ノ判官代トソ申シケル　龍ー鯰（ナマツ）ノ判官（ハンクワン）
代（タイ）トソ申ケル

4 など今までは　官ーなど今までは　松・龍ーナト今マ
テ
遅參（ちさん）ぞと　松ー遅參ソト　龍ー遅參（チサン）ハト
問（とひ）ければ　寛ー問れけれは　松ー問ケレハ　龍ー問（トハ）
レケレハ
さん候うなぎに轡（くつわ）を　寛ーさん候鱣　轡（ウナキニクツハ）を　松ーサ
ン候鱣（ウナキ）ニ轡ツラヲ　龍ーサン候ウナキニクツワヲ
5 はげん〳〵とし候程（ほと）　寛ーはげむ〳〵とし候程　松ー
ハケン〳〵トシ候程ニ　龍ーハゲン〳〵トシ候ツル程
ニ
遅參（ちさん）なりとぞ申ける　寛ー遅參也とぞ申ける　松ー遅
參ナリト申ケル　龍ー遅參（チサン）也トソ申ケル
6 去程（さるほど）に　寛ー去程（サルホトニ）　松ーサル程ニ　龍ーサルホトニ
國内通下（こくないつうげ）の事（こと）なれば　寛ー國内通下事（コクナイツウゲノコト）なれは　松ー國
内通下（ノ）事ナレハ　龍ー國内通下（コクナイツウ）ノ事ナレハ
精進方（しやうしんかた）へも　寛ー精進方へも　松ー精進ノ方ニモ
龍ー精進ノ方ヘモ
7 聞（きこ）えけり　寛ー聞へけり　松ー聞コヘケリ　龍ー聞へ

タリ
先搔餅(まづかいもち)律師(のりつし)　寛―先搔餅(ツカイモチノ)律師(リツシ)　松―搔餅(カイモチノ)ノ律師ハ
龍―搔餅律師(カイチチリツシ)
四十八の弟子(でし)を　寛―四十八弟子(ノデシ)を　松―四十八仁ノ
弟子ヲ　龍―四十八人ノ弟子ヲ
召具(めしぐ)して　寛―召具して　松―召具　龍―召具(メシ)シ
8 溫餅(あたゝけ)の御所(ごしよ)へぞ　寛―溫餅(アタヽケノ)之御所(コシヨ)へそ　松―溫餅(アタモチ)ノ御
所へソ　龍―溫餅(アタハケ)ノ御所へソ
參られける　寛―被(レ)參(ラ)ける　松―被參ケル　龍―マ
イラレケル
御所(こしよ)　寛―御所　松―〈缺〉　龍―御所ハ
此由聞召(このよしきこしめし)　寛―此由(ノ)聞食(ヲキコシメシ)　松―此由聞食　龍―此事
キコシメシ
大(おほき)におどろき給て　寛―大に驚(ヲトロキ)給て　松―大ニ驚(キ)
タマヒ　龍―大ニヲトロカセ玉ヒ
13オ1 本人(ほんにん)なれば　寛・松・龍―本人なれは
先納豆(まづなつとう)太郎に　寛―先納豆(ツナツトウ)太郎に　松―マツ納豆太郎
ニ　龍―マツ納豆太ニ

2 つげよと　寛―告(ツゲ)よと　松―告(ツゲ)ヨト　龍―ツケヨト
仰ありければ　寛―仰有ければ　松―仰在(ホヽセリ)ケレハ
龍―仰セアリケリ
律師(りつし)が弟子(でし)に　寛―律師(リツシ)か弟子(デシ)に　松―律師カ第子ニ
龍―律師カ弟子
假粧文(けしやうもん)と云物(いふもの)を以(もつ)て　寛―假粧文(ケシヤウモン)と云物を以(テ)　松―
假粧(ケシヤウ)ト云者ノヲモツテ　龍―ケシヤウフミト云者ヲ
以テ
3 つげけり　寛―告(ツゲ)けり　松―告(ツケ)ケリ　龍―告ケリ
折節(おりふし)　寛―折節(ヲリフシ)　松―境節(ヲリフシ)　龍―オリフシ
納豆(なつとう)太郎は　松―納豆太郎ハ　龍―納豆太
わらの中に　寛―藁(ハラノ)中に　松―藁(ワラ)ノ中ニ
晝(ひる)ねしてありけるが　寛―晝寢(ヒルネ)して有けるか　松―晝(ヒル)
寢(ネ)シテアリケルカ　龍―ヒルネシテソ有ケル
4 ね所　寛―寢所(ネトコロ)　松―寢所(イネ)　龍―ネトコロ
見ぐるしとや　寛―見苦(ミクルシ)とや　松―見苦シトヤ　龍―
見クルシト
おもひけん　寛・松―思けん　龍―思ヒケン

涎垂(よだれたれ)ながら　寛―涎垂(ヨダレタレ)なから　松―涎垂(ヨタレ)ナカラ
龍―ヨタレ垂ナカラ
5 がはとをき　寛―かはと起(ヲキ)　松―カハト起(キ)　龍―カワ
ト起(ヲキ)テ
ぎやうてんして　寛―仰顚(ギヤウテン)して　松―行顚(キヤウテン)シテ　龍―
仰天(キウテン)シテソ
對面(たいめん)する　松―對面スル　龍―對面(タイメン)ス
假粧文(けしやうもん)　松―假粧文　龍―ケシヤウフミ
6 此由委(このよしくわしく)申ければ　寛―此由(ノ)委(クハシ)く申ければ　松―此
由クワシク申シケレハ　龍―此由ヲクハシク申ケレハ
納豆(なつとう)太郎　寛―納豆太郎　龍―納豆太
其儀ならば　寛―其儀(ノ)ならは　松・龍―其儀ナラハ
精進(しやうじん)の物共(ものとも)　寛―精進の物共　松―精進ノ者共(ノ)ヲ
龍―精進ノモノトモ
7 もよほせとて　寛―催(モヨホセ)とて　松―催セトテ
鹽屋(しほや)と云(いふ)　寛―鹽屋(シホヤ)と云　松―鹽屋ト云者　龍―シホ
屋ト云モノヲ以テ
先身(まづみ)ちかく　寛―先身(ツ)近く　松―先身(ツ)近(キ)　龍―先ツ身

近ク
したしきものなればとて　寛―親(シタシキ)物なればとて　松―
親者(シタシキノ)ナレハトテ　龍―シタシキモノナレハトテ
8 すり豆腐權守(とうふのごんのかみ)に　寛―摺豆腐(スリトウフノ)權守に　松―摺唐布(スリタウフ)權
ノ守　龍―摺唐布(スリタウフ)ノ權守(コンノカミ)ニ
つげけり　寛―告(ツゲ)けり　松―告ケリ　龍―ツケケリ
道徳(だうとく)と云物(いふもの)　寛―道徳(タウトク)と云物　松―道徳ト云者　龍―
道徳(タウトク)ト云モノ
13ウ 1 味曾賀(みそか)に　松―味噌ヤニ　龍―味噌カニ
はせめぐつて　寛―馳廻(ハセメクツ)て　松―馳廻(ハセ)テ　龍―ハシ
リ廻テ
もよほしけり　寛―催(モヨホシ)けり　松―催ケリ
先六孫王(まづろくそんわう)より　寛―先(ツ)六孫王(ソンワウ)より　松―先(ツ)六孫王ヨリ
龍―先六孫王ヨリ
2 このかた　寛―以來(コノカタ)
饅頭素麺(まんちうそうめん)を始(はじめ)として　寛―饅頭素麺(マンチウソウメン)を始(メ)として　松―
饅頭索麪(マンチウソウメン)ヲ始トシテ　龍―饅頭索麪(マンチウサウメン)ヲ初トシテ
こんにやく兵衛酢吉(ひやうゑすでよし)　寛―蒟蒻(コンニヤク)兵衛酢吉(ステヨシ)　松―蒟(コン)

蒻兵衛酢吉　龍―苟蒻兵衛酢吉
3 牛房左衛門長吉　寛―牛房左衛門長吉　松―牛房左衛門長吉　龍―牛房左衛門長吉
大根太郎　松・龍―大根太郎
苣次郎　松―萬苣次郎　龍―萬苣次郎
蓮根の近江守　寛―蓮根近江守　松―蓮 根近江守　龍―蓮根近江守
4 きうりの山城 守　寛―胡瓜山城守　松―胡瓜ノ山城守　龍―胡瓜山城守
渡邊薫には　寛―渡邊薫　松―渡邊薫ニハ　龍―渡邊薫ニハ
園豆武者重成　寛―園豆武者重成　松―園豆武者重成　龍―園豆武者重成
5 みやうがの小太郎　寛―茗荷小太郎　松―茗荷ノ小太郎　龍―茗荷小太郎荷
あざみの角戸の三郎　寛―薊 角戸三郎　松―薊ノ角戸三郎　龍―アサミツノ薊角戸三郎 蕀
蕀の 筍 左衛門節重　寛―蕀 之 筍 左衛門節重　松―蕀 筍 左衛門節重　龍―筍左衛門節重
6 侍大將には　寛―侍 大將には　松―侍大將ニ　龍―侍大將ニハ
納豆太郎種成　松―納豆太郎種成　龍―納豆太郎絲重
おいの　寛―甥　松―甥ノ　龍―甥
7 唐醤　松―唐醤　龍―唐裝ノ太郎
同ひしほ次郎　寛―同麴 次郎　松―同麴 次郎　龍―同 麴味噌近
かもうりの新左衛門　寛―冬瓜 新左衛門　松―冬瓜ノ新左衛門　龍―冬瓜 新左衛門
入麪又五郎　寛―入麪 又五郎　松―入麪ノ又五郎　龍―入麪 又五郎
8 はじかみの兵衛尉　寛―土橪 兵衛尉　松―土橪ノ兵衛尉　龍―土橪 兵衛督
ふきの源太苦吉　寛―蕗 源太苦吉　松―落ノ源太苦吉　龍―落 源太苦吉
そばの大角 介三角　寛―喬麥大角 介三角　松―麥大角ノ介三角　龍―喬麥大角 守三角

14オ 1 やまの（一字補入）いもの戸藏介　寛―暑預戸藏介
松―暑預ノ戸藏　龍―暑預戸藏助
いもがしらの大宮司　寛―芋頭　大宮司　松―芋頭
ノ大宮司　龍―芋頭大宮司
いりまめ笑太郎　寛・龍―炒豆　笑太郎　松―炒豆ノ
笑太郎
2 萤唐布の權介　寛―萤唐布權介　松―黄唐布ノ權ノ
助　龍―黄唐布權介
みがらしの新左衛門　寛―實芥子新左衛門　松―實芥
子新左衛門　龍―實芥新左衛門
骨蓬次郎秋吉　寛―骨蓬次郎秋吉　松―河骨ノ次郎秋
吉　龍―河骨次郎秋吉
3 雪餻（右旁を「告」に作る）雪守　寛―雪餻（右旁を
「告」に作る）雪守　松―雪餻（右旁上部を「中」に作る）
ノ雪ノ守　龍―雪鐫壹岐守
こぶの太夫　寛―昆布大夫　松―昆布ノ太夫　龍―昆
布大夫
あらめの新介　寛―荒布新介　松―荒布龍介　龍―荒
和布新介
4 あをのり　寛―青苔　松―青苔　龍―青苔
紅苔　寛―紅苔　松―〈缺〉　龍―紅苔
とつさかのり　寛―雞冠苔　松―鶏冠苔　龍―雞冠苔
すのりの太郎　寛・龍―水苔太郎　松―水苔太郎
わさびの源六　寛―龍骨草源六　松―山薑（中央の
「一」を「冖」に、下部の「一」を「八」に作る）ノ源六
龍―山薑　源六
5 なすびの先生　寛―茄子先生　松―茄子ノ先生　龍―
茄子ノ先生
瓜生五色の太郎　寛―瓜生五色　太郎　松―瓜生ノ五
色太郎　龍―低生五色太郎
こけまめ　寛・松・龍―苔豆
6 かちぐり　寛―擣栗　松―擣栗　龍―干栗
をこし米　寛―興米　松・龍―興米
草もちの又太郎　寛―草餅　又太郎　松―草餅ノ又太
郎　龍―草餅又五郎索餅　律師
樹木の中の　寛―樹木中　松―樹木ノ中ノ　龍―

樹中ノ
7 上らうには　寛・松―上臈には　龍―上臈
椎の少將　寛・龍―椎 少將　松―權ノ小將
もゝの宰相　寛・龍―桃 宰相　松―桃ノ宰相
なつめの侍從　寛―棗（艸冠を付す）侍從　松―棗
ノ侍從　龍―棗 侍從
くりの伊賀守　寛―栗 伊賀守　松―栗ノ伊賀守　龍―
栗 伊賀守
8 大和國の住人　寛―大和國 住人　松―大和國ノ住人
ニ　龍―大和國ノ住人
熟柿の冠者さねみつ　寛―熟柿之冠者實三　松―
熟柿ノ冠者實三　龍―熟柿冠者實三ハ
柿のふたばかりの　寛―柿 蓋計　松―柿ノ蓋計ノ
龍―柿ノ蓋計
14ウ1 所領とて　松・龍―所領トテ
のりがへ　寛―騎替　松―騎替　龍―騎替
一騎もうたず　寛―一騎不レ打　松―一騎モウタサリ
ケリ　龍―一騎モ不レ打ケリ

ざくろの判官代　寛―柘榴判官代　松―柘榴ノ判官
代　龍―柘榴ノ判官代
2 びわの大葉の三郎　寛―枇杷大葉三郎　松―枇杷ノ大
葉ノ二郎　龍―枇杷大葉三郎
柑子五郎　寛―柑子五郎　松―柑子ノ五郎　龍―第柑
子五郎
たちばな左衛門　寛―橘 左衛門　松―〈缺〉
龍―橘 左衛門
3 すもゝの式部の太夫李部　寛―李 式部大夫李部
松―李ノ式部ノ太夫李部　龍―李 式部大夫李部
梨子江の藏人　寛―梨子江藏人　松―梨江ノ藏人
龍―梨 藏人
松茸の太郎　寛―松茸 太郎　松―松茸ノ太郎　龍―
松茸 太郎
4 くまのゝ侍には　寛―熊野侍には　松―熊野ノ侍
龍―熊野侍ニハ
柚の川莊司　寛―柚皮 莊司　松―柚ノ皮ノ莊司　龍―
柚皮 莊司

椹汰左衛門(じんださゑもん)　寛―椹汰左衛門(ジンダ)　松―椹汰左衛門(シンタ)　龍―
椹太左衛門(シンタ)
5 あをなの三郎常吉(つねよし)を　寛―靑蔓(アホナノ)三郎常吉(ツネヨシヲ)　松―靑蔓(アヲナ)
ノ三郎常吉(ツネヨシ)ヲ　龍―靑蕪(アヲナノ)三郎常吉ヲ
始(はじめ)として(て)　寛―始(メ)として　松・龍―始トシテ
以上　寛・松・龍―已上
其勢(そのせい)　寛―其勢(ノ)　松・龍―其勢
五千餘騎(よき)　寛・松―五千餘騎
6 久かたの雲のかけはし　寛―久方雲棧(ノノカケハシ)　松―久方ノ
雲ノ梯(カケハシ)　龍―百域(シキ)（右傍を「式」に作る）ノ雲ノ梯
引おとし　寛―引落(キシ)　松―引落(キ)シ　龍―引ヲトシ
分取高名(ぶんどりかうみやう)　寛―分取高名(ブントリカウミヤウ)　松―分取高名　龍―分取(フントリ)
高(カウ)名ハ
我(われ)も〳〵とぞ　寛―我も〳〵とぞ　松―我モ々トソ
龍―我モ〳〵トソ
7 思はれける中にも　寛―被レ思ける中にも　松―被思
ケルナカニモ
こんにやくの兵衛(ひやうへ)は　寛―蒟蒻(コンニヤクノ)兵衛(ハ)　松―蒟蒻(コンニヤク)兵

衛ハ　龍―蒟蒻(コンニヤク)兵衛酢吉(ステヨシ)ハ
氏神(うぢがみ)の　寛―氏神(ウジカミノ)　松―氏神ノ　龍―氏神(ウチカミノ)
8 はじかみに參りて　寛―薑(ハジカミニ)參て　松―薑(ハシカミ)ニ參リ
龍―薑(ハシカミ)ニ參テ
祈念しけるは　寛・龍―祈念(キネン)しけるは
酢吉(すでよし)　松・龍―酢吉(ステヨシ)
今度　松―今度ノ
15オ 1 からきいのちをば　寛―辛命(カラキイノチ)をは　松―辛命(カラキチ)ヲハ
龍―辛命(カラキ)ヲ
たすけさせ給へとぞ　寛―助(タスケ)させ給へとぞ　松―助(タスケ)
タマヘトソ　龍―タスケサセ給ヘト
よもすがら　寛―通宵(ヨモスガラ)　松―終夜(ヨモヨスカラ)　龍―ヨモスカ
ラ
我身(わがみ)の　寛―吾身(カノ)　松―吾身ノ　龍―我身ノ
2 藝能(げいのう)をつくして　寛―藝能(ゲイノフ)を盡(ツク)して　松―藝能(ケイ)盡シテ
龍―藝能ヲツクサシ
さま〳〵　寛―様々(サマ〳〵)　松―様々　龍―サマ〳〵ノ
なれこ舞(まひ)なんどしければ　寛―馴子舞(ナレコマイ)なんとしければは

松―馴子舞(マイ)ナントシケルカ　龍―馴子(ナレコ)舞ナントシケル
カ
3 管絃具足(くわんげんぐそく)をや　寛―管絃具足(クワンゲングソク)をや　松―管絃ノ具足
ヲヤ　龍―管絃(クワンケンノ)具足ヲ
とり忘けん　寛・松・龍―取忘(トリワスレ)けん
生薑(しやうが)ばかりしたりける　寛―生薑(シヤウカ)計(ハカリ)したりける
松―生薑(セウカ)計ヲソシタリケル　龍―生薑(シヤウカ)ハカリヲシタ
リケル
4 さる程に　寛―去程に　龍―猿(サル)ホトニ
納豆太(なつとうた)は　寛―納豆太(ハ)　松―納豆太　龍―納豆太(ナツトウタ)カ
敵大勢(てきおほせい)なり　寛―敵(テキハ)大勢也(ナリ)　松―敵ハ大勢也　龍―
敵(カタキ)ハ大勢也
御方(みかた)は　寛・龍―御方は　松―御方者(ミカタ)
無勢(ぶせい)なり　寛―無勢也(ナリ)　松―無勢也　龍―無勢(フセイ)也
5 たとひ　寛・松―縦(タトヒ)　龍―縦(タトイ)
打死(うちしに)するとも　寛―打死(ウチジ)する共　松―打死スルトモ
龍―打死ヲスルトモ
はか〳〵しからず　寛―墓々(ハカ〳〵)しからず　松―墓々シカ

ラシ　龍―ハカ〳〵シカラシ
やうがいに　寛―用害(ヨウガヒニ)　松―用害ニ　龍―用害ニ(ヨウカイ)
6 か丶らんとて　寛―懸(カ丶)らんとて
美濃國(みのゝくに)　寛―美濃國(ミノヽノクニ)　松―美濃ノ國　龍―美濃國(ミノヽ)
豆津の荘(まめつのせう)へぞ　寛―豆津荘(マメツノシヤウ)へぞ　松―豆津(マメツ)ノ荘ヘソ
龍―豆津荘(マメツノ)ヘソ
下りける　寛―下(リ)ける　龍―下ケル
かの所(ところ)は　寛―彼所(カノ)は　松―被所者　龍―彼所(カノトコロ)ト申
スハ
7 究竟(くきやう)の城(しろ)なり　寛―究竟(クツキヤウ)の城也(シロナリ)　松・龍―究竟ノ城
也
おほろけにも　寛・松―をほろけにも　龍―ヲホロケ
ニテモ
おつべきやうなし　寛―可レ落(キ)様(ツ)なし　松―可落無様(ツ)
龍―落スヘキ様ハナシ
8 それをいかにと申に　寛―其を何(イカニ)と申すに　松―其(ソレ)
ヲ何ニト申ニ　龍―其レヲイカニ申スニ
前(まへ)は青山峨々(せいざんがゝ)として　松―前ハ青山峨々トシテ　龍―

前(マヘハ)青山峨々(カヽ)トシテ
ふわの關(せき)に　寛―不破關(フハノセキ)に　松―不破ノ關々　龍―
不破(ハ)ノ關ニ
15ウ1 つゞき　寛・龍―つゝき　松―連(ツヽキ)
伊勢路(いせぢ)をさして　寛―伊勢路(イセヂ)を指(サシ)て　松―伊勢路(チ)ヲサ
シテ　龍―伊勢路ヲサシテ
はるかなり　寛―遙也(ハルカナリ)　松―遙也(ハルカ)
青陽(せいやう)の春(はる)　寛―青陽(セイヤウノ)春(ル)　松―青陽ノ春(ル)　龍―青陽ノ
春ノ
2 來(きた)れば　寛・松・龍―來れは
遙々(ようく)たる遠山(ゑんざん)に　寛―遙々(ヨウ〱タルエンザンニ)　遠山　松―遙々タル遠
山ニ　龍―遙(ヨウ)々タル遠山(エンサン)ニ
霞(かすみ)の衣(ころも)たちかさね　寛―霞(カスミ)の衣裁重(コロモタチカサネ)　松―霞ノ
衣裁重(ネ)　龍―霞ノ衣裁重(タチカサネ)
紫塵(しぢん)　寛―紫塵(シジンノ)　龍―紫鹿(チン)ノ
嬾(ものうき)　龍―藾(モノウキ)
3 早蕨(さわらび)　寛―早蕨(サワラヒモ)　松―早蕨(サワラヒ)　龍―早蕨(サワラヒ)ハ
こゝやかしこに　寛―是彼(コヽヤカシコ)に　松―此ヤ彼(カシコ)ニ　龍―

コヽヤカシコニ
おひいでゝ　寛―生出(ヲイテ)　松―生出(ヲヒイツル)　龍―生出(ヲイ)タリ
うしろはあしか　寛―後　足香(ウシロハアシカ)　松―足香(アシカヽ)　龍―ウシ
ロハ足香(アシ)
すのまた　寛・松・龍―須俣(スノマタ)
4 くゐぜ川　寛―椿瀬河(クヰゼカハ)　松―樻瀬河(クイセカワ)　龍―椿瀬河(クキセカハ)
三の大河(たいが)を　寛―三(ノ)大河(ヲ)　松―三ノ大河ヲ　龍―三(ノ)大
河(ヲ)
ながしたる　寛―流したる　松―サカレタル　龍―流
レケル
東岸西岸(とうかんせいかん)の柳(やなぎ)　寛―東岸西岸　柳(トウガンセイガンノヤナキ)　松―〈缺〉　龍―
東岸西岸ノ柳
5 遲速同(ちそくおな)しからず　寛―遲速不レ同(チソクスラ)　松―〈缺〉　龍―遲
速(ソク)不レ同
南北風(なんほくかせ)すさまじふして　寛―南北風冷(スサマジフ)　して　松―
南北ノ風冷(スヽシウ)シテ　龍―南北(ノ)風冷
6 よせくる　寛―寄(ヨセクル)　松―寄來(ヨセル)　龍―奇來ル(ヨセク)
蒼波(さうは)は　寛―蒼波(ソウハハ)　松・龍―蒼波

白浪舊苔(はくらうきうたい)のひげを　寛―白浪舊苔鬚(ハクラウキウタイノヒゲヲ)　松―白浪ハ舊
苔ノ鬚(ヒゲ)ヲ　龍―白浪ハ舊苔(キウタイ)ノ鬚ヲ
あらひける　寛―洗(アラヒ)ける　松―洗(ヒ)ケル
河(かは)の面(おも)には　寛―河面(ノ)には　松―川ノ面ニハ　龍―河(カハ)
ノ面ニハ
7 らんぐゐ　寛―亂椿(ラングヒ)　松―亂椿(クイ)　龍―亂杭(ランクキ)
さかも木　寛―逆茂木(サカモギ)　松・龍―逆木(サカモキ)ヲ
引　寛・松―引(キ)　龍―引キ
上下には大づな小つな　寛―上下には大紐(ヅナ)小綱(ヅナ)　松―
上下ニハ大綱小綱ヲ　龍―上下ニハ大綱小綱(ツナコ)ヲ
はりたれば　寛―張(ハリ)たれは　松―ハリタレハ　龍―ハ
エタレハ
8 いかなるはやおの　寛―何(イカ)なる早男(ハヤヲノ)　松―イカナルハ
ヤリヲノコノ　龍―イカナルハヤリ男(ヲトコ)ノ
しらはへなんども　寛・松―白鰸(シラハヘ)なんとも　龍―白鰛
ナリトモ
たやすく　寛―輒(タヤス)く　松―輒(タヤスク)
通るべきやうぞ　寛―可(キ)レ通(ル)様ぞ　松―可レ通(ル)ヤウソ

龍―トホルヘキ様ヲ
16オ 1 なかりけり　松・龍―ナキ
其上(そのうへ)には　寛―其上(ノニハ)　松―其上ニハ　龍―其上(ソノウエ)ニ
しゝかき　寛―鹿檣(シヽガキ)　松―鹿垣(シヽ)　龍―鹿垣(シヽカキ)
くゐがき　寛―椿垣(クヰガキ)　松―椿垣(クイカキ)　龍―椿垣(カキ)
ゆいたてゝ　寛・松―結立(ユイタテヽ)　龍―ユイタテ
2 ひたなるこを　寛―飛木鳴子(ヒタナルコヲ)　松―飛木ヤ鳴子(ヒタナルコ)ヲ　龍―
飛木(ヒタ)ソ鳴子(ナルコ)ヲ
用意(ようい)する　寛・松・龍―用意する
かゝりければ　寛・松・龍―かゝりけれは
武士(ぶし)共(ども)すでに　寛―武士共已(スデニ)　松―武士共已(ステニ)　龍―
武士(フシ)トモステニ
3 よすると聞(きこ)えしかば　寛―寄(ルト)聞へしかは　松―寄聞(ヨストキコ)
ヘシカハ　龍―ヨスト聞エシカハ
兵共打立出立(つはものどもうつたちいでたち)けり　寛―兵共打立出立けり　松―
兵(ツハモノ)共打立テ出ケリ　龍―ツハモノトモ打立出ケル
龍樓八陣(れうろうはちぢん)をかまへ　寛―龍樓(レウロウ)八陣(ヂンヲカマ)構へ　松―龍樓ノ
八陣ヲ構(カマヘ)　龍―龍樓ノ入陣ヲ構(カマヘ)

4 當年(たうねん)　寛―當年　松―當初(ソノカミ)　龍―ソノカミ
項羽(かうう)七十餘度(よど)の　寛―項羽(カウウ)七十餘度(ノ)　松―項羽(コウウ)ノ七十
餘度ノ　龍―項羽(カウウ)ノ七十五度ノ
たゝかひ　寛―戰(ヒ)　松―戰(タヽカイ)
秦王破陣樂(しんわうはぢんがく)を奏(そう)するも　寛―秦王破陣樂(シンワウハチンガクヲ)　奏(スルモ)　松―
秦王破陣樂(チンカク)ヲ奏セシモ　龍―秦(シン)王ノ破陣樂(ハチンラク)セシモ
5 是(これ)にはいかでまさるべき　寛―是(ニハ)　何(イカテ)可(キ)レ勝(マサル)　松―何(イカ)
テカコレニ可勝(ル)　龍―何テカ是ニ勝(マサ)ルルヘキ
納豆太(なつとうた)が　寛―納豆太(カ)　松・龍―納豆太カ
6 其日(そのひ)の装束(しやうぞく)には　寛―其日(ノ)装束には　松―其日(ノ)装束
ニハ　龍―其日ノ將束(シヤウソク)ニハ
鹽干(しほひ)にはし書たるひたゝれに　寛―鹽干橋書(シホヒニハシカキタルヒタヽレニ)　直垂
松―鹽(シホ)ニ橋書(ハシカキ)タル直垂ニ　龍―鹽干(シホヒ)ニ橋書(ハシカキ)タルヒタヽ
レニ
7 白絲(しらいと)をどしの大よろひ　寛―白絲縅(ヲドシノ)　大鎧(ヨロヒ)　松―白(シラ)
絲縅(イトヲトシ)ノ大鎧　龍―白絲縅(シライトヲトシノ)　大冑(ヨロヒ)
草(くさ)づりながに　寛―草摺長(クサズリナカニ)　松―草摺長(ニ)　龍―草摺(クサスリ)
長(ナカ)ニ

ざつと著(き)　寛―さつと著(キ)　松・龍―サツト著(キ)テ
梅干(むめほし)のかぶとのをゝしめ　寛―梅干甲(ムメホシカフトノヲヽ)　緒しめ　松―
梅干(ムメホシ)ノ甲ノ緒(ヲ)ヲシメ　龍―梅干(ムホウシカフト)甲ノ緒ヲシメ
かぶらとうの弓　寛―鏑藤(カブラトウノユミノ)弓　松―鏑藤(カフラトウ)ノ弓ノ
龍―カフラトウノ弓ノ
8 まん中にぎり　寛―眞中握(マンナカニギリ)　松―眞中(マナカ)握　龍―眞中(マ)
ニキリ
いその鍛冶布(かぢめ)　寛―礒鍛治布(イソノカヂメ)　松―礒ノ鍛治(カ)メニ
龍―礒ノカチメヲ
16ウ 1 石(せき)よせて　寛―石寄(セキヨセテ)　松―石寄(セキヨセ)テ　龍―メシヨセテ
きたはせたる　寛・松―練(キタハセ)たる　龍―キタワセタル
香(かう)のかぶら矢(や)　寛―香鏑矢(カウノカフラヤ)　松―香(カウ)ノ鏑　龍―香ノ
カフラ
十六までぞ　寛―十六までぞ　松―十六マテソ　龍―
十六マテコソ
2 さいたりける　寛―指たりける　松―サシタリケル
龍―指(サシ)タリケル
五氣(いつき)にあまる　寛―五氣餘(イツキニアマル)　松―五氣アマリタル

龍―五(イツ)キニアマル
むきまめ　寛―[扌+塗](ムキ)（手扁に「塗」に作る）豆(マメ)　松―[扌+塗](ムキ)（手扁に「塗」に作る）豆(マメ)ニ
前後(ぜんご)の山がたには　寛―前後山形(ノヤマガタ)には　松―前後ノ山(ヤマ)形(カタ)ニハ　龍―前後ノ山形(カタ)ニハ
3　陶淵明(たうゑんめい)が友(とも)とせし　寛―陶淵明 友(タウヱンメイカトモ)とせし　松―陶淵(タウヱン)明(メイ)カ友トセシ　龍―陶淵明カ友(トモ)トセシ
重陽(ちやうやう)の宴(ゑん)に　寛―重陽 宴(チヤウヤウノヱンニ)　松―重宴カ　龍―重(テウ)陽 宴(ヤウノヱン)ニ
酌(くみ)なれし菊酒(きくしゆ)に　寛―酌馴 菊酒(クミナレシキクシユニ)　松―酌(クミ)ナレハ菊酒　龍―クミナレシ菊ノ酒(キクサケ)ニ
4　さかづきとりそへたる所(ところ)をぞ　寛―盃 取添たる(サカツキトリソヘ)處をぞ　松―盃取添(キリヘル)所ヲ　龍―盃(サカツキ)ヲ取添(トリソヘ)タル所ヲ
みがきつけ　寛―磨付(ミカキツケ)　松―磨付(ミカキ ケ)ニシタリケル　龍―ミカキツケニソシタリケル
5　金(きん)ぶくりんの鞍(くら)おひて　寛―黄伏輪 鞍置て(キンプクリンノクラヲヒ)　松―黄(キ)伏輪(フク)ノ鞍置テ　龍―黄伏輪(キフクリン)ノ鞍(クラ)ヲキ
ゆらりと乗(のり)て打立(うつたて)り　寛―ゆらりと乗て打立(リ)　松―ユラリト乗リ打立タリ　龍―ユラリト打乗出(ウチノリ)タリ

6　甥(おい)の唐醬(たうしやう)太郎は　寛―甥 唐醬太郎(ヲイノタウシヤウ ハ)　松―甥(ヲイ)ノ唐醬(タウシヤウ)大郎　龍―甥(ヲイ)ノ康装(タウシヤウ)ノ太郎
是(これ)も装束(しやうぞく)　寛―是装束(モ シ)　松―是モ装束シ　龍―是モ同シ装束(シヤウソク)
河原毛(かはらげ)なる馬に　寛―河原毛(カハラゲ)なる馬　松―河原毛ノ馬ニソ　龍―河原毛(カハラケ)ノ馬ニソ
7　乗(のつ)たりける　寛・松―乗たりける　龍―乗ケル
いりまめ笑(ゑみ)太郎は　寛―炒豆 笑太郎(イリマメノヱミ ハ)　松―炒豆(イリマメノヱミ)笑太郎　龍―炒豆(イリマメ)笑太郎ハ
自然(しぜん)の事もあらば　寛―自然 事(シゼンノ)もあらは　松―自然ノ事アラハ　龍―自然(シセン)ノ事モアラハ
8　腹(はら)きらむずる　寛―腹切(ハラキラ)むずる　松―腹切(キラン)スル　龍―腹切(ハラキ)ランスル
思ひにて　寛・松―思にて　龍―思(ニ)テ
うちはねする　寛・松―打はねする　龍―ウテハハネスル
あづき毛(げ)の（下に丸を付す）の御菜成(ごさいなる)にぞ　寛―小豆(アツキノ)

御菜成にぞ　松―小豆ノ御菜成ニソ　龍―小豆ノ御菜
ニ成ニソ
17オ1 乗たりける　寛・松・龍―乗たりける
さる程に　寛―去程　松―サル程ニ　龍―去程ニ
五聲の宮漏の　寛―五聲宮漏　松―五聲ノ宮漏ノ　龍―
〈缺〉
初て明て後　寛―初明後　松―明テ後　龍―〈缺〉
2 一點の窗燈の　寛―一點窗燈　松―一點ノ燈　龍―
〈缺〉
消んと欲する時　寛―欲消時　松―欲消時　龍―
〈缺〉
大手からめ手よせ來　寛―大手搦手寄來　松―大手
搦手寄來テ　龍―追手搦手寄來テ
3 一度に時をつくり　寛―一度時作　松―一度ニ時ヲ作
龍―一度ニ時ヲソ作ケリ
大音さゝげ　寛―大音捧　松―大音捧テ　龍―大音
捧テ
4 なのりけるは　寛―名乗けるは　松―名乗ケルハ　龍―

名乗ケルハ
遠くは　寛―遠くは　松―遠　龍―遠クハ
音にも聞つらん　寛・龍―音にも聞つらん　松―音ニ
モキゝツラン
近くはめにもみよ　寛―近くは目にも見　松―今ハ目
ニモ見ヨ　龍―今ハ目ニモ見ヨカシ
5 極樂淨土に有　寛―極樂淨土有　松―極樂淨土有ナ
ル　龍―極樂淨土アルナル
孔雀鳳凰には（二字補入）　寛―孔雀鳳凰　松・
龍―孔雀鳳凰ニハ
三代の末孫　寛―三代末孫　松・龍―三代ノ末孫
戀しき人に　寛―戀人　松―戀敷人　龍―戀人ニ
6 あふさかの關にすむ　寛―合坂關棲　松―合坂ノ關
棲　龍―アフサカノ關スム
には鳥の雅樂頭長尾と　寛―鶏雅樂頭長尾　松―
鶏ノ雅樂ノ守長尾ト　龍―鶏雅樂頭長尾ト
7 名乗て　松―名乗　龍―名乗テ
ほろをたゝき　寛―布露扣　松―布露ヲ扣テ　龍―

有露(ホロ)ヲタ、キテ
たゞかけよ〱とぞ　寛―唯(タヾ)かけよ〱とぞ　松―ロ
ハカケロ〱トソ　龍―只カケロ〱トソ
8 下知(げぢ)しける　松・龍―下知シケル
城中(じやうちう)にも　寛―城中にも　松―城中　龍―城中ニハ
是(これ)を聞(きゝ)　寛―是を聞　松―是ヲ聞(キヽ)　龍―是ヲ聞(キヽ)テ
納豆太(なつとうだ)　寛・松・龍―納豆太
あぶみふんばり　寛―鐙踏張(アフミフンバリ)　松―鐙蹈張(アフミフンハリ)　龍―
鐙(アフミ)フンハリ
17ウ1 大音聲(たいをんじやう)をさゝげて　寛―大音聲(タイヲンジヤウ)を捧(サヽゲ)て　松―大音
捧テ　龍―大音捧(アケ)テ
名乗(なのり)けるは　寛・松―名乗けるは
神武天皇(じんむてんわう)より　松―神武天皇ヨリ　龍―神武天皇
2 七十二代の後胤(こういん)　寛―七十二代後胤(ノコウイン)　松―七十二代ノ
後胤(コウイン)　龍―七十二代ノ後胤(イン)
深草(ふかくさ)の天皇(てんわう)には　寛―深草(フカクサノテンワウ)天皇には　松―深草(フカ)ノ天
王ニハ　龍―深草ノ天王ニハ
五代(ごだい)の苗裔(べうゑい)　寛―五代苗裔(ノヘウエイ)　松―五代ノ苗裔(ヘウエイ)　龍―五

代苗裔(ノヘウエン)
3 畠山(はたけやま)のさやまめには　寛―畠山鞘豆(ハタケヤマノサヤマメ)には　松―畠
山鞘豆(サヤマメニ)　龍―畠山ノサヤマメニ
三代(さんだい)の末葉(ばつよう)　寛―三代末葉(ノマツヨウ)　松―三代ノ末葉(ハツヨウ)　龍―三
代ノ末葉
まめの御料(ごれう)の子息(しそく)　寛―豆(マメノ)御料之子息(ノシソク)　末―豆(マメ)ノ御
料(ノ)子孫　龍―豆御料ノ子息
納豆太郎種成(なつとうたねなり)と　寛・松―納豆太郎種成(タネナリ)と　龍―納豆
太郎絲重ト
4 名乗(なのつ)て　寛・龍―名乗て　松―名乗(ナノリ)
二羽(ふたつは)の矢(や)　寛―二羽の矢　松―二羽矢(フタハヤ)　龍―二羽矢(ハヤ)
ノ
みそかぶら打くはせ　寛―味曾鏑(ミソカブラ)打くわせ　松―味(ミ)
曾鏑(カフラ)打クワセテ　龍―味噌(ソ)カフラ打クワセテ
5 能引(よつひき)つめて　寛―能引(ヨクヒキ)つめて　松―能引(ヨツキ)ツメテ
ひやうどいる　寛―ひやうと射(キ)る　松―ヒヤウト射
龍―ヒヤウトイル
雅樂頭長尾(うたのかみながお)　寛―雅樂頭長尾(ウタノカミナカヲ)　松―雅樂ノ頭長尾カ(ヲ)

龍―鶏(ニハトリ)雅樂頭(ウタノカミ)長尾カ
ほろふくろ　寛―布露袋(ホロブクロ)　松―布露(ホロ)袋　龍―布露(ホロ)フ
クロ
6 いつらぬひて　寛―射連(キツラ)ぬいて　松―射連(イツナイ)テ　龍―
イツラヌイテ
つゞひて立たりける　寛―續(ツヽイ)て立たりける　松―
次(ツヽヒテ)立タリケル　龍―ツ、イテ立タル
白(しら)さぎの雪(ゆき)の守(かみ)が　寛―白鷺(シラサギノ)雪守(カ)　松―白鷺ノ雪(ユキ)ノ
守カ　龍―白鷺(シラサキノ)壹岐守(ユキノカミ)カ
7 ほそくび　寛―細頸(ホソクビ)　松―細頸(ホソクヒ)　龍―細クヒ
あやうくいかけて　寛―危(アヤウ)く射懸(キ)て　松―危(アヤウク)射掛(ケ)
龍―ヤウ射(イ)カケテ
うしろなる　寛―後(ウシロ)なる　松―後(ロ)ナル　龍―後(ウシロ)ナル
ナル
さゝげ畠(はたけ)に　寛―大角畠(サヽゲバタケ)に　松―大角畠(サヽケケ)ニ　龍―大(サ)
角(ヽ)豆(ケ)畠(ハタケ)ニ
8 こなりしてこそ　寛―小鳴(コナリ)してこそ　松―小鳴シテ
龍―小鳴シテコソ

立たりける　龍―立(タチ)タリケレ
かゝる所に　寛―是所(カヽル)に　松―カ、リケル處ニ　龍―
カ、ル處ニ
はらゝごの太郎つぶざね　寛―鮞(ハラヽゴノ)太郎鮖實(ツフサネ)　松―
鮞(ハラヽコ)ノ太郎鮖實(ツフサネ)　龍―鮞(ハラヽコ)ノ太郎鮖實(ツフ)
18オ1 すゝみ出て　寛・龍―進(スヽミ)出て　松―進出(スヽミ)テ、
名乘(なのり)けるは　寛・松―名乘けるは
たゝ今　寛―唯今　松―只今　龍―只今(タヽイマ)
よせたるは　寛―寄たるは　松―寄(ヨセ)タルハ　龍―寄タ
ル武者ヲハ
2 たれとかみる　寛―誰とか見(ミル)　松―誰カト見(ル)　龍―誰
トカ見ル
今度(こんど)　寛・松―今度　龍―今度ノ
謀叛(むほん)の最帳(さいぢやう)　寛―謀叛(ムホンノ)最帳(サイヂヤウ)　松―謀反(ムホン)ノ最帳(サイチヤウ)　龍―
謀反最張(ムホンサイシヤウ)
遠(とを)くは音(をと)にも聞(きゝ)つらん　寛―遠(トヲ)くは音(ヲト)に□聞つらん
松―遠(トヲウ)テハ音ニモ聞ツラン　龍―遠(トホク)テハ音ニモ聞ツ
ラン

3 近(ちか)くはめにもみよ　寛―近くは目にも見　松―今ハ目
モ見ヨ　龍―今ハ目ニモ見ヨカシ
大日本國(だいにつほんこく)　寛・松・龍―大日本國
南閻浮提(なんゑんぶだい)　寛―南閻浮提(ナンエンフダイ)　松・龍―南閻浮提(エンフタイ)

4 天下正像(しやうざう)　寛―天下正像(サウ)　松―天下(アメカタ)正像(サウ)ノ　龍―
天下(アメカシタ)正像
二天には差置(さしをき)つ　松―二天ハ差置(サシ)テ　龍―二天ハサテ
置(ソ)キヌ
大通智勝(だいつうちせう)の　寛―大通智勝(ダイツウチセウノ)　松―大通智勝ノ　龍―
大通智勝(チシヨウ)ノ

5 世(よ)となりて　寛―世と成て　松―世トナリ　龍―世(ヨ)ト
成テ
二千餘年(よねん)はやすぎぬ　寛―二千餘(ヨ)年早過(ハヤスギ)ぬ　松―二千
餘年ハ早過ヌ　龍―二千餘年ハ早過(ハヤヌキ)ヌ
しかしよりこのかた　寛―自レ爾以來　松―自余(シカツシヨリ)コ
ノカタ　龍―自レ余以來(ヨリシカシコノカタ)

6 天神七代(てんじんしちだい)に　寛・松―天神七代に　龍―天神七代
至(いたる)まで　寛―至(イタル)まて　松―イタルマテ　龍―至(イタツ)テ

とよあし原(はら)の中津國(なかつくに)　寛―豊葦原(トヨアシハラノ)中津國(ナカツクニ)　松―豊(トヨ)
葦(アシ)原ノ中國(ナカツクニ)　龍―豊蘆原(トヨアシハラ)ノ中津國

7 五幾七道(ごきしちだう)を分し　寛―五幾(ゴキ)七道分(ヲシ)　松―五幾七道ヲ分
テハ　龍―五幾七道ヲ分(ワカ)チシ
皇城(わうじやう)よりこのかた　寛―皇城(ワウジヤウ)より子方(コノカタ)　松―皇城ヨ
リコノ方　龍―皇城(ワウシヤウ)ヨリコノカタ
北陸道(ほくろくだう)　寛―北陸道(ホクロクタウ)　松―北陸道　龍―北陸道(ホクロク)ニヲキ
テ

8 越後(ゑちご)の國(くに)　寛―越後國(エチコノクニノ)　松―越ノ國　龍―越後國
大河郡(おほかはこほり)　寛―大河郡(ノコホリ)　松―大河ノ郡　龍―大川那(コホリ)
鮎(あゆ)の莊(せう)の住人(ぢうにん)　寛―鮎(アヒノシヤウノ)莊　住人　松―鮎ノ(エイ)莊ノ住人
龍―鮎(アエノシヤウ)　莊住人
鮭(さけ)の大助(おほすけ)ちやくし　寛―鮭(サケノ)大助嫡子(チヤクシ)　松―鮭(サケ)ノ大助
嫡子　龍―鮭(サケノ)大助長鮫嫡子(ナカヒレチヤクシ)
はら〻子の太郎つぶさね　寛―鮞(ノ)太郎魟實　松―鮞(ハラヽコ)
ノ太郎魟實(ツフサネ)　龍―鮞(ハラヽコノ)太郎魟實(ツフサネ)

18ウ1 生年(しやうねん)つもつて　寛―生年積(ツモツテ)　松―年積テ　龍―生年
積(ツモリテ)

二十六歳にまかりなる　寛―二十六歳罷成　松―廿六歳ニマカリ成　龍―廿六歳ニ罷成ル

2 敵の中に　松・龍―〈缺〉

我と思はんものは　寛―我と思はむ物は　松―我ト思ハン者ノ　龍―我ト思シモノハ

をしならべてくめやとて　寛―押竝　組やとて　松―押竝ヘテ組〳〵ト　龍―オシ竝テ組ヤト

3 名乗て　寛・松―名乗て　龍―〈缺〉

ゑびらのうはざしより　寛―胡籙　表指より　松―胡籙表指ヨリ　龍―胡籙ノ表指ヨリ

鯖の尾のかりまた　寛―鯖　尾狩俣　松―鯖ノ尾ノ狩役　龍―鯖尾ノ狩役

4 ぬき出し　寛・龍―抜出し　松―抜出シテ

能引つめて　寛―能挽つめて　松―ヨツヒキツメテ

はなつ矢に　寛・龍―放矢に　松―放ツ矢ニ

いもがしらの大宮司が頭　寛―芋頭　の大宮司　頭　松―芋頭ノ大宮司カ頭　龍―芋頭ノ大宮司カ首

5 いやぶりて　寛―射破れて　松―射破レテ　龍―射破レテ

むまより下に　寛・松―自馬下に　龍―馬ヨリ下ヘソ

落にけり　寛―落にけり　松―落ニケリ　龍―落ニケル

いもが子ども　寛―芋　子共　松―芋ノ子トモ　龍―芋ノ子共

6 引しりぞく　寛―引　退　松―引退ソキ　龍―別退

如何とぞ　寛―如何とぞ　松―如何トソ　龍―如何セントソ

なげきける　寛・龍―歎ける　松―歎ケル

いりまめの太郎　寛―炒豆　太郎　松―炒豆太郎　龍―炒豆ノ吠太郎

是をみて　寛―是見　松―是ヲ見テ　龍―是ヲ見テ

7 合戰に出るほどにては　寛―合戰に出程にては　松―合戰ニ出ル程ニテハ　龍―合戰ニ出ル程ニテハ

其程のうす手おひて　寛―其程の薄手負て　松―其程ノ薄手負テ　龍―ソレホトノ薄手負

8 さのみなげくやとて　寛—さのみ歎(ナゲク)やとて　松—サ
ノミ歎(ナゲク)カトテ　龍—サノミ歎(ナゲクカ)トテ
腹(はら)の皮(かわ)を切(きり)てぞ　寛—腹皮(ハラノカハ)を切てそ　松—腹(ハラ)ノ皮(カワ)ヲ
切テソ　龍—腹(ハラ)ノ皮(カハ)ヲ切(キツ)テ
笑(わらひ)ける　松—笑(ヒ)ケル　龍—咲(ワラヒ)ケル
19オ1 いもの子共　寛—芋子(イモノコトモ)　松—子トモ　龍—芋子(イモノコ)共
にくてもの、言事(いひごと)かな　寛—悪物(ニクテモノ)の言事(イヒ)哉　松—悪(ニク)
キ物ノ言事カナ　龍—ニクイ云事哉
死(し)する事(こと)　寛—死事(ル)　松—死事(シセン)　龍—死ナン事
2 子細(しさい)なけれども　松・龍—子細ナケレトモ
みはなつべきにあらねば　寛—見放(ミハナツ)へきにあらねは
松—見放(ミハツ)ヘキニアラネハ　龍—見放(ミハナ)ツヘキニアラサレ
ハ
かやうにあつかふぞかしと言(いひ)て　寛—か様扱(ニアツカフソ)かし
と言(イヒテ)　松—カヤウニアツカウソカシト言(イ、)テ　龍—加
様ニアツカウソカシトテ
3 御前(おんまへ)に瓶子(へいじ)に　寛—御前に瓶子(ヘイジ)に　松—御前ノ瓶子(ヘイ)ニ
龍—御前ノ瓶子(ヘイシ)ニ

酒(さけ)ののこり有(あり)けるを取(とり)て　寛—酒の残有けるを取て
松—酒残(ノコリ)テアリケルヲトリテ　龍—酒ノコリテ有ケ
ルヲ取テ
笑(ゑみ)太郎が　寛—笑(ヱミ)太郎(カ)　松—笑太郎カ　龍—咲(エミ)太郎カ
4 しやつらに　寛—しや面(ツラ)に　松—頭(カシラ)ニ　龍—頬(ツラ)ニ
いつかけしかば　寛—いつかけしかは　松—イ、カケ
シカハ　龍—イカケタリ
やがてにが〳〵として　寛—軈苦々(ヤガテニガ〳〵)として　松・龍—
ヤカテニカ〳〵トシテ
5 すむつかりにぞなりにけり　寛—すむつかりにぞ成に
けり　松—スムツカリニソ成ニケル　龍—ス、ムツカ
リソ成(ナリ)ニケル
其後(そのゝち)　寛—其後(ノ)　松—ソノ後　龍—其後
大宮司(たいくうじ)は髪(かみ)かきなでゝ　寛—太宮司は髪攪撫(カミカキナデ)て　松—
大宮司ハ鬚(ヒゲ)カキナテ　龍—大那司(クンシ)ハ鬚(ヒゲ)カキナテ
6 まことにくるしげなる　寛—良苦(マコトニクルシ)げなる　松—ヨ
マ苦(クルシ)ケル　龍—ヨニクルシケナル
いきをつき　寛—氣(イキ)をつぎ　松—氣ツキ　龍—氣(イキ)ヲツ

キ
言(いひ)けるは　寛―言けるは　松―言ケル(イヽ)ハ　龍―ノ玉ヒ
ケルハ
7 我畠(われはたけ)のかしらを出しより　寛―我畠頭(ハタケノカシラ)を出しより
松―我畠(ハタ)ケノ頭出シヨリ　龍―我畠(ハタケ)ノ作(ツクリ)ノ土シヨリ
命(いのち)をば　寛―命をは　松・龍―命(イノチ)ヲハ
御料(ごれう)に奉(たてまつ)り　寛―御料に奉(リ)　松―御料ニ奉ル　龍―
御料ニタテマツリ
かばねを　寛―屍(カハネヲ)　松―屍(カハネ)ヲ　龍―屍(カハネ)ヲハ
8 龍門(れうもん)の原上(げんじやう)の土(ど)にうつみ　寛―龍門(レウモンノ)原上(ノ)土埋(ニウツミ)　松―
龍門原上ノヲ土ニ埋(ニ)　龍―龍門(リウ)原上(ケン)ノ土埋(ニウツ)ミテ
名(な)を後代(こうだい)に　寛・松・龍―名を後代に
あげんと存せしなり　寛―揚(アゲン)と存せしなり　松―揚(アケン)
ト存セシ成(ナリ)　龍―揚(アケン)ト存セシ也
19ウ1 これによつて　寛―依(テ)レ之(ニ)　松―依(リ)レ然(ル)　龍―然(シカル)ニヨ
テ
今此疵(いまこのきず)をかふむり　寛―今此疵(キズヲカウム)蒙り　松―今此疵(キス)ヲ
蒙ル　龍―今此キスヲ蒙(カウフ)ル

たすかる事は　寛―助(タスカル)事は　松―是ニテ助事(タスクル)　龍―
助(タス)カル事ハ
2 よもあらじ　松・龍―ヨモアラシ
たゞあとに　寛―唯跡(アトニ)　松―只跡ニ　龍―只跡ニ(タヽアト)
思(おも)ひ置(をく)事は　寛―思置(ヒク)事は　松―思ヒヲク事トテハ
龍―思ヒ置(ヲモ)事トテハ
ぞゞり子の事ばかりなり　寛―ぞゞり子の事計(ナリ)也
松―ソヽリ子(コ)ノ事計也　龍―ソヽリ子事(コノ)ハカリ
3 我いかにもなりなんのちは　寛―我何(レイカ)にも成なむ後は
松―我何(レイカ)ニモ成ナン後ハ　龍―我何(ワカイカ)ニモ成(ナリ)ナン後(ノチ)ハ
すり唐布(とうふ)の権守(ごんのかみ)を　寛―摺唐布(スリタウフノ)権守(ヲ)　松―摺唐布(スリタウフ)ノ
権ノ守　龍―摺唐布権守(スリタウフノコンノカミ)ヲ
4 たのむべし　寛―可レ憑(シ)(タノム)　松―可憑(タノム)　龍―タノ（一
字補入）ムヘシ
むかしよりいまに至るまで　寛―自レ昔至二于今一(マテ)(ニ)　松―
自(リ)レ昔至(ニ)レ今マテ　龍―昔(ムカシ)ヨリ今ニイタルマテ
なさぬ中は　松―ナサヌ中(ナカ)ハ　龍―ナサヌ事ハ
5 よからぬ事なり　寛・松―よからぬ事也

あひかまへて〳〵　寛―相構(アヒカマヘテ)々々　松―構(カマヘテ)々　龍―
相構(アヒカマヘテ)
権守(ごんのかみ)に能々(よく〳〵)言(いひ)て　寛―権守(ノ)能々(ニヨク〳〵)言(テ)　松―権ノ守能々
言(イヽ)テ　龍―権守(コンノカミ)ニヨク〳〵云テ
6 預(あづ)くべしと言(いひ)ければ　寛―可レ預(シトアツク)言ければ　松―預(アツク)
ヘシトイ、ケレハ　龍―カツクヘシトソ云ハレケル
嫡子(ちやくし)　寛・松―嫡子　龍―嫡子(チヤウ)
黒湯(くろゆで)の太郎　寛―黒湯(クロユテノ)太郎　松―黒場ノ太郎　龍―
黒茹(クロユテ)（下部を「始」に作る）ノ太郎
7 かしこまつて承(うけたまはり)候　寛―畏(テ)承(リテ)候　松―畏(カシコマツ)テ承
リ候　龍―サ承候
又我等(われら)も　寛・龍―又我等も　松―又我等
弓矢(ゆみや)とる身(み)の習(ならひ)には候へば　寛―弓箭取身(ユミヤトルノ)習には候
得は　松―弓矢取身(ル)ニテ候へハ　龍―弓矢トル身(ミ)ニテ
候へハ
8 今日有(けふあり)とも　寛―今日有とも　松―今日アリトテ　龍―
今日アレハトテ
又明日有(あすある)べしとも　寛―又明日(アス)有べしとも　松―アス

アルヘシトモ　龍―明日アヘキニモ
おほえず　寛―覺(ヲホ)へず　松―覺へス候　龍―覺(ヲホ)へス候
20オ 1 仰(おほせ)のごとく　寛―如レ仰　松―如レ仰セノ　龍―如仰
ぞゞり子は　寛―ぞゞり子は　松―ソ、リ子(コ)ヲハ　龍―
ソ、リ子ヲハ
唐布(たうふ)の権守(ごんのかみ)に　寛―唐布(ノ)権守(ノニ)　松―唐布ノ権ノ守ニ
龍―唐布(タウフ)ノ権守(コンノカミ)ニ
申付べしと言(いひ)ければ　寛―可(シ)二申付(ク)一と云ければは　松―
可申付(ク)ト言(ケ)レハ　龍―申付(ツク)ヘシト云ケレハ
2 大宮司(たいくうし)　寛・松―大宮司　龍―大郡司(クンシ)
是(これ)を聞(きゝ)　寛・松―是を聞　龍―是(コレ)ヲ聞テ
随喜(ずいき)のなみだをぞ　寛―随喜涙(ズイキノナミダ)をそ　松―随喜ノナ
ミタヲソ　龍―随喜(スイキ)ノ涙(ナミタ)ヲソ
ながされける　寛―被(レ)レ流(サ)ける　松―ナカシケル　龍―
被(サレ)レ流(ナカ)ケル
3 それよりして　寛―自レ其して　松―自(リ)レ其シテ　龍―
其ヨリシテソ
いも共　寛―芋共(イモトモ)　松―芋トモ　龍―芋(イモ)ノ子共

すり唐布の子とはなりける　寛―摺唐布の子とは成け
り　松―摺唐布ノ子トハ成ニケル　龍―擢唐布ノ子ト
ハ成ニケレ
4 御料も　寛―御料も　松・龍―御料
是を御覧じて　寛―是を御覧して　松―コレヲ御覺シ
テ　龍―コレヲ御覽シテ
かくこそ詠せさせ給けれ　寛―かくこそ詠せさせ給
けり　松―一首ハカクソ詠シサセ給ケル　龍―カクソ
詠セサセ給ヒケル
6 此いもの　寛―此芋の　松―コノ芋ノ　龍―此芋ノ
母いかはかり　寛・龍―母いかはかり　松―葉ハイカ
ハカリ
よかるらん　寛―よかるらむ　龍―吉カルラン
7 にたる子ともを　寛―似たる子ともを　松―ニタル子
トモヲ　龍―煮タル子トモヲ
みるにつけても　松―見ニ付テモ　龍―ミルニ付テモ
8 かくそ詠ぜさせたまひける　寛―かくぞ詠せさせたま
ひける　松―トソ詠セササセタマヒケル　龍―トソ詠セ

サセ給ケル
其後幾程なくて　寛―其後幾程なくて　松―其後幾裡
（左旁を「礻」に作る）ナクテ　龍―其後無二幾程シテ
大宮司は　寛―大宮司は　松―大宮司　龍―大郡司ハ
弓矢兵杖の場に　寛―弓箭兵杖場に　松―弓箭刀
杖ノニハ、　龍―弓箭刀杖場ニ
20ウ 1 あゆみをすゝむといへども　寛―歩を雖レ進　松―
歩スヽムトイヘトモ　龍―歩ヲ進トイヘトモ
2 観念の牀に　松―観念牀ニ　龍―觀念ノ牀ニ
心をすまし　寛―心を澄　松―心ヲ澄シ　龍―心ヲ
スマシ
輪廻得脱の　寛―輪廻得脱　松―輪廻得脱ノ　龍―
輪得々脱ノ
不思儀なる處を　寛―不思儀なる處　松―不可思議
ナル處ヲ　龍―不可思議ナル處ヲ
3 さとり　寛―悟　松―サトテ　龍―悟キ
魚鳥元年　寛―魚鳥元年　松・龍―魚鳥元年
八月廿八日　松―八月廿八日ノ

とら巳點(いてん)に　寛―寅(トラノ)巳點(イテンニ)　松―寅巳點ニソ(ノ)　龍―寅(トラ)
ノ一默(テン)ニ

4 終(つゐ)にむなしくなりにけり　寛―終(ツイニムナシク)空成にけり　松―
終空(ニ)ク成(ナリ)ニケル　龍―ツイニムナシク成(ナ)リニケリ
か丶りける程に　寛―か丶りける程(ホト)に　龍―カ丶ルホ
トニ

5 城中(じやうちう)には　寛・松・龍―城中には
大宮司(だいぐうじ)いられて　寛―大宮司被(テ)レ射(ラ)　松―大宮司射(イ)
殺(コロサレ)　龍―大郡司射(イ)コロサレテ
無念(むねん)さ申ばかりなし　寛―無念(ムネン)さ無(シ)二申計(リ)一　松―無念
申計(リ)ナシ　龍―無念申計ナシ
渡邊黨(わたなべたう)の物(もの)　寛―渡邊黨(ワタノベタウ)の物　松―渡邊黨ノ者トモ
龍―ワタナヘ堂(タウ)ノ物トモ

6 園豆武者重成(あんどうむしやしげなり)　寛―園豆武者重成(ヱントウムシヤシゲナリ)　松―園豆(エントウ)武者重成(シケナリ)
龍―園豆武者重成(エントウムシヤシケナリ)
筍(たかんな)左衛門(さゑもん)　寛―　筍(タカンナ)左衛門　松―筍左衛門　龍―
筍(タカンナノ)　衞門節重(フシシケ)
ふきの源太(げんだ)　寛―蕗(フキノ)源太　松―落ノ源太　龍―蕗源(フキケン)

太(タ)
さ丶げの角戶(つのと)の三郎　寛―大角豆角戶三郎(サ丶ゲノツノトノ)　松―　茗(シヤウ)
荷(カノ)（艸冠に「河」に作る）角戶(ツノト)ノ三郎　龍―大角荷角(ニナウツノ)
戶(トノ)三郎

7 深澤(ふかさは)せりの太郎を　寛―深澤芹(フカザハセリノ)太郎を　松―深澤(フカサワ)ノ
芹(セリ)ノ太郎ヲ　龍―深澤芹(フカサハセリ)ノ太郎ヲ
さきとして(て)　寛―先として　松・龍―先(サキ)トシテ
究竟(くきやう)の兵(つはもの)　寛―究竟(クツキヤウ)の兵　松―究竟ノ兵ノ　龍―
究竟(クキヤウ)ノ兵(ツハモノ)トモ

8 十七騎(き)　寛―十七騎　松―七十騎　龍―七十餘騎(ヨキ)
手たれ勢兵(せいびやう)　寛・松―手足(テタレ)勢兵　龍―手足勢兵(テタシセイツハモノ)
あらむま乘(のり)　寛―荒馬乘(アラムマノリ)　松―荒馬乘ノ　龍―荒馬(アラムマノ)
乘(ノリ)ノ

21オ1 太刀(たち)づかひ　寛―太刀つかひ　松・龍―大力(チカラ)
一味同心(いちみどうしん)にをめいて　寛・龍―一味(ミ)同心にをめいて
松―一味同心ニヲメキテ
はつとかけ出る　寛―はつと懸(カケ)出る　松―ハツト掛出
ル　龍―ハツトソカケ出ル

魚類(ぎよるい)の物共(ものども)　寛―魚類ノ物共　松―魚類トモ　龍―魚類(キヨルイ)
ノ物トモ

2 かけたてられ　寛―被(レ)懸二立(テラ)一　松―被(レ)レ掛立テ　龍―
カケ立ラレテ

くもの子をちらすがごとくに　寛―蜘子散(クモノコヲチラス)か如くに
松―蜘(クモ)ノ子ヲチラスカコトク　龍―蜘(クモ)ノ子(コ)ヲ散(チラ)スカ如
ク

ちり〳〵になる所を　寛―散々(チリ〳〵ニナル)處を　松―散〳〵
ニナル處　龍―散々(サン)ニナル

3 唐醤(たうしやう)ひしほ　寛―唐醤[麦+壹](タウシヤウヒシヲ)　松―唐装[麦+壹](ヒシヲ)　龍―唐(タウ)
装[麦+壹](シヤウヒシホ)

いりまめ笑太良(ゑみたらう)　寛―炒豆(イリマメノヱミ)笑太郎　松―炒豆(イリマメ)笑太郎
龍―炒(イリ)豆笑(エミ)太郎

いちごむかごなんどの　寛―覆盆子零餘子(イチゴムカゴ)なんとの
松―覆盆子零餘子(コヌカコ)ナントノ　龍―覆盆子零(イチコ)（一字補入）
餘子(カコ)ナシトノ

4 究竟(くきやう)のあしばや　寛―究竟の足早(アシバヤ)　松・龍―究竟ノ
足白(アシシロ)

手足共(てあしども)は　寛―手足共(ハ)　松・龍―手足(テタレ)トモ

はしりちつて　寛―走散(ハシリテ)　松―走散(ハシリ)テ　龍―ハシリ
チリテ

5 さしとり引つめ　寛―指取引つめ　松・龍―サシトリ
引取

いける矢(や)に　寛―射ける矢に　松―射ケルヤニ　龍―
射(イ)ケル矢(ヤ)ニ

鯛(たい)の赤助(あかすけ)あぢよしは　寛―鯛(ノ)赤助鯇吉(アヂヨシ)は　松―鯛ノ赤
助鯇吉(アチヨシ)カ　龍―鯛(タイノ)赤助鯇吉(アメヨシ)ハ

6 むなもとのぶかにいさせて　寛―胸本篠深(ムナモトノブカニ)射させて
松―胸本(ムナモトノ)篠ノ深ラレテ　龍―鮹(ヒホ)ノ本ヲノカニイサセ
テ

7 むまより下へ落(おち)にけり　寛―自(レ)馬下へ落にけり　松―
馬ヨリ下ニ落ケリ　龍―馬ヨリ下ヘソ落(ヲチ)ニケリ

うしろみのいるかの入道(にうだう)　寛―後見鯢(ウシロミノイルカノ)入道　松―
後見(コウケン)ノ鯢(イルカノ)入道　龍―後見鯢(コウケンイルカ)入道

つとよりて　寛―づとよりて　松・龍―ツトヨリ

魚頭(ぎよたう)を　寛―魚頭(キヨトウヲ)　松―魚頭(トウ)ヲ　龍―魚頭(キヨトウ)ヲ

ひざの上へかきのせ　寛—膝上（ヒザノウヘニ）かき載（ノセ）　松—膝（ヒサ）ニカ
キノセテ　龍—ヒサニカキノセテ
8 なく〳〵申けるは　寛—泣々（ナク〳〵）申けるは　松・龍—〈缺〉
今生（こんじやう）に　松・龍—今生ニ
思召置事（おぼしめしをく）あらば　寛—思召置（ヲク）事あらば　松—思食（シ）ヲ
ク事アラハ　龍—ヲホシメシヲク事アラハ
21ウ 1 いるかにくはしく承（うけたまはり）候べし　寛—鯐（イルカニクワシク）委（ク）可（レ）承（ル）
候　松—鯐（イルカ）ニ委（ク）可承（ル）候　龍—鯐（イルカ）ニクハシク承候へト
さだめて　寛—定（テ）　松—定テ　龍—定メテ
北方（きたのかた）　寛—北方（ノ）　松—北方（ノノ）　龍—北方
おさなひ人々の　寛—少（ヲサアイ）人々（ノ）　松—小（ヲササナキ）人々ノ　龍—
少人ノ
2 御事（こと）　寛—御事（ヲソ）　松・龍—御事ヲソ
思召（おぼしめす）らん　寛—思召覽（スラン）　松—思食タマフラン　龍—
思食給ラン
其（それ）はいるかかくて候上は　寛—其鯐（ハ）かくて候上は　松—
其ハ（レ）鯐（イルカ）カクテ候得ハ　龍—ソレハイルカ（一字補入）
如此候ヘハ

御心（こゝろ）やすく　寛—御心安（コヽロヤスク）　松—御心安（ク）　龍—御心
ヤスク
3 思召（おぼしめし）候へしと言（いひ）ければ　寛—思召候べしと言ければ
松—思食（シ）候得ト言ケレハ　龍—ヲホシセト云ケレハ
赤助（あかすけ）　寛・松・龍—赤助
よにくるしげなるいきをつき　寛—よに苦（クルシ）げなる息（イキヲ）
つき　松—ヨニクルシケナルイキツキ　龍—ヨニクル
シケナルイキヲツキテ
4 言（いひ）けるは　寛—云けるは　松—〈缺〉　龍—ノ玉ヒケ
ルハ
人のおやの　寛—人の親（ヲヤ）の　松—人（ノ）オヤノ　龍—人ノ
ヲヤノ
心（こゝろ）はやみにあらねども　寛—心は闇（ヤミ）にあらねども
松—心ハヤミニアラネトモ　龍—心ハヤミニアラネ共
子を思（おも）ふ道（みち）にぞ　寛—子（コヲ）思（フ）道にぞ　松—子（コ）ヲ思（フ）道ニ
龍—子ヲ思フ道ニハ
5 まよふは習（ならひ）といふことはりなり　寛—迷（マヨフハ）習といふ
理（コトハリ）也　松—マヨフト云ハ理（コトハリ）也　龍—迷（マヨウナライ）羽ト云ハ

コトハリ也
老少（らうせう）不定（でう）のさかひ　寛—老少不定（ラウセウフヂヤウ）の境（サカイ）　松—老少不
定ノサカヒ　龍—老少不定ノサカイ
6 前後沈理（ぜんごちんり）の　寛—前後沈理（ノ）　松—前後沈輪（チンリン）ノ　龍—前（セン）
後沈理（コチンリ）ノ
世の中なれば　寛・龍—世中なれは　松—世ノ中ナレ
ハ
本（もと）のしづくやすゑのつゆ　寛—本滴（モトノシヅクヤスヘ）末の露（ツユ）　松—
本ノ滴（シタヽリ）末ノ露　龍—末（スエ）ノ露本ノ雫ト
7 をくれさきだつ習（ならひ）なり　寛—後前立（ヲクレサキダツ）習也（ナリ）　松—ヲク
レサキタツ習ナリ　龍—ヲクレ先立（サキタツ）タメシ也
只今（たゞいま）　寛—唯今　松・龍—只今
黄泉（くわうせん）の中有（ちうう）の道（みち）に　寛—黄泉中有道（クワウセンチウウノ）に　松—黄泉中
有道（ノニ）　龍—黄泉（クウセン）中有ノ道ニ
8 をもむき　寛—趣（ヲモムキ）　龍—趣（ヲモキ）テ
したしきもうときも　寛—親（シタシ）きも疎（ウトキモ）
22オ1 たれかともなひ行べき　寛—誰伴可レ行（タレカトモナヒキク）　松—誰（レ）カ
伴ユクヘキ　龍—タレカハ伴（トモ）ナツテ可レ行（キユク）
観花（くわんくわ）たちまちに（一字補入）つきぬ　寛—観花（クワンクワタチマチニ）忽
盡（ツキヌ）　松—観花忽盡　龍—歓花（クワンケ）忽（タチマチニ）盡ヌ
2 春三月（はるさんげつ）　寛・松—春三月　龍—春三月ノ
命業零易（めいようおちやすし）　寛—命業易（ヤスシ）レ零　松—命葉安（メイヨウヤスクヲチ）零　龍—命（メイ）
葉（ヨウ）易レ零
秋（あき）の一時（ひとゝき）　寛—秋之（ノ）一時　松—秋一時　龍—秋一時（シ）
今更（いまさら）かなしむべきにはあらねども　寛—今更可レ歎（キム）に
はあらねども　松—今更可レ歎ニハアラネトモ　龍—
今更可（イマサラヘキ）レ歎（ナゲク）ニハアラネトモ
3 たゞをさなきもの共の（一字補入）事（こと）　寛—唯少（ヲサアイ）物
共の事　松—只ヲサナキ物トモ事（ノ）　龍—只（タヽ）少（コ）（ヲサナキ）物（モノ）トモ
ノ事ヲ
思（おもひ）つらぬるに　寛—思連（ヒツラヌルニ）　松—思連（ツヽクル）ニ　龍—思
ヒツラヌルニ
4 やすき心（こゝろ）もさらになし　寛—安心（ヤスキ）更（モ）になし　松—安
心ナシ　龍—ヤス心ナシ
いづれのさまにも　寛—何れ（イツ）の様（さま）にも　松—何様　龍—
何様（イカヤウ）ニモ

5 よみぢのさはりにもなるべし　寛—よみぢの障にも可成　松—ヨミチノ障トモナリヌヘシ　龍—ヨミ地ノサハリトモ成ヌヘシ

いかゞせんとぞのたまひける　寛—如何せんとぞ言ける　松—イカ、セントソ言ケル　龍—イカ、セントソノ玉ヒケル

6 いるかかしこまつて申けるは　寛—鰻畏申けるは　松—鰻　畏　申ケルハ　龍—鰻　畏テ申ケルハ

人のおやの子を思ふ　寛—人親子を思　松—人ノ親ノ子ヲ思　龍—サン候人ノヲヤノ心子ヲ思フ

7 こゝろざしふかき事共は　寛—志　深　事共は　松—コ、ロサシ深キ事共　龍—志シ

滄溟及ばず　寛—滄溟不及　松—滄溟モヲヨハス　龍—滄溟モ不及

8 高事は　寛—高事は　松—高事ハ　龍—高事

五岳も　寛—五岳　松—五岳モ　龍—五兵モ

たとへがたしと申せども　寛—難喩申せとも　松—ヲヨヒカタシト申セトモ　龍—ヒスヲヨセカタシ又カクハ候ヘトモ

おやを思　寛—親思　松—親ヲ思　龍—親ヲ思フ

22ウ1 子はまれなる習なり　寛—子は希なる習也　松—子ハ稀ナル習也　龍—子稀ナラヒ也

されば經にも　寛—去經にも　松—サレハ經ニモ　龍—サレハ經ニハ

とかれたり　寛—被説たり　松—説タリ　龍—〈缺〉

2 諸佛念衆生　寛—諸佛念衆生　松—諸佛念衆生　龍—諸佛念

衆生不念佛　寛—衆生不念佛　松・龍—衆生不念佛

父母常念子　松・龍—父母常念子

子不念父母とみえたり　寛—子不念父母と見えたり　松—子不念父母ト見ヘタリ　龍—子不念父母トカレタリ

3 就中　寛—就中　松—就中　龍—〈缺〉

おさあひ人々の御事は　寛—少人々の御事は　松—ヲサナキ人々ノ御事　龍—〈缺〉

思召も　寛—思召も　松—思食モ　龍—〈缺〉

4 まことにことはりなり　寛―誠理(マコトコトハリ)也　松―誠理(コトハリ)
也　龍―〈欠〉
夜の鶴(つる)のかごの内になき　寛―夜鶴籠内鳴(ヨルノツルノコノニナキ)　松―夜(ヨル)
ノ鶴ノ籠ノ中ニ鳴(ナク)　龍―夜(ヨル)ノ鶴(ツル)ノ子ヲ思ヒ
5 やけ野(の)のきゞす　寛―焼野(ヤケノ)の雉子(キヽス)　松―焼(ヤケ)野ノ雉　龍―
ヤケ野(ノ)ノ雉(キヽス)
いたづらに　寛・松―徒(イタツラ)に　龍―イタツラニ
かひごに身(み)をほろぼす　寛―伊(カイゴ)に身を亡(ホロボ)す　松―
卵(カイコ)ニ身ヲ亡(ホロホス)　龍―カイコニ身ソホロホス
6 かゝる禽獣鳥類(きんじうてうるい)までも　寛―カヽル禽獣(キンシウ)鳥類マテモ
龍―カヽル禽獣鳥類(キンシユテウルイ)マテモ
子をば思ふ習(ならひ)なり　寛―子(ヲハ)思習(フナリ)也　松―コヲ思習(フヒ)也
龍―子ヲ思フナラ也
7 さりともいるかかくて候へば　寛―さりとも鯎(イルカ)かく
て候へは　松―サリトモ鯎(イルカ)カクテ候得ハ　龍―サリ
トモ鯎カクテ候ヘハ
あとの御事をば　寛―跡(アト)の御事をは　松・龍―跡(アト)ノ御
事ハ

御こゝろやすく思召(おぼしめせ)　寛―御心安思召　松―心ヤス
クオホシメシ　龍―御心ヤスク思食テ
8 往生の素懐(おうじやうそくわい)を　寛―往生素懐(ワウシヤウノソクワイヲ)　松―往生ノ素懐
ヲ　龍―往生素懐(ワウシヤウソクワイ)ヲ
とげさせ給へ　寛―遂(トゲ)させ給へ　松―トケサセ給ヘト
龍―遂(トケ)サセ玉へ
人の身には後生(ごしやう)より外(ほか)の　寛―人の身には後生(ゴシヤウ)より
外の　松―人ノ身ニハ後世ヨリ外ニ　龍―人ノ身ニハ
後生程(ホトノ)
23オ 1 一大事(いちだいじ)は　寛―一大事は　松・龍―一大事
更(さら)になし　寛―更(サラニ)なし　松―サラニナシ　龍―更ニ
ナシ
此度(このたび)　松―此タヒ　龍―此度(タヒ)
三途(さんづ)の古郷(こきやう)を出ずは　寛―不レ出(ンハテ)二三途(ツ)古郷(コキヤウヲ)一　松―
三途ノ故郷ヲイテスハ　龍―三塗(ツ)ノ故郷(コキヤウ)ヲ出スハ
2 又何(いつ)れの時(とき)をごせん　寛―又期(ゴセン)二何(レノ)時(ヲカ)一　松―亦何(イツレ)ノ
時ヲカ期センヤ　龍―何(イツ)レノ時ヲカ期(コ)セン
いかにもかまへて〱　寛―何構々(イカニモカマヘテ〱)　松―相構テ

〱　龍―何ニモシテ構テ

3 後生御たすかり候へと　寛―後生御資候へと　松―後世御資候へト　龍―後生ヲ御タスカリ候へト

さま〱に申ければ　寛―様々に申けれは　松―サマ〱申シケレハ　龍―様々ニ申ケレハ

赤助すこし心付て　寛―赤助少心付て　松―赤助　龍―赤助

4 さらば後生のために　寛―さらば後生ために　松―サラハ後生ノタメニトテ　龍―サラハ後生ノ爲ニテ

六道講式の　寛―六道講式　松―六道講式　龍―六道講式ヲ

聴聞せばやと　寛―聴聞せはやと　松―聴聞セント　龍―聴聞セント

5 言ければ　寛・松・龍―云けれは

いるかの入道　寛―⿰魚旻入道　松―⿰魚旻　龍―⿰魚旻

やすき程の事なりとて　寛―安程事也とて　松・龍―〈缺〉

6 いそぎ魪法師を　寛―急魪法師を　松―急魪法師ヲ　龍―急キ魪法師ヲ

一人請じて　寛・松―一人請して　龍―一人請シ

講式をぞよませける　寛―講式をそ讀ける　松―六道講ノ式ヲ讀セケル　龍―六道講式ヲソ讀セケル

7 其式に言く　寛―其式に云く　松―其ノ式ニ曰　龍―其式ニ云

鴻鮒敬て　寛―鴻鮒敬　松―嶋鮒敬　龍―鴻鮒敬

一鯛魳鯸⿰魚坙鰕⿰魚令⿰魚遺鰯水大明神白而言　寛―白下一鯛魳鯸⿰魚坙鰕⿰魚令⿰魚遺鰯水大明神上而言　松―白一鯛ノ魣⿰魚殳鰕⿰魚令鰯水大明神ニ而言　龍―白一鯛鰕⿰魚令⿰魚遺⿰魚卑水之大明神ニ而言

8 夫いづれの　寛―夫何　松―夫何　龍―夫河

瀬灘にも鮎がたし　寛―瀬灘にも難レ鮎　松―瀬灘ニモ鮎難　龍―瀬灘ニモ鮎カタキ

23ウ 1 鯰經にあふ事を得たり　寛―鯰經遇事を得たり　松―鯰經ニ遇事ヲ得　龍―鯰經過事ヲ得タリ

鯇花無　寛―鯇華無　松―鯇笓（艸冠に「巫」の異體

の形に作る）　龍―鯇キナキ
鯖世界を魳すてて　寛―鯖世界　魳奇て　松―鯖世界
ヲ鰤棄　龍―鯖世界ヲ鰤ステ
2 あるひは　寛―或　松―式ハ　龍―或ハ
入道鰻となり　寛―入道鰻と成　松―入道鰻トカ
リ　龍―入道鰻ト成
あるひは　魜法師となり　寛―或魜法師と成　松―
又魜法師トナル　龍―又魜法師ト成テ
此魚を　寛・龍―此魚を　松―此ノ魚
3 あみ地ごくにをとす事なかれ　寛―網地獄に莫落
事　松―網地獄落事ナカレ　龍―網地獄ニヲトス事
ナカレ
第一に地ごくと言は　寛―第一地獄と云は　松―第一
ニ地獄ト者　龍―第一ニ地獄ト者
以外に　寛―以外に　松―以外ノ　龍―此外ニ
4 海月の助　寛―海月助　松―海月也助ヨトテ　龍―
海月也タスケヨトテ
鮑の魳にすり魳　寛―鮑魳摺魳　松―鮑ノ乎ヲ

摺（左旁を「木」に作る）鮃　龍―鮹手ヲ摺魳
ぬけども　松―ヌケトモ　龍―メケトモ
5 鱝と言鮗なし　寛―鱝と云無鮗　松―鱝ト云トモ
無鮗　龍―鱝ト云鮗ノモナシ
第二に餓鬼道と言は　寛―第二餓鬼道と云は　松―第
二餓鬼道ト者　龍―第二ニ餓鬼道ト申者
つらあかし　寛―面赤　松―頬赤シテ　龍―頬赤ク
シテ
6 いり海老のごとし　寛―如燋海老　松―如燋海老
龍―燋海老ノ如シ
腹ふとくしてふぐのごとし　寛―腹太くして如鰒
松―腹大ニシテ鰏コトシ　龍―腹フトクシテ鰒如シ
7 くびほそくして　寛―頸細して　松―頸細シ　龍―
頸ホソクシテ
かにのひげににたり　寛―蟹の鬚に似り　松―蠏ノ髩
ニ似タリ　龍―蟹ノ鬚ニタリ
第三にしゆら道と言は　寛―第三修羅道と云は　松―
第三修羅道ト者　龍―第三ニ修羅道ト者

8 かぶとを著と言ども　寛―甲著と云とも　松―甲ヲ著ト云ヘトモ　龍―甲ヲキルト云ヘトモ

釖を以てきられ　寛―釖（右旁を「力」に作る）以テ被レ切　松―釖ヲモテキラレ　鱐ヲモツテ指ル　龍―釖（右旁を「力」に作る）以テキラ　鱐ヲ以テサヽル

かくのごとく　寛―如レ此　松―如此ノ　龍―如レ此

24オ 1 苦患未來永劫にも　寛―苦患未來永劫にも　松―苦患（「忠」を二つ重ねた形に作る）未來永劫モ　龍―苦患未來永劫ニモ

一度うかみがたし　寛―一度難レ浮　松―難レ浮　龍―ウカミカタシ

あまのはごろも　寛―天葉衣　松―天葉衣　龍―天ノ葉衣

2 まれにきて　寛―希著　松―稀來

撫かならず盡べしと云ども　寛―撫必可レ盡と云とも　松―撫レハカナラスツキヌヘシト云ヘトモ　龍―ナテツクスト云ヘトモ

3 悪趣におもむけば　寛―赴二悪趣一　松―一度赴悪處者　龍―一タヒ悪趣ニヲチヌレハ

たやすくうかみがたし　寛―輒難レ浮　松―タヤスク難レ浮　龍―輒ウカミカタシ

ねがはくは　寛―願　松―願　龍―願

いづれの魚にも　寛―何れの魚にも　松―河ノ魚ヲ　龍―河ノ魚ニ

4 鵜のめをみする事なかれ　寛―鵜目を見する事なかれ　松―鵜ノ目見事ナカレ　龍―鵜目見スル事ナカレ

冬の魚をば　寛―冬の魚をは　松―冬魚　龍―各魚ヲハ

5 香豆以て供養すべし　寛―香豆以可二供養一　松―香豆ヲモテ供養スヘシ　龍―香豆ヲ以テ供養スヘシ

かにゝし崩焦鯤魚　寛―蟹辛螺崩焦鯤魚　松―蟹鯡崩焦鯤魚　龍―蟹鯡崩焦鯤魚

6 一鷺[魚毎]鰭　寛―一鷺[魚毎]鰭　松―一鷺[魚毎]鰭　龍―一鷺鰹魚[魚毎]鮨

成佛と廻向しければ　寛―成佛と廻向しければ　松―成佛ト廻向セシカハ　龍―成佛ト廻向スレハ

わづかにいきばかり　寛―僅(ワツカニイキハカリ)氣計　松―僅氣計(イキ)
龍―ワツカニイキハカリ
7 〔魚卜〕(すいり)々とぞし給ひける　寛―〔魚卜〕(スイリ〳〵)々とぞし給ひける　松―
〔魚卜〕(スイリ)々トソシタマフ　龍―〔魚卜〕(スイリ)々トソシ玉ヒケル
されども　松・龍―サレトモ
いかなる罪(つみ)のむくひにや　寛―何なる罪(ツミ)の謝(ムクヒ)にや
松―何ナル罪ノ謝(ムクイ)ニヤ　龍―イカルツミノムクイニ
ヤ
8 終(つゐ)に潮煮(うしほに)と云物(いふもの)にぞ　寛―終(ツイニ)潮煮(ウシホニ)と云物にぞ　松―
終ニハ潮煮(ウシヲニ)ト云物ニソ　龍―ツイニ潮煮(ウシホニ)ト云物ニソ
なられける　龍―被成ケル
其(それ)にて　寛・松・龍―其にて
24ウ1 御料(ごれう)も食(しよく)せられさせ給ひけり　寛―御料も被レ食させ
給ひけり　松―御料モメサレサセタマヒケル　龍―御
料モクハレサセ玉ヒケリ
おそろしかりきためしとぞ　寛―傷意(ヲソロシ)かりきためしと
ぞ　松―傷意(ウソロン)カクシタメシトソ　龍―恐カリケルタメ
シトソ

---

2 聞えける　松―聞(キコ)ヘケル　龍―聞ヘケル
さる程に　寛―去程(ル)に　松―サル程ニ　龍―猿程(サルホトニ)
甚太左衛門(じんださゑもん)　寛―甚太(ジンタ)左衛門　松―甚太左衛門ハ　龍―
甚太(シンタ)左衛門
あかいわしがくびをとり　寛―赤鰯(アカイハシ)か首取(クビトリ)　松―赤
鰯ノクヒトテ　龍―赤鯡(アカイハシ)ノ首(クヒ)取テ
3 分取高名(ぶんどりかうみよう)は　寛―分取高名は　松―分取(フントリ)高名者　龍―
分取高名(フントリカウヤウ)ハ
今日(けふ)の合戰(かつせん)に　寛―今日(ノ)合戰(カセン)に　松―今日(ノ)合戰ニ　龍―
今日(ケウ)合戰(カツセン)ニハ
我(われ)ひとりとぞのゝしりけり　寛―我獨(レヒトリ)とぞ詈(ノヽシリ)けり
松―我獨(ヒトリ)ト詈(シリテ)（「言」を「吉」に作る）　龍―我獨ト
ノヽシリテ
4 御料御前(ごれうまへ)に　寛―御料御前に　松―御前ニ　龍―御料
ノ御前(マヘ)
高座(かうざ)せめて候ける　寛―高座(カウザ)責(セメテ)候ける　松―タカサ
セメテソ候ヒケル　龍―高座(カウサ)責(セメ)テソ候ケル
御料(ごれう)　寛・松・龍―御料

是を御覧して　寛・龍―是を御覧して　松―是ヲ御覺シテ

5 椹汰左衛門が　寛―椹汰左衛門か　松―椹汰左衛門カ　龍―椹太左衛門

たゝ今の高座のふる舞　寛―唯今高座振舞　松―高座ノ振舞　龍―高座振舞

過分なり　寛―過分也　松―過分ナリ　龍―過分也

6 あれへ下よとぞ　寛―あれへ下よとそ　松―アレへヲリヨトソ　龍―アレへ下トソ

仰られける　寛―被レ仰ける　松―仰アリケル　龍―仰セラレケル

左衛門かしこまつて　寛―左衛門畏て　松―椹汰左衛門畏て　龍―椹太左衛門畏テ

7 申けるは　松―申ケレハ

過去莊嚴劫より　寛―過去莊嚴劫より　松・龍―過去莊嚴劫ヨリ

ふかき契りを思ひ　寛―深契思　松―深契思へハ　龍―深契ヲ思へハ

花のもとの半日の客　寛―花下半日客　松―花ノ下ノ半日ノ客　龍―花下半日客

8 月の前の一夜の友だにも　寛―月前一夜友たにも　松―月ノ前ノ一夜ノ友タニモ　龍―月前ノ一夜ノ友タニモ

みな是　寛・龍―皆是　松―皆是

25オ 1 多生廣劫の縁ぞかし　寛―多生廣劫縁ぞかし　松―多生廣劫縁ソカシ　龍―多生廣劫ノ縁ソカシ

されども　寛・松・龍―されとも

善を修するを以て　寛―修レ善以て　松―修シテハレ善　龍―修レ善

2 佛となり　寛―成レ佛　松―成佛シ　龍―成レ佛

悪を行て地獄におつ　寛―行レ悪墮二地獄一　松―行レ悪墮レ地獄一　龍―行レ悪墮二地獄一

瞋恚を犯して　寛―犯二瞋恚一　松―犯二瞋恚一テハ　龍―犯二瞋恚一

3 修羅となる　寛―成二修羅一　松―成二修羅一　龍―成二修羅一

慳貪(けんどん)にして貧(ひん)にむまる　寛―慳貪にして貧に生(ヒン)ル　松―
慳貪(ケントン)ニシテハ貧(ヒン)ニ生ル、　龍―慳(ケン)（左旁を「牛」に作る）
貪(トンニシテハ)　生レ貧(フンニ)
4 みな是(これ)　寛―皆是　松―皆是レ　龍―是皆(ミナ)
過去(くわこ)の宿業(しゆくごう)なり　寛―過去宿業也(クワコノシユクカウナリ)　松―過去宿業ナ(ノ)
リ　龍―過去宿業(クワコノシユクコウ)
今更(いまさら)なげくべきには　寛―今更可レ歎(キク)には　松―今更
可レ歎(ニナケク)　龍―今更(イマサラ)ナケクヘキニ
あらねども　松・龍―アラネトモ
5 身貧(みひん)に候へば　寛―身貧(ミヒン)に候得(ヌ)は　松―身貧(ヒン)ニ候へハ
龍―身貧(ミヒン)ニ候へハ
ちから及(およ)ばず　寛―不レ及レ力(スハラ)　松―不レ及レ力(ニ)　龍―不
レ及レ力(ヲヨハチカラ)
御料(ごれう)には　寛・松―御料には　龍―御料ノ
6 御身したしきものには　寛―御身親物(シタシキ)には　松―御
身親(シタシキ)物トハ　龍―御身シタシキモノト
たれかは知(し)り候はぬと　寛―誰かは知候はぬと　松―
誰レカ知候ハヌト　龍―誰カハシリ候ヌト

7 申ければ　寛・松・龍―申けれは
御料(ごれう)　寛・松・龍―御料
是(これ)を聞召(きこしめし)　寛―是を聞食　松―是レヲ聞シ食シケニモ
トヤオホシメシケン　龍―是ヲキコシメシケニモトヤ
思食ケン
おやからはなど　寛―親からはなど　松―親クハナト
龍―シタクハナト
常(つね)には此方様(このかたさま)へは　寛―常(ツネ)には此方(コノ)様(サマ)へは　松―此方
様へモ常ニハ　龍―此方サマへ
8 細糠(こぬか)〳〵とて　寛―細糠(コヌカ)々〵とて　松―細糖(コヌカ)々々トテ
龍―細々ニ小糠(コヌカ)々々カトテ
やがて備後守(びんごのかみ)にぞなされける　寛―聽(ヤカテ)備後守(ビンゴノカミ)にぞな
されける　松―聽(ヤカテ)備後守ニソナサレケル　龍―ヤカ
テ備後守(ヒコノカミ)ニソナサレケル
25ウ1 爰(こゝ)に哀(あはれ)なる事(こと)あり　寛・松―爰に哀(アハレ)なる事あり　龍―
爰(コヽ)ニアハレナル事アリケリ
さしもわかく　寛―指若(サシモワカク)　松―サシモ若(ワカ)
さかんなりし時には　寛―盛(サカン)なりし時には　松―盛(サカリ)

ナリシ時ハ　龍―サカリニ有シ時ハ
2 紅梅の少將と云れて　寛―紅梅の少將と言れて　松―
紅梅ノ小將ト云ハレテ　龍―紅梅ノ少將ト云ハレテ
花に嚴　寛―花に嚴　松・龍―花ヤカニイ
ツクシク
3 鶏舌含　寛―含二鶏舌一　松―含二鶏舌ヲ　龍―含二
雞舌一
紅氣兼　寛―兼二紅氣一　松―兼江氣　龍―兼二紅氣一
仙紅嬋娟　寛―仙紅嬋娟　松―浅弘嬋娟　龍―浅
紅嬋娟タリ
仙方の雪色を媿　寛―仙方雪媿レ色　松―仙方雪媿
色ヲ　龍―仙方雪愧レ色
4 儂香分郁　寛―儂香分郁　松―濃香芬郁タリ　龍―
濃香邠郁
枝爐煙　寛―枝爐煙　松―妓爐ノ煙　龍―鼓爐煙
薫を讓事を　寛―讓レ薫事　松―讓レ薫ヲ事ヲ　龍―
讓レ薫事ヲ
忘れて　寛―忘れて　松・龍―忘テ

5 本居きり　寛―本居切　松―本ト居切　龍―本居キリ
遁世して　松―遁世シテ
石山の邊龜山寺と云所に　寛―石山の邊龜山寺と云
處に　松―石山ノホトリニ龜山寺ト云處ニ　龍―都西
龜山邊ニ
6 とぢこもり　寛―閉籠　松―閉籠　龍―閉籠テ
名をば梅法師とぞ申ける　寛―名をは梅法師とぞ申け
る　松―名ハ梅法師トソ申ケル　龍―名ヲ梅干トソ申
ケル
近比あらぎやうのみ　寛―近比荒行のみ　松―近比
荒行　龍―近比荒行ノミ
7 このみて　寛―好て　松―好　龍―好テ
さしもあつき六月にも　寛―さしも熅六月にも　松―
サシモ熠六月ニモ
晝は日にほされ　松―晝ハ日ニホサレ　龍―ヒルハ日
ニホサレ
8 夜は定にぞいられける　寛―夜は定にぞ被レ入ける
松―夜定ニソ被レ入ケル　龍―夜ハ定ニソ入ラレケル

26オ1　此比粕(このころひめ)の御料(ごれう)の　寛―頃比粕(コノコロヒメノ) 御料の　松―頃比粕(コノコロヒメ)ノ
御料ノ　龍―シハラク比粃(ヒメ)御料ノ
御氣色(きしよく)にいりて　寛・松―御氣色(キシヨク)に入て　龍―御氣
色ニ入テ
きよき酒(さけ)にひたされて　寛―清酒(キヨキ)に被(テ)レ浸(ヒタサ)　松―清(セイ)
酒(シユ)ニ被(ヒタ)レ浸　龍―清酒(キヨサケニ) ヒタサレテ
ひたいのしは　寛―額(ヒタイノシハ) 皺　松―額(ヒタイ)ノ皺(シワ)　龍―肪皺(ホウシハ)
2　すこしのびふくらいてありしが　寛―少延(スコシノビ)ふくらい
て有しか　松―少シノビフクライテ有(リ)シカ　龍―スコ
シフクラヒテアリシカ
弓矢取身(ゆみやとるみ)の習(ならひ)とて　寛―弓矢取身習(ル)とて　松―ユミ
ヤノ習(ヒ)トテ　龍―弓矢トル身ノ習トテ
3　納豆太(なつとうだ)が　寛―納豆太(カ)　松・龍―納豆太カ
むほんにくみし　寛―謀反(ムホン)に興(クミシ)　松―謀反(ムホン)ニクミシ
龍―ムホンニクミシテ
疵(きず)を蒙(かうむる)のみならず　寛―疵蒙(キスヲカフムル)のみならず　松―
疵(キス)ヲカフムルノミニアラス　龍―キスヲカウフルナミ
ナラス

4　終(つゐに)むなしくなりけるこそ　寛―終空成(ニク)けるこそ　松―
終ニ空(ク)成(リ)ケルコソ　龍―ツイニムナシク成(ニ)ケルコソ
不便(ふびん)なれ　松―不便(ヒン)ナレ　龍―不便ナレ
か丶る程(ほど)に　寛―是程(カ丶ルホトニ)　松―カ丶ル程ニ　龍―カ丶
ルホトニ
5　寄手(よせて)の武者共(むしやども)申やう　寛―寄手の武者共申す様　松―
寄武者(ヨセムシヤ)共申様　龍―ヨセ武者トモカ申様ハ
いつまでかくてあるべきぞ　寛―何迄かくて有へきそ
松―イツマテカクテアルへキソ　龍―イツマテカクテ
有へキソ
6　一合戰(かつせん)とて　寛―一合戰(カセン)とて　松・龍―一合戰セント
テ
ひたかの判官代(はんくわんだい)　寛―願(ヒタカノ) 判官代　松―鶪(ヒタカ)ノ判宦代
龍―鶪(ヒタカノ) 判官代
白鷺(しらさぎ)の雪(ゆき)の守(かみ)　寛―白鷺(シラサキノ) 雪(ノ)守　松―白鷺ノ雪ノ守
龍―白鷺(シラサキ)ノ壹岐守(ユキノカミ)
7　山殿原(とのはら)には　寛―山殿原(トノバラ)には　松・龍―山殿原ニハ
獅子(し丶)麒麟(きりんいのし丶)猪 武者(むしや)を　寛―師子(シ丶)麒麟(キリンイノシ丶)猪 武者ヲ　松―

校異篇

獅子麒麟猪武者ヲ　龍―師子麒麟猪武者ソ

8 さきとして　寛・龍―先として
三百餘騎　寛―三百餘騎　松―三百餘騎ノ　龍―二百
餘騎
くつばみをすぎさきとがり矢形に　寛―馬轡楫さ
き鉾矢形に　松―轡ヲ杉サキ鉟矢形　龍―馬ノ
クツハミヲ杉サキトカリ矢形ニ

26ウ1 立ならびて　寛―立竝て　松―立ナラヘ　龍―立ナレ
ヘテ
をめいてかゝれば　寛―をめひて懸れは　松―ヲメイ
テカケケレハ　龍―ヲメイテカヽレトモ
本より用意の事なれば　寛―自レ本用意事なれは　松―
自レ本用意事ナレハ　龍―本ヨリ用意ノ事ナレハ

2 飛木鳴子にしふされて　松―飛木ヤ嶋子ニシフサレテ
龍―飛木鳴子ニフセカレテ
左右なくかなはざりにけり　寛―左右なくかなはさり
にけり　松―左右ナク叶サリケリ　龍―左右ナク奇
サリケリ

3 しばらくありしかば　寛―暫有しかは　松―暫有テ
龍―シハラクコソアリシカ
飛木鳴子　寛―飛木鳴子　松―飛木ヤ嶋子モ　龍―ヒ
タナルコニモ

4 めなれ聞なれする程に　寛―目馴聞馴する程に　松―
目馴聞馴スル程ニ　龍―目ナレキヽナレヌルホトニ
鹿がきくゐがきもみやふりて　寛―鹿垣椿垣もみ破
て　松―鹿垣椿垣モミヤフリ　龍―鹿カキ椿カキモヤ
フリ

5 へいのきはまでせめ付たり　寛―屛際まて責付たり
松―壁ノ際マテ責付　龍―屛末マテセメツケラル
城中にも　寛・龍―城中にも　松―城中ニ
是をみて　寛―是を見て　松―コレヲミテ　龍―是ヲ
見テヨカンメルハ

6 敵こそ近づきたれあますなもらすな　寛―敵こそ近付
たれあますなもらすな　松―敵コソ近付アマスナモラ
スナ　龍―カタキコソ近付タレアマスナモラスナ
いけとり　寛・松―生取　龍―〈缺〉

7 ねぢくびにして　寛―擡首して　松―擡（左旁を「木」
に作る）首シテ　龍―〈缺〉
高名せよや　寛・松―高名せよや　龍―高名セヨヤ
若物どもとて　寛―若物どもとて　松―若者共トテ
龍―物トモトテ
8 ざくろの判官代　寛―柘榴判官代　松―柘榴ノ判官
代　龍―柘榴ノ判官代
びわの大葉の三郎を　寛―枇杷大葉三郎ヲ　松―枇杷ノ
大葉ノ三郎　龍―桃大葉三郎
大将軍として　寛―大将軍として　松・龍―大將ト
シテ
27オ 1 究竟のもの共　寛―究竟物共　松―究竟ノ者共
龍―究竟ノ一騎當千ノモノ共
五千餘騎　寛―五千餘騎　松・龍―五十餘騎
木戸をひらいて　寛―木戸を開て　松―木戸ヲ開テ
龍―木戸ヲヒライテ
かけ出る　寛―懸出る　松―掛出ル　龍―蒐イツシ
2 三百餘騎の物共　寛―三百餘騎の物共　松―三百餘騎
ノ者共　龍―百餘騎ノ者トモ
中をあけてぞとをしける　寛―中を明てぞ通しける
松―ナカヲアケテソトヲシケル　龍―中ヲ通シケル
其後引つゝみて　寛―其後引裹て　松―其後引裹テ
龍―其後引畏テ
3 くもで十文字に　寛―蜘手十文字に　松―蜘手十文字ニ
龍―蜘手十文字ニ
入かへ入みたれ　寛―入替入亂て　松―入替入亂レ
龍―入レカエ入レミタレ
たがひに　寛―互　松―〈缺〉　龍―タカヒニ
4 命をおしまず　寛―命を不レ惜　松―命ヲシマス合戰
ス　龍―命ヲヲシマスアヒタ、カウ
究竟の兵　寛―究竟ノ兵　松・龍―究竟ノ兵
二百餘騎　寛・松・龍―二百餘騎
たちまちにうたれけり　寛―忽に被レ打けり　龍―
タチマチニウタレニケリ
5 ひたかの判官代　寛―鶶判官代　松―鶶判官代
龍―鶶ノ判官代

今はかなはじとや思けん　寛―今は叶(カナ)はしとや思けん
松―カナワシトヤ思ケン　龍―叶ハシトヤ思ヒケン
6 陣(ぢん)を引かへりけり　寛―陣(ヂン)を引歸(ヒキカヘリ)けり　松―陣ヲ引
テソカヘリケル　龍―陣(チン)ヲ引テソカヘリケル
かゝりければ　寛・龍―かゝりけれは　松―ヤ、アリ
ケレハ
魚類(ぎよるい)の物(もの)共　寛―魚類の物共　松―魚類ノ者(ノ)トモ　龍―
魚類(キヨルイ)ノモノトモ
是(これ)をみて　寛―是を見て　松―コレヲミテ　龍―〈缺〉
7 雉鳥(きんてう)大納言　松―雉鳥(キシテウ)ノ大納言　龍―雉(キン)鳥ノ大納言
かもの五郎　寛―鴨(カモノ)五郎　松―鴨(カモ)（左旁を「申」に作
る）ノ五郎　龍―鴨(カモ)五郎
かりかねの十具(ど)箭(くや)をはじめとして究竟(くきやう)の兵物(つはもの)五百餘(よ)
騎(き)入かへてぞかゝりけるされども　寛―鴈金(カリカネノ)十具(ド)箭(クヤ)
を始として究竟(クツキヤウノ)兵物五百餘騎入替てそ懸けるされど
も　松―厂音(カネ)十具(トク)ヤヲハシメトシテ究竟ノ兵五百餘騎
入替リテソカ、リケルサレトモ　龍―鴈音(カリカネノ)十具箭(ノ)ヲ
ハシメトシテ究竟ノツハモノ五百餘キ入レカヘテソカ、

リケル（「箭ヲ～カ、リケル」の三〇字補入）サレトモ
27ウ1 精進(しやうじん)の物(もの)どもは　寛―精進の物共は　松―精進ノ者
トモ　龍―精進(シヤウシン)ノモノトモニ
一人もうたれず　寛―一人も不(ス)レ打(レ)　松―一人モ打(ウタ)サ
リケリ　龍―打ル、モノスクナカリケル
2 くりの伊賀守(いがのかみ)は　寛―栗(クリノ)伊賀守(ノ)は　松―栗(クリ)ノ伊賀ノ
カミ　龍―栗(クリ)ノ伊賀守
はか〱しからじとや　寛―基々(ハカ〱)しからじとや　松―
墓々(ハカ)シカラシトヤ　龍―ハカ〱シカラシトヤ
思けん　松―思ケン　龍―思(ヒ)ヒケン
捦(むき)（手扁に「塗」に作る）〱になりてぞ　寛―捦(ムキ)（手
扁に「塗」に作る）々(〱)に成てぞ　松―捦(ムキ)（左旁を「阝」、
右旁を「塗」に作る）々ナリテ　龍―ムキ〱ニナリテ
ハ
3 おちられけり　寛・松―落られけり　龍―ヲチラレケ
ル
御料(ごれう)　寛・松・龍―御料
是(これ)を御覧(ごらん)して　寛―是を御覽して　松―是(レ)ヲ御ランシ

テ　龍―是ヲ御覽シテ
かくぞ詠《ゑいぜ》させたまひける　寛―かくそ詠せさせたま
ひける　松―カクソ詠シサセタマヒケル　龍―カク詠
サセ玉ヒケル
5 伊賀《いが》くりの　寛―伊賀栗《イガクリ》の　松・龍―イカクリノ
むく方しらす　寛―捈《ムク》（手扁に「塗」に作る）方しらす
松―ムクカタシラス　龍―ムク方（元「ヤ」とあり、見
せ消ちして訂す）シラテ
おちうせて　寛・龍―落うせて
6 いかなる人に　寛―何なる人に
ひろひとられん　寛―ひろひとられむ　松―ヒロイト
ラレシ
7 椎《しゐ》の少將《せうしやう》も　寛―椎《シイノ》少將も　松―椎《シイ》ノ小將モ　龍―
椎《シイ》ノ少將モ
いつかた共なき　寛―何方共なき　松―何方《ツ》トモナキ
龍―イツ方トモナク
谷《たに》そこへ向《むき》て　寛―谷底《タニソコ》へ向て　松―谷底《ソコ》へムキテ
龍―谷ノソコヘムケテ

おちられけるが　寛―被《レ》レ落《ラ》けるか　松―ヲチラレケ
ルカ　龍―落ラレケルカ
8 ひとりごとに　寛―獨言《ヒトリゴト》に　松―獨言《ヒトリコト》ニ　龍―ヒト
リ言《コトニ》
かくぞ詠《ゑい》せさせ給ひける　寛―かくぞ詠せさせ給ひけ
る　松―カクソ詠シタマイケル　龍―カクソ詠シ玉ヒ
ケル
28オ 1 けふこそは　寛―今日こそは　松・龍―今コソハ
身のをき所　松―身ノヲキトコロ　龍―身ヲ、キ所
しらすとも　寛―しらす共
2 つみうしなへよ　寛―つみ失なへよ　松―ツミウシナ
エヨ
のちの世の人　松―後ノ世ノ人　龍―後ノヨノ人
3 かゝりければ　寛・龍―かゝりけれは　松―カヽリケ
ル程ニ
魚類方《ぎよるいかた》は　寛―魚類方は　松―魚類方ニハ　龍―魚類
ノ方ニハ
赤助《あかすけ》をはじめとして　寛・松―赤助を始として　龍―

赤(アカ)助ヲ始トシテ
宗徒(むねと)のものども　寛―宗徒(ムネト)の物共　松―宗徒(ムネト)ノ者(ノ)　龍―
ムネトノ物トモ
4 三百餘騎(よき)　寛・松・龍―三百餘騎
うたれければ　寛―被(レ)打ければ　松・龍―ウタレケ
レハ
あるひはおちうせ　寛―或は落失(ヲチウセ)　松―或落失(ハヲチウセ)　龍―
或ハ落ウセ
5 あるひは降參(かうさん)して(て)　寛―或降參(ハカウサン)して　松―或ハ降參シ
テ　龍―或ハ降參(カウサン)シテ
のこりすくなくなる程(ほど)に　寛―殘少(ノコリスク)なく成程(ナルホト)に　松―
ノコリスクナニナル程ニ　龍―ノコリスクナニ成ホト
ニ
本人(ほんにん)　寛・松・龍―本人
6 鮭(さけ)の大助(おほすけ)も　寛―鮭の大助も　松・龍―鮭(サケ)ノ大助モ
いた手をひ　寛―痛手負(イタデヲヒ)　松―痛手負(イタテヲウ)テ　龍―痛手負(イタテヲイ)
テ
波(なみ)うちぎわにありけるが　寛―浪打際(ナミウチギハニ)有けるが　松―

浪(ナミ)打際(キワ)ニ有ケルカ　龍―浪打(ナミウチ)キハニアリケルカ
7 此事かなはじとや思ひけん　寛―此事叶はしとや思ひ
けん　松―今ハ此事カナハシトヤ思ケン　龍―今ハ此
事叶ハシトヤ思ケン
そこしらずといふ　寛―不(レ)知(レ)底(スラソコ)と云　松―不知(レ)底(ソコト)
云　龍―ソコシスト云
淵馬(ぶちむま)にのりて　寛・松―淵馬(フチムマ)に乘て　龍―淵馬(フチムマニ)ノリ
8 子息(しそく)はらゝ子の太郎　寛―子息鰤太郎　松―子息鰤(ハラヽコ)
ノ太郎　龍―子息鰤(ハラカ)太郎
一人めし具(ぐ)して　寛―一人召具して　松―一人召具(メシ)
龍―一人召具テ
28ウ 1 河上に　松―河上(ミ)ニ　龍―河ヲ上リニ
しつ〳〵とおちられけり　寛―しづ〳〵と被(レ)落けり
松―靜々(シツ)トヲチラレケリ　龍―ノト〳〵トヲチラレケ
リ
2 爰(こゝ)に近江(あふみ)の國(くに)の　寛―爰に近江國(ノ)　松―爰ニ近江ノ國
龍―爰(コヽ)ニ近江國
蒲生(がまう)の郡(こほり)　寛―蒲生郡(カマフノコホリ)　松―蒲生(カモフ)ノ郡　龍―蒲生(カマウノ)

郡(コヲリ)
豊浦(とよら)の住人(ぢうにん)　寛―豊浦(トヨウラノ)住人　松―豊浦(トヨ)ノ住人　龍―
豊浦(ノ)(朱書補入)住人
あをなの三郎常吉(つねよし)と云もの　寛―靑蔓(アホナノ)三郎常吉(ツネヨシ)と云物
松―靑蔓(アヲナ)ノ三郎常吉ト云者ノ　龍―靑菁(アヲナノ)三郎常吉(ツネヨシ)ト云
モノ
3 爰(こゝ)へ落(おつる)こそ　寛―爰へ落こそ　松―爰ニ落ルコソ
龍―コ、ニヲツルコソ
てき(一字補入)大助よ　寛―敵大助よ　松―大助ヨ
龍―鮭(サケ)ノ大助ナレ
あは(一字補入)れよき敵(かたき)や　寛―あれは吉敵(ヨキテキ)や　松―
アワレ敵(キ)ヤ　龍―アハレ敵(カタキ)ヤ
をしならべて　寛―押竝(ヲシナラベ)て　松―押シナラヘ　龍―
ヲシ竝(ナラヘ)
4 くめやとて　寛―組(クメ)やとて　龍―クマントテ
壹尺八寸　寛―二尺八寸　松―二尺八寸ノ　龍―三尺
八寸ノ
くゝたちぬきて　寛―莖立抜(クゝタチヌキ)て　松―莖立(クゝタチ)抜テ　龍―

ク、タチヌキ
まつかうに　寛―眞首(マツカウニ)　松―眞首(マツカウ)ニ
5 さしかざして　寛―指(サシ)かさして　松―指カサシ　龍―
サシカサシ
爰(こゝ)におつるは　寛―爰に落は　松―爰ニ落ルハ　龍―
〈缺〉
大助(おほすけ)か　寛―大助か　松―大助カト　龍―大助
い、かひなくも　寛―言甲斐(イ、カヒ)なくも　松―言(イ、)無甲斐モ
龍―云カイナクモ
6 敵(かたき)にあげまきを　寛―敵に總角(アゲマキ)を　松―敵(キ)ニ綱角(アケマキ)ヲ
龍―カタキ(「タ」を見せ消ちして補入)ニウシロヲ
みするものかな　寛―見する物哉　松―見スル者ノ哉(カナ)
龍―ミスル物カナ
返せやとて　松―返(ヘ)セヤト　龍―返々ヤトテ
7 をめいてかけければ　寛―おめいて懸ければ　松―ヲ
メヒテ掛ケレハ　龍―ヲイテ懸(カヽリ)ケレハ
大助(おほすけ)　寛・松・龍―大助
名(な)をやおしみけん　寛―名をや惜(ヲシ)みけむ　松―名ヤ情

ミケン　龍―名ヲヤヲシミケン

8 こまの手つな引返し　寛―駒（コマ）の手縄（タヅキ）引返（シ）　松―駒ノ手綱引返（シ）　龍―コマノ手綱（タツチ）ヲ引返シ

波うちぎはに　寛―浪打際（ナミウチギハニ）　松―浪打際　龍―浪打キハニ

かけならべて　寛・龍―懸竝て　松―ナラへ

29オ 1 さん〳〵にたゝかふ程に　寛―散々（サン〳〵）に戰（タヽカフ）程に　松―サン〳〵ニタヽカウ程ニ　龍―散（サン）々ニタヽカフホトニ

大助（おほすけ）いた手おひたり　寛―大助痛手（イタデ）負（ヲヒ）たり　松―大助痛手ハ負手ハ負タリ　龍―大助ハ痛手（イタテ）ハ負（ヲイ）タリ

心ばかりは　寛―心計は　松―コヽロハカリハ　龍―心計（ハカリ）ハ

2 たけく思へども　寛―猛（タケク）思へども　松―猛（ク）オモヘトモ　龍―タケク思ヘトモ

左右（さう）の手（て）ちからつきて　寛―左右手（ノ）力盡（ラツキ）て　松―左右ノ手ノチカラツキテ　龍―左右ノ手チカラツキテ

うけはづす所に　寛―請弛處（ウケハツス）に　松―請ハツス處ニ　龍―ウケハツス所ヲ

---

3 あをなの三郎　寛―靑蔓（アホナノ）三郎　松―靑蔓（アヲナ）ノ三郎　龍―靑菁（アヲナ）ノ三郎

さし及てぞうちにけるが　寛―指及てぞ打にけるか　松―サシヲヨヒテソ打タリケル　龍―指及テソ打タリケル

〈缺〉　松―胸（ムナ）本後（ウシロ）ヒレマテ切付ラレテ魳ノ太郎痛手負テ有ケルカ　龍―ムナモトヲウロノヒレマテキリツケタリ魳（ハラコノ）太郎モ痛手負（ヲイ）ニケレハ

精進（しやうじん）の物共（もののとも）　寛―精進の物共　松―精進ノ者トモ　龍―精進ノ物トモハ

4 おほくかさなる閒　寛―多重閒（オホクカサナルアイタ）　松―アマタカサナル　龍―アマ（一字補入）タ重ナル

叶はじとや思けん　寛―叶はしとや思けむ　松―叶シトヤ思ヒケン　龍―叶ハシトヤ思ヒケン

本（もと）より　寛―自（レ）本　松―自本　龍―モトヨリ

5 用意（ようい）の事（こと）なれば　寛・松・龍―用意の事なれは

つぶさねもろともに　寛―䲀實（ツブサネ）諸共に　松―䲀實（ツラサネ）諸共ニ　龍―䲀實（ツネサネ）モロトモニ

なべか（三字補入）城にぞ　寛—城にぞ　松—城ニソ
龍—鍋ノ城ヘソ
6 こもりける　寛—籠ける　松—籠ケル　龍—コモラ
レケル
かの城と申は　寛—彼城と申は　松—カノ城ト申ス
ハ　龍—彼城ト申ハ
究竟のようがいなり　寛—究竟用害也　松—究竟
ノ用害也　龍—究竟ノ用害也
7 たやすく　寛—輒
人の落べきやうなし　寛—人之可レ落無レ様　松—人
ノ可レ落ヤウナシ　龍—ヲツヘキ様ナシ
されば爰に　寛—されば爰に　松—サレハ爰ニ　龍—
サレハコヽニ
むかふ物は　寛—向物は　松—向者ノ　龍—タト
（一字補入）ヘヲ申サハ
8 新豊折臂翁が　寛—新豊折臂翁　松—新豊ノ折臂
翁カ　龍—新豊折臂翁ト云シモノ
瀘水の戦に　寛—瀘水戦　松—瀘水ノ戦　龍—

〈缺〉
29ウ 1 村南村北に　寛—村南村北
哭する聲に聞えて　寛—哭聲に聞て　松—哭スル聲
聞テ　龍—哭スル聲ヲ聞テ
五月萬里の雲南に行事を　寛—五月萬里雲南に行事
松—五月萬里ノ雲南ニ行事ヲ　龍—五月萬里ノ雲南ニ
行事ヲ
2 辞するに　松—辞スルニ　龍—辞スルニ
ことならず　寛・龍—不レ異　松—不レ異
なをかゝりければ　寛—尚かゝりけれは　松・龍—カ、
リケレハ
3 面をむくるもの　寛—面を向る物　松—面ヲムク
ル者　龍—面ヲムクルモノ
一人もなし　龍—一人モ更ニナシ
爰に　寛・松—爰に
山城國の住人　寛—山城國住人　松—山城ノ國ノ住
人　龍—山城國住人
大原木の太郎と言もの　寛—大原木太郎と云物　松—

4 大原木太郎ト云　龍―大原木太郎ト云者

其勢三百餘騎　寛・松―其勢三百餘騎　龍―其勢三百餘キ

是は　寛・松・龍―是は

いづかたともなく　寛―何方ともなく　松―何方トモナクテ　龍―イツ方トモナク

5 ひかへたりけるが　寛―ひかへたりけるか　松―ヒカヘケルカ　龍―引ヘタリケルカ

精進の物共　寛―精進物共　松―精進ノ者トモ　龍―精進ノモノトモ

かち軍の體なれば　寛―勝軍體なれば　松―カチイクサノテイニ成ケレハ　龍―カチイクサノ體也ケレハ

6 をしよせて　寛―押寄て　松―押寄　龍―オシヨセテ

下より猛火をはなつて　寛―下より猛火放て　松―下ヨリ猛火放　龍―下ヨリ猛火ヲ放テ

せめたりける　寛―責たりける　松―責ケリ　龍―セメケリ

7 たちまちに　寛・松―忽に

炎となつて　寛―炎なつて　松―炎ヲトナツテ　龍―ホムラトナテ

もえあがる　寛―燃上　松―燃上　龍―モエ上ル

たとへば　寛―譬　松―譬　龍―タトヘハ

8 黒縄衆合　寛―黒縄衆合　松―黒縄衆合　龍―黒縄衆合

大叫喚　寛―大叫喚　松―大叫喚　龍―叫（右旁を「十」に作る）喚大叫喚ノ

八大地獄に　寛―八大地獄に　松・龍―八大地獄ニ

ことならず　寛―不レ異　松・龍―コトナラス

云云　松・龍―〈缺〉

30オ

1 かゝりける處に　龍―カ、ルトコロニ

しやくしのあら太郎と　寛―杓子荒太郎と　松―杓子荒太郎ト　龍―杓子ノ荒太郎ト

いふものあり　寛―云物あり　松―云者アリ　龍―云者アリ

2 本より　寛―自レ本　松―自レ元　龍―モトヨリ

山そだちのをのこにて　**寛**―山そたちの男子（ヲノコ）にて　**松・龍**―山ソタチノ男（ヲトコ）ニテ

心（こゝろ）も強（がう）〳〵に　**寛**―心も強々（カウ〳〵）に　**松**―心強（コヽロカウ）ニ　**龍**―心ヲカウニ

はやりものなりければ　**寛**―はやり物也ければ　**松**―ハカリ物ナリケレハ　**龍**―ハヤリモノ死生（シシヤウ）不知ナル

3 たゝ一騎（き）かけ入て　**寛**―唯一騎かけ入て　**松・龍**―只一騎カケ入テ

ひたとくみては　**寛**―ひたと組（クミ）て　**松**―ヒタ組（クン）テ　**龍**―ヒトクンテ

4 ごきの中へぞ入にける　**寛**―御器（ゴキノ）中へぞ入にける　**松**―御器（キ）ノ中カヘ同（トウ）トヲトス　**龍**―御器（コキ）ノ中ヘ同（トウ）トヲツ

御料（ごれう）　**寛・松・龍**―御料

取て引よせ　**松**―取て引寄　**松**―取テ引寄セ

御こゝろみありて　**寛**―御試（コヽロミ）有て　**松**―御試（コヽロミ）アリテ　**龍**―御コ、ロ、ミテアテ

5 あゝ　**寛・龍**―嗚呼（アヽ）　**松**―嗚呼（アヽ）

たゞ大助（おほすけ）ほどの物（もの）　**寛**―たゝ大助ほどの物　**松**―生テモ死テモ大助程ノ物　**龍**―イキテモ死（シヽ）テモ大助ホト（一字補入）ノ者

なかりけりとぞ　**松**―ナカリケリト　**龍**―ナカリトソ

仰（おほせ）ありける　**寛**―有レ仰ける　**松**―仰セアリケル　**龍**―仰セアリケル

6 さる程に　**寛**―去（ル）程に　**松**―サル程ニ　**龍**―カ、ルホトニ

魚類（ぎよるい）の兵（つはもの）とも　**寛**―魚類兵（ノ）共　**松**―魚類ノ兵（ノ）トモ　**龍**―魚類ノ兵トモ

さん〴〵になる　**寛**―散々（サン〴〵）に成（ナル）　**松**―散々ニナリ　**龍**―散々（チリ〳〵）ナリ

大助（おほすけ）も　**寛・松**―大助も　**龍**―大助

7 こゝにてうせぬる上は　**寛**―爰にて失ぬる上は　**松**―コ、ニテ失（ウセ）ヌル上ハ

よのものども　**寛**―餘物（ヨノ）共　**松**―餘（ヨ）ノ者（ノ）トモ　**龍**―自（シ）餘（ヨ）ノモノトモ

たゝかふ物（もの）一人もなし　**寛**―諍（タヽカフ）物一人もなし　**松**―爭者（ツノ）ナシ　**龍**―アラソウ物更ニナシ

8 されば合戦習(かっせんのならひ)は　寛―されば合戦(カセンノ)習は　松―サレ
ハ合戦ノ習(ヒ)ハ　龍―サレハ合戦(セン)ノナライ
無勢多勢(ぶせいたぜい)には　寛―無勢(ブセイ)（「力」を缺く）多勢(タセイ)には　松―
無勢多勢ニハ　龍―無勢多勢ニ
よらざりけり　寛・龍―よらさりけり　松―不ㇾ寄
30ウ 1 さしたる事なくて　寛―爲(タル)ㇾ指(サシ)事なくて　松―指タル
事ナクテ　龍―サシタル事ナクシテ
かやうにほろびけるこそ　寛―か様に亡(ホロビ)けるこそ
松―カヤウニ亡(ホロヒ)ケルコソ　龍―カヤウニホロヒケル
コソ
哀(あはれ)なれ　松―アワレナレ　龍―返々モ（一字補入）哀
ナレ
2 さてこそむかしよりいまに至(いた)るまで　寛―さてこそ
自ㇾ昔至(マテ)二于今(ニ)一　松―サテコソ自ㇾ昔(シ)イマニイタルマテ
龍―サテコソ昔ヨリ今ニイタルマテ
あをなの三郎常吉(つねよし)と　寛―靑蔓(アホナノ)三郎常吉(ツネヨシ)と　松―アヲ
ナノ三郎常吉(ツネヨシ)ト　龍―アホナノ三郎常(ツネ)吉(シ)ト
3 めされ　寛―被ㇾ召　松・龍―メサレテ

御料御近習(ごれうごきんじゅ)まで　寛―御料近習(キンジウ)まて　松―御料ノ御近(キン)
習(シウ)者ニテ　龍―御料ノ近習者(キンシユシヤニ)テ
朝夕(あさゆふ)　寛・松―朝夕　龍―朝夕(テウセキ)
ほうこう仕(つかまつり)ける　寛―奉公仕けれ　松―奉公仕(ツカ)マ
ツリケル　龍―奉公(ホウコウ)仕ケル
4 ありがたき事(こと)どもなり　寛―難(キ)ㇾ有事共也　松―難(カタ)ㇾ有(アリ)
カリシ事共也　龍―アリカタカリケル事トモナリ
于(とき)ㇾ時(に)　寛―于時(ニ)　松・龍―〈缺〉
魚鳥元年(ぎょてうぐわんねん)　寛―魚鳥元年　松・龍―〈缺〉
5 壬申(みづのえさる)　寛―壬申　松・龍―〈缺〉
九月三日　松・龍―〈缺〉
靜謐了(せいひつしおはんぬ)　寛―靜謐(セイヒツ)畢(ヲハンヌ)　松・龍―〈缺〉

流布本系諸本校異凡例

一、この校異で使用した底本は、群書類従本である。

二、校合した各テキストの略號は、次の通りである。

神…神宮文庫藏本

靜…靜嘉堂文庫藏本

森…大阪市立大學森文庫藏本

福…福島縣立圖書館藏本

伊…東京大學總合圖書館藏伊勢貞丈書入本

狩…東北大學附屬圖書館狩野文庫藏本

實…實踐女子大學圖書館藏本

斯…慶應義塾大學斯道文庫藏本

早…早稻田大學圖書館藏本

國…國立國會圖書館藏本

三、次の如き異同は、原則として示さなかった。

①　字體の相違（漢字の正體と異體・假名字母の違い等）

②　墨書と朱書、墨の濃淡の相違

③　平假名と片假名の相違

四、字體が崩れていたり、外字作成が困難である場合は、正體で示した上で、(～扁に「～」の形)、或いは(左旁を「～」に作る)等の説明を加えた。

五、掲出の順序は、最初に底本(群書類從本)における所在(丁數・表裏・行數)、および本文を掲げ、次いで神宮文庫藏本、靜嘉堂文庫藏本、大阪市立大學森文庫藏本、福島縣立圖書館藏本、東京大學總合圖書館藏伊勢貞丈書入本、東北大學附屬圖書館狩野文庫藏本、實踐女子大學圖書館藏本、慶應義塾大學斯道文庫藏本、早稲田大學圖書館藏本、國立國會圖書館藏本の順序で示した。

六、蟲損・破損により解讀不能の場合は、□で表示した。

七、當該箇所の本文が缺落している場合は、〈缺〉と示した。

八、行間等の餘白を利用して補入された字は、直下に(～字補入)としてその旨を示した。

九、行間・上部餘白等を利用して、注文が傍書・記入されている場合は、本文の下に( )に括って示した。

十、見せ消ちして訂正されている場合は、訂正前の元の状態を、( )に括って説明した。

1オ1 精進魚類物語一名魚鳥平家（「一名魚鳥平家」は小字右寄せ）　神・靜―精進魚類物語山科殿言繼卿筆（「山科殿言繼卿筆」は小字右寄せ）　福・伊・狩・早・國―精進魚類物語山科言繼卿筆（「山科言繼卿筆」は小字右寄せ）　實―精進魚類物語　斯―精進魚類物語山科言繼卿筆（「精進魚類物語」の右下に「一名魚鳥平家」と傍書あり。「山科言繼卿筆」は小字右寄せ、「山」の上端から弧線を引いて右に「本書ヲ寫タル人也作者ニアラズ」と傍書あり）

2 祇園林の　靜・福・伊・狩―祇園林　斯・國―祇園《キヲン》林《ハヤシ》の　早―祇園林《ギヲンハヤシ》の

鐘の聲　斯―鐘《カネ》の聲

きけは　神・靜・福・伊・狩・早・國―聞ば　實―聞は　斯―聞《キケ》ば

諸行も無常也　斯―諸行《シヨギヤウ》も無常《ムジヤウ》也

沙羅雙林寺の　斯・早―沙羅雙林寺《シヤラサウリンジ》の　國―沙羅雙林《シヤラサウリン》寺の

3 蕨の汁　斯・國―蕨《ワラヒ》の汁《シル》　早―蕨《ワラビ》の汁《シル》

盛者　神・靜―生死（右に「盛者」と傍書あり）　福・伊・狩・實・早・國―生死　斯―生死《シヤウジ》

ひつすひ　伊・狩・斯・早・國―ひつすひ（右に「必衰」、左に「引吸」と傍書あり）

しぬへき　靜・早・國―しぬべき

理をあらはす　神・靜・福・伊・斯・早・國―理《コトハリ》をあらはす　實―理りをあらはす

4 おこれる　斯・早・國―おこれる（「おこ」の右に「起」と傍書あり）

炭も　斯―炭《スミ》も

久しからす　神・靜・福・伊・斯・早―久しからず

美物を　斯―美物《ヒモツ》を

焼は　福・伊・狩―焼ば　斯―焼《ヤケテ》ば　早―焼《ヤケ》ば　國―焼《ヤケ》は

灰となる　斯・早・國―灰《ハイ》となる

5 猛き猪も　福・伊・狩―猛猪《キ》も　斯・早・國―猛《タケキ》猪《キノシヽ》も

遂には　斯・早・國―遂《ツヒ》には

かるもの　斯・早・國―かるもの（右に「刈藻」と傍書

あり）

下の　斯―下の　早・國―下の

塵となる　早・國―塵となる

6 遠　神・靜・福・伊・狩・實・斯・早・國―遠く

異朝を　斯―異朝を

たつぬるに　早・國―たづぬるに

獅子や象豹や虎　斯―獅子や象豹や虎　早・國―獅子や象豹や虎

これらは皆　實―これら皆　國―これらはみな

7 人主の　斯・早・國―人主の

政にも隨はす　神・靜・斯・早・國―政にも隨はず

或時は　神・靜―あるときは　福・伊・狩・實・斯・早・國―ある時は

人を損し　斯・早・國―人を損じ

8 或時は　神・靜・福・伊・狩・實・斯・早・國―ある時は

獸を害せしかは　斯―獸を害せしかば　早・國―獸を害せしかは

つゐには　神・靜・福・伊・狩・實・早・國―遂には　斯―遂には

人の爲にも　神・靜―ひとの爲にも

とらはる　神・靜・福・伊・狩・實・斯・早・國―とらはれ

9 又ちかく　神・靜・福・伊・狩・實・斯・早・國―又近く

たつぬるに　神・靜・福・伊・狩・實・斯・早・國―尋るに

山の狼　斯―山の狼　早・國―山の狼

里の犬　斯・早―里の犬

10 ことひの牛の　神・靜・福・伊・實・斯・早・國―ことひの牛の（「ことひ」の右に「特牛」と傍書あり）

荒たる駒の　斯・早・國―荒たる駒の

いはえ聲　神・靜―いばえ聲　福・伊・斯・早・國―いばへ聲　狩・實―いはへ聲

1ウ1 これらはみな　神・靜―これらは皆

いへとも　神・靜・斯・早・國―いへども

まちかくは　斯・早・國―まぢかくは
越後國　實―越後の國　斯・早―越後《ノ》國
2 鹿島　斯―鹿島《カシマ》
なめかた（右に「行方」と傍書あり）　福・伊・狩・斯―
なめがた（右に「行方」と傍書あり）
凡北へ流る河を　實―凡北へ流るゝ河を　斯・早・國―
　凡《オホヨソ》北へ流る河を
3 鮭の大介鰭長か　神・靜・福―鮭の大介鰭長《ヒレナカ》か　伊・
狩―鮭の大介鰭長《ヒレナガ》か　實―鮭の大助鰭長《ヒレナカ》か　斯・早・
國―鮭《サケ》の大介鰭長《ヒレナガ》か
4 傳へうけ給るこそ　靜―傳へうけけるこそ　福・伊・
狩・斯―傳うけ給るこそ
およはれぬ　神・靜・實・國―およはれね　福―およ
はれす　伊・狩―およはれす（「す」の右に「ね歟」と
傍書あり）　斯―およはれす（「す」の右に「ね」と傍書
あり）　早―およはれず（「ず」の右に「ね」と傍書あり）
去る　神・靜―去ル　斯―去《サンス》る　早・國―去《サンヌ》る
魚鳥元年　斯―魚鳥《ギヨチウ》元年　早―魚鳥《ギヨテウ》元年　國―魚鳥《キヨテウ》元
年
5 殿原は　斯―殿原《トノバラ》は　早・國―殿原《トノハラ》は
御料の　神―御料《レウ》の　福・斯―御料《コレウ》の　伊―御料《レウ》の
（上部餘白に「飯ノ事ヲ御料ト云又國ノ領主ノ事ヲ御領ト云
盛衰記ニ信濃ナル木曾ノ御料ニ汁カケテタ、一クチニ九郎判
官」とあり）　狩―御料《レウ》の（上部餘白に「飯ノ事ヲ御料ト
云又國ノ領主ノ事ヲ御領ト云盛衰記信濃ナル木曾ノ御料ニ汁
カケテタ、一クチニ九郎判官」とあり）　早・國―御料《ゴレウ》の
（上部餘白に「飯ノ事ヲ御料ト云又國ノ領主ノ事ヲ御料ト云
盛衰記ニ信濃國ナル木曾ノ御料ニ汁カケテタ、一口ニ九郎判
官」とあり）
大番にそ　神―大番《ヲホハン》にぞ　靜―大番《ヲホハン》ににそ　福―大番《ヲホハン》
にそ　狩―大番《ヲホバン》にそ　斯―大番《ヲヽバン》にそ
6 まいりける　神―參りける　靜―參りけり　斯―まゐ
りける（元「まいりける」とあり、「い」を見せ消ちし、右
に「ゐ」と訂正する）
遲參をは　神・靜―遲參をば
闕番にこそ　神―闕《ケツ》番にこそ　斯・早―闕番《ケツバン》にとそ

國—闕番（ケツバン）とそ

付られけれ　福・伊・狩・實・斯・早・國—付られける

7 御齊禮にて　神—御齋禮（サイレイ）にて　斯・早・國—御齊禮（サイレイ）にて

放生會といひ　斯・早・國—放生會（ハウセウヱ）といひ

8 彼岸といひ　神・國—彼岸（ヒカン）といひ　斯・早—彼岸（ヒガン）といひ

かた〳〵　神—かた〴〵

御精進にてそ　福・伊・狩・實—御精進にそ　斯・早・國—御精進にぞ

9 越後國の住人　實—越後の國の住人

鮭の大介鰭長か　神—鮭の大介鰭長が　斯・早—鮭（サケ）の大介鰭（ヒレナガ）長か

子共に　早・國—子ともに

10 鮞の太郎粒實　神・靜・伊・狩—鮞（ハラヽゴ）の太郎粒實（ツブサネ）　森—鮞（ハラヽコノ）　の太郎粒實　福—　鮞（ハラヽコ）の太郎粒實（ツフサネ）　實—　鮞（ハラヽゴ）の太郎粒實（ツフサネ）　斯—　鮞（ハラヽコ）の太郎粒實（ツブサネ）　早—　鮞（ハラヽゴ）の太郎粒實（ツブザネ）

國—　鮞（ハラヽコ）の太郎粒實（ツブザネ）

同次郎弼吉とて　神—同次郎弼吉（ヒツヨシ）とて　靜—同次郎弼（ヒツ）吉（ヨシ）とて　福・伊・狩—同二郎弼吉（スケヨシ）とて　實—同二郎弼吉とて　斯・早—同二郎弼吉（スケヨシ）とて（「弼」から弧線を引き左に「イニ鮄吉（ヒツヨシ）」と傍書あり）　國—同二郎弼吉（スケヨシ）とて（「弼吉」の左に「鮄吉イ」と傍書あり）

2オ 1 候しをは　神—候ひしをば　靜—候ひしをは

遙の　斯・早・國—遙（ハルカ）の

末座へそ　神・靜・早—末座へぞ　斯—末座（マツ）へそ

2 大豆の御料の　神—大豆（マメ）の御料の

納豆太郎絲重　神・福—納豆太郎絲重（イトシゲ）　伊・狩—納豆太郎絲重（イトシゲ）　斯・早—納豆（ナツトウ）太郎絲重（イトシゲ）　國—納豆（ナツトウ）太郎絲重（イトシケ）

はかりをそ　神・靜・斯—ばかりをそ　早—ばかりをぞ

3 鮭か子共　神—鮭が子共　斯—鮭（サケ）か子共　早—鮭（サケ）か子とも　國—鮭か子とも

腹を立て　實—腹を立

4 一（ツ）はし申て　福・伊・狩・實・斯・早・國—一はし申

て
あちは丶せむと　神・靜・福―あぢは丶せんと　伊・狩・斯・早・國―あぢは丶せんと（「あぢ」の右に「味」と傍書あり）　實―あちは丶せんと
思へとも　斯・早・國―思へども
5 入らむすとて　神・靜・斯・早・國―入らんずとて　福・伊・狩・實―入らんすとて
6 干鮭色の　伊―干（カラ）鮭色の　狩・國―干鮭（カラサケ）色の　斯―干（カラ）鮭（ザケイロ）色の　早―干鮭色の（カラサケイロ）
狩衣著て　斯―狩衣（カリキヌ）著て　早・國―狩衣きて
山吹のゐての里へそ　神・伊・斯・早・國―山吹のゐでの里へぞ　福・狩―山吹のゐでの里へそ
下られける　國―下れける
7 其夜も明ぬれは　斯―其夜も明ぬれば
駒に鞭をあけて　斯・早・國―駒（コマ）に鞭（ムチ）をあげて
夜を日について　神―夜を日についで（元「つゐで」とあり、「ゐ」を見せ消ちし、右に「い」と訂正する）　斯・早・國―夜を日についで

8 一てむには　神・靜・福・伊・狩・實・斯・早・國―一てんには
9 越後國大河郡　實―越後の國大河郡　斯―越後ノ國大河ノ郡　早・國―越後國の大河ノ郡
鮎ノ荘　神・靜・福・伊・狩・實・斯・早―鮎の莊　國―鮭の莊
父大介の館に　實―父大介の館にそ　斯・早・國―父大介の館（タチ）に
10 左右に相竝ひて　早―左右に相竝びて
2ウ1 上洛仕候しかとも　神・靜・早―上洛仕候しかども
2 御目にもかけられす　伊・狩・早―御目にもかけられず
3 剰　神・靜・福・狩・斯・早・國―剰（アマツサヘ）
恥辱に　斯・早・國―恥辱（チジヨク）に
およひ　神・早―および
をひ下され候間　神・靜・福・伊・狩・實・斯・早・國―おひ下され候間
4 當座にて　早―當坐にて

いかにもなり　早・國―いかにともなり
火にも水にもいらんと　實―火にも水にもいらしと
5 存候しかとも　神・靜・斯・早・國―存候しかども
如斯の子細をも　狩―如斯子細をも
申合てこそと　斯・早―申合(セ)てこそと　國―申合(セ)てこ
そ
6 存候つる間　森―存候つる間（元「存候しかと」とあり、
「しかと」を見せ消ちし、右に「つる間」と訂正する）　實―
存候間
是まて　實―是迄　早―是まで
下向とそ申ける　早・國―下向とぞ申ける
7 赤かに　神・福・伊・狩・實・斯・早・國―赤(マツ)かに
腹をたて、　靜・實―腹をたて
我等か一門中には　神・靜・早―我等が一門中には
狩―我等一門中には
8 ゑそか千島まて　神・靜・早・國―ゑぞが千島まで
伊・狩・斯―ゑぞが千(チ)島まで　實―ゑそか千島迄
北へなかるゝ川をは　神・靜―北へながるゝ川をは

福・伊・狩・斯・早・國―北へ流る川をは　實―北へ
流るゝ川をは
我等かまゝに　神・靜・早・國―我等がまゝに
9 管領すれは　神・靜―管領すれば
なけれとも　早―なけれども
御料不便と　斯・早・國―御料不便(フビン)と
10 仰あれはこそ　神・靜―仰あればこそ
子ともをも　神・靜・福・伊・狩・斯・早・國―子共
をも　實―子供をも
進せたれ　福・伊・狩―進(マイラ)せたれ
3オ1 人〳〵しく　神・靜―人々しく　實―人らしく
納豆太ほとの　神・福―納豆太(ダ)ほとの　靜―納豆太
（濁點を付す）ほとの　斯―納豆太ほどの　早・國―納
豆太などの
奴原に　斯・早―奴原(ヤツバラ)に　國―奴原(ヤツハラ)に
思召かへさせ給はむには　神・靜・福・伊・狩・斯・
早・國―思召かへさせ給はんには　實―思召かへさせ
給わんには

2 何かせむ　神・靜・福・伊・狩・實・斯・早・國―何かせん

鰭長　斯・早―鰭長(ヒレナガ)　國―鰭長(ヒレナカ)

3 いく程ならぬ世中に　早―いくほどならぬ世中に　國―いくほとならぬ世中に

己故に　森―己故に（「己」の右に「こか」と傍書あり）　斯―己(ヲノレ)故に　早・國―己(オノレ)故に

4 よはひ　斯―よはひ（右に「齢」と傍書あり）

顔駟に　神・靜―顔駟(カンシ)に（左に「朗詠直幹」と傍書あり）　福―顔駟(シ)に（左に「朗詠直幹」と傍書あり）　伊・狩―顔駟に（左に「朗詠直幹」と傍書あり）　早・國―顔駟に（左に「朗詠直軫」と傍書あり）

つけ　神・靜・福・伊・狩―つけ（左に「亞(ツケリ)」と傍書あり）　斯―つき（元「つけ」とあり、「け」を見せ消ちし、右に「き」と訂正する。「つ」から弧線を引き左に「亞(ツケリ)」と傍書あり）　早―つき（元「つけ」とあり、「け」を見せ消ちし、右に「き」と訂正する。左に「亞(ツケリ)」と傍書あり）　國―つき（左に「亞(ツケリ)」と傍書あり）

うらみ　神・靜・福・伊・狩・實―〈缺〉　森―からみ（「か」の右に「うか」と傍書あり）　斯・早・國―〈缺〉（右に「恨(ウラミ)」と傍書あり）

伯鸞に　神・靜―伯鸞(ハクラン)に　福・伊・狩・斯・早―伯鸞(ラン)に

5 おなし　神・靜・福・伊・狩・實・斯・早・國―同し

故御料の　斯・早・國―故(コ)御料の

6 御心こはき御料にて　神―御心(コヽロ)こは御料にて　靜・福・伊・狩・斯・早・國―御心こは御料にて　實―御心こそ御料にて

7 年ころの　神・靜―年比　福・伊・狩・實・斯―年比の　早・國―年頃の

我等か申事をも　神・靜・斯・早―我等が申事をも

8 受領　斯・早―受領(ジユレウ)

檢非違使　斯―檢非違使(ケヒヰシ)　早―檢非違使(ケンヒヰシ)

大名小名にも　靜―大名小名とも

白衣にて　神・福・伊・斯・早・國―白衣(ヒヤクエ)にて　靜―白衣(シヤクエ)にて　狩―白衣(ヒヤクエ)にて

9 中帯はかりに　福・伊―中帯ばかりに
曳入烏帽子にて　神・靜・福・伊・狩―曳入(ヒキイレ)烏帽子にて
對面し給ふも　靜―對面し給ふも（元「對面も給ふも」とあり、「も」を見せ消ちし、右に「し」と訂正する）
10 心得す　神・靜・斯・早―心得ず
哀此御料の　神・靜―哀れ此御料の
兄御前の　森―兄御前の（元「兄□前の」と、「兄」の下に某字があり、塗抹して右に訂正する）　斯―兄弟御前の
らくい腹に　神―らくい腹に（「らくい」の右に「落遺」と傍書あり。上部餘白に「落遺腹亦落胤(イ)下シヤクハラノ事也」と頭注あり）　靜―らくい腹に（上部餘白に「落遺腹赤落胤下シヤクハラノ事也」と頭注あり）　福・伊・狩―らくい腹に（左に「落遺腹亦落胤腹下シヤクハラノ事也」と傍書あり）　斯―らくい腹に（左に「落遺腹亦落胤腹下シヤクハラノ事也」と傍書あり。上部餘白に「イニ落姮腹(ラクイバラ)」と頭注あり）　早―らくい腹に（左に「落遺腹亦落胤腹下シヤクハラノ事ナリ」と傍書あり。上部餘白に「イニ落姮腹(ラクイバラ)」と頭注あり）　國―らくい腹に（左に「落遺腹亦落胤腹下シヤクハラノ事ナリ」と傍書あり。上部餘白に「イニ落姮腹(ラクイハラ)」と頭注あり）
粟の御料とて　神・靜―粟(アハ)の御料とて
3ウ1 おはしますこそ　實―おわしますこそ
こま〳〵としておはせしかとも　神・靜・福・伊・狩・斯・早・國―こま〳〵としておはせしかども
2 御身ちひさく　神・靜・斯・早・國―御身ちいさく
3 わたらせ給へは　神―わたらせ給へば　福・狩・實・早・國―渡らせ給へは　伊・斯―渡らせ給へば
われらか　神・伊・狩・斯・早・國―われらが
奉公仕へきやうもなし　神―奉公仕べきやうもなし
4 又君につかへ奉るには　狩―又君に仕へ奉るには
禮を以て本とすと　實―禮をもつて本とすと
いふ事あり　早・國―いふことあり
5 兩君につかへさるは　實―兩君につかへさるが
忠人の法なり（「忠」の右に「皆イ」と傍書あり）　神・靜・福・伊・狩・實―賢人の法也　森―皆人の法なり

（「皆」の右に「忠イ」と傍書あり） 斯―賢人の法也
（「賢人」の右に「イニ忠臣」と傍書あり） 早・國―賢人
の法也（「賢人」の右に「イ忠臣」と傍書あり）
6 されは 早―されば
我等か又人を 神・福・伊・狩・實―われらか又人を
斯・早・國―われらが又人を
たのむへきにもあらす 斯―たのむへきにもあらず
早―たのむべきにもあらず 國―たのむべきにもあら
す
7 就中 斯・早・國―就レ中
先祖をたつね承れは 早―先祖をたづね承れは（元
「たづぬ」とあり、「ぬ」を見せ消ちし、右に「ね」と訂正す
る）
7 天地開闢し 斯―天地開闢(カイヒヤク)し 早―天地開闢(カイビヤク)し
8 種くたり 神・福・伊・狩―種くだり 斯・早・國―
種(タネ)くだり
御腹にやとり 斯・早・國―御腹にやどり
9 伊勢天照太神宮の 神・靜・實―天照太神宮の

---

10 賀茂の御祭の 狩―加茂の御祭の
みつき物 實―みつきもの 早・國―みつぎ物
腹赤を奏する 神・斯・早・國―腹赤(ハラカ)を奏する
4オ1 節會まて 福・伊・狩・實―節會迄 斯―節會(セチヱ)迄(マデ) 早・
國―節會(セチヱ)迄
魚類をもつてむねとする 早―魚類をもてむねとする
仙人の琪樹は 斯―仙人の琪樹(キシユ)は 早―仙人の琪樹(キジユ)は
國―仙人の琪樹(キシユ)は（上部餘白に「文集牡丹芳の語」と頭注
あり）
2 冷して色なし 斯・早―冷(ヒヤヽカ)して色なし 國―冷(ヒヤカ)し
て色なし
紅なれとも 福―紅(イ)なれとも 實―紅ゐなれとも 斯・
早―紅(クレナヰ)なれども 國―紅(クレナヒ)なれとも
3 芳しからす 斯・國―芳(カウバ)しからす 早―芳(カウバ)しからず
草木まても 實―艸木までも 斯―草木までも
分々に隨て 森―分々に隨而 斯―分(ブン)々に隨て 早・
國―分(フン)々に隨て
4 徳をほとこさすと 神・福―徳をほとこさずと 斯・

早―徳をほどこさずと　國―徳をほどこさすと
いふ事なし　早・國―いふことなし
5 従類として　實―臣類として　斯―従類(シウルイ)として
いかてか　斯・早・國―いかでか
不忠を振舞へき　神―不忠を振舞べき　斯―不忠を振(フル)
舞(マウ)へき　早・國―不忠を振舞(フルマウ)べき
6 か様に　早・國―かやうに
おほしめし捨られ　斯・早・國―おぼしめし捨られ
まいらすれは　神・福・伊・狩・斯・早―まいらすれ
ば
7 無益と　斯・早・國―無益(ムヤク)と
おもへ共　神・靜・福・狩・實―思へとも　森―おも
へとも　伊・斯・早・國―思へども
故御料　神・靜・福・斯・早・國―故(コ)御料
8 さしも見はなつなと　福・伊・狩・實―さしも見はつ
なと　斯―さしも見はつなど　早・國―さしもみはつ
など
御遺言　斯―御遺言(ユイゴン)　早・國―御遺言(ユイコン)

ありしかは　斯―ありしかば
それにそ　神―それにぞ　福・伊・狩・實・斯・早・
國―それに
9 しはらく　早―しばらく
思ひとゝまる　神・靜―おもひとゝまる　早・國―思
ひとゞまる
たゝ　神・福・伊・狩・斯・早・國―たゞ
10 世間の　神・靜―世間(ヨノナカ)の
示しの　神・靜・福・伊・狩・實―示し　斯・早・國―
示の
心も詞も　靜―思も詞も
4ウ1 及はれね　神・早―及ばれね　福―及ばれす　伊・狩―
及はれす（「す」の右に「ね歟」と傍書あり）　實―及は
れす　斯―及はれす（「す」の右に「ね」と傍書あり）
其儀ならは　神―其儀ならば　早―其義ならは
2 うちほろほし　早―うちほろぼし
御内に　靜―御内より　森―御内と　福・伊・狩・實―
御内　斯―御内（「内」の右下に「に」と傍書あり）

繁昌せむ事　神・靜・福・伊・狩・實・斯―繁昌せん事　早・國―繁昌せんこと

3 いと安き事なりとて　伊―いと安き事也とて　早・國―いと安きことなりとて

鰹房十連を　神・靜―鰹房十連を　福―鰹房十連を（「房」の右に「ブシ」と傍書あり）　伊・狩―鰹房十連を　斯―鰹房十連を（「鰹」から弧線を引き左に「貞丈按俠ノ法師ノ名」と傍書あり）　早―鰹房十連を　國―鰹房十連を

指遣て　神・靜―指遣して　福・伊・狩・早・國―指て　實―差て　斯―指て（「指」の下に丸を付し、右に「貞丈按差歟」「遣」と傍書あり）

國々へそ觸られける　實―國々ゑそ觸られける　早―國々へぞ觸られける

4 その時　神・靜―そのとき

馳參人々には　神―馳參人々には　福・伊・狩・實―馳參る人々には　斯―馳參る人々には　早・國―はせ參る人々には

誰々そ　神・早―誰々ぞ　國―誰とぞ（「と」の右に「研曰、誰々ぞ」と傍書あり）

先鯨荒太郎　神―先鯨の荒太郎　靜―先鯨の荒太郎　福・伊・狩・實―先鯨荒太郎　斯・國―先鯨荒太郎　早―先鯨荒太郎

5 鯛の赤介　斯―鯛の赤介　早・國―鯛の赤介

鰐の大内權介　神・靜―鰐の大内權介　森―鰐の大内權介（「内」の右に「ロイ」と傍書あり）　福・伊・狩―鰐の大内　權介　斯―鰐の大内　權介　早―鰐の大内權介（「鰐」の傍訓は、もと「タヒ」とあったものを見せ消ちし、右に「ワニ」と訂正する）　國―鰐の大内　權介

さちほこの帶刀先生　福・伊・狩・實―さてほこの帶刀先生　斯―さてほこの帶刀先生（「て」の中央に丸印を付して右に「ち」、「さてほこ」の左に「シヤチホコナリ」と傍書あり）

6 石持の大介　神―石持の大介（「石持」の右に「鮻」と傍書あり）　福・斯・早・國―石持の大介（「石持」の左に「鮻」と傍書あり）　伊・狩・實―石持の大介（「石

持」の左に「鰻」と傍書あり）

大魚伊勢守　神—大魚の伊勢守　靜—大魚の伊勢守

斯・早・國—大魚伊勢守

鮭大介嫡子　神・靜—鮭大介か嫡子

鮞太郎粒實　森—鮞 太郎粒實　狩—鮞 太郎粒實

實—鮞 太郎粒實　斯—鮞太郎粒實　早—鮞 太郎粒實　國—鮞 太郎粒實

同しき　早・國—同じき

7

次郎弼吉　實—二郎弼吉　斯・早—次郎弼吉（「弼」の上端から弧線を引き、「弼吉」の左に「鮄吉」と傍書あり）

國—次郎弼吉（「スケ」に傍線を付し右に「ヒツ」と傍書あり。また、「弼」の上端から弧線を引き、「弼吉」の左に「鮄吉イ」と傍書あり。上部餘白に「イ本鮄の方よし所謂冰頭にて鱠に用ゐる故なり」と頭注あり）

鱧長介　神・靜—鱧の長介　森—鱧長介　福・伊・狩・斯・早・國—鱧 長介

鯇冠者　神・靜—鯇冠者（「鯇」の右に「鰧魚」と傍書あり）　森—鯇冠者　福・伊・狩—鯇の冠者（「鯇」の右に「鰧魚」と傍書あり）　實—鯇の冠者（「鯇」の右に「鰧魚」と傍書あり）　斯—鯇の冠者（「鯇」の左に「鰧魚」と傍書あり）　早・國—鯇の冠者（「鯇」の左に「鰧魚」と傍書あり）

鱒藤五　神・靜・福—鱒 藤五　森—鱒藤太

ひらたの左衛門　神—ひらたの左衛門（「ひらた」の右に「鯽魚イ 鯽」と傍書あり）　靜・福・伊・斯—ひらたの左衛門（「ひらた」の右に「鯽魚」と傍書あり）　實—ひしたの左衛門　早・國—ひらたの左エ門（「ひらた」の右に「鯽魚」と傍書あり）

8

をいかはの左京權亮　神・靜—をいかはの左京權亮（「をいかは」の右に「石鮅魚　鯶鱗」と傍書あり）　福・伊・斯・早・國—をいかはの左京權亮（「をいかは」の右に「石鮅魚」と傍書あり）　實—をいりはの左京權亮（「をいりは」の右に「石鮅魚」と傍書あり）

いさなこの源九郎　神・靜・福・伊・斯・早・國—いさなこの源九郎（「いさなこ」の右に「魦」と傍書あり）

9

うるりの平三郎　神・靜・福・伊・斯・早・國—うる

りの平三郎（「うるり」の右に「細魚」と傍書あり）　實―うるりの平三郎（「うるり」の右に「細魚」と傍書あり）

太刀魚の備後守　神―太刀魚(ノ)備後守（「太刀魚」の右に「鱭魚」と傍書あり）　靜―大刀魚備後守（「大刀魚」の右に「鱭魚」と傍書あり）　福・伊・斯・早・國―太刀魚の備後守（「太刀魚」の右に「鮪魚」と傍書あり）

鯖刑部大輔　神・靜・福・伊・狩―鯖(サバノ) 刑部大輔　斯・早―鯖(サバノ) 刑部太輔　國―鯖(サハノ) 刑部太輔

10 鰆の判官代　神・靜・福・伊・斯・早・國―鰆(サハラ)の判官代　森―鰆(サワラ)の判官代　實―鰆(サハラ)判官代

螺出羽守　神・靜・福・伊・斯・早・國―螺(ニシノ) 出羽守　森―螺(カイ)出羽守

ぎゝの左少將　神―ぎゝの左少將（「ぎゝ」の右に「⿰魚夬鰷」と傍書あり）　靜―きゞの左少將（「きゞ」の右に「⿰魚夬鰷」と傍書あり）　福―ぎゞの左少將（「ぎゞ」の右に「⿰魚夬鰷」と傍書あり）　伊・實―きゝの左少將（「きゝ」の右に「⿰魚夬鰷」と傍書あり）　狩―きゝの左少將　斯・早・國―ぎゝの左少將（「ぎゝ」の右に「⿰魚夬鰷」と傍書あり）

5オ1 池殿の　神・靜・福・伊―池殿(イケドノ)の

美鯉の御曹司　神・福―美鯉(ミゴイ)の御曹司　靜―美鯉(ミゴイ)の御曹司（元「美裡」とあり、「裡」を塗抹し、別筆で下に「鯉」と訂正する）　伊―美鯉(ゴイ)の御曹司　斯―美鯉の御曹司(ヲンサウシ)

小鮒近江守　斯・早・國―小鮒(フナ)近江守

同山吹井手助　神・靜―同山吹井手の助　伊―同山吹井手(デノ)助　狩―同山吹井出(デノ)助

2 熊野侍には　神・靜・狩・實―熊野の侍には　福・伊・斯・早・國―熊野(ノ)侍には

鱸　神・森・早・國―鱸(スヽキ)　斯―鱸(スヾキ)

しらはすの左大忠　神・福・實・斯―しらはすの左大(サタイ)忠(チウ)

3 鮊介か　神・靜―鮊(ヒヲ)の介か　福・早・國―鮊(ヒヲノ) 介か　伊・斯―鮊(ヒヲ)介か

一族に　斯―一族(ゾク)に　早・國―一族(ソク)に

白鮠河内守　神・靜・福・伊・實・斯・早・國―白鮠(シラハヘ)河内守

王餘魚中務　神・靜ー王餘魚(カレイ)の中務　福・伊・實・斯・早・國ー王餘魚(カレイノ)中務

4 鯰判官代　神ー鯰(ナマズ)判官代　靜ー鯰(ナマス)判官代　福ー鯰(ナマスノ)判官代　伊・斯・早・國ー鯰(ナマツノ)判官代　狩ー鯰(ナマツノ)判官代

鱣右馬允　神・靜・福・伊・實・早・國ー鱣(ウナキ)右馬允　狩ー鱣(ウナギ)右馬允　斯ー鱣(ウナギ)右馬(ノ)允

すはしり　神ーすばしり（右に「蛇頭魚」と傍書あり）　靜・福・伊・斯・早・國ーすはしり（右に「蛇頭魚」と傍書あり）

鰶　神・靜・森・福・伊・狩・實・斯・早・國ー鰶(コノシロ)

鮇法師　神・靜・福・伊・狩・實・斯・早・國ー鮇(カマツカ)法師

柳魚新兵衛　神ー柳魚(ヤナキウヲ)の新兵衛　靜ー柳魚の新兵衛　福・伊・狩ー柳魚(ノ)新兵衛　斯ー柳魚(ヤナキノ)新兵衛　早・國ー柳魚(ヤナキ)新兵衛

5 鮔尉　神・靜ー鮔(イシフシ)の尉　福ー鮔(イシフシノ)ノ尉　伊・狩ー鮔(イシフシノ)尉　斯・早ー鮔(イシブシノ)ノ尉　國ー鮔(イシブシノ)尉

鱓陸奥守　神・福・伊・斯・早・國ー鱓(エイノ)陸奥守　靜ー鱓(アイ)陸奥守　狩ー鱓(エイ)陸奥守

かいらきの大藏卿　神・福・伊・狩ーかいらぎの大藏卿

鮪介か　神・靜・狩ー鮪(シビ)介か　福・伊・斯・早・國ー鮪(シビノ)介か

6 子ともには　福・伊・狩・實・斯・早・國ー子共には

鯸の冠者　神・靜・福・伊・狩・斯・早・國ー鯸(フグ)の冠者　實ー鯸(フク)の冠者

生海鼠次郎　神・福・伊ー生海鼠(ノ)次郎　斯ー生海鼠(ナマコノ)次郎　早・國ー生海鼠(ナマコ)治郎

鮎入道　神・福・伊・狩ー鮎(ノ)入道　斯・早・國ー鮎(タコノ)入道

魚䲆源六　神ー魚䲆(ザコ)の源六　靜ー魚䲆(サコ)の源六　福・伊・早ー魚䲆(ザコノ)源六　狩ー魚䲆(ザコ)源六　實・斯・國ー魚䲆(サコノ)源六

7 あむかうの彌太郎　神・靜・福・伊・狩・斯・早・國ー

あんかうの彌太郎（「あんかう」の右に「華臍魚　鮟鱇俗」と傍書あり）　實―あんかうの彌太郎

大蟹陰陽頭　神―大蟹の陰陽頭　靜・狩―大蟹の陰陽頭　福・伊―大蟹陰陽頭　斯―大蟹陰陽頭　早・國―大蟹陰陽頭

あふらき　神―あぶらき（右に「魴俗」と傍書あり）　靜―あぶら（一字補入）き（右に「魴俗」と傍書あり）　福―あぶらき（左に「魴俗」と傍書あり）　伊・狩・斯・早―あぶらき（左に「鮪俗」と傍書あり）　實―あふらき（右に「魴俗」と傍書あり）　國―あふらき（左に「鮪俗」と傍書あり）

8 目戴　神・斯・早・國―目戴　靜―目載（「載」は「戴」との中間形、「車」の下に「木」を加える）　福・實―目戴　伊・狩―目戴

土長　神・狩―土長　靜・實―土長　福・伊・斯・早―土長　國―土長

飛魚　福・實・斯―飛魚　狩・早・國―飛魚

蛸入道か手に　神・靜―蛸の入道か手に　福・伊・狩・斯・早・國―蛸入道か手に

相したかふ者共には　神・靜―相從ふ者共には　實―相したかふ者ともには

鮑　斯・早・國―鮑

烏賊魚　福・伊・狩・斯・早・國―烏賊魚

小蛸魚　神―小蛸魚（元「小魚蛸」とあり、線を用いて轉倒を訂正する）　靜―小魚蛸　福・伊・狩・斯・早・國―小蛸魚　實―小蛸ノ魚

9 鰡の太郎　神・靜・福・伊・狩・斯・早・國―鰡の太郎

ひいをの源太　神・靜・福・伊・狩・實・斯・早・國―ひいをの源太（「ひいを」の右に「氷魚」と傍書あり）

魣又太郎　神―梭魚又太郎（元「鮓又太郎」とあり、「鮓」を見せ消ちし右に「梭魚」と訂正する。右に「魣俗」と傍書あり）　靜―鮓又太郎（右に「梭魚　魣俗」と傍書あり）　福・伊・斯―梭魚又太郎（「梭魚」の右に「魣俗」と傍書あり）　狩・早・國―梭魚又太郎（右に「魣俗」と傍書あり）　實―梭魚又太郎

10 鰔藤三郎　神ー鰔《ウグイ》藤三郎　靜ー鰔《ウクイ》藤三郎　福ー鱥《ウクイ》藤三郎　伊・狩ー鱥《ウグイ》藤三郎　實ー鱥藤三郎　斯・早ー鱥《ウダイノ》藤三郎　國ー鱥《ウタイノ》藤三郎

鯘源三　神ー鯘《フクラキ》源三（右に「アワヒノ別名伊勢ナトヨリ出」と傍注あり）　靜ー鯘《フクラキ》源三　福・伊・狩・斯・早ー鰒《フクラキノ》源三（上部餘白に「鰒ハアハヒノ別名伊勢ナトヨリ出」と頭注あり）　實ー鯪《フクラキ》（右旁を「麦」に作る）源三　國ー鰒《フクラキ》源三（上部餘白に「腹ハアハヒノ別名伊勢ナトヨリ出」と頭注あり）

ふりの大隅守　神・福・伊・狩・斯ーぶりの大隅守（「ぶり」の右に「鰤俗」と傍書あり）　靜ーぶりの大隅守　實ーふりの大隅守（「ふり」の右に「鰤俗」と傍注あり）　早・國ーぶりの大隅守（「ぶり」の右に「鰤俗」と傍書あり）

鮫冠者　神ー鮫《サメ》冠者　福・伊・狩・實・斯・早・國ー鮫《サメノ》冠者

飯尾鮓介　神ー飯尾の鮓《スシノ》介　靜ー飯尾の鮓《スシ》介　福・伊ー飯尾鮓《ノスシ》介　狩ー飯尾鮓《ノ》介　斯ー飯尾鮓《イノヲノスシ》介（傍訓一字目「イ」は某字の上に重ね書きされたもの）　早・國ー飯尾鮓《ヰイヲノスシ》介

5ウ1 守宮十郎　神・靜・福・伊・斯・早・國ー守宮《イモリ》十郎

山のうちの殿はらには　神ー山のうちの（一字補入）殿ばらには　靜ー山のうち殿はらには　實ー山のうちの殿原には

2 麒麟　福・狩・斯・早・國ー騏驎《キリン》　伊・實ー騏驎

犲狼助　神・福・狩・斯ー犲狼《ヲ、カミノ》助　靜・早・國ー犲《ヲ、》狼《カミ》助

まみの入道か嫡子　神・靜ーまみの入道か嫡子（「まみ」の右に「貒」と傍書あり）　福・伊・狩・斯・早・國ーまみの入道が嫡子（「まみ」の右に「貒」と傍書あり）

狢太郎　神・福ー狢《ムジナノ》太郎　伊・狩・斯・早・國ー狢《ムシナノ》太郎

3 猪武者のそはみす　神・福・狩ー猪武者のそばみず　伊ー猪武者のそばみす　斯ー猪《イノシ、ムシヤ》武者のそばみす　早・國ー猪《イノシ、》武者のそばみず

兎兵衞穴基　神・狩ー兎《ウサキ》兵衞穴基　福・伊ー兎《ウサキ》兵衞

4 穴基(アナモト) 斯・早・國—兎兵衛穴基(アナモト)
鸚鵡 斯・早・國—鸚鵡(アフム)
鶺鴿 神・靜—鵲鴿(ニハタヽキ) 福—鵲鴿(ニハタヽキ) 伊・狩・斯・早—
鶺鴿(ニハタヽキ) 實—鵲鴿 國—鶺鷄(ニハタヽキ)
うつほ鳥 神・靜・福・伊・狩・斯・早・國—うつぼ
鳥 實—うつは鳥
呼子鳥 斯—呼子鳥(ヨブコトリ) 早—呼子鳥(ヨブコ) 國—呼子鳥(ヨフコ)
鷲 神・靜・斯・早・國—鷲(ワシ)
角鷹を 神・靜・福・伊・斯・早・國—角鷹(クマタカ)を 實—
角鷹(タマ)を

5 金鳥大納言 神—金鳥(キンチウ)大納言 福・伊・狩・實・斯・
早—金鳥(キンテウ)大納言
鴑侍従 神・靜—鴑(アツトリ)侍従 福・伊・狩・斯・早・國—
鴑(アツトリノ) 侍従 實—鴑侍従
鴾大江尉 神—鴾(タウ)の大江の尉 靜—鷄(タウ)の大江の尉 福・
狩・斯・早・國—鴾(トウノ) 大江(ノ)尉 伊—鴾(トキノ) 大江(ノ)尉 （「鴾」
の傍訓、元「トウ」とあり、「ウ」を塗抹して「キ」に訂正
する） 實—鴾(トウノ) 大江尉

6 郭公中將 神・靜・福・伊・狩・實—郭公中將(ノ) 斯—
郭公(クハツカウノ／ホトヽキス) 中將 早・國—郭公(クハツコウノ)中將
鶯少將 神・靜—鶯の少將 福・伊・狩—鶯中納言(ノ)
實—鶯中納言 斯・早・國—鶯(ウクヒスノ) 中納言
鵯中納言 神・靜—鵯の中納言 福・伊・狩—鵯中納(ノ)
言 斯—鵯(ヒヱトリノ) 中納言 早—鵯(ヒヱトリ) 中納言 國—鵯(ヒヨトリ) 中
納言
鴨五郎 神・靜—鴨の五郎 福・伊・狩・斯・早・國—
鴨(ノ)五郎
鶴次郎 神・靜—鶴の次郎 福・伊・狩・斯・早・國—
鶴(ツル)次郎
池上の鴛五郎 神—池上の鴛(ヲシ)五郎 斯・早—池(イケノウヘ)上の
鴛(ヲシ)五郎 國—池(イケノウヘ)上の鴛五郎

7 鳰 神・靜・福・伊・狩・實・斯・早・國—鳰(ニホトリ)
鷂 神・福・伊・狩・斯・早・國—鷂(タカベ) 靜—鷂(タカヘ)
かひつふり 神・靜—かひつふり（右に「鴕鵂俗」と傍
書あり） 福・伊・狩・斯・早—かひつぶり（右に「鴕
鵂俗」と傍書あり） 實—かいつふり（右に「鴕鵂俗」と

傍書あり） 國―かひつふり（右に「鵎鵂」と傍書あり）

鵠左近允 神・靜―鵠《クヽイ》左近允 福・斯―鵠《クヾイ》左近允《ノ》

伊・狩・實―鵠《クヾイ》左近允 早―鵠《クヾイノ》 左近允《ノ》 國―鵠《クヾイノ》

左近

なかはしの宗介 神・靜・福・伊・實・早・國―なかはしの宗介（「なかはし」の右に「長嵴」と傍書あり） 狩―なかはし宗介（「なかはし」の右に「長嵴」と傍書あり） 斯―ながはしの宗介（「ながはし」の左に「長嵴」と傍書あり）

8 飛鷂判官 神・福―飛鷂《ヒタカノ》 判官 靜―飛鷄《ヒタカノ》 判官 斯―飛鷂《トヒタカハウクハン》判官 早―飛鷂《トヒタカハウクワン》判官 國―飛鷂《トモタカハウクワン》判官

鶫隼人佐 神―鶫《ツクミノハイト》 隼人佐 靜―鶫《ツクミ》隼人佐 福―鶫《ツクミハイト》隼人佐 伊―鶫《ツクミハイトノ》隼人佐 狩―鶫《ツクミハイトノ》隼人佐 斯―鶫《ツグミ》隼人佐《ハイトノ》 早―鶫《ツグミノハイトノ》 隼人佐 國―鶫《ツクミノハイト》 隼人佐

鷸の小三郎 神―鷸《エツサイ》の小三郎（「鷸《エツサイ》」の右に「雀賊」と傍書あり） 靜―鷸《エツサイ》の小三郎 福・伊・狩・斯・早・國―鷸《エツサイ》の小三郎（「鷸《エツサイ》」の右に「雀賊」と傍書あり）

隼右衛門督 斯―隼《ハヤブサ》右衛門督 早・國―隼《ハヤブサ》右エ門督

9 鶏雅樂助 福・伊・狩―鷄雅樂助 斯・早・國―鶏《ニハトリノ》 雅樂助

白鷺壹岐守 神・靜―白鷺の壹岐守 福・伊・狩・斯・早・國―白鷺《ノ》壹岐守

鷲新五 神・靜―鷲《シキ》の新五（「シキ」の下に「イカ、」と傍書あり） 福・斯・早・國―鷲《ワシノ》 新五 伊・狩―鷲《ノ》新五

鵐新六 神・靜―鵐《シト、ノ》 新六 福・伊・斯・早・國―鵐《シト、》 新六

10 山鳥別當 國―山鳥《ヤマ》別當

山柄注記 神―山柄《カラノヂウキ》 注記（下に「筆取也寺方多」と割注あり） 靜―山柄注記（下に「筆取也寺方多シ」と割注あり） 福―山柄《ヤマカラノチウキ》 注記（左に「筆取也寺方ニ多シ」と傍書あり） 伊・狩―山柄注記《ノチウキ》（「注」の上端から弧線を引き、左に「筆取也寺方ニ多」と傍書あり） 實―山柄住記《ヤマカラチウキ》 斯・早―山柄《ヤマガラノチウキ》 注記 （「注」の上端から弧線を引き、左に

「筆取也寺方ニ多」と傍書あり）　國―山柄(ヤマガラノ)注記(チウキ)（「注記」の左に「筆取也寺方ニ多」と傍書あり）

水鶏主殿允　神―水鶏(クイナノ)主殿允　福・伊―水鶏(クヒナノ)主殿允　狩―水鶏(クヒナノ)主殿允　實―水鶏(クイナ)主殿允　斯・早・國―水鶏(クヒナノ)主殿允

鶉左衛門　森―鶉左衛門　斯―鶉(ウヅラ)左ヱ門　早―鶉(ウヅラ)左ヱ門　國―鶉(ウヅラ)左衛門

鴈のと丶やの頭　神―鴈(カリカネ)のと丶やの頭(カミ)　靜―鴈のとらやの頭　福・伊・斯・早・國―鴈(カリカネ)のと丶やの頭

梟目代定観　神―梟(フクラウノ)目代定観(チヤウクワン)　福―梟(フクラウノ)目代定観(チヤウクハン)　伊・斯―梟(フクラウ)目代定観(チヤウクハン)　狩―梟(フクラウノ)目代定観　實―梟の目代定観(チヤウクワン)　早・國―梟(フクラウ)目代定観(ヂヤウクハン)

班鳩源八　神・福・伊―班鳩(イカルガノ)源八　靜・斯―班鳩(イカルカノ)源八　實―班鳩(イカルカ)源八

6オ1

松むしり　神・靜・福・伊・狩―松むし（右に「松蟲鳥」と傍書あり）　實―松むし　斯―松(マツ)むしり（一字補入）（右に「松蟲鳥」と傍書あり）　早―松(マツ)むしり（右に「松蟲鳥」と傍書あり）　國―松むしり（左に「松蟲鳥」と傍書あり）

こから　神・靜・福・伊・狩・實・國―こから（右に「小雀」と傍書あり）　斯・早―こがら（右に「小雀」と傍書あり）

四十柄　靜―四十栖　斯・早・國―四十柄(シジウカラ)

鵤又三郎　神・靜・福・伊・狩―鵤(ヒハリ)又三郎　斯・早・國―鵤(ヒバリ)又三郎

2

雀小藤太　神・靜―雀の小藤太　福・伊・狩―雀小藤(ノ)太

鵙陰陽助　神・靜―鵙(モズ)の陰陽の助　福・伊・狩―鵙(モツノ)陰陽助(ノ)　斯―鵙(モツノ)陰陽助(ノ)

つゝ鳥　神・國―つゝ鳥（右に「都々鳥俗」と傍書あり）　靜―つゝ鳥（右に「都鳥俗」と傍書あり）　福・伊・狩・實・斯・早―つつ鳥（右に「都々鳥俗」と傍書あり）

小鳥　福・伊―小鳥(コ)　斯・早・國―小鳥(コトリ)

鵻鸄を　神―鴈鸄(サンサイ)を　靜―鴈鸄(サンサイ)を（元「鴈鶴」とあり、丸で消して上部餘白に訂正する）　福・伊・狩・斯―鷹(サン)鸄(ザイ)を　實―鷹(サン)鸄を　早・國―鷹鸄(サンザイ)を

3 魚鱗鶴翼の　斯―魚鱗鶴翼《ギヨリンクハクヨク》の　早・國―魚鱗鶴翼《ギヨリンクワクヨク》
の
二陣に群て　神―二陣に群《ムラカツ》て（傍訓の「ラ」は某字の
上に重ね書きされたもの）　福・伊―二陣に群《ムラカリ》て　斯―
二陣に群《ムラガリ》て
4 官軍　靜―官軍の　斯―官軍《クハングン》
旗をなひかし　森―旗をひかし　福―旗をなびかし
實―はたをなひかし　斯―旗《ハタ》をなびかし　早―旌《ハタ》をな
びかし　國―旌《ハタ》をなひかし
はけしき程の　斯―はげしき程の　早―はげしきほと
の　國―はけしきほとの
亂なり　國―亂也
凡四足の物とも　福・伊・狩・斯―凡四足の物共
5 いつれも勝劣なかりけり　斯・早・國―いつれも勝《シヤウ》
劣《レツ》なかりけり
か丶るほとに　斯・早・國―か丶るほどに
6 貝のかたへも　神―貝のかたへも（一字補入）　狩―
貝かたへも　斯・早・國―貝《カヒ》のかたへも

きこへけれは　實―きこへけれは（元「きにへけれは」
とあり、「に」を見せ消ちし、右に「こ」と訂正する）　斯・
早―きこへければ
生をうけたれは　斯―生をうけたれば
7 まいらては　神・伊―まいらでは　福・狩―まいらせ
は　斯―まいらせは（「せ」の左に丸を付し右に「て歟」
と傍書あり）
あしかりなむ　神・靜・福・伊・狩・實・斯・早・國―
あしかりなん
いさや　斯・早―いざや
赤介殿の　實―赤助との丶
御供仕らむとて　神・靜・福・伊・狩・實・斯・早・
國―御供仕らんとて
8 艶貝とも　神・靜―艶貝《ヤサシキカヒ》とも　福・伊・狩―艶《ヤサシキ》貝
共　斯―艶貝《ヤサシキカヒ》共　早―艶《ヤサシキ》貝とも　國―艶《ヤサシ》貝とも
まいりけり　國―まいりけり（元「まいりける」とあり、
「る」を磨り消して上に「り」を重ね書きする）
三吉の丶仙家の　福・伊・狩・斯・早・國―三吉野の

仙家の

9 昔をわすれぬ　神・靜―むかしを忘れぬ　福・伊・狩・實・斯・早・國―昔を忘れぬ

夏は　斯―麥は

雀貝　實―省貝（「省」の下部の「目」を「貝」に作る）　斯・早・國―雀貝(スヽメ)

10 萩か花さし　神・靜・國―萩か花さく　斯―萩が花さし　早―萩が花さく

蘇芳貝　斯・早―蘇芳貝(スハウ)　國―蘇芳貝(スハウ)（元「蘇貝」と書き、「貝」を磨り消し、上に「芳」を重ね書きする）

音たてゝ　森―音たてゝ（元「音た兩一」とあり、「兩一」の右に「てゝ」と傍書訂正する）

ね覺かちなる　神・福・伊・狩―ね覺がちなる　斯―ね覺(ネザメ)がちなる　早―ね覺(ネサメ)がちなる　國―ね覺(サメ)かちなる

6ウ1 板や貝　福・伊・狩・實―板屋貝　斯・早・國―板屋(イタヤ)貝

まち得て　福・伊・狩・斯・早・國―待得て　實―まちへて

契る夜は　實―勢る夜は

あはれをそふる　神・靜・福・伊・狩・實―あはれをさふる　斯―あはれをさふる（「あ」の上端から弧線を引き左に「わかれを告る歟」と傍書あり。「さふ」の右に「イ告」と傍書あり）　早・國―あはれをさふる（「さふ」の右に「イニ告」と傍書あり）

2 烏貝　實―烏かい　斯・早・國―烏貝(カラス)

尼貝の　神・福・斯・早・國―尼貝(アマ)の

おもひたえたる（「たえたる」の右に「へたつるイ」と傍書あり）　神・靜―おもひたへたる　森―思ひへたつる（「へたつ」の右に「たえたイ」と傍書あり）　福・伊―思ひたえたる　狩―思ひたえたる（原本の「ひ」は「日」をルーツとする假名字體。その右に「比」をルーツとする假名字體で「ひ」と傍書あり）　實―思ひたへたる　斯・早―思ひたえたる（「たえたる」の左に「イニへだつる」と傍書あり）　國―思ひたえたる（「たえたる」の右に「イニへたつる」と傍書あり）

3 簾かい　神・靜・福・伊・狩・實―簾貝　斯・國―

簾(スダレ)貝　早ー簾(スダレ)貝

とし老たれは　實ーとし老たるは　斯・早ーとし老たれば

うはかいの　神・靜・伊・狩・早・國ーうば貝の　福・斯ーうは貝の　實ーらば貝の

4 せいしけれ　靜ーせひしけれ　伊ーせはしけれ　狩・斯ーせいしけれ（「い」の右に「は歟」と傍書あり）

山臥の　實ー山臥の（「臥」は元右旁を立刀に作り、見せ消ちして右に「臥」と訂正する）　斯・早・國ー山臥(フシ)の

法螺貝の　神・福・伊・狩・斯・早・國ー法螺(ホラ)貝の

友を促すはかりなり　神ー友を催(モヨヲス)ばかり也　靜・伊・斯・早・國ー友を催はかり也　福・狩ー友を催(モヨホス)はかり也　實ー友を催すはかり也

5 その名を聞も　實ー其名を聞も

おそろしきは　森ーおそろしき

鬼かいの　神・靜・福・伊・狩・實ー鬼貝の　斯・早・國ー鬼(ヲニ)貝の

6 おとしかけたる　伊・狩・斯・早ーおどしかけたる

鎧貝　福・狩・早ー鎧(ヨロイ)貝　斯ー鎧貝(ヨロイカイ)　國ー鎧(ヨロヒ)貝

總角かけてそ　神・福ー總角(アゲマキ)かけてそ　伊・狩・斯・早ー總角(アゲマキ)かけてそ　國ー總角(アゲマキ)かけてそやそ

やさしかりける　早ーやさしかりける（元「やさりかりける」とあり、三字目「り」を見せ消ちして右に「し」と訂正する）

7 せい〱を　狩ーせい〲を　斯・早ーせい〱を（右に「蛙々」と傍書あり）

かき集てそ　神・靜・福・伊・狩・實ーかきあつめ　斯ーかきあつめ（「め」の下に丸を付し右に「てぞ」と傍書あり）　早ーかきあつめ（「め」の下に丸を付し右に「イニてぞ」と傍書あり）　國ーかきあつめ（「め」の下に丸を付し右に「イてぞ」と傍書あり）

8 棹鹿の　斯・早ー棹鹿(サホシカ)の

海上は　斯ー海上(カイシヤウ)は

くらけなり　神・靜ーくらけなり（「くらけ」の右に「海月」と傍書あり）　福・國ー海月(クラケ)なり　伊・狩・斯・早ー海月(クラゲ)なり　實ー海月なり

9 をの〳〵　神・靜・福・實・斯・早・國―おの〳〵
伊・狩―おの〳〵（下に丸を付し左に「按闕文ナルヘシ」と傍書あり）

しそくは持なから　福・伊・狩・實・斯・早・國―四足は持なから

狐はかりそ　斯・早―狐ばかりそ

火はとほす貂の目のやうにそ赤かりける　神・靜―火はともす貂《テン》の目の様にそ赤かりける　福・實―〈缺〉
伊・狩―〈缺〉（丸を付して右に「闕文ナルヘシ」と傍書あり）　斯―〈缺〉（丸を付して右に「イニ火はともす鼬《テン》目《モク》の様にそか〳〵やきける」と傍書あり）　早・國―〈缺〉（丸を付して右に「イニ火はともす鼬目《テモク》の様にそか〳〵やきける」と傍書あり）

10 か〳〵る處に　神・靜・福・伊・狩・實・斯・早・國―か〳〵る所に

7オ1 哀なる事ありけり　神・靜・福・伊・狩・實―哀なる事あり　斯―哀なる事あり（「あり」の下に丸を付し右に「イニけり」と傍書あり）　早―哀なることあり（「あり」の下に丸を付し右に「イニけり」と傍書あり）　國―哀なることあり（「あり」の下に丸を付し右に「けりイ」と傍書あり）

鯛の赤介は　實―鯛の赤助は

魣鯆の入道を（「魣」の右旁を「字」に作る）　神・靜―魣鯆《イルカ》の入道を　福・早―魣鯆《イルカ》の入道を（「魣」の右旁を「字」に作る）　伊・斯・國―魣魳《イルカ》の入道を（「魣」の右旁を「字」に作る）　狩―魣鰤《イルカ》の入道を

2 のたまひけるは　神・靜・早・國―の給ひけるは　福・伊・狩・斯―の給けるは　實―の給いけるは

味吉は　神・狩―味吉《アヂヨシ》は　靜・福・伊―味吉《アチヨシ》は　森―味吉は（元「味吉の」とあり、「の」の上に「は」を重ね書きする）

昆布の大夫の　福―昆布《コンブ》大夫の　伊・斯―昆布大夫の　狩―昆布太夫の　實―昆布太夫か　早・國―昆布太夫の

3 礒の若和布を　神・靜・福・伊・狩―礒の若和布《ワカメ》を　實―礒の若布を　斯・早・國―礒《イソ》の若和布《ワカメ》を

むかへて　實—むかへ
たのみて　斯・早—たのみて（「みて」の右に「イニめ
り」と傍書あり）　國—たのみて（「みて」の右に「めり
イ」と傍書あり）
幾程なくて　福・斯—幾程ならて　狩—幾程ならて
（「ら」の右に「く歟」と傍書あり）　實—幾程なく　早—
いくほどなくて　國—いくほとなくて
4 出來たり　福・斯・早・國—出來たる　狩—出來たる
（「る」の右に「り歟」と傍書あり）　實—出來る
昆布大夫といふは　福・狩・實—昆布太夫といふは
早・國—昆布太夫といふは
精進のかたには　靜—鯖近のかたには
5 宗との物そかし　神・斯・早—宗(ムネ)との物ぞかし　福・
國—宗(ムネ)との物そかし
新枕せしその夜半はすゑの松山はる〱と　神・靜—
新枕せし其夜半は末の松山はる〱と　福・伊・狩・
實—〈缺〉と　斯・早—〈缺〉と（「と」の下に丸を付
し右に「イニ新まくらせし其夜半は末の松山」と傍書あり）

國—〈缺〉と（「と」の下に丸を付し右に「イ新まくらせ
し其夜半は末の松山」と傍書あり）
波こさしと　靜—波いさしと
互に契りしことの葉は　神・靜・福・狩・實—契りし
6 ことの葉は　伊—契りしこと來葉(こと)は　斯・早—契りし
ことの葉は（「契」の上端から弧線を引き左に「イニたがひ
に」と傍書あり）　國—契りしことの葉は（「契」の上に
丸を付して弧線を引き左に「たかひにイ」と傍書あり）
7 卓文君にも　斯—卓文君(タクブンクン)にも　早・國—卓文君(タクフン)にも
をとらす　神・靜・福・伊・狩・實—おとらす　斯・
早・國—おとらず
階老同穴の契り　神・福—階老同穴のちきり　靜・實—
偕老同穴のちきり　伊・狩—階老同穴のちきり（「階」
の右に「偕歟」と傍書あり）　斯—階老同穴(カイラウトウケツ)のちぎり
早—階老同穴(カイラウトウケツ)のちぎり　國—階老同穴(カイラウトウケツ)のちきり（「階」
の左に「研偕」と傍書あり）
8 鴛鴦比目の　神—鴛鴦の（一字補入）比目の　靜・福・
伊・狩・實—鴛鴦の比目の　斯・早—鴛鴦の比目(ヒボウ)の

（上部餘白に「イニ魮鮈（ヒホク）」と頭注あり）　國—鴛鴦の比目（ヒホウ）の（上部餘白に「イニ魮鮈（ヒホク）」と頭注あり）

かたらひ　實—かたらい

あさからす　神—あたからず　斯・早・國—あさからず

いかにせむとそ　神・靜・福・伊・狩・實・斯・早・國—いかにせんとそ

9 の給ひける　靜—の給ひけり　實—の給いける

鯆鰤（「鯆」の右旁を「字」に作る）　靜—鯆鰤　狩—鯆鰤　斯・早・國—鯆鰤（イルカ）（「鯆」の右旁を「字」に作る）

畏て　斯・早・國—　畏（カシコマツ）て

生死無常のならひ　神・靜・伊・狩・實・早・國—生死無常の習ひ　福—生死無道の習ひ　斯—生死無常（シャウジムジャウ）の習ひ

10 有爲轉變の世閒　神・靜・福・伊・狩—有爲轉變の世（ヨノ）閒（ナカ）　斯—有爲轉變（ウキテンペン）の世閒

釋尊　神・靜・福・早・國—尺尊　伊・狩—尺尊（「尺」の右に「釋歟」と傍書あり）　斯—尺尊（ソン）（右に「釋歟」と傍書あり）

旃檀の煙を　福・伊・狩—旃檀（センタン）の煙を　斯—旃檀（センタン）の煙（ケムリ）を　早—旃檀（センダン）の煙を　國—旃檀（センタン）の煙を（「旃」の左に「栴」と傍書あり）

7ウ1 まぬかれ給はす　神・斯—まぬかれ給はず　早—まぬ（一字補入）かれ給はず

はしめあるものは　福・伊・狩・實・國—はしめある物は　斯・早—はじめある物は

逢ものは　神・靜・福・實—逢物は　伊・狩—逢物は（右に「會者歟」と傍書あり）　斯—逢物（アフモノ）は（左に「會者歟」と傍書あり）　早—逢物（アフモノ）は（「逢」の左に「會」と傍書あり）　國—逢物は（「逢」の右に「會イ」と傍書あり）

2 別離の愁に　福・伊・狩・實・國—別離の悲に　斯—別離（ベツリ）の悲（カナシミ）に　早—別離（ベツリ）の悲に

あふこと　神・靜・福・伊・狩・斯—あふ事　實—あふ事は

3 ならひ也　神・靜・福・伊・狩・實・斯・早・國—習也

されは　斯・早―されば

五盛陰苦　神・靜・福・伊―五盛陰苦　狩―五盛陰苦　實―五盛陰苦　斯―五盛陰苦（「セイ」の右に「シヤウ」と傍書あり）　早―五盛陰苦　國―五盛陰苦

4 求不得苦　福・伊―求不得苦　狩―求不得苦　實―求不得苦　斯―求不得苦　早・國―求不得苦

愛別離苦と　斯・早―愛別離苦と　國―愛別離苦と

説れたり　實―説り　斯―説れたり

弓箭とるもの、　神―弓箭とる者の（元「者は」とあり、「は」を點で消して右に「の」と訂正する）　靜・福・伊・狩・早・國―弓箭とる者の　實―弓箭とる者　斯―弓箭とる者の

5 二心　靜・福・伊・狩―二心

あらむなと　神・斯・早―あらんなど　靜・福・伊・狩・實・國―あらんなと

覺しめさむ事　神・靜・福・伊・狩・實・斯―覺しめさん事　森―覺しめのむ事　早・國―覺しめさんこと

6 口惜かるへし　神・早―口惜かるべし

候そかし　斯・早・國―候ぞかし

唐土の虎は　靜―唐土の虎は　實―唐土の虎は　斯・早・國―唐土の虎は

7 毛をおしむ　靜―毛を（一字補入）おしむ　國―毛を、しむ

日本の武士は　靜―日本の武士は（元「武者は」とあり、「者」を見せ消ちし、右に「士」と訂正する）

名をおしむところ　神・靜―名を惜しむとこそ　福・伊・狩・斯・早・國―名を惜むとこそ

8 申つたへて候へ　實―申傳へて候へ

疵を當代に　斯―疵を當代に　早―疵を當代に（元「當代の」とあり、「の」を見せ消ちし、右に「に」と訂正する）　國―疵を當代に

始てつけ　神・靜・實―はしめてつけ

9 後葉に遺さむ事　神・福・早・國―後葉に遺さん事　靜・伊・狩・實―後葉に遺さん事　斯―後葉に遺さん事

身のため　神・靜・福・伊・狩・實・斯・早・國―身

の爲
口惜かるへし　早―口惜かるべし
10 世しつまる物ならは　神―世しづまるものならば　靜・福・伊・狩・實・國―世しつまるものならは　斯・早―世しつまるものならば
波の底にても　神・靜―波の底までも　斯―波の底(ソコ)にても
8オ1 めくりあはせ給はぬ事　伊―めくりあはせ給はん事　斯―めぐりあはせ給はぬ事　早―めぐりあはせ給はぬこと（元「給ふ」とあり、「ふ」を見せ消ちし、右に「は」と訂正する）　國―めくりあはせ給はぬこと
よも候はしなと　神・斯・早・國―よも候はしなど
樣々に　福・伊・狩・實・斯・早・國―さま〱に
2 こしらへいさめ申けれは　神・福・伊―いさめ申ければ　靜・狩・實―いさめ申けれは　斯・早―いさめ申けれは（「い」の上に丸を付し弧線を引いて右に「イニこしらへ」と傍書あり）　國―いさめ申けれは（「い」の上に丸を付し右に「イこしらへ」と傍書あり）

けにもとや　神―げにもとや
3 いくほともなくて　神―いく程も（一字補入）なくて　靜・福・伊・狩・實―いく程もなくて　森―いくほと（一字補入）もなくて　斯―いく程もなくて（「くて」の右に「イき」と傍書あり）　早―いくほどもなくて（「くて」の右に「イき」と傍書あり）　國―いくほともなくて（「くて」の右に「イき」と傍書あり）
礒の若和布を　伊・狩―礒の若和布(ワカメ)を　實―礒の若布を　斯・早・國―礒(イソ)の若和布(ワカメ)を
昆布の大夫　神・靜・伊・實・斯―昆布大夫　福・狩―昆布太夫　早・國―昆布大夫
4 もとへそ　神・斯・早―もとへぞ
その時　福・伊・狩・實・斯・早・國―其時
わかめ　福・伊・狩―若め　實―若布　斯・早・國―若(ワカ)め
一首はかくそ詠しける　靜―一首かくそ詠しける　國―一首はかくそ詠しける（「は」の右に「を」と傍書あり）
6 なみたより　福・伊・狩・實・斯・早・國―泪より

外に　神・靜・福・伊・狩・實・斯・早・國―ほかに
心のあらはこそ　神・靜―こゝろのあらはこそ　斯・早―心のあらばこそ
思ひはわかめ　神―おもひはわかめ（元「おもひか」とあり、「か」を點で消し、右に「は」と訂正する）　靜―おもひかわかめ（四字目「か」の右に「は」と傍書あり）　國―おもひはわかめ
後のちきりを　神・靜―のちのちきりを　森―後の契りを　福・伊・狩・斯・早・國―のちの契りを　實―のちの契を
7 赤介も　實―赤助も
とりあへす　神・早―とりあへず　國―取あへす
かくそ　神・斯・早―かくぞ
8 忘れしと　神・靜・福・伊・狩・實・斯・早・國―わすれしと
思ふ　神・靜―おもふ
心のかよひせは　神・靜・國―こゝろのかよひせは　斯・早―心のかよひせば

など二たひの　福・伊・狩・實―など二度の　斯・早―など二度(たひ)の　國―など二度の（上部餘白に「たひを鯛といひかけたり」と頭注あり）
契りなからん　神―ちきりなからん　靜―ちきりなからん　國―契なからん
9 送るほとに　福・伊・狩・實・斯―送る程に　早―送るほどに
赤介　實―赤助
猛き武者と　神・靜・福・伊―猛武者(キモノヽフ)と　狩―猛武者(キモノヽフ)　實―猛き武士と　斯―猛(タケキ)武者と　早・國―猛(キ)武者と
申せとも　神・靜・福・伊・斯―申せ共
泪は　靜―目は　斯―泪(ナミダ)は
10 空にかきくもり　早・國―そらにかきくもり
むかし　神・靜・福・伊・狩・實・早・國―昔　斯―昔(ムカシ)
王昭君を　實―王照君を　斯・早・國―王昭君(ワウセウクン)を
胡國の　斯―胡國(ココク)の
夷のために　實―夷(エビス)のために　斯・早・國―夷(エビス)のた

めに
8ウ1 胡角一聲　神―胡角一聲（上部餘白に「朗詠　江相公」と頭注あり）　靜―胡角一聲（上部餘白に「朗詠　江相公」と頭注あり）　福・伊・狩・實―胡角一聲（左に「朗詠　江相公」と傍書あり）　斯・早・國―胡角一聲（左に「朗詠　江相公」と傍書あり）
霜後夢　神・福・伊・狩―霜後夢　斯―霜後夢　早・國―霜後夢
漢宮萬里　斯・早・國―漢宮萬里
2 月前腸なと　神―月前腸なと　福―月前腸なと　伊―月前腸なと　狩・國―月前腸なと　實―月前腸など　斯・早―月前腸など
詠せしこと　神・靜・伊・狩・實―詠せし事　福―詠ぜし事　斯―詠ぜし事も　早―詠ぜしことも　國―詠せしことも
今さら　神・靜・福・伊・狩・實・斯・早・國―いまさら
思ひしられて　神―思ひしら（一字補入）れて　靜―思ひしれて
3 むかしの人の　神―昔の人の（一字補入）　靜・福・伊・狩・實・斯・早・國―昔の人の
別までも　神―別までも　斯―別までも
おもひつらぬれは　神・福・伊・狩・斯―思ひつらぬれば　靜・早・國―思ひつらぬれは　實―思つらぬれは
4 ぬるゝ袖　實―ぬるゝ袖は
かはくまもなき　實―かわくまもなき
泣〱奥へそ　實―泣々奥ゑそ　斯・早・國―泣〱奥へそ
下されける　斯―下されける（「下」の左に丸を付して弧線を引き右に「イニ歸」と傍書あり）　早―下されける（「下」の上から弧線を引き右に「イニ歸」と傍書あり）　國―下されける（「下」の右に「イニ歸」と傍書あり）
5 みるめまで　伊・狩・斯―みるめまて（「みるめ」の左に「海松」と傍書あり）　國―みるめまでも
6 見えにけれ　伊・實―見へにけれ　早・國―みえにけ

れ
するめの腹に　伊・狩—するめの腹に（「するめ」の左に「鰑」と傍書あり）　斯・早—するめの腹に（「の」の右に「イニナシ」と傍書あり）

六になる子の有けるを　神・靜—六になる子のありけるを　實—六つになる子の有けるを　斯・早—六になる子の有けるを（右に「イニ魾子（ムツコ）のありけるを」と傍書あり）　國—六になる子の有けるを（右に「イニ魾子（ムツノコ）のありけるを」と傍書あり）

7 近くよひよせて　神・靜—ちかくよびよせて　福・伊・斯・早・國—近くよびよせて

汝をは　斯・早—汝をば

8 御見參にいれんとそ　神・早・國—御見參にいれんとぞ　斯—御見參（ケンサン）にいれんとぞ

思ひしかとも　神・靜—思ひしかども　福・伊・狩・實・斯—思しかとも

今此大事　神・靜・福・伊・狩・實・斯・早・國—今此一大事　森—今この大事

9 出來る上は　神・靜・福・伊・狩・實・斯・早・國—出來るうへは

岩の硲　神・靜・福・伊・狩・實・斯・早・國—岩の硲（ハサマ）

かくれゐて　實—かくれいて

10 世しつまるものならは　神・福—世しづまるものならは

あらはれ出よと　森—あらわれ出よと

いひ含て　森—いひ合て

父の鯛の乳母こ駿河國高橋莊知行する伯母の尼鯛のもとへそ　神—父の鯛のもとへぞ　靜—父の鯛のもとへそ　福—父の鯛もとへそ　伊・狩—父の鯛もとへそ（「鯛」の下に丸を付し右に「の歟」と傍書あり）　實—父の鯛の（一字補入）もとへそ　斯—父の鯛もとへそ（「父」の上に丸を付し右に「イニ乳（チ）頭ニシルス」と傍書あり。「鯛」の下に丸を付し右に「の歟」と傍書あり。上部餘白に「イニ出よといひ含て乳鯛（チノ）乳母と駿河國高橋莊（ノ）知行する伯母の尼鯛（アマタイ）が許へそつかはされける」と頭注あり）　早—

父の鯛もとへそ（「父」の上に丸を付し右に「イ二乳　頭ニシルス」と傍書あり。「も」の左に點を付し右に「イ二の」と傍書あり。上部餘白に「イ二出よといひ含て乳鯛乳(ノ)母と駿河國高橋莊(ノ)知行する伯母の尼(アマ)鯛が許へぞつかはされける」と頭注あり）　國―父の鯛もとへそ（「父」の上に丸を付し右に「イ乳　頭ニシルス」と傍書あり。「も」の左に點を付し右に「のイ」と傍書あり。上部餘白に「イ二出よといひ含て乳鯛乳(ノ)母と駿河國高橋莊(ノ)知行する伯母の尼(アマ)鯛が許へぞつかはされける」と頭注あり）

9オ2 遣されける　**神**―遣(ノコ)されける　**靜**―遣されける　**斯**・**早**・**國**―　遣(ツカハシ)されける

かゝる程に　**早**―かゝるほどに　**國**―かゝるほとに

武者共　**神**・**靜**・**福**・**伊**・**狩**・**斯**・**早**・**國**―武者とも　**實**―武者(シャ)とも

鎧を著　**斯**―鎧を著(キ)

甲の緒をしめ　**斯**・**國**―甲(カフト)の緒をしめ　**早**―甲(カブト)の緒をしめ

3 馬に乗出立たり　**神**・**靜**―馬にのり出立たり　**早**・**國**―馬に乗出たちたり

4 鮭大介鰭長か　**斯**―鮭(サケ)大介鰭長(ヒレナカ)が　**早**―鮭大介鰭長が

しかまのかちんの直垂に　**伊**・**狩**・**斯**―しかまのかちんの直垂に（「しかま」の左に「飾磨」、「かちん」の左に「褐」と傍書あり）

判鳥おとしの鎧著　**神**・**靜**・**實**―鵥(カシトリ)おとしの鎧著　**福**―鵥(ヲシトリ)おとしの鎧著　**伊**・**狩**―鵥(ヲシトリ)おとしの鎧著（「ヲシトリ」に合點を付し「鵥」の左に「カシトリ」と傍書あり）　**斯**―鵥(カシドリ)おどしの鎧著(キ)　**早**―鵥(カシドリ)おどしの鎧著　**國**―鵥(アシトリ)おどしの鎧著

同毛の五枚甲に　**斯**・**早**・**國**―同毛(シ)の五枚甲に

5 鷹角うつてそ　**斯**・**國**―鷹角(タカツノ)うつてそ　**早**―鷹角(タカツノ)うつてぞ

著たりける　**神**・**靜**・**福**・**伊**・**狩**・**實**―著ける　**斯**・**早**―著ける（「著」の下に丸を付し右に「イ二たり」と傍書あり）　**國**―著ける（「著」の下に丸を付し右に「イたり」と傍書あり）

廿五指たる　**國**―廿五指たり（「り」の右に「ル」と傍

書あり）

6 鴾の羽の箭　神・福・伊・斯・早・國―鴾《タウ》の羽の箭
靜―鵃《タウ》の羽の箭（元「熊の羽の箭」とあり、「熊」を丸で消し上部餘白に「鵃《タウ》」と直す）　實―鴾《タウ》の羽の箭《ヤ》
頭高に　神・靜・福・斯・早・國―頭高《カシラタカ》に
とつてつけ　國―とつてつけに（「に」から弧線を引き右に「衍カ」と傍書あり）
小男鹿の角はす　福―小男鹿の角はず　伊・狩―小男鹿の角はず（「角はず」の左に「ヌタ弭」と傍書あり）
斯―小男鹿《サオシカ》の角《ツノ》はず（「角はず」の左に「ヌタ弭」と傍書あり）　早―小男鹿《サヲシカ》の角《ツノ》《ヌタ》はず（「角はず」の左に「ヌタ弭」と傍書あり）　國―小男鹿《サヲシカ》の角《ツノ》はす

7 入たる　神・靜・福・伊・狩・實―といふ　斯―といふ（「と」の右に「イ入」、「いふ」の右に「イニたる」と傍書あり）　早―といふ（「と」の左に點を付し右に「イニ入」、「いふ」の左に點を付し右に「イニタル」と傍書あり）
國―といふ（「いふ」の左に點を付し右に「イタル」と傍書あり）

弓の眞中にきり　斯―弓の眞中《マンナカ》にきり
烏毛馬の　斯・早・國―烏毛《カラスゲ》馬の

8 熊の革つゝみの黑鞍　神・福―熊の革づゝみの黑鞍
伊・狩―熊の革づゝみの黑鞍（「づゝみ」の左に「包」と傍書あり）　斯・早・國―熊《クマ》の革《カハ》づゝみの黑鞍
置てそ　早・國―置てぞ
乘たりける　靜―乘たりけり

9 鮞太郎粒實　斯・早・國―鮞《ハラヽゴ》太郎粒實
同次郎弼吉　斯・早―同次郎弼吉《スケヨシ》（「弼」の上端から弧線を引き左に「イ二鯑」と傍書あり）　國―同次郎弼吉《スケヨシ》（「弼」の上端から弧線を引き左に「鯑イ」と傍書あり）
前後左右にそ打立ける　靜―前後左右にて打立ける

10 鯛赤介味吉　神―鯛《ノ》赤介味吉　斯・早―鯛《ノ》赤介味吉《アヂヨシ》
國―鯛《ノ》赤介味吉《アチヨシ》
水文の直垂に　實―水文の眞乘に　斯・早・國―水文《スイモン》の直垂に

9ウ1 宇治の網代に寄　神・靜・福・實―宇治の網代に寄る
伊・狩・斯―宇治の網代《アシロ》に寄る　早・國―宇治の網代

によする

ひをとしの鎧　伊・狩・斯・早―ひをどしの鎧（「ひを」の左に「氷魚」と傍書あり）

草摺長にさくときて　神―草摺長にざらときて　靜―草摺長にさらときて　福・伊・狩・早・國―草摺長にざくときて　斯―草摺長(クサズリナガ)にざくときて

2 同毛の甲の緒をしめ　森―同毛の冑の緒をしめ　實―同毛甲の緒をしめ　斯・早・國―同毛(シ)の甲(カブト)の緒をしめ

三尺五寸の　森―三尺五六寸の　實―鎧草摺長に三尺五寸の

いか物つくりの　神・福―いか物づくりの　森・實―いかものつくりの

3 太刀をはき　靜―太力をはき

うすへ尾の矢　神・靜・福・早・國―うすべ尾の矢　伊・狩・斯―うすべ尾の矢(ヤ)（「うすべ」の左に「護田鳥」と傍書あり）

4 我爲まつ　福―我爲(タメ)まつ　斯・早・國―我爲(タメ)まつ（上部餘白に「まつイニナシ」と頭注あり）

こたいの　靜―をたいの　福―こだいの　斯―こたいの（左に「イ小鯛」と傍書あり）　早―こたいの（左に「イニ小鯛」と傍書あり）　國―こたいの（「こ」の左に「小イ」、「たい」の左に「鯛イ」と傍書あり）

弓のまなかにきり　伊・狩・斯―弓のまなかにぎり（「まなか」の左に「正中」と傍書あり）　實―弓の眞中にきり　早―弓のまなかにぎり（「まなか」の左に「イニ正中」と傍書あり）　國―弓の眞中にきり（「眞中」の右に「まなかイ」と傍書あり）

5 白波蘆毛の駒に　斯・早・國―白波蘆(アシ)毛の駒に

洲崎に　斯・早・國―洲崎(スサキ)に

千鳥すりたる貝鞍　靜―千鳥すりける貝鞍　國―千鳥すりたり貝鞍（六字目「り」の右に「ル」と傍書あり）

6 をきてそ　神・靜―置てそ　福・伊・狩・實・國―おきてそ　斯・早―おきてぞ

けふをかきりとや思ひけん　神・靜―けふをかきりとや思ひけむ

7 年ころの郎等　斯—年ごろの郎等

金頭太郎に　神・靜—金頭の太郎に（「金頭」の右に「方頭魚」と傍書あり）　福・伊・狩・斯・早・國—金頭太郎に（「金頭」の右に「方頭魚」と傍書あり）　實—金頭（カナカシラ）太郎に

しやち鉾をもたせて　神・福・伊・狩・斯・早—しやち鉾をもたせて（「しやち鉾」の右に「鱐俗」と傍書あり）　靜—しやち鉾（ホコ）をもたせて（「しやち鉾」の右に「鱐俗」と傍書あり）　實—しやち鉾（ホコ）をもたせて　國—しやち鉾をもたせて（「しやち鉾」の右に「鱐」と傍書あり）

8 召具したり　靜—古具したり　實—召具（メシグ）したり

かくて　斯—かくて（「て」の下に丸を付し右に「イ打出る處に」と傍書あり）　早—かくて（「て」の下に丸を付し右に「打出る處に」と傍書あり）　國—かくて打出る處に

奥の方を見わたせは　神・靜・狩—奥の方を見はたせは　福・伊—奥（ヲキ）の方を見はたせは　實—えのかたを見わたせは（「え」の右に「奥」と傍書あり）　斯—奥（オキ）の方を見わたせは　早—奥（オキ）の方をみわたせは　國—奥（オキ）の方をわたせは（「わ」の上端から弧線を引き右に「研曰、見」と傍書あり）

おひた丶しく　神—おびたたしく　靜—おひたたしく　福—おびた丶しく

9 物の光てみへけれは　神—物の光てみへければ　福・伊・狩・實・斯—物の光みへけれは　早・國—物の光みえけれは

あれは何そと問けれは　伊・狩—あれは何ぞと問けれは　早—あれは何そと問ければ

10 金頭申けるは　實—〈缺〉

一切衆生の御菜と成て　神・靜・福—一切衆生の御菜（ゴサイ）と成て　實—一切衆生の御菜となつて　斯・國—一切（イツサイ）衆生（シユシヤウ）の御菜（ゴサイ）と成て　早—一切衆生（イツサイシユシヤウ）の御菜（ゴサイ）と成て（元「一切」の傍訓は「イツヰイ」とあり、「ヰ」の左に二點を付し右に「サ」と訂正する）

10オ1 鰯水にて　神・福・伊—鰯（イハシ）水にて　斯・早—鰯水（イハシミツ）にて　國—鰯水（イハシミツ）にて

渡らせ給ひ候へと　伊―渡らせ給候へと　實―渡らせ
給い候へと
2　申けれは　伊・狩・斯・早・國―申ければ
われらか氏神にて　神・伊・狩・斯・早―われらが氏
神にて
わたらせ給けるやとて　神・靜―渡らせ給けるやとて
實―わたらせ給いけるやとて　早・國―わたらせ給ひ
けるやとて
3　馬よりをり　神・靜・福・伊・狩・實・斯・早・國―
馬よりおり
4　祈念して　斯―祈念(キネン)して
ゑひらの　神・福・伊・狩・斯・早・國―ゑびらの
上指より　斯・早―上指(ウハザシ)より　國―上指(ウハサシ)より
鯖の尾の　伊・狩・國―鯖(サバ)の尾の　斯・早―鯖(サハ)の尾の
5　狩俣　神―狩俣(カリマタ)　福―狩役(カリマタ)　伊・斯・早・國―狩股(カリマタ)
狩・實―狩股
抜出し　斯・早・國―抜(ヌキ)出し
鰯水にそ　神・狩―鰯水にぞ　斯―鰯水(イハシミツ)にそ　早―

鰯水(イハシミツ)にぞ　國―鰯水(イハシミツ)にぞ
奉りける　靜―奉りけり
6　出ける所に　早・國―出ける處に
年四十計なる物の　斯―年四十計なる物の（「物」の右
に「イ者」と傍書あり）　早―年四十計なる物の（「物」
の右に「イニ者」と傍書あり）　國―年四十計成物の
（「物」の右に「イ者」と傍書あり）
色黒かりけるか　靜―色黒□□けるか　福・伊・狩・
斯・早・國―色黒かりけるが
7　馬に乗て　福・伊・狩・實・斯・早・國―馬に乘りて
をくれ馳して　神―おくれ馳して（元「おくれ馳にして」
とあり、「に」を見せ消ちする）　靜・福・伊・狩・早・
國―おくれ馳して　實―おくれ馳にして　斯―おくれ
馳(バセ)して
あれはたれと　神・靜・福・伊・狩・實・斯・早・國―
あれはたそと
8　いひけれは　斯・早―いひければ
手綱かひくり　實―手綱かいとり　斯―手綱(タツナ)かひくり

弓杖にすかり　伊・狩―弓杖にすがり　斯―弓杖(ユンツヱ)にすがり　早・國―弓杖(ン)にすがり

9 大音揚て　實―大音あけて　斯―大音揚(タイヲンアゲテ)て

是は近江國住人　福・伊・狩・實―是は近江國　斯・早―是は近江國（「國」の下端から弧線を引き左に「イニの住人」と傍書あり）　國―是は近江國（「國」の下に丸を付し右に「イの住人」と傍書あり）

犬上河の　神・靜―犬上沖(イヌカミ)の　福・狩・斯・早―犬上(イヌカミ)河の　國―犬上河(イヌカミ)の

總追補使　靜―總追捕使　伊・狩―總追補使（「補」の右に「捕歟」と傍書あり）　斯―總追補使(サウツイフ)（「補」の右に「捕歟」と傍書あり）　早―總追補使(サウツイフ)（「補」の右に「捕」と傍書あり）　國―總追補使(サウツイフシ)（「補」の左に「捕」、「フ」の上に「ホ」と傍書あり）

10 鯰判官代とそ　實―鯰(ナマツノ)判官代とそ　斯―鯰(ナマツノハンクハン)判官代(タイ)とそ　早―鯰(ナマツノ)判官代とぞ　國―鯰(ナマツノ)判官代とぞ

なと今まて遅參そと　神・福・伊・狩―なと今迄遅參ぞと　靜・實―など今迄遅參そと　斯―など今迄遅參(チサン)ぞと　早―など今迄遂參(チサン)そと　國―など今迄遂參(チサン)そと（「遂」の上端から弧線を引き左に「遅」と傍書あり）

の給ひけれは　靜・狩・斯・早―の給ひければ　實―の給いけれは

10ウ1 さん候　斯―さん候（「候」に濁點あり）

鱣馬に　神・福・斯・國―鱣馬(ウナキ)に　伊・狩・早―鱣(ウナギ)馬に

轡をはめむ〳〵と　神・靜・福・伊・狩・實・斯・早・國―轡をはめん〳〵と

して候つる程に　神・靜―して候ひつる程に　實―して候へつる程に　早・國―して候つるほどに

2 遅參なりとそ申ける　斯・早―遅參なりとぞ申ける　國―遅參也とぞ申ける

さるほとに　實―さる程に　斯・早―さるほどに

國内通解の　神・福・伊・斯・早・國―國内通解(ツウゲ)の　靜―國内通解(ツウケ)の

3 事なれは　伊・斯―事なれば　早・國―ことなれば

精進の方へそ　神・靜―精進のかたへそ　早―精進の

方へぞ
きこえける　神―聞えける　靜―聞へける　實―きこ
へける
戒餅の律師　神・靜・福―戒餅(カイモチ)の律師　伊・狩―戒餅(カイ)
の律師　實―戒餘の律師　斯―戒餅(カイモチ)の律師(リツシ)　早・國―
戒餅(カイモチ)の律師(ツ)
4 召具して　靜―古具して　斯―召具(メシグ)して
あたゝけの　神・靜―あたゝけの（右に「溫餅」と傍書
あり）　伊・狩・斯―あたゝけの（左に「溫氣」と傍書
あり）
5 御所へぞ　靜・斯・早・國―御所へぞ
まいられける　伊・狩―まいらせける　斯―まいらせ
ける（「せ」の右に「イな」と傍書あり。但し「な」は「那」
を字母とする假名）
此よしを聞めし　神・靜―此由を聞めし　斯―此よし
を聞(キコシ)めし　早・國―此よしを聞めし(シ)
6 驚かせ給ひて　斯―驚(ヲトロ)かせ給ひて
先納豆太に　斯―先納豆太(マツナツトウ)に　早・國―先納豆太(ツ)に

7 告よと　斯―告(ツケ)よと
仰ありければ　神・靜―仰有ければ
律師か弟子　早・國―律師が弟子
けしやう文といふ物を　神―けしやう文といふ物を
（「けしやう」の右に「驗證」と傍書あり。上部餘白に「驗證
公驗トモ云下シ文也出家ナトニ被下也ヱンシヨハケソウフ
ミト云」と頭注あり）　靜―けしやうみといふ物を
（「けしやう」の右に「驗證」と傍書あり。上部餘白に「驗證
公驗トモ云下シ文也出家ナトニ被下也ヱンシヨハケソウフ
ミト云」と頭注あり）　福・伊・狩・斯―けしやう文と
いふ物を（右に「驗證　驗證公驗共云下シ文也出家ナトニ
被下也ヱンシヨハケゾウフミト云」と傍書あり）　實―け
んしやう文といふ物を（右に「驗證　驗證公驗共云下シ」
と傍書あり）　早・國―けしやう文といふ物を（右に
「驗證　驗證公驗共云下シ文也出家ナトニ被下也ヱンシヨハ
ケソウフミト云」と傍書あり）
8 つけゝり　神・靜―告けり　伊・狩・斯・早―つげゝ
り　國―つけけり

藁の中に　神・福・伊・狩・實―藁(ワラ)の中に
9 有けるか　神・斯・早―有けるが
ね所見くるしくや　神―ね所見ぐるしとや　靜・福・
伊・狩・實・斯―ね所見くるしとや　早・國―ね所み
くるしとや
思ひけん　神・靜―思ひけむ
10 涎垂なから　神―涎垂(ヨタレタレ)ながら　靜・福・伊・狩―涎(ヨタレ)
垂(タレ)なから　實―涎垂(ヨダレタレ)ながら　斯・早―涎密(ヨダレタレ)ながら
國―涎密(ヨタレタレ)なから（「密」から弧線を引き右に「垂」と傍書
あり）
かはとおき　斯―がはとおき　早・國―がばとおき
仰天してそ　神―仰天(ケウテン)してそ　福・斯・早―仰天(キヤウテン)し
てそ　狩―仰天(ギヤウテン)してそ　實―仰天(ゲウテン)してそ　國―仰天(キヨウテン)
してそ
けしやう文　實―けん（一字補入）しやう文
11オ1 此由委く申けれは　實―此由委しく申けれは
その儀ならは　神・福・伊・狩・斯・早・國―その義
ならは　靜―との義ならは　實―其儀ならは

---

2 精進の物共　早・國―精進の物とも
促せとて　斯―促(モヨホ)せとて　早・國―催せとて
鹽屋といふものを　神・靜・福・伊・狩・實・斯・早・
國―鹽屋といふ物を
先身ちかく　斯・早・國―先(ツ)身ちかく
3 したしきものなれは　神・斯・早―したしき物なれば
靜・福・伊・狩・實・國―したしき物なれは
すり豆腐權守に　斯・早・國―すり豆腐權守(ノ)に
つけゝり　神・靜―つけゝる　森・福・伊・狩・實―
つけけり　斯・早・國―つげけり
4 道徳といふ物　神―道徳といふ物（上部餘白に「トウト
クミソト云モノ有ダルマミソナト云ルイ也道徳ト云モノ始テ
ツクル故ナリ」と頭注あり）　靜―道徳といふ物（上部
餘白に「トウトクミソト云モノ有タルマミソナト云ルノ事也
道徳ト云モノ始テツクル故ナリ」と頭注あり）　福―道徳
といふ物（左に「トウトクミソト云モノアリダルマ味噌ナ
ト云類也道徳ト云モノ始テ作ル故也」と傍書あり）　伊―
道徳といふ物（左に「トウトクミソト云アリダルマ味噌ナ

ト云類也道德ト云モノ始テ作ル故也」と傍書あり） 狩―道德といふ物（左に「トウトクミソト云フアリダルマミソナド云類也道德ト云モノ始テ作ル故也」と傍書あり） 實―道德といふ物（左に「トウトクミソト云物アリタルマミソナトノ類也道德ト云者始メ作ユヘナリ」と傍書あり） 斯―道德といふ物（左に「トウトクミソト云アリダルマ味噌ナドイフルイ也道德ト云モノ始テ作ル故也」と傍書あり）
早―道德といふ物（左に「トウトクミソト云アリダルマ味噌ナトイフルイ也道德ト云モノ始テ作ル故ナリ」と傍書あり）
國―道德といふ物（左に「トウトクミソト云アリタルマミソナトイフルイ也道德ト云モノ始テ作ル故ナリ」と傍書あり）

みそかにはせめくりて 伊―みそかにはせめくりて（「みそか」の右に「密」、左に「味噌」と傍書あり） 狩―みそかにはせめくりて（「みそか」の右に「蜜」、左に「味噌」と傍書あり） 斯・早―みそかにはせめぐりて

催けり 斯・早―催《モヨホシ》けり 國―催《モヨウシ》けり

5 先六孫王より 斯―先《マツ》六孫王より 早・國―先《マツ》六孫王より（元「六徑王」とあり、「徑」を見せ消ちし、右に「孫」と訂正する）

まむちう 神・靜・福・伊・狩・實―饅頭 斯・早・國―饅頭《マンチウ》

索麪を 斯・早・國―索麪《サウメン》を

はしめとして 國―めしめとして

6 苟蒻兵衛酸吉 神・靜・福―苟蒻《コンニヤク》兵衛酸吉 伊・狩・斯・早・國―苟蒻《コンニヤク》兵衛酸吉《スキヨシ》

牛房左衛門長吉 福・伊・狩―牛房左衛門長吉《ナカヨシ》 斯―牛房《ゴボウ》左衛門長吉《ナカヨシ》 早―牛房《ゴボウ》左エ門長吉《ナカヨシ》 國―牛房《ゴホウ》左エ門長吉《ナカヨシ》

大根太郎 斯―大根《オホネ》太郎 早・國―大根《オホネノ》太郎

7 萓次郎 神・靜・福・伊・狩・實―菅次郎 斯・早―菅《スゲ》次郎（「菅《スゲ》」の左に「萓《チシヤ》」と傍書あり） 國―菅《スゲ》次郎（「菅《スゲ》」の左に「萓《チシヤ》イ」と傍書あり）

蓮根近江守 神・實―蓮近江守 靜―運近江守 福・伊・狩―蓮近《ノ》江守 斯―蓮近《ノ》江守（「蓮」の左下に「イニ根」と傍書あり） 早―蓮の近江守（「蓮」の左下に「イニ根」と傍書あり） 國―蓮の近江守（「蓮」の右下に

「根イ」と傍書あり）

大角山城守　神・福・伊・狩・斯・早・國―大角(サ、ケ)山城守　實―大角豆（一字補入）山城守

8 園豆武者重成　福―園豆(エントウ)武者重成　伊―園豆(エントウ)武者重成　斯・早・國―園豆武者重成(エントウムシヤシゲナリ)

茗荷小太郎　斯・早―茗荷(メウガノ)小太郎　國―茗荷(メウガノ)小太郎

莇角戸三郎いらたか　神―莇角戸(アサミツノトノ)三郎いしたか（「し」の右に「ら」と傍書あり）　靜―⿱艹⿰角力(アサミ)（＝薊）角戸(ツノトノ)三郎いしたか（元「いした□」の「□」字、書き損じの上に重ね書きされており不明、右に「か」と訂正する）　福・伊・狩・實―莇角戸(アサミツノトノ)三郎いらたか　斯・早―莇角戸(アザミツノトノ)三郎いらたか　國―莇角戸(アザミツノトノ)三郎いしたか

9 筍左衛門節重　神―筍(タケノコ)左衛門節(フシ)重　森―筍左ヱ門節重　福・伊―筍(タケコ)左衛門節重(フシシケ)　狩―筍(タケノコ)左衛門節重(フシシゲ)　實―筍(シユン)左衛門節重　斯―筍(タケノコ)左ヱ門節重(フシシゲ)　早・國―筍(タケノコ)左エ門節重(フシシゲ)

甥の唐醬太郎　實―甥の唐醬(ヒシホ)太郎　斯・早・國―甥の唐醬(カラヒシヲ)太郎

同次郎味噌近冬　神―同次郎味噌近冬(ミソノチカフユ)　靜―同次郎味噌(ミソ)近冬(チカフユ)　福・實・斯・早・國―同次郎味噌近冬(チカフユ)　伊―同次郎味噌近冬

10 冬瓜新左衛門　神・靜・伊―冬瓜(カモウリ)新左衛門　森―冬瓜新左ヱ門　福・實・斯―冬瓜(カモフリ)新左衛門　狩―冬瓜(カモフリ・ウリ)新左衛門　早―冬瓜(カモフリ)新左エ門　國―冬瓜(カモワリ)新左エ門

獨活兵衛尉　神―獨活(ウト)の兵衛尉　靜―獨活(ウト)の右衛尉　福・國―獨活(ウトノ)兵衛尉　伊・狩・斯・早―獨活(ウドノ)兵衛尉

蕗源太苦吉　神・斯・早・國―蕗(フキノ)源太苦吉(ニガヨシ)　靜・福―蕗(フキノ)源太苦吉(ニカヨシ)　伊―蕗(フキノ)源太苦吉　狩―蕗(フキ)源太苦吉(ニガヨシ)　實―蘝源太苦吉

11ウ1 蕎麥大隅守　神―蕎麥(ソバノ)大隅守　靜―蕎麥(ソバ)大隅守　福―喬麥(ノ)大隅守　伊・狩―喬麥(ノ)大隅守（「喬」の右に「蕎歟」と傍書あり）　斯・早―喬麥(ノ)大隅守　國―蕎麥(ソハノ)大隅守

薯蕷（艸冠に「豫」に作る）藤九郎　神・靜・福・伊・狩・斯・早・國―薯蕷(ヤマノイモノ)藤九郎　實―薯蕷藤九郎

芋頭太宮司　神・福・伊・狩―芋頭(ノ)大宮司　靜・實―芋頭大宮司　斯・早―芋頭(イモガシラノ)大宮司　國―芋頭(イモカシラノ)大宮

司
煎大豆笑太郎　神・靜—煎大豆笑(エミ)太郎　福・伊・狩—
煎(イリ)大豆笑(エミ)太郎　斯・早・國—煎大豆(イリマメ)笑(エミ)太郎

2 こたうふの權介　神—こだうふの權(ノ)介　靜・福・伊・
狩・斯・早・國—こだうふの權介　實—こたうふの權
助
實苹新左衛門　神・福・伊・狩—實苹(ミカラシノ)　新左衛門　靜—
實苹(ミガラシ)　新左衛門　森—實苹新左ヱ門　實・斯—實苹(ミカラシノ)
新左ヱ門　早・國—實苹(ミカラシノ)　新左エ門
河骨次郎秋吉　神・福・伊・狩—河骨(カハホネノ)　次郎秋吉　靜—
河骨(カハホネ)次郎秋吉（元「河□」の某字を見せ消ちし右に「骨」
と訂正。某字は蟲損）　斯・早・國—河骨(カウホネノ)　次郎秋吉

3 昆布大夫　福・伊・狩—昆布太(ノ)夫　實—昆布太夫　斯・
早—昆布太夫(コンフノ)　國—毘布太夫(コンフ)
荒和布新介　神・靜—荒和布の新介　福・伊・狩・實—
荒和布(ノ)新介　斯・早・國—荒和布(アラメノ)新介
青海苔　斯・早・國—青海苔(アヲノリ)
昆布苔　斯—昆布苔(コフノリ)　早・國—毘布苔(コフノリ)

雞冠　神—鷄冠(トサカ)　靜—鷄冠　福・伊・狩・實・斯・早・
國—雞冠(トサカ)

4 雲苔太郎　神・福・伊・狩・實・斯・早・國—雲苔(スノリノ)
太郎
山葵源太　神—山葵(ワサビノ)　源太　靜・國—山葵(ワサビ)源太　斯・
早—山葵(ワサビ)源太
瓜五色太郎　福・伊・狩・實—太瓜五色太郎　斯・早・
國—太瓜(フトウリ)五色太郎
松䧳壹岐守　神・福・伊・狩・斯・早・國—松䧳(マツカウノ)　壹
岐守　靜—松䧳(マツカウノ)　壹岐守（元「松□」の某字を見せ消ちし
右に「䧳」と訂正。某字は不明）
樹中の上臘（「臈」の形）には　神・靜—樹中(ウヘキ)の上臘
（「臈」の形）には　福・伊・狩・斯・早・國—樹(ウヘキノ)　中の
上臘（「臈」の形）には

5 椎少將　神・福・實—椎少(ノ)將　伊・狩・斯・早・國—
椎(シヒノ)　少將
棗宰相　神・福・伊・狩—棗宰(ノ)相　斯・早—棗(ナツメノ)　宰相
國—束々(ナツメノ)　宰相

桃侍従　神—桃《ノ》侍従　伊—桃侍従　斯・早・國—桃《モヽノ》
侍従
栗伊賀守　神・福・伊・狩—栗《ノ》伊賀守　斯・早・國—
栗《クリノ》伊賀守
大和國住人　實—大和國《ノ》住人
6 熟柿冠者實光は　實—熟柿《ジユクシ》冠者實光は　斯—熟柿冠《ジユクシノ》
者實光《サネミツ》は　早—熟柿《ジユクシ》冠者實光《サネミツ》は　國—熟柿《シユクシ》冠者實光《サネミツ》
は
柿の蓋はかりの　靜・伊・國—柿の蓋《ヘタ》はかりの　福・
斯・早—柿の蓋《ヘタ》ばかりの
7 乘替一騎も　神—乘替《カヘ》一騎も　實—乘け一騎も（但し
「け」は「希」を字母とする假名字體）
柘榴判官代　神・靜—柘榴《サクロ》判官代　伊—柘榴判官代《サクロノハウクハンタイ》
ひかさりけり　神—ひかざりけり
狩—柘榴判官代（傍訓不鮮明）　實—柘榴《ざくろの》判官代
枇杷大葉三郎　神—枇杷の大葉《ノ》三郎　靜—枇杷の大葉
三郎　福—枇杷大《ノ》葉三郎　伊—枇杷大葉《ノヲホノ》三郎　狩—枇
杷大葉《ノオホノ》三郎　實—枇杷大葉《ノヲヽバ》三郎　斯・早・國—枇杷大《ノ》
葉《ノ》三郎
8 弟の柑子五郎　神・靜—弟の柑《カンシ》五郎　福・伊・斯・
早・國—弟の柑子《カン》五郎　實—弟の柑子《かうじ》五郎
橘左衛門　森—橘左ヱ門　實・斯—橘《タチバナ》左衛門　早—
橘《タチバナ》左エ門　國—橘《タチハナ》左エ門
李式部大輔　神—李式部太輔　實—李《スモヽ》式部太輔　斯・
早・國—李《スモヽ》式部大輔
梨江藏人　神—梨江藏人《ノカウ》　靜—梨江藏人《カウ》　福・伊・狩—
梨《ノ》江藏人　實—梨《ナシノ》江藏人　斯・早・國—梨《ナシ》江藏人
9 松茸太郎　斯—松茸《タケ》太郎
柚皮莊司　神・斯・早・國—柚皮《ユカハノ》莊司　福・伊・狩—
柚皮《ノ》莊司　實—柚皮《ユバノ》莊司
椹太左衛門　福—椹《エン》太左衛門　伊—椹太《ジンダ》左衛門　狩—
椹太《ジンダ》左衛門　實—椹太左ヱ門　斯・早・國—椹太《シンダ》左衛
門
青蔓の三郎常吉を　神・靜・福・伊・狩・實—青蔓《アヲナ》の
三郎常吉を　斯・早・國—青蔓《アヲナ》の三郎常吉《ツネヨシ》を
10 久かたや　神・靜・福・伊・狩—百敷や　實—百鋪や

12オ1 斯・早―百敷や（右に「イニ久かたや」と傍書あり）
國―百敷や（右に「久かたイ」と傍書あり）
雲の梯　神・靜・福・伊・狩・斯・早・國―雲の梯（カケハシ）
分取高名　斯―分取（フントリ）高名
2 苟蒻兵衛酸吉　實―苟蒻（コンニヤク）兵衛酸吉　斯・早・國―苟（コン）
蒻（ニヤク）兵衛酸吉（スキヨシ）
はしかみ　神・靜―はしかみ（右に「子薑」と傍書あり）
福・伊・狩・實・斯・早・國―はじかみ（右に「子薑」
と傍書あり）
まいりて　福・伊・狩・實・斯・早・國―參て
3 酸吉か　靜・實―酸吉　斯・早・國―酸吉（スキヨシ）が
4 終夜　斯・早・國―終夜（ヨモスカラ）
わか身の　福・伊・狩・實・斯・早・國―我身の
つくして　福・伊・狩・實・斯・早・國―盡して
なれこまひなと　神―なれこまひなと（上部餘白に
「今俗ニナルコマイト云初テ來ル者ナルコマイヲスルト云事
田舍ナトニ有此ナレコマイト云事古キ事ニテ鳥子舞ト云マイ
ヨリヲコル本ハ始テノ客ニマイテミセシト也」とあり）

靜―なれこまひなと（上部餘白に「今俗ニナルコマイト
云初テ來ル者ナルコマイヲスルト云事田舍ナトニ有此ナレコ
マイト云事古キ事ニテ鳥子舞ト云マイヨリヲコル本ハ始テノ
客ニマイテミセシト也」とあり）　福―なれこまひなと
（右に「今俗ニナルコマイト云初テ來ル者或參宮ノ者ナルコ
マイヲスルト云事田舍ナトニアリ此ナレコマイト云事古キ事
ニテ鳥子名舞ト云マイヨリ起ル本ハ始テノ客ニマイテミセシ
ト也」と傍書あり）　伊―なれこまひなと（右に「今俗
ニナルコマイト云初テ來ル者或參宮ノ者ナルコマイヲスルト
云事田舍ナトニアリ此ナレコマイト云事古キ事ニテ鳥子名舞
ト云マイヨリ起ル本ハ始テノ客ニマイテミセシト也義經記靜
吉野山ニ捨ラル、條ニシヅカモヲキ居テ念誦シテ居タリケル
ゲイニシタガヒテ思々ノナレコマイスル中ニモオモシロカリ
シ事ハ近江ノ國ヨリ參ケルサルカク伊勢ノ國ヨリ參リタルシ
ラビヤウシ一バンマフテゾ入ニケル」と傍書あり）　狩―
なれこまひなと（右に「今俗ニナルコマイト云初テ來ル者
或參宮ノ者ナルコマイヲスルト云事此ナレコマイト云事古キ
事ニテ鳥子名舞ト云マイヨリ起ル本ハ始テノ客ニマイテミセ

シト也義經記靜吉野山ニ捨ラル、條ニシヅカモヲキ居テ念誦シテ居タリケルゲイニシタガヒテ思々ノナレコマイスル中ニモオモシロカリシ事ハ近江國ヨリ參ケルサルガク伊勢ノ國ヨリ參リケルシラビヤウシ一バンマフテゾ入ニケル」と傍書あり） **實**―なれこまひなと（右に「今俗ニナレコマイト云始テ來ル者或ハ參宮ノ者ナレコマイヲスルト云事田舎ナトニアリ此ナレコマイト云事古キ事ニテ鳥子名舞ト云マイヨリ起ル本ハ始テノ客ニマイヲセシト也」と傍書あり） **斯**―なれこまひなと（右に「今俗ニナルコマイト云初テ來ル者或參宮ノ者ナルコマイヲスルト云事田舎ナトニアリ此ナレコマイト云事古キ事ニテ鳥子名舞ト云マイヨリ起ル本ハ始テノ客ニマイテミセシト也義經記ニ靜吉野山ニ捨ラル、條ニシヅカモヲキ居テ念誦シテ居タリケルゲイニシタガヒテ思々ノナレコマヒスル中ニモオモシロカリシ事ハ近江ノ國ヨリ參ケルサルガク伊勢ノ國ヨリ參リケルシラビヤシ一バンマフテソ入ニケル」と傍書あり） **早**―なれこまひなと（右に「今俗ニナルコマイト云初テ來ル者或參宮ノ者ナルコマイヲスルト云事田舎ナトニアリ此ナレコマイト云事吉キ事ニテ鳥子名舞ト云セイヨリ起ル本ハ始テノ客ニマイテミセシト也義經記ニ靜吉野山ニ捨ラル條ニシヅカモヲキ居テ念誦シテ居タリケルゲイニシタガヒテ思々ノナレコマヒスル中ニモオモシロカリシ事ハ近江國ヨリ參ケルサルガク伊勢國ヨリ參リケルシラビヤウシ一バンマフテゾ入ニケル」と傍書あり） **國**―なれこまひなと（右に「今俗ニナルコマイト云初テ來ル者或參宮ノ者ナルコマイヲスルト云事田舎ナトニアリ此ナレコマイト云事吉キ事ニテ鳥子名舞ト云セイヨク起ル本ハ始テノ容ニマイテミセシト也義經記ニ靜吉野山ニ捨ラル條ニシツカモヲキ居テ念誦シテ居タリケルゲイニシタガヒテ思々ノナレコマヒスル中ニモオモシロカリシ事ハ近江國ヨリ參ケルサルガクノ伊勢國ヨリ參ケルシラヒヤウシ一バンマフテゾ入ニケル」と傍書あり）

しけるか　**福・伊・狩・斯・早**―しけるが　**國**―しけるか（「けるか」は上部餘白に同筆で補入）

管弦の具足や　**靜・福・伊・狩・實・斯・早**―管絃の具足や　**國**―管絃の具足や（上部餘白に同筆で補入）

忘れけむ　**神・靜・福・伊・狩・實・斯・早**―忘れけ

ん　國―忘れけん（上部餘白に同筆で補入）
6 しやうかはかり　神―しやうがばかり　靜・福―しやうがはかり　伊・狩・斯―しやうがはかり（「しやうが」の右に「唱歌」、左に「生薑」と傍書あり）　早―しやうがはかり（「しやうが」の右に「唱哥」、左に「生薑」と傍書あり）　國―しやうかはかり（「しやうか」の右に「唱哥」、左に「生薑」と傍書あり。上部餘白に同筆で補入）
したりける　國―したりける（「し」は上部餘白に同筆で補入）
さる程に　神・靜・福・伊・狩・斯―さるほとに　早・國―さるほどに
7 大勢なり　國―大勢也
縦討死するとも　神・福・狩―縦(タトヘ)討死するとも　靜―縦討死するとも（「縦」の右に「縦タトヘ」と傍書あり）　實―縦討死すとも
はか〱しからし　神・伊・狩・斯・早―はか〱しからじ　靜―はか〱しか□□　福―はか〲しからじ

8 要害にかゝらむとて　神・靜・福・伊・狩・實・早・國―要害にかゝらんとて　斯―要害(ヨウガイ)にかゝらんとて
美濃國豆津荘へそ　神・靜―美濃國豆(ノ)津荘へぞ　福・伊・狩―美濃豆(ノ)津荘へそ　實・國―美濃豆津荘へそ　斯―美濃國ノ（二字補入）豆(ノ)津荘へそ　早―美濃豆(ノ)津荘へぞ
9 究竟の城郭也　實―究竟之城郭也　斯―究竟(クキヤウ)の城郭(シヨクハク)也
おほろけにて　神―おぼろけにて　早―おほろげにて
10 落へきやうもなし　神・伊・斯・早―落べきやうもなし　福―落へぎやうもなし　國―落つきやうもなし
それをいかにと申は　實―それおいかにと申せは
12ウ
1 不破の關につゝき　神・靜・早―不破の關につゞき　斯―不破(フハ)の關につゞき
遙也　神・靜―遙なり　斯―遙(ハルカ)也
2 春くれは　神・靜・早―春くれば
3 たちかさね　國―立かさね
紫塵懶蕨　神・靜―紫塵懶、蕨(シジンワカキワラヒ)（左に「朗詠野相公」と

傍書あり） 福—紫塵懶蕨《ワカキ》（左に「朗詠野相公」と傍書
あり） 伊—紫塵懶蕨《ノワカキ》（左に「朗詠野相公」と傍書あり）
狩—紫塵嬾蕨《ノワカキ》（左に「朗詠野相公」と傍書あり） 實—
紫塵懶蕨《ワカキ》（右に「朗詠野相公」と傍書あり） 斯—紫《シ》
塵懶蕨《ナシノワカキワラヒ》（左に「朗詠□相公」と傍書あり） 早—紫《シ》
塵懶蕨《チンノワカキワラヒ》（左に「朗詠野相公」と傍書あり） 國—紫塵《シチン》
懶蕨《ワカキワラヒ》（左に「朗詠野相公」と傍書あり）
こゝやかしこに 福—こゝやこしこに 狩—こゝやこ
しこに（四字目「こ」の右に「か歟」と傍書あり） 實—
すやかしこに 斯—こゝやこしこに（四字目「こ」の右
に「かか」と傍書あり） 早—こゝやこしこに（四字目
「こ」の右に「カ」と傍書あり）
おひ出る 福・斯—おい出る 狩—おい出る（「い」の
右に「ひ歟」と傍書あり）
後には 斯・早・國—後《ウシロ》には
4 あしか 福・伊・狩・實・斯・早—あじか
洲俣 神・靜—洲俣《スノマタ》 福・伊・狩・實・斯・早・國—
洲股

三の大河ぞ 神—三の大河ぞ
なかれたる 神・福・伊・狩・實・斯・早・國—流た
る 靜—流さる
5 東岸西岸柳 神・靜—東岸西岸柳（右に「朗詠保胤」と
傍書あり） 福・實—東岸西岸柳（右に「朗詠」と傍書
あり） 斯—東岸西岸柳《ノヤナギ》 早—東岸西岸柳《ノ》
遅速不同 福・伊・狩—遅速不レ同 斯—遅速《チソク》不同《カラ》
冷しく 神・靜・福・伊・狩・實・早・國—冷して
斯—冷《スサマシク》して
寄くる 神・靜・福・伊・狩・實・斯—寄せ來《ル》 早—
寄せ來る 國—寄來る
6 舊苔の 神・靜・福・狩—舊苔の（右に「朗詠」と傍書
あり） 斯—舊苔《キウタイ》の（右に「朗詠」と傍書あり） 早・
國—舊苔《キウタイ》の（左に「朗詠」と傍書あり）
洗鬚 神—洗レ鬚《ヒヲ》 靜・福・國—洗レ鬚 伊・狩—洗レ
鬚《ヲ》 實—洗レ鬚（右に「朗詠」と傍書あり） 斯—洗《アラヒ》
レ鬚《ヒゲソ》 早—洗《アラヒ》レ鬚《ヒゲヲ》
亂くゐ 神・福・伊・狩—亂ぐゐ

7 逆もきをひき　狩・早ー逆もぎをひき　斯ー逆もぎを
ひき
大綱小綱を　斯ー大綱小綱を
はへたれは　斯ーはへたれば（「はへ」の右に「延」と
傍書あり）　早ーはへたれは（「はへ」の右に「延」と傍
書あり）
いかなるはやりおの　神・靜ーいかなるはやりをの
實ーいかなるはやり　早ーいかなるはやり（一字補入）
おの
8 しら鮑なとも　神・靜ーしら鮑なとも（「ヱ」の右に
「ム」と有り）　伊・狩ーしら鮑なとも　實ーしら鮑な
とも　斯・早ーしら鮑なども（「しら」の右に「白」と
傍書あり）　國ーしら鮑なども（「しら」の右に「白」と
傍書あり）
たやすく　靜ーなやすく
とをるへきやうもなし　靜ーとをるへきやともなし
早・國ーとをるべきやうもなし
9 そのうへには　神ーそのうへには（二字補入）

獅子かき　神ー獅子がき　斯ー獅子がき（「獅子」の左
に「イニ鹿」と傍書有り）　早ー獅子がき（「獅子」の左
に「イニ鹿シヽ」と傍書あり）
くゐかきを　斯・早ーくゐがきを
10 ゆひたて　神・靜ー結たて
ひたや鳴子を　伊・狩・斯・早ーひたや鳴子を（「ひ
た」の右に「引板」と傍書あり）
かゝりけれは　早ーかゝりければ
13オ 1 武者共　實・早・國ー武者とも
聞えしかは　神ー聞えしかば　福・伊・狩・斯・早ー
聞しかば　實・國ー聞しかは
2 龍樓の八陣を　斯・早・國ー龍樓の八陣を
當時漢王の　國ー當時漢王の
3 秦王破陣樂を　斯ー秦王破陣樂を　早・國ー秦王破陣
樂を
奏するも　實ー奏するとも　斯ー奏するも
4 その日の　實ー其日の
鹽干橋かきたる直垂に　神・福・伊・狩・實ー幅干橋

かきたる直垂に　斯―幅干橋かきたる直垂に（「幅」の右に「鹽」と傍書あり）　早・國―鹽干橋かきたる直垂に　靜―幅干（元「子」とあり、見せ消ちして傍書）橋かきたる直垂に

5 しらいとおとしの大鎧　神・靜―しらいとをとしの大鎧　伊―しらいとおとしの大鎧（「しらいと」の右に「女房ノ詞ニ納豆ヲしらいと、云」と傍書あり）　狩・斯―しらいとおとしの大鎧（「しらいと」の右に「女房の詞に納豆をしらいと、云」と傍書あり）　實―しら絲おとしの大鎧　早―しらいとおとしの大鎧（「しらいと」の右に「女房の詞ニ納豆ヲしらいと、云」と傍書あり）　國―しら絲おとしの大鎧（「しら絲」の右に「女房の詞ニ納豆ヲしらいと、云」と傍書あり）

さくときて　神・福・伊・狩―ざくときて

6 梅干の甲の　森―梅干の胄の　伊―梅干の甲の　狩―梅干の甲の　斯―梅干の甲の　早・國―梅干の甲の

かふら藤の弓の　神―かぶら藤の弓の　伊・狩・斯―かふら藤の弓の（「かふら」の左に「蕪」と傍書あり）

まむ中にきり　神―眞中にぎり　靜・實―眞中にきり　福・國―まん中にきり　伊・狩・斯・早―まん中にぎり

7 礒のかちめを　神・福―礒のかぢめを　靜―礒のうぢのを　伊―礒のかぢめを（「かぢめ」の右に「鍛冶」、左に「海艸ノ名」と傍書あり）　狩―礒のかぢめを（「かぢめ」の右に「鍛冶」、左に「海草ノ名」と傍書あり）　斯―礒のかちめを（「かちめ」の右に「鍛冶」、左に「海草ノ名」と傍書あり）　早・國―礒のかちめを（「かちめ」の左に「海草」と傍書あり）

めし寄て　神・靜・福・伊・狩・斯・早・國―めし寄せて

きたはせたる　神・靜・實―きたわせたる　福―きたかせたる　狩・斯―きたかせたる（「か」の右に「は歟」と傍書あり）

8 青蕪を　福・伊―青蕪を

十六までこそ　狩・斯・早―十六までこそ　國―十六ま（濁點あり）てこそ

指たりけれ　神・靜・福・伊・狩・實｜指たりける　斯｜指たりける

五きにあまる　狩｜五きにあまる

9 むき大豆に　神・福・伊｜むき大豆に　狩｜むき大豆に　斯｜むき大豆に（「豆」の右に「馬」と傍書あり）

陶淵明か友とせし　斯・早・國｜陶淵明が友とせし

10 菊酒に　實｜菊酒に

さかつきをとりそへたる所を　早・國｜さかつきをとりそへたる處を

13ウ1 みかきつけにしたりける　神｜みがきつけにしたりける

金覆輪の　斯・早・國｜金覆輪の

鞍をきて　神・靜・福・伊・狩・斯・早・國｜鞍おきて

2 ゆらりと乗て　福・伊・狩・斯｜ゆらりと乗りて　早・國｜ゆらりとのりて

うち出たり　神・靜｜打出たり

甥の唐醬太郎　斯・早・國｜甥の唐醬太郎

3 これも同装束にて　實｜これも同し装束にて

のつたりける　神・靜｜乗たりける　國｜のりたりける

4 煎大豆笑太郎　神・靜｜煎大豆の笑太郎　斯・早・國｜煎大豆笑太郎

自然のことあらは　神・靜・狩｜自然の事あらは　斯｜自然のことあらば

腹きらむする　神｜腹きらんずる　靜・實・國｜腹きらんする　斯｜腹きらむする（右に「豆ハ煎レハ胖キル、也」と傍書あり）　早｜腹きらむずる

5 おもひにて　福・伊・狩・實・斯・早・國｜思ひにて

おとりはねする　神｜おどりはねする　福｜おとりはねずる

こまめの　神｜ごまめの　斯｜こまめの（右に「小豆」、更に「め」の右に「馬」と傍書あり）　早・國｜こまめの（右に「小豆」と傍書あり）

五さゐなるにそ　伊・狩・斯｜五さゐなるにそ（「五さゐ」の左に「御菜」と傍書あり）　早・國｜五さいな

るにぞ（「五さゐ」の左に「御菜」と傍書あり）
6 のつたりける　神・靜－乘たりける　森－のつ（一字
補入）たりける
さるほとに　福・伊・狩・斯・早・國－さるほどに
五聲宮漏　實－五聲の（一字補入）宮漏　斯・早・國－
五聲宮漏（キウロウ）
明なむとする後　神・福・伊・狩・實－明なんとする
後　靜－明なんとするは　斯・早・國－明（アケ）なんとする
後
7 一點の窗燈　神・靜・福・伊・狩・實－一點の窗の燈
斯・早－一點の窗（マド）の燈（トモシビ）　國－一點の窗（マト）の燈（トモシヒ）
大手搦手に　斯・早・國－大手搦（カラメ）手に
8 寄來り　神・靜・福・伊・狩・斯・早・國－寄せ來り
實－よせ來り
大音揚て　國－大音あけて
9 遠くは音にも聞つらむ　神・靜・福・伊・狩・實・斯・
早・國－遠くては音にも聞つらん
近くは目にもみよかし　神・靜・福・伊・狩・實－け

ふは目にもみよかし　斯－けふは目にもみよかし
（「けふは」の右に「イ近くは」と傍書あり）　早－けふは
目にもみよかし（「けふは」の右に「イ二近くは」と傍書
あり）　國－けふは目にもみよかし（「けふ」の右に
「イ二近く」と傍書あり）
10 極樂淨土にあんなる　斯－極樂淨土（コクラクシヤウド）にあんなる　早・
國－極樂淨土（コクラクシヤウド）にあむなる
14オ 1 逢坂に　神・靜－逢ふ坂に　斯－逢（アフ）坂に
鷄の雅樂助長尾と　狩－鷄の雅樂介長尾と　實－鷄（ニワトリ）
の雅樂助長尾と　斯・早－鷄（ニハトリ）の雅樂（ウタノ）助長尾（ナガヲ）と　國－
鷄（ニハトリ）の雅樂（ウタノ）助長尾（ナカヲ）と
2 ほろ袋を敲て　神－ほろ袋を叩（タヽキ）て　靜－ほろ袋を叩
て（上部餘白に「敲（タヽク）イ」とあり）　福・伊・狩－ほろ袋
を敲（タヽキ）て　斯・早－ほろ袋を敲（タヽキ）て（「ほろ袋」の左に
「鳥ニホロ羽アリ」と傍書あり）　國－ほろ袋を敲きて
たゝかけろ〳〵とぞ　神・福・伊・狩・斯－たゞかけ
ろ〳〵とぞ　早－たゞかけろ〳〵とぞ（「かけろ」の左
に「鷄聲」と傍書あり）　國－たゝかけろ〳〵とぞ

3 是をきゝて　福・伊・狩・實・斯・早・國―是を聞て
あふみふんはり　神・伊・狩・斯・早―あぶみふんば
り　福―あぶみふんはり　國―あふみふんばり
4 つ立あかつて　神―つつ立あがつて　靜―つつ立あか
つて　福・狩・斯・早・國―つ立あがつて　實―つゝ
立あかつて
大音あけて　神・福・斯・早―大音あげて
名のりけるは　神―名乘けるは
5 深草の天皇に　神・福・伊・狩・斯・早・國―深草(ノ)天
皇に　靜―深草天皇に　實―深艸天皇に
6 五代の苗裔　實―五代の苗裔(ヒヤウエイ)　斯―五代の苗裔(ヘウエイ)
畠山のさやまめには　神・靜―畠山のさや豆には
三代の末孫　實―三代の末孫に
大豆の御料の嫡子　神・靜・福・伊・狩―大豆(マメ)の御料
の嫡子　斯―大豆(メ)の御料(コレウ)の嫡子(チヤクシ)　早・國―大豆の御(コ)
料(レウ)の嫡子
7 納豆太郎絲重と　斯―納豆(ナツトウ)太郎絲重(イトシケ)と　早―納豆(トウ)太郎
絲重と

名乘て　早・國―名のつて
8 味噌蕪を　神・福・斯・早・國―味噌蕪(カフラ)を　伊・狩―
味噌蕪(カブラ)を
ひやうと射　神・靜・福・伊・狩・實・早・國―ひや
うと射る　斯―ひやうど射る
9 雅樂助長尾か　神―雅樂助長尾が　狩―雅樂介長尾か
斯―雅樂助長(ナガ)尾か
ほろふくろ　神―ほろぶくろ
ふと射とをし　斯―ふ(フツ)と射とをし　早―ふつと射とを
し　國―ふつと射とをり
10 細頭　伊・狩―細頭（「頭」の右に「頸歟」と傍書あり）
實―細頸(クビ)　斯―細(ホソ)頭（「頭」の右に「頸(クビ)歟」と傍書あり）
早・國―細頸
14ウ1 大角豆　神・靜・福・狩・早・國―大角豆(サヽケ)　斯―大角(サ)
豆(ケ)
畠山に　神・靜―畠山(ハタ)に　斯・早・國―畠山(ハタケ)に
たちたりけれ　福・伊・狩・斯―たちたりける　實―
立たりける

2 か丶る所に　早・國—か丶る處に
鮞太郎粒實　斯—　鮞（ハラヽゴ）太郎粒實（ツブサネ）　早—　鮞（ハラヽゴ）太郎粒實
國—　鮞（ハラヽコ）太郎粒實
進出て申けるやうは　神—進出て申けるやう（二字補入）は　斯—進（スヽミ）出て申けるやうは
た丶今よせたる物をは　神・靜—た丶今よせたるものをは

3 今度謀叛の最長　狩—今度謀反の最長　斯・早・國—今度謀叛の最長（サイチヤウ）

4 遠は音にもき丶つらん　神・靜・福・伊—遠ては音にも聞つらん　狩—遠ては音にも聞（きヽ）つらん　實—遠くては音にも聞らん　斯—遠ては音にも聞つらん（「て」の左に丸を付し右に「イニナシ」と傍書あり）　早—遠ては音にも聞つらん（「て」の右に「イニナシ」と傍書あり）　國—遠くては音にも聞つらん（「て」から弧線を引き右に「イナシ」と傍書あり）
近くはめにもみよかし　神・靜・福・伊・狩—けふはめにもみよかし　實—けふは目にもみよかし　斯—けふはめにもみよかし（「けふは」の右に「イニ近くは」と傍書あり）　早—けふはめにもみよかし（「けふ」の右に「イニ近ク」と傍書あり）　國—けふはめにもみよかし（「けふ」の右に「イ近く」と傍書あり）
大日本南閻提正像二天は　神・靜—大日本南閻浮提正像（ゾウ）二天は　福—大日本南閻提（エンダイ）正像（ソウ）二天は　伊—大日本南閻提（ナンエンタイ）正像（ソウ）二天は　狩—大日本南閻提（ナンエンタイ）正像（ソウ）二天は　斯—大日本南閻提（ナンエンタイ）正像（ソウ）二天は（「閻」の下に丸を付し左に「浮（フ）」と傍書あり）　早—大日本南閻提（ナンエンタイ）正像天（ソウ）は（「閻」の下に丸を付し左に「イニ浮（フ）」と傍書あり）　國—大日本南閻（ナンエン）提（タイ）正像（ソウ）天は（「閻」の下に丸を付して弧線を引き左に「浮（フ）イ」と傍書あり）

5 さてをきぬ　神・靜—さて置ぬ　福・伊・狩・實・斯・早—さておきぬ
大通知勝の世と成て　斯・早・國—大通知勝（タイツウチシヤウ）の世と成て

6 二千餘年ははや過ぬ　神・靜—三千餘年ははや過ぬ　伊—一千餘年ははや過ぬ

自爾以降　神・靜―自レ爾以降(しかしよりコノカタ)　福・伊・狩・早・國―
自レ爾以降(シカシコノカタ)　實―自　爾以降(シカシヨリコノカタ)　斯―自レ爾以降(シカシカノカタ)

7 いたるまで　福・伊・狩・實・斯・早・國―至るまで

豊葦原の中津國　斯―豊葦(トヨアシ)原の中(ナカ)つ國　早・國―豊葦(トヨアシ)
原の中つ國

8 五幾七道を　狩―五畿七道を　斯―五幾(キ)七道を

王城より子の方　實―王城より子ノ方

大河郡鮎の莊の住人　福・伊・狩・斯・早・國―大河ノ
郡鮎の莊の住人　實―大河の郡鮎の莊の住人

9 鮭の大介鰭長か嫡子　靜―鮭の莊介鰭長か嫡子　實―
鮭の大助鰭長か嫡子　斯・早―鮭(サケ)の大介鰭長が嫡子
國―鮭(サケ)の大介鰭長か嫡子

10 生年積て廿六歳に　神・靜・伊・實―生年積て廿六才
に

まかりなる　神・靜―罷なる　實―まかり成

われとおもはむものは　神・靜―我と思はんものは
福・伊・狩―われと思はんものは　實―われと思わん
物あらは　斯―われと思はんものは（「わ」の上に丸を
付し右に「イかたきの中に」と傍書あり）　早・國―われ
と思はんものは（「わ」の上に丸を付し右に「イニかたき
の中に」と傍書あり）

15オ 1 押ならへて　神・早・國―押ならべて

ゑひらのうはさしより　神―箙の上ざしより　靜―箙
の上さしより　福・伊・狩・斯・早・國―箙のうはざ
しより　實―箙のうわさしより

2 鯖の尾の狩俣　福―鯖の（一字補入）尾狩股　伊・狩―
鯖の尾狩股　實―鯖尾狩股　斯―鯖(サハ)の尾狩股(ヲカリマタ)　早・國―
鯖(サハ)の尾(ヲ)狩股

能引つめて　福・狩―能(ヨツ)引つめて

放矢に　福・狩―放(ハナ)つ矢に　伊・實・斯・早・國―放
つ矢に

3 芋頭の大宮司　斯―芋頭(イモカシラ)の大宮司

落にけり　實―落にける

4 芋か子共　神―芋が子共

いかにせむとそ　神―いかにせんとぞ　靜・福・伊・
狩・實・斯・早・國―いかにせんとそ

なけきける　神・靜―歎きける

焦大豆笑太郎　神・靜・福・伊・實―焦（イリ）大豆笑太郎　狩―焦（イリ）豆笑太郎　斯・早―焦（イリマメノエミ）大豆笑太郎　國―焦（イリマメノ）大豆笑（エミ）太郎

5 是をみて　神・靜・福・伊・狩・實・斯―是を見て

程ては　神―程では　早―ほどては　國―ほとては

それほとの　實―それ程の　早―そのほどの　國―そのほとの

6 薄手おひて　神・靜・福・早・國―薄手をゐて　伊―薄手をひて　狩―薄手をゐて（「ゐ」の右に「ひ歟」と傍書あり）　實―薄手おいて　斯―薄手（ウスデ）をゐて

さのみ歎くかとて　斯―さのみ歎くかとて　早―さのみ難（ナゲ）くかとて　國―さのみ難（ナゲ）くかとて（「難」の右下に「歎」と傍書あり）

腹の皮をきつてそ　神―腹の皮を切てぞ　靜―腹の皮を切てそ　福・伊―腹の皮をきつてぞ

7 芋か子共　福・伊・斯・早・國―芋が子共　實―芋か子とも

これをき、　神・靜―これを聞て　福・伊・狩・實・斯・早・國―是をき、

にくき物共の　神・靜―にくき物ともの

いひ事かな　神・靜―云事かな　實―い、事かな　早・國―いひことかな

8 合戰に出る程にては　福・伊・狩・實・斯・國―合戰に出るほとにては　早―合戰に出るほどにては

死せん事をは　靜―死なん事をは　早・國―死せんことをは

歎かね共　神・靜・森・福・伊・狩・實・斯・早・國―歎かねとも

9 見放すへきにあらねは　神―見放（ハナ）すへきにあらねば　實―見放へきにあらねは　斯・早―見放すべきにあらねば　國―見放すべきにあらねは

かやうにあつかふそかしと　神・福・伊・狩・斯・早・國―かやうにあつかふぞかしと　實―かよふにあつかふそかしと

10 御前なる瓶に（「瓶」の右下に「子イ」と傍書あり）　神・

靜・福・伊・狩―御前なる瓶(ヘイ)に　實―御前なる瓶に
斯―御前なる瓶(ヘイ)に（「瓶」の下に丸を付し右に「イニ子」
と傍書あり）　早―御前なる瓶(ヘイ)に（「瓶」の下に丸を付し
右に「イ子」と傍書あり）　國―御前なる瓶子に（「子」
から弧線を引き右に「イナシ」と傍書あり）
酒の殘りの有けるを　實―酒の殘のありけるを
笑太郎か面に　福・伊・狩・斯・早・國―笑太郎か面(ツラ)
に

15ウ1

いかけたり　伊・狩―いかけたり（「いかけ」の右に
「沃懸」と傍書あり）
頓而　伊・狩・實―頓て　早―頓而(ヤガテ)　國―頓(ヤガ)て
にか〱として　神・福・伊・狩―にが〱として
實―にか〱しとして
酢むつかりにそ　神―酢(ス)むづかりにそ（上部餘白に
「酢ムツカリトハ料理ノ名也大豆ヲイリテ酢ナドヲカクルニ
其音(ノ)フツ〱トナル故ニスムツカリトイフ也ムツカリトハナ
ク事也」と頭注あり）　靜―酢むつかりにそ（上部餘白
に「酢ムツカリトハ料理ノ名也大豆ヲイリテ酢ナトヲカクル

ニ其音ノフツ〱□□ル故ニスムツカリトイフ也ムツカリト
ハナク事也」と頭注あり）　福―酢(ス)むつかりにそ（右に
「酢むつかり料理ノ名ナリ大豆ヲ煎テ酢ナトヲカクルニ其音
ノフツ〱トナル故ニスムツカリト云也ムツカルトハナク事
也」と傍書あり）　伊―酢むつかりにぞ（右に「酢むつ
かり料理ノ名ナリ大豆ヲ煎テ酢ナトヲカクルニ其音ノフツ
〱トナル故スムツカリト云也ムツカルトハナク事也」と傍
書あり）　狩―酢むつかりにそ（右に「酢むつかり料理
の名ナリ大豆ヲ煎テ酢ナトヲカクルニ其音ノフツ〱トナル
ユエニ酢ムツカリト云也ムツカリトハナク事也」と傍書あり）
實―酢むつかりにそ（右に「酢むつかりと云は料理の名
也大豆を煎テ酢ナトカクルニ其音ノフツ〱トナル故ニスム
ツカリト云也ムツカルトハナク事也」と傍書あり）　斯―
酢むつかりにそ（右に「酢むつかり料理の名ナリ大豆ヲ煎
テ酢ナトヲカクルニ其青ノブツ〱トナル故ニスムツカリト
云也ムツカルトハナク事也」と傍書あり。また上部餘白に
「酢ムツカリノ事古事談巻三云慈恵大僧正ハ近江國淺井郡人
也叡山戒壇ヲ依不合期人夫上ツカレサリケル此殘井郡司ハ相

親之上師權ニテ修佛事之閒此僧正ヲ奉請僧膳キコエントテ前ニテ大豆ヲイリテ酢ヲカケケルヲ僧正ナニシニ酢ヲハカクルヤト問ハレケレハ郡司云溫ナル時酢ヲカケツレハ酢ムツカリトテニガミテヲノハサマシ候也然ラスシテハスヘリテハサマレヌ也云云下略此事宇治拾遺ニモ見エタリ右貞丈考」と頭注あり） 早—酢むつかりにそ（右に「酢むつかり料理の名ナリ大豆ヲ煎テ酢ナトヲカクルニ其靑ノブツ〱トナル故ニスムツカリト云ナリムツカルトハナク事也」と傍書あり、「靑」を消して右に「音」と訂する。また上部餘白に「酢ムツカリノ事古事談巻三云慈惠大僧正ハ近江國淺井郡人也叡山戒壇ヲ依不合期人夫上ツカレサリケル此淺井郡司ハ相親之上師權ニテ修佛事之閒此僧正ヲ奉請僧膳キコエントテ前ニテ大豆ヲイリテ酢ヲカケケルヲ僧正ナニシニ酢ヲハカクルヤト問ハレケレハ郡司云溫ナル時酢ヲカケツレハ酢ムツカリトテニガミテヲノ（一字補入）ハサマシ候也然ラスシテハスベリテハサマレヌナリ云々此コト宇治拾遺ニモ見エタリ」と頭注あり） 國—酢むつかりにてそ（「て」から弧線を引き左に「衍」と傍書あり。右に「酢むつかり料理の名ナリ大豆ヲ煎テ酢ナトヲカクルニ其音ノブツ〱トナル故ニスムツカリト云也」、左に「ムツカリトハナク事也」と傍書あり。また上部餘白に「酢ムツカリノ事古事談巻三慈惠大僧正近江國淺井郡人也叡山戒壇ヲ依不合期人夫上ツカレサリケル此淺井郡司ハ相親之上師權ニテ修佛事之閒此僧正ヲ奉請僧膳キコヱントテ前ニテ酢ヲカケケルヲ僧正ナニシニ酢ヲハカクルヤト問ハレケレハ郡司云隘ナル時酢ヲカケツレハ酢ムツカリトテニカミテヲハサマシ候也然ラヌシテハスベリテハサマレヌナリ云々此コト宇治拾遺ニモ見エタリ」と頭注あり）

2 成にける　福・伊・狩・實・斯・早・國—成にけり

そのゝち　神・靜・福・伊・狩・實・斯・早・國—其後

世にくるしけなる　斯・早—世にくるしげなる

3 息をつき　神・福・狩・斯—息をつぎ　實—□□□き

鬚かきなて　神・靜—髭かきなでゝ　福・伊・狩・早・國—鬚かきなで　斯—鬚(ヒゲ)かきなで

われ　靜—はれ

はたけ黒を　神・福・伊・狩—はたけ黒(クロ)を　斯・早・

4 國―はたけ黒を（「黒」の右に「畔」と傍書あり）
御料に奉る　神・靜―御料に奉り　斯・早―御料に奉る　國―御料に奉る（「る」から弧線を引き右に「り」と傍書あり）

5 かはねをは　神・靜・斯―かばねをは
龍門原上の　斯―龍門原上の
土にうつみ　神・斯・早・國―土にうづみ
名を後代に　斯・早・國―名を後代に
あけむと存せしなり　神・靜・福・伊・斯―あけんと存ぜしなり　狩・早・國―あけんと存せしなり　實―あけんと存せし也
しかしによりて　神―しかるによりて（「る」の左に丸を付し右に「し」と傍書あり）　靜―しかるによりて（「る」の左に丸を付し右に「しイ」と傍書あり）　實―しるしによりて

6 此疵をかふむる　神・靜―此疵を蒙る
たすかる事は　早・國―たすかることは

7 よもあらし　神―よもあるまし（「るま」各々の左に丸を付し右に「ら」と傍書あり）　靜―よもあるまし（「る」の左に丸を付し右に「ら」と傍書あり）　伊―よもあらじ
たゝ跡に　福・伊・國―たゞ跡に　斯・早―たゞ跡に
思ひ置事とては　早―思ひおくことゝては　國―思ひおくこととては
そゝりこの事はかり也　神―ぞゞりこの事計也（「ぞゞりこ」の右に「芋ノコノ土ヨリ上ヘハヘ出タルヲ云」と傍書あり）　靜―ぞゞりこの事計也（「ぞゞりこ」の右に「芋ノコノ土ヨリ上ヘハ出タルヲ云」と傍書あり）　福―ぞゞりこの事はかり也（「ぞゞりこ」の右に「芋ノ子ノ土ヨリ上ヘハヱ出タルヲ云」と傍書あり）　伊・斯―ぞゞりこの事ばかり也（「ぞゞりこ」の右に「芋ノ子ノ土ヨリ上ヘハエ出タルヲ云」と傍書あり）　狩―そゞりこの事はかり也（「そゞりこ」の右に「芋ノ子ノ土ヨリ上ヘハエ出タルヲ云」と傍書あり）　實―ぞゞりこの事はかりなり（「ぞゞりこ」の右に「セナノ子ノ上ヨリ上ヘハヘ出タルヲ云」と傍書あり）　早・國―ぞゝりこのことはかり也（「ぞゝりこ」の右に「芋ノ子ノ土ヨリ上ヘハエ出タルヲ云」と傍書

あり）

8 我いかにも　伊ー吾いかにも

なりなむ後は　神・靜・福・伊・狩・實・斯・早・國ーなりなん後は

すりたうふの權の守を　神ーすりどうふの權の守を　靜ーすりとうふの權の守を　福・伊・狩ーすりだうふの權の守を　實ーすりたふふの權の守を　斯・早・國ーすりだうふの權の守(カミ)を

9 たのむへし　福・狩・實ー頼むへし　伊・斯・早・國ー頼むべし

今にいたるまて　福・伊・狩・斯・早ーいまに至るまて　實ーいまにいたる迄　國ーいまにひるまて

10 よからぬ事なり　神・靜ーよからぬ事也　早ーよからぬことなり　國ーよからぬこと也

權の守に　福・伊・狩・實・早・國ー權守に　斯ー權ノ守に

16オ1 たのむへしと　神・伊ーたのむべしと

のたまひけれは　神・靜ーの給ひけれは

嫡子　靜ー⿰彳啇子

黒ゆての太郎　神ー黒ゆでの太郎（「黒」の右に「畔俗」、「ゆで」の右に「湯出」と傍書あり。また左に「田ニアリ畔ナトイフルイ也」と傍書あり）　靜ー黒ゆての太郎（「黒」の右に「畔俗」、「ゆて」の右に「湯出」と傍書あり。また左に「田ニアリ畔ナトイフルイ也」と傍書あり）　福・伊ー黒ゆての太郎（「黒」の右に「畔俗」、「ゆて」の右に「湯手」と傍書あり。また「黒」から弧線を引き左に「田ニアリ畔ナト云ルイ也」と傍書あり）　狩ー黒ゆての太郎（「黒」の右に「畔俗」、「ゆて」の右に「湯手」と傍書あり。また左に「田ニアリ畔ナト云ルイ也」と傍書あり）　實ー黒ゆでの太郎（右に「畔俗湯手田ニアリ畔ナト云ルイ也」と傍書あり）　斯ー黒ゆでの太郎（「黒」の右に「畔俗」、「ゆで」の右に「湯手」と傍書あり。また左に「田ニアリ畔ナト云ルイ也」と傍書あり）　早ー黒ゆての太郎（「黒」から弧線を引き右下に「畔俗湯手」と傍書あり。また「黒」から弧線を引き左に「田ニアリ畔ナド云ルイナリ」と傍書あり）　國ー黒ゆての太郎（「黒」の右に「畔俗」、「ゆて」の右に

「湯手」と傍書あり。また「黑」から弧線を引き左に「田ニアリ畔ナト云ルイナリ」と傍書あり）

2 是をき丶　早・國—これをき丶

我等も弓箭とる　實—我も弓箭とる　早・國—我にも弓箭とる

身にて候へは　伊—身にて候へば

けふあれはとて　神—けふあれは（一字補入）とて　靜—けふあれとて　斯・早・國—けふあればとて

3 明日あるへしとも　神・靜—明日あるへし共　斯・早・國—明日あるべしとも

おほえす候　神・靜・福・伊・狩・國—覺えす候　實—覺す候　斯・早—覺えず候

そゝり子は　神・福・伊・實・斯・早—ぞゞり子は　狩—そゞり子は　國—ぞゝり子は

4 權の守に申つくへく候と　神—權の守に申つくべく候と　靜—權の守と申つくへく候と　福・伊—權守に申つくべく候と　狩・實・斯・早・國—權守に申つくへく候と

申けれは　神・伊・狩・斯・早—申ければ

5 是をき丶　神・靜—是をき丶て

すいきの　神—ずいきの　福・國—隨喜(スイキ)の　伊・狩—隨喜(ズイキ)の（「隨」から弧線を引き左に「芋ノクキヲズイキト云」と傍書あり）　實—隨喜の　斯—隨喜(スイキ)の（左に「芋ノクキヲズイキト云」と傍書あり）　早—隨喜(ズイキ)の

なみたをそ　福・狩・實・斯・國—泪をそ　伊・早—泪をぞ

是を御覽して　斯・早・國—是を御覽じて

6 かくそ　靜—かくも　伊—かくぞ　實—〈缺〉

詠せさせ給ひける　神—詠させさせ給ひける　靜—詠させ給ひける

7 このいものはゝ　斯・早・國—このいものはゝ（「はゝ」の右に「母」と傍書あり）

いかはかりはかるらん　森・福・伊・狩・實・斯・早・國—いか計はかるらん

にたる子ともを　福・伊・狩・斯—にたる子共を

8 其後は弓箭刀杖の　實—其後弓箭刀杖の　斯—其後は

弓箭刀杖の（「其後は」の右下に「幾程なくて」と傍書あり） 早・國—其後は弓箭刀杖の（「其後は」の右下に「幾ほとなくて」と傍書あり）

歩みを運と 神—歩みを運と 斯—歩みを運と

いへとも 森—いへ共

観念の牀に 斯—観念の牀に 早・國—観念の牀に

9 心をすまし 靜—ひつをすまし

輪廻得脱の不可思儀なる 神・靜・福—輪廻得脱の不可思義なる 伊—輪廻得脱の不可思義なる（「義」の右に「議歟」と傍書あり） 狩—輪廻得脱の不可思義なる（「義」の右に「議カ」と傍書あり） 斯—輪廻得脱の不可思義なる 早・國—輪廻得脱の不可思義なる

所を覺りて 斯—所を覺りて 早・國—處を覺りて

16ウ1 空くなりにけり 神・靜—空しく成にけり 福・伊・狩—空くなりにけり 實—むなしく也にけり

城の中には 國—城中には

射ころされ 神・靜—射殺され

2 むねん申はかりなし 神・靜—無念申計なし

渡邊黨の者共 狩—渡邊の者共 實—渡邊黨の者とも

園豆武者重成 斯—園豆武者重成 早—園豆武者重成 國—園豆武者重成

3 莇角戸三郎を 福・伊・狩—莇角戸三郎を 斯・早・國—莇角戸三郎を

はしめとして 神・靜—始として 狩—はしめして 斯・早・國—はじめとして

深澤の芹尾の太郎 斯・早・國—深澤の芹尾の太郎

覆盆子 福・早・國—覆盆子 伊—覆盆子 狩・斯—覆盆子

4 れいしなんとの 神—れいしなんどの（「れいし」の右に「靈芝」と傍書あり） 福—れいしなんとの（「れいし」の右に「靈子」と傍書あり） 伊—れいしなんとの（「れいし」の右に「靈子」、左に「茘歟」と傍書あり） 狩—れいしなんとの（「れいし」の右に「靈子」と傍書あり、また「れ」から弧線を引き左に「茘歟」と傍書あり） 斯—れいしなんどの（「れいし」の右に「靈子」、左に「茘歟」と傍書あり） 早・國—れいしなんどの（「れいし」の右

に「靈子」と傍書あり）
究竟の手たれの　神・福―究竟の手だれの　斯―究竟の手たれの

5 荒馬乘の大力　福・伊―荒馬乘の大力

同心に　斯―同心に（「に」の下に丸を付して弧線を引き右に「イをめいて」と傍書あり）　早―同心に（「に」の下に丸を付して弧線を引き右に「をめいて」と傍書あり）　國―同心に（「に」の下に丸を付し右に「をめいてイ」と傍書あり）

はつと掛出て　神・福・伊・早―ばつと掛出て　斯―ばつと掛出て

さしつめ　神・靜―さし結

ひきつめ　神・靜―引つめ

6 射けるほとに　神・靜―射ける程に

鯛の赤介は　實―鯛赤介は　斯・早―鯛の赤介は（「介」の下に丸を付して弧線を引き右に「イニ味吉」と傍書あり）　國―鯛の赤介は（「は」の上に丸を付し右に「イ味吉」と傍書あり）

ひれの所を　神・靜・伊・狩・斯―ひをの所を（「を」の右に「れ歟」と傍書あり）　福・國―ひをの所を　早―ひをの所を（「を」の右に「れ」と傍書あり）

箆ふかに射させて　神・福・伊・狩・早―箆ぶかに射させて　森―箆ふかに射させて　實―箆ふかに射させて　斯―箆ぶかに射させて

7 後見の⿰魚孚⿰魚布の入道　神・福・伊・狩・早・國―後見の⿰魚孚⿰魚布の入道　斯―後見の⿰魚孚⿰魚布の入道

8 魚頭を　森―魚頭は　斯・早・國―魚頭を

今生におほしめし置事候は丶　神・靜・福・伊・狩―今生におほしめし置く事候は丶　實―今生におほしめし置し事候は丶　斯―今生におぼしめし置く事候は丶（「今」の上に丸を付し右に「イニ泣ク〳〵申けるは」と傍書あり）　早―今生におぼしめしおく事候は丶（「今生」の右上に「イニ泣〳〵申けるは」と傍書あり）　國―今生におほしめしおく事候は丶（「今」の上に丸を付し右上に「泣〳〵申けるはイ」と傍書あり）

9 ⿰魚孚⿰魚布に委承候へし　斯・早―⿰魚孚⿰魚布に委承候へし

國―鮓鰤に委(クハシク)承り候へし
さためて　斯・早・國―さだめて
10 北御方少き人〱の御事をそ　神―北の御方少(ヲサナキ)人
〱の御事をそ　靜―北の御方少(キ)人〱の御事をそ
福・伊・狩・早・國―北御方少(ヲサナキ)人々の御事をそ　實―
北の御方少き人々の御事をそ　斯―北(ノ)御方少(ヲサナキ)人々の
御事をそ
おほしめし給ふらむ　神・靜―思召給ふらん　福・伊・
狩・實・國―おほしめし給ふらん　斯・早―おぼしめ
し給ふらん
17オ 1 それは　實―けれとも
鮓鰤　實―鮓鰤
かくて候へは　神―かくて候へば
御心易覺しめせと　神・靜―御心易思召せと　國―御
心易く覺しめせと
申けれは　神―申ければ
2 鬢かきなて丶　神―鬢かきなて（「て」の下に「丶」を
補入）　靜―鬢かきなて　斯・早―鬢(ヒゲ)かきなで丶　國―

鬢(ヒゲ)かきなて丶
3 やみにあらねとも　神・靜・福・伊・狩・實―暗にあ
らねとも　斯・早・國―暗にあらねども
子を思ふ道には　神―子をおもふ道には（一字補入）
靜・狩―子をおもふ道には　實―子を思ふ道に
ならひそと　神・靜―習ひそと　斯・早・國―ならひ
ぞと
4 誠に理なり　福・伊・狩―誠に理(コトハリ)なり　早―誠に理
りなり　國―誠に理り也
顔花忽盡春三月命葉易零秋一時　神―顔花(ン)忽盡(ヌ)春三月
命葉易(シ)レ零(ヲチ)秋一時　靜―顔花忽盡(ス)春三月命葉易(シ)レ零(ヲチ)秋一
時　福―顔花(ン)忽(チ)盡(ヌ)春三月命葉易レ零(ヲチ)秋一時(トキ)　伊―顔花(ン)
忽(チ)盡(テ)春三月命葉易零(ヲチ)秋一時(トキ)　狩―顔花忽(チ)盡(テ)春三月命葉
易レ零(ヲチ)秋一時(トキ)　實―顔花忽(チ)盡(ク)春三月命葉易レ零秋一時
斯・早―顔花(ガンクハ)忽(タチマチ)盡(ツク)春三月命葉(メイヨウ)易(ヤスシ)レ零(ヲチ)秋一時　國―顔(カン)
花(クハ)忽(タチマチ)盡(ツク)春三月命葉(メイヨウ)易(ヤスシ)レ零(ヲチ)秋一時
5 いまさらなけくへきにあらねとも　神―いま更なけく
べきにあらねとも　靜―いま更なけくへきにあらねと

も　斯・早―いまさらなげくへきにあらねども
少き者ともの事　神―少(ヲサナ)き者ともの事　福・伊・狩・
斯・早・國―少(ヲサナキ)ものともの事　實―少きものともの
事
6 更になし　靜―更になく
7 いかさま　神・靜―いか様
よみちの障とも　神―よみぢの障り共　靜―よみちの
障り共　福・伊―よみぢの障りとも　狩―よみちの障
りとも　實・國―よみちの障りとも　斯・早―よみぢ
の障(サハ)りとも
なりぬへし　早―なりぬべし
只今　福・伊・狩・斯・早・國―唯今　實―唯今(いま)
黄泉中有の道に　斯―黄泉中有(クハウセンチウユウ)の道に　早・國―黄(クハウ)
泉中有(センチウウ)の道に
8 親きも疎なるも　神―親きも疎(ヲロカ)なるも（元「疎き」と
あり、「き」を見せ消ちし、右に「なる」と訂正する）　靜―
親さも疎(ヲコソカ)なるも　森―親きも疎きも（「きも」の右に
「イなるも」と傍書あり）　福―親きも疎(ヲロカ)なるも　伊・

狩―親きも疎(ヲロカ/ヲロソカ)なるも
たれか　福・斯―たかれか　狩―たかれか（二字目
「か」から弧線を引き右に「衍字歟」と傍書あり）
伴ひて　神―伴ひて（一字補入）　實―伴て
9 行へき　神・早―行べき
⿰魚孚⿰魚市　實―⿰魚孚鰤　斯・早―⿰魚孚⿰魚市(イルカ)（「⿰魚孚」の上に丸を付して
弧線を引き左に「イニ如何せんとぞのたまひける」と傍書あ
り）　國―⿰魚孚⿰魚市(イルカ)（「⿰魚孚」の上に丸を付し、左に「イニ如何
せんとぞのたまひける」と傍書あり）
かしこまつて　神・靜―かしこまりて
子をおもふ　神・靜・福・伊・狩・實・斯・早・國―
子を思ふ
10 こゝろさしの深き事　神・靜―志の深き事　實―心さ
しの深き事
蒼海も不及　神・靜・福―蒼海も不レ及　伊―倉海も
不レ及　狩―滄海も不レ及　斯―倉海(サウカイ)も不及　早・國―
倉(サウ)海も不及
五岳も跡を　福・伊―五岳(コガク)も跡を　狩―五岳(ゴガク)も跡を

斯—五岳（コガク）も跡を（「五」の上に丸を付し右に「イニ高き事」と傍書あり）　早—五岳（コガク）も跡を（「五」の上に丸を付して弧線を引き右に「イニ高きこと」と傍書あり）　國—五岳も跡を（「五」の上に丸を付し右に「イニ高きこと」と傍書あり）

17ウ1 とめかたくは候へとも　神・靜・福・伊・狩・實・斯—とめかたくは候へ共

2 ならひなり　神・靜—習也　福・伊・狩・實・斯—ならひ也

されは　早—されば

諸佛念衆生衆生不念佛　神・靜—諸佛念衆（シ）生衆生不念佛　斯—諸佛念衆生（ショフツネンシユシヤウ）衆生不念佛（フネンブツ）　早・國—諸佛念衆生衆生不念佛（フネンブツ）

3 父母常念子子不念父母と　福—父母常念子子（ネンシシ）不念父母と　實—父母常念子子（ゼウネンシシ）不念（フネン）父母と　斯—父母常念子子（ネンシシ）不念父母（フネンフモ）と　早—父母常念子子（ネンシシ）不念（フネン）父母と　國—父母常念子々（ネンシシ）不念（フネン）父母と

みえたり　神・靜・福・伊・狩・實・斯—みへたり

---

4 少愛の人々の事　斯—少愛（ヲサアイ）の人々の事　早—少愛（ヲサアイ）の人々のこと　國—少愛の人々のこと

おほしめすも理也　實—おほしめすも理なり　斯—おほしめすも理（コトハリ）也　早—おぼしめすも理（リ）也

5 夜の鶴の　國—夜の隺の

籠の中になき　斯—籠（コ）の中（ナカ）になき

焼野の雉子の　靜・福—曉野の雉子の　伊—焼野の雉子（キヾス）の　狩—曉野の雉子（キヾス）の（「曉」の右に「燒歟」と傍書あり）　斯—曉野の雉子（キヽス）の（「曉」の右に「燒（ヤケ）」と傍書あり）

6 ほろほす　神・福・斯・早—ほろぼす

禽獸鳥類までも　神—禽獸鳥類までも　森—會獸鳥類までも　斯・早・國—禽獸（キンシウ）鳥類までも

子をおもふはならひなり　神・靜—子をおもふは習ひ也　福・伊・狩・實・斯・早—子を思ふは習ひ也　國—子を思ふは習也

7 されとも　神・斯・早・國—されども　森—され共（トモ）

⿰魚孚⿰魚布　斯—⿰魚孚⿰魚布（イルカ）　實—⿰魚孚鰤

かくて候へは　神・靜・伊・狩・早・國ーかくて候得は　福・斯ーかくて候得ば

少愛の人々の　斯ー少愛(ヲサアイ)の人々の

8 御心易おほしめせ　神・早ー御心易おぼしめせ　斯ー御心易(ヤスウ)おぼしめせ

たゝ後生を　伊・早ーたゞ後生を　斯ーたゞ後生(コシヤウ)を

御たすかり候へ人の身には　實ー御たすかり候一人の身には

9 後生ほとの　斯・早・國ー後生ほどの

一大事さらになし　靜ー一大事さらになし（元「さるになし」とあり、「る」を見せ消ちし、右に「ら」と訂正する）

今度三途の　斯・早ー今度三途(サンヅ)の　國ー今度（二字補入）三途の

10 出すは　神・福・狩・斯・早ー出ずは

期せむ　神・靜・福・伊・狩・實・斯・早・國ー期せん

あひ構て〱　神・靜ーあひ構へて〱　福・伊・狩・斯・早・國ーあひ構(カマヘ)て〱

18オ1 御ねかひ候へと　神・福・斯・早ー御ねがひ候へと　實ー御願候へと

さらは　斯ーさらば

2 六道講の　斯ー六道講(ロクダウカウ)の

聴聞せむと　神・靜・福・伊・狩・實・早・國ー聴聞せんと　斯ー聴聞(テウモン)せんと

[魚孚][魚布]急き　實ー[魚孚]鰤急き

3 鮇法師を　神・福・伊・狩・實・斯・早・國ー鮇(カマツカ)法師を

請し　福・早・國ー請(シヤウ)し　伊・斯ー請(シヤウ)じ　狩ー請じ

その式に曰　實ーその式に曰(ク)

4 謹敬て　靜ー謹(シミ)敬(マテ)て　福・伊・狩ー謹(ツヽシミウヤマツ)敬て　斯ー謹(ツヽシミウヤマウ)敬て

かれゐ　實ーかれい

ゑゐ　實ーしゐ

鰯水の大明神に　斯ー鰯(イハシミヅ)水の大明神に

5 申て言　神ー申て言(マフサク)　靜・實ー申て言(マウサク)　福ー申て

言　伊―申て言　狩―申て言　斯―申て言　早・國―申て言

夫何の世々にもあひかたき　福・伊・狩―夫何の世々にもあひかたき　實―夫何の世々にもあひかたき　斯―夫何の世々にもあひがたき　早―夫何の世々にもあひがたき

鯰經にあふ事を得たり　神―鯰經にあふ事を得たり　靜―鯰經にいふ事を得たり　福―鯰經にあふ事を得たり　伊・狩―鯰經にあふ事を得たり　斯―鯰經にあふ事を得たり　早―鯰經にあふことをえたり　國―鯰經にあふことをえたり

6　無端も此鯖世界を　神―無レ端も此鯖世界を　靜―無レ端き此鯖世界を　福―無レ端も此鯖世界を　伊・狩・早・國―無レ端も此鯖世界を　實―無レ端も此鯖世界を　斯―無レ端も此鯖世界を

ふり捨て　神・福・伊・狩・實―ぶり捨て　靜―ぶり捨て　斯・早・國―ぶり捨て（「ぶり」の右に「鰤」と傍書あり）

7　鮇法師と　神・靜・福・伊・狩―鮇法師と

8　網地獄に　福・狩・早・國―網地獄に　伊―網地獄に　斯―網地獄に

9　くらけなり　神・靜・斯・早―くらげ也（「くらげ」の右に「海月」と傍書あり）　福・伊・狩―くらげ也　實―くらけ也　國―くらけ也（「くらけ」の右に「海月」と傍書あり）

蛸の手をするめけ共　靜―蛸の手をとるあけ共（「とるあ」の右に「するめ」と傍書あり）　福・伊・狩―蛸の手をするめげ共　實―蛸の手をするめけとも　斯―蛸の手をするめげ共（「するめ」の右に「鯣」と傍書あり）　早―蛸の手をするめけとも（「するめ」の右に「鯣」と傍書あり）　國―蛸の手をするめけ（一字補入）とも

10　第二に　森―第一に

俄鬼道といふは　神・靜・福・伊・狩・實・早・國―餓鬼道といふは　斯―餓鬼道といふは

18ウ1　いりゐひのことし　神・靜―いりゐひの如シ　伊・斯・早―いりゐびのことし

頭の細き事　早—頭の細きこと　國—頭の細《キ》こと
蟹の　斯・早・國—蟹《カニ》の
ひけに似たり　福・伊・狩・斯・早—ひげに似たり
2 腹のふとき事　早・國—腹のふときこと
ふくのことし　神・福・狩・斯・早・國—ふぐの如し
靜—ふくの如し　伊—ふぐのごとし
3 修羅道といふは　斯—修羅《シユラ》道といふは
太刀魚を　神・靜—太刀《タチ》魚を　福・伊・狩・斯・早・
國—太刀魚《タチウヲ》を
きられ　靜—さゝれ
さちほこを　福・早—さてほこを　伊・狩—さてほこ
を（「て」の左に丸を付し右に「ち歟」と傍書あり。また
「さ」から弧線を引き左に「シヤチホコ也」と傍書あり）
斯—さてほこを（「て」の左に點を付し右に「イち」と傍
書あり。また「さ」から弧線を引き左に「シヤチホコ也」と
傍書あり）　國—さてほこを（「て」の右に「ち」と傍書
あり）
4 さゝれ　森—きられ　福・伊・狩・斯・早—さされ

如斯　神・靜—如此　實—如斯の
苦患未來永劫にも　森—苦患來永劫にも　福—苦患《クレン》未
來永劫にも　伊—苦患《クレン》〈ゲン〉未來永劫《ヱウゴウ》にも　狩—苦患《クゲン》未來《ミライ》永《ユウ》
劫《ゴウ》にも　實—苦患《クゲン》未來永劫《ようごう》にも　斯—苦患《クレン》未來《ミライ》永劫《ヱウゴウ》に
も　早—苦患《クレン》未來《ミライ》永劫にも　國—苦患《クケン》未來《ミライ》永劫にも
うかひかたし　伊・狩・斯・早—うかびかたし
5 撫ては　斯・早—撫《ナデ》ては　國—撫《ナテ》ては
必つきぬへしと　神・靜・福・伊・斯・早—必つきぬ
へしと　實—必すつきぬへしと
いへとも　斯・早—いへども
6 一たひ悪趣に　神・早—一たび悪趣に　斯—一たび悪《アク》
趣《シユ》に
おもむけは　實—おもむけば　早—おもむけは（元
「おもひけは」とあり、「ひ」を見せ消ちし、右に「む」と訂
正する）
うかひかたし　神・靜—うかひ難し　伊—うかびがた
し　斯・早・國—うかびかたし
かむにしくついりきゝうを　神—かむにしくついりぎゞ

うを　靜—かむにしくついりぎゞすを　福—がむにしくついりぎゞうを　伊—がむにしくづいりきゞうを（「がむ」の左に「雁」、「にし」の左に「辛螺」、「くづいり」の左に「葛入」、「きゞうを」の左に「魚ノ名」と傍書あり）　狩—がむにしくづ入りぎゞうを（「がむ」の左に「雁」、「にし」の左に「辛螺」、「くづ」の左に「葛」、「ぎゞうを」の左に「魚ノ名」と傍書あり）　斯—かむにしくづいりぎゞうを（「かむ」の左に「雁」、「にし」の左に「辛螺」、「くづ」の左に「葛」、「ぎゞうを」の左に「魚ノ名」と傍書あり）　早・國—かむにしくづいりぎゞうを（「かむ」の右に「雁」、「にし」の右に「辛螺」と傍書あり）

7 蠣海鼠　神・靜・福—蠣(カキ)海鼠(コ)　伊・斯・早・國—蠣(カキ)海鼠(ナマコ)　狩—蠣海鼠(ナマコ)

成佛道とゐかうしけれは　神・福・伊・國—成佛道とゐかうしければ　斯・早—成佛道(シヤウブツタウ)とゐかうしければ

僅に息はかりを　神—僅(ワツカ)に息ばかりを　福・伊・狩・早・國—僅(ワツカ)に息計を　實—僅に息計を　斯—僅(ワツカ)に息(イキ)計(バカリ)を

8 すいり〱とそ　伊・狩—すいり〱とぞ（「すいり」の左に「醋煎」と傍書あり）　斯—すいり〱とそ（「すいり」の左に「醋煎」と傍書あり）

9 されとも　伊・狩—されども

むくひにや　靜—むくひとや　實—むくいにや

うしをにといふ物にそ　神・靜—うしほにといふ物にそ（「うしほに」の右に「汐煮」、左に「牛鬼」と傍書あり）　福—うし鬼(ヲニ)といふ物にそ　伊・狩・早—うし鬼といふ物にぞ（「うし」の右に「牛」、「うし鬼」の左に「潮煮」と傍書あり）　實—うし鬼といふ物にぞ　斯—うし鬼(ヲニ)といふ物にぞ（「うし」の右に「牛」、「うし鬼」の左に「潮煮」と傍書あり）　國—うし鬼といふ物にそ（「うし」の右に「牛」、「うし鬼」の左に「潮煮」と傍書あり）

10 なられける　神—なれゝける

それにて　神・靜—これにて

くはれさせたまひけり　神・靜・福・伊・狩・斯・早・國—くはれさせ給ひけり（「くは」の左に「喰」と傍書あり）　實—くはれませ給いけり

19オ1 ためしとそ　斯・早・國―ためしとぞ
きこへける　神―聞えける　靜―聞へける　早・國―きこえける
2 さる程に　福・伊・狩・國―さるほとに　斯・早―さるほどに
糂太左衛門は　福―糂太(エンタ)左衛門は　伊―糂太(ジンタ)左衛門は　狩―糂(ジン)太左衛門は　斯・早・國―糂太(シンタ)左衛門は
赤鰯の首　斯―赤鰯(アカイハシ)の首(クヒ)
3 の、しつて　神・靜―の、しりて
高座してそ　森―高座してそ（元「高名」とあり、「名」を見せ消ちし、右に「座」と訂正する）　狩―高坐してそ　斯―高座してそ（「し」の下に丸を付し右に「イせめ」と傍書あり）　早―高座してそ（「し」の右に「イニせめ」と傍書あり）
4 糂太左衛門か　神―糂太左衛門が　斯・早―糂太(シンダ)左衛門が　國―糂太(シンタ)左衛門か
高座の　國―高座
5 振廻過分なり　神・靜・福・伊・狩―振廻過分也　實―振舞過分也　斯・早・國―振廻(フルマヒ)過分也
下れと仰けれは　福・狩―下(サガ)れと仰けれは　伊―下(サガ)れと仰ければ　斯・早―下れと仰ければ
6 かしこまりて　神・靜―畏りて　實―かしこまつて
過去　斯・早・國―過去(クハコ)
荘嚴劫より　神・靜―荘嚴(シヤウゴン)劫より　福・伊・狩―荘(シヤウ)嚴劫(ゴンコウ)より　實―荘嚴(シヤウコン)劫より　斯・早・國―荘嚴劫(サウゴンコウ)より
ちきりを　神・靜・福・伊・狩・實・斯・早・國―契りを
7 おもへは　神・靜・福・伊・狩・實・國―思へは　斯・早―思へば
花下の半日客　神・靜―花の下の半日の客　福・實―花下(ノ)の半日客　伊・狩―花下(ノ)の半日(ノ)客　斯・早・國―花下(ノモト)の半日(ノ)客
月前一夜友　神―月の前(ノ)一夜友　靜―月の前一夜友　伊―月前(ノ)一夜(ノ)友　狩―月前(ノ)一夜友　實―月一夜友　斯・早・國―月前(ノ)一夜(ノ)友

みなこれ　神・靜・狩―みな是

8 多生廣劫の　斯―多生廣劫《タシヤウクハウコウ》の　國―多生廣劫の

（「多」の右に「他」と傍書あり）

縁そかし　斯―縁《エン》ぞかし　早・國―縁ぞかし

され共　狩・實・早・國―されとも

修ては　神・靜・實―修しては　森―修し（一字補入）

ては　福・伊・狩・斯・早・國―修《シ》ては

9 行しては　神・靜・早―行じては　斯―行《ギヤウ》じては

瞋恚を　神・靜・早・國―瞋意《シンイ》を　福・實―瞋意を

伊・斯―瞋意《シンイ》を（「意」の左に「恚歟」と傍書あり）　狩―

瞋意を（「意」の左に「恚歟」と傍書あり）

おこして　神・靜・福・伊・狩・實・斯・早・國―お

こしては

10 修羅となり　斯・早・國―修羅《シユラ》となり

慳貪にしては　神・福―慳貪《ケントン》にしては　伊・狩―慳貪《ケンドン》

にしては　斯・早―慳貪《ケンドン》にしては　國―慳貪《ケントン》にしては

貧に生る　實―貧に生する　斯・早・國―〈缺〉

これみな　神・靜―是皆　實―是みな　斯・早・國―

〈缺〉

19ウ1 過去の因果也　斯・早・國―〈缺〉

今更　斯・早・國―〈缺〉

歎へきにはあらねとも　神―歎へきにはあらねども

實―歎にはあらねとも　斯・早・國―〈缺〉

身貧に候へは　神―身貧に候へば　斯・早・國―〈缺〉

不及力　狩―力不及　斯・早・國―〈缺〉

2 御料の御身　斯・早・國―〈缺〉

したしき物とは　神―したしき物と（一字補入）は

斯・早・國―〈缺〉

たれかしらす候と申けれは御料是を　斯・早・國―

〈缺〉

3 きこしめし　神・靜―聞し召　斯・早・國―〈缺〉

けにもとや　伊―げにもとや　斯・早・國―〈缺〉

4 おほしめしけむ　神・靜―思召けん　福―おほしめん

けん　伊・狩・實―おほしめしけん　斯・早・國―

〈缺〉

したしくは　斯・早・國―〈缺〉

なとつねに　神・福・伊・狩―などつねに　斯・早・
國―〈缺〉
此方へ　神・靜・福・實―此方さまへ　伊・狩―此方（コナタ）
さまへ　斯・早・國―〈缺〉
5 こぬか〳〵とて　伊・狩―こぬか〳〵とて（「こぬか」
の右に「不來」、左に「粉糠」と傍書あり）　實―こぬか
〳〵とて（「こぬか」の右に「不來」と傍書あり）　斯・
早・國―〈缺〉
やかて　福・伊・狩・實―頓て　斯・早・國―〈缺〉
備後守にそなされける　斯・早・國―〈缺〉
6 爰に　實―こゝに　斯・早・國―〈缺〉
あはれなる事　神・靜・實―あわれなる事　斯・早・
國―〈缺〉
ありけり　斯・早・國―〈缺〉
さしもわかく　斯・早・國―〈缺〉
盛に有しときは　神・靜―盛に有し時は　狩―盛にあ
りしときは　斯・早・國―〈缺〉
7 紅梅の少將といひ花やかにいつくしく　斯・早・國―
〈缺〉
8 鶏舌を　福―鶏舌（ケイセツ）を　伊―鶏舌（ケイゼツ）を（上部餘白に「丁子ノ
大ナルヲ雞舌ト云此文ニハ梅香ヲタトヘテ云ヘルナリ」と頭
注あり）　狩―雞舌（ケイセツ）を（上部餘白に「丁子ノ大ナルヲ雞舌
ト云此文ニハ梅香ヲタトヘテ云ルナリ」と頭注あり）　斯・
早・國―〈缺〉
含て紅氣をかねたり　斯・早・國―〈缺〉
淺紅嬋娟　斯・早・國―〈缺〉
仙方之雪媿色　神―仙方之雪媿（ハツ）レ色（ヲ）　靜―仙方之雪
媿レ色　福―仙方之雪媿（ハツ）レ色（ヲ）　伊・狩―仙方之雪愧（ハツ）レ色（ヲ）
實―仙方之雪媿色　斯・早・國―〈缺〉
9 濃香芬郁　神―濃香（シヤウ）芬郁（フンイク）　福―濃色（シヤウ）芬郁（フンイク）　伊―濃（ジヤウ）
色芬郁（フンイク）　狩―濃色芬郁（フンイク）　實―芬郁　斯・早・國―〈缺〉
岐爐之煙讓薫事を　神―岐爐（タカキロ）之煙　讓（ユツル）レ薫（クンヲ）　事を　靜―
岐爐之煙讓レ薫事を　福―岐爐（タカキロ）之煙　讓（ユスル）レ薫（クンヲ）　事を　伊―
岐爐（タカキロノ）之煙　讓薫（ユツルクンヲ）　事を　狩―岐爐（タカキロ）之煙　讓（ユズル）レ薫（クンヲ）　事を
斯・早・國―〈缺〉
わすれて　神・靜・福・伊・狩・實―忘れて　斯・早・

國―〈缺〉

10 本結きり　伊・狩―本結(モトユヒ)きり　斯・早・國―〈缺〉

遁世して石山の邊　斯・早・國―〈缺〉

龜山寺といふ所に　伊―龜山(ヤマ)寺といふ所に（「龜」から弧線を引き左に「瓶歟」と傍書あり）　狩―龜(カメ)山寺といふ所に（「龜」から弧線を引き左に「瓶歟」と傍書あり）　斯・早・國―〈缺〉

20オ1 閉藏　伊・狩―閉藏(トヂカクレ)　斯・早・國―〈缺〉

梅法師とそ　神―梅法師とぞ　伊―梅(ウメ)法師とそ（「法」に濁點あり）　狩―梅法師とぞ（「法」に濁點あり）　斯・早・國―〈缺〉

近比　伊・實―近頃　斯・早・國―〈缺〉

荒行をのみ　伊・狩―荒行(アラギヤウ)をのみ　斯・早・國―〈缺〉

2 定にそ入にける　神・靜・福・實―定に入にける　伊・狩―定(デウ)に入にける　斯・早・國―〈缺〉

其頃　神・靜・福・伊・狩―其比　斯・早・國―〈缺〉

3 御氣色に入　伊・狩―御氣色(ゴキショク)に入　斯・早・國―〈缺〉

4 ほうのかは　神・靜・福・實―ほうのかわ　伊―ほうのかわ（「ほう」の右に「頰」、「かわ」の右に「皮」、「わ」から弧線を引き左に「は歟」と傍書あり）　狩―ほうのかわ（「ほう」の右に「頰」、「わ」から弧線を引き左に「は歟」と傍書あり）　斯・早・國―〈缺〉

すこしのひふくらひて　神・福・伊・狩―すこしふくらひて　靜・實―すこしふくらひて　斯・早・國―〈缺〉

有しか　神・福・伊―有しが　斯・早・國―〈缺〉

5 ならひとて　神・靜―習ひとて　實―ならいにて　斯・早・國―〈缺〉

納豆太か謀叛に　神・福・伊・狩―納豆太が謀叛に　靜―納豆太御謀叛に　斯・早・國―〈缺〉

6 かうふる　神・靜―かふむる　斯・早・國―〈缺〉

逐に　神・靜・福・伊・狩・實―遂に　斯・早・國―〈缺〉

むなしく　神・靜―空敷　斯・早・國―〈缺〉

成にけるこそ　狩—成にけるけるこそ　實—成にけりとそ　斯・早・國—〈缺〉

7 何より　森—あまり　斯・早・國—〈缺〉

覺えたれ　靜・實—覺へたれ　狩—覺たれ　斯・早・國—〈缺〉

さるほとに　福・伊・狩・實—さる程に　斯・早・國—〈缺〉

8 武者共の申けるやうは　狩・實—武者ともの申けるやうは　斯・早・國—〈缺〉

いつまて　神・福・伊・狩—いつまで　斯・早・國—〈缺〉

あるへきそ　伊—あるへきぞ　斯・早・國—〈缺〉

9 山の内の　實—山のうちの　斯・早・國—〈缺〉

10 さきとして　神・靜・實—先として　斯・早・國—〈缺〉

20ウ1 三百餘騎　早・國—□百餘き

馬の轡を　福—馬の轡(クツハミ)を　伊—馬の轡(クツハミ)を（「轡(クツハミ)」の右に「銜歟」と傍書あり。また上部餘白に「轡(クツハツラ)」「銜(クツハミ)」と頭注あり）　狩—馬の轡を（「轡」の右に「銜歟」と傍書あり。また上部餘白に「轡(クツハツラ)」「銜(クツハミ)」と頭注あり）　斯—馬の轡(クツハミ)を（「轡(クツハミ)」の右に「銜歟」と傍書あり。また上部餘白に「轡(クツワツラ)」「銜(クツハミ)」と頭注あり）

とり　神・靜・福・伊・狩・實・斯・早・國—〈缺〉

とかりやかたに　神—とがりやがたに　靜—とがりやかたに　伊・狩・斯・早—とがりやがたに（「とがり」の右に「鋒」、「やがた」の右に「矢形」と傍書あり）　國—とがりやかたに（「とがり」の右に「鋒」、「やかた」の右に「矢形」と傍書あり）

たてならへ　神・福・伊・狩・斯・早—たてならべ

2 おめひて　靜—おめいて

懸けれは　神・狩—掛ければ　靜・福・實・斯・早・國—掛けれは

ひたやなるこに　福・實—ひやなるこに　伊・斯—ひやなるこに（「ひ」の下に丸を付し右に「た歟」、「ひ」から弧線を引き左に「引板」、「なるこ」の右に「鳴子」と傍書あり）　狩—ひやなるこに（「ひ」の下に丸を付し右に

「た歟」、「ひや」の左に「引板」、「なるこ」の右に「鳴子」と傍書あり） 早―ひやなるこに（「ひ」の下に丸を付し右に「た」と傍書あり）

しふかれて 神・靜・福・伊・狩・斯―しぶかれて

3 左右なくはまけさりけり 神・靜・福・伊・狩・實・早・國―左右なくはよせさりけり 斯―左右（サウ）なくはよせざりけり

しはらくありけれは 神・靜―暫く有けれは 斯・早・國―しばらくありけれは

4 聞なるゝ程に 神・靜―聞なるゝほとに 斯―聞なるゝ程に（「るゝ」の右に「イれする」と傍書あり） 早・國―聞なるゝほとに（「るゝ」の右に「イニれする」と傍書あり）

しゝかき 神・靜―しゝかぎ 福・伊・狩・斯・早・國―しゝがき

くゐかき物ならす 神・靜・伊・狩・斯・早―くゐがき物ならず 福・國―くゐがき物ならす

5 きはまて 神・靜―際まて 福・伊・狩・斯・早―きはまで

せめ付たり 實―せめ付たり

6 あはれよかんなる 神・靜・福・伊・實―あはよかんぬる 狩―あはよかんぬる（「は」の下に丸を付し右に「れ歟」と傍書あり） 斯・早―あはよかんぬる（「は」の下に丸を付し右に「イニれ」と傍書あり） 國―あはよかんぬる（「は」の右下に「れイ」と傍書あり）

7 洩すな生取 斯―洩（モラ）すな生取（イケドレ）

ねち首にして 神・伊―ねぢ首にして

8 柘榴判官代 狩―柘榴（サクロ）判官代 實―柘榴（ざくろ）判官代 斯―柘榴（ザクロ）判官代

ひはの大葉の三郎を 神―ひはの大葉（ノ）三郎を 靜―びんの大葉三郎を（「ん」の右に「は」と傍書あり） 福―びはの大葉（ヲ、ハ）三郎を 伊・狩―びはの大葉三郎を 實―ひはの大葉三郎を 斯―びはの大葉（ヲハ）三郎を 早・國―びわの大葉三郎を

9 究竟の物とも 神・靜―究竟の者共 福・伊・狩―究竟の物共 實・早・國―究竟の者とも 斯―究竟（クツキヤウ）の

物共
五十騎　斯―五十騎（キ）
ひらきて　福・伊・狩・實・斯・早・國―ひらき
10 ものとも　福・伊・狩・實―物とも　斯―物ども　早―
者ども　國―者とも
あけてそ　神・靜―あけてぞ
21オ1 とをしける　神・靜―通しける
引つゝゐて　神・靜―引續て　福・伊・狩―引つゞゐ
て　實―引つゝいて　斯・早・國―引つゞいて
くもて　神・福・伊・狩・斯・早―くもで
2 戰　斯―戰（「戰」の下に丸を付し右に「イ亂れ」と傍書
あり）　早―戰（「戰」の下に丸を付し右に「亂れ」と傍書
あり）　國―戰亂れ
互に　斯・早―互（タガヒ）に　國―互（タカヒ）に
命をおします　神・伊・狩・早―命をおしまず
3 究竟の兵　福―究意の兵
忽に　福・斯―忽（タチマチ）に　狩―忽ちに
うたれけれは　狩―うたれけれは　實―みたれけれ
は
ひたかの判官　神・福・伊・狩・實・斯・早・國―ひ
だかの判官
4 かなはしとや　神・靜―叶じとや　福・伊・狩・斯・
早・國―かなはじとや
おもひけむ　神・靜―思ひけむ　福・伊・狩・實・斯・
早・國―思ひけん
ひらいてそ　神・靜―開てぞ　福・實―ひらゐてそ
狩―ひらゐてそ（「ゐ」の右に「い歟」と傍書あり）　國―
ひしいてそ
鳥類の物共　實・早・國―鳥類の物とも
6 鴨五郎　神・福・伊・狩・斯・早―鴨五郎
鶴次郎　神・靜―鶴の次郎　國―隺次郎
鴈金のとゝやのかみを　斯―鴈金（カリカネ）のとゝやのおみを
早・國―鴈金のとゝやのおみを
7 精進のかたには　神・靜・實―精進の方には　福・狩―
精進の方にはは　伊・斯・早・國―精進の方にては
8 うたれさりけり　神―うたれざりけり　福・伊・斯・

早・國―うたれざりける　狩・實―うたれさりける

栗伊賀守　神・靜・實―栗の伊賀守　福・伊・狩―栗ノ伊賀守　斯・早・國―栗(クリノ)伊賀守

はか〱しからしとや　神・斯・早・國―はか〱しからじとや

9 おもひけん　神・靜―思ひけむ　福・伊・狩・實・斯・早・國―思ひけん

むき〱にそ　神・實・斯・早・國―むき〱にぞ

10 御れう　神・靜・福・伊・狩・實・斯・早・國―御料

かくそ　伊・狩―かくぞ

詠せさせ給ひける　神・靜―詠し給ひける　福・伊・狩―詠ぜさせ給ひける　實―詠せさせ給いける

21ウ2 いかくりの　斯・早―いがぐりの

むくかたしらす　斯・早―むくかたしらず

落うせて　神・靜・福・伊・狩・實・斯・早・國―おちうせて

ひろひ　實―ひろい

取らん　神・靜・福・伊・狩・實・斯・早・國―とるらん

3 椎の少將は　神―椎ノ少將は　靜―椎少將は　福・伊・狩・實―椎の少將も　斯・早・國―椎(シヒ)の少將も

いつかたともなき　神・福・伊・狩・斯・早―いづかたともなき

おちられけるか　福・伊・狩・實―落られけるか　斯・早・國―落られけるが

4 獨ことに　神・福・伊・狩・斯・早・國―獨りことに　實―獨りてに

かくそ　神・靜―かくぞ

詠せさせ給ひける　神・靜・福・伊・斯・早・國―詠させ給ひける　狩―詠させ給ける　實―詠させ給いける

5 をき所しらすとも　神・靜・實―おき所しらすとも　伊・狩―をき所しらずとも　早・國―をき處しらすとも

うしなへや　斯・國―うしなへや（「や」の右に「イよ」と傍書あり）　早―うしなへや（「や」の右に「イニよ」

と傍書あり）
6 か丶りければ　斯・早・國―か丶りければ
赤介を　實―赤助を
初として　實―はしめとして
宗との物とも　實―宗との物共　斯―宗（ムネ）との物とも
（「物」の左に點を付し右に「イ者」と傍書あり）　早・國―
宗との者とも
7 あるひはおちうせ　實―あるいは落失
或は降參して　神・靜・福・伊・狩―あるひは合戰し
て　實―あるいは合戰して　斯―あるひは合戰して
（「合戰」の左に二點を付し右に「イニ降參」と傍書あり）
早―あるひは合戰して（「合戰」の右に「イニ降參」と傍
書あり）　國―あるひは合戰して（「合戰」の右に「イ降
參」と傍書あり）
8 殘りすくなに　神・福・伊・狩・斯・早・國―殘りず
くなに
なる程に　早・國―なるほとに
鮭の大介　斯―鮭（サケ）の大介

9 いた手負て　福・斯―いた手負（ヲイ）て
波うちきはに　福・伊・狩・早・國―波うちぎはに
斯―波（ナミ）うちぎはに
有けるか　神・福・伊・狩・實・斯・早・國―有ける
が
此事　早・國―此こと
かなはしとや　神・福・伊・狩・斯・早―かなはじと
や　實―かなわしとや
10 思ひけん　神・靜―思ひけむ
底しらすといふ　神・靜―底しらずといふ　斯―底（ソコ）し
らすといふ
ふち馬に　神・福・伊・狩―ぶち馬に　實―淵へ馬に
斯―ぶち馬に（「ぶち」の右に「イ淵（ブチ）」と傍書あり）　早―
ふぢ馬に（「ふぢ」の右に「イニ淵（ブチ）」と傍書あり）　國―ふ
ぢ馬に（「ふぢ」の右に「淵イ」と傍書あり）
のりて　福・伊・狩・實・斯・早・國―乘て
22オ1 鯆の太郎　神―鯆（ノ）太郎　靜―鯆太郎　斯・早―鯆（ハラヽゴ）の
太郎

めし具して　福・伊・狩ーめし具（グ）して　斯ーめし具（ク）して

河をのほりに　斯・早ー河をのぼりに

のと〳〵とそ　神ーのど〳〵とそ（右に「靜ナル事ヲ云ノトカナルナトノルイト也」と傍書あり）　靜ーのど〳〵とそ（右に「靜ナル事ヲ云ノトカナルトナトノルイ也」と傍書あり）　福・狩・斯ーのど〳〵とそ（「の」から弧線を引き左に「靜ナル事ヲ云ノドカナト云類也」と傍書あり）　伊ーのど〳〵とぞ（「の」から弧線を引き左に「靜ナル事ヲ云ノドカナト云類也」と傍書あり）　實ーのど〳〵とそ　早ーのど〳〵とそ（左に「靜ナル事ヲ云ノドカナト云類也」と傍書あり）　國ーのど〳〵とそ（右に「靜ナル事ヲ云ノトカナト云類也」と傍書あり）

2　近江國蒲生郡豐浦の　神ー近江の國蒲生郡豐浦（トウラ）の　靜ー近江の國蒲生（カマフ）郡豐（ト）浦の　福・狩・斯ー近江國蒲生郡豐浦（ウラ）の　伊ー近江國蒲生（カマヲ）郡豐浦（トウラ）の

3　青蔓の三郎常吉と　神・福・伊・實・斯・早・國ー靑（アヲ）蔓（ナ）の三郎常吉と

いふ物　神・靜ーいふもの

4　あはれ敵や　神ーあはれ敵や（「はれ」の右に「れはイ」と傍書あり）　靜ーあはれ敵や（「はれ」の右に「れは」と傍書あり）　福・伊・斯ーあれは敵や（「あれは」の右に「アハレ歟」と傍書あり）　狩ーあれは敵や　實ーあれは敵也　早・國ーあれは敵や（「あれは」の右に「イニアハレ」と傍書あり）

をしならへて　神・靜・福・伊・狩・斯・早・國ーおしならべて　實ーおしならへて

くまむとて　神・靜・福・伊・狩・實・斯ーくまんとて

5　く、太刀を　神ーく、太刀を（右に「莖立」と傍書あり）　伊ーく、太刀を（「く」から弧線を引き、左に「莖」、「太刀」の左に「立」と傍書あり）　狩ーく、太刀を（「く」から弧線を引き左に「莖立」と傍書あり）　斯ーく、太刀を（「く」から弧線を引き左に「莖立（ク、タチ）」と傍書あり）　早・國ーく、太刀を（左に「莖立」と傍書あり）

まつかうにさしかさし　神ーまつかうにさし（二字補

入）かざし　靜―まつかうにかしかさし（「かし」を抹消し右に「さし」と傍書あり）　斯―まつかうにさしかざし　早―まつかうにさしかさじ

6 敵に　早・國―てきに

いひかひなく　實―いひかいなく

總角を　神・福・伊・斯―總角（アゲマキ）を

7 ものかな　神・靜・福・伊・狩・實・斯・早・國―物かな

かへせや〳〵とてをめいて　神・靜―かへせや〳〵とて　福・伊・狩―かへせや〳〵とそ　實―かへせや〳〵とゝそ　斯―かへせや〳〵とそ（「そ」の左に點を付し右に「て」、更に直下に「おめいてイニ」と傍書あり）　早―かへせや〳〵とぞ（「ぞ」の右に「おめいてイニ」と傍書あり）　國―かへせや〳〵とぞ（「ぞ」の下に丸を付し右に「おめいてイ」と傍書あり）

かゝりければ　斯・早―かゝりければ

8 惜みけむ　神―おしみけむ　靜―おしみけひ　福―惜みてん　伊・狩・實・斯・早・國―惜みけん

引返し　神・靜・狩―引かへし　斯・早―引返し（「し」の下に丸を付して弧線を引き右に「イニ波打きはにおし竝て」と傍書あり）　國―引返し（「し」の下に丸を付し右に「イ波打きはにおし竝て」と傍書あり）

9 おもへと　神―思へど　靜―思へと　福・伊・狩・斯―思へ共　實・早・國―思へとも

うての力つき　神・福―うでの力つき　伊・狩―うでの力つき（「つき」の右に「盡」と傍書あり）　實―うての力つけ　斯―うでの力つき（「う」の上に丸を付し右に「イ左右の」、「つき」の右に「盡」と傍書あり）　早―うでの力つき（「う」の上に丸を付し右に「イニ左右の」と傍書あり）　國―うでの力つき（「う」の上に丸を付し右に「イ左右の」と傍書あり）

うけはつす　神・福・伊・狩・斯・早・國―うけはづす

10 所をさし及てそ　神・福・伊・狩―所をさし及てぞ　斯―所をさし及てぞ（「を」の下に丸を付して弧線を引き右に「イニ青蔓（アヲナノ）三郎」と傍書あり）　早―所をさし及て

ぞ（「を」の下に丸を付して弧線を引き右に「イニ青蔓三郎」と傍書あり）　國―所をさし及てぞ（「を」の下に丸を付し右に「青蔓三郎イ」と傍書あり）

胸元を　福・伊・狩・斯・早―胸元を　國―胸先を

22ウ1 鮞太郎も　靜―鮞太郎　斯・早―鮞太郎も

痛手　靜―手痛

負てんけれは　靜―負てんけれと　狩・斯・早―負てんげれは

2 かさなる閒　神・靜・福・伊・狩・實―かさなる　斯―かさなる閒（「閒」の左に丸を付し右に「イ」と傍書あり）

かなはしとや　神・靜・實・國―叶はしとや　福・伊・狩・斯・早―叶はじとや

3 思ひけむ　神・靜・福・伊・狩・實・斯・早・國―思ひけん

用意の事なれは　早―用意の事なれば

鍋の城をそ　神・國―鍋の城をそ　福―鍋の城をそ

伊・斯・早―鍋の城をぞ　狩―鍋の城をぞ

4 こしらへける　靜―あしらへける

彼城と申は　福・伊―彼城と申は（右に「新豐――漢書語歟猶尋」と傍書あり）　狩―彼城と申は（左に「新豐――漢書語歟猶尋へシ」と傍書あり）　斯―彼城と申は（右に「新豐――漢書語歟猶尋」と傍書あり）　早―彼城と申は（右に「新豐――漢書語歟可尋」と傍書あり）　國―彼城と申は（左上に「新豐――漢書語歟可尋」と傍書あり）

5 おとすへき　斯・早・國―おとすべき

されは　神・斯・早―されば

6 むかふ物は　早・國―むかふ者は

新豐の折臂翁か　神―新豐の折臂翁か（上部餘白に「新豐――漢書ノ語歟猶可考」と頭注あり）　靜―新豐の折臂翁か　福・伊・狩―新豐折臂翁か　實―新豐折臂翁か　斯・早―新豐折臂翁が　國―新豐折臂翁か（上部餘白に「文集四新樂府ノ語ナリ」と頭注あり）

瀘水の戰に　斯・早・國―瀘水の戰に

村南村北に　斯・早・國―村南村北に

7 哭する　神・靜・福・伊・斯・早―哭する

聞て　神―聞て（一字補入）

五月萬里雲南に　斯・早ー五月萬里雲南に　國ー五月萬里雲南
征ことを　神・靜・福・伊・斯・早・國ー征ことを
8 されは面をむくる物一人も　神・福・伊・斯ーされば面をむくる物一人も　早ーされば面をむくる者一人も　國ーされば西をむくる者一人も（「西」から弧線を引き左に「研堂曰面」と傍書あり）
9 山城國の　實ー山城の國の
大原木太郎といふ物　神ー大原木の太郎といふ者　靜ー大原木の太郎といふ者　福ー大原木太郎といふ物　伊・狩・斯・早ー大原木太郎といふ物　國ー大原木太郎といふ物
10 をしよせ　神・靜・福・伊・狩・實・斯・早・國ーおしよせ
下より　斯・早・國ー下より
猛火を放て責けれは　神・福・伊・狩ー猛火を放て責けれは　斯ー猛火を放て責ければ　早ー猛火を放て責ければ　國ー猛火を放て責けれは

23オ1 なりて　神・靜ー成て
もえあかる　神・福・伊・狩・斯・早ーもえあがる
譬は　靜ー壁は　斯・早・國ー譬は
黒縄　神・靜・福・實・國ー黒縄　伊・狩・斯・早ー黒縄
衆合　福・伊・狩・斯ー衆合　實・早ー衆合　國ー衆合
2 叫喚　神ー呌喚　靜ー呌喚　福・早・國ー呌喚　伊・狩ー呌喚（「呌」の左に「叫歎」と傍書あり）　實ー呌喚　斯ー呌喚（「呌」から弧線を引き左に「叫」と傍書あり）
大けうくわむ　神・靜・福・實ー大けうくわん　伊・狩ー大けうくわん（「わ」の右に「は」と傍書あり）　斯ー大けうくわん（「けうくわん」の右に「叫喚」、「わ」の右に「は」と傍書あり）　早ー大けうくわん（「けうくわん」の右に「叫喚」と傍書あり）
八大地獄に　斯ー八大地獄に
異ならす　神・早ー異ならず　斯ー異ならず

か丶る所に　實・早・國―か丶る處に

3 杓子の荒太郎　斯―杓子の荒(アラ)太郎

山そたちの　神・福・伊・狩・斯・早・國―山そだちの

心も甲に　神―心も剛に（「剛」の右に「甲イ」と傍書あり）　靜―心も剛に　福・伊・狩・斯・早・國―心も甲(カウ)に

4 はやり物なりけるか　神―はやり物成けるが　靜―はやり物成けるか　福・伊・狩・斯―はやり物也けるが　實―はやり物也けるか　早・國―はやり者也けるが

た丶一人　早・國―たゞ一人

ひたとくむて　神・福・伊・狩―ひたとくんで　靜・實―ひたとくんて　斯―ひたとくんで（「くん」の右に「組」、左に「汲」と傍書あり）　早―ひたとくんで（「くん」の左に「汲」と傍書あり）　國―ひたとくんで（「くん」の右に「汲」と傍書あり）

5 御器の中へ　神・靜・伊・狩・早―御器(ゴキ)の中へ　福・實・國―御器(ゴキ)の中へ　斯―御器(ゴキ)の中(ナカ)へ

とうと　神・斯・早―どうど　靜―どうと（「う」に濁點あり）　福―とうど　伊・狩―どうと　實―とふと

引寄　斯―引寄(セ)　早・國―引寄せ

6 嗚呼　神・斯―嗚呼(アヽ)

生ても死ても　神―生ても死でも　福・伊・狩・斯・早・國―生(イキ)ても死ても

大介程のものは　神―大介ほとのものは　靜―大助ほとのものは　福・伊・狩・實―大介ほとの物は　斯―大介ほどの物は（「大」の上に丸を付し右に「イニたゞ」と傍書あり）　早―大介ほとの物は（「大」の上に丸を付して弧線を引き右に「イニたゞ」と傍書あり）　國―大介ほとの物は（「大」の上に丸を付し右に「イたゞ」と傍書あり）

7 なかりけりと　實―なかりけると

魚類のものとも　福・伊・斯―魚類のもの共　實―魚類の物共

8 さん〳〵になり　神・靜―さん〳〵に成　實―さん〳〵に　斯―さん〳〵になり（「り」の右に「イる」と

傍書あり）　早―さん〱になり（「り」の左に點を付し右に「イニる」と傍書あり）　國―さん〱になり（「り」の右に「るイ」と傍書あり）

大介うせぬるうへは　神・靜―大介うせぬる上は

餘の物共　神・靜―餘のものとも　狩・早・國―餘の物とも

9 とゝまる事なし　神・福・伊・狩―とゞまる事なし　實―とまる事なし　早・國―とゝまることなし

されは　狩―されば

合戰のならひ　實―合戰のならい　斯―合戰のならひ（「ひ」の下に丸を付し右に「イは」と傍書あり）

10 無勢多勢には　靜―無勢には

よらさりける　伊・斯―よらざりける

さしたる事なくして　早・國―さしたることなくして

23ウ1 促し亡ひけるこそ　神・靜―促しけるこそ　福・伊・狩―催しけるこそ　實―催け□こそ　斯―催しけるこそ（「し」の下に丸を付し右に「イほろひ」と傍書あり）　早―催しけるこそ（「し」の下に丸を付して弧線を引き右に「イニほろび」と傍書あり）　國―催しけるこそ（「し」の下に丸を付し右に「ほろひイ」と傍書あり）

かへす〱も　神・靜―返々も

あはれなれ　實―あわれなれ

2 むかしより　神・靜・福・伊・狩・實・斯・早―昔より

いたるまで　神・靜―至るまで　福・斯・早・國―いたるまで

3 青蔓の三郎常吉をは　神・福・伊・狩・實―青蔓《アヲナ》の三郎常吉をは　斯―青蔓《アヲナ》の三郎常吉をは（「をは」の右に「イニとめされ」と傍書あり）　早―青蔓《ナ》の三郎常吉をは（「をは」の左に點を付し、上に丸を付して弧線を引き右に「イニとめされ」と傍書あり）　國―青蔓《ナ》の三郎常吉をは（「をは」の左に點を付し右に「イとめされ」と傍書あり）

4 奉公つかまつりける　福―奉公つかまつるける　狩―奉公つかまつるける（七字目「る」の右に「り歟」と傍書あり）　實―奉公つかまつる　斯―奉公つかまつるける（七字目「る」の右に「イり」と傍書あり）